JAMES JONES

TANT QU'IL Y AURA DES HOMMES

France Loisirs
123, bd de Grenelle -Paris

Le titre anglais de cet ouvrage est

FROM HERE TO ETERNITY
Traduction et adaptation de G.-M. DUMOULIN

Edition du Club France Loisirs - Paris
avec l'autorisation des Presses de la Cité

ISBN 2-7242-0141-8

PREMIÈRE PARTIE

LA MUTATION

CHAPITRE PREMIER

Lorsqu'il eut achevé d'empaqueter son barda, Prewitt contempla une dernière fois, à travers le fin grillage des moustiquaires, le panorama familier des bâtiments de la caserne, les trois rangées superposées de rectangles sombres, la vaste cour épuisée, exposée sans défense aux coups du soleil implacable de ce février hawaiien. Avec la lente ascension du brouillard d'air chaud, chargé de poussière rouge, montait jusqu'à lui, assourdie, l'orchestration confuse des bruits du matin : vacarme des roues bandées d'acier sur les pavés sonores, claquements des courroies de cuir huilé, explosions vocales rauques et inarticulées des sous-off's... Et le garçon se sentit envahi d'une sorte d'affection bizarrement mitigée pour ce poste d'observation qu'il allait quitter.

« Que tu le veuilles ou non, mon gars, se dit-il, impeccable et fluet dans sa tenue d'été, ces choses-là sont devenues ton patrimoine. Tu ne peux pas les renier sans renier le but de ta propre existence. Et tu les renies, pourtant, puisque tu renonces à la place qu'elles t'ont procurée... »

Derrière lui, dans la chambrée, les hommes commençaient à se retourner dans leurs lits, ou tâtaient d'un orteil circonspect le sol encore mouvant d'un univers qu'ils avaient rejeté en s'endormant la veille. Des pas approchaient. Prewitt songea soudain qu'il avait été, en somme, bougrement agréable de dormir tard chaque matin, et de s'éveiller, avec le reste de la clique, au bruit cadencé des godillots de biffins valsant déjà sur le terrain d'exercice.

— Dis donc, t'as pas emballé mes pompes fantaisie, demanda-t-il au bruit de pas. Je voulais te le dire, et ça m'est parti de l'idée. Elles s'esquintent si facilement...

— Elles sont sur ton plumard. Les deux paires..., coupa l'interpellé d'un ton morose. Avec les tenues fraîches que tu voulais pas friper. Le reste est empaqueté.

— Bon ! Je suppose que tout est paré, soupira Prewitt.

Ce n'était pas un soupir ému, mais bien celui qui marque le relâchement d'une certaine tension.

— Allons casser la graine, ajouta-t-il. J'ai encore une heure avant de me présenter au rapport, à la Compagnie G.

— Je continue à penser que tu fais une drôle de couillonnade, marmonna l'autre.

— Ça va, je le sais. Y a quinze jours que tu me le répètes, mais tu peux pas comprendre, Red.

— Peut-être que oui. Peut-être que non, grogna Red. Je comprends en tout cas une chose : c'est que je suis bon musicien, mais, pour ce qui est du clairon, je t'arrive pas à la cheville. T'es le meilleur clairon du régiment. Sans doute le meilleur de toute la base de Shofield.

— C'est vrai, acquiesça pensivement le jeune homme.

— Alors, pourquoi que tu t'es fait muter, bon Dieu ?

— Je me suis pas fait muter, mon p'tit gars ; j'ai été muté, c'est pas la même chose.

— Des clous ! s'emporta Red. Tout ça, ça ne serait pas arrivé si t'avais pas été engueuler Houston : c'est pas comme si tu t'étais fait saquer pour donner ton grade à son merdaillon. Là, alors, je te dirais rien. Mais t'as toujours ton grade !

— Non. Pas depuis qu'Houston a demandé ma mutation au Vieux.

— Si t'avais été voir le Vieux comme je te le disais, y te l'aurait rendu. Houston ou pas Houston.

— D'accord. Et son petit merdeux serait toujours premier clairon. Non, pas de ça, Red. D'ailleurs, les papelards sont déjà signés, cachetés et tout.

— Foutaise ! rétorqua Red, écœuré. Tu peux te les carrer où je pense, les papelards signés, pour l'importance qu'ils ont. T'as tes entrées, Prew, ou du moins tu pourrais les avoir.

— Tu viens chez Choy avec moi, avant la curée ? trancha Prew, désignant d'un signe de tête la chambrée bourdonnante.

— Je suis fauché, grogna Red.

— Est-ce que je t'ai demandé de payer ? C'est moi qui suis muté, c'est moi qui régale.

— Garde ton pognon. On peut bouffer à la cuisine.

— Pas envie d'encorcer leur rata, ce matin.

— Pardon. Y a des œufs sur le plat, aujourd'hui, rectifia vivement Red. On les aura encore bien chauds, si on se grouille. T'auras besoin de ton pognon, là où tu vas.

— O.K. ! concéda Prewitt avec lassitude. Mettons que ce soit histoire de dépenser mon pognon, parce que je change de crémerie. Tu viens ou tu prends racine là ?

— Je viens, capitula Red, à regret.

Ils dégringolèrent les trois étages, tournant le dos au quartier de la Compagnie A, où logeait la clique. La chaleur du soleil les assaillit et les abandonna tout aussi brusquement, lorsqu'ils s'engouffrèrent sous le tunnel, peint aux couleurs de l'unité, qui traversait le bâtiment du Q. G. de part en part et recelait, pompeusement exposés dans leurs vitrines laquées, les trophées athlétiques du régiment.

— T'es en train de te tailler une réputation de forte tête, Prew, insista Red. Tu vas au-devant d'un tas d'emmerdements.

Prewitt ne répondit pas.

La cantine était vide. Les deux Chinois, Choy père et fils, jacassaient derrière le comptoir. La barbe blanche et la toque noire disparurent dans la cuisine, et ce fut le jeune Choy qui vint s'occuper d'eux.

— *Hello !* Plew, pépia-t-il. Moi entendle dile que toi changer qualtiers bientôt, je pense, peut-êtle, eh ?

— Et comment ! Aujourd'hui, Sam, riposta Prew.

— Aujourd'hui ? Muter aujould'hui ?

Sam Choy secoua tristement la tête en souriant d'une oreille à l'autre.

— Letomber deuxième classe ? Faile exelcice et colvées, au lieu musique !

— Ça va ! Tu nous sers, oui ou merde ? s'impatienta Prewitt.

— Bon, bon, acquiesça le jeune Choy. J'appolte tout de suite.

Il disparut derrière la porte battante de la cuisine, et Prewitt le suivit des yeux.

— Sale tête de citron ! bougonna-t-il.

— Te mets pas en rogne. Y dit ça amicalement, expliqua Red, conciliant.

— Sûr. Comme tout le monde. Mais je commence à en avoir mare.

Red haussa les épaules, vaguement offensé, et tous deux attendirent, vautrés et silencieux, dans la fraîcheur relative de la salle. A travers la moustiquaire, une faible brise charriait les claquements monotones des culasses manœuvrées à intervalles réguliers par une compagnie de mitrailleurs, sinistre prophétie qui gâchait partiellement le plaisir qu'éprouvait Prewitt à se tourner les pouces pendant que le programme de la matinée suivait à l'extérieur son cours habituel.

— Toi, soldat modèle, dit le jeune Choy, toujours tristement hilare, en rapportant leurs assiettes. Toi, futule lengagé.

— Tu l'as dit, Sam. J'en ai pris pour trente ans, acquiesça Prewitt.

Red disséquait son premier œuf.

— Même ta *wahiné* sera contre toi, quand elle saura ça, marmotta-t-il, la bouche pleine.

— Je voudrais bougrement bien qu'elle soit contre moi... en ce moment, s'esclaffa Prew.

Mais Red ne se dérida point.

— Les fumelles, on en rencontre pas des régulières à tous les coins de rue, énonça-t-il sentencieusement. Les putains, c'est bon pour les bleus, pour la première année. Mais pour trouver la bonne chasse gardée, c'est dur. Trop dur pour qu'on puisse courir le risque de la perdre. Tu pourras pas aller à Haleiwa tous les soirs, quand il faudra que tu reprennes l'exercice dans une compagnie de biffins.

— Faudra pourtant qu'elle se décide, Red, coupa Prewitt. Y avait longtemps que ça mijotait, cette histoire-là, et c'est pas seulement parce que ce salaud d'Houston a nommé sa lopette premier clairon.

Red le regarda de travers. Les goûts du chef de musique Houston pour les jeunes gars bien balancés étaient de notoriété publique, et Red se demanda un instant s'il n'avait pas fait des avances à Prewitt. Mais non, c'était impossible. Prew l'aurait laissé sur le carreau, chef de musique ou pas.

— Qu'elle se décide ! reprit amèrement Red. Qu'elle se décide avec quoi ? Et où qu'elle place son cerveau, hein ? Dans son crâne, ou entre ses cuisses ?

— T'occupe pas de ma vie privée, ricana Prewitt. Elle le place vingt centimètres plus bas que son nombril, et c'est bien comme ça que je l'entends, tu piges ?

— Oh ! ça va, dit Red. Te fâche pas.

Prew alluma une cigarette et se retourna pour observer les gratte-papier qui venaient de s'installer devant leur tasse de café, à l'autre bout de la salle. Ces gars-là, qui auraient dû être déjà au boulot dans les locaux de la compagnie, se ressemblaient tous : de grands types minces, au visage fragile, naturellement attirés par la supériorité mentale de la paperasserie. L'un d'eux pérorait. Les autres feignaient de l'écouter, mais, en réalité, se bornaient à guetter le moment où il reprendrait haleine pour lui souffler la parole, et Prewitt rit sous cape.

— T'es T/4 (1) et première classe, raisonnait Red. Bon ! Tu pratiques ton instrument deux heures par jour, et le reste du temps t'es ton maître. C'est la bonne vie. Tous les régiments ont une clique. C'est comme les ouvriers spécialisés par rapport aux manœuvres, dans le civil. On se fait du lard parce qu'on a des capacités particulières.

— Les ouvriers spécialisés se font pas de lard, dans le civil ! Faut déjà qu'y s'estiment veinards si y z'ont seulement du boulot.

— La question n'est pas là, protesta Red. Ça, c'est à cause de la crise. Pourquoi que je suis dans cette saloperie d'armée, d'après toi, hein ?

— J'en sais rien. Et toi ?

— Parce que, triompha Red, j'y vis mieux que je vivais dans le civil. Tout pareil que toi !

— Logique, approuva Prewitt en souriant.

— Je te le fais pas dire. Et pourquoi que je suis dans la clique ?

— Parce que c'est logique aussi, répliqua Prew. Seulement, voilà, c'est pas pour ça que je suis dans l'armée. Et c'est pas pour ça que je suis... pardon, que j'étais dans la clique.

— Je sais, gouailla Red, tu vas me ressortir toutes tes balançoires au sujet du soldat de carrière !

— Faut bien avoir un but, dans la vie, concéda Prewitt.

— D'accord ! Alors, t'es soldat de carrière, t'es musicien par vocation, et tu lâches la clique ! Ça tient pas debout !

— Et toi, contre-attaqua Prewitt. T'es dans l'armée à cause de la crise, mais, si la crise se termine du jour au lendemain, c'est pas ça qui t'en fera sortir !

— J'allais pas bouffer des briques dans le civil, alors que je pouvais me faire nourrir dans l'armée, se défendit Red dignement. Pour l'instant, je marque le pas. Mais, quand ce qu'ils sont en train de nous préparer éclatera, y aura belle lurette que j'aurai vu la quille, et je fabriquerai des périscopes, ou quelque chose dans ce goût-là, pendant que vous autres, les soldats de carrière, vous vous ferez trouer la paillasse !

Mais Prew ne l'écoutait qu'à demi. Il se disait que Red pouvait rester dans la clique, et jouer du clairon, pour des fins strictement utilitaires, parce que Red n'était pas vrai clairon, tandis que lui, Prew, se devait de quitter la clique — alors même qu'il avait une folle envie d'y rester — parce qu'il avait le clairon dans la peau. Ça semblait idiot, mais c'était pourtant la vérité.

— Tu sais qui c'est qui commande la Compagnie G, Prew, pas vrai ? insista Red en désespoir de cause.

— Qui c'est qui le sait pas ? fit Prewitt en haussant les épaules.

(1) T/4 : spécialiste de quatrième catégorie.

— Le capitaine Dana E. Holmes, gémit Red. Dynamite Holmes, l'entraîneur de la section de boxe du régiment... Je connais l'histoire de Dixie Wells, Prew. Tu me l'as jamais dit, mais je suis au courant. Il a fallu que tu quittes le 27ᵉ. Quand t'as plus voulu boxer, y t'ont mis les pieds dans les reins jusqu'à ce que tu te fasses muter.

— J'ai fait ce que je voulais faire, trancha Prew, maussade.

— Sans blague ? s'esclaffa Red. Au temps des pionniers, peut-être, un gars pouvait faire ce qu'il voulait. Y pouvait prendre le maquis et vivre seul dans les bois, si ça lui chantait. Mais, maintenant, y a plus de bois, et y te foutront pas la paix tant que tu feras pas ce qu'y voudront... Je t'en ai jamais parlé, Prew, mais je t'ai vu boxer dans la coupe, l'année dernière. Moi et des flopées d'autres gars. Holmes t'a vu aussi, et depuis que t'es là j'ai toujours eu la frousse qu'y te remette les pieds dans les reins.

— Moi aussi, avoua Prew. Seulement je suppose qu'y sait pas que je suis là.

— Y le verra sur ton questionnaire numéro 20, quand tu seras dans sa compagnie, et y te voudra dans sa section de boxe.

— Minute ! Y a rien dans les règlements de l'armée qui oblige un gars à boxer si y veut pas boxer.

— Mon œil, grommela Red. Tu crois qu'y se laissera arrêter par les règlements de l'armée, Holmes, alors que le grand chef veut garder la coupe ? Tu crois qu'y va laisser un boxeur de ta réputation hiverner en paix ? Dans sa propre compagnie ? Sans le faire combattre pour les couleurs du régiment ? Juste parce que t'as décidé une fois pour toutes que tu boxerais plus ? Tu me fais rire, tiens !

— Tout ça, c'est pas prouvé, objecta Prew. Le caporal Choate est dans sa compagnie. Il était champion poids lourds de Panama, lui.

— Ouais, dit Red. Mais le caporal Choate est le chouchou du grand patron, parce que c'est le meilleur joueur de base-ball de tout le secteur hawaiien. Holmes peut pas se permettre de le bousculer. N'empêche que Choate est à la G depuis quatre ans, et qu'il est toujours caporal.

— Bah ! riposta Prew, si Choate voulait se faire muter, il pourrait passer sergent dans n'importe quelle autre compagnie. Si ça devient intenable, je pourrai toujours me refaire muter.

— Tu crois ça ? Tu sais qui qu'est juteux à la G ?

— Ouah ! dit Prew. Warden.

— Exactement, fiston, précisa Red. Warden. Milton Anthony Warden. Notre ancien sergent dans la Compagnie A, et le plus beau salopard de toute la base de Shofield. Et qui peut pas te voir en peinture, en plus.

— Ça, c'est marrant, murmura Prewitt. J'ai jamais eu l'impression que Warden pouvait pas me voir. Moi, j'ai rien contre lui.

Red sourit amèrement.

— Tu te fous de moi ? Après toutes les bagarres que t'as eues avec lui ? C'est pas possible que t'en soyes encore là !

— Il n'y mettait pas de malice. Y faisait seulement son boulot, le gars.

— Alors, mettons qu'il le faisait de bon cœur, grogna Red. Et, maintenant, c'est plus seulement un caporal-chef ; il a deux sardines et une étoile. Ecoute, Prew. Tout est contre toi. T'as pas une chance de t'en sortir.

— Je le sais, dit Prew, morose.

— Alors, va voir le Vieux, supplia Red. T'as encore le temps, ce matin.

Tu sais bien que tu peux me croire. J'ai louvoyé toute ma vie pour avoir ce que je voulais. Je renifle les choses de loin. T'as qu'à aller voir le Vieux, et je flanque mon billet qu'y foutra les papelards au panier.

Prew se leva et, abaissant les yeux vers le visage anxieux de son ami, il sentit l'énergie presque palpable que déversait le regard de Red, avec une violence de lance d'incendie et qui avait nom : sincérité.

— Je peux pas faire ça, Red, dit-il simplement.

Comme si pour la première fois il abandonnait vraiment la partie, Red retomba sur sa chaise, vaincu par cette obstination qu'il ne parvenait pas à comprendre.

— Ça me fait quelque chose de te voir partir, avoua-t-il gauchement.

— Je peux pas faire autrement, Red.

— Comme tu voudras, fiston. C'est toi qui l'auras voulu.

Et Red passa sa langue sur ses lèvres sèches.

— Qu'est-ce que tu comptes faire au sujet de la guitare, Prew ?

— Garde-la. Elle t'appartient déjà à moitié, de toute façon. J'aurai guère l'occasion de m'en servir.

— Je voudrais au moins t'en payer une moitié, toussota l'autre. Seulement, je suis fauché, pour l'instant, se hâta-t-il d'ajouter.

Prewitt sourit. Ça, c'était le Red qu'il connaissait depuis toujours.

— Je te fais cadeau de ma moitié, Red. Sans obligation de ta part... Qu'est-ce qu'il y a ? T'en veux pas ? Allez, si t'as des remords, dis-toi que c'est pour m'avoir aidé à faire mon paquetage.

— C'est pas régulier, s'obstina Red.

— Alors, disons que je reviendrai de temps en temps m'en servir. C'est pas comme si je rentrais aux Etats.

— Non, tu reviendras pas, s'obstina Red. Tu le sais très bien, et je le sais aussi bien que toi. Quand un gars déménage, c'est définitif. Et c'est pas une question de distance.

Devant cette franchise soudaine, Prew détourna les yeux. Red avait raison, Prew le savait, et Red savait qu'il le savait. Muter, dans l'armée, équivaut, pour un civil, à changer de commune. Ou ses copains le suivent, ou ils ne le revoient plus jamais.

— Le meilleur trompette du régiment ! répéta Red, conscient de son impuissance. Quitter la clique pour se retaper l'exercice et les corvées. C'est bien la première fois que je vois ça !

Prew tourna les talons, évitant le regard de Red.

— Allez, faut que j'y aille, lança-t-il par-dessus son épaule.

Red le suivit des yeux.

— Bonne chance ! cria-t-il au moment où la porte-moustiquaire retombait sur son copain.

Puis, regrettant que l'heure ne lui permît point de boire une chope, il rapporta sa tasse au comptoir derrière lequel Sam Choy Junior s'escrimait sur le percolateur nickelé, hérissé de robinets cracheurs et de tubulures.

L'espace d'un instant, Prew resta immobile devant la vitrine aux trophées. Parmi les coupes et les statues, à la place d'honneur, trônait le suprême trophée de la division hawaiienne, que les poulains de *Dynamite Holmes* avaient remporté l'an passé : deux boxeurs dorés dans un ring de fils d'or.

Il haussa les épaules et se retourna pour tomber en arrêt, comme toujours, devant le tableau émouvant qu'encadrait l'entrée de pierre du tunnel. Au premier plan, les bourgerons bleus de la Compagnie D, sur le fond vert pâle saupoudré de rouge du terre-plein ; derrière eux, la blancheur aveuglante des bâtiments affectés au 2e bataillon ; au fond, descendant en pente douce, les canelures rouges et vertes, d'une régularité mathématique, des champs de grenadiers parmi lesquels besognaient des silhouettes indistinctes. Et, en montant toujours, les premiers contreforts luxuriants, verts de ce vert gorgé de sève à qui l'eau n'a jamais manqué. Enfin, couronnant le paysage, mordant de ses crocs acérés un ciel tout pareil au bleu des bourgeons, la chaîne de Waianae, avec la profonde échancrure du col de Kolekole, aussi prometteuse que la robe du soir d'une putain... Et aussi décevante, puisque Prew était monté jusqu'à Waianae et que de l'autre côté il n'avait rien trouvé qui sortît de l'ordinaire.

Une nouvelle fois, Prew haussa les épaules et il s'éloigna, de son pas souple de pugiliste, le corps en parfait équilibre, le képi légèrement incliné sur l'oreille, droit comme un I, tiré à quatre épingles, vivante image du bon soldat.

CHAPITRE II

Prewitt avait appris à jouer de la guitare longtemps avant de savoir boxer ou jouer du clairon, quand il était tout gosse, et il avait appris en même temps un grand nombre de blues et de rengaines. Dans les montagnes du Kentucky, à la frontière de la Virginie occidentale, tous les petits gars apprennent à jouer de la guitare alors même que leur taille les oblige encore à tenir l'instrument comme une contrebasse. Blues et rengaines s'étaient gravés à jamais dans l'esprit du petit Prewitt, mais la guitare elle-même l'avait laissé parfaitement froid. Il n'avait aucune vocation pour la guitare.

Il n'avait d'ailleurs aucune vocation, non plus, pour la boxe. Mais il était véritablement très rapide et possédait un punch incroyable, cultivé sur le trimard par la nécessité bien avant qu'il entrât dans la carrière.

A vrai dire, il n'avait aucune vocation, non plus, pour la carrière. Du moins pas à cette époque. En tant que petit gars révolté contre son sort de mineur du comté de Harlan, il avait inéluctablement gravité vers elle, la seule qui lui fût ouverte. Mais il n'avait jamais eu de vocation réelle jusqu'à ce que, pour la première fois, il eût eu un clairon entre les mains.

Cela n'avait été, tout d'abord, qu'une plaisanterie. Il n'avait fait que brandir l'instrument sans parvenir à en tirer plus de deux ou trois sons gémissants. Mais, tout de suite, il avait senti qu'il y avait quelque chose de différent, de troublant, de sacré, en quelque sorte. Il s'était imaginé, l'espace d'un éclair, sous la tunique du héraut sonnant de la trompette aux couronnements ou conviant au repos les légions accroupies autour des feux de camp par les longs soirs bleus de la vieille Palestine. Il avait su, brusquement, que, s'il parvenait un jour à jouer du clairon avec cette douloureuse intensité, sa vie, du moins, n'aurait pas été vaine, et il avait su, au même instant, qu'il venait enfin de trouver sa voie.

Prew avait beaucoup entendu parler de la carrière, dans sa prime jeunesse, par John Turner, son oncle, un grand gaillard anguleux, tout en os, qui s'était enfui de la maison paternelle, étant enfant, pour trouver l'aventure, et qui avait été caporal aux Philippines, pendant l'insurrection. Ni Pa Prewitt, ni les autres n'étaient jamais sortis de leurs collines, et dans l'esprit déjà révolté du jeune garçon le fait d'avoir appartenu à la carrière conférait à tonton John une distinction qu'il était le seul à posséder. Quant aux histoires qu'il racontait, elles prouvaient de façon concluante qu'il existait un monde au-delà des tas de charbon et des arbres aux feuilles perpétuellement souillées de noir.

Il y en avait une que l'oncle John racontait plus volontiers : celle des *juramentados* mauresques, que le grand prêtre oignait en présence de toute la tribu et consacrait au ciel qu'ils allaient servir, avant de leur ficeler très proprement les organes génitaux à l'aide de lanières humides, pour que la souffrance engendrée par les contractions du cuir brut en voie d'assèchement soutînt jusqu'au bout leur fanatisme religieux. Voilà, disait l'oncle John, la raison pour laquelle l'armée avait, à l'origine, adopté le 11,25. Parce que tout un chargeur de 9,5 ne suffisait pas à descendre un *juramentado*, et que, dans son état, il n'était visiblement d'autre solution que de le descendre. Et le 11,25 vous culbutait son homme à coup sûr, même si le pruneau ne lui emportait que le bout du petit doigt. Garanti sur facture, remboursement assuré en cas d'insuccès.

Le jeune Prewitt était assez sceptique, en ce qui concernait le petit doigt, mais l'histoire lui plaisait beaucoup, comme toutes celles que racontait tonton John. Et pourtant, ce n'était pas tonton John qui avait poussé le petit Prewitt vers la carrière, car il avait l'esprit bien trop pratique pour laisser son neveu se forger des illusions quant aux possibilités d'aventures à trouver de ce côté-là. Le destin s'en chargea. Le destin fait bien les choses quand il s'y met...

A la mine, il y avait eu grève, cet hiver-là, et Pa Prewitt alla en taule, avec une fracture du crâne et deux coups de couteau dans la poitrine. Caché derrière un mur, Robert avait vu tonton John descendre trois flics à l'aide de son fidèle 11,25. C'était l'occasion rêvée de vérifier si le 11,25 était aussi efficace que le prétendait tonton John ; mais, comme les trois policiers avaient été touchés en plein crâne, la curiosité du jeune garçon était demeurée insatisfaite, tonton John n'en ayant touché aucun à l'extrémité du petit doigt.

Tonton John enterré, Pa Prewitt en taule, maman Prewitt emportée à son tour par sa vieille tuberculose, il ne resta plus personne pour empêcher Robert de quitter à jamais l'étroite vallée noire où le charbon régnait en maître. Il avait en poche deux pièces d'un dollar trouvées au fond d'un vieux pot de grès et, sur les épaules, le poids de la mort de maman Prewitt, cette mort que n'avait marquée aucune apparition d'anges, aucune manifestation surnaturelle, gage d'immortalité. Sur son lit de mort, maman Prewitt lui avait seulement demandé de jurer qu'il ne ferait jamais de mal à qui que ce fût, sauf en cas d'absolue nécessité. Elle n'ignorait pas que, sans elle, papa Prewitt et son fils se fussent probablement entre-tués, mais ce qu'elle ne pouvait prévoir, c'était l'influence qu'aurait sur la vie du jeune garçon le serment qu'elle lui avait extorqué, car de tels serments n'ont plus leur place en un temps d'évolution incessante et de lutte farouche pour la vie.

Prew avait dix-sept ans et trois jours lorsque l'armée l'accueillit finalement en son sein, après l'avoir, en raison de son jeune âge, plusieurs fois rejeté à son existence incertaine de vagabond. C'était 1936, une année particulièrement fertile en engagements dans toutes les armes. Il fut envoyé à Fort Myer, où il apprit à boxer, passa première classe avant la fin de sa première année, puis découvrit le clairon et lâcha le ring au profit de la musique. Il n'avait pas encore assez de classe, malgré son punch démesuré, pour que quiconque dans la section pugilistique regrettât sérieusement son départ. Par contre, dix-huit mois plus tard, poussé par sa vocation, il s'était taillé une réputation musicale suffisante pour qu'il lui fût donné de jouer la sonnerie de l'Armistice à Arlington, Mecque de tous les bons trompettes militaires.

Ayant enfin trouvé sa voie, il projetait de rempiler sur place, à Fort Myer, et de tirer ses trente ans dans la clique, lorsqu'une fille de bonne famille, avec laquelle il avait depuis six mois une liaison fort satisfaisante sous tous les rapports — y compris financiers — lui colla inopinément la chaude-pisse.

En privé, personne n'attachait d'importance à la chaude-pisse. Le seul ennui, c'était le traitement assez long et douloureux, mais, somme toute, on ne passait pour un vrai soldat que lorsqu'on se l'était offerte une fois au moins.

Officiellement, c'était une autre paire de manches. Quand Prewitt sortit de l'hôpital, il s'aperçut qu'il avait perdu ses qualifications de T/3 et de première classe, et qu'il y avait pléthore de clairons dans la clique. Il dut reprendre l'exercice jusqu'à la fin de son engagement.

Quand vint le jour de la quille, il rempila sans hésiter — il n'avait pas envie de laisser la prime de rengagement lui passer sous le nez — mais il n'avait pas envie, non plus, de s'éterniser dans le secteur, et ce fut pour cette raison qu'il choisit Hawaii. Avant de partir, il rendit une visite d'adieu à la fille qui l'avait contaminé. Contrairement à la majorité des autres gars, il ne lui en voulait pas. Ce qui le mettait en rage, c'était que cette histoire lui eût coûté son clairon et que la fille ne lui eût pas dit loyalement le cadeau qu'elle lui destinait. Cette dernière visite, cependant, lui apprit qu'elle n'en avait rien su, à l'époque, et qu'elle aussi avait été un peu secouée par l'histoire. C'était un ami d'enfance qui l'avait fadée, et elle avait eu un mal de chien à se faire soigner sans que ses parents fussent mis au courant de son inconduite.

Ce fut la perte de son clairon qui incita Prewitt à reprendre la boxe lorsqu'il débarqua à Shofield, où le noble art était encore plus prolifique qu'à Fort Myer. Il avait pris du poids et figurait désormais parmi les welters. Il gagna le championnat du 27e, passa caporal, puis, comme il avait travaillé dur, en vue du championnat divisionnaire, et qu'on plaçait sur lui les espoirs de la catégorie, il se vit bientôt nommé sergent. Et il serait parvenu à se convaincre que le clairon ne l'avait jamais vraiment intéressé, n'eussent été son serment à sa mère et l'histoire de Dixie Wells, un petit gars qui aimait la boxe et ne vivait que pour elle. Dixie s'était engagé uniquement pour pouvoir mûrir son style et atteindre la grande forme sans avoir à bouffer la vache enragée qui est le lot de tous les ambitieux, jusqu'à ce qu'ils accèdent à la grosse vedette. On avait l'œil sur lui, de l'extérieur, et lorsqu'il quitterait l'armée il pourrait rapidement prétendre au titre. Il aimait travailler avec Prewitt, en raison de sa vitesse, et Prewitt faisait de gros progrès au contact de Dixie. Ce jour-là, c'était Dixie qui était venu le chercher parce qu'il avait un combat en ville, à l'auditorium d'Honolulu. Et c'était également Dixie qui avait voulu mettre les six onces. Quant aux casques, ils n'en portaient jamais.

Bon Dieu ! Des choses comme ça, ça arrive plus souvent qu'on ne le croit, et il n'y avait aucune raison valable pour que Prewitt se sentît coupable. Il se trouvait simplement que Dixie n'avait pas rompu, comme le boxeur expérimenté qu'il était, devant un coup parfaitement ordinaire. Comme ce n'était, après tout, qu'une séance de sparring, peut-être avait-il relâché un instant sa vigilance, sans que Prewitt eût compris ce qui s'était produit ? Toujours est-il qu'il s'était écroulé face contre terre et que, d'après sa façon de tomber comme une masse, Prew avait compris qu'il y avait quelque chose d'anormal. Les boxeurs ne s'écroulent pas plus face contre terre que les judokas. Ramenant sa main en arrière, Prew l'avait contemplé, incrédule, les yeux écarquillés, comme un gosse qui vient de toucher un poêle rougi. Puis, sortant de son hébétude, il avait couru chercher le toubib. Le petit Dixie était resté toute une semaine dans le coma et n'en était ressorti que complètement aveugle. Le toubib de l'hôpital avait parlé de traumatisme, de fracture et de lésion du nerf optique, de tas de choses. Prew était allé voir Dixie, mais après sa seconde visite il n'y était pas retourné. C'était trop déprimant. Ils avaient parlé de boxe, au cours de cette seconde visite, et Dixie s'était mis à pleurer, et le spectacle de ces larmes, coulant d'yeux qui ne voyaient plus, avait été pour Prewitt plus qu'il n'en pouvait supporter. Non, Dixie ne lui en voulait pas. Il était malheureux, simplement. Dès qu'il pourrait être transporté, avait-il dit à Prew, ils le renverraient aux Etats-Unis, dans un foyer pour soldats retraités ou dans un centre de rééducation... Oui, des choses comme ça arrivent plus souvent qu'on ne le croit, et pas seulement dans la boxe, mais ce sont précisément ces choses-là que ceux de la profession ne racontent pas aux profanes.

Sans doute son attitude eût-elle été la même, après l'histoire de Dixie Wells, s'il n'y avait pas eu la promesse faite à Ma Prewitt sur son lit de mort ? Chose étrange, ce fut le souvenir de ce serment qui paracheva sa déroute. Maman Prewitt avait raison ; boxer, c'était accepter de faire le mal, accepter de le faire en dehors de toute nécessité, dans le seul but de procurer des sensations à des tas de sadiques qui n'ont pas assez de cran pour monter eux-mêmes entre les cordes. Ils avaient beau qualifier ça de sport et parier sur l'un ou sur l'autre, la duperie n'en était pas moins flagrante. Et s'il y avait une chose que Prew détestait entre toutes, c'était d'être couillonné.

La catastrophe s'était produite après la fin de la saison. Il aurait pu se reposer sur ses lauriers et attendre le commencement de la saison suivante pour leur faire part de sa décision. Mais il n'était pas assez candide pour accepter de les duper, alors que lui-même refusait d'être leur dupe. Il n'avait pas cette candeur de l'honnête homme à qui tout réussit parce qu'il n'essaie jamais d'aller jusqu'au fond des choses. Il parla.

Au début, personne ne voulut le croire. Puis, lorsqu'ils virent qu'il était décidé, ils conclurent que Prew n'était pas un « sincère », qui n'était entré dans la section que pour en tirer des avantages matériels, et ils le firent saquer avec une vertueuse indignation, s'attendant à le voir faire amende honorable. Il s'en abstint, et ils continuèrent à ne pas comprendre. Ils se mirent alors à le harceler, à lui parler d'homme à homme, à lui rappeler sa valeur, à lui dire ce qu'on attendait de lui, à lui expliquer tout ce qu'il devait à son régiment, à lui démontrer l'étendue de sa honte. Ce fut alors qu'il demanda sa mutation.

Il avait nommé cet autre régiment à cause de sa clique, la meilleure de tout le secteur. Il fut muté dès qu'ils l'eurent entendu jouer du clairon : ils étaient à la recherche d'un bon trompette…

CHAPITRE III

Prewitt était encore en train de faire ses paquets lorsque, à huit heures, ce matin-là, le sergent-chef Milton Anthony Warden quitta la salle de service de la Compagnie G et s'attarda un instant sous le porche. Il faisait frais, pour l'instant, mais la journée serait torride, comme la veille, comme le lendemain, comme tous les autres jours, jusqu'à ce que commence la saison des pluies et qu'il faille lutter, pied à pied, contre l'envahissement de la moisissure. Warden venait d'expédier le rapport et le cahier de visites et, la cigarette aux lèvres, il s'offrait le luxe de regarder la compagnie partir pour l'exercice avant de se rendre au magasin d'habillement, où l'attendait — comme tous les autres jours — un travail qui n'était pas le sien.

Milton Anthony Warden avait trente-quatre ans. Depuis huit mois qu'il était juteux à la G, il l'avait fourrée dans sa poche avec son mouchoir par-dessus, l'arrachant une fois pour toutes aux ornières d'une administration je-m'en-foutiste. Il y avait travaillé avec une ardeur brutale. En fait, lorsqu'il y pensait — et il y pensait souvent — il était obligé de reconnaître que personne n'était plus apte à réussir tout ce qu'il entreprenait que Milton Anthony Warden.

Il regarda disparaître les derniers hommes de la compagnie, jeta son mégot dans la boîte de tôle peinte en rouge et noir — les couleurs du régiment — puis arpenta le sol cimenté du porche et pénétra dans le magasin d'habillement, clignant des yeux pour les accoutumer à l'obscurité sans fenêtres du magasin, que deux ampoules nues dissipaient à peine. Placards, étagères, piles de caisses cernaient étroitement le comptoir de fortune à l'intérieur duquel l'exsangue et grimaçant première classe Niccolo Leva tapait laborieusement sur sa machine avec ses deux index, dans le rond lumineux de sa lampe de bureau.

— Saint Niccolo de Wahiawa, gouailla Warden. Est-ce que t'es jamais fatigué de cette vie d'ermite ? Je parierais n'importe quoi que t'as les roustimballes couvertes de moisi.

— Ta gueule, sergent, dit Leva sans lever la tête. Est-ce que le nouveau est arrivé ? Ses papiers sont prêts ?

— Pas encore. (Warden s'accouda au comptoir.) Et j'espère qu'il arrivera pas de sitôt.

— Pourquoi ? s'informa Leva d'un air innocent. J'ai entendu dire que c'était un excellent soldat.
— C'est une forte tête, dit aimablement Warden. Je le connais depuis longtemps. Au fait, il y a combien de mois que t'es pas allé chez la grosse Suzy, à Wahiawa ? Son cheptel a tout ce qu'il faut pour te les démoisir.
— C'est pas avec ce que je touche ici que je peux faire des galipettes, riposta Leva. J'ai entendu dire, reprit-il avec malice, que ce Prewitt serait une bonne recrue pour l'écurie de Dynamite.
— C'est un dur, une forte tête, répéta Warden, mais une forte tête qui, avec son punch, sera caporal dans six semaines et sergent en décembre, et qu'il faudra que je nourrisse à rien foutre, comme tous les autres !
— Pauvre petit homme incompris, exploité par l'humanité ! ricana Leva. Dis donc, c'est aussi un drôle de bon trompette. Je l'ai entendu. Le meilleur trompette de toute la base, ou je connais rien à la musique !
Le poing de Warden s'abattit sur le comptoir.
— Alors, il avait qu'à rester dans la clique, au lieu de revenir m'emmerder ! explosa-t-il.
Il releva la partie mobile du comptoir, poussa du genou la porte de contre-plaqué et rejoignit Leva parmi les tas de chemises, de pantalons et de leggins amoncelés sur le plancher.
Leva se mit à pianoter, le nez sur sa machine à écrire.
— Et ces états d'habillement, y sont terminés ? tempêta Warden.
— Demande ça au sergent-fourrier O'Hayer, répliqua Leva. Moi, je suis que le sous-ordre, dans cette boîte.
Aussi subitement qu'il s'était emporté, Warden se calma.
— Et ton illustre patron, môssieur O'Hayer, a-t-il daigné se montrer, ce matin ?
Leva déplia sa longue silhouette filiforme pour allumer une cigarette.
— D'après toi ? rétorqua-t-il.
— D'après moi, non, bien sûr, ricana Warden. Après tout, il n'est que huit heures. On peut pas demander à une légume comme lui de se lever à huit heures en même temps que le vulgaire populo.
— Tu peux toujours rigoler, sergent, c'est pas moi qui suis le pire dindon, dans l'histoire, insinua Leva.
— Peut-être qu'il est en train de compter ce qu'il a encaissé la nuit dernière ? suggéra Warden. T'aimerais avoir une petite vie peinarde comme la sienne, pas vrai ?
— J'aimerais avoir dix pour cent sur ce qu'il rafle dans son hangar, chaque jour de prêt, murmura rêveusement Leva en inclinant la tête dans la direction générale des remises où chaque mois, après avoir poussé les 37 millimètres, les affûts et mitrailleuses et tout le bazar, on jouait ferme jusqu'au matin.
Et c'était invariablement O'Hayer qui se relevait avec les poches les mieux garnies.
— J'ai cru comprendre, observa Warden, que c'était à peu près ce qu'il te versait pour faire son boulot à sa place.
Leva le foudroya du regard, et Warden ricana encore.
— Je te crois, dit Leva. Encore un peu, et tu vas me menacer de me faire saquer si je ne te paie pas ta commission.
— Ça, c'est une idée. Merci. J'y avais jamais pensé, fiston.

— Cause toujours, aboya Leva. Tu trouveras ça moins marrant le jour où je te laisserai ce foutu magasin sur les bras avec un Jean-foutre comme O'Hayer pour le tenir.

— Tu te feras jamais muter, Niccolo, susurra Warden. Tu deviendrais aveugle si tu quittais ton magasin en plein jour.

— Tu crois ça? J'en ai marre de faire le boulot du sergent-fourrier pendant que Jim O'Hayer glane les honneurs et le pognon sous prétexte qu'il est dans la section de Dynamite et qu'il casque au régiment pour tenir son hangar. C'est même pas un bon boxeur.

— C'est un bon joueur, dit Warden, et c'est ça qui compte.

— Sûr que c'est un bon joueur! Je me demande combien y crache à Dynamite tous les mois, en plus du régiment.

— Mais, Niccolo, ce serait illégal, dit Warden. C'est écrit en toutes lettres dans les règlements de l'armée.

— Merde pour les règlements de l'armée, gronda Leva, le visage congestionné. Un de ces quatre, y me foutra en pétard. Je pourrais me faire muter du jour au lendemain et avoir le grade en même temps que la fonction, Milt. La Compagnie M cherche un fourrier, et...

Il s'arrêta brusquement, conscient d'avoir trahi un secret qu'il n'avait pas eu l'intention de divulguer.

— T'en fais pas, Niccolo, ce sera pas toujours comme ça, dit Warden, prenant mentalement note du renseignement. Tu fais tout le boulot, t'auras le grade... j'y veillerai...

— Pas tant que Dynamite commandera la compagnie et qu'O'Hayer boxera pour lui. Inutile de me dorer la pilule. Il y a treize ans que je suis dans l'armée, commenta mélancoliquement Leva.

— Dis donc, t'as pas besoin d'un coup de main? biaisa Warden, désignant une pile d'imprimés.

— Non. J'ai même pas assez de boulot pour me maintenir le moral.

— Passe-m'en toujours la moitié, dit Warden. A nous deux, on peut expédier ça aujourd'hui. Je sais pas ce que je ferais si je t'avais pas dans cette saleté de compagnie, Niccolo.

Mais Leva ne se dérida pas au compliment.

« Il n'a pas cru un seul instant que je pouvais réellement lui faire avoir son grade, songea Warden. C'est pas un vieux singe comme lui qu'on peut avoir avec des épluchures de cacahuètes. Il faut transporter ça sur le terrain personnel, faire appel à son amitié, à son orgueil... »

— T'es aussi casse-pieds que les gars de la cuisine, Niccolo, dit-il. Y sont toujours à menacer de foutre leur démission parce que Preem est sergent d'ordinaire. Mais y le font jamais. Y z'ont bien trop peur des armes à feu.

Il étala sa part d'imprimés sur le comptoir, s'empara d'un haut tabouret et dégaina son vieux stylo.

— C'est pas moi qui les blâmerais, si y rendraient leur tablier, dit Leva.

— Moi non plus, souligna Warden. Au contraire. Mais y le font jamais. Et tu le feras pas non plus, Niccolo, bien que ce soit pas pour la même raison. Tu voudrais pas me quitter en me laissant dans le pétrin. Au fond, t'es un bon gars...

— Que tu dis! Attends, Milt, attends un peu..., menaça l'autre.

Mais le cœur n'y était plus. Il était visible qu'il plaisantait, à présent, et tous deux se mirent au travail.

« Quel beau salaud tu fais ! se dit Warden avec dégoût. Cajoler Niccolo et lui faire rater une meilleure place, rien que pour empêcher la pagaille de se réinstaller dans ton magasin d'habillement. Tu as tellement dit de blagues dans ta vie que tu ne distingues plus le vrai du faux. Et tout ça parce que tu veux que ta compagnie soit de première bourre. Ta compagnie ? Des noix ! La compagnie d'Holmes, *Dynamite Holmes,* entraîneur de la section de boxe, homme de cheval et passeur de pommade diplômé auprès de Notre-Père-qui-êtes-au-Q. G., le colonel Delbert. C'est sa compagnie, pas la tienne. Alors, quand te décideras-tu à retirer tes billes du jeu pendant qu'il est encore temps de sauver le peu d'estime qu'il te reste envers toi-même ? Jamais, hein ? Tu as bien trop peur de découvrir qu'il ne t'en reste plus une parcelle, de cette estime. Et c'est pourquoi tu continues... » Rageur, il s'attaqua aux imprimés étalés devant lui avec une énergie sauvage, la même énergie qui, derrière lui, animait Niccolo Leva.

Ils travaillaient toujours, une heure plus tard, quand l'entrée soudaine du sergent O'Hayer vint brusquement réfrigérer ce chaud courant d'énergie. Warden dut déplacer tous ses papiers et quitter son siège pour permettre au grand Irlandais de passer derrière le comptoir. O'Hayer portait un de ses uniformes coupés sur mesure, avec les trois sardines brodées à la main. Warden, silencieux, le regarda évoluer entre les piles d'équipement avec la souple délicatesse du pugiliste, puis reposa ses imprimés sur le comptoir et se remit à l'œuvre.

— Vous vous en sortez, Leva ? demanda O'Hayer.

— Couci-couça, sergent, couci-couça.

— Nous sommes en retard, vous savez.

L'Irlandais jeta un coup d'œil circulaire, redressa quelques piles croulantes.

— Il faudra que tout ça soit rangé par tailles, dit-il.

— C'est déjà fait, riposta Warden sans lever les yeux. D'où sortez-vous qu'on vous y reconduise ?

— Vraiment ? s'enquit O'Hayer avec désinvolture. Alors, il faudra que nous leur trouvions une place. On peut pas les laisser là.

— Ça se peut qu'y vous dérangent, dit Warden. Moi, y me dérangent pas.

C'était une situation délicate — comme toujours lorsqu'il parlait à Jim O'Hayer — et il sentait qu'il devait se contenir. Mais les situations délicates avaient le don de lui porter sur le système.

— Vous m'ôterez tout ça du plancher, ordonna O'Hayer à Leva. Ça plairait pas au Vieux, si y voyait cette pagaille.

— O.K. ! sergent. Maintenant ? soupira Leva.

— Aujourd'hui même.

O'Hayer sortit de derrière le comptoir et s'en alla fourrager dans le magasin.

Warden avait failli intervenir, et il reprit son travail avec difficulté, furieux d'avoir laissé passer l'occasion. Un peu plus tard, quand il se leva brusquement pour vérifier la taille d'un lot de chemises, il télescopa O'Hayer, et ce fut l'explosion.

— Allez-vous me foutre le camp d'ici ? beugla-t-il. Allez vous balader dans votre Dusenberg. Allez compter la razzia de cette nuit. Allez où vous voudrez, mais foutez le camp d'ici. On fait votre boulot. Tout ce qu'on vous demande, c'est de nous foutre la paix !

L'explosion s'était un peu trop prolongée pour une seule haleine, et les derniers mots firent long feu.

— Entendu, sergent, acquiesça O'Hayer, les bras ballants contre ses hanches. Vous savez que je ne discute jamais avec le sergent-chef.

— Sergent-chef. Des clous ! râla Warden, curieux de voir jusqu'où il faudrait pousser ce joueur impassible pour que son visage exprimât une émotion quelconque.

Froidement, il envisagea de lui flanquer son poing sur la gueule, histoire de voir quelles seraient ses réactions.

— C'est pas le sergent-chef qui parle, continua-t-il, c'est Milton Anthony Warden. Et je vous répète de foutre le camp d'ici.

Le sourire d'O'Hayer s'accentua.

— Pour moi, vous êtes toujours le sergent-chef, dit-il. A tout à l'heure, Leva.

Il tourna le dos et quitta le magasin.

— Un de ces jours, ce gars-là me fera perdre mon sang-froid, dit Warden. Mais je me demande s'il est capable de perdre le sien.

— Tu l'as vu combattre, sergent ?

— Ouais. Je l'ai vu gagner aux points contre Taylor.

— Six coups en vache, il lui a fait, dit Leva. Je les ai comptés. Et jamais le même, pour ne pas se faire disqualifier. Il a mis Taylor en pétard. Mais, quand Taylor l'a repayé, y s'est pas mis en pétard. C'est un marle, je te dis. Il a raflé assez de pognon, dans son hangar, pour faire venir toute sa famille des Etats, payer un restaurant à son dab, une boutique de lingerie fine à sa sœur, où se fournissent toutes les familles de la haute, et leur faire bâtir une maison de dix pièces, à Wahiawa. Moi, j'appelle ça un marle. Et avec ça il paraît qu'il a une maîtresse pleine aux as !

— Nom de Dieu ! fit Warden, écrasé. Tu crois qu'y va l'épouser et prendre sa retraite ? reprit-il, plein tout à coup d'un fallacieux espoir.

— On aura pas cette veine, dit Leva.

— Y me cause plus d'emmerdements que Preem. Preem est rien de plus qu'un poivrot, se lamenta Warden. Mais l'autre... Ah ! l'autre...

— Si on travaillait, maintenant ? suggéra Leva.

Ils se mirent à griffonner, mais leurs deux têtes se relevèrent en même temps au bruit d'une voiture s'arrêtant à l'extérieur.

— Qu'est-ce que c'est encore ? grogna Leva, écœuré.

Par la porte d'entrée ouverte, Warden vit une grande blonde descendre de voiture, suivie d'un enfant d'une dizaine d'années, et s'engager sur la piste cimentée qui conduisait aux locaux de la compagnie. Ses seins étaient vivants et libres sous le chandail pourpre. Warden redoubla d'attention et conclut qu'elle ne portait pas de soutien-gorge. Ils bougeaient trop, et l'on en voyait trop les pointes.

— Qui c'est ? fit Leva.

— La femme d'Holmes, dit Warden avec mépris.

Leva se redressa et alluma une autre cigarette.

— Elle et ses maudits chandails, soupira-t-il. Elle va s'amener là-dedans, si elle trouve personne dans la salle de service. A chaque fois, ça me coûte trois dollars au *Nouveau Congrès,* plus le taxi aller et retour en ville. C'est pas les petites gosses de la grosse Suzy qui peuvent me faire avaler ça !

— Elle est bien roulée, admit Warden à contrecœur en contemplant la jupe collante sous laquelle, au niveau de la hanche, se dessinait, en relief, le mince ourlet du slip.

« Cadre d'un facteur crucial de l'existence d'une femme, mais qu'aucune femme n'accepte jamais de reconnaître », pensa-t-il. Warden avait sa théorie sur les femmes. « Ça vous plairait de coucher avec moi ? demandait-il, depuis des années, à celles qui l'intéressaient. Et toujours elles se montraient choquées, même les moins farouches. Elles couchaient avec lui, bien sûr, mais seulement après qu'il eut souscrit aux travaux d'approche exigibles en pareil cas. Aucune n'avait la franchise de répondre : « Oui, ça me plairait de coucher avec vous. » C'était plus fort qu'elles. Elles ne pouvaient pas s'y résoudre.

— Sûr qu'elle est bien roulée, admit Leva. Et elle sait à quoi ça sert.

— Sans blague ? ricana Warden. Je suppose que tu te l'es envoyée ?

— Foutre non, pas moi ! s'exclama Leva. J'ai pas assez de galons. Les simples troufions l'intéressent pas, poursuivit-il amèrement. Mais O'Hayer, oui. Et le sergent Henderson, qui s'occupe des bourrins d'Holmes au train des équipages, et joue à dada avec elle trois fois par semaine, et l'ordonnance d'Holmes, le caporal Kling. Ils y sont tous passés. Tout le monde le sait dans la compagnie. Elle doit prendre son plaisir à s'envoyer les sous-fifres de son mari, pour lui apprendre à la négliger.

— T'as étudié la psychologie ?

Ils l'écoutèrent frapper à la porte de la salle de service, puis entendirent grincer les gonds lorsque, ne recevant aucune réponse, elle en poussa le battant.

— Pas besoin d'être psychologue pour savoir ça, répliqua Leva. Je parie que tu l'as pas vue embrasser Champ Wilson après sa victoire, l'an dernier ?

— Sûr que je l'ai vue. Et alors ? Wilson est le cogneur maison de Dynamite, et il avait décroché le coquetier. C'était normal.

— C'est ce qu'elle savait que tout le monde penserait, dit Leva. Mais elle l'a embrassé sur la bouche, sang, collodion et tout le reste, et elle lui a jeté ses bras nus autour des épaules. Du sérieux ! Quand elle l'a lâché, sa robe était noire de sueur, et elle avait la figure barbouillée de sang. Alors, me raconte pas d'histoires.

— Dis donc, c'est toi qui m'en racontes, lui fit remarquer Warden.

— Si elle t'a pas encore fait d'avances, c'est parce que t'es nouveau dans la compagnie.

— Y a huit mois que j'y suis, objecta Warden. Ça devrait suffire.

Leva secoua sentencieusement la tête.

— Elle peut pas courir de risques. A part O'Hayer, ils étaient tous à Fort Bliss avec Holmes. Wilson, Henderson et Kling. Elle...

Il entendit claquer la porte de la salle de service et s'arrêta.

— Et, maintenant, elle va s'amener là-dedans, gémit-il. Et ça me coûte quatre dollars à chaque fois. Si tu me décroches pas mon grade pour que je puisse en avoir ma part, y va falloir que j'emprunte du pognon à vingt pour cent.

— Qu'elle aille se faire voir, dit Warden. On a du boulot.

Mais il écouta les pas résonner sous le porche.

Elle pénétra dans le magasin.

— Où est le sergent-chef ? demanda-t-elle.

— Je suis le sergent-chef, madame, aboya Warden avec cette soudaine véhémence qui surprenait toujours, comme un coup de tonnerre dans un ciel sans nuage, et que, depuis son premier galon, il s'était toujours appliqué à cultiver.

— Oh ! fit-elle. Parfaitement. Comment allez-vous, sergent ?

— Que puis-je faire pour vous, madame Holmes ? questionna Warden sans quitter son tabouret.

— Oh ! vous me connaissez donc ?

— Pourquoi pas, madame ? Je vous ai vue assez souvent.

Il la contemplait posément, des pieds à la tête, glissant avec impudence dans ses yeux bleu pâle, écarquillés et candides sous ses sourcils broussailleux, le défi secret qu'il ne pouvait se permettre d'énoncer.

— Je cherche mon mari, dit-elle avec une légère emphase.

Elle esquissa un sourire et attendit sa réponse. Il continua de la regarder gravement et attendit la suite.

— Savez-vous où il est ? fit-elle enfin.

— Non, madame, dit Warden.

— Est-il venu ici, ce matin ?

Elle soutenait calmement son regard, et il pensa qu'elle avait les yeux les plus froids qu'il eût jamais vus chez une femme.

— Vous voulez dire : « Est-il déjà venu », madame. Avant huit heures et demie ?

Toujours assis devant sa machine, Leva riait sous cape. Warden n'avait pas son pareil pour jongler avec les nuances.

— Il m'a dit qu'il viendrait ici, insista-t-elle.

— Mon Dieu ! madame...

Il changea brusquement de tactique et se leva, débordant d'une courtoisie raffinée.

— Il vient presque tous les jours, tôt ou tard. Il viendra probablement ce matin. Je lui dirai que vous le cherchez, si je peux lui mettre la main dessus. Ou je peux lui faire la commission, si vous le désirez.

Il surgit soudain de derrière le comptoir, l'acculant dans l'espace confiné où elle se trouvait. Lentement, elle battit en retraite jusque sous le porche, et Warden sortit à sa suite, sans regarder Leva que convulsait une muette hilarité.

— Il devait m'acheter diverses choses, reprit Mme Holmes, désarçonnée.

C'était la première fois que le sergent-chef sortait de son rôle de figurant dans la tragi-comédie qu'était l'existence quotidienne du capitaine Holmes, son époux.

Le petit garçon faisait de l'acrobatie sur l'une des rampes métalliques qui longeaient la piste cimentée.

— Junior, arrête ! Retourne dans la voiture ! cria Mme Holmes. Je pensais, continua-t-elle d'un ton plus posé, qu'il avait pu en faire l'achat et tout laisser ici à mon intention.

Le sourire de Warden se teinta d'astuce. Elle n'aurait jamais parlé comme ça si elle avait continué à ne voir en lui qu'un quelconque sous-fifre. Karen Holmes comprit le sens de ce sourire et, simultanément, pour la première fois, nota les manches retroussées sur de puissants avant-bras couverts de poils noirs, les muscles ondulant sous la chemise tendue. Warden la vit détourner les yeux et comprit le sens de ce fléchissement, mais elle se reprit aussitôt et affronta son regard sans battre une seule fois des paupières. Il décida qu'elle avait du cran.

— On peut toujours voir dans la salle de service s'il y a quelque chose pour vous, madame, proposa-t-il. Il a pu venir et repartir pendant que je travaillais au magasin d'habillement.

Elle le suivit sans mot dire à l'intérieur de la salle où elle était entrée seule quelques instants plus tôt.

— Il n'y a rien, constata-t-il, feignant la surprise.

— Je me demande où il peut être ? s'exclama-t-elle avec irritation.

Warden marqua une pause, ménageant soigneusement son effet.

— Ma foi, madame, si je connais bien mon capitaine, il doit être déjà au club avec le colonel Delbert, à discuter le problème domestique en buvant quelques tournées.

Mme Holmes l'examina froidement, comme elle eût examiné une préparation microscopique. Ses yeux niaient qu'elle eût jamais eu connaissance des partouses organisées au club par le colonel Delbert, ou du penchant forcené de son mari pour les servantes indigènes. Mais Warden, qui l'observait, crut discerner au fond de ses prunelles une lueur presque imperceptible d'amusement.

— Merci beaucoup de la peine que vous avez prise, sergent, laissa-t-elle tomber de très haut.

Elle tourna les talons et s'en alla.

— De rien, madame, cria-t-il allégrement. De rien ! A votre entière disposition.

Du porche, il la regarda grimper dans sa voiture. En dépit de tous ses efforts, elle ne put empêcher le soleil de resplendir une fraction de seconde sur sa longue cuisse dévoilée, et Warden sourit plus largement.

— Alors, tu viens avec moi chez Mme Kipfer, ce soir, Milt ? lui lança Leva lorsqu'il réintégra le magasin d'habillement. Elle a reçu deux nouvelles des Etats : une brune et une rousse.

— Des clous, Niccolo, répliqua Warden. Quand y faudra que je paie pour ça, je prendrai ma retraite.

Leva éclata de rire. On eût dit un tuyau d'échappement.

— Après ce que tu viens de subir, je pensais que ça pourrait t'intéresser. Ça empêche pas qu'elle est un peu là, hein ! la môme Holmes.

— J'ai vu mieux, dit Warden avec indifférence.

— On se demande comment un type peut courir la fille avec quelque chose comme ça à la maison et un bon plumard par-dessus le marché.

— Elle est froide, dit Warden. Une vraie banquise.

— Ouais ? ironisa Leva. C'est peut-être pour ça que tous les autres s'en sont fatigués. En tout cas, froide ou pas froide, j'ai encore jamais rencontré de paire de fesses qui vaille vingt piges à Leavenworth.

— Moi non plus, dit Warden.

— Faut être piqué pour risquer un pépin avec la femme d'un officier.

— Sûr, dit Warden. En cas de surprise, elle n'a qu'à crier au viol et, passez muscade, le gars est enveloppé.

A travers la sortie cochère, au sud-est du terre-plein, il apercevait en partie la maison d'Holmes, avec deux fenêtres sur sa face latérale. L'une d'elles était celle de la chambre à coucher. Il y était entré une fois, pendant que le capitaine changeait d'uniforme, pour lui faire signer quelque paperasse urgente. Bientôt, il vit la voiture se ranger le long de la maison et Karen Holmes pénétrer chez elle, gracieusement portée par ses longues jambes nerveuses. Brusquement, il se souvint de l'allure qu'avait eue le second lit jumeau, avec les fines chaussures de femmes posées dessous...

— Au boulot ! grogna-t-il. Le nouveau vient à neuf heures et demie ; j'ai une conférence avec Holmes et un de ces maudits cuistots prévue pour ce matin. Alors, si tu veux un coup de main, c'est tout de suite ou jamais.

— D'accord, sergent. T'as qu'à commander, sergent, dit Leva, souriant.

— Et n'oublie pas que môssieur O'Hayer veut que tout ce bordel-là soit rangé aujourd'hui.

— Ta gueule, sergent, dit Leva, toujours aimable.

— La tienne, riposta Warden. Au boulot.

CHAPITRE IV

De la salle de service Milt Warden entendit, avec cette partie de son esprit qui n'était jamais totalement absorbée par ce qu'il se trouvait en train de faire, Prewitt, le nouveau, arpenter le ciment du porche. La conférence suscitée par le plus geignard des cuistots de la compagnie n'était pas encore près de se terminer. Le cuistot, qui s'appelait Willard et pilonnait dur pour s'adjuger le grade du sergent d'ordinaire, avait exposé, en long et en large, comment lui, Willard, devait quotidiennement, moyennant sa solde de cuisinier-chef, accomplir la besogne de Preem, le sergent d'ordinaire, que son ivrognerie rendait inapte à tout travail suivi. Il s'était littéralement surpassé, mais Holmes, pour qui Preem ne demeurait pas moins un de ceux qui avaient servi sous ses ordres à Bliss, avait fini par démontrer que Willard ne remplissait pas assez bien les fonctions de sergent d'ordinaire pour mériter sa solde de cuisinier-chef.

Warden se moquait comme de sa première chemise du résultat final, mais puisque de temps à autre il trouvait l'occasion de critiquer à la fois le sergent Preem, qu'il voulait faire saquer, et le cuisinier-chef Willard, dont il ne voulait à aucun prix comme successeur, il continuait à prêter l'oreille, guettant l'occasion d'en finir pour pouvoir s'occuper du nouveau et retourner aider Leva. Leva était à peu près le seul type consciencieux de l'unité, et son départ serait pour l'administration de la compagnie une perte pratiquement irrémédiable...

Bercé par le bourdonnement monotone des voix, Prewitt s'était installé sur une chaise et avait sorti de sa poche l'embouchure du clairon qui ne le quittait jamais, un clairon acheté à Myer, avec le produit d'une partie de passe anglaise. C'était celui dont il s'était servi à Arlington, et le simple fait de le contempler ne manquait jamais de recréer autour de lui l'ambiance de ce jour mémorable, que glorifiait la présence du président appuyé sur un de ses gardes du corps. Il y avait bien un nègre, encore, meilleur trompette que lui-même, mais celui-là, en raison de sa couleur, avait été posté dans les collines pour jouer l'écho de la propre sonnerie de Prew. Tendrement, il réempocha la petite merveille, croisa les bras sur sa poitrine et attendit. Une machine à écrire cliquetait par à-coups spasmodiques à l'intérieur du magasin d'habillement, et devant la porte moustiquaire de la cuisine un homme de corvée pelait des salsifis, en s'arrêtant de temps à autre pour chasser les mouches qui ronflaient autour de sa tête.

— Chouette passe-temps, hein ? lança-t-il en embrochant férocement un nouveau tubercule. Recommandé aux hypernerveux. C'est toi, le nouveau ?

Prew baissa les yeux vers le petit Italien crépu, dont les épaules osseuses pointaient sous le maillot de corps.

— Qu'est-ce que ça peut te foutre ? laissa-t-il tomber.

Il n'avait jamais aimé les macaronis.

— Ben, t'aurais pu mieux choisir, mon pote, c'est tout.

— J'ai pas choisi...

— A moins, enchaîna l'autre, négligeant l'interruption, que tu sois fortiche dans un sport quelconque, n'importe quel sport, mais de préférence la boxe. Si t'es boxeur, alors, là, mon pote, t'as tapé dans le mille et je t'appellerai caporal avant la fin de la semaine.

— Je ne suis pas sportif, trancha Prew.

— Alors, je te plains, mon pote, je te plains, c'est tout. Je m'appelle Maggio, et tu peux voir par toi-même que je suis pas un fort-en-muscles. Mais je suis le champion des éplucheurs. Maggio, le meilleur éplucheur de toute la base de Shofield, territoire d'Hawaii. Et je m'entraîne régulièrement.

Le bourdonnement qui s'en venait de la salle de service s'éleva soudain d'une octave.

— T'entends ça ? continua Maggio, désignant la fenêtre du bout de son gratte-légumes breveté. C'est ce qui te pend au bout du blair, frangin : Warden et Dynamite en train de bouffer le rata du cuisinier-chef Willard. Et c'est pas exceptionnel. Y se trouve simplement que Willard est de service aujourd'hui. Et, quand y z'en auront fini avec lui, y se vengera sur ma peau. Willard ferait même pas un bon éplucheur dans n'importe quelle autre compagnie, mais ici il est cuisinier-chef, parce que personne d'autre veut venir bosser sous les ordres du sergent d'ordinaire Preem, qu'est blindé les trois quarts du temps.

— Ç'a l'air d'un bon petit coin pépère ici, constata Prew.

— Tu t'y plairas, mon pote, prédit Maggio d'un air sombre. Tellement que tu voudras plus en partir. Y a six semaines que je fais plus l'exercice avec les bleus, et je voudrais déjà retrouver Brooklyn et mon petit turbin peinard.

Il secoua douloureusement la tête.

— Si quelqu'un m'avait dit ça il y a six mois, je lui aurais dit de le prendre et de se le carrer quelque part.

Il fourragea dans l'eau sale du chaudron n° 18 et brandit un dernier salsifis.

— Fais pas attention à moi, mon pote, soupira-t-il. Ce qu'y me faut, c'est une visite au claque Kipfer, et après ça ira mieux pendant une semaine.

Il se leva, s'étira, gratta sa tignasse noire, marmotta quelque chose au sujet d'une autre chaudronnée à éplucher et disparut.

A pas lents, Prew poussa une pointe jusqu'à la salle de récréation, demeura un instant immobile devant le vieux billard, puis il alluma l'ampoule au-dessus du tapis vert, choisit une queue et dispersa les boules.

Le bruit sec de l'impact multiple claqua, énorme, dans le lourd silence du matin.

— Qu'est-ce que vous foutez ici ? hurla une voix, brusquement. Comment vous appelez-vous ?

Prew se retourna sans hâte.

— Prewitt, muté de la Compagnie A, riposta-t-il avec calme. Et tu me connais, Warden.

— Ouais, je te connais, acquiesça le sergent, sa déconcertante fureur aussi soudainement disparue qu'apparue. Mon petit joueur de clairon, je t'appellerai tout à l'heure.

Avant que Prew ait eu le temps de répondre, il s'était escamoté, et Prew reprit sa partie de billard solitaire, songeant à quel point cette attitude convenait à Warden. Tout autre juteux lui eût ordonné d'arrêter, mais pas Milt Warden, car Warden était au-dessus de ces petites vacheries gratuites. Prew sortit méthodiquement toutes les boules, puis les rangea et alla raccrocher la queue au râtelier, incapable de poursuivre un passe-temps devenu soudain plus insipide qu'un vieux verre de bière. La lampe éteinte, il regagna le porche.

Ça bardait toujours, dans la salle de service. Maggio pelait une nouvelle marmitée de scorsonères. Casseroles et chaudrons s'entrechoquaient dans les profondeurs invisibles de la cuisine, mais le tacatac irrégulier de la machine à écrire s'était interrompu. Prew eut l'impression de s'être égaré au sein d'un désert d'activités abstraites, tandis que la vie végétative de la Compagnie G se déroulait comme chaque matin, indifférente à cette mutation qui, pour lui, prenait figure d'événement. Le cuisinier jaillit soudain de la salle de service, la face rouge brique, et s'engouffra dans la cuisine après avoir dit à Maggio de foutre le camp du chemin avec sa saloperie de chaudron. Pour Prewitt, les événements se remirent en route.

— Qu'est-ce que je t'avais dit ? lança Maggio, hilare.

— O.K. ! Prewitt, hurla presque simultanément Warden.

« Un à zéro », songea Prewitt à contrecœur. Comment Warden pouvait-il savoir qu'il avait quitté la salle de récréation ? Il y avait en Milt Warden une sorte de connaissance sardonique des ressorts de l'âme humaine qui touchait au surnaturel.

Prew jeta son fusil sur son épaule, le bras passé dans la bretelle, et pénétra dans la salle de service.

— Soldat Prewitt convoqué au rapport par le commandant de la compagnie, récita-t-il, rejetant avec la formule consacrée tout ce qu'il y avait en lui d'humain et de naturel.

Le capitaine Dynamite Holmes tourna sévèrement son visage aux pommettes saillantes, au nez en bec d'aigle, aux cheveux soigneusement ratissés en travers d'une calvitie naissante, vers le soldat Prewitt, et, sans le regarder, prit sur son bureau l'ordre de mutation.

— Repos, dit-il.

Son bureau était juste en face de la porte, celui de Warden, à gauche en entrant, perpendiculaire à celui du capitaine. Tout en avançant le pied gauche et croisant les mains derrière le dos, Prew risqua un rapide coup d'œil dans la direction du sergent-chef. Le regard de Warden était ambigu, mi-enjoué, mi sur le qui-vive. L'air de guetter quelque chose.

Le capitaine Holmes tourna un instant son fauteuil vers la fenêtre, offrant à Prewitt la vision édifiante de son profil accentué, nez impérieux, bouche énergique et menton en galoche. Puis, d'un seul coup, il refit un quart de tour en sens inverse et prit la parole.

— J'ai pour règle de conduite d'accueillir personnellement mes nouveaux hommes, Prewitt, annonça-t-il. J'ignore ce qui se passe dans la clique, mais chez moi il faut que ça marche. Tout individu qui se croit plus fort que les autres est rapidement mis au pas. Les têtes brûlées et les tire-au-cul n'ont pas leur place dans ma compagnie. C'est au dur qu'ils ont leur place... jusqu'à ce qu'ils aient appris leur métier de soldat.

Il décroisa ses bottes, dont les éperons sonnèrent, ponctuant son avertissement. Il s'échauffait au son de sa propre voix.

« Vous avez devant vous, proclamait toute son attitude, un soldat qui ne mâche pas ses mots, qui n'a pas peur de parler à ses hommes dans leur propre langue et qui les comprend ! »

— Mais, continua-t-il, quand un type fait son travail, exécute les ordres et se tient à carreau, il a chez moi plus de chances d'avancement que partout ailleurs, parce que chez moi il n'y a pas de favoritisme. A chacun selon ses mérites. Ni plus, ni moins. Il ne tient qu'à vous d'agir en conséquence, Prewitt. Compris ?

— Oui, mon capitaine, dit Prewitt.

— Très bien, conclut sévèrement Holmes.

De son bureau, Milt Warden observait avec sagacité le déroulement de cette conférence qu'il connaissait par cœur. Son visage était impassible, mais ses sourcils souriaient à Prew, et des lueurs irrévérencieuses dansaient au fond de ses prunelles attentives.

— Pour monter en grade dans ma compagnie, disait le capitaine Holmes, il faut connaître son travail. Il faut être un vrai soldat. Il faut montrer qu'on a quelque chose dans le ventre.

Il releva brusquement les yeux.

— Compris ?

— Oui, mon capitaine.

— Très bien. Une parfaite compréhension doit toujours exister entre un officier et ses hommes.

Il repoussa son fauteuil et, magnanime, sourit à Prewitt.

— Content de vous avoir à bord, Prewitt, comme disent nos collègues de la flotte. Un bon soldat est toujours le bienvenu chez moi, et je suis content de vous avoir.

— Merci, mon capitaine, dit Prew.

— Que penseriez-vous de devenir clairon dans ma compagnie, temporairement ?

Holmes s'interrompit pour allumer une cigarette.

— Je vous ai vu combattre l'année dernière dans la coupe, contre Connors, du 8e de ligne. Un combat remarquable. Avec un peu de veine, vous deviez gagner. J'ai bien cru que vous alliez l'envoyer au tapis pour le compte, à la deuxième reprise.

— Merci, mon capitaine, dit Prew.

Le capitaine Holmes parlait presque joyeusement, à présent.

« Nous y voilà, songea Prew. Tu l'as cherché, maintenant, débrouille-toi. Ou plutôt, laisse-le débrouiller ça tout seul. »

— Si j'avais su que vous étiez dans ce régiment en décembre dernier, au début de la saison, je vous aurais fait convoquer, reprit Holmes.

Prew sentit, plus qu'il n'entendit, Warden renâcler de dégoût, à sa gauche, en remuant une pile de paperasses.

— J'ai besoin d'un bon trompette, Prewitt, dit Holmes. Le mien n'a aucune pratique, et son élève n'occupe ce poste que parce que c'est un si mauvais soldat que j'ai craint qu'il ne tue quelqu'un en faisant l'exercice.

Il éclata de rire et regarda Prewitt, l'invitant à faire chorus.

Milt Warden, qui avait suggéré de nommer Salvatore Clark élève trompette, après que celui-ci eut failli se flanquer une balle dans la peau pendant son tour de garde, continua d'examiner ses papiers, mais ses sourcils frémissaient.

— Ce poste vous confère le grade de première classe, dit Holmes. C'est peu de chose, bien sûr, mais notre liste de sous-officiers est au complet, quoique les engagements de deux d'entre eux se terminent le mois prochain. Il est dommage que la saison soit presque terminée, vous auriez pu reprendre l'entraînement dès cet après-midi... A ce propos, comment se fait-il, Prewitt, que vous soyez dans ce régiment depuis une année et que personne ne l'ait su ? Comment se fait-il que vous ne soyez pas venu me voir, puisque c'est moi l'entraîneur, et que nous sommes champions de la division ?

Prew respira profondément.

— J'avais peur que vous me demandiez de combattre pour la section, mon capitaine, dit-il.

« Et voilà, pensa-t-il, soulagé, les cartes sont tombées. A lui de jouer, maintenant. »

— Evidemment, s'exclama Holmes. Nous avons besoin de bons boxeurs. Surtout dans votre catégorie des welters. Si nous perdons le championnat cette année, ce sera en raison de notre faiblesse dans cette catégorie.

— J'ai quitté le 27e parce que j'avais abandonné la boxe, mon capitaine.

— Abandonné la boxe ? répéta Holmes. Pour quelle raison ?

— Peut-être avez-vous entendu parler de ce qui m'était arrivé, avec Dixie Well, mon capitaine ? suggéra Prewitt.

Holmes le regarda, les yeux saturés d'innocence.

— Non, ma foi. Je vous écoute.

Pour lui, pour Warden sarcastiquement attentif, Prew dut raconter son histoire, sachant parfaitement qu'ils la connaissaient aussi bien que lui, et forcé, malgré tout, de jouer sans défaillance le rôle qu'Holmes lui avait assigné.

— C'est terrible, concéda le capitaine lorsqu'il eut terminé. Et je comprends vos sentiments. Mais ce sont des choses qui arrivent, de temps à autre. Que faudrait-il, d'après vous ? Interdire la boxe parce qu'un boxeur est devenu aveugle ?

— Non, mon capitaine, dit Prew. Je ne...

— C'est aussi ridicule, coupa Holmes, que de prétendre interdire la guerre parce qu'un soldat a été tué. Notre saison de boxe est le meilleur moyen que nous ayons pour soutenir le moral des troupes cantonnées loin du pays.

— Je ne demande pas qu'on interdise la boxe, mon capitaine, protesta Prewitt, sentant trop tard le degré d'absurdité auquel on l'avait acculé. Mais aucun homme n'est obligé de boxer s'il ne le désire pas, conclut-il désespérément.

— Et c'est pour cette raison que vous avez quitté le 27ᵉ ?

— Oui, mon capitaine. Parce qu'ils voulaient m'obliger à continuer.

— Je vois.

La question semblait avoir soudain perdu tout intérêt pour le capitaine Holmes. Il consulta sa montre, se souvenant brusquement qu'il avait rendez-vous à midi et demi, pour une promenade à cheval avec la femme du major Thompson.

Il se leva et reprit son chapeau.

Pour un beau chapeau, c'était un beau chapeau, un Stetson impeccable et coûteux, à quatre alvéoles se rejoignant au sommet en une pointe acérée, l'ample jugulaire de la cavalerie remplaçant la mince courroie réglementaire dans l'infanterie. Près du chapeau reposait une cravache dont le capitaine s'empara également. Il n'avait pas toujours été dans l'infanterie.

— Enfin, dit-il avec indifférence, il n'y a rien dans les règlements de l'armée qui oblige un homme à boxer s'il n'en a pas envie. Nous ne chercherons pas à faire pression sur vous, comme ils l'ont fait au 27ᵉ. Si vous ne voulez pas boxer, nous ne voulons pas de vous dans la section.

Il se dirigea vers la porte, puis, au moment de sortir, se retourna brusquement.

— Pourquoi avez-vous quitté la clique ? lança-t-il.

Mal à l'aise, Prew chercha refuge dans le fait que les affaires personnelles d'un homme sont toujours inviolables, même celles d'un simple soldat.

— C'est une affaire personnelle, mon capitaine, dit-il.

— Je vois, fit Holmes.

C'était une réponse qu'il n'avait pas envisagée et devant laquelle il ne savait trop quelle contenance adopter. Du regard, il invita Warden à intervenir, mais Warden, qui avait suivi les débats avec un intérêt croissant, contemplait la cloison voisine d'un air indifférent. Holmes s'éclaircit la gorge. Warden ne broncha pas.

— Vous n'avez rien à ajouter, sergent ? dut finalement lui demander Holmes.

— Qui ? Moi ? Oh ! si, mon capitaine, explosa Warden avec cette indignation spontanée dont il avait fait un système. Quel grade aviez-vous dans la clique, Prewitt ?

— Première classe et spécialiste de 4ᵉ catégorie, dit Prewitt, le regardant droit dans les yeux.

— Et vous avez lâché ça pour retomber simple soldat dans une compagnie de fantassins parce que l'exercice et les corvées vous manquaient, je suppose ?

— C'est une affaire personnelle, répéta stoïquement Prewitt.

— Le commandant de la compagnie en décidera, rectifia instantanément Warden.

Holmes lui fit signe de continuer.

— Ainsi, vous ne vous êtes pas fait muter parce que M. Houston a nommé le jeune Mac Intosh premier clairon ? s'informa Warden d'une voix de velours.

— J'ai été muté à la requête du chef de musique Houston, riposta Prewitt, impavide. C'est une affaire personnelle.

Warden se renversa en arrière et ricana tout bas :

— Muter pour une raison pareille ! Dans cette armée, vous êtes toute une bande de fortiches qui avez besoin d'apprendre que les bonnes planques ne se trouvent pas sous la queue d'un cheval !

Dans la violence de l'antagonisme qui venait de jaillir entre eux comme la foudre entre deux nuages, ils avaient oublié le capitaine Holmes.

— Il me semble, trancha-t-il, que vous êtes en train de vous tailler rapidement une réputation de forte tête, Prewitt. Et les fortes têtes ne vont jamais bien loin, dans l'armée ! Le sergent Warden va s'occuper de vous et vous assigner un peloton. Y a-t-il autre chose, sergent ?

— Oui, mon capitaine, dit Warden avec véhémence.

— Alors, occupez-vous-en. Je passerai demain matin signer les papiers. Si quelque chose se présente cet après-midi, signez à ma place. Je n'ai pas de temps à perdre avec les détails !

Il foudroya Warden du regard et tourna les talons.

— Gaaaarde... à vous ! hurla Warden.

— Repos, dit Holmes.

Il toucha du bout de sa cravache le bord de son chapeau et disparut. Il n'avait pas reparlé du poste de trompette. Un instant plus tard, sa voix retentit à travers la fenêtre ouverte.

— Sergent Warden !

— Oui, mon capitaine ! cria Warden en bondissant à la fenêtre.

— Qu'est-ce que c'est que ça ? Et ça ? Et là-bas, près des poubelles ? Est-ce que c'est une caserne ou une porcherie ? Faites-moi nettoyer ça immédiatement.

— Oui, mon capitaine ! hurla Warden. Maggio !

Le petit Italien surgit devant la fenêtre.

— Mon capitaine !

— Maggio, dit Holmes. Qu'est-ce que c'est que cette tenue ? Où est-ce que vous vous croyez, sacré nom de Dieu ? Au bord de la mer ? Allez m'enfiler tout de suite votre veste de treillis !

— Oui, mon capitaine.

— Maggio ! beugla Warden. Allez chercher les hommes de corvée et nettoyez-moi tout ça. Vous avez entendu ce qu'a dit le capitaine !

— Oui, sergent, dit Maggio, résigné.

Holmes montait l'escalier extérieur du Q.G. régimentaire, se rendant comme chaque matin au bureau du colonel Delbert. Warden avait son opinion bien arrêtée sur les officiers. Avec le nombre des galons, croissait le degré de vacherie. Il n'y avait rien à faire contre ça. Ils étaient les plus forts et ils le savaient bien. Mais au-delà du Q.G., à travers l'entrée cochère, il y avait la chambre à coucher d'Holmes, dont la fenêtre avait l'air de lui faire de l'œil ; la fenêtre derrière laquelle, en ce moment même, Karen Holmes était peut-être en train de dévoiler langoureusement les ondes laiteuses de son long corps blond pour l'offrir à l'eau fraîche d'un bain parfumé, ou aux caresses d'un de ses amants... Warden sentit sa poitrine se gonfler mâlement, démesurément, et jugea le moment venu de regagner son bureau.

Prew l'attendait sans mot dire, épuisé, vidé, rompu par ses propres craintes et la tension de ce dangereux conflit avec l'autorité. Sa chemise, impeccable à huit heures du matin, n'était plus qu'un chiffon à tordre.

« Encore un peu de cran et ce sera terminé, songeait-il. Ensuite, tu pourras respirer. »

Warden s'assit derrière son bureau, et tous deux s'observèrent longuement en silence. Il n'y avait aucune inimitié dans leurs regards, rien que l'antagonisme inhérent à leurs positions respectives. Comme deux philosophes partis du même point et parvenus, au moyen d'arguments irréfutables, à des conclusions diamétralement opposées.

Ce fut Warden qui, le premier, reprit l'offensive.

— T'as pas changé d'une broquille, hein ! Prewitt ? dit-il sarcastiquement. T'as encore rien compris ! T'avais une bonne petite planque dans la clique, et tu la fous au rancart parce que cette vieille tante d'Houston t'a blessé dans ton amour-propre. Tu pouvais te sauver la mise en boxant pour Holmes, et t'envoies le capitaine au bain. T'aurais pas dû faire ça, Prewitt. Ça te plaira pas de reprendre du service actif dans ma compagnie.

— Toi non plus, tu n'as pas changé, Warden, dit Prewitt. Mais tu oublies que je suis pas un bleu. J'ai déjà fait la pelote dans l'infanterie. Et c'est pas sur le terrain que tu me prendras en défaut.

— Quand je te dis que t'as encore rien compris ! constata tristement Warden. D'abord, je cherche pas à prendre qui que ce soit en défaut. Je fais mon boulot, même si ça me plaît pas toujours. Et, deuxièmement, c'est pas en étant bon soldat qu'on arrive à quoi que ce soit, dans l'armée. Alors, si jamais tu changes d'avis et que tu te décides à boxer pour Dynamite, oublie pas une chose. Ici, c'est pas la Compagnie A. C'est la G, et c'est moi qu'en suis le sergent-chef. Holmes en est le capitaine, d'accord, mais il est comme tous les officiers : c'est un foutu sagouin qui signe les papiers, et qui monte à cheval et qui fait sonner ses éperons et qui se saoule la gueule au club des officiers. Ce qui fait que le gars qui dirige vraiment la compagnie, c'est bibi.

— Sans blague ! s'esclaffa Prew. Alors, t'es pas bien fortiche, mon pote. Si c'est toi qui diriges la G, comment que ça se fait que Preem en soit sergent d'ordinaire ? Et comment que ça se fait qu'O'Hayer en soit sergent-fourrier, alors que c'est Leva qui se farcit tout le boulot ? Et comment que ça se fait que presque tous les officiers subalternes de « ta compagnie » soient des boxeurs de Dynamite ? Me fais pas rigoler.

Le blanc des yeux de Warden rougit lentement.

— Et tu sais pas tout, fiston, ricana-t-il. Attends de connaître Galovitch et Henderson, et Dhom, le sergent instructeur.

Il ôta sa cigarette de sa bouche et l'écrasa sauvagement sur un cendrier.

— Tout ce qu'il y a de sûr, c'est qu'Holmes crèverait la gueule ouverte si j'étais pas là pour lui racler les amygdales.

Il se leva en s'étirant languissamment, comme un gros chat ankylosé.

— Comme ça, on sait où on en est, pas vrai, fiston ?

— Je sais où j'en suis, riposta Prewitt. Mais j'ai jamais pu comprendre où tu en étais. Y a des moments...

Il s'interrompit en entendant un bruit de pas, car il s'agissait là d'une affaire entre Warden et lui-même, d'une conversation hors protocole qu'un gradé n'eût pas appréciée. Warden sourit malicieusement.

— Repos, repos, repos, ne vous levez pas pour moi, dit une voix à l'intérieur.

Tous deux étaient debout, mais cette inconséquence ne parut nullement gêner le minuscule sous-lieutenant, plus petit que Prewitt, qui pénétra au pas de charge dans la salle de service. Raide comme un piquet sous son uniforme taillé sur mesure, il s'arrêta pile en voyant Prewitt.

— Je ne vous connais pas, n'est-ce pas ? affirma-t-il. Comment vous appelez-vous ?

— Prewitt, mon lieutenant, dit Prewitt.

— Prewitt, Prewitt, Prewitt, répéta le petit homme. Vous devez être nouveau. Récemment muté. Parce que je ne connais pas ce nom-là !

— Muté ce matin de la Compagnie A, mon lieutenant, dit Prew.

— Ah ! je m'en doutais. J'ai passé trois semaines à me fourrer dans le crâne la liste des effectifs de cette compagnie pour pouvoir appeler chaque homme par son nom. Mon père me disait toujours qu'un bon officier doit connaître chaque homme de son unité par son nom, ou mieux encore par son sobriquet. Quel est votre sobriquet ?

— On m'appelle Prew, mon lieutenant, dit Prew, abasourdi par cette fusillade verbale.

— Evidemment ! J'aurais dû m'en douter, mitrailla le petit homme. Je suis le lieutenant Culpepper, récemment sorti de West-Point, et nommé dans la compagnie. Vous êtes le nouveau boxeur, n'est-ce pas, le welter ? Dommage que vous ne soyez pas arrivé avant la fin de la saison. Content de vous avoir à bord, Prewitt, comme diraient le Vieux et ses collègues de la flotte !

Il parcourut la petite pièce au grand galop en posant des papiers dans diverses corbeilles à courrier.

— Vous me connaissez probablement, si vous avez lu les chroniques régimentaires, continua-t-il. Mon père et son grand-père ont tous deux commencé leur carrière comme sous-lieutenants dans cette compagnie, pour arriver finalement à la commander, puis à commander le régiment, avant de devenir officiers d'état-major. Je marche sur leurs illustres brisées. Mais oui, mais oui ! Où est mon sac de golf, sergent Warden ! J'ai rendez-vous sur le terrain dans un quart d'heure avec la fille du colonel Prescott. Ensuite, nous déjeunerons et nous retournerons sur le terrain.

— Ici, dans le placard, répondit Warden. Derrière le classeur.

— Ah ! parfaitement, dit le lieutenant Culpepper, fils du général de brigade Culpepper, petit-fils du lieutenant général Culpepper, arrière-petit-fils du lieutenant Culpepper, je vais le prendre moi-même, sergent, ne vous dérangez pas, dit-il à Warden qui n'avait pas bougé. Il faut que je fasse mes dix-huit trous aujourd'hui. Grande réception au club, ce soir. Je dois être en forme.

Il s'empara de son sac de golf, fit choir une pile de dossiers, qu'il ne se donna pas la peine de ramasser, et disparut aussi vite qu'il était venu, sans ajouter un seul mot à l'adresse de Prewitt.

Avec un dégoût non dissimulé, Warden ramassa les dossiers et les remit en place.

— Suis-moi, dit-il à Prewitt. J'ai encore du boulot.

Il passa derrière le bureau d'Holmes et se planta devant le tableau des effectifs de la compagnie répartis en sections et en groupes, le nom de chaque homme étant imprimé sur un papillon de carton amovible.

— Où est ton barda ? dit-il.

— Resté à la A. J'ai pas voulu empaqueter mes tenues fraîches.

— Toujours à cheval sur la toilette, hein ? T'as décidément pas changé. Mais c'est pas l'uniforme qui fait le soldat. Loin de là.

Il inscrivit le nom en capitales d'imprimerie sur un papillon prélevé dans l'un des tiroirs du bureau d'Holmes.

— Il y a un affût de mitrailleuse contre le mur du magasin d'habillement. T'as qu'à le prendre pour transporter ton barda. Ça t'évitera de faire quatre ou cinq voyages.

— O.K. ! dit Prew, incapable de cacher son étonnement.

Warden s'esclaffa, heureux de sa surprise :

— Ça m'embêterait de te voir friper tes tenues fraîches, fiston, dit-il. J'ai horreur de voir gaspiller de l'énergie, sous n'importe quelle forme. On doit pouvoir te caser dans une bonne section, continua-t-il. Qu'est-ce que tu dirais de celle du caporal Choate ?

— Tu crois peut-être que tu vas m'avoir ? riposta Prew. Je te vois pas du tout me coller dans la section du grand chef. Je te vois plutôt me coller dans une des sections commandées par un des poulains de Dynamite.

— Sans blague ?

Les sourcils de Warden tressaillirent délicatement, et il inséra le papillon sous le nom du caporal adjoint Choate.

— Là, tu vois ? Je suis probablement le meilleur copain que t'aies jamais eu, fiston, et tu t'en doutes même pas. Allons au magasin d'habillement.

Leva s'arrêta de scribouiller juste assez longtemps pour délivrer à Prew sa nouvelle literie et porter ses initiales sur l'imprimé *ad hoc*.

— 'Jour, Prew, dit-il en souriant.

— 'Jour, Niccolo, dit Prew. Alors, toujours à la G ?

— Tu vas rester avec nous, ou tu viens juste passer le week-end ? s'enquit Leva.

— Il va sans doute rester avec nous quelque temps, dit aimablement Warden.

Puis il escorta Prew jusqu'à la rangée de châlits occupée par le groupe de Choate et lui désigna sa place.

— T'as jusqu'à une heure pour te préparer, Prew. Rassemblement à une heure pour les corvées.

Et Prew se mit à ranger son barda dans la chambrée trop vaste pour un seul homme, où le martèlement de ses talons rebondissait d'un mur à l'autre en une suite ininterrompue d'échos caverneux.

CHAPITRE V

Ce fut avec la certitude de s'être montré parfaitement à la hauteur des circonstances que le capitaine Holmes quitta la salle de service. Willard, le cuistot, avait été dûment renvoyé à ses casseroles. Quant à Prewitt, l'ancien welter du 27e, Holmes était convaincu qu'il n'attendrait pas le début de la saison suivante pour changer d'avis et reprendre l'entraînement. Ce n'était qu'une question de semaines.

Le capitaine Holmes grimpait toujours avec plaisir l'escalier extérieur du Q.G. Plusieurs générations d'intempéries et de brodequins militaires en avaient poli le béton poreux, au point de le transformer en une sorte de simili-vieux marbre, veiné de noir et de gris. « Oui, lui promettaient ces marches vénérables, oui, renchérissait le cuir souple de ses bottes fidèlement entretenues jour après jour, par son ordonnance, oui, capitaine, il y a toujours eu, il y aura toujours une armée. Tant qu'il y aura des hommes, il y aura des soldats... »

Ce tableau radieux de la pérennité militaire lui était cependant — comme d'habitude — quelque peu gâché par la perspective de son entrevue avec le colonel Delbert. Non que le Vieux lui inspirât une quelconque antipathie. Mais quand un type est placé plus haut que vous sur l'échelle hiérarchique et qu'il tient votre grade de major dans le creux de sa main, le moins qu'on puisse faire est de tourner sa langue sept fois dans sa bouche avant d'émettre la moindre opinion.

Au sommet de l'escalier, un deuxième classe en treillis crasseux promenait une serpillière sur le carrelage, d'un mouvement rythmique et lent qui trahissait une longue pratique. Holmes marqua une pause, mais dans l'intensité de sa concentration le soldat n'aperçut le capitaine que lorsque celui-ci passa brusquement du sec au mouillé, entre deux balancements méthodiques, et que la frange de la serpillière cingla le talon d'une botte impeccable. Atterré, le soldat bondit au garde-à-vous, regarda d'un air indécis la serpillière pendant au bout du bras, puis en ramena le manche contre son flanc droit, telle la hampe d'un pavillon, et se tourna vers le capitaine. Irrité par cette peur du galon, chaotique, déraisonnable, exaspérante, Holmes lui jeta un regard dédaigneux et poursuivit sa route.

Le colonel Delbert était dans son antre. Derrière son immense bureau, à l'autre bout d'une surface impressionnante de plancher poli comme un miroir, entre le drapeau des Etats-Unis et celui du régiment, il avait l'air étonnamment frêle. Mais c'était en réalité un grand et gros homme, assez grand et gros pour que sa minuscule moustache grise déconcertât toujours le capitaine Holmes, malgré ses efforts héroïques pour rester impavide. En dehors du cocker noir qui dormait sur le plancher et de deux simples chaises de bois, le bureau était nu, ainsi qu'il sied à tout local militaire.

Lorsque Dynamite Holmes salua son colonel avec une froide impersonnalité, il sembla que le cocker lui-même eût cessé de respirer. Puis, le Vieux ayant rendu le salut avec la même précision, tout reprit son cours normal et le colonel sourit. Lorsqu'il souriait, il avait vraiment l'air presque paternel.

— Eh bien ! lança le colonel en reculant son siège pour se taper plus commodément sur les cuisses. Qu'est-ce qui vous amène, Dynamite ?

Holmes sourit à son tour et s'empara d'une des deux chaises. Quand diable cesserait-il d'éprouver ce trac ridicule en présence du Vieux ?

— Eh bien ! voilà, mon colonel. Un de mes anciens...

— Nous nous sommes couverts de ridicule en base-ball, dimanche dernier, martela le colonel. Vous avez assisté au match ? Une tripotée ! Une véritable tripotée que nous a flanquée le 2e ! Et ç'aurait été pire si le caporal Choate n'avait pas été là. C'est le meilleur joueur de base-ball que j'aie jamais vu. C'est aussi le seul que nous ayons, malheureusement. Sinon, je l'aurais déjà muté à la compagnie de commandement et nommé sergent-chef...

Le capitaine Holmes se demanda s'il avait l'intention de continuer, ou s'il pouvait placer lui-même ce qu'il avait à dire, puis il conclut qu'il valait mieux attendre qu'interrompre le Vieux s'il reprenait la parole.

— Croyez-vous, questionna le colonel après une pause, que nous remporterons encore le championnat de boxe cette année, capitaine ?

— Mon colonel, répondit Holmes, nous avons actuellement cinquante chances sur cent de le remporter. Nous battons le 27e aux points, mais nous n'avons pas une supériorité suffisante pour que ce soit du tout cuit.

— Alors, vous ne croyez pas que nous le remporterons ?

— Je n'ai pas dit ça, mon colonel.

— Voyons, capitaine, ou vous croyez que nous garderons le titre, ou vous croyez que nous ne le garderons pas. Il n'y a pas trente-six solutions !

— Non, mon colonel.

— Alors ?

— Pardon ? sursauta Holmes. Oh !... nous le garderons, mon colonel.

— Parfait ! Nous ne nous sommes pas consacrés assez sérieusement aux sports, ces deux dernières années.

— Non, mon colonel, acquiesça Holmes après mûre réflexion. Mais je crois pouvoir dire que les autres entraîneurs et moi-même avons fait de notre mieux.

— J'en suis convaincu, approuva énergiquement le colonel, mais ce qu'il nous faut, ce sont des résultats. L'exercice est nécessaire, pour occuper les hommes. Mais en temps de paix vous savez aussi bien que moi que ce sont nos performances athlétiques qui nous posent aux yeux du public. Surtout ici, dans le Pacifique, où les grandes compétitions sont inexistantes. J'ai déjà parlé à tous les autres entraîneurs. Et j'ai décidé de relever le major Simmons, qui s'occupait du football.

Le colonel arbora un sourire significatif et sa petite moustache s'infléchit sardoniquement.

— Des résultats ! Ce sont les résultats qui comptent ! Il a demandé sa réaffectation dans la métropole, comme de juste, ajouta-t-il.

Holmes fit un léger signe de tête et réfléchit en quatrième vitesse. Tout ceci avait dû se passer récemment. Aujourd'hui, sans doute, sinon il l'eût su déjà. Il y avait donc un poste à prendre, et celui qui prendrait le poste serait probablement recommandé pour le grade, à moins qu'ils n'importent quelqu'un des Etats-Unis entre-temps.

Le colonel posa ses grandes mains bien à plat sur son bureau vierge de paperasses.

— Alors, qu'est-ce que vous me vouliez, Dynamite ?

Holmes avait presque oublié le motif initial de sa visite.

— Oh !... C'est au sujet d'un de mes anciens de Fort Bliss, mon colonel. Il est venu me voir la semaine dernière. Il est à Fort Kamehameha, dans l'artillerie côtière, et voudrait se faire muter ici, avec moi. Je tenais à vous en parler, pour être sûr que ça se ferait sans anicroches.

Les ailes de la petite moustache frémirent délicatement.

— Encore un boxeur, hein ? Nos effectifs sont déjà un peu chargés, mais il y a des accommodements avec le ciel. J'écrirai au ministère, s'il le faut.

Holmes se pencha pour caresser le chien du colonel.

— Non, mon colonel, ce n'est pas un boxeur. C'est un cuisinier. Un excellent cuisinier, d'ailleurs. Le meilleur que j'aie jamais eu.

— Hé ! Hé ! dit le colonel.

— Il a servi à Bliss sous mes ordres, mon colonel. Je réponds de lui personnellement.

— Je ferai le nécessaire, promit le colonel. Dites-moi plutôt comment se porte votre compagnie, capitaine. Toujours de première bourre ? Votre compagnie m'intéresse, mon garçon. Elle vient à l'appui de ma théorie : les bons athlètes font les bons officiers subalternes et les bons chefs ; les bons chefs font les bonnes unités. C'est la logique pure et simple. Il y a en ce monde pas mal de bétail qu'il faut faire marcher à coups de trique ! C'est pourquoi rien ne s'accomplit jamais sans chefs dignes de ce nom.

La vieille timidité revint au galop, brouillant le regard du capitaine Holmes.

— Je me flatte d'avoir la meilleure compagnie du régiment, mon colonel, dit-il avec un sourire plein d'embarras.

— Mais oui, mais oui ! Et votre sergent-chef Warden, par exemple, est une parfaite illustration de ma théorie. C'était un athlète complet, c'est un excellent officier subalterne. C'est aussi un excellent rouspéteur, j'imagine, mais tous les bons soldats sont nés rouspéteurs et, comme le disait mon grand-père, c'est quand un bon soldat cesse de rouspéter qu'il faut commencer à se demander ce qui ne va pas !

Le capitaine Holmes acquiesça d'un vigoureux signe de tête.

— Ça, c'est bien vrai, mon colonel ! s'écria-t-il avec un enthousiasme d'autant plus sincère que cette philosophie universellement répandue n'était pas une trouvaille de grand-papa Delbert.

Elle était exacte, d'ailleurs, surtout en ce qui concernait Warden. Holmes se sentait déjà mieux.

Le colonel Delbert rapprocha soudain son fauteuil du bord de son bureau et reprit d'un ton sec :

— Parlons peu, parlons bien, capitaine ! Quels sont au juste vos espoirs pour l'année prochaine ? Nous allons gagner cette année, dites-vous, très bien, votre parole me suffit. Mais, pour gagner, il faut prévoir..., comme le disait également mon grand-père. Ce n'est pas assez de gagner cette année, nous devons nous préparer à gagner l'année suivante. Soyez vainqueur, vous serez considéré. Telle est la loi de ce monde-ci, et de l'autre aussi, probablement, quoi qu'en dise la curetaille ! Croyez-vous que nous aurons autant de chances de gagner dans un an que nous en avons cette année ?

— Eh bien ! pas exactement, mon colonel, balbutia Holmes, acculé.

Il s'était pratiquement engagé à gagner cette année. Son avancement était à ce prix. Et voilà maintenant que le Vieux essayait de le coincer pour l'année suivante.

— Nous allons perdre trois de nos meilleurs pugilistes, mon colonel. Leur temps expire cette année.

— Je sais, dit le colonel. Mais il vous reste les sergents Wilson et O'Hayer. Quels remplacements avez-vous en vue ?

— J'ai un nouveau poulain qui s'est bien défendu cette année, dans la coupe. Le soldat Bloom. J'ai l'intention de le pousser un peu et de le présenter comme challenger dans les moyens, l'année prochaine.

Le colonel ne le quittait pas des yeux, et, malgré tous ses efforts, Holmes ne parvenait pas à soutenir son regard. Sa joue le démangeait. Il aurait voulu avoir une tablette de chewing-gum, mais s'il l'avait eue il n'aurait pas pu la mâcher en parlant au colonel. Alors ? Il aurait mieux fait de se perdre que de monter ici aujourd'hui, se dit-il, brusquement.

— Bloom ? dit le colonel. Bloom ? Un grand diable de juif avec un crâne plat et une tignasse crépue ? Rien d'autre ?

— Hélas ! non, mon colonel. A ce propos, je voulais vous demander quelque chose. Je n'ai pas un seul poids lourd qui vaille la peine d'être cité, et le caporal Choate était champion poids lourd de Panama, il n'y a pas si longtemps. Depuis que je suis ici, j'essaie de lui faire remettre les gants, mais...

— Inutile, trancha le colonel. Il ne les remettra pas.

— Bien, mon colonel.

— Le caporal Choate est probablement le meilleur joueur de base-ball de tout le Pacifique. Vous ne voudriez pas nous priver de notre meilleur joueur de base-ball, hein ? Hein ?

— Non, mon colonel.

— Alors, j'ai bien peur que vous ne puissiez compter sur lui.

Holmes hocha la tête pour marquer sa compréhension. L'équipe de base-ball perdrait de toute manière, mais lui, il faudrait qu'il gagne. Ce sont les vainqueurs qui tiennent la queue de la poêle. Le sale cabot du colonel roupillait toujours comme un bienheureux, vautré sur le plancher, avec les pattes de derrière étendues dans le prolongement du corps et les pattes de devant nonchalamment croisées. Et dire que tous les officiers du régiment étaient tenus de peloter cette saloperie de bestiole !

« Pourquoi que tu ne laisserais pas tout choir, Holmes ? songea le capitaine. Mais ensuite ? Que faire ? Où aller ? »

— J'ai un nouvel affecté, mon colonel, enchaîna-t-il. Un nommé Prewitt. Il boxait au 27ᵉ. Challenger dans les welters. Il vient d'être muté chez moi. De la clique.

Le colonel arbora son sourire paternel.

— Eh bien ! voilà. Mais c'est parfait ! Et vous dites qu'il était dans la clique ?

Holmes commençait à en avoir plein le dos.

— Oui, mon colonel, dit-il.

« Sale petit clebs », se dit-il sauvagement en caressant le cocker.

— Depuis un an, ajouta-t-il.

« Saloperie de petit clebs ! »

— Depuis la dernière saison de boxe, précisa-t-il suavement.

« Et je te roupille, et je te m'emplis la panse, et je te condescends à me laisser peloter, et je te me la coule douce pendant que tu transpires, idiot ! Sale petit cabot ! »

— Remarquable ! s'exclama le colonel. Dans la clique ! Dommage que nous ne l'ayons pas su cette année. Il aurait pu nous servir. Mais on ne sait jamais ce qu'il y a dans la clique. Vous lui avez parlé ?

— Oui, mon colonel.

« Autant se foutre à l'eau tout de suite. »

— Il refuse de reprendre la boxe.

« Si tu avais eu un gramme de cran, Holmes, se reprocha-t-il, tu aurais ajouté : « Lui aussi. »

— Comment ? Impossible ? dit le colonel avec raideur.

— Si, mon colonel, il a refusé.

Holmes comprit soudain qu'il venait de faire un faux pas. Et puis après ? Il s'en foutait comme de son premier caleçon. Et pourtant, qu'est-ce qu'il ferait s'il quittait l'armée ? Il s'abstint de parler du poste de clairon qu'il avait offert à Prewitt.

— Non, dit le colonel d'un ton catégorique, le regard étrangement glacial. Vous vous imaginez qu'il a refusé, mais c'est votre rôle de le convaincre. Dites-lui que c'est pour le régiment et que nous avons absolument besoin de lui.

— Oui, mon colonel. Je vais m'en occuper.

Le grincement d'un tiroir couvrit sa voix. Il n'y avait pas moyen de s'y tromper. C'était le geste rituel qui mettait fin à tout entretien avec le colonel Delbert, et lorsque le Vieux releva les yeux du tiroir ouvert pour jeter au capitaine un regard interrogateur, Holmes était déjà sur pied, en train de ranger sa chaise contre le mur du fond. Le colonel ne s'opposerait pas à la mutation de Prewitt, et c'était toujours ça d'obtenu.

Les bruits de bois heurté réveillèrent le cocker ; il se leva, étira ses pattes l'une après l'autre, déroula le ruban rose de sa langue, dans un bâillement d'une extrême insolence, puis, se léchant les babines, il gratifia l'intrus d'un regard assassin que le capitaine lui rendit avec usure. Il aperçut soudain sa main serrée sur le dossier de la chaise, l'ôta et se retourna pour sacrifier au rite impersonnel du salut. Il allait sortir lorsque le colonel reprit la parole :

— A propos, capitaine, comment va Mᵐᵉ Holmes ? Mieux, j'espère ?

— Un peu mieux, depuis quelque temps, dit Holmes en revenant sur ses pas.

Une petite flamme rouge s'était allumée au fond des yeux brusquement insondable du colonel.

— C'est une femme charmante, reprit le Vieux. Je ne l'ai pas revue... voyons... depuis la réception donnée au club par le général Hendricks. Ma femme donne un bridge cette semaine. Elle serait heureuse de l'y voir venir.

Holmes dut se forcer à secouer la tête.

— Je sais que ma femme en serait enchantée, dit-il, mais je doute qu'elle se sente assez solide pour répondre à l'aimable invitation de madame la colonelle. Elle n'est toujours pas très bien, vous savez, et ces choses-là la fatiguent énormément.

— C'est bien ce que je craignais... comme je l'ai dit à ma femme. Enfin... Croyez-vous qu'elle sera suffisamment remise pour la prochaine réception donnée par le général Hendricks ?

— Je l'espère, mon colonel. Je sais qu'elle serait navrée de ne pas y assister.

— Je l'espère aussi pour elle... et pour nous tous. Nous apprécions tellement sa compagnie. Vous avez vraiment une femme charmante, capitaine.

— Merci, mon colonel, dit Holmes, s'efforçant de ne pas regarder la petite lueur rouge qui dansait toujours au fond des yeux de son supérieur.

— Ah !... Au fait, capitaine ! Je monte une petite bombe, la semaine prochaine. J'ai retenu le même appartement que la dernière fois, au premier étage du club. Vous en êtes, bien entendu ?

Une fois de plus, le regard d'Holmes se brouilla, tandis qu'il esquissait un sourire.

— J'en serai, mon colonel, répliqua-t-il.

— Très bien ! Très bien ! Très bien !

Le colonel ouvrit un second tiroir, et le capitaine Holmes sortit du bureau.

La future partouse du colonel le consolait un peu de s'être laissé extorquer la promesse implicite d'enlever à nouveau le championnat. Comment pouvait-on jamais être sûr du résultat final ? Du moins était-il certain de ne pas encore figurer sur la liste noire, car les bringues organisées par le colonel Delbert étaient toujours très exclusives. C'étaient des bringues de gradés et non des moindres !

Mais ça ne changeait rien au fond même des choses, et les marches qu'il redescendait à présent pour aller déjeuner ne chantaient plus, comme tout à l'heure, la pérennité de la profession militaire. Un jour ou l'autre, il serait réaffecté ailleurs, aux Etats, de préférence, en tout cas quelque part où il pourrait reprendre du service dans la cavalerie. Quelle idiotie d'être allé se faire verser dans l'infanterie, histoire de visiter les îles, leur foutu paradis du Pacifique ! « Bah ! se dit-il. Ce n'est pas comme si je devais passer toute ma vie à Shofield. Le Vieux ne peut rien contre moi, sinon me brider dans mon avancement. »

Il faudrait tout de même qu'il en parle à Karen. Le colonel serait ravi de la voir à la réception du général Hendricks. Il faudrait qu'il trouve un moyen de la convaincre. Si seulement elle consentait à se montrer aimable avec cette vieille baderne, il décrocherait peut-être son grade de major, même si ses poulains se laissaient déposséder du titre. Il n'exigeait pas qu'elle couche avec lui, non, inutile de dramatiser. Qu'elle soit gentille, simplement. Gentille...

Il rendit leur salut, sans les voir, à quelques soldats qui sortaient de la cantine et traversa rapidement la rue pour rentrer chez lui.

CHAPITRE VI

Karen Holmes brossait sa chevelure blonde lorsqu'elle perçut le claquement assourdi de la porte de service et le pas de son mari sur le carrelage de la cuisine. Il y avait près d'une heure qu'elle se brossait ainsi, toute au plaisir purement sensuel que lui procuraient les jeux ondulants de sa toison d'or sous les poils raides de la brosse, accédant peu à peu, par étapes insensibles, à cette sorte de transe euphorique où plus rien n'existait pour elle, que le reflet mouvant, dans son miroir, de ce bras qui semblait avoir cessé de lui appartenir.

Qu'elle se brossât les cheveux, qu'elle se lançât dans quelque réalisation culinaire ou lût avec avidité tout ce qui lui tombait sous la main, c'était toujours le même oubli du monde extérieur qu'elle recherchait en toutes choses. Elle n'était pas précisément taillée de l'étoffe dont on fait d'ordinaire les femmes d'officiers, Karen Holmes.

La porte, en claquant, rompit le charme ; elle rejeta sa brosse et couvrit son visage de ses mains, pour n'en plus voir le reflet livide, barré par la sanglante blessure de la bouche lourdement fardée. Implacables, les pas traversèrent la salle à manger, et le capitaine Holmes envahit la chambre, le chapeau toujours sur la tête.

— Oh !... bonjour, s'excusa-t-il. Je ne savais pas que tu étais là. Je venais seulement changer d'uniforme.

Karen reprit sa brosse et se remit au travail.

— La voiture est cependant rangée devant la maison, riposta-t-elle d'une voix brève.

— Ah ? Je ne l'ai pas vue.

— Je suis allée jusqu'à ton bureau, ce matin, expliqua-t-elle.

— Pour quelle raison ? Tu sais que je n'aime pas te voir là-bas, au milieu des hommes.

— Je voulais te demander de faire quelques courses pour moi, dit-elle évasivement. Je pensais t'y trouver.

— J'avais d'autres chats à fouetter, grogna-t-il en ôtant sa cravate.

Il la jeta sur le lit et s'assit sur le bord du matelas, tire-botte au poing.

— Ça ne te dérange pas, je suppose ?

— Pas le moins du monde. Tu n'as aucun compte à me rendre. C'est ce qui a été convenu entre nous.

— Alors, pourquoi revenir là-dessus ?

— Pour te montrer que toutes les femmes ne sont pas aussi bêtes que tu veux bien le dire.

Holmes rangea ses bottes près de son lit, quitta sa chemise et sa culotte de cavalier trempées de sueur.

— Qu'est-ce que tu as encore trouvé, bon Dieu ! jura-t-il.

— Mais rien, dit-elle en souriant. Tu peux sortir avec autant de femmes qu'il te plaira, voilà bien longtemps que ça ne me regarde plus. Alors, pour l'amour de Dieu, ne te crois plus obligé de me raconter des histoires !

— Des histoires ! gémit-il en enfilant une paire de chaussettes propres. Pourquoi diable te raconterais-je des histoires, au point où nous en sommes ? De quel droit m'accuses-tu de cette façon ?

— De quel droit ? répéta-t-elle en le suivant des yeux dans la glace (et il y avait tant de haine dans son regard qu'Holmes battit en retraite).

— Oh ! bon Dieu ! Toujours cette histoire ! gémit-il. Combien de temps faudra-t-il encore pour que tu oublies ? Combien de fois devrai-je te répéter que c'était un accident !

— Oui, évidemment, ça change tout ! On passe un coup de gomme et c'est comme si rien n'était arrivé, railla-t-elle.

— Je n'ai pas dit ça, s'écria Holmes. Je sais ce que tu as ressenti, mais comment aurais-je pu me douter ? Je ne l'ai su moi-même que beaucoup trop tard. Que veux-tu que je te dise de plus, sinon que je suis désolé ?

Sa feinte indignation ne put résister au regard de Karen. Il baissa la tête et contempla, vaguement honteux, ses vêtements tachés de sueur, étalés sur le plancher, puis il se leva d'un air accablé pour aller chercher un uniforme propre dans la penderie. L'impatience avec laquelle il avait attendu l'heure de son rendez-vous équestre n'était plus qu'un souvenir. Il commençait même à se demander s'il irait vraiment à ce rendez-vous.

— Tu t'en es tiré à bon compte, lui lança Karen. Ça ne t'a pas laissé la moindre marque, à toi !

Furtivement, secrètement, elle passa sa main sur son ventre, tâtant du bout des doigts l'épais bourrelet de sa cicatrice. « C'est là qu'est le mal », songea-t-elle, à bout de nerfs. Le fruit mutilé, vidé de ses graines, flétri sur l'arbre toujours vivant. Tant de souvenirs atroces et sordides auxquels, depuis huit années, elle s'efforçait d'échapper en vain.

Une fois dans la penderie, Holmes décida qu'il irait faire du cheval de toute façon, même s'il n'en avait plus envie, et qu'il se munirait d'une bonne bouteille. Lorsqu'il reparut, dans son linge de corps immaculé, il avait déjà changé d'attitude. Il n'avait plus cet air prostré des coupables, et son assurance transparaissait à travers l'allure faussement penaude qui était son arme dernière et qui manquait rarement d'arracher la victoire aux cendres d'une défaite trompeusement acceptée.

Karen ne connaissait que trop cette attitude. Elle apercevait dans son miroir le reflet de son mari, massif, velu, avec ses jambes grotesquement arquées par les flancs des chevaux qu'il avait montés à Bliss, où il commandait l'équipe de polo, et l'épaisse toison noire qui, jaillie de son maillot de corps comme le kapok d'un coussin éventré, montait en boucles touffues jusqu'à la limite de son cou rasé. Son visage bleu de barbe avait cet air de sensualité primitive et d'orgueilleuse expiation des pasteurs qui ont engendré une nombreuse famille. A la vue de celui qui était toujours son époux, Karen sentit son estomac se tordre comme un poisson visqueux accroché au bout du fil. Elle se déplaça légèrement sur son siège pour ne plus voir cette image détestée.

— J'ai vu le colonel Delbert, ce matin, dit Holmes. Il m'a demandé si nous irions à la prochaine réception donnée par le général Hendricks.

D'un air détaché, il se déplaça à son tour, lui restituant ainsi son image, et, sans cesser de l'observer, enfila son pantalon. Karen le suivait des yeux, sachant quel but il poursuivait, mais incapable de contrôler ses nerfs qui vibraient comme les cordes d'une guitare.

— Il faudra que nous y allions, continua-t-il. Impossible de se défiler. Sa femme donne un bridge, de son côté, mais je me suis débrouillé pour t'éviter cette corvée.

— Débrouille-toi pour m'éviter l'autre également, dit Karen.

Mais son ton manquait d'énergie ; le cœur n'y était plus.

— Si tu veux y aller, vas-y tout seul.

— Je ne peux pas continuer à y aller seul, se plaignit Holmes.

— Si ! Tu leur diras que je suis malade, ce qui sera parfaitement exact. Laisse-leur entendre que je suis infirme, tu ne seras pas loin de compte.

— Simmons a été balancé de l'équipe de football, expliqua-t-il. C'est un poste à prendre, et le grade avec. Le Vieux m'en a parlé et, juste après, il m'a demandé si tu viendrais à la soirée du général.

— La dernière fois que je l'ai rencontré dans une soirée, je suis rentrée avec ma robe fendue jusqu'en bas, tu te souviens ?

— Oh ! Il était un peu parti, dit Holmes. Il n'avait pas de mauvaises intentions, le pauvre vieux.

— Je l'espère, dit Karen sans conviction. Si j'avais envie de coucher avec un homme, j'en chercherais un vrai ; je ne voudrais pas de ce gros sac de tripes rempli de bière.

— Je parle sérieusement, protesta Holmes en transférant ses insignes de sa chemise sale à sa chemise propre. Maintenant que Simmons est balancé, il est plus important que jamais que tu te montres gentille avec le colonel.

— Tu sais que je t'ai toujours secondé de mon mieux, rappela-t-elle. J'ai assisté à des réceptions empoisonnantes. J'ai joué mon rôle d'épouse idéale ; c'était convenu comme ça. Mais s'il y a au monde une chose que je ne ferai pas pour toi, c'est bien de coucher avec le colonel Delbert !

— Il n'en est pas question. Tout ce que je te demande, c'est d'être polie avec lui.

— Polie ! Avec ce vieux satyre ? Sa seule proximité me donne envie de vomir.

— Des galons de major valent bien une envie de vomir ou deux, plaida Holmes. Un ancien de West-Point qui décroche maintenant son grade de major sera général à la fin de la prochaine guerre. Tout ce que je te demande, c'est de lui sourire et de l'écouter débloquer sur son grand-père.

— Lui sourire ? Rien que ça ! Autant l'inviter carrément à vous glisser la main entre les jambes ! Il a une femme, oui ? Pourquoi ne s'en prend-il pas à elle plutôt qu'aux femmes des autres ?

— Oui, pourquoi ? releva Holmes.

Karen perdit légèrement contenance devant cette accusation implicite. Elle savait qu'il n'avait parlé que pour le principe, mais cette comédie de l'amant délaissé lui brisait littéralement les nerfs.

— C'était convenu comme ça, dit tristement Holmes.
Elle haussa les épaules avec lassitude.
— Bon, j'irai, c'est entendu. Et maintenant parlons un peu d'autre chose.
— Qu'est-ce qu'on mange, à midi ? s'enquit Holmes. J'ai une faim de tous les diables. Entre les discours de Delbert, les jérémiades du cuistot et le nouvel affecté Prewitt, j'ai passé une matinée exécrable. J'ai les nerfs à fleur de peau.
— C'est le jour de sortie de la bonne, tu sais, lui rappela-t-elle avec calme.
— Non ? s'écria Holmes, consterné. Bon Dieu ! Je croyais que c'était mercredi.
Il consulta sa montre et haussa les épaules.
— Il est trop tard pour monter au club, maintenant. Si j'essayais tout de même...
Karen s'efforçait de ne pas sentir sur ses épaules le poids de ce regard qui la transperçait. Il ne déjeunait jamais chez lui, cela faisait partie de leurs conventions, mais elle ne parvenait pas à trouver normal qu'une épouse refusât de servir son mari.
— Le mieux que j'aie à faire, c'est d'aller prendre un sandwich à la cantine, reprit-il d'un ton résigné.
Il tourna dans la chambre comme un ours en cage et se laissa choir sur le lit.
— Qu'est-ce que tu vas manger toi-même ? s'informa-t-il avec l'expression d'un homme qui décide de renoncer à toute dignité.
— Je me fais un potage, en général, soupira Karen.
— Oh ! tu sais que je n'aime pas le potage.
— Je te réponds simplement, riposta-t-elle en s'efforçant de conserver un ton égal. Je me fais de la soupe, un point, c'est tout. Pourquoi mentirais-je ?
Holmes se releva d'un bond.
— Allons, allons, chérie, ne t'énerve pas, je vais pousser jusqu'à la cantine, ça ne me fait absolument rien. Tu sais que ça ne te vaut rien de sortir de tes gonds. Tu risques de te rendre malade.
— Je ne risque rien du tout, protesta-t-elle, et tu ne m'as pas vue bien souvent couchée !
Il n'avait pas le droit d'employer de tels mots avec elle, il n'avait pas le droit de l'appeler chérie, comme il le faisait toujours lorsqu'ils se chamaillaient ainsi. Ces mots étaient autant d'épingles qui la clouaient au mur, parmi les autres papillons de la collection Holmes. Elle se vit, en imagination, lui jeter à la face tout ce qu'elle pensait de lui, remplir une valise et partir loin, vivre et gagner sa vie. Elle trouverait toujours un emploi, un appartement. « Mais quel genre d'emploi ? se demanda-t-elle. Avec ta santé chancelante, que peux-tu faire ? Que sais-tu faire, sinon tenir la maison d'un homme, la maison de ton mari ? »
— Calme-toi, chérie, détends-toi, disait Holmes.
Et, d'un geste de tendre apaisement, il posa ses mains sur ses épaules, tout en cherchant son regard avec sollicitude dans le miroir omniscient.
Sous le poids effrayant de ces mains immobiles qui l'écrasaient, qui la liaient au même titre qu'était liée sa vie, Karen retrouva brusquement l'impression qu'elle avait ressentie, étant enfant, un jour où, retenue par

des fils de fer barbelés, elle s'était violemment débattue, laissant finalement la moitié de sa robe aux ergots de la haie, tandis que sa mère accourait pour la délivrer.

— C'est ça, détends-toi, répéta Holmes en souriant. Ecoute, tu vas préparer à déjeuner comme si je n'étais pas là, et je mangerai exactement comme toi. D'accord ?

— Je peux te faire un sandwich rôti au fromage, capitula-t-elle, épuisée.

— O.K. ! dit-il. Du fromage. Ça ira très bien. Ce sera merveilleux.

Il la suivit dans la cuisine et, tandis qu'elle préparait le déjeuner, l'entoura d'une sollicitude attentive. Karen se flattait d'être un cordon-bleu. La cuisine était le seul art qu'elle se fût donné la peine d'apprendre, mais elle le possédait à fond. Ce jour-là, cependant, rien ne semblait marcher. Elle laissa bouillir le café, fit roussir le sandwich. Mais Holmes bondit à la rescousse, avec un empressement magnifique, fit montre d'un merveilleux appétit et déclara qu'il boirait une tasse de café à la cantine. Karen le regarda partir, souriant et affectueux, puis regagna sa chambre et s'épuisa en vains efforts pour retrouver sa sérénité compromise.

Furtivement, comme animée d'une vie propre, sa main remonta jusqu'à son ventre et, avec lenteur, effleura le bourrelet de sa cicatrice. L'horreur que lui inspirait son propre corps, sa propre chair mortelle et putrescible, l'envahit à nouveau comme une armée nauséeuse. Le fruit mutilé, vidé de ses graines, flétri sans avoir accédé à la maturité... « C'est faux, protesta-t-elle, tu sais bien que c'est faux. Tu as porté son fils dans tes entrailles. Ta vie n'a pas été stérile, puisque tu as été mère... »

« Quelque part, plus haut, plus loin, ailleurs qu'ici, quelque part, lui soufflait une voix, il doit exister autre chose, on doit pouvoir être autre chose que vierge, mariée, mère, grand-mère, honorée, respectable, pour aboutir finalement à la mort. Il doit être possible d'échapper à cette évolution infernale, il doit être possible de posséder autre chose qu'une cuisine ultra-moderne, avec frigidaire, ustensiles escamotables et tubes fluorescents... »

Parmi les débris répugnants d'une civilisation boueuse, Karen Holmes cherchait désespérément sa vie, insoucieuse des éclaboussures qui pouvaient souiller ses mains. Il y avait déjà tant, tant de boue dans son existence misérable.

CHAPITRE VII

En moins d'une demi-heure, Prewitt eut fait son plumard au carré, rangé ses uniformes dans son vestiaire mural, ses pompes dans son coffre, et confectionné un paquetage impeccable, un paquetage d'ancien. Un bleu tel que Maggio eût mis des heures à atteindre le même résultat, mais Prewitt n'en tirait ni fierté, ni satisfaction d'aucune sorte. Ce n'était jamais drôle de déménager, de ne se sentir enraciné nulle part, d'être toujours en route, comme si la vie était un perpétuel trimard. Heureusement qu'il y avait les cartes et la possibilité de faire une partie de « solitaire ». Le solitaire, c'est le jeu des exilés...

Ayant enfilé un bourgeron propre, Prewitt faisait donc une partie de solitaire en attendant la soupe quand Anderson et Clark, respectivement clairon et élève clairon de la G, firent irruption dans la vaste chambre étrangère. Prew les connaissait de vue. Il posa ses cartes et les regarda traverser la chambrée. Il les avait entendus jouer de la guitare, le soir, dans la cour du quartier. Ils y tâtaient beaucoup mieux qu'à leurs clairons.

Ce jugement instinctif le replongea brusquement dans l'atmosphère de la clique, et il se sentit balayé par une insupportable nostalgie. Les voix métalliques des bugles lançant, sur différents registres, des sonneries contradictoires, hardiment attaquées et laissées en suspens, faute de souffle, et, dans le chœur malhabile des exercices, le rare motif parfaitement exécuté, fruit d'un merveilleux élan fugitif qui prenait soudain son essor et s'en allait porter au loin l'expression d'un insaisissable état d'âme. Il n'était pas jusqu'à l'odeur âcre de la pâte à récurer les cuivres qui manquât cruellement à Prewitt.

Il était onze heures. Les répétitions étaient terminées et les gars de la clique avaient quartier libre pour le restant de la journée. Anderson et Clark étaient célèbres parmi les musiciens pour leur façon de surveiller la pendule. Ils étaient toujours les premiers à se cavaler pour rejoindre leurs guitares et les pincer jusqu'à ce que la compagnie rentrât de l'exercice. Le clairon n'était pour eux qu'un moyen de couper au service actif et d'avoir plus de temps pour faire de la guitare. Ils voulaient jouer de la guitare, mais la guitare n'a pas sa place dans l'orchestre d'un régiment. Ces deux-là possédaient les choses auxquelles Prew attachait tant de prix, et ce n'était pas ces choses-là qu'ils désiraient. Ils n'en voulaient pas, donc, rien ne les empêchait de les conserver. Prew tenait à son clairon, donc, il avait été contraint de l'abandonner. Telle est la logique de l'existence !

Lorsqu'il reconnut Prewitt, Anderson hésita, puis se détourna et passa sans un mot, les yeux obstinément rivés au plancher de la chambre. Clark voulut imiter son professeur, mais ne put s'empêcher de saluer Prewitt au passage, d'un petit signe de tête plein d'embarras.

Ils sortirent leurs guitares et se mirent à jouer de tout leur cœur, comme pour repousser cette présence étrangère. Progressivement, ils s'assagirent, puis, s'arrêtant complètement, jetèrent un coup d'œil dans la direction de Prewitt et conférèrent à voix basse.

Ce fut en les écoutant ce jour-là que Prew s'aperçut pour la première fois qu'Anderson et Clark étaient des as, des as de la guitare. Mais c'était toujours pareil. On vivait pendant des années aux côtés d'un type sans jamais s'apercevoir de son existence, puis on était balancé dans sa compagnie et on découvrait d'un seul coup qu'il ne faisait pas seulement partie du décor, mais possédait, lui aussi, sa vie et ses aspirations particulières.

En sortant de leur palabre, les deux guitaristes rangèrent leurs instruments, puis, toujours sans lui adresser la parole, repassèrent devant Prewitt et se dirigèrent vers l'autre bout de la galerie, où se trouvaient les cabinets. Ils l'évitaient avec ostentation. Prew alluma une toute faite et la contempla, impassible, affreusement conscient de sa qualité d'intrus.

Il regrettait qu'ils se fussent arrêtés. Ils avaient joué ce qu'il préférait : des blues, des rengaines nostalgiques, ces choses que sentent et jouent tous les anciens trimardeurs, et les gars d'usine, et les péquenots qui vont à l'armée pour tenter d'échapper à leurs existences vaines. Prew reprit ses cartes, et il allait entamer une autre réussite lorsqu'il entendit revenir les deux guitaristes. La voix excitée d'Anderson vola jusqu'à ses oreilles.

— ... le meilleur clairon du régiment, vociférait-elle sur le mode indigné. Du moment que je te le dis !

— Ouais, mais pas comme si..., riposta Clark d'un ton perplexe.

Ils s'engagèrent dans l'escalier, et Prew n'entendit plus rien.

Lâchant ses cartes, il jeta sa cigarette et jaillit sur le palier.

— Hé là ! Remontez un peu ici, tous les deux, lança-t-il.

La tête consternée d'Anderson, que le plancher de l'étage semblait isoler du tronc, fit une brusque volte-face, comme un ballon de baudruche pris dans un tourbillon. Les inflexions malveillantes de Prew le ramenèrent sur le palier avant que son esprit eût accepté la chose. Clark le suivit à contrecœur.

Prew ne se donna pas la peine de tourner autour du pot.

— Si j'avais voulu continuer à jouer du clairon, j'aurais pas bougé d'où j'étais, gronda-t-il d'une voix blanche. Je suis pas venu ici pour vous soulever votre petite planque de sales corniauds ! Compris ?

Anderson se balançait stupidement d'un pied sur l'autre.

— T'es assez bon clairon pour l'avoir quand tu voudras, dit-il en regardant ailleurs.

— Je le sais ! coupa Prewitt.

La brume de la colère l'enveloppait tout entier, estompant le visage de ses interlocuteurs.

— Mais j'ai jamais rien soulevé à personne, excepté au jeu ! C'est ma façon de procéder, tu piges ? Je suis pas un gars à faire des coups en dessous.

— O.K. ! dit Anderson d'un ton conciliant. O.K. ! Prew, t'énerve pas.

— M'appelle pas Prew, t'entends ?

Clark, à l'écart, souriait d'un air gêné et promenait de l'un à l'autre ses bons gros yeux écarquillés.

Prewitt avait eu l'intention de dire que le capitaine lui avait proposé le poste en question et qu'il avait refusé, mais quelque chose dans le regard d'Anderson l'en dissuada *in extremis*.

— Personne aime l'exercice et les corvées, dit maladroitement Anderson.

Avec une soupe au lait comme Prewitt, il valait mieux y aller doucement.

— Je sais que t'es bien meilleur que moi, t'as joué à Arlington, alors, ça veut tout dire. T'aurais pas de mal à me soulever ma place, mais ce serait pas régulier.

Il laissa sa voix sombrer dans le vague.

— Je voudrais pas être la cause de ta mort, gouailla Prewitt. Cesse de te casser le tronc.

— Bon... merci, Prew, dit Anderson d'un ton lamentable. Je veux pas que tu croies que... enfin, je veux dire que...

— Va te faire cuire un œuf, trancha Prew. Et m'appelle pas Prew. Pour toi, je suis Prewitt. Pas autre chose.

Il tourna les talons, écouta les pas des deux gars décroître lentement dans l'escalier. Joli début ! Ça promettait d'être intéressant ! Comme s'il avait jamais eu l'intention de leur soulever leur sale petite planque !

Il sortit son embouchure de sa poche, s'assit, la soupesa, promena longuement son pouce sur sa délicate encolure. Un beau travail de précision. Trente dollars. C'était le meilleur placement qu'il eût jamais fait.

Bon Dieu ! Vivement la fin de la semaine, qu'il puisse décarrer de cette saloperie de piaule et aller voir Violette à Haleiwa. Il y avait des gars qui se vantaient d'avoir une chasse gardée ici ou là, mais il y en avait peu qui étaient assez veinards pour en avoir une vraiment. Ils en parlaient tous, essayant de s'entre-convaincre et de se convaincre eux-mêmes qu'ils avaient des filles splendides et bien à eux, mais malgré tout leur chiqué on les retrouvait finalement au boxon, où ils attendaient avec les copains qu'on les soulage à trois dollars par tête de pipe ! Prewitt savait qu'il était un sacré veinard d'avoir rencontré Violette. Assis sur son lit, il attendait la soupe, il attendait la fin de la semaine.

Quand sonna la soupe, Prew se mêla au troupeau qui dégringolait vers le réfectoire, dont la porte, trop petite pour les laisser passer tous en même temps, les obligeait à refréner leur ardeur. Avec leurs physionomies luisantes et rieuses, leurs mains propres et leurs treillis éclaboussés d'eau, ils auraient fait une bonne affiche de recrutement ; il fallait les regarder de plus près pour voir les bracelets de crasse qui entouraient leurs poignets et la couche de poussière qui souillait leur cou et le derrière de leurs oreilles. Tout ça chahutait, débloquait, rigolait et s'entr'empoignait classiquement au bas-ventre en gueulant : « Tu l'as bouffé ! » Mais Prewitt était en dehors de tout ça.

Deux ou trois types qu'il connaissait de nom lui adressèrent la parole avec une grande réserve et retournèrent partager avec les autres leurs motifs de rigolade. La Compagnie G était un organisme vivant dont il ne constituait pas encore une cellule. Il avala en silence, dans le bourdonnement des conversations et le vacarme de la vaisselle heurtée, conscient des regards curieux qui l'examinaient de toutes parts.

Après la soupe, ils remontèrent l'escalier, par deux ou par trois, la folle exubérance qui les poussait toujours à s'extérioriser au début de la trêve de midi complètement chassée par la perspective des corvées fastidieuses qu'il allait falloir exécuter en pleine digestion.

Prew fit la queue avec les autres, devant la cuisine, laissa choir ses rogatons dans la poubelle malodorante et jeta son plateau et sa tasse sur le vaste évier encombré. Maggio s'arrêta juste assez longtemps pour lui décocher un clin d'œil, et Prew remonta dans la chambre. Il alluma une cigarette, déposa son allumette dans la vieille boîte de conserve qui lui servait de cendrier et s'allongea sur son plumard, au sein de la chambrée bourdonnante. Il fumait tranquillement, les mains croisées sous la nuque, lorsqu'il vit approcher le caporal Choate.

Le gigantesque Indien de pure race choctaw, à la parole aussi mesurée que les gestes, aux yeux inexpressifs dans un visage morne — mais qui, en cours de compétition, devenait soudain plus vif qu'une panthère — s'assit sur la couchette voisine avec un bref sourire. Ils se fussent volontiers serré la main, s'ils n'avaient été tous les deux esclaves d'un formalisme qui les paralysait.

Durant tout l'automne dernier, le caporal Choate, qui, pendant toute la saison de football, était exempté de faire l'exercice, avait déjeuné chaque matin chez Choy en même temps que Red et Prewitt. Prew eût aimé le lui rappeler et lui dire à quel point il était heureux de se trouver dans son groupe, mais il savait qu'il lui serait impossible de le dire sans les gêner considérablement tous les deux. Depuis qu'il avait fait la connaissance du colossal Choctaw à face de lune, Prew avait suivi religieusement tous les matches et toutes les rencontres auxquels l'Indien participait, c'est-à-dire presque tous, car Wayne Choate, en matière de sport, ne connaissait jamais de repos. En automne, c'était le football, où il jouait arrière, et c'était le seul homme de l'équipe qui fût capable de résister à soixante minutes de football tel qu'on le pratique dans l'armée. En hiver, c'était le basket-ball, où, toujours arrière, il occupait la troisième place sur la liste des plus forts marqueurs de paniers. L'été le retrouvait sur le terrain de base-ball en tant que meilleur joueur de toute l'armée, après qu'il eut, au printemps, décroché quelques premières places dans les lancers athlétiques et bien servi son équipe dans les relais.

Dans ses quatre ans de Compagnie G, il n'avait jamais tiré un seul jour de corvée, et s'il avait consenti à boxer pour Holmes il eût été sergent-chef deux semaines plus tard. Tout le monde ignorait pour quelle raison il ne se faisait pas muter dans une compagnie moins exclusive sur le chapitre de l'avancement, ni pour quelle raison il s'obstinait à ne pas céder aux injonctions de Dynamite Holmes, car le caporal Choate ne parlait jamais de lui-même. Au lieu de se faire mousser, il restait à la G, caporal à perpète, et tous les soirs, chez Choy, se fusillait à la bière, de telle sorte qu'environ trois fois par semaine un piquet de cinq hommes devait venir le chercher pour le ramener au corps sur un affût de mitrailleuse lourde.

Son coffre était plein de médailles d'or glanées dans l'Archipel, à

Panama, à Porto Rico, médailles qu'il bazardait ou prêtait moyennant finances à certains athlètes de pacotille qui voulaient en faire accroire aux copains. A chacune de ses mutations, il avait laissé derrière lui des brassées de citations sportives, et ses admirateurs d'Honolulu eussent été scandalisés s'ils avaient pu le rencontrer chez Choy, l'œil vitreux, avec son énorme ventre tendu comme une outre par d'invraisemblables quantités de bière.

— Le juteux me dit qu'il t'a mis dans mon groupe, commença-t-il soudain, à sa manière solennelle d'ours débonnaire. Alors, je viens te donner le topo de la section.

— O.K. ! dit Prew. Vas-y.

— Chef de section : Ike Galovitch.

— Déjà entendu parler de lui.

— T'en entendras encore parler. C'est un drôle de numéro. Y remplace Wilson, qu'est le vrai chef de section, pendant la saison de boxe. Tu verras pas souvent Wilson avant le mois de mars.

— C'est quel genre de type, Champ Wilson ? s'informa Prew.

— Faut le comprendre, dit lentement le caporal Choate. Y parle pas beaucoup et y fréquente personne. Tu l'as vu sur le ring ?

— Ouais. C'est un dur.

— Si tu l'as vu sur le ring, t'en sais autant sur lui que n'importe qui. Il est copain avec le sergent Henderson, qui soigne les bourrins d'Holmes. Ils ont servi ensemble sous ses ordres, à Bliss.

— D'après sa façon de boxer, ça doit être un beau salopard, dit Prew.

Choate le regarda dans les yeux.

— Peut-être bien, dit-il, mais, si tu lui fous la paix, il en fait autant. Y te cherchera pas de rognes si t'essaies pas de discutailler, et dans ce cas-là personne peut dire si y fera marcher ses galons ou pas. Il est capable de tomber la veste, mais je l'ai vu aussi envoyer pas mal de types au dur.

— Merci de l'avertissement, dit Prew.

— Tu me verras pas souvent non plus, continua le caporal. Même quand Wilson est là, c'est Galovitch qui se farcit tout le boulot. Je passe la revue de détail le samedi matin, mais Ike la repasse toujours en personne, même quand tous les cabots lui ont fait leur rapport.

— Alors, à quoi que tu sers ? s'esclaffa Prew.

— A pas grand-chose. C'est Ike qui fait tout. Les cabots sont la cinquième roue de la charrette, à la G, parce que les groupes, y z'existent qu'en théorie. On se rassemble par sections, on fait l'exercice par sections, pas par groupes.

— Tu veux dire qu'y a pas de fusiliers, pas de voltigeurs, pas de servants du B.A.R. ? On se place n'importe comment, à la va-comme-je-te-pousse ? s'étonna Prew.

— Sur le papier, c'est chacun à sa place, dit lentement le caporal, mais sur le terrain le cabot se place à la tête de la colonne et les autres s'alignent comme y veulent.

— A Myer, c'était pas comme ça, dit Prew. Je me demande si ça me plaira ou non.

— Ça m'étonnerait que ça te plaise, mais c'est comme ça. Ike va pas tarder à rappliquer pour te passer au crible et te mâcher ton boulot. Tiens, qu'est-ce que je disais ?

Prew leva la tête pour regarder dans la direction de l'escalier.

— Eh ! caporal, dit-il. Maggio, le petit macaroni. Il est dans quel groupe ?

— Le mien. Pourquoi ?

— Sa tête me revient. On a fait connaissance ce matin. Je suis content qu'y soit dans ton groupe.

— C'est un bon petit gars. Y a qu'un mois qu'il a fini ses classes et y se fait refiler toutes les corvées, mais c'est un bon petit gars. Et il est marrant comme tout. C'est lui qui fait rigoler tout le monde dans la section.

Galovitch s'avançait entre les deux rangées de plumards, et Prew avait un mal de chien à se persuader que c'était vrai. Ike Galovitch avait des pieds interminables, des jambes en parenthèses, des bras si longs qu'ils risquaient à chaque pas de se prendre dans ses genoux, et une petite tête dont les cheveux drus coupés en brosse descendaient presque jusqu'entre ses sourcils. Ses oreilles collées à son crâne, ses longues lèvres lippues et sa forte mâchoire prognathe eussent achevé de le faire ressembler à un singe s'il avait eu les yeux plus malins et le cou moins décharné. Il avait une dégaine invraisemblable, qui projetait son torse et sa tête en avant comme s'il avait transporté un coffre-fort sur ses épaules.

— C'est ça, Galovitch ? souffla Prew.

— C'est lui, approuva le caporal, s'efforçant de cacher sa gaieté sous une solennité accrue. Attends de l'avoir entendu parler.

L'apparition s'arrêta devant eux, au pied du lit de Prew, les contempla de ses yeux rouges, enfoncés dans deux entonnoirs cannelés de mille rides, et rumina un instant ses lèvres flasques, comme un édenté.

— Prewitt ? questionna Galovitch.

— C'est moi.

— Sergent Galovitch, chef je suis de c'te section, annonça fièrement l'autre. Quand affecté à c'te section vous êtes, devenez sous mes ordres. En conséquence, un de mes hommes. Suis venu vous éclairer la lanterne.

Il marqua un temps, posa sur le pied du lit les jambons noueux qui lui tenaient lieu de mains et se remit à manger ses lèvres en foudroyant Prew du regard.

Prew jeta un coup d'œil vers le caporal pour lui communiquer sa stupéfaction, mais l'Indien s'était allongé sur le plumard voisin et, la tête renversée en arrière, il semblait refuser de participer plus longtemps à ce qui se passait autour de lui.

— Regardez pas lui, ordonna Galovitch. C'est moi qui cause à vous, pas lui. Il est seulement caporal. Le sergent Vilsanne est chef de section, et y a que lui pour vous dire ce que je vous dis pas de faire. Le matin au réveil, première chose : le lit. Au carré, avec le surplus de la couverture bordé sous le polochon. J'inspecte tous les plumards de la section. Pas fait au poil, tout par terre, et on recommence. Ensuite, mission de ce groupe : briquer la galerie, en dehors le foyer. Après nettoyé sous plumard, z'allez là-bas avec les autres. Pas de tire-au-cul dans la section ! Personne coupe à la pelote ou aux corvées, sans quoi corvées en plus !

Pleins d'espoir, les petits yeux rouges défiaient Prewitt d'émettre la protestation qui lui permettrait, à lui Galovitch, de clamer sa loyauté envers Holmes, Wilson, la compagnie, la cause tout entière, dont le nom importait peu, pourvu qu'elle engendrât des vocations sans nombre.

— Et croyez pas, enchaîna Galovitch, qu'on peut venir ici boxeur et se décharger sur le dos des copains sous prétexte qu'on est un dur. Les durs... au dur, et en vitesse. Dans cinq minutes, rassemblement pour la corvée. C'est tout.

Il jeta à Prew un dernier regard assassin, à Choate, étendu sur le dos, un regard accusateur, et, de sa démarche simiesque, repartit vers son propre lit où il continua de servir son Dieu inconnu en reprenant les souliers à moitié cirés qu'il avait lâchés pour venir chapitrer Prewitt.

Lorsqu'il eut disparu, le caporal Choate ramena sa masse imposante sur le plan vertical, au grand dam des ressorts du sommier, qui grincèrent lamentablement.

— Tu vois ça d'ici, quand il fait faire de l'ordre serré à la section, dit-il.

— Oui, dit Prew, je vois. Dis donc, y sont tous comme ça, dans la compagnie ?

— Pas tous dans le même genre, dit le caporal avec philosophie en roulant une autre cigarette. J'ai dans l'idée, ajouta-t-il gravement, qu'il a dû apprendre que tu boxerais pas pour Holmes.

— Comment voudrais-tu qu'il l'ait déjà appris ?

Choate haussa les épaules.

— C'est difficile à dire, mais je crois qu'il l'a appris. Si ç'avait été le contraire, une supposition que tu sois venu comme boxeur, y t'aurait offert la compagnie sur un plateau d'argent et léché le train en long, en large et en travers.

Prew éclata de rire, mais le visage solennel et rond du caporal était absolument inexpressif. Il semblait juste un peu surpris qu'on puisse trouver matière à rire dans toute cette histoire, ce qui, bien entendu, redoubla l'hilarité de Prewitt.

— Bon, gouailla Prew. Ce point étant acquis, qu'est-ce que tu vas me dire de plus avant que je prenne le voile ?

— Pas grand-chose, riposta solennellement l'autre. Pas de bouteilles dans le fond des coffres. Le Vieux les passe en revue tous les samedis et barbote celles que j'ai pas raflées avant lui.

— Vaudrait peut-être mieux que je note ça sur mon agenda, dit Prew.

— Ensuite, continua lentement le caporal, aucune femme dans la caserne après dix heures du soir. A moins qu'elles soient blanches. Toutes les autres, jaunes, noires ou café au lait, je les descends à la salle de service, où Holmes me donne un reçu et les transmet au colon.

Il regarda sérieusement Prew qui faisait semblant de prendre des notes sur sa manchette.

— Rien d'autre ? s'enquit-il.

— C'est tout, dit le caporal.

Prew lui adressa un sourire de complicité, pensant à sa wahiné d'Haleiwa dont l'allusion de Choate aux femmes de couleur avait ramené l'image dans son esprit. C'était la troisième fois qu'il pensait à elle depuis ce matin, et, chose étrange, cette pensée ne le torturait plus, puisqu'il y avait au monde des milliers de femmes qui ne demandaient qu'à être séduites, possédées et comblées de présents. Ce n'était pas vrai, bien sûr, mais l'amitié inerte et pataude du caporal Choate avait rempli un compartiment vacant du cœur de Prewitt.

Il avait même retrouvé son esprit critique et, quand sonna le rassemblement, il put conclure en toute objectivité que c'était bougrement mal joué et qu'il aurait fait beaucoup mieux lui-même.

— Faut que tu y ailles, dit Choate, toujours solennel, en se redressant. Je crois que je vais aller me glisser dans mes toiles et me taper un bon petit roupillon...

— Egoïste ! dit Prew en prenant son chapeau.

— Ensuite, à quatre heures, je descendrai m'en jeter un chez Choy, histoire de vérifier la température de sa bière. C'est ma saison d'entraînement.

En riant de bon cœur, Prew se dirigeait vers l'escalier. Brusquement, il se retourna.

— Dis donc, finies les parlotes du petit déjeuner, chez Choy, lança-t-il avant d'avoir compris qu'une fois lâchées ces paroles les gêneraient tous les deux.

— Quoi ? dit le caporal, impassible. Oh !... Ouais, sûrement.

Il tourna vivement les talons et mit le cap sur son propre plumard.

CHAPITRE VIII

Il existe, dans toutes les armées, une certaine catégorie d'activités méconnues, mais très importantes, fort pertinemment englobées sous le terme général de « corvées ». Tout chasseur qui, après avoir tiré deux ou trois cartouches dans la nature, doit passer une heure à nettoyer son fusil en vue de la prochaine sortie sait ce qu'est une corvée. Toute ménagère qui, après un triomphe culinaire, doit laver sa vaisselle en sachant pertinemment qu'il faudra recommencer le soir même sait ce qu'est une corvée. C'est précisément ce retour inéluctable, à intervalles plus ou moins réguliers, des mêmes choses fastidieuses qui fait des corvées et des corvées.

Et tout chasseur qui, après avoir tiré trois balles dans la nature, donne son fusil à son fils avec les instructions nécessaires, toute ménagère qui, après avoir gavé ses invités et reniflé l'encens de leurs compliments, ordonne à sa fille de s'occuper de la vaisselle, oui, ces adultes savent ce que ressent un officier envers les corvées. Quant au fils et quant à la fille, ils savent ce que ressent un simple soldat envers ces mêmes corvées.

Les corvées, dans l'armée, représentent cinquante pour cent du service actif, mais ces cinquante pour cent semblent avoir été bannis des belles affiches de recrutement, où il est question de voyages et d'aventures, de soldes élevées, de chances égales pour tous et des multiples avantages d'une profession qui vous nourrira jusqu'à la mort. La nouvelle recrue ne découvre l'existence des corvées qu'après avoir signé son engagement, lorsqu'il est trop tard pour revenir en arrière.

La plupart des corvées ne sont que fastidieuses, mais il en est d'avilissantes. Il n'y a qu'un officier pour rapporter de ses campagnes des souvenirs glorieux, parce qu'il n'est pas obligé de changer la litière de son cheval, ni de gratter la boue de ses bottes. Le soldat, qui, après chaque séance sur le terrain, doit rebriquer sa cartouchière, peut trouver ça empoisonnant, mais n'en souffre pas dans son amour-propre. Le même soldat qui, chaque après-midi, doit tondre les pelouses, laver les vitres, balayer les cours et nettoyer les rues du quartier des officiers mariés, trouve ça non seulement empoisonnant, mais profondément dégradant.

Après chacune des soirées données au club des officiers, il fallait bien qu'une âme patriotique se dévouât pour vider les cendriers et nettoyer l'alcool répandu. Mais il y avait mieux. Il y avait une chose qui soumettait le dévouement patriotique à une épreuve encore plus rude, et c'était, revenant tous les douze jours pour chacune des compagnies, le ramassage des résidus (essentiellement distinct du ramassage civil des ordures), dans le quartier des officiers mariés.

N'osant les livrer aux tuyaux d'écoulement, qui eussent pu se boucher, ni aux bons soins des collecteurs civils, qui eussent pu tout laisser choir, les épouses de ces messieurs déposaient leurs compresses périodiques souillées dans leurs boîtes à résidus. Vider un de ces récipients réclamait déjà un certain patriotisme, mais à la fin de l'après-midi, lorsque le camion était plein jusqu'au bord, le patriotisme exigé du piquet de corvée était véritablement incommensurable. Ces hommes méritaient la croix pour service rendu à la patrie lorsque, sur le chemin de la décharge, ils préféraient marcher plutôt que voyager à bord dudit camion.

Il n'était point jusqu'à l'estomac le mieux placé du patriote le moins délicat qui ne finît par se rebeller à la longue. Et, comme c'était Warden qui désignait les piquets de corvées à la G, l'estomac le plus éprouvé était invariablement celui du soldat Prewitt. Il devint progressivement évident qu'à chaque fois que Prewitt se trouvait placé en tête des détachements de corvéables Warden commençait l'appel des corvées par celles qui exigeaient le patriotisme le plus endurci.

La corvée de boucherie, par exemple. En leur qualité de spécialistes, les bouchers débitaient la barbaque à longueur de journée, mais, pour le déchargement des bêtes entières et la manipulation des quartiers de viande, ils faisaient appel aux hommes de corvée. Un après-midi de ce passe-temps convertissait les beaux treillis coupés sur mesure de Prewitt en une carapace de graisse et de sang séché. Il en avait plein la figure, plein les oreilles et plein les cheveux, et traînait dans son sillage une douce puanteur d'abattoir. Warden l'attendait généralement à l'entrée du corridor, manches retroussées, propre et frais au sortir de la douche, un sourire affectueux au coin des lèvres.

— Magne-toi d'aller te laver, disait-il. La soupe est presque terminée. Ou tu ferais peut-être mieux d'y aller comme t'es et de te laver plus tard ?

— Non, répondait sérieusement Prew. Je préfère me laver d'abord.

— Comme tu voudras, mon prince, ricanait Warden.

Il lui demanda un jour s'il n'avait pas envie de reprendre la boxe, ou tout au moins de faire du base-ball.

— T'as l'air vachement claqué, fiston. Si tu faisais du sport, tu couperais aux corvées.

— Qu'est-ce qui te fait croire que les corvées m'embêtent ?

— J'ai pas dit que ça t'embêtait, fiston, dit Warden avec une certaine complaisance. J'ai simplement dit que t'avais l'air claqué. Lessivé à double zéro.

— Si tu crois que t'arriveras à me refaire boxer, Warden, tu te goures, répliqua fermement Prewitt. Je suis capable de digérer tout ce que tu peux me servir, toi et Dynamite avec. J'en vaux deux comme toi. Si t'avais pas des sardines, je te prendrais d'homme à homme et je réduirais ta grosse carcasse en purée. Et, si mes poings n'y suffisaient pas, je me paierais un surin et je t'attendrais dans un coin sombre.

— Te laisse pas arrêter par mes sardines, gouailla Warden. Je peux toujours ôter ma liquette. Tout de suite si tu veux.

— Ça te plairait, hein ? s'esclaffa Prewitt. Tu pourrais me faire coller un an de dur, après la bagarre, pas vrai ?

Il pivota sur lui-même et s'engagea dans l'escalier.

Il avait eu l'intention de profiter de son premier week-end pour filer à Haleiwa et s'expliquer avec sa wahiné, mais toute la semaine, en sa qualité de nouveau, il s'était vu gratifier d'un tas de corvées supplémentaires. Warden usait et abusait implacablement de ses pouvoirs.

Quand arriva le milieu de la semaine et que Prewitt cessa de voir son nom sur les listes de corvées, son intuition de soldat lui chuchota de s'attendre au pire. Et le vendredi matin, quand la liste des hommes de corvée pour le week-end fut placardée sur le tableau de service, ses soupçons se réalisèrent. Warden l'avait réservé pour la bonne bouche. Prew était de cuisine le dimanche et de chambrée le samedi. Il n'aurait même pas un jour de sortie pour sauter à Haleiwa. Les dispositions prises par Warden avaient quelque chose de diabolique. Quand on est de cuisine le samedi, on coupe à la revue de détail du samedi matin, alors que l'homme de chambrée doit s'y soumettre comme tout le monde en plus de son travail supplémentaire. Pas d'erreur, Warden était fortiche. Quand il voulait s'y mettre, personne n'existait devant lui.

Le samedi matin, de bonne heure, frais et dispos pour la revue, Warden sortit de la salle de service et, debout contre le chambranle de la porte, regarda Prew briquer la galerie, son habituel sourire affectueux au coin des lèvres. Prew continua de travailler avec zèle, en feignant de ne rien remarquer, mais il se demandait si tout cela était la conséquence d'ordres donnés par Holmes, pour l'obliger à reprendre la boxe, ou bien — et en vertu de quelle antipathie nébuleuse ? — le simple fruit des talents personnels de Milton Warden ?

Le lendemain dimanche, à onze heures, Warden pénétra dans la cuisine pour y prendre son petit déjeuner. En sa qualité de sergent-chef, il n'était pas astreint aux horaires stricts des autres. Il s'assit à la table de pâtisserie et se mit à manger avec un appétit féroce, au nez et à la barbe des hommes de corvée qui suaient sang et eau. Puis il passa dans l'arrière-cuisine et reprit sa position favorite contre le chambranle de la porte.

— Ça, alors, dit-il sans sourire. Que je sois pendu si c'est pas mon petit copain Prewitt ! Qu'est-ce que tu penses du service actif, fiston ? Ça te plaît, la vie de fantassin ?

Les cuistots et les autres gars de corvée observaient le tableau. Warden passait rarement ses dimanches à la caserne, et ça promettait quelque chose de sensationnel.

Torse nu, souliers et pantalon saturés de sueur et d'eau grasse, Prew détourna son regard de l'évier fumant vers lequel il était penché.

— Et comment, chef, dit-il avec un sourire qu'il espérait convaincant. C'est pour ça que je me suis fait muter. Ici, c'est la vie de château. La première perle que je trouve, on fait naffe à naffe, d'accord ? Après tout, ce sera grâce à toi que je l'aurai trouvée.

— Voilà, dit Warden en souriant aimablement. Voilà ce que j'appelle un pote régulier. Dynamite avait Preem et Galovitch à Bliss. Moi, j'avais Prew à la A. Quand des hommes ont servi ensemble, y feraient n'importe quoi l'un pour l'autre. C'est si vrai que je vais voir si je peux pas t'en trouver davantage, Prew, puisque t'aimes tellement ça.

Il sourit, et Prew n'oublia jamais ce regard de compréhension qui les isola tout à coup du reste de l'univers et les laissa seuls, face à face, les yeux dans les yeux, deux rudes jouteurs conscients de leur valeur réciproque. La main de Prew agrippa une lourde tasse, au fond de l'évier. Mais, comme si les yeux de Warden eussent eu le pouvoir de percer la matière et l'eau savonneuse, il sourit affectueusement, une dernière fois, et s'éloigna sans hâte, laissant Prew absurdement seul avec son intention inemployée.

Cependant, malgré la menace de Warden, le nom de Prew disparut des listes quotidiennes et, le samedi suivant, il put en toute liberté se rendre à Haleiwa. Fait curieux, qu'il avait noté des fois, lorsqu'il était à la A : quelles que fussent ses bizarreries, Warden, à sa manière, était scrupuleusement régulier et ne forçait jamais la frontière qui, dans son esprit, séparait l'inique de l'équitable.

Prew avait eu, au milieu de la seconde semaine, l'idée fugitive d'écrire un petit mot à Violette. Mais à quoi bon ? Violette n'existait, pour lui, qu'à chacune de ses visites, lorsqu'elle recommençait à vivre au moment précis où il l'avait quittée la fois précédente. Entre-temps, elle n'existait que dans l'esprit de Prew, et comment eût-il pu écrire au fruit de sa propre imagination ? Il se souvenait toujours des lettres qui étaient arrivées après la mort de sa mère, encore adressées à la personne vivante qu'elle avait cessé d'être. Comment accorder le moindre crédit à un moyen d'expression qui ne respecte aucune des réalités de la vie, de l'instabilité humaine et de la mort ? Aussi avait-il jugé préférable de renoncer à écrire et d'attendre son premier jour de sortie pour aller voir Violette à Haleiwa.

Violette l'attendait, comme d'habitude, derrière la porte moustiquaire, accotée à l'un des montants, une main accrochée à l'autre, comme pour interdire l'accès de la maison à quelque représentant invisible. Prewitt avait l'impression confuse qu'il eût pu arriver à n'importe quelle heure du jour ou de la nuit, elle eût toujours été là, dans cette posture exacte, l'attendant aussi sûrement que s'il l'avait prévenue de son arrivée. On eût dit — c'était étrange — qu'aucune de ses visites, si inopinée fût-elle, ne la prenait jamais au dépourvu. Mais tout ce qui touchait à Violette était étrange. Il n'avait jamais prétendu la comprendre depuis le jour où ayant fait sa connaissance à Kahuku il l'avait emmenée à la fête et qu'elle lui avait donné, le soir même, la preuve irréfutable de sa virginité. Le fait en soi était déjà surprenant, et Prew n'avait jamais eu, depuis, le loisir de s'en remettre.

Violette Ogure. Il fallait avoir un cheveu sur la langue pour prononcer la dernière syllabe avec un *d* fantôme entre le *r* et le *e*. Oh-gou-rdhie. Le rapprochement même de ce nom de fleur anglaise et de ce patronyme transmis depuis le fond des âges était aussi indéchiffrable que les générations de croisements obscurs entre colons, indigènes et soldats mystérieusement réabsorbés par la mythique « Métropole », qui avaient produit la population actuelle d'Hawaii. Violette elle-même était la vivante image d'Honolulu, avec ses trusts puissants dirigés par des missionnaires et ses minables cinémas japonais où se coudoyaient tous les produits d'hérédités inextricables. Prew avait appris à prononcer correctement le nom de Violette. Et ses découvertes n'étaient jamais allées plus loin.

Tout de suite, ils firent le tour de la maison. C'était un rite qu'ils respectaient toujours, car, depuis qu'ils connaissaient Prew, jamais les parents de Violette ne l'avaient invité ni autorisé à pénétrer dans la pièce du devant. Un rideau hermétique de plantes grimpantes entrelacées transformait la galerie postérieure en une vaste tonnelle qui servait de salon à la famille Ogure et qu'envahissait l'odeur pénétrante du poulailler, indissolublement associée, dans l'esprit de Prew, à l'existence de Violette.

Contiguë à la cuisine, la chambre de Violette était toujours en désordre, son lit de fer à la dorure écaillée toujours défait, ses vêtements toujours étalés sur le pied du lit et le dossier de l'unique chaise, sa boîte de poudre toujours renversée sur sa coiffeuse de fortune. La penderie tapissée de cretonne à grosses fleurs agressives était l'œuvre personnelle de Violette. Elle était vide, mais symbolisait ses espoirs en des jours meilleurs.

Prew se débarrassa de ses vêtements et, complètement nu, avec l'aisance que confère une longue liaison, chercha son short dans le capharnaüm environnant. Ce fouillis ne le gênait pas le moins du monde. Il l'explorait des pieds et des mains, beaucoup plus chez lui dans cette piètre bicoque que ne l'était Violette elle-même. Ces masures qui montaient à l'assaut de la colline, de part et d'autre de la route, c'était Harlan, son village natal, avec la couche de charbon en moins. La terrasse postérieure avec sa pompe rouillée, l'évier ébréché avec sa cuvette de zinc et sa lourde écope taillée dans la pierre, toutes ces choses faisaient partie du décor de sa vie, et il évoluait au sein de cette pauvreté avec le naturel de ceux qui l'ont toujours connue.

Tout en cherchant son short, il lui parla de sa mutation et des événements qui l'avaient tenu éloigné d'elle.

— Mais pourquoi que tu t'es fait muter, Bobbie ? pépia-t-elle de sa voix flûtée qui ne manquait jamais de le faire sourire.

Assise sur le lit, elle le regarda enfiler ses vieilles espadrilles.

L'air frais du dehors s'insinua par l'unique fenêtre, dissipant l'odeur de linge sale, effleurant le corps de Prew d'une caresse revigorante. Il regarda Violette, qui ne portait rien de plus qu'un short et un soutien-gorge, et sentit la vieille marée primitive lui durcir le ventre et rendre moite la paume de ses mains.

— Quoi ? sursauta-t-il. Oh !... Je me suis pas fait muter. J'ai été muté. C'est Houston qui m'a fait cette vacherie, parce que je lui ai dit ses quatre vérités... Dis donc, y a personne chez toi. Si on prenait un acompte ?

Trois semaines que le sang lui montait aux yeux, à chaque fois qu'il y pensait, trois semaines sans, c'était beaucoup trop long.

— Attends, coupa-t-elle. T'aurais pas pu aller voir l'officier et demander à rester ?

— Si, bien sûr.

Prew secoua nerveusement la tête, songeant à quel point l'armée peut vous chauffer un bonhomme, lui rendre la chasteté prolongée encore plus insupportable.

— J'aurais pu y aller, mais je pouvais quand même pas me conduire comme un lèche-cul.

— Je vois... Mais j'aurais cru qu'une discussion, ça pouvait toujours se tasser, objecta Violette. Je veux dire, quand on a une bonne place et qu'on y tient...

— Ç'aurait peut-être pu s'arranger, mais y a pas une place qui vaut ce prix-là, pas une, tu piges ! Y avait rien d'autre à faire. Ecoute, maintenant, viens. Viens donc ici.

— Pas tout de suite.

Elle l'observait avec une sorte de curiosité.

— C'est une honte de perdre une bonne place comme ça. Et ta spécialité avec !

— C'est une honte, approuva-t-il. (« Je m'en fous éperdument », pensait-il.) Est-ce qu'y a à boire, dans la cambuse ?

— Y a ce que t'as laissé la dernière fois, et une autre fois, y a longtemps, une pleine et une entamée. C'est à toi. J'y ai pas touché.

Elle se leva fièrement.

— Tu veux boire un verre ?

— Oui.

Il la suivit dans la cuisine. Il allait lui parler des changements que sa mutation allait apporter dans leur vie, mais, au dernier moment, il se ravisa. Inutile de tout gâcher maintenant, ça viendrait toujours assez tôt.

— Montons là-haut, à notre petit coin, proposa-t-il d'un ton romantique.

Il avait honte de sa voix suppliante, mais quelle dignité attendre d'un gars sevré depuis plus de trois semaines ?

— D'accord, dit-elle.

Il attendit qu'elle levât les bras pour attraper la bouteille dans le placard et, par-derrière, lui prit les seins à pleines mains. Rageusement, elle ramena ses bras le long de son corps, la bouteille dans la main droite. Il la fit tourner sur elle-même, la ceintura, bras collés aux flancs, et l'embrassa tout son saoul. Pieds nus, elle était un peu plus petite que lui.

Prew portant la bouteille, ils escaladèrent la colline, sous le soleil qui desséchait l'herbe touffue et chauffait agréablement leurs dos nus. Parvenus au petit bouquet d'arbres qui en marquait le sommet, ils s'allongèrent sur le paillasson vert et brun de l'herbe. Leurs regards plongeaient tout droit jusqu'à la maison.

— C'est joli, pas vrai ? dit Prew.

— Non, le contredit-elle. C'est laid. C'est horriblement laid !

— Quand j'étais gosse, j'habitais dans un bled comme celui-là, expliqua Prew, désignant d'un geste large le village chancelant dont aucune carte touristique ne portait le nom. Sauf que c'était plus grand, mais c'était la même chose...

Il s'arrêta, consterné par le vide affreux de ces souvenirs perdus, incommunicables, qui lui revenaient en foule.

— Et ça te plaisait ? questionna Violette.

— Non, mais j'ai vu pire, depuis...

Il se renversa sur le dos et regarda le soleil filtrer à travers le feuillage. Il connaissait bien cette sensation. C'était le cafard classique des samedis de permission. « La vie ne recommence que lundi matin, se chuchota-t-il. Si seulement la vie pouvait être une éternelle permission de quarante-huit heures. »

— Allez, redescends sur terre, Prewitt.

Il but un coup à la régalade, tendit la bouteille à Violette, et elle but, appuyée sur un coude, le regard perdu parmi les masures éparpillées. Elle buvait le whisky aussi aisément que lui-même, comme du petit-lait.

— C'est horrible, répéta-t-elle. On devrait pas être obligé de vivre dans un endroit pareil. P'pa et m'man sont venus d'Hokkaido. C'est même pas à eux, la maison.

Elle lui rendit la bouteille. Il la saisit par le bras, la tira à lui, l'embrassa, et, pour la première fois, elle répondit à son baiser, en lui caressant doucement la joue.

— Bobbie, murmura-t-elle. Bobbie.

— Viens, souffla-t-il. Viens ici avec moi.

Elle résista, l'œil fixé sur sa montre-bracelet de pacotille.

— P'pa et m'man vont pas tarder, dit-elle.

— Et alors ? s'impatienta-t-il. Y vont pas monter ici.

Prew s'assit dans l'herbe.

— C'est pas ça, Bobbie. Attends ce soir. C'est la nuit que ça se fait ces trucs-là, soupira-t-elle.

— Non. C'est toutes les fois qu'on en a envie.

— Alors, j'en ai pas envie. Y vont rentrer tout de suite.

— Mais y savent bien qu'on couche ensemble la nuit !

Et tout à coup il se demanda s'ils le savaient vraiment.

— Ils le savent, pas vrai ?

— L'après-midi, c'est autre chose. Y sont pas encore rentrés de travailler. Et puis, t'es soldat. J'ai été à l'Ecole supérieure de Wahiawa, moi.

« Oui, mais t'as jamais passé l'examen de sortie, ma jolie », songea-t-il. Il avait vu l'école en question. C'était une école comme n'importe quelle autre école.

— Eh ben ! oui, je suis soldat, dit-il. Et après ? C'est des gens comme les autres, les soldats !

— Je sais, mais y a tant de filles du pays qui sortent avec eux. Et tout ce qu'ils veulent, c'est coucher avec elles.

— Les civils aussi. Quel est le mal ?

— Nulle part, mais une Hawaiienne honnête sort pas avec des soldats.

— Une fille blanche honnête non plus, aucune fille honnête sort avec des soldats ! Et pourquoi pas ? Tous les hommes sont foutus de la même façon.

— N'empêche que les gens critiquent les filles qui sortent avec des soldats.

— Alors, tes vieux ? Pourquoi qu'y disent rien, pourquoi qu'y me foutent pas dehors, si ça leur plaît pas ?

— Y feraient jamais une chose pareille, dit Violette, surprise.

— Mais, sacré bon sang, les voisins voient bien que je suis tout le temps fourré avec toi !

— Oui, mais ils en parlent jamais.

Le regard de Prew s'attarda sur son short étroitement tendu, sur ses cuisses tachées de soleil.

— T'aimerais décarrer d'ici ? s'enquit-il prudemment.

— Je pense bien.

— T'en auras peut-être l'occasion prochainement, dit-il, tâtant le terrain.

— Si c'est pour qu'on se mette en ménage, tu sais bien que je peux pas.

— On y est déjà, en ménage. Seulement, tu vis chez tes parents.

— C'est pas du tout pareil, dit Violette. Tu sais bien que je peux pas faire ça.

— Ouais, dit Prewitt. Ça pourrait attendre encore.

Il laissa son regard se perdre dans le bleu incroyable du ciel hawaiien.

— Regarde-moi ces nuages, dit-il. Y a une tempête qui vient sur nous. C'est bientôt la saison des pluies.

— Ils sont beaux, déclara Violette. Tout noirs, et empilés comme des rochers...

Elle attrapa la bouteille.

— Mais le toit de la maison est percé.

— Pourquoi y t'ont pas foutue dehors, tes vieux, si ça leur plaît pas que tu m'aies amené chez eux ? reprit brusquement Prewitt.

Violette resta bouche bée.

— Mais je suis leur fille !

— Ah ! oui ? On ferait mieux de redescendre. Y va pleuvoir.

Les nuages s'amoncelèrent sur les montagnes, et presque aussitôt l'orage éclata. A l'heure du dîner, il pleuvait à verse. Prew resta seul sous la tonnelle, tandis que Violette et sa mère préparaient le repas et que le père se retirait dans la pièce de devant. Les « vieux » étaient rentrés juste avant le déluge, entassés avec plusieurs voisins dans la Ford antique qu'ils avaient achetée en commun avec quatre autres familles, comme ils avaient construit et possédaient en commun les kilomètres de vieilles « coulottes » à eau rongées par les intempéries, qui serpentaient à travers la petite vallée, tels de fragiles échafaudages utilisés aux temps préhistoriques pour bâtir les montagnes.

A peine arrivés, les vieux avaient traversé la maison et la galerie postérieure sans regarder Prew ni Violette, pour aller biner avant l'orage le petit potager bien tenu qu'irriguaient les coulottes. En observant leurs silhouettes voûtées, leurs visages qu'on eût dits sculptés dans de vieilles pommes desséchées, Prew ressentit une indignation vertueuse contre le genre humain pris en bloc, qui obligeait ces gens à vivre d'une façon telle qu'à quarante ans à peine on les eût pris volontiers pour les grands-parents ou les arrière-grands-parents de Violette. Ce petit jardin bien peigné, bien divisé en sections géométriques, utilisé jusqu'à son dernier centimètre, était l'image de leur vie industrieuse. Ils ne rangèrent leurs outils que lorsque la pluie eut pris de la violence. Quand ils réintégrèrent la maison, ni l'un ni l'autre ne semblèrent remarquer la présence de Prew.

Seul sous la tonnelle, il écoutait les deux femmes bouger dans la cuisine et sentait renaître son indignation à la pensée que chaque homme était seul, sans défense, au milieu de ses semblables, plus isolé que l'abeille dans sa cellule. Ce fut seulement lorsque l'odeur chaude des légumes et du porc parvint à ses narines qu'il retrouva sa sérénité. Malgré les salves de la pluie et les roulements menaçants du tonnerre, l'humanité continuait d'exister et préparait le repas du soir.

Il mangea de fort bon appétit le porc fumant et les fades légumes exotiques. Warden, et l'armée, et le lundi matin, tout ça n'existait plus que dans un monde de cauchemar aussi glacial que la lune, et tout aussi lointain. Après le repas, et toujours sans mot dire, les deux vieux se retirèrent dans la pièce de devant, où Prew n'était jamais entré, et qui renfermait les petits autels familiaux. Violette et lui s'attardèrent quelques instants encore dans la cuisine, buvant tasse après tasse de thé parfumé. Le vent rudoyait la bicoque, et la pluie faisait un vacarme de tous les diables sur le toit de tôle ondulée. Lorsque Violette et lui allèrent poser leurs assiettes sur celles des vieux, dans l'évier de la terrasse, Prew se sentit plus chez lui que jamais, rassasié et content de son sort.

Ils passèrent dans la chambre de Violette et elle omit négligemment de refermer la porte derrière eux. La lumière qui émanait de la chambre des vieux se réfléchit sur toute la surface dorée de sa peau lorsqu'elle lui tendit son corps d'un geste dont le naturel sans mystère enchantait toujours Prewitt, car il lui procurait la sensation délicieuse, rarement accessible au soldat, d'être installé de façon permanente dans une existence immuable. Mais cette porte ouverte gâchait un peu son plaisir. Il avait peur d'être vu, et son désir violent lui inspirait une sorte de honte.

Lorsqu'il se réveilla, au milieu de la nuit, l'orage était passé et la lumière de la lune illuminait la chambre. Violette lui tournait le dos, la tête posée sur son coude replié. La raideur insolite de son attitude lui apprit qu'elle ne dormait pas. Il posa sa main sur la hanche nue de sa maîtresse et la retourna face à lui. Dans la courbe de cette hanche, dans l'articulation cachée de la cuisse, il discerna un instant l'art infini de l'orfèvre et se sentit pénétré d'un respect omniscient et purificateur qui fit monter jusqu'à ses yeux des paillettes d'or liquide.

Elle roula à sa rencontre, bien éveillée, consentante, et il se demanda quelles pensées secrètes avaient peuplé son insomnie. Il s'allongea au-dessus d'elle et comprit une fois de plus qu'il allait posséder une inconnue. En accomplissant cet acte qui place deux êtres humains aussi près l'un de l'autre qu'il est possible de l'être, qui les unit si étroitement que l'un d'eux vit et bouge à l'intérieur de l'autre, Violette restait toujours une étrangère pour lui.

Pour un homme qui passe le plus clair de sa vie parmi d'autres hommes anguleux et velus, toutes les femmes sont rondes et douces, toutes sont étranges et indéchiffrables, et Prew cessa rapidement de penser à quoi que ce soit.

Le lendemain matin, il se réveilla sur le dos, complètement nu. La porte était toujours ouverte, et les deux femmes s'affairaient dans la cuisine. Il fut pris d'une violente envie de ramener les couvertures sur sa nudité, mais il se leva aussi naturellement qu'il le put et enfila son short, honteux et embarrassé de sa propre réalité encombrante de mâle, que haïssent toutes les femmes. Lorsqu'il entra dans la cuisine, la vieille continua de travailler sans lui prêter aucune attention.

Une fois le ménage terminé, et les deux vieux partis chez leurs voisins, Prew rumina toute l'histoire et, faute d'une meilleure entrée en matière, déclara tout à trac :

— Je veux que tu viennes t'installer à Wahiawa et qu'on se mette en ménage.

— Pourquoi, Bobbie ?

Accoudée au bras de son fauteuil, elle le dévisageait avec sa curiosité coutumière, comme si elle distinguait pour la première fois les rouages subtils desquels elle tirait son plaisir, et qu'elle avait toujours crus si simples.

— Parce qu'autrement je pourrais plus venir te voir qu'une fois par semaine et que c'est pas assez. Pour moi, du moins.

— Si t'en fais une condition et qu'on se sépare, ce sera encore moins souvent. Tu trouveras jamais une femme pour accepter de vivre avec la paie d'un simple soldat.

— Tes parents me gênent, y m'aiment pas. Puisqu'on est comme ça, autant pas faire les choses à moitié.

— Il faudrait que je retrouve du travail à Wahiawa, et c'est presque impossible, à moins de servir dans un bar, et, ça, je pourrai jamais. J'avais une bonne place à Kahuku. On me considérait presque comme de la famille. Je l'ai quittée pour revenir dans ce sale trou, pour que tu puisses venir avec moi tous les soirs, parce que tu me l'avais demandé.

— Je sais, coupa-t-il. Mais je savais pas que c'était à ce point-là.

— Qu'est-ce que tu croyais ? Tu gagnes pas assez pour entretenir un ménage, Bobbie.

— Avant, si ! J'ai encore un mois de prêt à toucher comme première classe et spécialiste de quatrième catégorie. Ce sera assez pour tenir un mois, jusqu'à ce que tu retrouves du boulot et que je retouche de l'argent. Avec tes gages et mes vingt et un dollars, on peut vivre mieux que tu vis ici. Y a pas de raison que tu viennes pas.

Il s'arrêta, le souffle court, étonné d'avoir parlé si vite.

— T'as pas voulu m'entendre quand je t'ai dit qu'on se séparerait si t'en faisais une condition, dit doucement Violette. Mais p'pa et m'man me laisseraient pas partir, Bobbie.

— Pourquoi qu'y t'empêcheraient de partir ? protesta-t-il. Parce que je suis soldat ? Ça te fait quelque chose, à toi, que je sois soldat ou pas ? Non ? Alors, comment qu'y t'empêcheraient de partir ?

— Y seraient déshonorés, Bobbie, dit Violette.

— Oh ! merde, dit-il, incapable de se contenir plus longtemps. Si j'étais un miteux du pays au lieu d'être soldat américain, ça marcherait comme sur des roulettes, pas vrai ?

Il avait toujours su que ça finirait comme ça. Ils vivaient comme des porcs, plus dénués de tout que les mineurs de Harlan, mais ils se considéreraient comme déshonorés si leur fille se mettait à la colle avec un troufion.

— C'est pas comme si on était mariés, expliqua Violette.

— Mariés !

Prew en perdit le souffle, tandis que l'image de Dhom, le gros sergent chauve de la Compagnie G, remorquant dans son sillage son énorme épouse philippine et ses sept gniards café au lait, traversait lentement son champ de vision. Rien de drôle que Dhom soit une telle peau de vache, condamné comme il l'était à crever en exil parce qu'il avait épousé une femme du cru...

Violette sourit de sa consternation.

— Tu vois bien. T'as aucune envie de m'épouser. Alors, mets-toi à ma place. T'as pas l'intention de m'emmener quand tu rentreras aux Etats-Unis ? Et tu voudrais que je laisse mes parents et que je me retrouve un beau jour sans personne, ni eux ni toi. Et peut-être avec un bébé ?

— Ça leur plairait, à tes vieux, qu'on se marie ?

— Non, mais ils aimeraient mieux ça que si on se mettait en ménage, ou que ce qu'on fait maintenant.

— Y seraient toujours déshonorés, hein ? grinça Prew. Tu viendrais avec moi si on se mariait ?

— Bien sûr. Et on rentrerait ensemble aux Etats-Unis, puisque je serais ta femme.

« Ma femme, pensa-t-il. Pourquoi pas, après tout ? » L'idée lui parut tout à coup si séduisante qu'il réagit violemment. « Minute, papillon ! C'est comme ça qu'ils se laissent coincer tous. C'est comme ça que Dhom s'est fait avoir. D'un côté, la liberté. De l'autre, une paire de fesses à la maison, toujours prête à vous recevoir, sans stratégie, fastidieuse, sans ces manœuvres d'encerclement qui durent quelquefois des semaines. A moins d'aller carrément au bordel. Alors, matelot, qu'est-ce que tu dis de ça ? »

— Si je t'emmenais aux Etats-Unis, dit-il prudemment, mariés ou pas, ce serait le même tabac. On serait des pestiférés. Personne voudrait nous fréquenter. Et c'est pas parce qu'on serait mariés que je t'emmènerais avec moi. Ça prouve rien d'être mariés. Y a des tas de gens pour qui ça compte pas. (« Dhom, par exemple, pensa-t-il. Il s'est marié because la paire de fesses, et une fois marida elle a plus voulu la lui donner. »)

— Mais tu veux toujours pas m'épouser ? conclut Violette.

— Et comment que je veux pas ! dit-il d'autant plus violemment qu'il se sentait coupable. Je suis militaire de carrière et appelé à voyager. Et, comme simple soldat, je toucherais pas un rond pour ma petite fa-femme. Même pas d'indemnité de transport. Pour un gars comme moi, c'est pas le filon de se marier !

— Alors, restons comme on est.

— Ah ! non. Une fois par semaine, ça me suffit pas.

Il se leva et s'approcha d'elle.

— Pourquoi diable que tu voudrais que je t'épouse ? gronda-t-il. Pour avoir une portée de morveux derrière le train ? Pour être cloué ici jusqu'à la fin de mes jours faute de pouvoir rentrer en Amérique ? Pourquoi que tu crois que je me suis foutu dans l'armée ? Parce que je voulais pas me crever la paillasse toute ma vie dans une mine et traîner derrière moi une portée de lardons qu'auraient tout de même eu l'air de moricauds, à cause du charbon... comme mon père, et mon grand-père, et tous les autres ! Ah ! les femmes. Tant qu'elles vous ont pas ficelé un boulet à la patte, elles sont pas satisfaites ! C'est malheureux de voir ça...

Il parvint enfin à maîtriser la colère brûlante qui s'était emparée de lui. Elle n'avait pas cherché à l'interrompre. Elle s'était laissé balayer par sa fureur comme un forçat révolté par le jet de la lance d'incendie, pliant devant la force au lieu de la combattre, avec une patience issue d'innombrables siècles de dos courbés et de visages sculptés dans de vieilles pommes.

— Je regrette, Violette, dit Prew d'une voix glacée.

— Ça ne fait rien, dit-elle.

— Je voulais pas te faire de la peine.

— Ça ne fait rien.

— A toi de décider, maintenant. Cette mutation va changer complètement ma vie. C'est la dernière fois que je viens ici. Toi, fais comme tu voudras, je peux pas te forcer, mais si on continuait comme ça j'en aurais vite marre et j'essaierais de trouver une planque. Et ça, je veux pas le faire et je veux pas que personne sache que j'y ai pensé. Alors, à toi de voir ce que tu dois faire...

— Je peux pas aller avec toi, Bobbie, dit-elle sans changer d'attitude ni d'intonation.

— O.K. ! dit-il. Alors, je vais m'en aller. Y a des tas de gars qui sont à la colle, à Wahiawa. Y se paient du bon temps. Ils organisent des petites fêtes avec leurs wahinés et y sont ensemble au cinéma et au café, et tout ce qui s'ensuit. Comme ça, les mômes sont pas toutes seules. Pas plus que n'importe qui, en tout cas.

— Et qu'est-ce qu'elles deviennent, quand les soldats rentrent chez eux ? s'enquit-elle, les yeux dans le vague.

— J'en sais foutre rien et je m'en tamponne le coquillard. Probable qu'elles trouvent d'autres soldats. O.K. ! je vais me tirer.

Il s'habilla, roula ses sandales dans son short, avec les deux bouteilles de whisky. Ces choses sans importance déposées chez Violette avaient constitué son permis d'entrer, le seul gage qu'il eût jamais eu de posséder une autre vie, totalement étrangère à celle de la caserne. En les reprenant, il renonçait à ses droits sur cette vie.

Violette n'avait pas changé de position. Il lui sourit, les mâchoires serrées, mais elle ne le vit point. Il descendit les trois marches pourries et contourna la maison. La voix de Violette le rattrapa sur la route.

— Au revoir, Bobbie.

Prew sourit à nouveau.

— *Aloha nui oe,* cria-t-il en retour, fortement conscient du caractère dramatique de son personnage.

Lorsqu'il franchit le sommet de la petite colline, il s'abstint de regarder en arrière, mais il savait qu'elle le suivait des yeux, debout dans l'encadrement de la porte, comme pour interdire l'accès de la maison à quelque représentant invisible, et, comme s'il eût été lui-même sur le seuil de cette porte, il vit en imagination le tableau tragique de sa propre silhouette disparaissant de l'autre côté de la colline. Le plus étrange, c'était qu'il n'avait jamais autant aimé Violette, parce qu'en cette minute mémorable elle était devenue lui-même.

Quand, à la fin du mois, il toucha son dernier prêt de première classe et spé-quatre — celui-là même qui lui eût permis d'installer Violette à Wahiawa — il alla d'un pied ferme le flamber au jeu, sur la table du sergent-croupier O'Hayer. Le geste était joli, plein d'une ironie élégante qui le séduisit. Il avait décidé de repartir de zéro. Il ne garda même pas de quoi se payer un flacon ou une passe à trois dollars au *Nouveau Congrès,* mais les mises considérables qu'il perdit en moins d'un quart d'heure créèrent une certaine sensation.

DEUXIÈME PARTIE

LA COMPAGNIE

CHAPITRE IX

L'hiver, en Hawaii, ne diffère pas sensiblement du reste de l'année. Le ciel est à peine moins bleu, la température à peine moins élevée, l'eau toujours aussi rare dans les champs de grenadiers. Le seul changement radical survient à la saison des pluies, et c'est un changement qui comble d'aise les étrangers de l'île, ceux qui ont vécu l'hiver sous d'autres latitudes. Il n'y a, dans cette catégorie d'individus, que les touristes pour se déclarer mécontents.

La saison des pluies ne vient pas sans crier gare. Il y a d'abord les deux ou trois orages de fin février, faibles comme des sursauts de moribond, qui promettent la fraîcheur sans la donner encore, laissant la terre à peine moins altérée. Début mars : les averses se prolongent et se multiplient, jusqu'à ce qu'il n'y ait plus qu'une seule averse continuelle, dont la terre se gave avant d'en restituer le surplus aux ruisseaux des rues, aux pentes des collines et aux tranchées d'irrigation qui se transforment rapidement en torrents. Et c'est ainsi jusqu'à ce que, telle une jeune mariée en voyage de noces, la terre n'aspire plus qu'à retrouver sa soif.

Pour les soldats de Shofield, heureusement sauvés de l'ennui par la volupté de se sentir au sec tandis que l'eau ruisselle au-dehors, commence alors la saison des cours et de la théorie en chambre, par quoi l'armée remplace les divertissements de plein air.

Deux sortes d'imper jaillissent des paquetages : celui qui absorbe la pluie comme du papier buvard, et l'autre, plus luxueux, si étanche à l'air comme à la pluie qu'on en ressort ruisselant de sueur.

La saison des pluies et de la théorie en chambre est aussi celle dé la boxe. Ce fut un peu avant le milieu du mois de mars que Dynamite Holmes commença à porter sur ses épaules le poids de la calamité imminente. Il restait trois manches à disputer pour le titre de champion divisionnaire, mais d'ores et déjà son écurie était battue. Le 27e lui avait mis trente points dans la vue ! C'était deux fois plus qu'on ne pouvait espérer rattraper dans les trois derniers matches, et le ring d'or avait déjà quitté sa vitrine en vue de sa présentation au vainqueur, à la fin de la saison. Le bruit courait que Dynamite allait être saqué de son poste d'entraîneur, et, pour la première fois depuis bien longtemps, deux hommes de la Compagnie G furent traduits devant le conseil de guerre et envoyés au dur dans l'espace d'un seul mois.

Mais le régiment souffrait beaucoup moins de sa défaite que Dynamite lui-même, ou que Dynamite se l'imaginait. Ce que voulaient les hommes, ce n'étaient pas des victoires, c'étaient des distractions. Le jour du prêt était beaucoup plus proche que la saison de boxe suivante, et l'on chuchotait que presque toutes les maisons comprises entre la rue du Fleuve et l'avenue Nuuana avaient « touché » leur nouveau contingent de filles.

Mais si l'honneur du régiment n'avait d'autre défenseur que Dynamite Holmes, il avait là quelqu'un d'entièrement dévoué à sa cause. « Il nous reviendra ! » déclara-t-il, en parlant du trophée. Et la saison n'était pas terminée qu'il tirait déjà des plans sur la comète pour gagner la prochaine.

Un jour qu'il pleuvait à torrents, Warden, qui flânait sous le porche, devant la salle de service, le vit traverser la cour d'un pas martial, bien sanglé dans sa capote au col relevé, insoucieux de la boue qui souillait ses bottes, et quelque chose dans l'allure décidée de son capitaine lui dit qu'il allait y avoir du grabuge.

— Merde et remerde, lança-t-il à haute voix pour sa satisfaction personnelle.

Puis, désireux de se prouver sa propre indépendance, il tourna le dos à Dynamite et réintégra la salle de service.

— Faites-moi régler ça tout de suite, ordonna Holmes un instant plus tard, en tirant des papiers de sa capote ruisselante. Où est Mazzioli ?

— Le sergent-major O'Bannon a convoqué tous les secrétaires ce matin, expliqua Warden sans enthousiasme.

— Alors, il va falloir que vous fassiez ça vous-même, dit Holmes en lui remettant les papiers. Je veux que ça parte aujourd'hui, avec une bonne lettre de recommandation. Ce Stark était à Bliss avec moi. C'est un type très bien. J'en ai parlé au colonel Delbert, qui a déjà écrit au G.Q.G. Je fais toujours ce que je peux pour mes anciens.

— Bien, mon capitaine, dit Warden.

Il parcourut rapidement les papiers.

— En avez-vous également parlé au sergent Preem, mon capitaine ? reprit-il avec une indifférence apparente. Son équipe actuelle de cuistots lui donne entière satisfaction, pour autant que je sache.

Mais son indifférence n'était pas assez bien simulée. La rondeur enjouée du capitaine disparut illico, remplacée par une sévérité des plus carrées.

— Le sergent Preem ne s'opposera certainement pas à ma décision, sergent.

— Non, dit Warden. Une bouteille, et ça lui passera.

— Pardon ?

— Je ne pense pas qu'il s'y opposera.

Holmes lui jeta un coup d'œil incrédule.

— Preem et Stark ont travaillé ensemble aux cuisines, à Bliss. Et je n'ai pas l'habitude de consulter mes subordonnés avant de prendre une décision.

— Non, mon capitaine, dit Warden, soutenant son regard.

— Quand j'aurai besoin de votre avis, je vous le demanderai.

— Oui, mon capitaine, dit Warden sans baisser les yeux.

Holmes savait qu'il n'aurait jamais de meilleur sergent-chef, et Warden savait qu'il pouvait se permettre ça. Le capitaine fusilla son sergent du regard, histoire de ne pas perdre la face à ses propres yeux ; mais il y avait dans l'attitude de Milt Warden tant d'impassible dérision qu'il perdit contenance et prit le parti de secouer son chapeau.

— Bon Dieu ! quelle flotte, marmotta-t-il.

— Oui, mon capitaine, dit Warden.

Il regarda Dynamite s'asseoir en fredonnant derrière son bureau et, puisqu'il avait le dessus pour l'instant, décida de forcer la dose.

— Est-ce que ça peut attendre deux ou trois jours, mon capitaine ? Leva est à la bourre avec ses états d'habillement, et je lui donne un coup de main. J'ai pas mal de travail urgent, et cette affaire-là n'est pas à un jour près.

— Et le sergent O'Hayer ? s'informa sarcastiquement Holmes. Que fait-il pendant ce temps-là ?

— Il est beaucoup trop occupé avec sa saloperie de tripot, mon capitaine. Il n'a pas le temps de travailler au magasin.

— Pas le temps ! Qu'est-ce que ça veut dire, pas le temps ? Il est sergent-fourrier. *Il doit* faire son travail. Vous avez quelque chose à dire, sergent ?

— Non, mon capitaine, hurla Warden.

— Très bien. Alors, qu'il fasse son boulot. Il est payé pour ça. Tant que je commanderai cette compagnie, chacun y fera son travail et tout marchera selon mes ordres. Et je veux que ces papiers soient faits tout de suite !

— Oui, mon capitaine, vociféra Warden. (« Et merde pour le magasin et tout le reste avec, pensa-t-il. Voilà qu'on va avoir cinq types de Bliss pour foutre la pagaille dans la compagnie. »)

Il se mit au travail avec une application méprisante, sans plus regarder Holmes que s'il n'eût pas été là.

— A propos, sergent, reprit calmement Dynamite. Nous avons un galon de première classe de disponible, n'est-ce pas ? Vous direz à Mazzioli de rédiger l'ordre de nomination du soldat Bloom !

Warden leva le nez de son clavier, les sourcils en bataille.

— Bloom !

— Oui, Bloom, répéta Holmes avec une sorte de jubilation. Il a l'étoffe d'un bon officier subalterne. Il est fort bien noté par le sergent Galovitch. Il y a belle lurette que j'ai l'œil sur lui. Je suis ma compagnie de beaucoup plus près que vous le pensez. Les bons athlètes font les bons soldats, précisa-t-il malicieusement, et Bloom a gagné cette année quatre de ses combats. Il peut fournir l'année prochaine le champion divisionnaire de sa catégorie. Il va travailler avec le sergent Wilson. Vous direz à Mazzioli de s'en occuper dès demain... N'est-ce pas, sergent ?

— Oui, mon capitaine, répondit Warden sans lever les yeux.

Warden termina posément son travail, se demandant si Holmes était assez bête pour croire ce qu'il disait, ou s'il ne parlait que pour l'effet produit ; mais c'était comme ça qu'avaient démarré la moitié des officiers subalternes de la compagnie.

Holmes collectionna les papiers avec une expression de souverain bien-être.

— Je suppose que tout est en bon ordre ?

— Mon capitaine ! explosa Warden. Quand je m'occupe de quelque chose, c'est toujours en bon ordre !

— Allons, sergent, dit Holmes en levant la main comme pour une bénédiction, je sais que vous êtes un excellent sergent-chef. Mais je tiens au bon acheminement de cette mutation.

— C'est moi qui ai constitué le dossier, mon capitaine !

— Certes, mais vous pensiez à Leva et au magasin d'habillement. Si vous ne tentiez pas de faire le travail du fourrier et du sergent d'ordinaire en plus du vôtre, tout marcherait à merveille.

— Il faut bien que quelqu'un le fasse, mon capitaine, objecta Warden.

— Allons, allons, s'esclaffa Holmes, n'exagérons rien, sergent. Vous vous forgez des soucis superflus. A propos, comment marche Prewitt, le nouvel affecté ?

— Très bien. Ce garçon est un excellent soldat.

— Je sais, je sais, dit Holmes. C'est bien là-dessus que je compte. Je n'ai jamais vu de bon soldat rester longtemps deuxième classe. Il reprendra dans la boxe cet été. Les lions eux-mêmes finissent par se laisser dresser, dans l'armée. C'est un vieux dicton, mais il est exact.

— Je ne sais pas, mon capitaine. Je ne pense pas qu'il reprenne jamais la boxe.

— Attendez la fin des pluies et les manœuvres d'été, sergent, et nous en reparlerons.

Il cligna de l'œil d'un air entendu et reprit son chapeau trempé. Il était sûr de ce qu'il disait. Prewitt faisait partie de ses plans, comment diable pourrait-il ne pas faire partie de la section ?

Warden le regarda repartir sous la flotte et comprit soudain pourquoi il le haïssait. C'était parce qu'il avait toujours eu peur de lui, non de sa personnalité, tant physique que mentale, mais de ce qu'il représentait à ses yeux. Dynamite avait tout ce qu'il fallait pour finir général. Les bons généraux doivent posséder cet esprit objectif qui ne voit les hommes que sous l'aspect de masses anonymes, de groupes numériques d'infanterie ou d'artillerie qu'on ajoute ou retranche sur le papier au même titre que le reste du matériel. Les bons généraux ne doivent pas voir les hommes en tant qu'individus, mais en tant qu'entités abstraites mises à la disposition de leurs techniques personnelles. Les bons généraux sont tous comme Black-jack Pershing qui, soucieux de la moralité de ses troupes, avait voulu, pour tranquilliser les mamans, fermer les portes des bordels français, mais crevait de fierté dans sa peau quand ses hommes mouraient sur le champ de bataille.

Holmes disparut dans les profondeurs argentées de la pluie, et la rage de Warden finit par faire place à une inexplicable mélancolie. Brusquement, il frissonna et enfila sa veste. Aux étages supérieurs, cris et bruits d'eau signalaient les préparatifs des hommes en vue du repas. La tête chauve de Leva flotta dans l'encadrement de la fenêtre, cinglant vers la cuisine où, comme Warden, il prenait ses repas au lieu de becqueter au réfectoire.

— Qu'est-ce qu'il y a au menu ? beugla Warden.

— Boulettes maison, gouailla Leva, laconique, en continuant sa route.

En langage clair : singe sauce chef ! Ce poivrot de Preem commençait à charrier dans les bégonias et finirait par ruiner la compagnie en bicarbonate de soude. Warden regagna son bureau, sortit d'un tiroir le 11,25 réglementaire qui s'y trouvait toujours, le soupesa, l'équilibra dans la paume de sa main. Son père avait rapporté le même du front, en 1918. Même poids, même forme, même teinte bleu foncé. De temps en temps, il le barbotait dans le tiroir paternel et s'en servait pour faire partir des amorces avec son copain Frankie Lindsay.

Il tendit l'oreille. La compagnie dégringolait l'escalier, en route pour le miam-miam. Le bruit des pas décrut, cessa. Warden braqua le pistolet vers le cabinet des archives et l'arma. Le chien, ramené en arrière, fit un déclic menaçant, et la main libre de Warden s'abattit sur le dessus du bureau.

— Ah ! ah ! bougre de salaud ! dit-il à haute voix. Tu croyais que je t'avais pas vu.

Il se leva, le sourcil agressif, l'œil fixé sur l'inoffensif réduit vide.

— Tu veux rempiler, hein ? Ben ! c'est moi, Wolf Larsen, et personne rempile sans consulter ce vieux dur à cuire de Larsen... Bouge pas, que je te dis !

Il avança vers le réduit, menton en avant, et, hargneusement, pressa la détente, mais le chien retomba avec un petit bruit mesquin, décevant, indigne des menaces prometteuses du déclic de tout à l'heure. Warden rejeta le lourd pistolet sur la tablette du réduit.

— La suite au prochain numéro, dit-il.

Avec ses lignes simples et sa belle couleur de métal, ce pétard avait une personnalité qui se suffisait à elle-même, comme le mollet d'une femme. Mais le mollet d'une femme n'a de valeur qu'en tant que symbole de tout le reste. Qui se contenterait du mollet d'une femme ?

Rageusement, il reprit le 11,25, ramena la culasse en arrière, la laissa revenir brutalement, glissa une cartouche dans le magasin. Puis il pointa le pistolet chargé vers sa propre tête et posa son doigt sur la détente. « Où commence la folie ? pensa-t-il. Le type qui tirerait maintenant serait cinglé. Est-ce que je suis cinglé de tenir ce pétard chargé contre ma tempe et de chatouiller ainsi la détente ? » L'espace d'un instant, il regarda la mort en face avec une sorte de sombre volupté, puis il abaissa l'arme, éjecta la cartouche, remit le pistolet dans le tiroir et, se carrant sur son fauteuil, écouta un instant la rumeur du réfectoire.

Au bout d'un moment, il se releva, prit une fiole de whisky dans le tiroir de son classeur et avala une bonne goulée. Après quoi, il quitta la salle de service, parcourut la galerie et pénétra dans la cuisine où Leva mangeait un morceau sur le pouce, adossé à l'évier de fonte.

L'occasion se présenta plus tôt qu'il ne l'avait escompté. Vers midi, le lendemain, la pluie cessa un instant, comme pour regrouper ses vagues d'assaut. Le ciel traînait à ras des toits une panse menaçante, quand Holmes traversa la cour, en civil, costume de tweed marron clair, manteau léger sur le bras. Il informa Warden qu'il descendait en ville avec le colonel Delbert et qu'il ne rentrerait pas de la journée.

Brusquement, Warden comprit que le moment était venu de passer aux actes. Il ne savait pas exactement pourquoi. Ce n'était pas une simple question de fesses. Il y avait en ville des tas de femmes qu'il pouvait avoir. Non, c'était beaucoup moins clair et beaucoup plus grave que ça.

Jusqu'à présent, il n'avait fait que jongler avec l'idée, la caresser. Les femmes de militaires ne lui disaient rien qui vaille ; elles étaient froides, incapables de donner du plaisir et incapables d'en prendre. Elles couchaient par désœuvrement plutôt que par vrai désir. Or, d'après les propos de Leva et ce qu'il avait pu observer lui-même, Karen Holmes devait entrer dans cette catégorie.

Mais il savait qu'il ferait quand même ce qu'il voulait faire. Pas pour se venger, non, ni même pour se payer une pinte de bon sang, mais simplement pour s'extérioriser, pour reconquérir la personnalité qu'Holmes et tous les autres lui avaient ôtée, sans même s'en apercevoir. Il comprenait soudain pourquoi le pauvre type qui, rouage obscur d'une énorme machine, a trimé toute sa vie au service d'une grosse industrie, peut se suicider un beau jour rien que pour rappeler au monde qu'il est un homme libre, se détruire bêtement dans le seul but de prouver sa propre existence.

— Rentrerez-vous pour l'extinction des feux ? demanda-t-il à Holmes, négligemment, sans lever les yeux de son travail.

— Diable, non ! répondit gaiement Holmes. Ni pour le réveil, selon toute vraisemblance. J'ai dit à Culpepper de me remplacer. S'il n'est pas là, remplacez-le.

— Entendu, mon capitaine.

Holmes dansait sur place. Warden l'avait rarement vu dans un tel état d'excitation débridée et de plaisir anticipé.

— Dîner d'affaires, naturellement, dit Holmes en clignant de l'œil.

C'était une œillade mâle, au fond de laquelle oscillait l'appareil gorgé de sève qu'il fallait bien soulager. Elle lançait un pont provisoire au-dessus de l'abîme social qui le séparait du sergent.

— Vous devriez prendre un jour de bon temps vous-même, enchaîna-t-il. Il y a des choses plus gaies que toutes ces paperasses, en ce bas monde.

— J'y songe sérieusement, mon capitaine, riposta Warden.

Jeudi. Jour de sortie de la bonne. C'était un moment comme un autre.

Il scruta le visage d'Holmes, qu'empourprait une joie bovine, surpris de le trouver plus sympathique, en cet instant saugrenu, qu'il ne l'avait jamais été.

— Eh bien ! je m'en vais, annonça Holmes. Je vous fais confiance, sergent.

Impulsivement, il posa sa main sur l'épaule de Warden.

— Comptez sur moi, dit Warden aimablement (mais il sentait qu'il jouait simplement son rôle).

Le cœur n'y était pas.

« Attention, Milton, faut préparer ton coup si tu veux pas de pépins », songea Warden. Il regarda Holmes traverser la cour et se remit au travail en attendant Mazzioli, parce que, même en cet instant capital, il ne voulait pas laisser la salle de service sans personne. Tout Warden était là.

Il se mit au travail comme un sauvage, passant sa haine sur les paperasses, fonçant tête baissée dans la besogne comme un Japonais fanatique, emplissant la petite pièce d'une somme fantastique d'énergie.

Mazzioli arriva finalement, trempé comme une soupe, car la pluie tombait de nouveau.

Le visage de Warden se durcit.

— Qu'est-ce que t'as foutu toute la sainte journée ? gronda-t-il.

— Tu le sais bien, où j'étais, riposta le secrétaire. Avec O'Bannon, comme tous les autres.

Ancien universitaire, Mazzioli avait soin de toujours prouver sa supériorité intellectuelle en châtiant son langage et en prenant part à toutes les controverses autour des guéridons de Choy père et fils.

— Je n'ai jamais vu personne qui ait autant l'air d'une vieille fille..., reprit-il, mais Warden lui coupa le sifflet.

— Grant est entré à l'hosteau, aujourd'hui, trancha-t-il. Est-ce que tu le savais ? Il a la chaude-pisse. Tu sais ce que ça veut dire ?

Frappé au défaut de la cuirasse, le secrétaire prit un air contrit.

— Est-ce que t'as rempli son carnet de maladie ? appuya Warden. Est-ce que tu l'as mentionné sur le rapport ? Sur le registre de prêt ? Sur sa fiche individuelle ? Sur le cahier des visites ? C'est ton boulot, sacré nom de Dieu ! Est-ce qu'y faut que je fasse aussi ton boulot ?

— Je n'ai pas eu le temps, commença Mazzioli. Les toubibs ne renvoient jamais le cahier de visites avant onze heures, et...

— Pas d'histoires, bachelier ! Le cahier était là avant neuf heures et demie. O'Bannon t'a envoyé chercher à dix heures. Qu'est-ce que t'as foutu entre-temps ? T'es resté assis sur ton cul à faire des mots croisés. Faudra que je te dise combien de fois de tenir ton boulot à jour ? Fais-le quand y se présente. Une fois que t'es à la bourre, t'en sors plus.

— O.K. ! chef, dit Mazzioli, subjugué, sa belle assurance évanouie. Je vais m'en occuper tout de suite.

Il vit l'œil mauvais de Warden et se hâta d'enchaîner :

— ... Quand j'aurai classé tous ces dossiers !

Warden lança le cahier de visites sur les six chemises bulle.

— C'est déjà fait, dit-il avec dégoût. Je m'en suis occupé moi-même.

— Merci, chef, murmura Mazzioli, sincèrement admiratif.

— Va te faire foutre, dit Warden, reprenant la mouche. Si tu marches pas droit, tu vas te faire tanner le cul à grands coups de quarante-quatre fillette, et t'iras te taper l'exercice avec les copains. Trois jours, et on t'enterre ! Ah ! Y sont chouettes, les produits de la pédagogie américaine !

La menace n'inquiétait guère Mazzioli, mais à toutes fins utiles il prit un air consterné dont Warden ne fut pas dupe.

— Tu crois que je rigole, hein ? dit-il avec sa violence écrasante. Continue comme ça et t'iras pêcher des perles à la cuisine. C'est moi le sergent-chef, pas toi, et si quelqu'un doit se les rouler, ici, c'est moi, tu piges ? Et quand y a pas assez de boulot pour deux, c'est à toi de bosser ! De quoi t'as parlé aujourd'hui, avec les autres grands cerveaux ?

— De Van Gogh, dit Mazzioli. C'est un peintre.

— Merci, gouailla Warden. T'as lu *The Moon and Sixpence*, de Maugham ?

— Oui, dit Mazzioli, stupéfait. C'est l'histoire d'un peintre : Charles Strickland. Tu l'as lu ?

— Non, dit Warden. Je lis jamais.

Mazzioli se retourna.

— Eh ! tu te fous de moi ?

— Te pousse pas du faux col, fiston !

— Je parie que tu l'as vu, dit Mazzioli, lâchant son classement. Dis donc, j'ai une théorie sur Gauguin.

— Fous-toi-la où je pense, coupa Warden. Et gratte ! J'ai autre chose à faire.

Il éclata de rire en voyant Mazzioli plonger dans son classeur pour essayer de cacher sa colère.

— Nous disions donc que Grant s'était enrhumé, amorça-t-il aimablement.

— Je lui avais dit de prendre un antiseptique ou de mettre une capote, explosa Mazzioli, écœuré.

— Tu te laves les pieds avec tes chaussettes, toi, fiston ? s'informa Warden.

— Elle est vieille, celle-là, commenta amèrement le secrétaire.

— Où est-ce qu'il l'a attrapée, d'après lui ? grogna Warden.

— Au *Ritz,* dit Mazzioli du bout des lèvres.

— Bien fait pour ses pieds ! On a pas idée d'aller dans une cochonnerie de boîte pareille ! Y va se retrouver dans le rang en sortant de l'hosteau. Que ça te serve de leçon, caporal, si tu tiens à tes sardines !

— Moi ? sursauta Mazzioli.

— Oui, toi, mon joli ! Sors pas sans tes saloperies de caoutchoucs et mets-toi dans la pédale, comme te le conseillent nos conférenciers.

— Eh ! toi, dit Mazzioli, indigné.

— Eh ! toi-même, hurla Warden. Je sors, et je serai pas de retour avant quatre heures. Bouge pas d'ici jusqu'à ce que je revienne, compris ? Si j'apprends que t'es sorti, même pour aller aux goguenots, je te saque.

— Minute, sergent, protesta Mazzioli. J'ai des choses à faire, moi, cet après-midi.

— Moi aussi, dit Warden. Et c'est tout ce qu'y a d'officiel. T'as eu ta matinée pour discuter peinture. Si tu veux plus de ta planque, laisse-la à un autre. Mais sois là quand je rentrerai, ou gare ! Y a une demi-douzaine de bafouilles à taper et l'emploi du temps de la semaine prochaine à mettre au net. Sans compter le classement que t'as en retard.

— Entendu, sergent, gémit Mazzioli, voyant sa sieste s'envoler sur les ailes noires de la tyrannie. Warden est un paranoïaque, conclut-il soudain avec ravissement, un paranoïaque mégalomane.

Warden endossa son imper, se munit d'une liasse de documents et quitta la salle de service. Mazzioli le regarda s'éloigner sous la pluie battante. Mission officielle, au bout d'une perche. Il faillit s'écraser le nez sur la vitre en voyant Warden monter l'escalier du Q.G. régimentaire.

Par-dessus son épaule, Warden lorgna la silhouette de Mazzioli collée à la fenêtre éclairée de la salle de service. Sacré Mazzioli ! Il était aussi fait pour être soldat que Karen Holmes pour être bonne sœur. Il éclata de rire à l'idée de la profanation qu'il s'apprêtait à commettre et tira ses papiers de sous son imper pour voir s'ils avaient souffert de la pluie. C'étaient des lettres que le capitaine aurait dû effectivement signer avant de partir. « Toujours prêt, telle est la devise de l'éclaireur », songeait-il en souriant.

Quelqu'un l'appela de chez Choy, mais il se contenta de lever la main et poursuivit sa route. Si elle s'était envoyé tous les autres, il n'y avait pas de raison pour qu'il fasse exception. Il respira lourdement et frappa à la porte de derrière, en appelant :

— Madame Holmes !

Quand elle vint ouvrir, elle était vêtue d'un short et d'un paréo.

— Qu'est-ce que c'est ? Oh ! bonjour, sergent Warden. Entrez avant d'être complètement noyé. Mon mari n'est pas là, si c'est lui que vous cherchez.

Warden franchit d'un bond le rideau de pluie qui ruisselait de la gouttière.

— Et si ce n'est pas lui que je cherche ? s'enquit-il.

— Il n'est toujours pas là.

Il reprit haleine et se mit à la contempler goulûment. Les jambes, d'abord, depuis les chevilles jusqu'aux cuisses nues. Le creux invisible du nombril. Le paréo tendu sur les seins. Les yeux, enfin, qui suivaient avec indifférence l'ascension admirative de son regard.

— Vous n'êtes pas frileuse, constata-t-il.

— Non. Que désirez-vous, sergent ? dit-elle avec calme.

Warden sentit sa respiration descendre lentement au-delà de son diaphragme, dans les profondeurs insondables de son bas-ventre.

— Je veux coucher avec vous, dit-il d'un ton naturel.

C'étaient les mots et les intonations exacts qu'il avait préparés, mais une fois lâchés ils lui parurent complètement stupides. Ce fut à peine si les yeux de Karen Holmes s'élargirent. « Elle a du sang-froid, la sœur », songea-t-il.

— C'est une idée comme une autre, dit Karen Holmes avec la même indifférence, et elle désigna les papiers que tenait Warden. Qu'est-ce que c'est que ça ? Je pourrais peut-être vous renseigner.

Le sourire de Warden se congela sur son visage.

— Pouvez-vous imiter la signature de votre mari ? s'informa-t-il.

— Je n'ai jamais essayé, dit-elle, impassible.

— Moi, je peux, expliqua Warden. Je peux tout faire à sa place, sauf porter ses foutus galons. Pour ça, bidon sur toute la ligne. Mais ces trucs-là vont au G.Q.G., il faut qu'il les signe lui-même.

— Alors, il vaudrait peut-être mieux que j'appelle le club ? proposa-t-elle. Il y est sûrement.

— Rideau, dit Warden. J'aime pas déranger un homme qui boit. Je boirais bien quelque chose moi-même. De bon cœur.

— Mais, si c'est urgent...

— De toute façon, je ne pense pas que vous le trouviez au club. J'ai une vague idée qu'il a fait une descente en ville avec le colonel Delbert.

Karen Holmes ne répondit pas. Elle le regardait sans sourire, pensive et froide, semblant avoir oublié jusqu'à la présence du sergent.

— Vous ne me dites pas d'entrer ? demanda Warden.

— Mais si, sergent, entrez donc.

Elle recula jusqu'à la cuisine avec une lenteur extrême.

— Qu'est-ce que vous voulez boire, sergent ?

— Ça m'est égal. N'importe quoi !

— Vous n'avez pas envie de boire, dit Karen Holmes d'une voix lasse. Ce que vous voulez réellement, c'est ceci.

Elle baissa les yeux vers son corps en écartant lentement les bras.

— C'est ça que vous voulez, n'est-ce pas ? C'est ça que vous voulez tous. Ça, et pas autre chose. Dites-le donc.

Warden sentit un frisson de crainte ramper le long de son échine. « Qu'est-ce que c'est que ce travail, Milton ? »

— Oui, dit-il tout haut, c'est ça que je veux. Mais je boirai tout de même quelque chose.

Elle s'assit près de la table laquée.

— Dans le frigidaire, dit-elle. Buvez tout ce que vous voudrez, sergent, mais servez-vous vous-même.

— Je mets votre verre ?

— Non, dit-elle.

Puis, se ravisant :

— Au fait... si. J'en aurai sans doute besoin, pas vrai ?

— Sans doute, approuva-t-il.

Il prit deux verres dans l'évier et les emplit à mi-hauteur, provisoirement incapable de comprendre cette femme.

— A la fin de la Virginité ! dit-il.

— Pourquoi pas ? dit-elle en levant son verre.

L'alcool lui fit faire la grimace.

— Savez-vous que vous risquez gros ? Etes-vous sûr que le jeu en vaille la chandelle ? Si Dana rentrait à l'improviste, je crierais au viol, et c'est ma parole qui prévaudrait. Vous n'y couperiez pas de vingt ans à Leavenworth.

— Y rentrera pas, dit Warden en remplissant les verres. Je sais où il est. Y va même probablement découcher. D'ailleurs, j'ai déjà deux copains à Leavenworth. Je serais pas dépaysé.

Elle vida son verre d'un trait.

— Que leur est-il arrivé ?

— Y se sont fait coincer en bagnole avec la femme d'un colonel.

— Tous les deux ?

— Oui. La petite en voulait. Mais ils ont tout de même bloqué vingt piges. C'est l'ordonnance du colon qui les a coincés. J'ai entendu dire qu'il avait fait ça par jalousie.

Karen Holmes sourit avec indulgence.

— Pourquoi tant d'amertume, sergent ?

Elle se renversa en arrière, contre le dossier de sa chaise.

— La femme de peine risque d'arriver d'un instant à l'autre, vous savez.

Warden secoua la tête. Ses premières appréhensions dissipées, il imaginait Karen allongée sur un lit, lui ouvrant les bras.

— Non, dit-il. C'est son jour de sortie.

— Vous pensez à tout, n'est-ce pas, sergent ?

— J'essaie, rectifia-t-il. Dans ma situation, c'est indispensable.

Karen Holmes s'empara des lettres.

— Inutile à présent, sans doute ? Ces papiers sont sans importance ?

— Mais non, ce sont des lettres. Vous auriez voulu que j'emporte des papiers sans importance ? Pour que Dynamite tombe dessus ? Ou qu'ils vous servent à prouver que j'ai prémédité mon coup ? Vous pouvez m'appeler Milt, maintenant que nous sommes intimes.

— C'est ce qui me plaît en vous, sergent : votre présomption. C'est aussi ce qui me déplaît en vous.

Elle déchira lentement les lettres et jeta les débris derrière elle, dans une corbeille à papiers.

— Maintenant, nous sommes quittes, dit-elle. Vous payez toujours, n'est-ce pas... malgré votre fichue présomption masculine.

Warden comprenait de moins en moins. Il ne s'était attendu à rien de semblable.

— Pas quand je peux faire autrement, dit-il. J'ai les doubles au carbone de toutes ces lettres, ce sera vite fait de les recopier.

— Vous, au moins, vous êtes gonflé, dit-elle. La plupart des hommes sont des bravaches. Pas vous. Remplissez les verres et dites-moi d'où vous vient cette belle confiance ?

— J'ai un frère curé, dit-il, saisissant la bouteille.

Elle haussa les sourcils.

— Et alors ? Qu'est-ce qu'il vient faire là-dedans ?

— Tout, bébé. En premier lieu, ce n'est ni de la présomption ni de la confiance en soi. C'est de la franchise. Etant prêtre, mon frère prône la continence. Il a une barbe qu'il rase de très près, il croit au péché mortel et est adoré par ses ouailles. Matériellement parlant, il a la bonne vie.

— Et alors ?

— Comment, et alors ? C'est son exemple qui m'a fait opter pour la franchise, donc tout le contraire de la continence. Parce que je veux pas me détester moi-même et détester tous les autres, comme lui. Et j'ai décidé de ne pas croire au péché mortel, parce qu'un Créateur juste ne peut condamner sa Créature à l'enfer sous prétexte qu'elle possède des désirs qu'il a lui-même créés en elle. Logique, hein ? Ces problèmes théologiques, sociaux et psychologiques étant maintenant résolus, que diriez-vous d'un autre verre ? Je crois que nous ne l'avons pas volé.

— Non seulement viril, mais intelligent par surcroît, commenta-t-elle avec sa froideur retrouvée. Heureuse petite femme, choisie pour servir d'écrin au symbole d'une telle virilité ! Mais si vous croyez que le gaspillage conscient d'énergie est un péché, ne croyez-vous pas que c'en est un de répandre la semence... sans ensemencer ?

Warden sourit et salua.

— Touché, madame, et cette fois, au défaut de la cuirasse. Mais, franchement... non, à condition que ce soit utile.

Karen vida son verre et le remit sur la table.

— Je ne tiens pas à entendre votre définition du mot « utile ».

Sa main disparut dans son dos et dégrafa le paréo qui tomba sur le sol. Sans se départir un instant de son étrange indifférence, sans cesser un instant d'observer Warden à travers la brume liquide de son propre regard, sans même quitter sa chaise, elle ôta son short et l'envoya rejoindre le paréo.

— Là, dit-elle. Voilà ce que vous voulez. Voilà sur quoi roule toute la conversation. Voilà ce que vous voulez tous, intellectuels ou non, vous autres, les mâles intelligents, forts et virils, mais désarmés comme des bébés quand vous n'avez pas un fragile corps de femme pour y planter vos racines !

Warden contemplait la cicatrice qui partait du nombril tordu pour se perdre dans la toison blonde, si pâle, si ancienne à présent qu'il la distinguait à peine.

— Joli, pas vrai ? dit Karen. Ça aussi, c'est un symbole. Un symbole de l'énergie gaspillée.

Warden posa doucement son verre et s'approcha d'elle, admirant ses seins aux pointes finement plissées comme des fleurs refermées pour la nuit, flairant la vivante odeur primitive qu'il aimait, l'odeur si souvent répudiée, si souvent masquée sous le parfum, mais toujours présente en fin de compte, la saine odeur de la chair des femmes.

— Attends, dit-elle. Pas ici, petit goulu. Viens dans la chambre.

Il la suivit, furieux du « petit goulu », mais reconnaissant l'exactitude du terme et se demandant une fois encore avec étonnement quels replis ténébreux recelait l'âme de cette femme.

Tandis qu'elle refermait la porte derrière eux, il se débarrassa de ses vêtements. Tournée vers lui, à l'aveuglette, les seins haut dressés par la véhémence de ses bras tendus, elle dit :

— Maintenant. Ici et maintenant.

— Quel est le lit de Dynamite ? s'informa-t-il.

— L'autre.

— Alors, allons-y.

Elle rit franchement pour la première fois.

— Toi, au moins, tu ne cocufies pas à moitié.

— Pas lui, en tout cas, grogna-t-il.

Ils allaient se rejoindre lorsqu'ils entendirent claquer la porte de derrière. Des pas résonnèrent dans la maison, tranquilles, insistants.

— Vite, haleta Karen. Prends tes vêtements et enferme-toi dans la penderie. Vite, pour l'amour du ciel.

Warden franchit l'autre lit en voltige et disparut en un temps record, avec tous ses vêtements. Karen enfila un kimono de soie et s'assit devant sa coiffeuse, à proximité de la fenêtre qu'on apercevait de la salle de service, à travers l'entrée cochère de la caserne. Elle se brossait calmement les cheveux lorsque l'intrus frappa à la porte de la chambre, mais son visage était mortellement pâle.

— Qui est là ? cria-t-elle, inquiète d'entendre sa voix trembler.

— C'est moi, répondit la voix d'un jeune garçon.

Il frappa de nouveau, impérieusement.

— Je peux entrer, maman ?

— Mais bien sûr. C'est ouvert.

Un Dana Holmes de neuf ans pénétra dans la pièce, vêtu d'un pantalon long et d'une chemise hawaiienne bariolée. Son visage exprimait la malveillance boudeuse commune à bien des produits de faillites matrimoniales.

— Ils nous ont laissés partir plus tôt, à l'école, expliqua-t-il de mauvaise grâce. Tu es toute pâle. Qu'est-ce que tu as ? T'es encore malade ? questionna-t-il avec le dégoût inconscient des gosses bien portants envers les malades chroniques, et cette supériorité méprisante de mâle qu'il contractait, depuis un an ou deux, au contact de son père.

— Je ne suis pas très bien depuis quelques jours, admit-elle, écœurée d'avoir nourri de ses entrailles cette longue figure à la mâchoire bovine, autrefois si ronde et joyeuse, à présent si semblable à celle de son père.

L'homme qui l'attendait, caché dans la penderie, cessa brusquement de peser sur sa conscience, n'y laissant subsister que la colère sourde engendrée par cette nécessaire dissimulation.

— Je vais à la compagnie cet après-midi, annonça le petit. Je veux mon uniforme.

— Est-ce que ton père est d'accord ? demanda-t-elle. Tu sais qu'il n'y est pas, aujourd'hui.

Ses yeux s'embuèrent à la pensée de la vie qui attendait son fils, et elle eut envie de le prendre dans ses bras pour lui expliquer bien des choses.

— J'ai pas dit qu'il y était. Il y est jamais l'après-midi. Et il est toujours d'accord, pourvu que je sois pas familier avec les hommes. C'est pas parce que tu peux pas voir la compagnie que t'as le droit de m'enfermer ici.

— Grand Dieu, mon petit, je ne veux nullement t'enfermer ici. Et la compagnie m'est indifférente. Je voulais juste...

— Je m'en fiche, de ce que tu voulais, dit le gosse, les poings enfoncés dans ses poches. Du moment que papa est d'accord, j'irai de toute façon.

— Alors, à quoi bon venir me le dire ?

— Je ne suis pas venu te le dire. Je suis venu mettre mon uniforme et faut que tu m'aides, voilà tout ! Dépêche-toi, je suis pressé. Je vais aider le sergent Preem à faire la cuisine et manger là-bas, avec eux.

— C'est d'accord avec le sergent Preem ? questionna-t-elle en se levant pour le suivre.

Il répondit orgueilleusement :

— Faut bien qu'il soit d'accord. C'est papa qui commande !

Dans la petite chambre de l'enfant, elle le déshabilla et le rhabilla vivement, parachevant ce que Dana Holmes avait fait, en tirant d'un appareil photographique qui avait nom Karen Jennings, de Baltimore, Maryland, cette parfaite réplique de lui-même. Avec l'uniforme et les emblèmes régimentaires au grand complet, il était, déjà, la réduction du jeune sous-lieutenant qu'il serait inévitablement plus tard. Quoi d'étonnant que l'appareil photographique détérioré eût été remisé pour toujours sur son étagère ? Le travail était fait, la plaque sensible en cours de développement. « Puisse Dieu te venir en aide, pensa-t-elle, et plus encore à la femme que tu épouseras pour produire une nouvelle réplique de toi-même. » C'était la seconde génération d'une dynastie de soldats engendrée par un fils de fermier du Nebraska que la terre n'intéressait pas et dont le père connaissait un sénateur.

Impulsivement, elle le prit dans ses bras. Elle s'était toujours juré de ne jamais faire payer au fils — à l'instar de tant d'autres femmes — les ravages que le père avait provoqués dans sa vie.

— Mon petit, murmura-t-elle. Mon tout petit !

— Eh ! fais pas ça, cria-t-il, excédé. Laisse-moi tranquille.

Il se dégagea et lui jeta un regard plein de ressentiment.

— Tu as dérangé ton calot, dit-elle.

Elle le lui recampa coquettement sur l'oreille, et il alla s'examiner dans la glace, hocha la tête d'un air approbateur, prit son argent de poche sur la commode et s'en alla d'un pas martial, conscient de son rang et de ses responsabilités, en jetant par-dessus son épaule :

— J'irai peut-être au cinéma. M'attends pas encore comme si j'étais un gamin.

— Fais attention aux voitures, cria-t-elle.

Elle se mordit aussitôt les lèvres, mais il était trop tard.

Lorsqu'elle réentendit claquer la porte de derrière, elle regagna sa chambre et s'assit sur son lit, le visage enfoui dans ses mains, craignant de céder une fois de plus aux pleurs, qui étaient toujours sa dernière ressource. Au bout d'un instant, elle alla ouvrir la porte de la penderie, malade d'humiliation à la pensée de cette épreuve injuste et dégradante qui leur avait été imposée.

— Je crois qu'il vaut mieux que vous partiez, dit-elle. C'était mon fils. Il est reparti, mais...

Elle s'arrêta, stupéfaite, et les mots moururent dans sa gorge. Warden était assis en tailleur sur son propre uniforme roulé en boule, un invraisemblable turban, composé de plusieurs jupes, enroulé autour de la tête, et ses larges épaules nues étaient secouées par un fou rire silencieux et inextinguible.

— Qu'est-ce qu'il y a ? s'emporta-t-elle. Pourquoi riez-vous, espèce d'idiot ?

— Je dois... avoir... bonne mine ! hoqueta-t-il entre deux quintes de rire.

Et, brusquement, le fou rire la gagna à son tour. Il eût suffi qu'une lubie traversât l'esprit de cette espèce de cinglé pour qu'il jaillît tout nu de son placard et criât « Huo ! » derrière le dos de son fils. Elle se représenta Warden en train d'agir ainsi, et son fou rire redoubla. Elle n'éprouvait plus aucune honte à la pensée que son fils avait failli la surprendre en pleine consommation d'adultère, mais ce fou rire torturant la conduisait impitoyablement aux larmes.

Ce fut au tour de Warden de la regarder sans comprendre. Il rejeta son turban, sortit du placard et la prit dans ses bras.

— Ne pleure pas, dit-il. Je ne peux pas voir une femme pleurer.

— Tu ne sais pas ce que c'est, gémit-elle, sanglotante. Lui et le gosse. C'est plus que n'importe quelle femme en supporterait.

Warden se demanda un instant avec ennui comment diable il avait pu se laisser embarquer dans cette galère.

— Là, dit-il. Il est parti. Là... Là...

Le kimono s'était ouvert. Le sein nu de Karen reposait dans sa main accueillante, doux et chaud comme un oiseau frémissant.

— Ne fais pas ça, s'emporta-t-elle une seconde fois. Tu ne sais pas et tu t'en moques. Qu'est-ce que je suis, pour toi ? Une occasion de faire l'amour ! Va-t'en. Laisse-moi tranquille.

— O.K. ! dit-il, presque soulagé.

Elle le regarda ramasser sa chemise.

— Qu'est-ce que tu fais ! cria-t-elle frénétiquement.

— Je m'en vais. C'est bien ce que tu veux, non ?

— Tu ne veux plus de moi, toi non plus ?

« Eh bien ! Si je suis foutu d'y comprendre quelque chose ! » songea-t-il.

— Bien sûr que si, nom de Dieu ! Je croyais que tu voulais que je parte, fit-il tout haut.

— Fais comme tu veux. Je ne t'en voudrai pas. Pourquoi resterais-tu puisque je ne suis même plus une femme.

— Oh ! que si, que tu es une femme, protesta Warden. Et une sacrée belle femme, crois-moi sur parole.

— Pour toi, peut-être, mais c'est tout. Je ne suis rien. Je ne peux même pas travailler. On n'a besoin de moi nulle part au monde.

Il revint s'asseoir auprès d'elle, lui enleva doucement son kimono.

— Quelqu'un a besoin de toi, ici même, tout de suite, dit-il. Rien n'est plus nécessaire au monde qu'une belle femme.

— C'est ce que disent toujours les hommes. Nécessaire pour quoi faire ? Pour être la putain légitime d'un sagouin quelconque. Et je ne suis même pas ça !

— Tu as une jolie peau bronzée, dit-il, promenant sa main dans son dos nu. Il fait un vrai temps à être allongé sur la plage de Kaneohe. Y doit pas pleuvoir, là-bas.

— J'aime pas Kaneohe, objecta Karen. Il y a presque autant de monde qu'à Waïkiki.

— Peut-être, mais je connais un chic petit coin du côté de Blowhole. Personne le connaît et personne n'y va jamais. La falaise surplombe une toute petite plage de sable, et on peut nous voir de nulle part. C'est comme quand on est gosse et qu'on reste bien tranquille dans une cave ou un buisson pendant que tout le monde cherche. On n'a même pas besoin de costume de bain et on peut bronzer des pieds à la tête.

— Tu m'y emmèneras ? supplia-t-elle.

— Quoi ? Oh ! oui, sûr que je t'y emmènerai.

— La nuit, j'aimerais. On nagerait au clair de lune, et on sécherait sur la plage, et tu me prendrais sur le sable, loin des gens, loin de tout...

— Mais oui, mais oui, on fera tout ça, quand tu voudras.

— Oh ! j'aimerais, j'aimerais, dit Karen en le regardant avec adoration. Jamais personne n'a fait des choses comme ça pour moi. Tu veux vraiment m'y emmener ?

— Bien sûr, dit Warden. Quand veux-tu y aller ?

— La semaine prochaine. Pour le prochain week-end, tu veux ? Je prendrai la voiture de Dana, et nous nous retrouverons quelque part en ville. Nous emporterons des sandwiches et de la bière.

Elle lui sourit, transfigurée, jeta ses deux bras autour de son cou et l'embrassa.

— Entendu, murmura Warden.

Il lui rendit son baiser, explorant de ses mains avides l'évasement harmonieux des longs muscles fuselés, depuis la taille mince jusqu'aux larges épaules rondes, sentant sur son visage la douceur consentante des lèvres fraîches et, contre sa poitrine, la pression jumelée des jolis seins fermes. Quel était ce ravissement enfantin qui avait illuminé le visage de Karen, si soudain, si surprenant, si différend de la dureté sophistiquée dont elle avait fait preuve dans la cuisine ? « Oh ! Milton, mon vieux Milton ! dans quel pétrin t'es-tu fourré ? Toi et ta connaissance des femmes ! » se lamenta-t-il intérieurement.

— Viens ici, dit-il d'une voix enrouée. Viens ici, bébé, viens ici avec moi.

Toute la tendresse inemployée qu'il portait en lui depuis toujours l'envahit comme une marée, le submergea.

— Mon Dieu, murmura Karen, les yeux agrandis. Je n'aurais jamais cru que ça puisse être comme ça.

Dehors, la pluie dansait et cascadait inlassablement sur le toit, sans couvrir tout à fait le bruit fatidique des balais du piquet de corvée au travail dans la rue adjacente.

CHAPITRE X

La promotion de Bloom au grade de première classe ne surprit personne à la Compagnie G. Jusqu'à la fin du mois de décembre, il n'avait été qu'une tête de Turc comme les autres. Mais, depuis ses quatre victoires dans la coupe inter-régimentaire, tout le monde s'attendait à le voir bénéficier du premier galon disponible. D'un tringlot plus que médiocre, la boxe avait fait un première classe privilégié que tout permettait de croire en passe de devenir caporal. Cette nomination avait semé la discorde dans les rangs de la G. Il y avait, d'une part, le commun des mortels, que ce flagrant favoritisme emplissait d'amertume et de hargne. Il y avait, d'autre part, les adeptes des différents sports qui, bien que se souciant du sort de Bloom autant que d'une guigne, se devaient de le serrer fraternellement sur leur sein et d'embrasser énergiquement sa cause, en vertu de la doctrine selon laquelle les bons athlètes font les bons chefs, doctrine qui leur servait à se justifier aux yeux des autres deuxième classe incapables de décrocher la moindre sardine.

La hargne du petit Maggio était particulièrement virulente.

— C'est même pas un bon soldat, répétait-il à Prew, qui couchait à trois lits du sien, dans le groupe du caporal Choate. C'est juste parce qu'il est boxeur. Y a qu'un mois que j'ai fini mes classes et je suis meilleur soldat que lui.

— C'est pas en étant un bon soldat qu'on arrive à quelque chose, Angelo, mon p'tit gars !

— Ben, ça devrait. Attends un peu que je me tire des pattes, mon pote. Y pourront courir pour me rattraper. Si faut que je sois larbin, femme de ménage et bonne à tout faire d'un lopette d'officier, je veux que ça me rapporte. Tu piges ?

— Toi ? Tu rempileras ! s'esclaffa Prew.

— Au bout d'une perche, que je rempilerai. C'était à toi qu'elle revenait cette sardine, et comment. T'es le meilleur soldat de la G, mon pote, et ça fait pas un pli.

La tranquille compétence avec laquelle Prewitt démontait fusils, revolvers, B.A.R. (1) et mitrailleuses en égrenant posément le nom de chacune des pièces avait fait naître dans le cœur de Maggio une admiration sans bornes envers les capacités militaires de Prew. Et lorsqu'il avait appris que Prew avait boxé au 27e, mais refusait de remettre les gants pour le compte de Dynamite, son admiration avait ouvert le chemin à une amitié déclarée.

— Si t'avais voulu boxer pour Holmes, c'est toi qui l'aurais eue, c'te sardine, et comment ! Viens donc faire une partie dans les goguenots. Je te gagnerai peut-être assez pour descendre en ville.

— O.K. ! dit Prew, souriant.

La fin de la saison de boxe avait temporairement relâché la tension qu'il avait apportée dans la compagnie, et tant que dureraient la saison des pluies et la théorie en chambre il serait à peu près peinard.

Trois ampoules sous globe éclairaient chichement les latrines du premier étage. Six hommes s'assirent en tailleur autour d'une couverture — celle de Maggio — étalée sur le sol entre la rangée de sièges percés, d'une part, et, le long du mur opposé, la gouttière de l'urinoir et les lavabos.

Maggio battit les cartes, en regardant les trois types installés sur les sièges, le pantalon tire-bouchonné à la hauteur des chevilles, et se boucha le nez.

— Alors, tonna-t-il, c'est salle de jeu ou c'est des goguenots, ici ? Gaaarde à vous ! Rectifiez la tenue !

Les trois hommes levèrent les yeux des magazines qu'ils lisaient, jurèrent et se remirent au travail.

— Distribue, Angelo, distribue, dit Anderson, le clairon de la compagnie.

— Et tu vas voir comment que je distribue ! crâna Maggio.

— Tu pourrais même pas distribuer de la merde avec une pelle, Angelo, gouailla Prew.

— Tiens, zyeute-moi un peu ça, dit Maggio.

Il fit voler les cartes de sa main droite à sa main gauche avec un passable brio. Puis il les distribua, et ils se mirent à jouer.

— Oh ! papillon, dit avec ferveur Salvatore Clark, l'élève clairon. Sûr que j'aimerais gagner assez pour le porter chez O'Hayer et faire un coup fumant.

C'était ce qu'ils espéraient et désiraient tous.

— Je te ferais une de ces ribouldingues à tout casser ! Je me retiendrais tout le *Nouveau Congrès* pour une nuit, et faudrait qu'elles y passent toutes, à la casserole, ou que ça dise pourquoi.

Il n'avait même pas assez de cran pour entrer seul dans un bordel, et il se mit à rire timidement de sa propre utopie.

— T'as jamais été au *Nouveau Congrès,* chez Mme Kipfer, pas vrai, Prew ?

— J'ai encore jamais eu assez de galette, dit Prew en lui jetant un coup d'œil protecteur.

Avec ses bons gros yeux de chèvre et son sourire toujours embarrassé, Sal était comme l'idiot du village, qui, totalement dénué de malice, d'envie, de méfiance et d'ambition, vit de l'air du temps, sous la protection unanime des êtres normaux dont l'occupation principale est de se dévorer entre eux sans la moindre vergogne.

(1) Browning Automatic Rifle.

C'était uniquement à cause de lui que Prew avait fini par accepter, en même temps que son amitié obtuse et sans détours, celle, maintes fois offerte, mais beaucoup moins spontanée, d'Anderson. Ça s'était passé juste avant la saison des pluies, par une de ces nuits chaudes où l'on pourrait toucher les étoiles du doigt. Anderson et Clark étaient à leurs guitares. Ils chantaient un blues, accompagnés en sourdine par un chœur improvisé, et Prewitt s'était approché du cercle désœuvré qui s'agglomère toujours autour des joueurs de guitares. Andy l'avait tout de suite aperçu.

— Eh ! Prew, rapplique un peu. On demande un bon guitariste !

— Non, merci.

Prew détestait ce genre de flatterie, surtout en public. Il recula d'un pas, prêt à partir.

— Allez, Prew, te fais pas prier !

Mais les yeux d'Anderson évitaient ceux de Prew, comme d'habitude, et Prew n'avait jamais pu accepter l'amitié des gars qui avaient peur de lui.

C'est alors que Clark était intervenu, le regard brillant d'enthousiasme.

— Sûr, Prew, rapplique. Oh ! papillon, on est vachement en forme ce soir. On a même de la bière.

Puis, une pensée chassant l'autre à mesure qu'elles lui venaient en tête :

— Eh ! je commence à être pompé. Si tu prenais un peu celle-là ?

Il ne pouvait en offrir davantage, et c'était l'évidence même du geste qui avait touché Prewitt.

— O.K. !

Il avait repris la guitare, incapable de repousser une amitié aussi simplement proposée, sachant parfaitement que, s'il refusait, Clark ne comprendrait jamais la raison de sa disgrâce.

— Alors, qu'est-ce qu'on joue ?

— *Red River Valley ?* avait suggéré Sal sans le moindre artifice.

C'était la chanson favorite de Prew. Accroupi devant les deux guitaristes, Sal avait entonné le refrain de sa voix nasillarde, les yeux mi-clos, la tête rejetée en arrière, avec une joie magnifique.

Ensuite, sur la proposition d'Anderson, ils avaient joué *Talkin Blues.* C'était la préférée d'Andy, qui n'aimait pas la jouer en public, mais, aujourd'hui, l'offrait à Prew.

— J'espérais bien que tu viendrais avec nous un de ces jours, dit Clark pendant qu'ils jouaient.

— J'étais occupé, riposta Prew sans lever la tête.

— Ouais, je sais... Dis donc, elle est pas aussi bonne que celle d'Andy, ma poêle à frire. C'est celle qu'il avait avant d'acheter sa nouvelle. Mais quand tu voudras t'en servir, pas la peine de rien me demander, prends-la juste dans mon coffre ; il est jamais bouclé.

Prew l'avait regardé, frappé par le bonheur candide qui se dégageait du long visage olivâtre de Clark, certain qu'il venait de perdre un ennemi et de gagner un camarade :

— O.K. ! Sal, et merci. Merci beaucoup.

Il s'était repenché vers les cordes, tout chaud lui-même à l'intérieur, parce qu'il s'était fait, lui aussi, deux amis aujourd'hui...

— Deux putains, annonça Maggio, retournant ses cartes.

— Deux pruneaux, s'esclaffa Prewitt en retournant les siennes.

Il y eut un concert de jurons et de grognements, tandis qu'il ajoutait la petite monnaie éparse sur la couverture aux quatre dollars qu'il avait gagnés depuis le début de la partie, deux heures auparavant.

— Encore un peu, et je vais faire sauter la banque chez O'Hayer, dit Prew.

Il y avait beau temps que le clairon de garde avait sonné l'extinction des feux et que les derniers pisseurs étaient venus se soulager pour la nuit, mais ils jouaient toujours avec cette passion généralement attribuée à l'amour et ressentie par si peu d'hommes envers si peu de femmes.

Le premier à se retirer du jeu fut le soldat Readall Treadwell, natif de Pennsylvanie méridionale, qui n'avait pas gagné une seule partie et dont l'énorme enveloppe adipeuse cachait une force herculéenne. Assis auprès du vif petit Maggio, il avait l'air d'un gigantesque bouddha. Il s'attarda un instant encore à regarder jouer les autres, puis s'en alla, paisiblement, ni plus ni moins satisfait que s'il avait décroché la timbale.

Puis ce fut Maggio qui se mit à gagner avec une régularité implacable. Son corps osseux dégageait une énergie presque palpable qui semblait repousser les fausses cartes et attirer à lui les cartes décisives.

— Je suis en veine, constata-t-il. Je sens ça dans mes tripes. Passe-moi une sèche, Prew. On peut pas refuser une sèche à un type qu'est en veine.

— Tu me prends ma galette et maintenant faut que je t'entretienne en tabac, ricana Prew. J'aime mieux me barrer tout de suite. Il a fallu que j'en emprunte pour acheter ce paquet.

— T'en achèteras un autre. T'as pas encore tout perdu, sale radin.

— Alors, une pour deux, c'est tout ce que je peux faire.

Prew puisa deux cigarettes dans son paquet presque vide, une pour Clark et Anderson, une pour Maggio et Julius Sussman, le sixième homme de la soirée, célèbre dans toute la compagnie pour l'amour qu'il vouait à sa motocyclette. Il en grilla une lui-même, tandis que les autres se repassaient les leurs et que Maggio se remettait à gagner.

Andy avait retrouvé la donne lorsque les portes battantes claquèrent contre le mur et continuèrent de grincer longuement derrière le première classe Bloom, dont le crâne plat et les épaules titanesques emplirent soudain la pièce.

— Doucement, corniaud, lança Maggio. Tu veux nous faire repérer par le type de garde ?

— Le type de garde, je l'emmerde, rugit Bloom de sa grosse voix habituelle. Et toi avec, petit macaroni !

D'un bond, Maggio alla se planter devant l'énorme Bloom, qui le dominait de sa hauteur et de sa masse musculeuse.

— Ecoute, siffla-t-il entre ses dents, j'aime pas que n'importe qui m'appelle macaroni, compris ? Je suis pas un gros dur, comme toi, et je travaille pas pour Dynamite, mais, pour toi, je m'appelle toujours Maggio. Et si je t'assaisonne un jour, ce sera avec une chaise ou un surin.

— Sans blague ? rigola Bloom.

— Tu peux me croire sur parole, dit Maggio, sarcastique.

Bloom se pencha vers lui au sein du silence tendu qui précède toujours une bagarre.

— Laisse tomber, Bloom, dit Prew, surpris de la claire autorité de sa propre voix dans le silence ambiant. Viens te rasseoir, Angelo. Je dis cinq.

— Je couvre, répliqua Maggio sans se retourner. Casse-toi, petit joueur, ajouta-t-il à l'adresse de Bloom en pivotant sur lui-même pour regagner sa place.

Bloom vint s'asseoir entre Clark et Sussman.

— Donnez-moi des cartes, dit-il en écartant ses deux voisins avec ses coudes.

— On est déjà cinq, dit Maggio.

— Et alors ? On peut jouer à dix, si on veut.

— Peut-être qu'on se trouve bien comme ça, suggéra Prew.

— Qu'est-ce qui vous prend ? Mon pognon est aussi bon que le vôtre.

— Pas sûr ! Si tu paies en jetons, y seront sûrement faux, dit Maggio.

Perplexe, incapable de discerner s'il s'agissait ou non d'une insulte, incapable, dans l'affirmative, de discerner les motifs d'un tel antagonisme, Bloom prit le parti d'en rire.

Clark, pendant ce temps, avait rassemblé le jeu pour la donne suivante, profondément gêné par ce déploiement d'hostilité dont il ne comprenait pas le sens.

— Est-ce que je lui donne des cartes ? demanda-t-il doucement à Prew.

— Va toujours, dit Prew.

— Eh ! Robinson, s'esclaffa Bloom. C'est lui ton Vendredi ? Est-ce qu'il lui faut aussi ton autorisation pour pisser ?

Sal baissa la tête et rougit.

— Sûr, que c'est lui mon Vendredi, intervint Prewitt en voyant l'embarras de Clark. Ça te dérange ?

Bloom haussa les épaules avec indifférence.

— C'est pas mes oignons, dit-il.

Il ne vit pas le regard de gratitude que jeta Sal à Prewitt en commençant à distribuer les cartes.

Ils se remirent à jouer, mais l'arrivée de Bloom avait détruit l'atmosphère de chaude camaraderie qui régnait auparavant. Tout le monde se taisait. Personne ne plaisantait plus. On aurait pu se croire chez O'Hayer. Maggio gagna encore plusieurs parties, et Bloom salua chacune de ses victoires d'une bordée de jurons.

— Vas-tu fermer ta gueule, sacré nom de Dieu ? éclata finalement Julius Sussman. Tu commences à me faire honte d'être juif.

— Ouais ? rugit Bloom. Et qu'est-ce que t'es de plus que moi pour avoir honte d'être juif… ?

— Il est peut-être juif, mais c'est pas un youpin, si tu comprends la nuance, coupa Maggio. Allez, rideau pour moi, les gars. Je reprends mes billes et je vais tâcher de convertir cette poignée de piécettes en gros talbins, chez Sa Majesté O'Hayer.

Bloom bondit sur ses pieds.

— Eh ! minute. Tu vas pas te retirer gagnant.

— Sûr, que je me retire gagnant. Tu voudrais peut-être que je me retire perdant ? Où que t'as appris à jouer ? Chez les dames patronnesses ?

Bloom se retourna vers les autres toujours assis et tenta de les rallier à sa cause.

— Vous allez le laisser se barrer comme ça ? Et porter tout notre pognon chez O'Hayer !

— Tu croyais peut-être qu'on jouait pour les prunes et qu'on rendait l'argent à la fin de la soirée ? gouailla Prew. A quoi que ça sert à tout le monde d'avoir de la mitraille dans les poches si personne essaie d'en gagner assez pour aller jouer chez O'Hayer ? Te conduis pas comme un moutard.

— Qu'est-ce que c'est que cette combine ? se rebiffa Bloom d'un ton accusateur. Vous servez tous de compères au petit Rital, non. J'ai perdu deux dollars d'une partie entre copains. Je te prenais pour un mec régule, Prewitt, et je prenais même ta défense, quand les autres disaient que t'avais les jetons de remettre les gants, mais on dirait que je me suis foutu le doigt dans l'œil à ton sujet.

Prew empocha lentement la menue monnaie qui lui restait et se releva à son tour, les mains pendantes, prêtes à l'action, les lèvres exsangues, les yeux aussi durs que des pierres.

— Ecoute, enfant de salaud, dit-il avec une merveilleuse sensation de détente, tu vas tâcher de fermer ta grande gueule, ou c'est moi qui vais te la boucler, et j'aurai pas besoin de mettre les gants, ni de prendre une chaise pour t'assaisonner.

— Ouais ? dit Bloom, reculant d'un pas. A ton service, mon pote. Quand tu voudras.

Déjà, il déboutonnait sa chemise.

— Quand je me déciderai, t'auras pas le temps d'ôter ta liquette, s'esclaffa Prew.

— C'est facile, de causer, remarqua Bloom en sortant sa chemise de son pantalon.

Prew allait lui sauter dessus et frapper le premier, alors que les bras du grand juif étaient encore à moitié ligotés par les manches de la chemise, lorsque Maggio s'interposa.

— Attends une minute. Tu risques de t'attirer des emmerdements. C'est mon affaire, pas la tienne. Doucement, vieux, t'énerve pas.

Il parlait d'un ton conciliant, faisant pour Prewitt ce que Prewitt avait fait pour lui, quelques instants auparavant.

— Ça va, dit Prew, vaguement honteux de la froide extase homicide qui s'était emparée de lui. Ecarte-toi, Angelo. Il arrivera rien ce soir.

— C'est bien ce que je pensais, triompha Bloom en reboutonnant sa chemise.

— Fous le camp, dit Maggio, écœuré.

— Et comment, mon pote ! Tu crois peut-être que je vais rester ici à me faire plumer ? Je savais pas que vous étiez tous une bande de faisans.

Et, sur ce mot de la fin, il sortit en claquant la porte, exprimant ainsi tout le mépris que lui inspirait la corporation des tricheurs.

— Personne te demandait de jouer, lui cria Maggio. Un jour, continua-t-il d'une voix calmée, y me mettra tellement en pétard que je lui fendrai la gueule.

— J'ai rien contre lui, commenta Prew, mais je sais pas pourquoi faut toujours qu'y me fasse sortir de mes gonds.

— C'est un salopard, dit fermement Maggio. Je peux pas le voir en peinture.

— Faut dire aussi qu'on l'a pas traité bien amicalement, concéda Prewitt.

— Va-t'en traiter amicalement un mec pareil, protesta Maggio. Attends qu'y passe cabot, et tu verras si y nous traitera amicalement. Y nous en fera baver, oui !

— Sûrement, dit Prewitt.

— Nous, on va aller à la deuxième séance, annonça Anderson. Prête-moi vingt cents, Prew, qu'on puisse aller au ciné. Y me reste bien encore vingt cents, mais Sal a plus rien.

Prew lui remit les soixante cents qui lui restaient.

— Tiens, dit-il amèrement. Prends tout. Pour ce que je pourrais en foutre !

— Ah !... non, je te demande que vingt cents, protesta Anderson, mais il ne retira pas sa main, et ses yeux évitèrent le regard de Prew, parce qu'il mentait, ne voulait pas mentir, et tenait à garder l'argent.

— T'en as soixante, alors, ferme ta gueule, dit Prew. Et, quand tu parles à quelqu'un, regarde-le dans les yeux, nom d'un chien ! Tu me donnes la chair de poule.

— O.K. ! Prew. Tu veux que je les prenne ?

— Tu les as, oui ? Alors, va les claquer et fous-moi la paix.

— O.K. ! répéta Andy. Tu viens, Sal ? On va faire une partie ou deux jusqu'à l'heure de la séance.

Prew le regarda de travers et s'approcha de l'urinoir, le ventre tenaillé par l'envie d'une femme.

— Eh ! Prew, cria Maggio, de la galerie. Sors avec moi une minute.

— Pour quoi faire ? riposta Prew, conscient de se conduire en mauvais joueur, mais incapable d'agir autrement. T'as le pognon. Va le flamber !

— Sors avec moi une minute, sacré bon sang ! insista Maggio.

— Ça va. J'arrive.

Andy ne leva pas les yeux lorsqu'il passa près de lui, mais Sal Clark lui sourit et le suivit de son bon regard de chèvre.

— Vas-y mollo, Vendredi, lui lança Prew gentiment.

CHAPITRE XI

Maggio l'attendait, frissonnant et contracté sous son maillot de corps, les yeux perdus dans les torrents argentés qui ruisselaient au-delà des moustiquaires. Le martèlement de la pluie emplissait la galerie, couvrant le chœur des ronflements qui émanaient de la chambrée.

— Tu descends en ville avec moi, si je gagne ? suggéra-t-il en se tournant vers Prew.

— Qu'est-ce qui te prend ? grogna Prew, irrité. T'as pitié de moi ?

— Qu'est-ce que tu te files comme coups de pied dans les chevilles ! J'aime pas descendre tout seul en ville, un point, c'est tout. Je connais personne en ville.

— Moi non plus, dit Prew.

— J'aime pas me trouver seul en ville. On s'y sent encore plus seul qu'ici, quand on y va tout seul, tenta d'expliquer Maggio.

— Pas quand on a du pognon, coupa Prewitt. Prends ce que t'as et descends tout de suite, pendant que tu l'as encore. Si tu vas le porter chez O'Hayer, tu l'auras pas longtemps, conclut-il brutalement.

— Ecoute, reprit Angelo, te mets pas en boule à cause de ce que t'a dit Bloom. Tout le monde sait que c'est le roi des cons, et personne a jamais cru que t'avais les jetons de remettre les gants. Il a dit ça pour te foutre en pétard.

Prew, qui avait tourné les talons, revint sur ses pas.

— Ecoute, Angelo, dit-il, que tu le croies ou non, je me fous de ce que pense Bloom et tout le reste du monde, tu piges ? Alors, c'est pas la peine d'en causer.

— O.K. ! dit Maggio. Attends que j'aille passer ma liquette, je gèle. Je croyais qu'y avait jamais d'hiver, en Hawaii ?

Il s'esquiva sur la pointe des pieds, revint avec sa chemise, son imper et le chapeau dont il était si fier, le chapeau qu'il faisait religieusement amidonner une fois par semaine depuis qu'il avait terminé ses classes.

— Où est-ce que je te retrouve ? demanda-t-il en s'habillant.

— Dans la salle de récréation, dit Prew. Ou dans les goguenots.

Maggio boutonnait son imper avec autant de solennité qu'un seigneur revêtant son armure avant de partir au tournoi.

— Tu peux préparer une brouette pour m'aider à ramener le pognon, crâna-t-il.

— Je te conseille de gagner, sacré nom de Dieu, riposta Prew. Y a plus d'un mois que j'ai pas sauté une fille.

— Pas étonnant que tu sois pas à prendre avec des pincettes, rigola Angelo. Moi, c'est seulement depuis le dernier prêt.

Il enfonça le galurin sur sa tête.

— Donne-moi une pipe pour me porter chance.

— Bon Dieu ! s'exclama Prewitt.

Mais il préleva une cigarette dans son paquet invisible et la tendit à Maggio.

— Depuis quand que je suis chargé de t'entretenir ?

— Qu'est-ce que t'as à râler ? Je t'en paierai toute une cartouche en revenant. Maintenant, passe-moi une allumette, et je me tire.

— Tu veux pas que je crache pour toi aussi ? s'informa Prew.

— Pas par terre, s'écria Angelo, feignant l'horreur. Un soldat ne crache pas par terre à l'intérieur de la caserne.

— Y a rien d'autre que je puisse faire pour toi ? Te prêter ma gueule pour faire un cendrier ? Me couper les pelotes pour jouer aux billes ? Cherche, tu trouveras bien quelque chose.

— Non, dit Maggio, mais t'es un pote. Si jamais tu passes par Brooklyn, viens me voir, je te recevrai comme tu le mérites.

Prew lui donna du feu et, rasséréné, un demi-sourire aux lèvres, le regarda disparaître, espérant vaguement qu'il ramènerait la victoire. C'était une fois de plus la vieille attente familière, la vieille chasse aux piécettes devenues tout à coup aussi grandes et aussi rares que des dollars et qui ne faisaient jamais, en fin de compte, assez de dollars pour payer un verre ou deux et une paire de fesses.

« Même si Angelo ramène du pognon, pensa-t-il, tu ne trouveras ce que tu veux dans aucun bordel. Tu t'es conduit comme un triple crétin en précipitant les choses avec Violette. Elle ne te donnait peut-être pas exactement ce que tu cherches toujours auprès d'une femme, mais au moins tu aurais pu monter la voir une fois par semaine ; voire même une fois par mois. Il ne te reste même pas ça, maintenant. Tout ce qu'il te reste, c'est le claque et le souci de glaner un pognon toujours introuvable, sauf le jour du prêt où les filles ont tellement à faire qu'il faut tirer son coup en trois minutes maximum ! Au moins, avec Violette, tu avais une femme et pas seulement une paire de fesses. Tu pourrais peut-être aller la revoir et tout lui expliquer », pensa-t-il. Mais il savait que ce serait inutile, que leur liaison appartenait désormais au passé, qu'elle lui avait sans doute déjà trouvé un remplaçant, un autre soldat, peut-être, ou même un homme de sa propre race. C'était ce qu'elle avait toujours désiré. « Tu aurais peut-être dû l'épouser, pensa-t-il. Ouais, tu aurais peut-être dû, aussi, rester dans la clique ; à ce train-là, ça pouvait aller loin. »

— Bloom est revenu pendant que t'étais pas là, lui annonça Andy, lorsqu'il réintégra les latrines.

— Ah ? répliqua-t-il avec une indifférence aussi sincère qu'absolue. Qu'est-ce qu'y voulait ?

— Y cherchait à emprunter cinquante cents pour prendre un taxi jusqu'en ville.

— Alors ? Tu les lui as prêtés ?

— Tu crois peut-être que je lui aurais prêté ton pognon ? s'exclama Andy, outré.

Puis il se rendit compte que Prew l'avait fait marcher et baissa la voix.

— On a juste quatre-vingts cents à nous deux, maugréa-t-il. Si je lui en avais prêté cinquante, on pouvait pas aller au cinéma.

— Je pensais que t'avais pu les lui prêter, insista Prew. T'es le plus riche de tout le secteur, Angelo excepté.

— Je lui ai rien prêté du tout, répéta Andy. Et, si tu veux ton fric, je te le redonne tout de suite.

— Foutre non ! s'esclaffa Prew. Qu'est-ce que tu voudrais que j'en fasse !

— Je suppose que tu vas descendre en ville avec Angelo ? questionna Andy d'un ton douloureux.

— A condition qu'il gagne, précisa Prew.

Andy regarda Clark d'un air entendu.

— C'est bien ce qu'on avait gambergé, dit-il.

Prew revint se planter devant Anderson.

— Qui ça on ? dit-il. Si quelqu'un a gambergé quoi que ce soit, c'est toi tout seul, et pas Sal. Ça te dérange que je descende avec Angelo ? Tu voudrais que je reste ici et que j'aille avec vous au cinéma, sous prétexte que vous pouvez pas descendre en ville ?

— J'ai pas dit ça, se défendit Anderson. Bloom voulait que je descende en ville avec lui ce soir.

— Alors, vas-y, si c'est ça qui te travaille. Tu peux descendre en ville avec qui tu veux, je m'en fous éperdument. Qu'est-ce que va faire Vendredi ?

— Y pourra aller au cinéma tout seul. Je prends que cinquante cents pour le taxi.

— J'irai pas au cinéma, déclara béatement Vendredi. Je vais rester ici et m'apprendre à jongler avec ces brêmes. Ça m'économisera trente cents.

— Qu'est-ce que vous allez foutre en ville, toi et Bloom ? s'informa Prew. Si toutefois c'est pas indiscret.

— On verra bien.

— Vous verrez pas grand-chose, avec rien dans les poches. Et vous reviendrez comment ?

— Ben, voilà, expliqua Andy. Bloom a repéré un pédé plein aux as, à Waïkiki, et y croit qu'on pourra lui faire son portefeuille.

— A ta place, moi, j'irais pas, dit Prew.

— Tiens, tu peux te permettre de parler, toi, tu vas descendre avec Angelo, s'écria l'autre, indigné. Et pourquoi que j'irais pas ?

— Parce que Bloom te raconte des histoires, c'est tout vu ! Tu devrais savoir depuis longtemps que les pédés d'Honolulu prennent jamais d'argent sur eux. Avec tous les soldats qu'y a là-bas, y se feraient faire la peau tous les soirs.

— Bloom dit que si ça marche pas on pourra toujours se faire payer à boire et le retour en taxi.

— Y te raconte des histoires. Y sait très bien que les pédés d'Honolulu se laissent pas dévaliser comme ça. Pourquoi qu'y te ment ? Moi, j'aurais pas confiance en un gars qui m'aurait menti. Qu'est-ce qui te dit qu'y lui sert pas de rabatteur, à c'te tantouse ? Tout ce que tu risques, c'est de te faire mettre. Y a en Bloom quelque chose que j'aime pas.

— Alors, tu voudrais que je laisse tomber, hein ? s'emporta Andy, évitant de regarder Prew. Je suis assez grand pour me défendre contre n'importe quel pédé. J'ai rien demandé à personne, c'est lui qu'est venu me chercher et j'y vais, que ça te plaise ou non.

— Encore une fois, je m'en fous éperdument, dit Prew. Je trouve que tu te conduis comme un cave, un point c'est tout. Si tu veux chasser le pédé, vas-y tout seul.

C'était sur le trimard, à l'âge tendre de douze ans, qu'il avait eu lui-même son premier contact avec la grande confrérie des invertis. Il s'était agi d'un véritable viol, puisqu'il avait fallu qu'un autre type le tienne solidement pour que la tante — un vieux sagouin d'une cinquantaine d'années — arrive à ses fins. C'était toujours sur le trimard, à l'âge beaucoup moins tendre de quinze ans, qu'il avait balancé un autre pédé entreprenant sur une pente abrupte, en Georgie, après une brève empoignade. Il avait déjà quitté la région lorsque les journaux lui avaient appris la découverte du corps.

— Fais comme tu voudras, conclut-il à l'adresse d'Anderson. Après tout, c'est pas mes oignons.

— T'essaies de me flanquer les foies ? ricana Andy. Qu'est-ce que tu fais, Sal, tu restes là ? Faut que j'aille me changer. J'ai rendez-vous avec Bloom au foyer, dans un quart d'heure.

— Tu ferais mieux de l'écouter, dit Clark. Tu ferais mieux de pas aller avec Bloom.

— Oh ! la barbe, grogna Andy. On peut pas rester toute sa vie assis sur son cul dans cette saloperie de caserne. Est-ce que tu vas au ciné, ou est-ce que t'y vas pas ?

— Je vais y aller, décida Clark. Je pourrai m'exercer à donner les cartes un autre jour. Pourquoi que t'empruntes pas dix cents, Prew ? J'en ai trente. On irait ensemble au ciné.

— Non, merci, Vendredi, répliqua Prew, sentant à nouveau déferler sur lui la chaleur de cette amitié naïve. J'ai promis à Angelo de l'attendre.

— Comme tu voudras, dit Clark. Amuse-toi bien en ville, si tu descends.

— Merci. Te laisse pas entraîner par Bloom à la chasse aux pédés, t'as compris ?

— Pas de danger, dit Clark, solennel. J'aime pas ces gars-là. Je suis pas tranquille, avec eux. Y me font un drôle d'effet.

Prew les regarda partir, s'empara du jeu de cartes abandonné et se disposa à tuer le temps de son mieux. Mais son attente fut de courte durée. Les autres n'avaient pas quitté les latrines depuis dix minutes que le petit Angelo y faisait une entrée tumultueuse.

— Alors ? dit Prew. Combien que t'as gagné ?

— Gagné ! vociféra Maggio. J'ai gagné une quarantaine de dollars, en une seule partie. C'était tout de même pas assez pour descendre en ville !

— Non, dit sèchement Prew. Combien que t'as perdu ?

— Perdu ! glapit Maggio. J'ai perdu quarante-sept dollars, toujours en une seule partie : la deuxième. Bon Dieu de bon Dieu !

Il chercha quelque chose à casser, ne trouva rien, prit son beau chapeau, le jeta sur le sol et, d'un coup de pied rageur, l'envoya sous l'urinoir, où il alla le récupérer aussitôt, le visage crispé d'émotion.

— Là ! Regarde ce que je viens de faire, gémit-il en désignant la coiffe bosselée. Tu me demandes pas pourquoi je me suis pas arrêté après la première partie ? Vas-y, demande-le-moi.

— Pas la peine, dit Prew. Je sais pourquoi.

Mais Angelo avait soif de mortification.

— J'ai cru que je pourrais en gagner davantage, dit-il. J'ai cru que j'en gagnerais assez pour une vraie descente en ville. Peut-être même pour deux vraies descentes en ville. Oh ! merde.

Il enfonça le chapeau bosselé, boueux, poussiéreux sur sa nuque et regarda Prew, les poings sur les hanches.

— Rideau ! dit Prew.

Il tordit les cartes dans ses deux mains et les éparpilla sur le sol.

— Ceinture ! La corvée de chiottes ramassera tout ça demain.

— Anderson et Vendredi sont allés au ciné ?

— Ouais.

— Y t'a pas rendu ton pognon ?

— Non.

— Merde, réitéra Angelo. Y me reste que cinquante cents et je connais une table, à la Compagnie C, où ils acceptent les mises à partir d'un dollar. Mais y me reste que cinquante cents.

— Te casse pas le tronc, dit Prew. Y te faudrait toute la nuit pour te refaire et retourner chez O'Hayer.

— T'as raison, admit Angelo.

Il ôta son imper et déboutonna sa chemise.

— Je vais descendre en ville avec mes cinquante cents et tâcher de lever un pédé. Je l'ai jamais fait, mais si les autres le font y a pas de raison que je le fasse pas. Y a des moments où j'en ai tellement marre que je voudrais dégueuler mes tripes sur le plancher, me coucher dedans et pas m'en relever.

Prew regardait ses mains pendantes.

— Y a des moments où je peux pas dire que je t'en blâmerais, dit-il.

— Viens avec moi, proposa Maggio. Tu trouveras bien quelqu'un pour te prêter cinquante cents. Si on se casse le nez, on reviendra en auto-stop.

— Non, merci, dit Prew. Je suis pas d'humeur à descendre en ville et j'aime pas les tantouses.

— Je vais me changer, dit Angelo. A demain, si je suis rentré. Sinon, viens me voir au dur.

Prew éclata de rire, mais son rire sonnait faux.

— O.K. ! dit-il. Je t'apporterai une cartouche de cigarettes.

— Donne-m'en une tout de suite à titre d'acompte, murmura Maggio, tout penaud. J'ai pas pensé à en acheter pendant que je tenais la galette.

— Bien sûr, fit Prew. Tiens.

Il lui donna une cigarette, prit la dernière, froissa le paquet vide et le jeta dans un des trous.

— Non. Pas si c'est tes dernières, protesta Maggio.

— Te fais pas de bile, trancha Prew. J'ai encore du tabac.

Maggio le remercia d'un signe de tête et alla endosser sa tenue fantaisie, dans l'immense respiration laborieuse de la chambrée obscure. Prew le regarda disparaître, poussa du pied les cartes tordues, et, puisqu'il n'avait pas sommeil, décida de descendre dans la salle de récréation. Les hommes qui s'y trouvaient déjà, vautrés dans les fauteuils de similicuir, une pile d'illustrés écornés sur les genoux, ne levèrent même pas la tête à son entrée. Il marqua une pause devant le billard, jeta un coup d'œil à la table de ping-pong, qu'il avait toujours connue sans filet, et se demanda, vaguement, ce qu'il était venu foutre ici. La radio ne marchait plus depuis la semaine d'avant le dernier prêt. « A l'extérieur, songea-t-il, le temps est mesuré en jours et en heures, mais dans l'armée on compte exclusivement par jours de prêt : le dernier prêt, le prochain prêt, et, entre les deux, un laps de temps aussi interminable que vite oublié. »

Il préleva une pile de magazines sur l'une des étagères et s'installa dans un fauteuil. Les histoires ne l'intéressaient pas, mais il y avait des tas de photographies et de dessins publicitaires.

« Jimmy travaille mieux à l'école... depuis qu'il mange les flocons d'avoine Untel... Faites comme moi, voyagez en Pullman. Le caoutchouc donne de meilleurs résultats. (Il sourit en lisant ce dernier slogan)... N'attendez plus pour acheter votre Cadillac. 1345 dollars seulement... Donnez-lui la cuisine moderne de ses rêves... »

Il y avait aussi pas mal de dessins sur l'armée, depuis le début de la campagne de recrutement. Il admira l'annonce des cigarettes *Pall Mall*, qui représentait cinq soldats sur le champ de tir, trois à l'arrière-plan, armes pointées vers les cibles, deux autres au premier plan, assis dans l'herbe verte, en train de fumer des Pall Mall. Joyeux soldats d'une armée idéale. Il déchira la page, songeant qu'elle serait bougrement décorative, une fois fixée avec quatre punaises à l'intérieur du couvercle de son coffre.

La vision des toutes faites immaculées lui donna une furieuse envie de fumer, et sa main montait déjà vers sa poche lorsqu'il se souvint qu'il avait grillé la dernière dans les latrines, en compagnie d'Angelo. Il plia le dessin en quatre, le glissa dans sa poche vide et se roula une cousue main avant de reprendre sa lecture.

Il feuilleta rapidement plusieurs magazines, en quête de placards publicitaires. Beaucoup d'entre eux contenaient de belles filles, et c'était précisément ce qu'il cherchait. Les photos coloriées étaient peut-être plus réelles, mais elles étaient généralement plus habillées que les dessins, et, sous ce rapport, ne valaient pas les croquis stylisés, aux seins légèrement exagérés, avec les plis en éventail suggérant le renflement de l'entrejambe.

Longuement, il contempla la blonde fuselée du savon facial Treeburn, allongée sur le sable en costume de bain, et vers laquelle se penchait un beau type aux larges épaules. Elle avait les paupières lourdes et les lèvres sensuellement boudeuses de la femme troublée par le mâle. Pour du beau travail, c'était du beau travail.

Puis il tomba sur la publicité d'une marque de sous-vêtements féminins et retint son souffle devant une poitrine parfaite étroitement moulée par le léger tissu d'une frêle chemisette. Quelques demi-cercles estompés suggéraient les pointes des seins, foncées et proéminentes sous la mince étoffe. Deux douzaines de coups de crayon en moins, et le dessin eût été un nu. Mais l'artiste connaissait son affaire, et l'illusion était si forte que Prew se surprit à essayer de distinguer, sous le voile, la surface vivante de la chair.

Il sentit ses mains devenir moites, ses muscles se mirent à trembler tout le long de la région interne de ses cuisses. « Vaut mieux que tu laisses tomber, mon petit Prew, s'admonesta-t-il. C'est pas le moment d'admirer des dessins suggestifs, au milieu du mois, alors que t'es complètement fauché, qu'il est trop tard pour essayer d'emprunter trois dollars aux usuriers à vingt pour cent et filer à Wahiawa chez la grosse Suzy. Vaut mieux te rabattre sur le *Saturday Evening Post,* frangin. »

Mais la première chose qui lui sauta aux yeux fut le placard en pleine page des lignes d'autobus Greyhound, vantant, sous la forme séduisante d'une baigneuse en bikini, aux hanches pleines de sensualité, la magnificence des soleils du Sud.

« C'est ça, pensa-t-il, c'est parfait, c'est merveilleux. Ils appellent ça des pin-up girls et bavent d'attendrissement en pensant que « nos fils », à présent sous l'uniforme, aiment à découper leurs images pour les coller dans leurs armoires. Et c'est avec le même attendrissement qu'ils bouclent le plus grand nombre possible de bordels, pour que « nos fils » ne risquent point d'être contaminés. »

Il arracha la page du *Saturday Evening,* la froissa, la jeta sur le sol humide, la piétina jusqu'à ce qu'il n'y ait plus, sous sa semelle, qu'un magma informe, déchiqueté. Puis il s'arrêta, dégrisé, honteux d'avoir détruit de la beauté pour en faire une chose répugnante.

Il remonta l'escalier ténébreux, esclave de sa virilité refoulée, reniée, dénoncée, acculée, révoltée, damnée, condamnée. « Rien d'étonnant, songea-t-il, que tant de pauvres types se laissent prendre au piège du mariage. Mais quand on n'est pas marié, et que toute cette virilité inemployée vous coule, brûlante, dans les veines, il n'y a plus qu'une chose, une seule chose à faire. »

CHAPITRE XII

Assis à son bureau, la joue posée sur son énorme poing, Milt Warden contemplait la photo que Karen Holmes lui avait donnée la nuit de leur baignade au clair de lune. Elle la lui avait remise presque immédiatement, dans l'auto, sans attendre qu'il y songeât, craignant, peut-être, qu'il puisse n'y pas songer.

C'était un excellent instantané qui la représentait allongée sur une couverture, devant chez elle, dans sa courette ensoleillée, vêtue d'un maillot de bain dont la blancheur contrastait violemment avec le hâle profond de sa peau. Les yeux protégés par des lunettes noires, une jambe légèrement relevée, mettant en valeur la convergence harmonieuse des lignes de la cuisse et du mollet vers l'étroitesse du genou, elle lisait, et sa féminité glorieuse semblait réclamer l'attention du mâle, de la même façon qu'un boulevard encombré de jolies femmes aux longues jambes bronzées, aux seins orgueilleusement dressés sous leurs toilettes estivales, attire le regard du passant et lui fait tourner la tête avant qu'il songe à réprimer son impulsion. Mais la photo ne montrait pas tout, et il y avait longtemps que Warden avait passé l'âge du jouvenceau qu'aveugle la joie religieuse de son premier contact avec la chair féminine au point de lui faire oublier, à l'intérieur de cette chair dévouée à son désir, l'existence complexe d'un être indépendant doté d'une volonté propre.

Pourquoi cette baignade au clair de lune, projetée avec tant d'enthousiasme, avait-elle si lamentablement échoué ? Warden eût été bien incapable de le dire. Rien n'y manquait, cependant, ni l'éclat somptueux de la lune sur le sable de la petite plage, ni le doux ressac et sa frange d'écume blanche, ni la brise dans les arbres invisibles, loin au-dessus de leurs têtes, ni même le café bouillant dans une bouteille thermos, l'alcool, les sandwiches et les couvertures. Mais Karen avait glissé en descendant sur la plage et s'était écorché le bras. Puis elle avait déchiré sa robe — l'une de ses plus belles, avait-elle dit — sur une branche épineuse. Ils avaient couru dans l'eau, la main dans la main, magnifiquement nus sous la lumière diffuse de la lune. Mais Karen avait eu froid, et tous deux étaient revenus vers la plage, où il l'avait enveloppée dans une couverture. Le plus terrible, c'était qu'il n'avait pas froid du tout, lui, qu'il brûlait, au contraire, d'un désir ardent ; mais allez donc faire l'amour d'une façon satisfaisante tout en essayant de maintenir une couverture trop étroite autour d'une femme frigorifiée ! Plus tard, dans la voiture, il avait repris rendez-vous avec elle avant de tenter une dernière fois, sans la moindre conviction, de lui faire boire un verre ou deux, espérant vaguement la saouler assez pour qu'elle acceptât de le suivre à l'hôtel et sauver au moins quelque chose. Mais elle n'avait pas voulu boire, et la solution de l'hôtel était trop dangereuse ; et quant à le faire dans la voiture, non, c'était par trop dégradant...

Elle l'avait laissé sur sa faim, après lui avoir timidement rappelé leur futur rendez-vous, et Warden était allé prendre une cuite chez Wu Far, dans la rue des Hôtels, en plein cœur du quartier réservé. Ensuite, il avait opéré au *Nouveau Congrès* une descente d'étalon en rut si intensément satisfaisante qu'il était ressorti du bordel avec la ferme intention de ne pas aller à ce foutu rendez-vous, quoi qu'il eût pu lui promettre, et c'était toujours à cela qu'il pensait en glissant la photo derrière son laissez-passer permanent, lorsque les pas de Mazzioli résonnèrent dans le corridor. Du moins pouvait-il, grâce à cette photo, se permettre de jubiler intérieurement à chaque fois qu'il montrait ses papiers aux gars de la police militaire ou qu'il sortait son portefeuille de sa poche en présence de Dynamite.

Mazzioli jubilait, lui aussi, et pas tout à fait intérieurement, en remettant à Warden la pile de paperasses au sein de laquelle il avait dissimulé l'ordre de mutation, apostillé de toutes parts, du cuisinier de Fort Kamehameha. Il resta debout, immobile, attendant l'explosion, tandis que Warden feuilletait d'un doigt expert cette dose quotidienne de memoranda, d'ordres généraux, de notes de service et de circulaires du ministère de la Guerre, qui pouvaient toujours receler quelque chose d'important.

Mais il eut beau asticoter le sergent, après que celui-ci eut enfin mis la main sur l'ordre de mutation, Warden se contenta de le regarder en silence, droit dans les yeux, jusqu'à ce que Mazzioli, déçu et furibard, prît le parti de battre en retraite. Et Warden se remit au boulot avec une amertume qu'atténuait à peine la facilité avec laquelle il avait percé à jour le petit complot de Mazzioli. « Si seulement je pouvais deviner ce qui se passe en Karen Holmes avec autant de facilité, songea-t-il, ou même prévoir ce que va donner cette nouvelle mutation... »

Il tira son whisky du classeur, but un verre, puis deux, et se rendit compte que toute la bouteille n'y suffirait pas. Ce qu'il lui fallait, c'était une bonne séance de punching. Mais pas sur un petit punching-ball comme Mazzioli, tout juste bon pour parfaire sa vitesse. Non, ce qu'il lui fallait aujourd'hui, c'était le sac de sable, pour le travail en force, et, depuis qu'il était à la G, Warden n'avait jamais trouvé de meilleur sac de sable que Pete Karelsen, le chef du groupe de tir, avec lequel il partageait sa chambre.

Quittant la salle de service, il monta au premier étage et fonça dans la place en mugissant comme un taureau furieux.

— Pete, j'en ai ma claque, je leur fous ma démission. Cette compagnie est le pire bordel que j'aie jamais vu ! Entre les sportifs et les anciens de Bliss, y finiront bien par avoir ma peau ! Et v'là qu'y m'en collent encore un, et un cuistot, par surcroît !

Assis sur le bord de son lit, par égard pour sa vieille arthrite, si familière à présent qu'elle lui tenait compagnie, Pete Karelsen acheva d'ôter son dentier et le laissa choir dans le verre d'eau posé sur la table. Le mieux, quand ce cinglé de Milt était pris d'une de ses crises, c'était de garder son calme, de le laisser dire et de compter sur la Providence.

— Tu as reçu l'ordre de mutation du type de Fort Kam ? s'informa-t-il de sa voix cultivée.

Le poing de Warden s'abattit violemment sur le pied de son propre lit.

— Et de qui que je parle, d'après toi ? hurla-t-il. Tout le monde veut être cuistot, dans cette compagnie, et faut qu'y m'amène encore ce Stark de sa saloperie de Bliss !

— Sûr que ça n'est pas drôle, approuva Karelsen en se penchant sur son ventre pour ôter ses brodequins boueux. Et qu'est-ce que Dynamite a l'intention de faire ? Nommer Stark sergent d'ordinaire à la place de Preem ?

Mais Warden était lancé, et trop heureux de l'être pour s'arrêter en si bon chemin. Tout y passa, Galovitch-l'homme-des-bois, et les officiers subalternes qui appartenaient comme par hasard aux diverses sections sportives, et môssieur Jim O'Hayer qui était sergent-fourrier et passait son temps à tenir un tripot, et ce salaud d'Henderson qui n'avait pas fait un jour d'exercice depuis deux ans parce qu'il chouchoutait les bourrins de Dynamite au train des équipages, et où est-ce que Dynamite allait pêcher tout le pognon qu'y se permettait de paumer au poker à leur saloperie de club des officiers, et pourquoi qu'y continuerait, lui, Warden, à se crever pour tous ces sagouins alors qu'y pourrait se faire muter du jour au lendemain dans une compagnie où l'on saurait au moins reconnaître ses mérites ?

— Oh ! ta gueule ! hurla finalement Karelsen, arraché à son îlot de calme systématique par ce torrent d'énergie verbale qui menaçait de l'engloutir. Ferme ta gueule, fous-moi la paix ! Pourquoi que tu te fais pas muter, si la G te dégoûte à ce point ? Au moins, là, tu me foutrais la paix !

— Pourquoi ? T'as le culot de demander pourquoi ? vociféra Warden, outré. C'est parce que j'ai beaucoup trop bon cœur pour faire passer mes intérêts avant tout, voilà pourquoi ! Si je quittais cette foutue compagnie, elle s'écroulerait comme un château de cartes ! Voilà pourquoi !

— Comment que ça se fait que le G.Q.G. t'ait pas encore découvert ? beugla Pete à son tour, incapable de se contenir.

Le chiendent, c'était que presque tout ce que disait Milton était vrai. Ç'aurait été beaucoup plus facile à supporter s'il n'y avait eu dans tout ça que de vaines vantardises.

— Parce que c'est une bande de corniauds, Pete, voilà pourquoi, dit Warden d'un ton brusquement redevenu normal. Donne-moi une pipe, tiens !

— Y a des moments où je me demande comment un type aussi merveilleux que toi a jamais pu venir au monde ! beugla Pete.

— T'énerve pas, dit Warden. Je me le demande souvent moi-même. Je t'ai demandé une cigarette.

— Je m'énerve pas. Et c'est pas toi qui changeras l'armée...

Il s'aperçut, avec quelques mesures de retard, que Warden avait cessé de gueuler et, baissant la voix au beau milieu de la phrase commencée, acheva d'un ton normal :

— ... Alors, pas la peine de partir en guerre contre les moulins à vent.

Il lança à Warden hilare un paquet de cigarettes détrempé. Ce silence soudain, que rompait seulement, à nouveau, le bruit de cascade monotone de la pluie, était assourdissant.

— C'est tout ce que t'as à m'offrir ? dit Warden avec une moue dégoûtée. Y a même pas moyen de les allumer.

— Qu'est-ce qu'y te faut, se remit à hurler Karelsen. Des bouts dorés, mon prince !

— Pourquoi pas ? s'esclaffa Warden.

Il se renversa sur son lit, purgé, soulagé, avec une ineffable sensation de bien-être, et croisa les jambes.

— Allons, Pete, faut pas t'énerver comme ça. Garde ton sang-froid.

— Tu crois peut-être que je sais pas ce que tu fais, quand tu débarques là-dedans comme un fou furieux ? beugla Pete. Tu crois peut-être qu'y a que toi de fortiche ? Tu crois peut-être que je vais continuer indéfiniment à te servir de repoussoir sous prétexte que t'es le juteux ? Non, mon p'tit gars. Un de ces jours, je vais te laisser tomber, et comment ! Même s'il faut que j'aille coucher dans la chambrée avec les hommes.

Warden le regarda, vaguement offusqué et sincèrement peiné.

— Si t'es si fortiche, continua Pete, pourquoi que tu mutes pas Prewitt dans ma section, comme je te l'ai demandé l'autre jour ?

— Parce que je veux qu'il reste dans celle de Galovitch, Peter, tout simplement.

— Avec ce que ce gosse sait sur les mitrailleuses, il ferait tout de suite un bon chef de groupe, et je le bombarderais chef de section à la première occasion.

— Tu ignores si je n'ai pas d'autres intentions à son égard.

— A moins, suggéra Pete, que ce soit Dynamite Holmes qui ait d'autres intentions à son égard !

Il observa Warden un instant et enchaîna :

— Tu sais ce que je crois ? Eh bien ! je crois surtout que t'es cinglé. Fou à lier. Siphoné à zéro. Je crois que tu sais pas toi-même ce que t'as l'intention de faire avec quoi que ce soit. Et pas plus avec Prewitt qu'avec ce nouveau cuistot.

« Est-ce qu'il a raison ? pensa Warden. Pour sûr qu'il a raison, puisque, dans cette inextricable vallée de larmes, on ne peut plus oser le moindre geste, prendre la moindre décision sans créer quelque situation étrange qu'on n'avait nullement prévue. »

— Voilà ce que je crois, conclut Pete.

Warden se contenta de le regarder affectueusement, avec un demi-sourire, et Pete fit de vains efforts pour conserver une dignité durement reconquise que le sourire de Warden recommençait à désagréger.

L'esprit ailleurs, Milt contemplait son compagnon de chambre, à présent dévêtu, dont le corps dégageait cette vague odeur stagnante des gens d'un certain âge qui boivent un peu trop et ne peuvent plus assimiler l'alcool qu'ils rejetaient autrefois avec une si parfaite désinvolture. On racontait, dans la compagnie, qu'issu d'une famille opulente du Minnesota, Pete s'était engagé pour sauver le monde, pendant la dernière guerre, qu'il avait attrapé la chaude-pisse en France, avec une infirmière militaire, et que, sa famille l'ayant rejeté vertueusement de son sein, il était resté dans l'armée pour bénéficier gratuitement des soins adéquats, si rares et si coûteux à l'époque. Pilier des discussions philosophico-intellectuelles entre secrétaires, Pete entretenait volontiers cette légende. Tout portait donc à croire qu'elle était méticuleusement fausse. Il y en avait tant qui, par une sorte de sentimentalité à rebours, se flattaient de leur inadaptation. Mais, de l'autre côté de la barricade, que trouvait-on ? Les officiers. Il fallait choisir entre une fausse défaite et une victoire fallacieuse, entre un faux démon et un dieu de carton-pâte ! La chaude-pisse, du moins, était vraie, qu'il l'eût contractée auprès d'une infirmière militaire ou d'une putain parisienne. La chaude-pisse et l'arthrite et les fausses dents, appareil complet, bridge inférieur et supérieur. « Est-ce ainsi que je vieillirai ? » se demanda anxieusement Warden.

Et pourtant, lorsque le dentier rendait leur forme aux lèvres affaissées, on retrouvait, dans les fermes contours reconstitués de la mâchoire, l'écho des possibilités oubliées, dans le regard brusquement éclairci, la vive intelligence d'un homme qui connaissait les armes automatiques sur le bout du doigt et savait qu'il les connaissait, ultime satisfaction d'un vieillard en puissance dont la marotte actuelle était de collectionner les photos pornographiques !

— Où vas-tu, petite tête ? lança Warden en le voyant s'engager dans le corridor, une serviette nouée au niveau de la taille, les pieds chaussés de sandales japonaises à lanières de cuir et semelles de bois.

— Prendre ma douche, si le sergent-chef n'y voit pas d'objections. Qu'est-ce que tu croyais ? Que j'allais à poil au cinéma ?

— Et moi qui voulais t'emmener chez Choy boire un pot ou deux ! ricana Warden.

— Je suis fauché, dit Pete. J'ai pas un flechtard.

— Puisque je te dis que c'est moi qui régale.

— Alors, tu crois que c'est pas plus difficile que ça ? Tu t'imagines que tu peux me casser les pieds tout un après-midi et m'acheter ensuite avec quelques verres de bière ! Non, merci. Je boirais pas ta bière, même si c'était la dernière qu'il y ait à boire dans le monde.

— Même si c'était la vraie dernière ? gouailla Warden.

Pete essayait vainement de cacher son envie.

— Même si c'était la vraie dernière, affirma-t-il. Mais j'espère fermement que le niveau de la bière dans le monde ne descendra jamais aussi bas.

Milt Warden sourit, et la chaleur de son sourire balaya tout le reste, malgré la sévérité du regard de Pete.

— Viens donc avec moi chez Choy. On va se saouler comme des cochons et démolir les tables et les chaises, histoire de rigoler.

Pete ne put s'empêcher de sourire.

— Si c'est toi qui paies la note..., capitula-t-il.

— Sûr, que je paie la note. Toutes les notes. Même celles des autres. Va prendre ta douche, je t'attends. Encore deux ou trois jours, et on verra de quel bois est fait ce Stark et Fort Kam.

Mais ils n'eurent même pas à attendre aussi longtemps, car le nouvel affecté, Maylon Stark, arriva le lendemain, avec des sacs et son paquetage.

C'était un de ces premiers jours d'accalmie qui prophétisent la fin de la saison pluvieuse. La pluie avait cessé vers midi et l'air fraîchement lavé était clair et sonore comme une coupe de cristal. Tout était propre, et il y avait dans l'atmosphère cette odeur de vacances qui accompagne chaque changement de saison. Travailler par un jour semblable était un sacrilège, mais il fallait bien que Warden fût là pour recevoir le cuistot de Fort Kamehameha.

Il attendit que le taxi qui avait amené Maylon Stark eût repris le chemin de la ville pour sortir de la salle de service et s'approcher du nouvel affecté.

— Je me fous que ce soit un ancien soldat, dit le cuistot en lui faisant face. C'est tout de même exagéré.

— Il y a sans doute une souris indigène et cinq ou six moutards à nourrir, répliqua Warden.

— J'y suis pour rien, dit Stark. Le gouvernement pourrait quand même rembourser les frais de transport, quand on change d'affectation.

— Il les rembourse, dit Warden. Sauf à ceux qui sont mutés sur leur propre demande.

Stark encaissa le coup de patte sans sourciller.

— Il les rembourse bien aux officiers, dans tous les cas, insista-t-il. Tout le monde est d'accord pour plumer le griffeton. Même les anciens griffetons.

Il sortit sa blague à tabac et se mit à rouler une cousue main.

— Où est-ce que je fourre mon barda ?

— Dans le dortoir des cuistots.

— Est-ce que je vois le grand chef maintenant, ou plus tard ?

— Dynamite n'est pas là, riposta Warden en souriant. Sait pas quand y rentrera.

Le regard de Stark croisa celui de Warden.

— Y savait que j'arrivais ?

Warden prit le plus gros sac et la petite valise de raphia.

— Sûr, qu'il le savait, ricana-t-il. Mais il avait des affaires pressantes... au club !

— Il a pas changé, fit Stark, qui prit le reste de son barda et, chargé comme une mule, suivit Warden à travers la galerie et le réfectoire désert.

Warden le conduisit au petit dortoir du personnel de cuisine, situé à l'arrière du bâtiment.

— O.K., dit Stark en dénouant la corde de serrage d'un de ses sacs. Voilà mes papiers, chef.

Warden regagna la salle de service et plongea son nez dans les papiers de Stark. Il apprit ainsi que Maylon Stark avait vingt-quatre ans, qu'il avait rempilé deux fois et n'avait jamais fait de prison militaire. C'était tout, et c'était bien peu, mais Warden avait déjà partiellement jugé Stark, et lorsque Dynamite Holmes eut, en sa présence, infligé au cuistot l'habituelle conférence d'accueil, il savait, très exactement, ce qu'il allait faire.

Maylon Stark était de taille et de corpulence moyennes, ni grand ni petit, ni gros ni maigre, et les lignes qui encadraient sa bouche, beaucoup plus profondes à droite qu'à gauche, donnaient à son visage une expression particulière. Il semblait toujours sur le point de s'esclaffer sarcastiquement, de pleurer lamentablement ou de ricaner belliqueusement. Mais, en réalité, il ne faisait jamais rien de semblable.

— C'est un bon soldat, sergent Warden, insista Holmes lorsque Stark se fut retiré, toujours impassible, après avoir remercié pour la forme et salué avec toute la dignité d'usage son ancien et nouveau capitaine. Stark me fera un excellent cuisinier.

— J'en suis persuadé, mon capitaine, dit Warden.

— Vraiment ? s'étonna Holmes. Eh bien ! comme je le dis toujours, on ne rencontre pas de vrais soldats à tous les coins de rue et, lorsqu'on en trouve un par hasard, on le reconnaît tout de suite.

Warden s'abstint de tout commentaire. Holmes avait dit la même chose au sujet d'Ike Galovitch, lorsqu'il l'avait nommé sergent.

Satisfait de lui-même, le capitaine s'éclaircit la gorge et se composa un visage sérieux et réfléchi pour dicter l'emploi du temps de la semaine suivante à Mazzioli, qui était arrivé pendant la conférence. Il le dicta lentement, pour que Mazzioli puisse le suivre, en se promenant de long en large d'un air absorbé, et Mazzioli le dactylographia sans relever la tête, avec un profond dégoût, sachant parfaitement que Warden remplacerait cet emploi du temps par un programme de son cru, qu'il lui faudrait retaper au propre et que Dynamite signerait, l'âme sereine, sans s'apercevoir de quoi que ce soit.

Dès que le capitaine fut reparti, Warden courut au dortoir des cuistots, à demi sorti de ses gonds par les éternels remâchages de Dynamite, se demandant ce que ferait Dynamite s'il s'apercevait un jour de sa propre inutilité et de l'importance ridicule qu'il se donnait — « T'inquiète pas, se dit-il, il s'en apercevra jamais, ça le tuerait » — mais espérant, par-dessus tout, que cette comédie n'avait pas donné à l'un quelconque des autres cuisiniers le temps de parler avec Stark avant que lui-même l'ait revu.

— Viens avec moi, lui dit-il, content de le retrouver seul. Faut que je te parle et je voudrais pas qu'un des autres cuistots me voie avec toi.

Warden le fit asseoir en face de lui, sur le plumard de Pete, et alluma une cigarette. Stark se mit à en rouler une.

— Tu veux une toute faite ?

— Non, merci, je préfère ça, répliqua Stark, ouvertement sur le qui-vive, en désignant sa blague.

Warden posa le vieux cendrier entre eux, sur le plancher.

— J'ai l'habitude de jouer franc jeu, Stark. Je t'avais dans le nez avant que t'arrives, parce que t'avais servi à Bliss, avec Dynamite.

— Pas la peine de me faire un dessin, dit Stark.

— T'es du Texas, pas vrai ?

— Tout juste. Né à Sweetwater.

— Pourquoi que t'as quitté Fort Kam ?

— Je m'y plaisais pas.

— Tu t'y plaisais pas, dit Warden d'un ton presque cassant.

Il alla puiser dans son placard et revint avec une bouteille de trois étoiles.

— Soif ? questionna-t-il.

— Sûr, dit Stark. Un soupçon.

Il jeta un coup d'œil respectueux à l'étiquette, puis leva la bouteille, la retourna et but.

— T'as déjà tenu un mess, Stark.

La pomme d'Adam du cuistot s'immobilisa.

— Sûr, dit-il. A Kam.

— Je veux dire : vraiment tenu... Ordinaire, approvisionnement, tout compris ?

— C'est bien ce que je veux dire aussi, dit Stark.

A contrecœur, il se sépara de la bouteille.

— Fameux, commenta-t-il.

Warden la posa près de lui.
— T'avais quel grade ? s'enquit-il.
— Première classe. Je devais passer spé-six, mais ça s'est jamais fait. Je tenais le mess et je me farcissais tout le boulot. Seulement, je portais pas les sardines et je touchais pas le pognon.
— Et ça te plaisait pas, ronronna Warden.
Stark lui jeta un rapide coup d'œil.
— La combine, non. Le boulot, oui, c'est mon boulot, dit-il.
— Au poil !
Warden s'octroya une gorgée de trois étoiles.
— J'ai besoin d'un type bien pour tenir mon mess, un sur qui je puisse compter ; un qui porterait les sardines et palperait le pognon. Qu'est-ce que tu dirais de première classe et spé-quatre, pour commencer ?
Stark le regardait attentivement.
— Ça me paraît pas mal, dit-il. Si ça se fait. Et ensuite ?
— Les sardines de Preem, dit crûment Warden.
Stark tint conférence avec sa cigarette.
— Je demande à voir, murmura-t-il.
— Y a déjà quatre anciens de Bliss, dans cette compagnie. Sergents, tous les quatre. Rien à craindre de ce côté-là.
— Je commence à voir, dit Stark.
— Le reste est aussi simple. Tu te tiens à carreau et tu prouves que t'es meilleur que Preem. A partir d'aujourd'hui, t'es premier cuisinier, avec le grade de première classe et spé-quatre. Tout ce que t'as à faire, c'est de remplacer Preem à chaque fois qu'il se montre pas, c'est-à-dire presque tous les jours.
— Je suis nouveau ici. Les cuistots ont l'esprit de clan. Et Preem a toujours son grade.
— Te casse pas la tête pour le grade. Je veillerai au grain. Quant aux cuistots, y vont tout faire pour t'empoisonner, au début, surtout le gros Willard, qu'est premier cuisinier et qui vise les sardines de Preem. Mais Dynamite peut pas le souffrir. Alors, essaie pas de discuter avec eux. Viens me voir. C'est toujours toi qu'auras raison.
Stark reprit la bouteille que Warden lui tendait.
— Une chose encore, chef. Si je prends la cuisine, je la tiens à ma façon. Autrement, zéro.
— C'est bien comme ça que je l'entends, dit Warden. Tiens-la bien, et elle est à toi.
— C'est pas ce que je veux dire, s'obstina Stark. Bien ou mal tenue, faut qu'elle soit à moi, sans que la salle de service y vienne fourrer son nez. D'accord ?
Warden lui sourit, les sourcils en mouvement.
— D'accord, dit-il. (« Qu'est-ce que tu risques, salopard, pensait-il, y a trente-six façons de tenir une promesse. »)
— O.K. ! dit Stark.
Warden lui tendit la bouteille. La partie était jouée. Le donneur ramassait les cartes. La conversation reprit, spontanée, dans une atmosphère détendue.
— Ce que je vois pas très bien, dit Stark, c'est ce que ça peut te rapporter à toi.

— Rien, sauf que c'est ma compagnie. Y a que Dynamite pour croire sérieusement que c'est la sienne.

La bouteille passait régulièrement de l'un à l'autre, tissant entre eux et autour d'eux une trame irréelle aux brillants coloris.

— Envoie la bouteille, dit Stark. Est-ce qu'il a toujours sa femme avec lui ?

— Qui ça ? sursauta Warden.

— Dynamite... Une grande blonde bien balancée. Karen, qu'elle s'appelle. Est-ce qu'ils sont toujours mariés ?

— Ah !... oui, dit Warden, ils sont toujours mariés. Elle vient ici de temps en temps. Pourquoi ?

— Comme ça, dit Stark que l'alcool rendait philosophe. Sais pas pourquoi, je m'étais figuré qu'y seraient plus ensemble depuis longtemps. A Bliss, c'était une vraie chatte en chaleur, mais plutôt garce, comme si elle détestait ça, mais pouvait pas s'en passer. A Bliss, tout le monde disait qu'elle s'était envoyé la moitié de la garnison.

— Ah ! tout le monde disait ça ? dit Warden.

— Et comment ! J'ai même entendu dire qu'elle avait bloqué la chaude-pisse, là-bas. La seule différence qu'y avait entre elle et une putain, c'est qu'elle était mariée.

— Bah ! je me demande ce qu'y a de vrai dans toutes ces histoires, dit brusquement Warden. On raconte la même chose sur toutes les femmes qui vivent dans une garnison. Je crois plutôt que c'est des inventions de gars qui prennent leurs désirs pour des réalités.

— Ah ! oui ? s'écria Stark, indigné. Ben ! c'est pas le cas. Je l'ai baisée moi-même, à Bliss, alors je peux t'en parler.

— C'est vrai que j'ai entendu pas mal de sales histoires sur son compte, admit Warden. — Qu'avait-elle dit, l'autre jour, là-bas, chez elle, tandis que la pluie murmurait au-dehors ? Ah ! oui. « Tu n'as plus envie de moi, toi non plus ? »

— Tu peux les croire toutes, affirma Stark. Je comprends qu'une célibataire couchotte un peu par-ci par-là. Je comprends même qu'une femme mariée en fasse autant. Mais je ne peux pas comprendre qu'une femme, surtout mariée, couche avec n'importe quel cochon coiffé. Une putain est une putain, c'est comme ça qu'elle gagne sa vie. Mais quand je vois une femme coucher histoire de coucher, et qu'elle aime pas ça, alors, là, je flaire du vilain.

— Tu crois que c'est ce qu'elle fait... Je veux dire : la femme d'Holmes ? questionna Warden.

— Naturliche. Pourquoi qu'elle s'en serait pris à un vulgaire deuxième classe comme moi, qu'avait même pas un rond à dépenser pour elle ?

Warden haussa les épaules.

— Qu'est-ce que ça peut me foutre, après tout ? Je me l'enverrai peut-être moi-même, un de ces jours ?

— Je te le conseille pas, mon gars, dit Stark avec solennité. Elle est plus froide et plus vache que la pire des putains.

Sa voix était convaincue, convaincante.

— Bois un coup, dit Warden. Te laisse pas abattre pour si peu.

Stark prit la bouteille sans la regarder.

— J'en ai trop vu, de ces garces pleines aux as. Elles sont pires que des tantouses. Je peux pas les voir en peinture.

— Moi non plus, dit Warden.

Stark changea de conversation, et Warden s'entendit lui répondre, mais son esprit continua de rouler sur la même pente. C'était bien ce qu'avait dit Leva, mais Leva ne le savait que par ouï-dire, il n'avait pas eu de contact personnel avec elle. Et Stark n'avait été qu'un jeunot de dix-neuf ans, un bleu mal dégrossi tirant son premier engagement lorsqu'il avait couché avec elle. Mais il avait fallu que ce soit une sacrée aventure pour qu'il en parle encore de cette manière, au bout de cinq ans.

La femme qui s'était baignée avec lui au clair de lune était-elle capable de s'être envoyé la moitié de Fort Bliss ?

Warden eut envie de brandir la bouteille et de la casser sur cette tête indistincte à la bouche trop bavarde. Non parce que le cuistot avait couché avec cette femme qu'il avait — n'aie pas peur des mots, Milton — qu'il avait, donc, baisée lui-même ; il ressentait, au contraire, une sorte d'étrange camaraderie envers Stark, comme deux hommes qui se serviraient de la même brosse à dents. Est-ce que deux hommes s'étaient jamais servis de la même brosse à dents ? Non, il avait envie d'aplatir ce crâne avec cette bouteille, simplement parce qu'il se trouvait là et que lui-même éprouvait, brusquement, sans raison précise, le besoin de casser quelque chose.

— Y vaut mieux que tu redescendes, maintenant, et que tu finisses de ranger tes frusques, dit Warden à la fois surpris et fier du calme de sa propre voix.

Stark se leva d'un bond.

— Nom de Dieu, j'y pensais plus !

Warden eut l'impression que son visage se craquelait, mais il savait qu'il souriait, et c'était l'essentiel. Il attendit que Stark fût parti pour s'allonger sur son lit, les mains sous la nuque, et reprendre le fil de ses propres pensées, comme un type qui ne peut s'empêcher de tripoter à tout bout de champ une dent malade.

Il se représentait si bien la chose comme elle avait dû se passer. Stark ému, encore hésitant au-dessus d'elle, et Karen allongée sur le lit, telle qu'il l'avait vue lui-même, nue, ouverte, haletante, avec le tremblement exact de ses paupières closes au moment où plus rien ne vous rattache à votre propre réalité. « Stark lui a peut-être donné plus de plaisir que toi, songea-t-il, appuyant sauvagement sur la dent malade ; il n'en est peut-être pas un qui ne lui ait donné plus de plaisir que toi. » C'était la première fois qu'il pensait à Holmes de cette façon, mais il se demanda, brusquement, si Karen n'avait pas toujours couché avec lui, pendant tout ce temps.

« Mais qu'est-ce qu'y te prend ? songea-t-il. Qu'est-ce que ça peut te foutre ? T'es pas amoureux d'elle. En quoi ça te regarde qu'elle couche toujours avec Holmes ou non ? Ou avec qui que ce soit ? T'as décidé de plus la revoir, de toute façon. »

Mais à quoi bon laisser filer une occasion gratuite, alors que le même article coûtait trois dollars chez Mme Kipfer ? Il irait au rendez-vous donné par Karen, et à celui-là seulement, ne serait-ce que pour satisfaire sa curiosité.

Puis, pour n'y plus penser, il se hâta de redescendre dans la salle de service, où il rédigea sans plus attendre les papiers nécessaires à l'avancement du cuisinier Maylon Stark.

Le reste marcha comme sur des roulettes. Stark éprouva les difficultés prévues avec les autres membres du personnel de cuisine qui, le gros Willard en tête, se rebellèrent contre l'autorité du nouveau venu. Voyant s'envoler ses plus chers espoirs, Willard se remua comme un beau diable jusqu'à ce que Stark l'emmenât sur le pré et lui flanquât une telle raclée que le gros poussah n'osa même plus ouvrir la bouche. Lorsque tous les autres se coalisèrent pour lui mettre des bâtons dans les roues, Stark transporta les débats dans la salle de service, Warden rendit son verdict et Stark réintégra la cuisine. A la fin de la première semaine, le capitaine Holmes était tellement persuadé d'avoir découvert un cuistot de génie qu'il fit en présence de Warden une conférence sur l'utilisation rationnelle des compétences dans l'armée.

Quant à Maylon Stark, il aimait déjà « sa » cuisine comme une nouvelle maîtresse. Il menait la vie dure aux cuistots et aux hommes de corvée, mais travaillait autant qu'eux, sinon davantage. Sous son impulsion, la trésorerie de la compagnie sortit de sa vieille léthargie, il fit acheter de nouveaux couverts et préconisa l'emplette d'un équipement de cuisine plus moderne. Il y avait même des fleurs fraîches sur les tables, de temps en temps ; de mémoire d'homme, on n'avait jamais vu ça à la G. En ce qui concernait la bonne tenue à table, Stark était un véritable tyran. Quiconque renversait de la sauce sur la toile cirée se retrouvait brusquement devant la porte au beau milieu du repas. Les hommes de corvée vivaient leur enfer sur la terre, mais le regard pensif de Maylon Stark était toujours si totalement exempt de méchanceté qu'ils ne parvenaient pas à le haïr. Ils le voyaient travailler aussi dur qu'eux-mêmes, et sa façon de faire valser les cuistots les consolait de bien des peines.

Moins de deux semaines après l'arrivée de Stark, juste avant la fin du mois de mars, le cadavérique sergent Preem fut dégradé et renvoyé dans les rangs. Dynamite Holmes pouvait se montrer aussi dur qu'un autre, lorsque c'était nécessaire. Il fit appeler Preem et lui apprit la chose sans ménagements, avec une brutalité toute militaire. Parce qu'après tout c'était bien sa faute, à lui, Preem. Personne ne lui avait donné une plus belle occasion de courir sa chance que le capitaine Holmes. Mais, à la G, les postes de confiance revenaient toujours aux meilleurs. Preem avait le choix entre la mutation dans une autre compagnie ou dans un autre régiment, car il est impossible de laisser un ancien officier subalterne demeurer comme simple soldat dans la même unité. Très mauvais pour la discipline.

Preem, qui s'était levé tous les jours à midi pour descendre errer comme une âme en peine dans sa cuisine, à présent scintillante et bourdonnante d'activité, où il n'y avait plus de place pour lui, choisit la mutation dans un autre régiment, parce qu'il avait honte de lui-même. Il ne dit rien. Il n'avait rien à dire. Il était foutu et il le savait. Ses jours dorés étaient révolus. Il accueillit l'énoncé de son destin avec un visage aussi abruti qu'impassible. C'était un homme fini.

— Mon capitaine, s'enquit Warden après son départ, comment faut-il que je rédige cet ordre ? Dégradé pour incapacité ?

— Oui, bien sûr, dit Holmes. Comment voulez-vous le rédiger autrement ?

— On pourrait peut-être le porter dégradé pour insubordination. Tout le monde a été dégradé au moins une fois pour insubordination. Celui qui n'a jamais été dégradé pour insubordination n'est pas un vrai soldat. Alors que le type qui a été « dégradé pour incapacité » sur ses états de service est un type flambé.

— Mon Dieu, oui, sergent, allez-y pour « insubordination ». Je suppose que personne n'ira chercher la petite bête. Autant laisser à Preem une chance de repartir de zéro, du moment que le sort de ma compagnie n'est pas en jeu. Après tout, il a servi à Bliss sous mes ordres.

— Bien, mon capitaine, dit Warden.

L'ordre fut rédigé de cette façon, mais il savait que c'était un geste futile. Dès que Preem apparaîtrait dans sa nouvelle unité, avec son air d'avoir reçu un coup de matraque derrière le crâne, personne n'aurait besoin d'un dessin pour comprendre !

Ce soir-là, Stark acheta les boîtes de cigares traditionnelles et les fit passer après la soupe. Tout le monde était satisfait de la nouvelle nourriture, de la nouvelle direction, du nouveau sergent d'ordinaire. Le deuxième classe Preem mangea dans un coin obscur, déjà oublié, avec, sur ses manches, le plus touchant stigmate de toute la carrière militaire : les places trop neuves, trop foncées, qu'avaient recouvertes les galons disparus.

Prewitt fut l'un de ceux de la G qui entrèrent chez Choy ce soir-là et auxquels Maylon Stark paya le demi traditionnel que tout nouvel officier subalterne offre à chacun des hommes de sa compagnie. Mais lorsque Prewitt entra, Warden, aux trois quarts ivre, le prit à partie.

— Et alors, qu'est-ce qu'y se passe, fiston ? lança-t-il d'une voix légèrement incertaine, une mèche rebelle en travers des yeux. Serais-tu fauché, par hasard ? Ça me fait de la peine de te voir rappliquer pour la distribution, moi qui sais que t'as de l'orgueil. Hé ! Choy, une caisse de ta meilleure brune pour mon copain Prewitt ! T'auras qu'à la mettre sur mon compte !

Et il se mit à rire bruyamment.

Stark regarda Warden, regarda Prewitt et parut réfléchir. Puis il offrit à Prewitt de lui payer un deuxième verre de bière, en plus du demi réglementaire. Mais Prew refusa, s'en alla, et Stark hocha pensivement la tête...

CHAPITRE XIII

Tout, se disait Prewitt, avait commencé avec son départ de la clique. Le reste en avait naturellement découlé, comme les marches d'un escalier qui descend et dont le pied n'est pas un lieu géométrique, mais une illusion d'optique impossible à atteindre. En quittant la clique, il avait mis le pied sur la première marche de cet escalier, et toutes les autres n'avaient fait que suivre — la perte de ses qualifications, sa rupture avec Violette, son refus de boxer — toutes les marches intermédiaires qui l'avaient conduit à ce palier anonyme, sans argent, sans spécialité et sans femme. Mais ce premier pas, du moins, il l'avait fait de son plein gré (quoique à la réflexion il n'avait eu le choix qu'entre deux possibilités, et, la seconde étant impraticable, il n'avait, en fait, même pas eu à choisir), de sorte que cette première marche n'était pas vraiment une première marche, mais une autre illusion d'optique dont l'origine se perdait dans le passé, longtemps avant sa propre naissance. Il savait, maintenant, avec une absolue certitude, qu'il ne lui eût pas été possible d'agir autrement qu'il l'avait fait. Ce qu'il y avait, simplement, c'était qu'à la longue, après un nombre incommensurable de marches insoupçonnées, les jambes qui avaient descendu si facilement chacune de ces marches commençaient à se fatiguer.

Il s'était attendu à ce que, Warden aidant, son tour de corvée retombât une fois de plus le jour du prêt, et fut non seulement surpris, mais presque satisfait de voir son nom sur la liste trois jours avant la fin du mois, deux jours après la capitulation misérable de Preem. Comme le reste de la compagnie, il avait observé la bataille du mess d'un œil impartial, sachant fort bien d'avance comment tout cela finirait, et la victoire de Stark l'avait laissé parfaitement froid.

Mais dès le soir de la grande ribouldingue, après que Stark, en dépit des sarcasmes de Warden, lui eut offert de lui payer un deuxième verre, il n'avait pu s'empêcher d'être heureux que Stark eût gagné. Bien que son amour-propre — et les galons fraîchement acquis de Stark — lui eussent fait refuser cette offre, alors même qu'il avait une envie furieuse de l'accepter, il s'était senti attiré vers Stark. Il avait senti, derrière l'impassibilité apparente du nouveau sergent, une grande faculté de compréhension. Et Prewitt avait besoin de compréhension, de compréhension masculine. Presque autant, davantage, peut-être, qu'il avait besoin d'une femme. Il voyait en Stark un type admirable et il avait également besoin de pouvoir admirer quelqu'un. C'était la raison pour laquelle il attendait son jour de corvée de cuisine avec une sorte d'impatience, malgré le dégoût invincible que lui inspiraient les reliefs d'un repas, même excellent, lorsqu'une alchimie subtile les avait transformés, dès la fin dudit repas, en choses répugnantes. Il espérait que tout se passerait bien.

Mais, dès le début, tout alla de travers. En premier lieu, il était de corvée avec Bloom et Readall Treadwell. Ce qui signifiait qu'il lui faudrait laver la vaisselle en compagnie de Bloom, ou se farcir le boulot dégueulasse par exemple des marmites et des poêles et laisser Reedy travailler avec Bloom. Car il n'y avait aucun espoir que Readall Treadwell, qui arrivait partout bon dernier, descendrait à temps pour faire équipe avec Prew à la vaisselle et laisser à Bloom le gros décrassage. Angelo Maggio était de réfectoire, ce même jour, et Prew se surprit maintes fois à souhaiter que Bloom eût été désigné pour le réfectoire à la place de Maggio et Maggio affecté aux cuisines à la place de Bloom, même si ça n'était pas très chic pour Maggio.

S'étant endormi avec l'idée de descendre le premier, au cas où Reedy tomberait de son plumard, il s'éveilla de bonne heure, repoussa le sommeil qui tentait de le clouer à son lit, enfila ses treillis et descendit sur la pointe des pieds, dans cette fraîche grisaille de l'aube qu'il fait si bon ne pas voir. La cuisine était encore déserte, inhumaine et glaciale, avec ses machines inactives accroupies dans les coins d'ombre. Prewitt s'assit et se mit à fumer avec la sensation bizarre qu'il éprouvait, autrefois, lorsqu'il débarquait à l'aube, d'un wagon de marchandises, dans quelque village inconnu où ne brillait encore aucune lumière.

Le gros Willard, qui était redevenu premier cuisinier lorsque Stark était passé sergent d'ordinaire, pénétra dans la cuisine en boutonnant sa braguette quelques instants après que Prewitt eut entendu sonner son réveil dans le dortoir des cuistots. Il était mal réveillé et visiblement d'humeur agressive, car ses fonctions l'obligeaient à allumer les poêles à mazout et à préparer une cruche de café pendant que les autres dormaient encore.

— Déjà là ? ricana-t-il en apercevant Prewitt. Faut que t'aies envie de décrocher la bonne planque pour te lever deux heures avant tout le monde !

— C'est ce que tu crois, riposta Prewitt, parce que t'es de la race des marmottes.

— Bah ! tu te serais bien levé quand même, rien que pour avoir la bonne planque, hein, pas vrai ? appuya Willard en souriant méchamment.

— Exactement, Gras-du-Bide, riposta Prewitt, brusquement sorti de ses gonds par ce gros plein de soupe qui, ayant horreur de se lever tôt, passait sa hargne sur le premier venu. Qu'est-ce que tu veux que je te dise ? Que je préfère les sales boulots, comme tézigue ?

— En attendant, mézigue, y coupe aux corvées ! s'esclaffa Willard en retirant le café de sur la flamme.

— T'es de corvée tous les jours, Gras-du-Bide, mais t'es trop corniaud pour t'en rendre compte.

— N'empêche que t'aimerais mieux toucher ma paie que la tienne.

— Peut-être, mais tu y es pour rien. S'y fallait que tu bouffes ce que tu cuisines, tu serais pas aussi gras.

Délibérément, Prewitt se servit une tasse de café, puis y ajouta un mince filet de lait condensé.

— A la tienne, dit-il.

— Eh ! c'est le café des cuisiniers, protesta Willard. Attends qu'on te le dise.

— Si j'attends que tu me le dises, j'ai le temps de crever la gueule ouverte, répliqua Prewitt. Bon Dieu ! Qu'est-ce qui rend les gros hommes si agressifs et si mesquins, Gras-du-Bide ? Est-ce que c'est parce qu'ils ont peur de pas avoir assez à manger ? Ça doit pas être marrant d'être gros.

Sa tasse à la main, il entra béatement dans la chaleur du poêle et but avec volupté, sentant le froid matinal et les derniers lambeaux du sommeil s'envoler à tire-d'aile.

— Nom de Dieu ! s'étrangla Willard. Continue à ouvrir ta grande gueule et tu vas te retrouver de corvée le jour du prêt. J'ai encore assez de galons, pour pas être obligé de supporter les salades d'un homme de corvée !

— On est gradé ou on l'est pas, hein, Gras-du-Bide, rigola Prewitt en remplissant sa tasse. On veut bien charrier les autres, mais, quand les autres vous charrient, on fait valoir son grade. C'est pas d'aujourd'hui que je sais ce que tu vaux, Gros Lard.

— Prie le bon Dieu de pas tomber sur les marmites, eh, mariolle ! rétorqua Willard.

Quand les autres cuisiniers firent leur apparition, Willard abandonna la partie, mais Prew savait très bien que s'il en avait l'occasion il lui ferait payer cher de n'avoir pas accepté docilement ses sarcasmes.

Peu à peu, la cuisine s'emplit d'une agréable chaleur et d'une activité méthodique, qui se transformèrent bientôt en atmosphère d'étuve et en agitation frénétique à mesure qu'approchait l'heure du petit déjeuner. Stark était là depuis le début, une liasse de papiers à la main, préparant déjà le travail du lendemain et veillant simultanément à tout ce qui devait être fait le jour même.

Prew se faisait cuire des œufs au bacon sur un coin du poêle — privilège que, jusqu'à l'avènement de Stark, Willard avait formellement interdit aux hommes de corvée, mais que Stark avait aussitôt rétabli — lorsque le sergent d'ordinaire appela son premier cuisinier.

— Faudra que je te dise combien de fois de mesurer le lait que tu incorpores aux œufs brouillés ? s'informa Stark. Fous-moi ça en l'air.

— Mais c'est du gâchis. Va falloir tout recommencer.

— Fous-moi ça en l'air, Gras-du-Bide, dit Stark. Et quand tu seras prêt, baisse un peu ton poêle, si tu veux pas leur servir du caoutchouc brouillé. T'auras pas le temps de recommencer deux fois.

— Oh ! bon Dieu, gémit Willard, les yeux au plafond. Faut toujours que ça tombe sur moi. Eh ! Machin, beugla-t-il à l'adresse de Prew. Oui, toi, là-bas. Fous-moi ça en l'air.

— Tu sais très bien comment je m'appelle, Gras-du-Bide, riposta Prewitt.

Willard se tourna vers Stark.

— Là. T'as entendu ? C'est de l'insubordination. Y fait que ça depuis ce matin.

— Balance-les toi-même, dit Stark en souriant. Il est en train de préparer son déjeuner. C'est toi qu'as bousillé tous ces œufs, pas lui.

— Ça va, dit Willard. Et comment que je vais le faire moi-même, puisque j'ai un sergent d'ordinaire qui soutient même pas ses propres cuisiniers.

— Tu dis ? aboya Stark.

— Rien, répondit Willard.

Il n'avait pas oublié la raclée que lui avait flanquée Maylon peu de jours auparavant.

— Si y m'a pas complètement dans le nez, à présent ! dit Prew lorsque Willard fut parti.

Il approcha un tabouret de la table de pâtisserie et se mit à manger.

— Y t'a déjà dans le nez ? s'enquit Stark.

— Oui, parce que j'ai répondu coup sur coup à ses salades et que j'ai pris du café sans lui en demander l'autorisation.

Stark arbora son sourire asymétrique.

— Toujours en train de défendre ses droits. Comme cuisinier, il est infect. Je suppose qu'y sue dans toute la boustifaille. Mais les gars comme lui se contentent de parler, y sont pas réellement à craindre.

Stark se trompait. Willard n'avait nullement abandonné ses projets de revanche. Et comme le première classe Bloom descendit bien longtemps avant Readall Treadwell, Willard eut la satisfaction de voir Prewitt où il avait rêvé de le voir, c'est-à-dire affecté au gros récurage.

— Alors ? demanda Bloom en posant son café près de celui de Prew, quel boulot que t'as choisi ? Autant décider ça tout de suite. L'évier de rinçage est le plus facile, mais ça m'est égal d'avoir celui de lavage. Lequel tu veux ?

— Sais pas encore, répondit Prew, vouant mentalement Reedy Treadwell et sa flemmardise à tous les diables de l'enfer.

— Tu sais pas encore ! s'exclama Bloom.

— Non. Je pensais que tu voudrais peut-être les poêles et les marmites.

— Tu te fous de moi ? s'enquit Bloom. Très peu pour ma pomme, fiston.

— Y en a qui préfèrent ça, expliqua Prewitt. Y en a qui disent que c'est plus vite tiré et qu'on a plus de temps pour respirer, dans la matinée.

— Espérons que Reddy sera de cet avis-là, s'écria Bloom. Entre nous, ça me disait rien de bosser avec lui. Il est pas assez rapide. A nous deux, on pourra liquider tout en vitesse et prendre un peu de bon ce matin et cet après-midi.

— Y a des patates à éplucher pour le dîner, lui signala Prew.

— Oh ! bon Dieu, soupira le première classe Bloom.

— Tu veux toujours pas les poêles et les marmites ?

— Foutre non ! Tu me prends pour un cinglé ?

— Alors, je vais les prendre. Tu feras la vaisselle avec Reedy.

— Tu veux dire que tu veux les prendre ?

— Bien sûr, affirma Prewitt.

— Alors, pourquoi que tu m'as demandé si je les voulais ?

— Parce que t'aurais pu les vouloir aussi. J'aurais pas voulu t'en priver.

— Ouais ? grogna Bloom, soupçonneux. Ben, je voudrais pas t'en priver non plus. Je vais prendre l'évier de rinçage, et Reedy prendra l'autre, puisqu'il est le dernier.

Et, sans laisser à Prew le temps de changer d'avis, il alla coiffer de sa casquette de corvée le robinet de l'évier de rinçage. Il était heureux d'avoir eu Prewitt au tournant.

Prew était déjà en train de se débattre avec les poêles du petit déjeuner quand, précipité hors des toiles avec le reste de la compagnie par la sonnerie du réveil, Readall Treadwell apparut finalement. Il regarda Prewitt, agréablement surpris de trouver quelqu'un à l'évier du gros nettoyage, et rejoignit Bloom aux autres éviers.

L'homme de réfectoire, Angelo Maggio, faisait rapidement la navette entre la cuisine et le réfectoire, brandissant joyeusement ses plateaux, déployant une autorité outrancière à laquelle personne ne prêtait attention, moins que quiconque les huit garçons de table préposés au service du petit déjeuner.

— Hein ? Qu'est-ce que tu dis de ça ? souffla-t-il à Prew. On a de la poigne ou on en a pas. Paraît qu'y veulent me nommer général.

Prew s'arrêta juste assez longtemps pour lui sourire et se remit à gratter, laver et rincer les marmites et les casseroles et les récipients divers qui, malgré tous ses efforts pour se maintenir à jour, s'empilaient inexorablement devant lui.

— Je n'en sais rien, disait le futur caporal Bloom, penché sur l'évier de rinçage. Prewitt était arrivé le premier et c'est lui qui les a choisies ; ça, c'est une question réglée. Ce qu'est pas réglé, c'est que t'es en retard, Treadwell. Ton évier est déjà presque plein d'assiettes.

— Tu crois ça, que je suis en retard ? gouailla le deuxième classe à vie Readall Treadwell. On voit bien que tu sais pas. Habituellement, quand j'arrive, mon évier déborde.

— Personnellement, affirma le futur caporal Bloom avec une profonde psychologie, je tenais pas à bosser avec Prewitt. A nous deux, on peut les torcher en vitesse, Treadwell. Mais faut que tu y mettes un coup. J'attends après toi.

— Faut pas t'énerver, grogna le deuxième classe à vie Readall Treadwell. Moi, je perds jamais les pédales, et ça me réussit toujours.

Et les poêles et les casseroles continuaient à cerner Prewitt de toutes parts. C'était la première fois de sa vie qu'il voyait une équipe de cuistots utiliser tant de récipients à la fois, et avec une telle rapidité. Il lui fallut un bon bout de temps pour comprendre le tour que Willard était en train de lui jouer, mais il devenait de plus en plus évident, à mesure que s'avançait la matinée, qu'aucun cuisinier n'avait jamais utilisé un tel tonnage de batterie de cuisine, même au club, pour un banquet d'officiers, ces dames comprises.

Mais ce fut seulement vers dix heures, lorsque Maggio eut dévotement renvoyé ses garçons de table à l'exercice et briqué les toiles cirées, lorsque Bloom et Tradwell eurent fini leur vaisselle et que tous trois se furent attelés à la corvée de patates, suivis des yeux avec nostalgie par un Prewitt enrobé de graisse des pieds à la tête, que Maylon Stark remarqua quelque chose. Willard était beaucoup trop avisé pour lui signaler la lenteur de Prewitt.

— Ça va pas vite, les casseroles, aujourd'hui, observa Stark en désignant les piles de récipients graisseux. Tu devrais avoir fini depuis longtemps. Les cuistots vont bientôt en avoir besoin pour la croûte de ce midi.

— Y z'en ont sans doute déjà besoin, puisqu'y en a que j'ai déjà lavées trois fois.

— On peut pas faire la cuisine sans salir des casseroles.

— Non, mais on peut la faire sans cracher dedans, je suppose. Je croyais qu'un bon cuistot salissait jamais plus de casseroles qu'il lui en fallait, histoire de ne pas donner du boulot inutile à ses hommes de corvée ?

— C'est ce qu'ils sont censés faire, en tout cas, dit Stark en se roulant une cigarette avec cet air modeste, honteux, en quelque sorte, qu'ont les bons flics et bons sous-off's quand ils sont obligés de faire usage de leurs prérogatives.

— Alors, autant que tu me signales tout de suite, dit Prew. Je suis pas capable de faire plus vite.

— J'aime pas faire coller qui que ce soit de corvée plus souvent qu'à son tour, dit Stark sans se compromettre, mais avec une compréhension si totale que Prewitt oublia que c'était lui, Stark, qui avait affirmé que Willard le laisserait tranquille.

— Tu veux mon idée ?

— Bien sûr. J'écoute toujours les deux sons de cloche.

— Mon idée, c'est que Willard salit tout ce qu'il peut salir, en fait de casseroles et de poêles, pour me foutre dans le lac parce que je lui ai pas léché le cul ce matin. Et, si tu me crois pas, t'as qu'à le regarder là-bas qui fait semblant de bosser, mais qu'en perd pas une miette, ce gros salaud !

— Willard, viens ici ! Tout de suite ! cria Stark. Ce gars-là est en pétard. Y prétend que tu salis toutes les casseroles possibles pour lui coller du boulot et le mettre dans le pétrin. Qu'est-ce que t'as à dire ?

— Je peux pas faire la cuisine sans salir de casseroles.

— Me raconte pas d'histoires, Gras-du-Bide, dit Stark.

— Faut compter les casseroles qu'on salit, maintenant ? gouailla Willard. Pour qu'un « faignant » de type de corvée puisse se les rouler ?

— Qu'est-ce que tu veux que je fasse ? lança Prewitt avec véhémence. Que je me fasse pousser une autre paire de bras ?

— Tout ce que je demande, dit Willard, très digne, c'est que les casseroles soient propres quand j'en ai besoin, pour que je puisse préparer comme elle doit être préparée la nourriture d'hommes qui travaillent dur toute la journée et qui ont besoin d'un régime nourrissant pour reconstituer leurs forces.

— Oh ! ta gueule, dit Stark.

— O.K. ! dit Willard, je réponds à tes questions. Mais, si jamais tu veux mon turbin, t'as qu'à le...

Il laissa la phrase en suspens.

— Méfie-toi, Gras-du-Bide, répliqua Stark. Je pourrais te prendre au mot.

— Ça va, dit Willard. Si tu me prends pour un fumiste...

— Je te prends pour un gros cuistot qui sait pas faire la cuisine, dit Stark. Parce qu'il est beaucoup trop occupé à faire respecter ses sardines par les hommes de corvée. Fous-moi le camp faire ton boulot et tâche de salir moins de casseroles, parce que je te surveille !

— Très bien, dit Willard avec une dignité méprisante, si c'est comme ça...

Il leur tourna le dos et s'éloigna.

— C'est comme ça, lui cria Stark.

Puis, revenant vers Prew :

— Il essaiera plus de t'enfoncer, maintenant, ou, s'il essaie, viens me trouver. Mais ça va pas t'aider à faire toutes celles-là, continua-t-il. Attends un peu, je vais te donner un coup de main. Je vais les laver, et tu vas les rincer et les essuyer.

Il jeta son mégot dans la boîte à ordures de Prew, s'empara d'une cuiller de bois et se mit à racler l'une des marmites les plus dégoûtantes avec l'adresse et l'économie de mouvements de l'artiste.

— Willard est foutu d'en crever, dit-il avec son sourire de guingois. Le sergent d'ordinaire aidant un homme de corvée à faire les poêles et les marmites ! Chez moi, quand on divisait le travail entre Blancs et Noirs, c'étaient les nègres qui se farcissaient ce boulot-là.

— Y avait pas de nègres, dans mon bled, dit Prew.

Il lui fallait travailler dur pour pouvoir l'étaler avec Stark-le-Styliste, mais il se sentait merveilleusement bien, sachant que tous les cuistots et jusqu'aux hommes de corvée les observaient à la dérobée, parce que Stark mettait quelquefois la main à la corvée de patates, mais aux poêles et aux marmites, ça, c'était du jamais vu !

— Ils les empêchaient d'entrer dans la ville, expliqua-t-il, se remémorant brusquement, avec une colère sourde, l'écriteau que des mineurs avaient accroché sur le quai de la gare, à l'intention des nègres qui attendaient la correspondance : LE SOLEIL DE HARLAN NE BRILLE PAS POUR LES NEGRES !

— Ça m'étonne pas, dans une ville où y en avait jamais eu, opina Maylon Stark, c'est dur de reconnaître un bon nègre d'un mauvais nègre, quand on les connaît pas. Chez moi, les familles de ceux qui étaient là y vivaient depuis plusieurs générations, alors, on les connaissait.

Pour ne pas être en reste, Prew lui raconta comment, sur le trimard, alors qu'il était gosse, un nègre l'avait tiré, au péril de sa propre vie, des mains d'un salopard qui le poursuivait, couteau en avant, pour lui prendre ce qu'il avait à manger, alors que les Blancs présents sur les lieux n'avaient même pas levé le petit doigt pour le défendre. Stark lui répondit par une anecdote personnelle, et, de confidence en confidence, ils liquidèrent le tas de récipients graisseux avec une telle rapidité que Prew en éprouva une sorte de déception, tant l'amitié reconnaissante qu'il éprouvait envers Stark lui avait réchauffé le cœur.

— Et voilà, dit Stark en passant à Prew la dernière marmite.

Il releva le bouchon de vidange, le suspendit au robinet à l'aide de sa chaîne et sourit.

— Quand t'auras nettoyé tes éviers, va les aider à finir les patates, dit-il. Et, si Willard fait encore des siennes, viens me trouver.

— Manquerai pas, riposta Prewitt, essayant de mettre dans sa vôix tout ce qu'il ne pouvait dire sans déchoir. Et comment que j'y manquerai pas !

Et ce fut d'un cœur particulièrement léger qu'il alla éplucher des patates avec Maggio, Bloom et Readall Treadwell, dont les visages renfrognés exprimaient le profond dégoût de n'avoir pu marquer une seule pause au cours de la matinée.

Au milieu de l'après-midi, cependant, ils purent se payer le luxe incroyable d'un long entracte de près de deux heures, qui, après le vacarme et le travail frénétique du repas de midi, leur procura une sensation d'inconcevable richesse.

Maggio et Prew envisagèrent de faire une partie de cartes, mais tous deux étaient fauchés, et Maggio, en particulier, devait déjà la totalité de son prochain prêt et une partie du suivant.

— Tout ce que je veux, précisa-t-il, c'est faire quelque chose quand ce tordu de Bloom va monter. Y m'a raconté toute la matinée comment y va s'y prendre pour gagner le championnat des moyens, l'année prochaine, alors, ça me suffit pour aujourd'hui. Je t'attendrai là-haut.

— D'ac ! répliqua Prew.

Willard n'avait plus cherché à l'empoisonner, et il avait terminé les casseroles du déjeuner avant même que Bloom et Reedy aient fini leur vaisselle. Il aurait voulu rebavarder un peu avec son copain Stark, pas spécialement des nègres, pas spécialement de quoi que ce soit, juste bavarder avec lui. Mais Stark était en plein travail. Prew monta donc derrière Maggio et prit une douche, heureux de sentir l'eau trop chaude décaper énergiquement toute cette graisse écœurante dont il était enduit. Maggio était vautré sur son plumard, les cheveux encore humides, frais et rose et visiblement content de l'être, simplement vêtu, comme lui, d'un short propre dans lequel il flânerait jusqu'à l'heure de réintégrer la cuisine. Readall Treadwell ne tarda pas à les rejoindre, drapé dans une serviette, gros et gras, mais solidement musclé sous sa graisse, avec son nombril en fossette et son épaisse toison bouclée.

— Est-ce qu'on joue aux cartes, maintenant ? demanda Prewitt.

— C'est pas marrant de jouer sans pognon, puisqu'on est tous fauchés... Si on regardait mon album de photos ? proposa soudain Maggio, illuminé.

— D'ac ! dit Prew.

Il n'avait pas envie de jouer aux cartes, lui non plus, mais il fallait bien trouver quelque chose pour passer le temps.

Maggio sortit son album, un gros album presque plein qu'il leur avait déjà montré des dizaines de fois et que Prew connaissait aussi bien que s'il eût été le sien propre.

Le premier tiers de celui d'Angelo était consacré à un Angelo plus jeune, d'Atlantic Avenue (Brooklyn), qui avait une famille, incroyable mais vrai, approchez, venez voir, un soldat qui avait réellement une famille et, qui plus est, une grande famille, quinze personnes en tout : papa Maggio, le doux et bienveillant papa Maggio, trop souriant derrière sa fausse dignité, maman Maggio, la sévère et dominatrice maman Maggio, trop digne derrière son faux sourire, et leurs treize rejetons, bien peignés, tirés à quatre épingles, avec leurs mines figées de gens-qu'on-photographie. Les deux derniers tiers de l'album étaient consacrés à Hawaii, photos à usage de touristes, le temple des Mormons, la plage de Waïkiki, les grands hôtels (*L'Halekulani, Le Royal Hawaiien, Le Moana*) où jamais Angelo ni aucun de ses camarades n'étaient entrés. Diamond Head, le Wahiawa pittoresque, un panorama de Shofield, si beau qu'il vous eût donné envie de vous engager, rien que pour visiter cette terre bénie.

— Hawaii, paradis du monde, murmura Prew, et il se mit à siffler sarcastiquement l'air du refrain.

Ils étaient toujours plongés dans l'album d'Angelo, quand Bloom revint à son tour de la douche et, sans attendre d'y être invité, s'installa près de Readall Treadwell.

Tous quatre formèrent pendant quelques instants un petit groupe silencieux, immobile, apparemment inoffensif. Mais Bloom était incapable de participer à quoi que ce soit sans essayer bientôt d'occuper le centre de la scène. Peut-être tenait-il simplement à leur faire remarquer que le Grand Bloom était arrivé, puisque personne n'avait paru s'en apercevoir ?

Tout se passa en un clin d'œil. A un moment donné, il y avait ce tableau paisible de quatre hommes groupés autour d'un album, et l'instant d'après le tableau se craquelait de toutes parts, se résolvait, comme dans un mauvais rêve, en une série d'actions apparemment incohérentes, sur le mode frénétique des films d'autrefois.

La grosse patte de Bloom passa soudain entre les têtes d'Angelo et de Prew, désigna la photo d'une jouvencelle de quinze ans, qui était la plus jeune sœur d'Angelo et qui, vêtue d'un maillot de bain, campée dans une posture très hollywoodienne sur le toit de tuiles d'un appentis, offrait au soleil de Brooklyn son joli corps juvénile aux formes déjà pleines. Elle était visiblement fière de ce jeune corps que les hommes devaient commencer à regarder, mais il était également évident qu'elle n'avait de son avenir de femme qu'une idée des plus vagues et des plus romantiques. Ce qui n'empêcha nullement Bloom de s'exclamer d'un ton facétieux :

— Oh ! dis donc, tu parles d'une chouette petite paire de fesses à b... (et de rire avec complaisance de son propre trait d'esprit).

Prew, qui savait que la petite était la sœur de Maggio, et qui savait que Bloom le savait, puisqu'ils avaient tous vu des tas de fois cet album, sentit un froid terrible l'envahir, aussitôt chassé par la flamme dévorante d'une haine subite, implacable, envers Bloom, Bloom qui avait fait ça délibérément, moins par stupidité que pour taquiner Maggio à sa manière bovine, méprisante, dominatrice, piétinant avec une malice dégradante l'un des rares tabous universellement respectés, même dans l'armée.

La rage de Prewitt n'eut pas le temps de se traduire en actes. Il s'aperçut, soudain, que le poids de l'album reposait sur ses seules mains, vit Maggio ouvrir son placard, revenir sur ses pas avec une queue de billard raccourcie et, silencieusement, l'abattre de toutes ses forces sur la tête de Bloom.

Prew referma soigneusement l'album, le lança sur un autre lit, pour qu'il ne soit pas abîmé dans la bagarre, et se leva, prêt à l'action.

« Fallait bien que ça vienne », se dit-il.

Readall Treadwell avait vu revenir Angelo et s'était écarté pour ne pas le gêner.

— Bon Dieu ! dit Bloom, tandis que l'écho reproduisait impartialement le bruit de la queue de billard sur son crâne. Tu m'as tapé dessus, petit macaroni !

— Et comment ! gouailla Maggio. Et je suis tout prêt à recommencer encore !

— Quoi ? dit Bloom, battant des paupières.

Ce coup, qui eût assommé un bœuf, n'avait pas ébranlé son crâne massif au point de le coucher ou de l'asseoir, mais le choc avait été assez violent pour ralentir sa compréhension déjà lente et retarder d'autant la montée de son indignation.

— Avec une queue de billard ? bégaya-t-il finalement.

— Tout juste, articula Maggio. Et je suis prêt à le refaire, maintenant ou n'importe quand, à chaque fois que tu reviendras rôdailler autour de mon plumard ou autour de moi, pour n'importe quelle raison.

— Mais pourquoi ? C'est pas une façon de se battre. Si tu veux te bagarrer, dis-le, on va sortir.

Bloom porta sa main à son front, ramena du sang. Il acheva de comprendre, d'un seul coup, et, à la vue de son propre sang, devint fou de rage.

— J'aurais sûrement une chance, avec toi, rien qu'avec mes poings, hein, Bloom ? dit Maggio.

— Espèce de petite saloperie d'enfant de salaud de sale petit macaroni, égrena Bloom à toute vitesse. Espèce de sale petit trouillard de petit Rital de merde ! Ah ! c'est comme ça que tu veux te bagarrer !

Il ne fit qu'un saut jusqu'à son propre lit, en jurant à jet continu, arracha sa baïonnette de son paquetage et revint au galop, vomissant toujours un torrent d'obscénités, l'arme huileuse et nue pointée droit devant lui, tandis que pour avoir ses coudées franches Maggio gagnait l'allée centrale et marchait à sa rencontre, son gourdin à la main. Sans faire plus de bruit qu'un boxeur aux semelles enduites de résine, la mort était entrée dans la place et s'apprêtait à frapper.

Mais avant qu'ils eussent pu se rejoindre et jouer le dernier acte de cette tragédie que leur auditoire encore pétrifié ne voulait pas voir, l'omniscient sergent-chef Warden était déjà entre eux, brandissant une barre de fermeture cueillie au passage sur un râtelier d'armes, jurant comme un charretier et leur gueulant de rappliquer pour qu'il leur règle leur compte à tous les deux. Il était sorti de sa chambre pour faire cesser le vacarme qui avait troublé sa sieste et, comprenant ce qui se passait, s'était hâté d'intervenir. Mais, aux yeux des spectateurs foudroyés, il figurait le génie tout-puissant de la discipline et de l'autorité, mystiquement surgi du plancher, et sa simple présence avait suffi à stopper les deux adversaires en plein élan.

— Si y a quelqu'un à tuer dans ma compagnie, c'est moi qui m'en chargerai, continua Warden, sarcastique. Et pas deux tordus mal sevrés que la vue d'un macchabée ferait ch... dans leur froc. Alors ? Rappliquez ! Qu'est-ce que vous attendez ?

En quelques phrases, il les avait rendus si grotesques à leurs propres yeux que leur amour-propre n'était plus menacé, que l'abandon pur et simple était au contraire le meilleur moyen de le sauver.

— Pas d'amateur ? ricana Warden. Alors, jette ta baïonnette sur ce plumard, Bloom, si t'as pas l'intention de t'en servir. Là, c'est ça, mon chou.

Bloom obéit docilement, le front toujours ensanglanté, mais le visage envahi par une expression d'indubitable soulagement.

— T'as eu peur, hein ? rugit Warden. T'as bien cru qu'y aurait personne pour t'arrêter ! Et ça se prend pour des tueurs ! Pour des durs ! Ça veut du sang ! Donne cette chocotte à Prewitt, Maggio.

Maggio s'exécuta, penaud, et le charme se rompit.

— Si vous voulez vous bagarrer, brailla quelqu'un, sortez dehors, et faites-le avec les poings.

— Ta gueule ! hurla Warden. Y aura pas de bagarre. Et je veux pas des foutues suggestions d'une bande de sagouins qui allaient laisser ces deux corniauds-là s'entre-tuer !

Il jeta autour de lui un regard belliqueux, et tous les yeux se baissèrent à la ronde.

— Quant à vous deux, reprit-il, vous êtes pas assez grands pour qu'on vous autorise à vous bagarrer. Faut être un homme pour se bagarrer. Si vous vous conduisez comme des moutards, on vous traitera comme des moutards !

Personne ne souffla mot.

— Vous en aurez, de la bagarre, prédit Warden. Plus de bagarre que vous avez de cran, c'est moi qui vous le dis. Et ça va pas tarder, maintenant. Attendez d'entendre les balles vous siffler aux oreilles sans même que vous soyez foutus de voir celui qui tire et on verra si vous vous prendrez encore pour des tueurs. Des tueurs, de vrais tueurs ! Bon Dieu, si y a pas de quoi se marrer !

Personne ne souffla mot.

— Et maintenant, conclut Warden, si y a plus rien que je puisse faire pour vous, mes petits enfants, je vais aller reprendre mon roupillon. Et je veux plus entendre un pet. Compris ?

Il tourna les talons et regagna sa chambre, l'air complètement écœuré. Les hommes se remirent à circuler sur la pointe des pieds, la chambrée reprit son équilibre, avec Bloom dans un coin et Maggio dans l'autre, sans se douter que Warden gisait à présent sur son plumard, la bouche sèche, épongeant la sueur qui baignait son front et se forçant à attendre dix minutes avant de traverser la chambrée pour aller chercher le verre d'eau dont il avait grand besoin.

— Eh ! chuchota Maggio à l'adresse de Prewitt. Warden, c'est un drôle de chouette type, tu sais.

— Bien sûr, que je le sais, riposta Prew sur le même ton. Il aurait pu vous envoyer au dur tous les deux. On en fait pas beaucoup des comme lui.

— J'ai jamais vu de macchabée, continua Maggio, excepté mon grand-père, quand j'étais gosse, et ça m'avait rendu malade.

— Moi, j'en ai vu pas mal, quoi qu'en dise Warden. C'est pas pire que de voir un chien crevé, une fois qu'on y est habitué.

— Même un chien crevé me retourne l'estomac, confessa Maggio. J'ai dû me gourer quelque part, mais je sais pas où. Je vois pas comment j'aurais pu agir autrement, après ce qu'avait dit ce salopard-là.

— Je vais te dire où tu t'es gouré. C'est quand tu l'as pas sonné assez fort pour l'envoyer à dame. Une fois assommé, il aurait pas pu prendre le mors aux dents. Il aurait peut-être voulu te ressauter dessus en revenant à lui, mais j'en doute.

— J'ai cogné aussi fort que j'ai pu, protesta Maggio dans un souffle. Y doit avoir un crâne en ivoire massif.

— C'est bien ce que je me suis dit, chuchota Prewitt. Mais si ce salaud-là me recasse les pieds, c'est pas sur la tête que je cognerai.

— Je suis quand même drôlement content que Warden nous ait arrêtés, avoua Maggio.

— Moi aussi, dit Prew.

CHAPITRE XIV

Tout le monde resta sur ses positions jusqu'à ce que retentît le sifflet de la cuisine. Alors ils descendirent, un par un, silencieusement, et cette journée de corvée se termina sans les parlotes ni les chahuts habituels. Pour la première fois, peut-être, de sa vie, Bloom lui-même n'avait pas envie de bavarder. Sans doute essayait-il encore de déterminer si son honneur avait souffert ou non de cette escarmouche et de son dénouement inopiné.

Stark lui-même remarqua leur mutisme et vint demander à Prew ce qui s'était passé. Il était impossible qu'il ne connût point déjà l'essentiel de l'histoire, car il y a toujours quelqu'un, dans ces cas-là, pour propager aussitôt la nouvelle, mais Prew lui raconta l'aventure dans tous ses détails, heureux qu'il se fût adressé à lui et à personne d'autre.

— Si ça pouvait lui servir de leçon, à cette espèce de grand youpin, dit Stark.

— Rien ne peut servir de leçon à un type pareil.

— T'as sûrement raison, approuva le sergent d'ordinaire. Les juifs ont la tête dure. Y s'imaginent qu'y sont toujours le Peuple élu. Mais celui-là est appelé à devenir quelqu'un dans la compagnie. J'ai entendu dire que le pitaine allait lui faire suivre le peloton des élèves officiers en avril. Y va passer caporal d'un jour à l'autre. Et y vous en fera baver, à Angelo et à toi, quand il aura ses sardines.

— Y en a des plus forts que lui qui m'en ont fait baver, pour essayer de me faire remonter sur le ring, dit Prew, et y z'ont pas encore réussi.

— T'as peur de rien, pas vrai ? gouailla Stark.

— C'est pas ça, protesta Prew. Mais je peux quand même pas me laisser forcer la main par une bande de sagouins pareils. Je dis pas ça pour crâner.

— Je sais, acquiesça Stark. Mais j'ai jamais cru en l'utilité d'aller au-devant des emmerdements.

— Je vais pas au-devant des emmerdements !

— Je sais que tu le fais pas pour les provoquer. C'est eux qui se l'imaginent.

— Tout ce que je veux, c'est qu'on me foute la paix.

— A l'époque où l'on vit, personne fout la paix à personne, dit Stark en sortant sa blague.

Il se roula une cigarette, la colla soigneusement, et continua :

— Prends un quart d'heure de bon. On est pas bousculés, ce soir... Dis donc, ça te plairait pas de venir travailler pour moi à la cuisine ?
Prew posa délicatement sa cuiller de bois.
— A la cuisine ? Pour toi ? répéta-t-il.
— Bien sûr, dit Stark en lui offrant sa blague.
Prew accepta et se mit à en rouler une.
— Merci, dit-il. Je sais pas. J'ai jamais pensé à ça.
— Tu peux t'attendre à en voir de drôles avec Galovitch, Wilson et son copain Henderson, Dhom et Dynamite et tous les autres, quand la compagnie va reprendre les manœuvres, après la fin des pluies. Surtout avec la saison de boxe qui se rapproche. A moins que tu changes d'avis, bien entendu, et que tu te décides à remettre les gants.
— Je suppose que tu veux savoir pourquoi je veux pas les remettre ?
— Non. Je sais. Ike Galovitch parle à peu près que de ça. Si t'étais à la cuisine, Prewitt, y pourraient plus t'empoisonner.
— J'ai besoin de personne pour veiller sur moi, dit Prew.
La voix de Stark se fit soudain plus distincte.
— Je te propose pas ça par charité, mon pote, dit-il. C'est pas avec de la charité qu'on fait marcher une cuisine. Si je te croyais pas capable de faire le boulot, je te le proposerais pas.
— J'ai jamais beaucoup aimé le travail d'intérieur, dit lentement Prewitt, comprenant tout à coup que Stark parlait sérieusement, et songeant à quel point il serait agréable de travailler sous les ordres d'un gars tel que Stark.
Choate était comme ça, lui aussi, mais, dans cette compagnie, les caporaux ne commandaient pas leurs propres groupes. C'étaient des chefs de section, même pas fichus de parler anglais, qui les commandaient ! Mais c'était vraiment Stark qui faisait marcher la cuisine.
— Je ferais d'une pierre deux coups, depuis le temps que je veux saquer Willard, continua Stark. Je reprendrais Sims comme premier cuistot, je te prendrais comme apprenti et je te nommerais deuxième cuistot dès que t'aurais assez de présence pour qu'on puisse pas m'accuser de favoritisme.
— Tu crois que je pourrais faire le boulot ?
— Je sais foutre bien que tu pourrais le faire, ou je te l'aurais pas demandé.
— Tu crois que Dynamite signera le business, quand y verra que c'est de moi qu'il s'agit ?
— Oui, si c'est moi qui le propose, dit Stark. Pour l'instant, c'est moi qui suis le chouchou, alors faut en profiter le temps que ça dure.
— J'aime la vie au grand air, dit Prew de plus en plus lentement. Et la boustifaille, ben, je l'aime bien dans l'assiette, mais, dans la marmite, elle m'écœure. J'en perds l'appétit.
— Me fais pas de baratin, trancha Stark. J'ai pas l'intention de te supplier. Ou tu marches, ou tu marches pas.
— J'aimerais bien, concéda Prewitt.
Il marqua une pause.
— Mais je peux pas, parvint-il finalement à conclure.
— O.K. ! dit Stark. C'est toi qui l'auras voulu.
— Eh ! minute, protesta l'autre. Faut que tu comprennes mon point de vue.
— Je le comprends très bien !

— Non, tu comprends pas. Ecoute. Y a rien dans le code, ni dans les règlements de l'armée qui m'oblige à boxer, pas vrai ? Alors, c'est mon droit, en tant qu'homme, de refuser de boxer si j'ai une bonne raison pour ça... sans que personne ait le droit de me...

— Persécuter, lui souffla Stark.

— C'est ça... Alors, si je me planque à la cuisine, je renonce à l'un de mes droits, je reconnais que j'ai tort et qu'y m'ont forcé la main. Que je remonte sur le ring ou que je me planque à la cuisine, y m'auront toujours forcé la main, pas vrai ?

— Si t'avais été malin, t'aurais fait comme moi. Tu serais resté dans la clique jusqu'à ce que tu saches où t'allais.

— J'avais pas de porte de sortie, objecta Prew.

— Justement. T'aurais dû attendre d'en avoir une. Et maintenant que je t'offre l'occasion de te remettre à l'abri, tu refuses. C'est pas malin.

— Si j'acceptais, j'aurais l'air de renier tout ce que j'ai fait jusqu'à présent.

— Y vaut quelquefois mieux repartir du bon pied que s'acharner à rester sur la même pente.

— Pas si t'as rien pour remplacer ce que t'as perdu. Toi, t'as ta cuisine.

— Ça va, je sais que j'ai de la veine, dit Stark, mais j'en ai supporté pas mal pour y arriver.

— C'est pas ce que je veux dire, Stark. Je t'assure que j'aimerais travailler pour toi.

Stark jeta son mégot.

— Je te reverrai tout à l'heure, conclut-il. Y vont pas tarder à rappliquer, et faut que je voie si le repas est bien en route.

Il s'éloigna, le visage toujours aussi faussement impassible, et Prew se remit au travail, tandis que le bref crépuscule insulaire commençait à descendre sur la caserne.

La compagnie dîna bruyamment et but son café tout à loisir. Le soir est le moment le plus agréable de la vie de garnison, le seul qui appartienne vraiment au soldat et qu'il puisse gaspiller à sa guise, sans la moindre restriction.

En quittant le réfectoire, Anderson et « Vendredi » Clark passèrent par la cuisine pour demander à Prew s'il se joindrait à eux lorsqu'ils sortiraient leurs guitares, vers neuf heures, après l'extinction des feux. Etant clairon de garde, Andy ne serait libre qu'à neuf heures, jusqu'à la retraite.

— D'ac ! dit Prew. Vous aurez qu'à venir me prendre au billard. J'y serai avec Angelo.

— Ça te fait rien que je reste avec vous pour marquer les points ? s'informa Vendredi. Je peux pas rester avec Anderson. Je me suis déjà fait vider du poste cet après-midi.

— Et pourquoi que tu jouerais pas, au lieu de nous regarder ?

— Non, j'aime mieux marquer les points. Je suis pas assez fort pour jouer avec vous.

— O.K. ! Et maintenant, barrez-vous, que j'en finisse avec toutes ces casseroles.

Une fois le dîner terminé, la compagnie recommençait à vivre. Ceux qui avaient de l'argent — ils étaient rares — se disputaient les taxis. Ceux qui n'en avaient pas — ils étaient légion — essayaient de faire de l'auto-stop, ou se disposaient à aller au ciné, ou au gymnase, voir l'exhibition des champions de basket du 35e. Prew les entendait bavarder au-dehors et, plus que jamais pressé d'en finir, travaillait comme un véritable démon. Il était en train de rincer ses éviers, lorsque Maylon Stark vint lui demander s'il voulait l'accompagner en ville.

— Je suis raide, riposta Prew. Comme un vrai passe-lacet.

— C'est pas ce que je veux dire. J'ai du pèze. J'en ramasse toujours pour la fin du mois, quand y a presque personne en ville, au lieu de descendre le jour du prêt, où y a même pas moyen de foutre les pieds dans un troquet, et encore moins dans un bordel.

— C'est tes oignons, répliqua Prewitt. Si tu veux en dépenser la moitié pour moi, je vois pas pourquoi je refuserais. Tu pars à quelle heure ?

Le besoin, trop longtemps refoulé, d'une chair féminine remontait brusquement dans sa gorge, empâtait sa voix malgré tous ses efforts.

— Après la retraite, c'est le meilleur moment. C'est pas marrant de descendre tout seul, et t'as l'air de pas être descendu depuis un bon moment, conclut-il avec son sourire de guingois.

— On ne peut rien te cacher, petit frère, ricana Prewitt.

Et ce fut tout ce que l'un comme l'autre s'autorisèrent à dire sur cette invitation inattendue.

Prew termina vivement son récurage, réconcilié avec le monde par la chaleur de cette amitié bougonne, toutes les promesses de la soirée lourdement concentrées dans son ventre, et rejoignit Angelo qui l'attendait près du billard en pratiquant des coups difficiles.

Ce fut une rencontre mémorable, extrêmement équilibrée, entre le champion d'Atlantic Avenue et l'ancien trimardeur qui gagnait son argent de poche en lançant des défis aux étoiles locales, dans les cafés-billards des petites villes. Prew finit par l'emporter de justesse. Il était si heureux, ce soir-là, qu'il tenait une forme étonnante.

Vendredi les observait, perché sur l'une des fenêtres ; la partie l'intéressait, mais il attendait avec impatience le moment d'aller chercher les guitares. De minute en minute, les spectateurs s'aggloméraient plus nombreux autour du billard, et, perché entre les coups sur la seconde fenêtre, chapeau rejeté en arrière, boucles agglutinées par la sueur de la concentration, Maggio commentait béatement les points qui requéraient l'appréciation bruyante de l'assistance.

A neuf heures, Andy revint du poste de garde, le clairon toujours en bandoulière, le pistolet à la ceinture.

— J'éteins les feux et je suis libre jusqu'à la retraite, annonça-t-il. Allez chercher les guitares.

— J'y vas, hurla Vendredi en se ruant vers l'escalier.

Dès qu'Andy eut sonné l'extinction des feux, ils allèrent s'installer derrière la cuisine, sur les marches de bois, et se mirent à jouer doucement, dans l'obscurité, pour ne pas attirer les gars en masse. Sorti de son mess dès les premières notes, Stark se tenait légèrement à l'écart, muet comme une carpe, les yeux perdus dans le vague, comme s'il se fût efforcé d'apercevoir son lointain Texas. Assis sur la première marche du perron, Maggio écoutait avec une ferveur égale, semblable, avec ses épaules rondes, au singe accroupi d'un joueur d'orgue de Barbarie.

— Vous savez, dit-il au bout d'un moment, à la façon que vous jouez vos blues, c'est plus du folklore que vous faites, mais du jazz, du jazz lent, du vrai jazz nègre, comme y le jouent dans les boîtes de la 52e Rue.

Ils se remirent à jouer, à chanter et à bavarder, sans que Maylon Stark intervînt jamais dans la conversation.

— T'as sonné l'extinction comme un pied, dit soudain Prewitt à Andy, du ton péremptoire de l'expert. Faut que ce soit joué staccato, sans s'attarder sur les notes longues. Le couvre-feu est une sonnerie impérieuse. Tu leur dis d'éteindre leurs foutues lumières, et plus vite que ça, parce que tu toléreras pas de discussions. Alors faut que ce soit net et rapide, sans liaisons entre les notes. Et un peu triste, au fond, parce que tu le fais pas pour les embêter.

— On peut pas tout faire, riposta Andy. Moi, je suis guitariste. Toi, t'es clairon avant tout.

— Sûr, dit Prew.

Et il lui rendit sa guitare. Anderson s'en saisit et rattrapa la mélodie que Clark n'avait pas interrompue, scrutant le visage de Prew à travers les ténèbres.

— Tu veux sonner la retraite à ma place ? proposa-t-il. Si ça peut te faire plaisir…

Prew réfléchit un instant.

— T'es sûr que ça t'est égal ?

— Puisque je te le dis. J' suis pas clairon. J' suis guitariste. J'ai jamais été foutu de la sonner proprement, de toute manière.

— O.K. ! passe-moi l'outil. Tiens, v'là ton embouchure. J'ai justement la mienne dans ma poche.

Il prit le clairon de garde terni, le frotta légèrement sur sa manche, puis le posa sur ses genoux. Les deux guitaristes se remirent à jouer. Deux ou trois hommes s'arrêtèrent à proximité, saisis par l'espoir obsédant, désespéré, qui se dégageait du rythme prenant de leur blues. Mais Stark le silencieux était sur le qui-vive. Il jeta sa cigarette dans leur direction, d'une sauvage pichenette, et la vit s'écraser à leurs pieds, dans une gerbe d'étincelles. Ce fut comme si une main invisible les avait repoussés. Les intrus passèrent leur chemin, étrangement remués.

A onze heures moins cinq, ils s'interrompirent et se dirigèrent vers le grand cornet amplificateur, à l'exception de Stark, qui resta adossé au mur, une cigarette au coin des lèvres. Prew sortit son embouchure de sa poche, l'ajusta sur le clairon et s'arrêta devant l'énorme porte-voix de métal, remuant nerveusement les lèvres.

— Y a des mois que j'ai pas touché à un clairon. J'y arriverai jamais, dit-il d'une voix saccadée. J'ai la bouche molle comme de la chique.

Il restait là, debout dans le clair de lune, se balançant nerveusement d'un pied sur l'autre, secouant le clairon avec une sorte de colère, éprouvant la fermeté de ses lèvres contre l'embouchure.

— Bon Dieu ! je pourrai jamais la jouer comme on doit jouer, chuchota-t-il. La retraite, c'est quelque chose…

— Allez, vas-y, l'encouragea Andy. Tu sais très bien que ça ira tout seul.

— J'ai pas dit que ça irait pas, non ? s'emporta Prewitt. Ça t'arrive jamais d'être nerveux ?

— Jamais, riposta Andy.

— Alors, c'est que t'as pas un gramme de sensibilité, ni de sympathie, ni de compréhension..., gronda Prew.

— Pas pour toi, en tout cas, répliqua Andy, furibard.

— Ferme ta gueule, bon Dieu ! vociféra Prewitt.

Il regarda sa montre et, lorsque l'aiguille des minutes toucha le chiffre 12, il leva le clairon vers l'amplificateur. Sa nervosité l'abandonna comme un manteau qui tombe, et il fut seul, tout à coup, loin des autres et du reste de l'humanité.

Triomphalement claire, sans une ombre d'incertitude, sans le moindre tâtonnement, la première note déferla sur la cour de la caserne, indûment prolongée d'une fraction d'instant, exprimant dans sa plénitude la fuite harassante des jours. La note suivante fut abrupte, escamotée, trop vite enfuie, comme les minutes passées avec une prostituée, comme une courte trêve dans un jour de corvée ; et ce fut, victorieuse, la dernière note de la première phrase, qui jaillit, sûre d'elle-même, rétablissant le rythme légèrement brisé, planant à l'inaccessible altitude de sa fierté sereine, hors des servitudes dégradantes et des humiliations sans nombre.

Ce fut sur ce rythme haletant, puis placide, et soudain rapide et serein à nouveau, qu'il joua toute la sonnerie. Les notes prenaient leur essor et vibraient caressantes, dans l'air de la caserne, chargées d'une tristesse et d'une patience infinies, clamant l'orgueil sans objet du simple soldat, nimbant comme autant d'auréoles les têtes des hommes endormis dans les chambrées obscures, parant toute vulgarité d'une beauté souveraine qui était celle de l'amitié des hommes. « Regardez-les, disaient les notes, ils sont tels que vous les avez faits : regardez-les et ne détournez pas les yeux en frissonnant d'horreur. C'est la bonne chanson, la seule vraie, la chanson de la chair à canon, la chanson de la multitude anonyme, non celle des héros spectaculaires : la chanson des taulards puants sour leur carapace de sueur et de poussière siliceuse, la chanson des hommes de corvée, de ces hommes sans femmes qui ramassent les serviettes périodiques des épouses de leurs supérieurs, qui briquent le club des officiers après chaque partouse et vident sans vergogne les verres parfois souillés de rouge à lèvres, que les bringueurs de la veille ont pu se permettre de laisser à moitié pleins.

C'est... fini...
C'est... la nuit...
Sur le lac
Sur les monts
Dans le ciel...
Dors en paix
Fier soldat
Dieu... est... proche...

Et comme la dernière note rejoignait le silence et que l'exécutant changeait l'orientation du cornet amplificateur avant la reprise traditionnelle, des silhouettes jaillirent de chez Choy, et quelqu'un s'écria, du ton triomphant de l'homme qui vient de remporter un pari :

— Je te l'avais dit, que c'était Prewitt !

Et ce fut la reprise, dont les notes mélancoliques répétèrent la même histoire, avant de mourir à leur tour dans la vaste cour silencieuse.

Partout, alentour, des hommes avaient quitté les salles de récréation pour écouter sonner la retraite, submergés par ce sentiment de fraternité qui parle en certaines circonstances au-dessus des attirances personnelles. Immobiles dans l'ombre des galeries, ils s'étaient sentis, brusquement, très proches les uns des autres : des soldats, comme eux, qui, comme eux, seraient appelés à mourir un jour. Et, lorsque le silence retomba, ils réintégrèrent les salles de récréation, tête baissée, honteux de leur propre émotion, honteux d'avoir contemplé, à nu, l'âme d'un de leurs semblables.

Maylon Stark, lui aussi, avait honte. Honte de sa propre bonne fortune, qui lui avait rendu sa raison de vivre. Honte du malheur de cet homme, qui avait perdu la sienne. Il écrasa sa cigarette entre ses doigts, se brûlant avec volupté, et la lança de toutes ses forces sur le sol argenté par la lune, honteux de l'injustice écrasante d'un monde qu'il ne pouvait, ni se résignait à accepter tel qu'il était, ni déformer en aucune façon.

A contrecœur, Prewitt reprit son embouchure et rendit le clairon à Andy. Ses lèvres étaient rouges et pincées.

— Bon Dieu, dit-il d'une voix enrouée, j'ai besoin d'un verre d'eau, je suis claqué. Et je dois descendre en ville avec Stark. Où il est, Stark ?

L'embouchure serrée dans sa main droite, il fit quelques pas à l'aveuglette, encore inconscient de l'atmosphère qu'il venait de créer.

— Bon sang, souffla Maggio. Comment qu'il y tâte, le gars ! Pourquoi qu'il en joue jamais ? Avec ce qu'y sait faire, y devrait être dans la clique.

— Il y était, bougre d'andouille, s'exclama dédaigneusement Anderson. Mais il leur a foutu sa démission. Y voulait plus jouer pour eux. Il a sonné pour l'armistice à Arlington.

— Non ! sans blague ? dit Maggio.

Il chercha des yeux la silhouette de Prew.

— Non, mais, vous vous rendez compte ! Ce gars-là !

— Où est-ce qu'il va ? lança Maylon Stark en s'approchant d'eux.

— Y te cherche, répliqua Andy. Pour descendre en ville.

Stark rattrapa Prewitt et le prit par le bras.

— Allons-y, fiston, dit-il. On va s'en payer une drôle de tranche.

TROISIÈME PARTIE

LES FEMMES

CHAPITRE XV

Ce fut dans un état de chancelante euphorie que Prew et Maylon Stark montèrent à tâtons le petit escalier obscur de l'hôtel du *Nouveau Congrès.*

La première partie de leur programme s'était déroulée d'une manière fort satisfaisante. Ils avaient bien bu, bien ri, bien reluqué les femmes sans en souffrir, puisqu'ils savaient que le soulagement était proche, et cette perspective les emplissait d'un inaltérable optimisme. Stark s'était même payé le luxe de flanquer son poing sur la figure d'un pédé entreprenant, et comme cela se passait au bar de chez Wu Far et que c'était Stark et non le pédé qui dépensait le plus de pognon, le barman était sorti de derrière son comptoir pour montrer la porte au pédé groggy et s'était excusé ensuite en disant qu'il n'aimait pas ces cocos-là, lui non plus, mais que tant qu'ils se tenaient tranquilles...

Très ivre, mais toujours capable de rouler adroitement une cigarette dans l'obscurité, Maylon craqua une allumette avant de frapper à la porte d'acier massif percée d'un judas rectangulaire qui marquait le sommet de l'escalier, et la flamme dansa un instant sur les dessins qui couvraient presque complètement les murs. Œuvres d'art anonymes (ou parfois même signées et agrémentées de légendes en vers), léguées à la postérité par des générations d'hommes en uniformes.

Stark frappa vigoureusement à la porte métallique.

Instantanément le judas s'ouvrit, et l'énorme tête noire d'une grosse Hawaiienne s'encadra dans l'ouverture.

— Ouvrez la porte, lui dit Stark d'un ton tragique. Ouvrez la porte à de pauvres voyageurs égarés dans la froide, froide nuit !

Sa tirade se termina dans un superbe hoquet.

— Vous êtes saouls ! répliqua la tête noire. Allez-vous-en. On veut pas d'ennuis avec les M.P. ! C'est une maison respectable, ici. Allez-vous-en.

— M'énerve pas, Minerve, chantonna Maylon, ou je te renvoie faire l'exercice avec les copains. Va plutôt demander à Mme Kipfer pourquoi elle n'est pas à la porte pour accueillir son chéri de toujours.

— Je vois, dit la femme, soupçonneuse. Attendez ici !

Le judas se referma avec un claquement.

Prewitt eut l'impression que les poitrines idéales et les longues cuisses irréelles qui avaient défilé toute la soirée devant ses yeux s'estompaient insensiblement et menaçaient de disparaître.

— Là, dit Stark amèrement. Tu vois. Elle nous croit saouls !

— Tu te rends compte ! riposta Prew. Cette espèce de vieille chouette !

— A chaque fois qu'une femme voit un soldat, elle s'imagine qu'il est saoul. Et tu sais pourquoi ?

— Parce que c'est vrai, dit Prewitt en toute simplicité.

— Exact ! approuva gravement Stark. C'est toujours pareil. Aucune confiance en l'humanité. Pour un rien, je laisserais choir et j'irais ailleurs. Elle s'imagine peut-être que c'est le seul bordel de la ville ? Y a même un établissement de massage électrique japonais, à quatre ou cinq maisons d'ici.

— Allons-y. Je sais pas ce que c'est.

— Impossible, s'esclaffa Stark. C'est fermé. Y ferment à onze heures.

Puis, comprenant soudain ce que Prew venait de dire :

— T'es jamais allé dans un étab...

— Non, coupa Prewitt.

— Ben, mon 'ieux, d'où que tu sors ? dit Stark.

— Je sais même pas de quoi il s'agit, avoua Prewitt, infiniment amer.

— Ça alors. Je parierais que Wahoo est le seul endroit au monde où on peut se faire faire un massage électrique japonais, et tu profites pas de l'occasion ! Tu sais pas ce que tu perds, Prewitt, tu négliges ton éducation. Je vais t'expliquer ça en deux mots. Y te font allonger sur le côté, et puis y a une petite Japonaise bien gironde qui s'amène et qui te balade un vibreur électrique sur tout le corps. Partout. Elle est complètement à poil, mais t'as pas le droit de la toucher, même avec un doigt. Y t'expliquent tout ça avant. Et au cas où t'aies pas bien compris, y a un type de garde. Un gars expert en judo. Y te le présentent avant de commencer le traitement.

— Mais je voudrais la toucher, protesta Prewitt. J'aimerais la toucher.

— Moi aussi. C'est justement ce qui en fait la valeur. Tu veux, mais tu peux pas. Elle est là, tout entière, et tu peux pas la toucher. C'est très particulier, comme sensation. Y a rien de comparable. Fallait un Japonais pour inventer un truc pareil.

— Faut aussi un Japonais pour le goûter, je suppose.

— Non, dit Stark. Moi, j'ai trouvé ça bien. Ça te regonfle à bloc, ça te fortifie le sang. Après un massage électrique japonais, je serais capable de m'envoyer tout un bordel, même à jeun. Et pourtant faut que j'aie bu pour valoir quelque chose dans un bordel. Ça te fait apprécier une femme — même une putain — à sa juste valeur. Ça te donne une grande compréhension de l'humanité. De toute l'humanité.

— Je suis sûr que ça me plairait pas, s'obstina Prewitt.

— Comment que tu peux le savoir ? s'obstina Maylon Stark. Ça m'a plu, à moi ! Pourquoi que ça te plairait pas, à toi ?

— Parce qu'y faudrait que je la touche, ce serait plus fort que moi.

— Le champion de judo aussi serait plus fort que toi, lui rappela Stark. Bon Dieu ! elle y met le temps, l'autre enflée... Eh !

Il se mit à cogner dans la porte.

— Alors, ça vient, oui ou non ?

Le judas s'ouvrit aussitôt, comme si la jolie femme blanche qui leur souriait gentiment à travers l'ouverture avait été là depuis le début, derrière la porte, à écouter ce qu'ils disaient.

— Mon Dieu ! mais c'est Maylon. Minerve ne m'avait pas dit que c'était vous, s'écria-t-elle d'un air ravi. Comment allez-vous, mon cher ?

— Je suis sur le point d'éclater, dit Stark. Ouvrez la porte !

— Eh bien ! Maylon, le gourmanda-t-elle, est-ce que c'est une manière de me parler ?

Devant cette réserve de grande dame, cette réserve presque virginale, Prew sentit le sol manquer sous ses pas et, comme toutes les autres fois, dans toutes les autres boîtes, éprouva une violente envie de s'en retourner. « Je me demande ce que Violette Ogure fait en ce moment », pensa-t-il.

— Nom de Dieu ! hurlait Stark. Vous avez tout de même pas peur que je casse tout dans votre baraque ?

— Pas le moins du monde, Maylon, dit la femme en souriant. Et je vous prie de ne pas jurer ainsi devant moi.

— Madame Kipfer, reprit Stark, partiellement dégrisé par la gravité de la situation, votre attitude me surprend et me peine. M'avez-vous jamais vu venir ici en état d'ébriété ?

— Nullement, Maylon, nullement. Vous vous êtes toujours fort bien conduit sous mon toit.

— Merci, m'dame, dit Stark. Et maintenant, s'il n'y a plus de malentendu entre nous, ouvrez la porte, je vous prie.

— Tout homme en état d'ébriété, contre-attaqua Mme Kipfer, met en danger l'avenir d'une maison respectable.

— Madame Kipfer, dit Stark, je vous donne ma parole d'honneur que nous ne mettrons pas votre avenir en danger.

— Du moment que vous me donnez votre parole, je suis certaine que vous la tiendrez, Maylon, riposta Mme Kipfer, apaisée.

Il y eut un long frottement métallique, et la porte s'ouvrit. Prew se trouva en présence d'une grande femme aux cheveux relevés, à la longue silhouette voluptueuse étroitement moulée dans une robe du soir de couleur paille avec une applique d'orchidées pourpres sur l'épaule. Elle lui sourit avec une indulgence presque maternelle, et il comprit pourquoi tous ceux qui fréquentaient les maisons d'illusions parlaient toujours de Mme Kipfer et l'admiraient tant. C'était parce que Mme Kipfer était une si grande dame, et parce qu'elle leur pardonnait tout. Derrière lui, Minerve refermait la porte et remettait en place la lourde barre d'acier.

— Maylon, dit Mme Kipfer, je n'ai pas l'impression de connaître votre ami.

— C'est la première fois que vous me faites le coup de la porte, madame Kipfer, lui reprocha Stark. On se croirait presque dans une boîte interdite par la loi, au lieu d'être dans le meilleur bordel d'Honolulu.

— Ne soyez pas grossier, dit Mme Kipfer d'un ton glacial, sous prétexte qu'il y a eu un malentendu. Vous savez quel effet me produit la vulgarité de ce mot. Je serais désolée d'avoir à vous demander de partir immédiatement, Maylon, mais je m'y résignerais, si vous continuiez à vous montrer désagréable.

Stark s'enferma dans un silence buté.

— J'estime que vous me devez un mot d'excuse pour cette dernière remarque, continua Mme Kipfer.

— D'accord, grogna Stark. Je m'excuse.

— Et j'ai toujours l'impression de ne pas connaître votre ami, conclut-elle.

Stark fit les présentations, avec une révérence narquoise, mais en face de Mme Kipfer il avait beaucoup plus l'air d'un petit garçon récalcitrant que d'un homme en colère.

— Enchantée, dit Mme Kipfer en souriant à Prew. Je suis toujours heureuse de connaître un nouveau membre de la compagnie.

— Enchanté-de-faire-votre-connaissance, marmotta Prewitt, se demandant anxieusement où diable étaient les femmes.

Il se sentait mal à l'aise devant tant de bonnes manières et se souvenait brusquement de ce que son oncle John Turner, qui ne s'était jamais marié, disait toujours avec amertume : « Ce sont les femmes qui font marcher le monde, mon garçon. Dieu leur a mis tous les atouts entre les jambes. Elles n'ont pas à risquer leur chance, comme nous autres, hommes. »

— Je vais vous appeler Prew, si ça ne vous ennuie pas ? suggéra Mme Kipfer avec un charmant sourire, en leur montrant le chemin de la salle d'attente.

— Bien sûr, dit Prew.

Il voyait enfin des femmes. Pas celles qu'il avait vues en imagination, durant toute la soirée, mais des femmes, enfin. Des femmes disponibles.

— Personne m'appelle jamais par mon prénom, ajouta-t-il.

Elles étaient sept dans la salle d'attente, l'une debout à l'écart en compagnie d'un soldat, deux autres assises sur un canapé, en train de bavarder avec deux marins, quatre, enfin, assises sur des chaises, dans divers coins de la pièce. Trois d'entre ces dernières, étonnamment semblables dans leurs costumes réduits, entraient dans cette catégorie de grosses mollasses lymphatiques qui s'en foutent et ruminent leur chewing-gum, jusqu'à ce que le prochain prêt les réabsorbe dans l'activité fiévreuse des jours d'affluence. Mais la quatrième — une frêle petite brune portant la robe longue de la classe supérieure, assise très droite et parfaitement immobile, avec ses mains jointes sur ses genoux — était d'une espèce différente.

L'œil expérimenté de Prewitt avait déjà remarqué que les quatre filles minces de la meilleure catégorie — dont la petite brune en question — portaient les classiques robes longues à fermeture éclair qui les distinguaient nettement des trois grosses ruminantes. C'était donc ici comme partout ailleurs, malgré tout ce qu'on disait à la compagnie : prends-en pour tes trois dollars et fous le camp ! Et, malgré cela, il ne pouvait s'empêcher d'observer la petite brune, qui était si manifestement différente, même de ses trois collègues de la meilleure catégorie...

L'une de celles qui étaient assises avec les deux marins se leva et vint à leur rencontre, longue et mince dans sa robe bleue dont la fine étoffe laissait entrevoir le triangle sombre de la toison pubienne.

— Voici Maureen, annonça Mme Kipfer. C'est la première fois que Prew vient ici, Maureen. Tu vas le présenter à tout le monde, n'est-ce pas, chérie ?

— Mais oui, chérie, répliqua la blonde, sarcastique, en prenant Prewitt par le cou. Viens par ici, mon chou.

Puis elle aperçut Stark et courut vers lui.

— Oh ! Maylon, vieille branche, as-tu un petit cadeau pour moi ?

Stark recula en souriant.
— Doucement, bébé, dit-il, ou je risque de plus l'avoir.
Mme Kipfer sourit avec indulgence.
— Maureen est notre petit boute-en-train, n'est-ce pas, Maureen chérie ?
— C'est comme ça que je gagne ma vie, chérie, répondit Maureen d'un ton suave. En étant un boute-en-train.
— Prenez tout votre temps, Prew, continua Mme Kipfer avec la même indulgence. Nous ne sommes pas bousculées, ce soir, n'est-ce pas, Maureen chérie ?
— Bien sûr, chérie, dit Maureen.
Puis, se tournant vers Prew :
— Je peux pas t'offrir l'idylle au clair de lune, mon chou, mais, si t'as besoin d'une bonne partie de jambes en l'air, j'ai tout ce qu'y te faut. Demande plutôt à Stark, y me connaît. Pas vrai, Stark ?
Mme Kipfer tourna les talons et disparut dans le hall.
— Un peu mécanique, dit Stark, mais tout de même digne d'éloges.
Maureen éclata d'un rire triomphant et, saisissant Stark par le bras, l'entraîna vers le phonographe automatique.
— Ah ! ma vache, dit-elle. Rien que pour ça, je t'autorise à me jouer un peu de musique.
Mme Kipfer réapparut.
— On ne trouve plus de bon personnel, dit-elle à Prew d'un ton contrit. Je suis complètement à la merci de ce que les agences condescendent à m'envoyer de la métropole.
— Je vois, dit Prew.
— Elle ne vous a même pas présenté à qui que ce soit, n'est-ce pas ? poursuivit Mme Kipfer sans reprendre haleine. Ne vous en offusquez surtout pas, je vous prie, je vais me charger de vous moi-même... Lorene, tu n'es pas occupée, chérie ? Veux-tu venir ici un moment ? C'était Lorene, dont je voulais surtout que vous fissiez la connaissance. Elle est vraiment très, très gentille...
— Bien sûr, dit Prew, bien sûr.
Mais il ne l'écoutait plus. Il regardait la frêle petite brune se diriger vers lui, le visage toujours serein. Il distingua les mots « ... presque comme ma propre fille », mais il n'écoutait pas vraiment. Le triangle noir transparaissait également à travers la robe de la petite brune, mais ça ne faisait pas le même effet que chez Maureen, qui n'en avait même plus conscience. Celle-ci en avait conscience, comme elle avait conscience du regard de Prew, mais elle était visiblement au-dessus de ces choses. Elle en avait conscience, mais feignait de n'en rien savoir.

Elle devait avoir vingt-trois ou vingt-quatre ans, elle se tenait très droite, ses cheveux étaient coiffés en un rouleau circulaire qui descendait très bas dans son cou. Elle avait de très grands yeux, qui regardaient droit devant eux sans la moindre expression, et, lorsqu'elle lui sourit, Prew remarqua que sa bouche aux jolies lèvres pleines était un peu grande pour l'étroitesse enfantine de son visage. « Elle est rudement bien de figure », pensa-t-il.
Mme Kipfer les présenta l'un à l'autre et demanda à Lorene de s'occuper de lui, puisqu'il était nouveau dans le secteur.
— Bien sûr, dit-elle. Viens donc t'asseoir.

Elle avait une belle voix grave, aussi calme, aussi stable que le reste de sa personne. Elle avait, songea Prewitt en s'asseyant auprès d'elle, cette sérénité qu'il avait toujours cherchée lui-même et jamais découverte, la sérénité engendrée par une grande sagesse. Par une grande sagesse née de la souffrance et de la compréhension de cette souffrance. La sérénité qu'il n'avait jamais pu acquérir et dont il avait besoin. Dont tous les hommes ont besoin, pensa-t-il vertigineusement, et que tu n'aurais jamais cru rencontrer dans un bordel. Précisément, pensa-t-il. Tout cela n'est sans doute qu'une impression provoquée par la surprise de rencontrer dans un bordel un visage aussi tragiquement beau. Oui, c'est ça, pensa-t-il. Ça, et le fait que tu sois à moitié blindé.

Il en était là de ses réflexions nébuleuses lorsqu'il vit Stark et Maureen qui, renonçant à faire de la musique, se dirigeaient vers eux. Il espéra un instant qu'ils passeraient tout droit, mais telle n'était pas l'intention de Stark.

— Mais c'est la princesse, dit-il. Salut, princesse. Je croyais pas que t'étais encore là.

— Bonjour, Maylon, riposta Lorene sans sourciller.

On eût dit, songea Prew, que son regard paisible voyait jusqu'au fond de l'âme de Maylon Stark.

— Dis donc, fils, tu commences par le haut de l'échelle ! lança Stark. Comment que t'as fait pour établir le contact avec la princesse ? La première fois que tu la vois ?

— C'est Mme Kipfer qui nous a présentés, rétorqua Prewitt, brusquement en colère. Pourquoi ?

— Foutre ! Faut que ta tête lui revienne, fiston. C'est seulement à ma troisième visite qu'elle m'a présenté la princesse, et je suis revenu deux fois encore avant que la princesse monte avec moi. Et encore, c'était pas de bon cœur, pas vrai, princesse ?

— Je monte avec tous ceux que ce que j'ai intéresse, répliqua Lorene sans se départir de sa sérénité.

— Une vraie princesse, répéta Maylon en l'observant d'un air pensif. Une vraie princesse jusqu'au bout des ongles.

Maureen éclata d'un rire enroué, et Stark lui sourit en clignant de l'œil. Et pourtant, c'était vrai, Lorene avait vraiment l'air d'une princesse, inaccessible et sereine. Tellement au-dessus de la vie et des hommes. Surtout des hommes, songea Prewitt, la gorge soudain serrée par l'intensité de son désir.

— La princesse Lorene, la Vierge de Waïkiki, continua Stark.

Il s'interrompit brusquement.

— Je crois que je vais aller serrer la main à Jules, annonça-t-il. Est-ce que les goguenots sont toujours à la même place ?

— On ne change jamais rien ici, répondit Maureen de sa voix enrouée.

Elle prit Prewitt par le bras et le tira à elle.

— Viens, mon chou, je vais te présenter à tout le monde.

Lorene ne broncha pas, tandis que Maureen entraînait Prewitt à travers la pièce, le poussait dans un fauteuil et se perchait sur ses genoux.

— Je te présente Billy, commença-t-elle en désignant la petite juive brune au regard fiévreux qui avait été debout au côté du soldat lorsqu'ils étaient arrivés et qui était maintenant assise sur ses genoux. Stark dit que vous allez rester toute la nuit, poursuivit Maureen. Est-ce que t'as à boire, mon chou ?

— Non, dit Prew, les yeux toujours fixés, à travers la pièce, sur Lorene immobile et sereine. Je croyais que c'était pas permis, de toute façon ?

— C'est permis nulle part, confirma Maureen. Mais presque partout y laissent les gars qui restent toute la nuit introduire une ou deux bouteilles. Ici, cette vieille sorcière le défend à tout le monde. A tout le monde !

— T'as pas l'air d'aimer beaucoup Mme Kipfer ?

— Moi ? Je l'adore, déclara Maureen. Je rigolerais pas souvent, si je la connaissais pas. Elle et ses manières de femme du monde !

— Comment diable a-t-elle démarré dans ce business ?

— Comme toutes les autres. Elle est partie du bas de l'échelle.

— Elle a l'air rudement bien balancée.

— Elle a de beaux restes, dit perfidement Maureen. Mais, si ça te tente, tu peux en faire ton deuil. Autant que t'essaies de coucher avec la reine d'Angleterre.

Elle lui bâilla au nez et s'étira longuement.

— Mais revenons à nos présentations. Celle-là, c'est Sandra.

Elle désigna la grande brune qui était restée assise avec les deux marins, lorsqu'elle-même s'était levée à l'entrée de Mme Kipfer, de Stark et de Prew. Sandra éclata de rire, plissa son nez retroussé et secoua sa longue chevelure étincelante, tout en continuant à babiller avec les marins.

— Elle est fière de ses cheveux, expliqua Maureen avec l'indifférence engendrée par une longue habitude. Elle dit qu'elle sort d'une université, et je sais qu'elle est en train d'écrire un livre sur sa vie de putain.

— Sans blague ? dit Prew.

— Sûr, affirma Maureen. C'est pas la première... Et celles-là, là-bas, reprit-elle en désignant les trois ruminantes, c'est Moe, Larry et Curly.

Prew éclata de rire.

— T'es un drôle de numéro, toi, dit-il.

Maureen le regarda et sourit.

— Je vais leur acheter un jeu d'échecs, après la prochaine paie, dit-elle, à condition qu'elles promettent de renoncer au chewing-gum. Y en a quatre ou cinq autres dans la deuxième salle d'attente, mais je ne serais pas étonnée qu'elles soient toutes en train d'en écraser.

— Pas la peine de les déranger.

— Ça, c'est gentil de ta part, minauda Maureen.

— C'est la moindre des choses, dit Prew sur le même ton.

— Alors, vois-tu quelque chose qui te plaît ? J'ai pas toute la nuit devant moi. Décide, en vitesse.

— Elles me plaisent toutes. Surtout Moe, Larry et Curly, répondit Prewitt, guettant toujours Lorene à la dérobée.

— Elle est bien, la princesse, pas vrai ?

— Hein ? fit Prew. Mon Dieu !... couci-couça.

— Tu veux dire qu'elle fera l'affaire, à défaut d'autre chose ? insinua Maureen.

— C'est à peu près ça, dit Prew.

Maureen se leva d'un bond et lissa sa robe du revers de la main.

— J'ai bien peur que tu doives m'excuser, chéri, minauda-t-elle. Je vois bien que tu ne veux pas de mes services. Toutes les putains ne peuvent pas ressembler à des vierges chastes et pures...

— Personne n'a l'air de l'aimer beaucoup, dans cette boîte, remarqua Prew. Pourquoi ça ?

Maureen haussa les épaules.

— Appelle ça de la jalousie professionnelle, faute d'une meilleure explication. Et maintenant, je dois partir, malgré tout l'agrément que me procure ta compagnie. J'entends Minerve ouvrir la porte et, comme dit maman Kipfer, le travail passe avant le plaisir.

— Dans ce cas, je ne veux pas te détourner de ton devoir, répliqua Prewitt.

Il lui sourit sans gaieté, parce que tout ça avait cessé d'être drôle, mais gentiment tout de même, parce qu'elle lui était sympathique et qu'il voulait se débarrasser d'elle sans l'offenser plus que de raison.

Elle lui rendit un sourire d'entière compréhension et disparut dans le corridor, vertigineusement perchée sur des talons hauts et grêles comme des échasses. Prew allait rejoindre Lorene, la gorge à nouveau serrée par le désir, lorsqu'une voix bien connue retentit dans le hall d'entrée.

C'était, dans toute sa gloire, le puissant organe brooklynesque du deuxième classe Angelo Maggio.

— Que je sois pendu si ce n'est pas mon vieux camarade, compatriote, compagnon d'armes et sergent d'ordinaire Maylon Stark en personne ! C'est fou ce que le monde peut être minuscule. Je parie que tu t'attendais pas à voir ce vieil Angelo ici ce soir, hein ? accusa la voix triomphante. Où est mon copain Prewitt ?

— Où diable es-tu allé chercher ton pognon ? s'informa la voix de Stark.

— Ah ! ça, c'est toute une histoire ! riposta celle de Maggio.

Précédés de Maureen, Stark et Angelo pénétrèrent bras dessus bras dessous dans la salle d'attente. Maggio pinça délicatement les fesses maigres de Maureen.

Maureen éclata de rire, lui tira l'oreille et soupira :

— Angelo, mon Roméo !

Et Mme Kipfer apparut sur le seuil de la pièce, le visage épanoui. Angelo s'inclina très bas, Stark le redressa d'une bourrade et Maggio continua d'adresser des saluts à la ronde, d'un air conquérant.

Il s'arrêta devant Prew, sans avoir lâché Stark, jeta son bras libre autour du cou de Prewitt, rapprocha les têtes de ses deux amis et chuchota :

— J' suis saoul, mes enfants. J'ai bu des cocktails au champagne toute la soirée, et j' suis fin saoul. Mais faut pas le dire à maman Kipfer, ou elle me foutrait à la porte. Il faut pas lui parler non plus de la bouteille de whisky que j'ai derrière ma ceinture, sous cette ample liquette hawaiienne.

Il se redressa, jeta un coup d'œil circulaire et fit signe à Sandra, toujours assise avec les deux marins.

— Epatantes, les chemises hawaiiennes, pas vrai, poupée ? Elles vous tiennent au frais, et y a de la place pour se remuer. J'adore les chemises hawaiiennes. Est-ce que t'adore les chemises hawaiiennes ?

Sandra éclata de rire et secoua sa chevelure en plissant son nez retroussé.

— J'adore les chemises hawaiiennes, Angelo, dit-elle.

Les deux matelots fusillèrent Maggio du regard.

— Je prends celle-là, chuchota Angelo en rapprochant à nouveau les têtes de Stark et de Prew. Je la prends pour toute la nuit. A moins que l'un de vous l'ait déjà retenue. J'aime les grandes bringues, mes amis. Plus y a de surface, plus ça me plaît !

— Ce que je voudrais savoir, dit Stark, c'est comment t'as trouvé tout ce pognon.

— Si vous voulez l'entendre, suivez-moi aux goguenots, dit Maggio.

— J'en viens, objecta Maylon.

Maggio se tapa sur le ventre.

— Ouais, mais je parie que tu y as pas trouvé ce que j'y trouverai, triompha-t-il.

— Gi, dit Stark.

Et, bras dessus bras dessous, tous trois prirent le chemin des cabinets où, dans l'âcre odeur d'ammoniaque dégagée par les urines d'un millier d'hommes, Prewitt décacheta la bouteille et Maggio commença son histoire.

— Après que vous soyez partis, tous les deux, je me suis demandé pourquoi diable que je resterais à la maison, et j'ai téléphoné à mon pédé ; Hal, qu'y s'appelle. J'ai fait sa connaissance le soir qu'on est restés tous fauchés, après la partie de poker, tu te souviens, Prew ? Il est venu me chercher à Wahiawa, le bougre de salaud. Y voulait pas, mais je l'ai fait chanter avec ça... (Maggio leva son index raidi) poliment, bien entendu, parce que c'est un intellectuel et il est très sensible. Je lui ai dit que j'étais dans une position critique et que, si y venait pas en aide à ses amis quand y z'étaient dans une position critique, y méritait pas d'avoir des amis. Il a compris. Y m'a payé un beefsteak aux pommes chez Lau Yee Chaï. Chez Lau Yee Chaï, les gars, ça vous dit rien ? Pas de petits estaminets pour Maggio ! Quand Maggio s'y met, y décroche la timbale. Ensuite, on est allé boire des cocktails au champagne à la taverne de Waïkiki, où vont tous ces gars-là... J'ai expliqué à ce cher Hal que j'avais emprunté vingt dollars à un usurier à vingt pour cent de la compagnie et qu'y fallait que je les lui rende tout de suite, parce qu'y menaçait de me porter au rapport, et que si y faisait ça on m'enverrait au dur et que ce cher Hal reverrait pas son petit pote avant six mois... Et voilà, les gars, c'est tout. Y m'a avancé les vingt dollars. Y voulait me les donner, mais je suis trop malin pour avoir accepté. Je sais comment qu'y faut pratiquer avec lui. Si jamais y pigeait que j' suis en train de le faire marcher, j'en tirerais même plus un flechtard. Je lui dois donc vingt dollars, mais — conclut-il triomphalement — je préfère les lui devoir toute ma vie que de les lui faire perdre. Je suis honnête, moi !

— Tu lui as dit que t'irais au dur si tu remboursais pas les vingt dollars ! s'esclaffa Stark en tendant la bouteille à Maggio. Y sait donc pas que c'est contre les règlements de l'armée de prêter du pognon avec intérêt, et que le gars qui fait ça peut pas le récupérer légalement ?

— Y sait rien sur l'armée ! ricana Angelo. Y fait croire qu'y sait des tas de choses, mais y sait rien du tout. C'est pas comme sur la marine. Alors là, il en connaît un rayon !

Il reboucha la bouteille, la remit en place, reboucla sa ceinture et rabattit sa chemise.

— Eh ! il est pas loin de deux heures, les enfants. Vaudrait peut-être mieux retenir nos filles avant que les matelots mettent l'embargo dessus.

— La mienne est déjà retenue, dit Stark, soudain réticent.

— Ouais ? C'est pas Sandra, j'espère ? questionna anxieusement Maggio.

— Non, c'est Billy, la petite juive, dit Stark sans les regarder. Je lui ai demandé, et elle est d'accord.

— Oh, oh ! la petite juive aux yeux vicelards, commenta Maggio.

— Et alors, s'emporta Maylon. Ça te dérange ?

— Moi ? Pas du tout ! J'ai l'intention de l'essayer un de ces jours, moi aussi, dit Maggio en souriant.

— Alors, rideau, grogna Stark. Tu prends Sandra. Je prends Billy, un point, c'est tout.

— Moi, ce que j'en disais...

— Maureen est encore libre, intervint Prew.

— Je me fous de Maureen, je sais ce que je veux, oui ? Aujourd'hui, c'est Billy que je veux. Si ça vous plaît pas...

— O.K. ! O.K. ! dit Maggio, cesse de t'exciter. Tu l'as, oui ? Alors, râle pas comme ça. Moi, c'est Sandra qui me plaît. Ça, c'est de la bagnole. Y a de la surface portante et du répondant, c'est moi qui vous le dis ! Oh ! papillon !

Puis, se tournant vers Prew :

— Et toi, laquelle tu prends ?

— La princesse ! gouailla Maylon.

— Non ? Sans chiqué ? s'étrangla Angelo.

— Puisque je te le dis, grommela Stark. La princesse Lorene en personne. La Vierge de Waïkiki.

— C'est une snobarde, protesta Maggio.

— Et alors ? fit Prew. Je vous dis pas qui vous devez prendre, non ? Alors, je prends qui je veux.

— Je te dis pas qui tu dois prendre, maugréa Stark. Tu peux prendre Minerve, si ça te chante, pour ce que j'ai à en foutre !

— Faut aussi qu'on s'arrange à avoir trois chambres contiguës, pour pouvoir partager le whisky, dit Maggio. T'as parlé à Lorene, Prew ?

— Non, admit Prew à regret. Je lui ai pas encore parlé.

— Alors, tu ferais bien de te grouiller, mon pote. Les matelots ont l'air disposés à passer la nuit, eux aussi. Fais gaffe de pas te faire griller.

— T'as parlé à Sandra, toi ? s'informa Prewitt.

— Bon Dieu ! non, s'écria Maggio. J'ai complètement oublié ! Retournons là-bas en vitesse, les enfants !

CHAPITRE XVI

Ils reparcoururent les longs couloirs aux murs percés d'innombrables portes donnant accès à des chambres minuscules, toutes semblables.

— C'est une grosse boîte, dit Maggio.

— Ils ont une grosse clientèle à satisfaire, dit Stark.

Prew ne dit rien.

Lorsqu'il retrouva Lorene assise à la même place, il se sentit partiellement soulagé. Mais il y avait un soldat auprès d'elle, un soldat qu'il n'avait pas encore vu et dont elle écoutait les paroles avec une attention sereine.

Prew s'arrêta, indécis, sur le seuil de la salle d'attente, laissant les deux autres passer devant, parce que sa vieille faim l'étouffait à nouveau et que c'était Lorene qu'il lui fallait, pas une autre, et qu'il avait peur d'avoir déjà trop attendu.

« Bon Dieu ! s'emporta-t-il intérieurement, qu'est-ce que t'a dans le ventre aujourd'hui ? C'est rien de plus qu'une vulgaire putain, ou, tout au mieux, une putain pas vulgaire, alors pourquoi toutes ces giries ? Celle-là ou une autre, qu'est-ce que ça peut te foutre ? Demande à Maureen, elle a l'air de te gober... Ce que t'as dans le ventre, pensa-t-il, c'est que t'as pas eu de femme depuis si longtemps que tu te ferais avoir jusqu'au trognon par n'importe quelle petite futée. Voilà ce que t'as dans le ventre. Alors, pour l'amour du ciel, cesse de tergiverser et demande à Maureen. »

— Es-tu libre, Lorene ? s'enquit-il gauchement.

Les intonations de sa voix surprirent le soldat bavard, qui releva la tête et le regarda en souriant.

« Dieu soit loué, y a quand même un moyen de le faire taire », songea Prewitt.

— Oui, Prew, dit calmement Lorene. On causait comme ça.

Elle se leva, sourit au soldat bavard, et Prew songea qu'il n'avait jamais vu de soldat bavard aussi visiblement déçu.

— Je veux dire... pour toute la nuit, ajouta-t-il, la gorge nouée.

— Tu veux rester toute la nuit ? murmura Lorene. Je croyais que tu voulais dire : pour tout de suite.

— Je veux dire : es-tu déjà retenue pour toute la nuit ? répéta Prew d'une voix plus ferme.

— Pas encore, Prew.

— Eh bien ! tu l'es maintenant, dit Prewitt en regardant fixement le soldat bavard.

— Entendu, riposta Lorene en souriant. Mais il n'est que deux heures moins vingt. Viens t'asseoir un peu ici.

Le soldat était assis à sa droite. Elle tapota le siège qui était à sa gauche avec un sourire serein, rassurant, presque maternel.

— Nous parlions de ski nautique, reprit-elle, tandis que Prew se laissait choir sur la chaise désignée. Bill est cantonné à De Russey, et c'est son sport favori. Il le décrit d'une façon saisissante.

Le soldat bavard se pencha en avant pour regarder Prew.

— T'as déjà fait du ski nautique ? s'informa-t-il.

— Non, dit Prew, se penchant à son tour.

Le soldat bavard sourit à Lorene.

— Sûr que vous autres, les gars de Shofield, cantonnés à l'intérieur des terres comme vous l'êtes, vous avez pas souvent l'occasion de voir la mer.

— Non, dit Prew. Mais on a les montagnes. T'as déjà fait de l'alpinisme ?

— Un peu, répliqua le soldat bavard, souriant toujours à Lorene. Et toi, t'en fais souvent ?

— Jamais, dit Prew. Tu sais piloter un avion ?

Le soldat bavard eut un sourire bref.

— J'ai pris quelques leçons, dit-il. A l'aérodrome John Rogers.

— Moi, je connais rien aux avions, dit Prew. T'as déjà plongé en eaux profondes ?

Lorene, qui regardait le soldat bavard, se retourna vers Prew en fronçant les sourcils d'un air sereinement sévère.

Le soldat bavard fronça les sourcils, lui aussi, avant de sourire brièvement et de répliquer :

— Non, j'ai jamais plongé en eaux profondes. Est-ce que c'est marrant ?

Il se laissa retomber contre le dossier de sa chaise et se remit à noyer Lorene dans un flot constant de paroles qui semblait ne devoir jamais cesser.

— Hé, trancha finalement Prew, se penchant jusque devant Lorene. Pourquoi que tu montes pas avec elle, Bill ? A moins que tu sois simplement venu pour lui offrir une carte de membre du club nautique de De Russey ?

Le soldat bavard s'interrompit et sourit tristement à Lorene.

— Bon sang, lui dit-il. Un biffin qui fait de l'esprit !

— Ça vaut mieux que d'appartenir à l'artillerie côtière et de passer son temps à faire joujou sur les vagues, riposta Prewitt. As-tu l'intention de la b..., oui ou non ?

Lorene lui jeta un regard horrifié, et Prew sourit malicieusement en réponse.

— Alors ? répéta-t-il.

— Est-ce que tu voulais monter avec moi, Bill ? demanda Lorene. Nous avons encore le temps, tu sais.

— Oui, bien sûr, ça vaudrait peut-être mieux, dit Bill. Ça commence à puer sérieusement, ici, tu ne trouves pas ?

— Ouais, j'avais remarqué, gouailla Prew délibérément. Bougre de salopard !

— Ecoute, vieux..., commença Bill.

— Viens, Bill, coupa Lorene en lui prenant la main avec une sorte de timidité virginale. Plus vite nous monterons, plus nous aurons de temps à passer ensemble.

— O.K. ! dit Bill en se laissant entraîner vers la porte.

Au moment de sortir, elle se retourna juste assez longtemps pour jeter à Prew un regard désapprobateur et lui montrer le sourire radieux qu'elle adressait à Bill.

— Oublie pas de lui montrer tes photos sur skis, Bill, rigola Prewitt.

Mais, lorsqu'ils eurent disparu, il cessa de rigoler et s'effondra sur sa chaise jusqu'à ce que sa ceinture touchât presque le rebord du siège. Prewitt-le-Fortiche ! Qui s'en prend à un pauvre bougre tellement assoiffé — comme lui — de la conversation d'une femme qu'il eût volontiers payé ses trois dollars rien que pour bavarder avec elle ! « Tu l'as bien eu, hein ! Prew-le-Fortiche ? Il a tout encaissé sans se fâcher, et t'avais pourtant bien envie de lui casser la gueule, hein ! Prew-le-Pacifiste, que ses instincts humanitaires empêchent de reprendre la boxe dans la cochonnerie de section de Dynamite Holmes ! T'as produit une telle impression sur Lorene qu'avec tes beaux yeux et tes quinze dollars je parie même qu'elle va accepter de passer la nuit avec toi. Et c'est tout ce que tu veux, pas vrai, Fortiche ? »

Dès que la porte de communication avec la deuxième salle d'attente se fut refermée derrière les deux matelots, Maggio poussa un profond soupir, se laissa choir dans un fauteuil, attira la grande Sandra sur ses genoux... et disparut complètement.

— Eh ! cria-t-il d'une voix étouffée, ça ne va pas du tout comme ça. Si je m'asseyais sur tes genoux pour changer un peu ?

— Pourquoi pas ? pouffa Sandra en secouant sa longue cascade de cheveux noirs et plissant gaminement son nez retroussé.

Ils échangèrent leurs positions respectives, et Maggio eut aussitôt l'air d'un minuscule cornac perché sur son éléphant favori.

— Hé, regardez-moi cette circonférence ! s'écria-t-il en arrondissant comiquement ses deux bras.

— Qu'est-ce que tu veux dire par là ? protesta Sandra, qui, sa poitrine mise à part, était extrêmement mince. Si tu veux insinuer que je suis grosse, mets tes lunettes, fiston.

— C'est pas ce que je voulais dire, bébé, repartit Maggio. Et pas la peine de m'appeler fiston. T'es pas assez vieille pour être ma mère... Oh ! Prew, enchaîna-t-il brusquement, ces deux matelots me rappellent que j'ai oublié de te dire quelque chose. J'ai rencontré notre copain Bloom, ce soir, à la taverne de Waïkiki.

— Ouais, dit Prew. Avec qui ?

— Avec une espèce de grande tantouse du nom de Tommy, encore plus énorme que lui, si tu peux imaginer ça... Quand y m'a vu, et que j'ai vu la gueule qu'y faisait, j'ai commencé à regarder autour de moi si je voyais une bonne chaise bien lourde.

— Tu veux dire qu'il a pas semblé content de te voir ? questionna Prew.

Maggio éclata de rire.

— Il avait une croix de sparadrap comaque sur la tronche, expliqua-t-il. Mon copain Hal connaît bien ce Tommy. Y lui prête sa bagnole de temps en temps, pour balader Bloom. Y dit que Tommy gagne à peine assez pour vivre, alors je commence à me demander si Bloom fait pas ça pour le plaisir.

— C'est bien possible, dit Prew.

Maggio se retourna vers Sandra.

— J'ai becqueté chez Lau Yee Chaï, ce soir, crâna-t-il.

— Chez Lau Yee Chaï? répéta-t-elle, nullement impressionnée. C'est mon restaurant favori. J'y mange presque tout le temps. Ils croient que je suis une riche touriste.

— T'as déjà mangé de son pa-pa-ya? questionna Maggio.

— J'en mange souvent, dit Sandra. J'adore ça.

— J'en ai mangé ce soir pour la première fois, avoua Angelo. Ç'a pas de goût. Faut qu'y z'y mettent du citron pour qu'on sente quelque chose.

— C'est comme les olives, dit Sandra. Il faut s'y habituer.

— C'est comme l'avocat ou les escargots, intervint Stark avec l'autorité du spécialiste. Ce sont des choses qu'il faut apprendre à goûter.

— Avec du citron dessus, je trouve que ça sent le vomi, protesta Angelo. Et j'apprendrai jamais à goûter le vomi!

Il rit si fort qu'il faillit choir du giron de Sandra. Sandra lui jeta un regard perplexe.

— Vous savez de quoi vous avez l'air, tous les deux? s'esclaffa Maylon. D'un ventriloque et de sa marionnette.

— Le maître d'hôtel hawaiien était tout le temps derrière moi, continua Maggio, hilare. Y devait avoir peur que je me goure de fourchette et que je scandalise la clientèle. Quand il a apporté ce truc-là, je lui ai demandé en douce ce que c'était. « Mais c'est du papaya, monsieur », qu'y me répond comme si c'était l'évidence même. « Y sera pas dit qu'Angelo Maggio aura reculé devant quoi que ce soit », que je lui réponds, et je presse la tranche de citron sur le fourbi. « C'est curieux, que je lui dis ensuite, avec le citron dessus, ça sent exactement le vomi, pas vrai? » Et pour pas lui faire de peine je lui ai glissé dans le tuyau de l'oreille : « Ça fait rien, mon pote, j'adore le vomi! »

A l'exception de Prew, tout le monde éclata de rire, même Billy. Angelo, sur son perchoir, n'avait plus l'air d'un cornac, mais d'un perroquet content de soi, parce qu'il vient de dire un mot grossier à la vieille bonne.

— J'ai cru que ce cher Hal allait s'en faire claquer la panse, à force de rigoler, conclut Angelo. Mais le gars n'est plus resté derrière moi, après ça.

Comme si cet éclat de rire l'avait sortie d'une transe, Billy quitta d'un bond les genoux de Stark, étira fiévreusement son petit corps voluptueux, braquant vers le sergent cuistot ses seins pointus et fermes que plus d'une femme vertueuse lui eût enviés, tout en les considérant comme l'insigne maléfique de sa profession, leurs auréoles brunes clairement visibles à travers la mince étoffe.

— Alors, Maylon? chuchota-t-elle d'une voix rauque. Y aura plus de retardataires maintenant, et il est trop près de deux heures pour que je m'en charge, de toute façon.

Elle se cambra vers lui, avidement, fièrement.

— Si on commençait par un voyage autour du monde, mon chou? suggéra-t-elle.

— Oui. Cinq dollars, pas vrai? dit Stark d'une voix pâteuse.

— Oui. Cinq dollars supplémentaires. Mais ça les vaut, Maylon, je te garantis que ça les vaut.

— Adjugé, soupira Stark, les yeux cernés et injectés de sang.

— Vous venez ? cria Billy à Maggio et Sandra. Vous avez la bouteille ?

— Chhhhh, fit Maggio.

— Zut ! cracha Billy. Merde pour la vieille sorcière !

— On y va, dit Sandra en souriant. On y va, cocotte.

Billy éclata d'un rire fiévreux.

— Je sais pas comment elle s'y prend, dit Sandra à Angelo. A sa place, je serais déjà morte, moi ou n'importe quelle autre femme.

Lorsqu'ils passèrent devant Prew, elle se pencha vers lui.

— Tu diras à Lorene, quand elle reviendra, qu'on prend les chambres du fond, au-dessus de l'escalier. Elle comprendra.

— O.K. ! dit Prew.

Il les regarda disparaître. Qu'est-ce que ça pouvait lui foutre, il n'était pas encore deux heures. Mais il était seul, à présent. Seul avec le phonographe automatique débranché. Et rien n'est plus triste qu'un phonographe silencieux et sans lumière, quand il n'y a plus personne autour pour le faire marcher.

Lorsqu'il entendit enfin la voix grave de Lorene dans le corridor, il se leva vivement. « Trop vivement, pensa-t-il, furibard ; tu veux qu'elle se rende compte de ton impatience ? » Mais il resta debout, tandis qu'elle prenait congé de Bill, plus longuement, lui sembla-t-il, plus amicalement qu'il n'était nécessaire, et il se demanda si elle ne faisait pas ça pour le remettre à sa place. Mais il resta debout, malgré tout, et ne se sentit vraiment soulagé que lorsqu'elle entra finalement, souriante.

— Tu devrais avoir honte d'avoir autant malmené ce pauvre bougre, lui dit-elle sans cesser de sourire.

— J'ai honte, riposta-t-il.

— Toi, au moins, tu as de l'argent. Le pauvre Bill voulait rester toute la nuit, mais il n'avait pas la somme nécessaire. Je crois même que c'était ses trois derniers dollars, et maintenant il va falloir qu'il rentre à pied à Waïkiki.

— Pauvre vieux, dit-il. Je regrette sincèrement de l'avoir asticoté.

Il se revoyait lui-même, plongé jusqu'au cou dans l'eau grasse et complètement fauché, il y avait de ça quelques heures. Ça semblait si loin, si loin, maintenant.

— Sandra m'a dit de te dire qu'ils prenaient les chambres du fond, au-dessus de l'escalier, coupa-t-il. Elle a dit que tu comprendrais. Angelo a une bouteille, et on veut tous en profiter.

— Oh ! Très bien, murmura Lorene, le regard limpide. Allons-y.

Elle lui prit la main, et, comme Bill un quart d'heure plus tôt, il se laissa conduire.

— Ces chambres ne servent que les jours de prêt, dit-elle en s'arrêtant finalement devant une porte. Dans l'intervalle, on les garde pour ceux de nos... amis qui restent toute la nuit... ceux avec qui ce n'est pas comme avec les autres. Personne ne risque de venir nous y déranger, comme dans celles de devant.

— Est-ce que je suis de ces... amis-là ? demanda-t-il d'une voix qui lui parut inhabituellement épaisse.

— Mon Dieu, tu es ici, pas vrai ? dit-elle avec coquetterie.

Elle était féminine jusqu'au bout des ongles quand elle faisait la coquette.

— Sûr. Mais c'est parce que Billy et Sandra y ont amené les deux autres avant moi.

— Est-ce que c'est tellement important ? le taquina-t-elle.

— Oui, c'est important, parce qu'on est nombreux et qu'on a l'air de se ressembler tous, mais qu'on a tout de même besoin de savoir qu'on se souviendra de nous. On demande pas qu'on ait besoin de nous, tout ce qu'on demande, c'est qu'on se souvienne de nous...

Il vit sa surprise et referma précipitamment sa bouche, d'où venait de jaillir ce torrent dont il n'avait pas soupçonné l'existence.

— Si c'est tellement important pour toi, dit Lorene, oui, tu fais partie de ceux avec qui ce n'est pas comme avec les autres.

Prew secoua la tête.

— C'est pas une réponse, dit-il.

Et, pour la seconde fois, il referma précipitamment la petite source du torrent insoupçonné.

— Qu'est-ce que tu veux que je réponde ?

— Je ne sais pas, dit-il misérablement. Parlons d'autre chose. C'est ici ?

— Oui, dit-elle.

Puis elle posa sa petite main de femme sur le bras de Prew et murmura :

— Ecoute ! d'un ton de plaisanterie.

Il tendit l'oreille et perçut le gémissement rythmique du sommier dans la chambre voisine.

— Déjà au travail, dit-elle, essayant de tourner la page et d'écrire la suivante à sa façon.

Mais l'incertitude de ses intonations gâcha l'effet de sa plaisanterie.

— Oui, déjà ! dit Prew, impassible, prêtant l'oreille au rythme implacable, régulier comme un métronome.

Il avait envie d'attraper la fille, et de la serrer contre lui, et de l'embrasser sur la bouche pour lui communiquer ce qu'il ressentait. Mais on n'embrasse pas une putain. Elles disposent de leurs baisers, comme la plupart des femmes disposent de leurs corps. Elle ne comprendrait pas et lui en voudrait de violer une loi solidement établie par la tradition.

— Je plaisantais, dit-elle.

Ils entrèrent, et elle donna de la lumière. La chambre était semblable à n'importe quelle autre chambre de bordel, avec l'indispensable bidet dans un coin.

— Il faut que je te demande l'argent, dit-elle gauchement.

— Ah ! oui, dit-il. J'oubliais...

Il tira son portefeuille de sa poche et lui donna les quinze dollars de Stark.

Surprise par sa propre gêne, elle tenta de la dissiper en sortant deux couvertures d'un placard et en les jetant sur le lit.

— Le piquet de corvée de Minerve ne fait les lits que pour le travail à la chaîne, mais, pour toute la nuit, il nous faut des couvertures, expliqua-t-elle gaiement.

Mais ce nouveau rappel à la réalité ne franchit qu'à demi la barrière de son embarras et se brisa comme le premier sur le visage impassible de Prew.

Elle le regarda se déshabiller. C'était le moment où les plus endurcis perdaient leur belle assurance. Mais il se déshabillait sans hâte excessive, sans la moindre maladresse, avec un naturel parfait. Il n'était pas endurci. Il n'était pas maladroit et gauche. Il avait plutôt l'air de n'être pas vraiment là, et elle se sentait curieusement remuée...

« Tant d'attente pour si peu de chose », songea-t-il ensuite, allongé près d'elle, vidé de cette faim ardente qui lui paraissait maintenant invraisemblable et calmée pour jamais et qui reviendrait, pourtant, tôt ou tard. Ils ne bougeaient pas, ne parlaient pas, et les bruits de la rue leur parvenaient à travers la moustiquaire, par la fenêtre ouverte sur la fraîcheur de la nuit.

Un peu plus tard, quelqu'un frappa, la porte s'entrouvrit, et le maigre bras nu d'Angelo Maggio s'introduisit dans l'ouverture, brandissant triomphalement la bouteille de whisky. Puis la tête hilare d'Angelo suivit le bras et la bouteille, et Prew remarqua, bizarrement, que Lorene ramenait la couverture sur ses seins et la serrait étroitement contre ses épaules.

— J'ai rien entendu, expliqua la tête d'Angelo, alors, j'en ai conclu que vous respiriez un brin.

— On se repose, dit Prew.

Il souriait, lui aussi, comme à toutes les fois qu'Angelo faisait son apparition quelque part.

— Tu veux boire un coup ? demanda-t-il à Lorene en s'asseyant sur le bord du lit.

— Non, merci.

— Qu'est-ce qu'y a ? s'enquit Angelo. Tu bois pas ?

— Pas beaucoup. Et jamais d'alcool pur.

— Non ? s'étonna Prewitt.

— Non... Oh ! un cocktail, bien sûr, de temps en temps, ou une bouteille de bière, mais c'est tout. Pourquoi ? Y a-t-il une loi qui oblige les putains à être des ivrognesses ?

— Non, dit Angelo, mais elles le sont presque toutes.

— Eh bien ! pas moi. Je crois que c'est une faiblesse.

— Ça, tu peux le dire, pouffa Angelo.

— J'aime pas la faiblesse. Et toi ? demanda-t-elle à Prew.

— Moi non plus. Mais j'aime bien boire, dit-il.

— Chez certains hommes, ce n'est pas une faiblesse, exposa Lorene. Chez certains hommes, d'une manière ou d'une autre, ça prend l'allure d'une vertu.

— Là, alors, j'y pige que dalle, dit Angelo. Vertu !

— Je pige pas non plus, avoua Lorene. Mais je le sens.

Elle sourit à Prew et se rapprocha de lui, sous les couvertures, pour donner un peu plus de place à Angelo.

— Il y a des hommes, continua-t-elle, dont les faiblesses semblent faire la force, au lieu d'être de la faiblesse.

— Ça, c'est profond, commenta Angelo. C'est sans doute pour ça que j'y pige que dalle.

— N'empêche que c'est comme ça, affirma Lorene en souriant à Prew du même air de confortable intimité.

— Hé ! protesta Maggio, est-ce que t'as l'intention d'épouser ce type ? D'après ta façon de le regarder, on te prendrait pour sa légitime.

— Ah ? fit Lorene.

Elle releva le nez vers Prewitt pour lui sourire, et brusquement, l'espace d'un éclair, chacun d'eux put lire sur le visage de l'autre que c'était exactement comme si elle eût été sa femme, sa propriété personnelle et que ce lit fût leur chez-eux, et qu'un étranger, un ami très cher, bien sûr, mais tout de même un étranger, eût amicalement forcé leur porte, et que la présence de cet homme, qui ne la connaissait pas tout entière comme son mari la connaissait, eût souligné la profondeur de leur intimité.

La main de Prew chercha la hanche frémissante et ronde de Lorene qui, momentanément, lui appartenait, et il lui sembla qu'elle ronronnait silencieusement sous ses doigts et, pour la première fois, il envisagea avec stupéfaction la possibilité que faire l'amour avec elle n'avait nullement conjuré la possibilité qu'il pût être tombé amoureux d'elle.

« Quelle possibilité ! songea-t-il. Oh ! papillon, quelle possibilité ! Mais de quelle femme un soldat eût-il pu tomber amoureux dans ce désert où les filles blanches — fussent-elles de classe moyenne — étaient d'affreuses petites snobardes, où les filles indigènes elles-mêmes, qui représentaient la classe inférieure, étaient déshonorées lorsqu'on les apercevait en compagnie d'un soldat ? Alors, pourquoi pas d'une putain ? C'était non seulement possible, c'était logique. Peut-être même était-ce la seule solution. »

Peut-être tout cela n'était-il qu'une impression fugitive provoquée par l'intrusion d'Angelo ? Peut-être était-ce simplement parce qu'il n'avait pas eu de femme depuis si longtemps que son esprit était disposé à exploser et cultiver le premier champ d'illusions aperçu en chemin ? Ou, troisième possibilité, la plus étrange de toutes, se pouvait-il que l'amour naquît ainsi, entre un homme et une femme, de la rencontre d'une situation fortuite avec une coïncidence sans signification ?

— Vous avez l'air contents, tous les deux, dit Angelo, sentant lui-même quelque chose d'inhabituel. Est-ce que vous êtes contents ? Moi, je suis content.

— Autant qu'on peut l'être, répondit Lorene en souriant, et, sous la couverture, Prew sentit la petite main de femme se poser doucement sur sa cuisse.

— Eh ! j'ai tout vu, vociféra Angelo. Bon Dieu, Prew, regarde-la donc ! Elle a rougi !

Prew chercha en secret la main de sa compagne et la pressa fortement contre sa chair.

— Si t'as encore soif, mon pote, dit Angelo, tu feras bien de te grouiller, parce qu'il en restera pas lourd quand ma grande sera repassée par là.

— Stark a eu sa part ?

— Stark se fout d'avoir sa part ou non, dit Angelo. J'ai écouté à sa porte avant de venir ici et j'ai rien entendu. J'ai frappé, et personne a bougé. J'ai regardé par le trou de la serrure et j'ai rien vu. Y devait y avoir une liquette de pendue à la poignée. Je suis même monté sur la poignée, côté couloir, pour voir si y z'étaient morts ou non, et cette espèce de salaud avait tendu une serviette en travers de l'imposte. Y a des gars qui savent vraiment pas vivre !

— Tu veux dire que Stark a l'esprit soupçonneux ? commenta Prewitt en souriant.

— Ouais, dit Angelo. Comme si quelqu'un aurait jamais l'idée de les zyeuter à travers son imposte !

Il les regarda d'un air si courroucé que Lorene ne put s'empêcher de rire.

— Allons, je vois que ma visite a assez duré, dit Maggio. Je vais vous laisser un peu de whisky dans un verre, comme ça vous pourrez le boire quand ça vous fera plaisir.

Il trouva un gobelet sur le lavabo, vida l'eau qu'il contenait et l'emplit de whisky. Le whisky avait considérablement réduit le taux normal d'agitation du petit Italien crépu. C'était la première fois que Prewitt le voyait se mouvoir à peine plus vite que le commun des mortels.

— Ça suffira ? s'informa Angelo.

— Je pense bien. Si jamais je bois tout ça, je serai à peu près aussi réveillé qu'une marmotte.

— O.K. ! A demain matin. On ira tous les trois se taper un bon petit déjeuner quelque part. Peut-être à l'*Alexander Young ?* Y z'ouvrent de bonne heure et y servent des petits déjeuners au poil. Y a rien de tel qu'un bon déjeuner, après une nuit en ville. D'ac ?

— D'ac ! dit Prew. A tout à l'heure.

— Tu l'aimes bien, hein ? s'enquit Lorene après le départ d'Angelo. C'est un de tes meilleurs copains ?

— Oui, dit Prew. C'est un petit bougre tellement marrant, dans son genre, et pourtant y a des fois qu'y me donne envie de chialer en même temps que je rigole. Je sais pas pourquoi. Peut-être que je suis cinglé. Est-ce qu'il y a des gens qui te font cet effet-là, à toi ?

— Oui, dit Lorene. Beaucoup. Angelo, par exemple, à chaque fois que je le vois. Et toi aussi, un peu.

— Moi !

— Oui, dit-elle d'une voix presque imperceptible. Tu es un drôle de numéro, tu sais.

— Et les autres, tu les trouves pas drôles ?

— Pas comme toi. Pas de la même façon que toi.

— Tu te souviendras peut-être de moi, alors ?

— Oui. Et pas peut-être. Sûrement.

— Tu te souviendras de moi dans deux jours ?

— Oui. Et même la semaine prochaine.

— Et dans un mois d'ici ?

— Oui.

— Je te crois pas.

— Mais je m'en souviendrai, je t'assure.

— Alors, je te crois. Moi, je me souviendrai de toi.

— Pourquoi ?

— Parce que.

— Mais pourquoi ? insista-t-elle.

— Pour ça, dit-il en souriant.

Il saisit un coin de la couverture, la lui arracha de sur le corps et la regarda sans qu'elle bougeât autrement que pour lui sourire.

— Seulement pour ça ? demanda-t-elle.

— Non. Aussi parce que tu m'as touché, pendant qu'Angelo était là.

— Et c'est tout ?

— Non, c'est pas tout. Mais c'est beaucoup.

— Mais pas à cause de ma conversation ? dit-elle malicieusement.

— Si. Je comprends, que si ! Mais pour ça également, dit-il en la regardant.

Elle sourit avec satisfaction, repoussa la couverture et le regarda comme il l'avait regardée tout à l'heure.

— Eh bien ! eh bien !... le réprimanda-t-elle.

— Oui. C'est honteux, pas vrai ?

— Je me demande ce qui a pu provoquer ça !

— J'y peux rien. Ça m'arrive à tout bout de champ.

— Il faut absolument y remédier !

Prew éclata de rire, et ce fut très, très différent de la première fois.

Prew, plein de reconnaissance, se pencha vers ses lèvres, mais elle le repoussa.

— Non, ne fais pas ça, je t'en prie !

— Mais pourquoi ?

— Parce que j'aime mieux que tu ne le fasses pas. Ça gâcherait tout. Et je ne veux pas que tout soit gâché.

— D'accord ! dit-il. Je regrette.

— Ne regrette rien. Ce n'est pas grave. Mais n'oublie pas où nous sommes. N'oublie pas qui je suis.

— Ça, alors, je m'en fous éperdument.

— Moi, je m'en fous pas. Si tu le faisais quand même, ça redeviendrait pareil qu'avec tous les autres, les pochards, les brutes. Tous, ils essaient de nous embrasser, comme s'ils voulaient en prendre un peu plus que les autres.

— Oui, dit Prew. C'est sans doute pour ça qu'ils le font... Je regrette.

— Y a pas de raison de regretter quoi que ce soit, dit Lorene. Retire-toi, maintenant, veux-tu ?

Elle se leva, revint vers lui au bout d'un moment et lui sourit.

— Prew, dit-elle, mon petit Prew, mon drôle de petit numéro. Je regrette d'avoir dû te refuser ça, mon petit Prew.

— Ça ne fait rien.

— Si, ça fait quelque chose ! Mais je n'y peux rien. C'est à cause de... cette boîte... et des autres. Tu ne comprends pas ?

— Mais si, je comprends.

— Comment pourrais-tu comprendre ? Tu n'as jamais été femme, non ?

Elle se lava soigneusement les mains, revint s'allonger près de lui, éteignit la lumière.

— On dort un peu ? dit-elle.

— Oui, répliqua-t-il dans l'obscurité. Tu vas souvent à la plage ?

— Quelle plage ?

— Waïkiki, théâtre des exploits de Bill-le-Surhomme.

— Oh !... oui, souvent. A chaque fois que je peux. Pourquoi ?

— Je ne t'y ai jamais vue.

— Tu ne me reconnaîtrais pas, même si tu m'y rencontrais maintenant. Je porte un chapeau grand comme une ombrelle, une cape de plage et un pantalon de toile. Pour éviter de bronzer. Tu me prendrais pour une vieille sorcière en balade.

— Pas maintenant que tu m'as renseigné. Je sais où et qui chercher, maintenant.

— Non, ne fais jamais ça, je t'en prie.

— Pourquoi..., commença-t-il.

— Parce que je ne veux pas, dit-elle sèchement en s'asseyant dans le lit.

Parce que, si tu fais ça, je ne veux plus rien avoir à faire avec toi. Jamais ! Tu as compris ?

Il sentit qu'elle parlait sérieusement et tenta de plaisanter :

— Mais pourquoi éviter de bronzer ? insista-t-il. Ça t'irait, tu sais. Je te vois très bien avec la peau brune !

— Tu veux me faire flanquer à la porte de la boîte ? Tu n'as jamais remarqué qu'aucune fille n'était bronzée, dans les maisons d'Honolulu ?

— J'avais jamais fait attention à ça.

Elle rit.

— Si tu étais tombé sur une fille avec la forme du slip et du soutien-gorge dessinée en blanc sur le reste du corps bronzé, je t'assure que tu l'aurais remarquée. Il nous est interdit de bronzer, même de visage. Les soldats et les matelots exigent que leurs putains gardent une blancheur virginale.

— Touché ! dit-il. A toi le round. N'empêche que je te vois très bien tout de même avec la peau brune.

« Bon Dieu ! Les seules femmes qui nous soient accessibles, dans ce désert, pensait-il, et défense de les reconnaître en dehors du bordel ! Dès qu'elles en sont sorties, elles s'escamotent. Je l'ai peut-être déjà vue à Waïkiki, et je ne l'ai pas remarquée. Je crois que j'ai besoin de boire un coup. »

Il se souvint du whisky d'Angelo, le chercha dans l'obscurité, en but la moitié, posa le gobelet près du lit, sur le plancher, et se recoucha. Mais il en eût fallu davantage pour combler le vide béant dans lequel il avait versé l'alcool.

— J'aimerais regarder la peau blanche, à côté de la peau bronzée, dit-il rêveusement. Et je penserais que, sur la plage, toute cette peau blanche est cachée et que je vois ce que les autres ne voient pas.

— Tu es un drôle de numéro, mon petit Prew.

— Qu'est-ce que tu veux dire par là ? s'informa-t-il, et il remarqua que la voix de Lorene lui parvenait par bouffées irrégulières, tantôt forte, tantôt étouffée par le rideau du sommeil.

« Peut-être que je dors déjà, pensa-t-il. Peut-être que je suis en train de rêver. Ou que je suis schlass. »

— Tu crois peut-être, expliqua Lorene, que toutes les putains ont été kidnappées, violées et embarquées de force. Détrompe-toi. Il y en a beaucoup qui sont volontaires. Quelques-unes parce que cette vie-là leur plaît et qu'elles se foutent de ce qu'elles ont à faire pour obtenir tout le reste. D'autres parce qu'un sagouin quelconque a bien profité d'elles et les a plaquées ensuite et qu'elles s'imaginent prendre leur revanche de cette façon. C'est comme dans l'armée, mon petit Prew ; il y en a beaucoup qui s'engagent.

— Et beaucoup qui rempilent. Et beaucoup qui finissent militaires de carrière.

— Pas tellement. La plupart font comme moi. Elles calculent tout d'avance. Elles s'engagent, d'accord, mais elles ne rempilent pas à la fin de leur temps.

— C'est ce que tu as l'intention de faire ?

— Tu voudrais peut-être que je reste ici toute ma vie ? Histoire de rigoler ? Non, je suis dans cette boîte depuis un an, et dans un an d'ici je rentrerai chez moi avec assez de galette pour me la couler douce jusqu'à la fin de mes jours.

— Mais qu'est-ce qu'ils diront chez toi ? demanda Prew.

— Ils ne diront rien, pour la bonne raison qu'ils n'en sauront rien. Là-bas, dans mon bled, où ma mère vit toujours — avec l'argent que je lui envoie — tout le monde croit que je suis la secrétaire particulière d'un gros manitou de l'industrie sucrière hawaiienne. Je suis une courageuse petite serveuse qui a suivi des cours du soir pour devenir secrétaire et qui fait des économies pour rentrer bientôt chez elle et s'occuper de sa vieille mère infirme.

— Et si quelqu'un te reconnaissait ? demanda Prew à la voix qui lui parlait en rêve.

— Qui pourrait me reconnaître ? Dans la petite ville d'Oregon où je suis née, il n'y a que les gens très riches qui poussent parfois une pointe jusqu'à Seattle. Quand je rentrerai à la maison, dans mon tailleur très sévère de secrétaire particulière, et qu'ils me verront vivoter paisiblement sur mes économies, qui diable ira douter de ma parole ?

— Personne, mais comment se fait-il que cette idée te soit venue ?

— J'étais serveuse dans un drugstore. Le... garçon... appartenait à l'une des familles les plus riches de la ville. C'est toujours la vieille histoire, la même histoire. Il a épousé la fille riche que ses parents lui destinaient, après avoir couché pendant deux ans avec moi.

— Salaud ! murmura Prew. Bougre d'enfant de salaud.

— Oh ! rien que de très banal, sourit la voix. On pourrait en faire un film.

— On en a déjà fait un film, dix mille films !

— Oui, mais aucun ne finissait comme le mien. Après son mariage, je suis allée travailler à Seattle comme serveuse. Je n'ai pas eu de peine à intéresser à mon sort un maquereau de grande envergure qui fréquentait l'établissement. Le plus dur a été de coucher avec lui et de lui donner l'impression que ça me plaisait plus que tout au monde, pour l'amener à me proposer ce qu'il avait toujours eu l'intention de me proposer. Seulement, je me suis arrangée pour venir ici, au lieu d'être expédiée à Panama ou au Mexique. Tout ça parce qu'il m'aimait et que je l'aimais. Ce qu'il n'a jamais su, c'est qu'à chaque fois qu'il me quittait je me relevais pour aller vomir...

— Lorene, dit Prew, Lorene... — mais tout cela n'était probablement qu'un drôle de rêve — ... t'as du cran, Lorene.

— C'est pas le cran qui compte, trancha la voix. C'est ce qu'on peut faire avec du cran. Si le prestige, la position sociale et l'argent sont ce que les hommes respectables attendent de leur épouse, eh bien ! j'aurai tout ça. De la seule manière possible. Avec de l'argent. Et quand je serai rentrée chez moi, avec mon bas plein de gros billets, et que je me serai réinstallée avec ma mère et que je ferai partie du club de golf et du club de bridge et du cercle littéraire et de tout le saint-frusquin, il y aura bien un homme respectable pour me trouver digne de lui, et je serai très heureuse !

— Lorene, rêva Prew. J'espère que tu arriveras, Lorene. Bon Dieu, j'espère que tu y arriveras.

— Y a aucune raison pour que ça rate. Tout est déjà là. Un, deux, trois. Noir sur blanc. D'autres l'ont déjà fait, dans mon bled, mais en amateur. C'étaient des « maîtresses », au lieu des putains. Et, quand tout ça sera réglé, rien ne pourra plus m'arriver, et le reste ne sera plus qu'un mauvais souvenir...

— Lorene, rêva Prew, je crois bien que je t'aime, Lorene. T'es belle et t'as du cran, et je crois bien que je t'aime.

— Tu es saoul, murmura la voix lointaine. Comment un homme pourrait-il aimer une putain qu'il vient de trouver dans un bordel ? Tu es saoul comme un cochon. Dors !

— J'aurais parié que tu me répondrais ça, se plaignit-il.

— Comment le savais-tu ?

— Je le savais, affirma-t-il. Je te connais, Lorene. Mais est-ce qu'y t'aimera, Lorene, ce type riche ? Est-ce qu'y t'aimera comme je crois bien que je t'aime ?

— Tu es saoul, lui dit la voix de son sommeil. Et ce sera pas un type riche.

— Mais il aura le prestige, la position sociale, et de l'argent, tout ce qu'on aura jamais, nous autres, les paumés. Mais je crois pas qu'y t'aimera, Lorene, pour une raison ou pour une autre, je crois pas qu'y t'aimera.

— Il ne saura jamais que j'étais une putain...

— C'est pas ce que je voulais dire, Lorene.

— Et je saurai me faire aimer. Parce que d'ici là je serai tout de même bien placée pour ça, non ?

— Non... On n'a jamais tout à la fois, Lorene. Et on a même jamais la possibilité de choisir vraiment. Y t'aimera pas, Lorene, ce type respectable. Toi-même, tu le laisseras pas t'aimer vraiment. C'est le prix que t'auras à payer. Tout ce qu'on a dans la vie, on le paie en n'ayant jamais ce qu'on aurait voulu le plus avoir.

— Il est grand temps que tu roupilles, petit Prew.

Et il sembla soudain à Prew que la frêle apparition aux seins nus se penchait vers lui avec un bugle d'or massif dans la main gauche et deux boîtes de singe dans la main droite et qu'elle l'embrassait sur la bouche parce qu'il avait choisi la mauvaise main.

— Dors, maintenant, ordonna-t-elle.

— Pourquoi que tu m'as embrassé ? Tu crois que je suis saoul et que je m'en souviendrai pas, mais je m'en souviendrai, et je reviendrai te voir. Tu m'as embrassé, Lorene !

— Chut, chut. Bien sûr que tu reviendras.

— Faut à tout prix que je m'en souvienne. C'est sérieux. Reste là, Lorene, me quitte pas.

— Je ne bouge pas d'ici. Dors, maintenant.

— Oui, je vais dormir, maintenant. Je vais dormir, Lorene, dit Prew d'une voix enfantine.

CHAPITRE XVII

Il n'avait rien oublié. Il avait été très ivre et presque endormi, mais il n'avait rien oublié. Il n'arrivait qu'assez difficilement à séparer le rêve de la réalité, mais il se souvenait très bien qu'elle l'avait embrassé sur la bouche, et aucune putain n'embrasse un soldat sur la bouche, pas plus qu'elle ne lui raconte l'histoire de sa vie. Mais il n'avait oublié aucun des détails de son histoire, ni la manière dont la sérénité méticuleuse et l'accent cultivé, tous deux probablement acquis à force de patience, s'étaient envolés d'un seul coup, cédant la place à la véritable Lorene, une Lorene brillante et dure et froide comme le diamant, mais une Lorene plus vraie, plus proche et farouchement vivante.

Il avait forcé sa porte, comme un homme force rarement la porte d'une femme, et comme un soldat ne force jamais la porte d'une putain, et il retournerait la voir au prochain prêt, coûte que coûte, parce que rien n'est plus rare, dans ce monde de travestis et de déguisements, que de rencontrer un être humain au moment précis où, tous ses masques enlevés, il ne joue aucune comédie et se laisse aller à n'être que lui-même.

Stark, Angelo et lui rentrèrent trop tard pour le réveil, après le déjeuner projeté à l'*Alexander Young,* trimbalant sur leurs épaules de monumentales gueules de bois, mais allégés pour un temps de cette surpression qui arrête parfois les machines les mieux réglées. Ils sautèrent du taxi à une certaine distance de la caserne, au cas où Warden ou Dynamite Holmes fussent en train de guetter leur arrivée. Prew était un peu ennuyé, Angelo l'était au-delà de toute expression, et Maylon Stark, pour qui le réveil n'existait pas, les charriait en douceur, sans trop appuyer.

Mais leurs inquiétudes étaient sans objet. Pour une fois, ils avaient eu de la veine. Le caporal Choate les attendait sous le porche. Ni Warden, ni Holmes, ni Dhom n'avaient été là pour le réveil, leur expliqua-t-il. Il n'y avait eu que le sous-lieutenant Culpepper, et Choate avait pu porter son groupe présent au complet, sans que le chef de section Galovitch, dont le zèle n'avait d'égal que la bêtise, se fût aperçu de quoi que ce soit, mais sacré nom de Dieu, d'où sortaient-ils tous les deux à une heure pareille ?

Pleinement conscients de leur chance, ils se ruèrent dans l'escalier et enfilaient déjà leurs bourgerons lorsque le caporal Choate, qui les avait suivis, pénétra dans la chambrée, aussi lourd et placide que de coutume, après sa cuite de la veille.

— Changement de programme, annonça-t-il. Flingue et leggins.

— Bon Dieu ! Pourquoi que tu l'as pas dit tout de suite ? s'emporta Maggio, qui s'était cru déjà prêt.

— Vous m'en avez pas laissé le temps, répliqua le caporal.

— Faut se magner le train ! gémit Angelo en fonçant vers son placard.

Prew scruta la face de lune du gigantesque Choctaw, une face qui ne révélait absolument rien des possibilités qu'impliquait ce changement d'uniforme.

— Bon sang ! ça veut dire qu'on va sur le terrain ?

— Tu l'as dit, bouffi. L'emploi du temps a été blackboulé ce matin de bonne heure. On dirait que les pluies sont finies ! Faudrait voir à vous grouiller un peu.

Prew acquiesça d'un signe de tête et se dirigea vers son placard, tandis que le caporal Choate allumait une cigarette.

— Ike t'a réclamé, ce matin, dit-il à Prewitt. Je lui ai fait croire que t'étais parti chercher un paquet de pipes à la cantine.

— Merci, chef, dit Prew.

— Pas de quoi. J'aime pas les merci.

Angelo laçait fiévreusement son premier houseau.

— J'ai toujours dit que ce mec-là était un salaud ! lança-t-il.

Choate feignit de n'avoir rien entendu.

— Y z'ont déjà reçu des ordres, dit-il à Prew. Y vont t'en faire baver sur le terrain, mon gars.

Prew continua de lacer ses leggins sans rien dire. Il n'y avait rien à dire. Il savait depuis longtemps que ce jour-là viendrait comme les autres, mais son arrivée le prenait tout de même au dépourvu. Un peu comme la mort.

— Encore une blague comme celle de ce matin, et t'es cuit, reprit le caporal. J'ai risqué gros, aujourd'hui, pour te tirer des flûtes, mais je recommencerai pas.

— Je sais, dit Prew.

— Je peux pas me permettre de recommencer, dit placidement Choate. Il n'y avait ni remords ni emphase dans sa voix. Il énonçait un simple fait.

— Comme on est copains, tu croiras peut-être que je te laisse tomber, alors, j'aime mieux te mettre les points sur les *i*.

— Je croirais pas ça, dit Prew. J'ai pigé.

— Je suis bien avec le colonel, expliqua Choate, mais pas à ce point-là. Je te donnerai un petit coup de main, à chaque fois que je le pourrai. Mais je tiens à garder ce que j'ai et je veux pas risquer de le perdre. Je me plais dans cette unité.

— Moi aussi, dit Prew. C'est marrant, mais c'est vrai.

— Oui, dit le caporal. Marrant comme tout.

— Marrant pour tout le monde, sauf pour moi, dit Prew.

— Qu'est-ce que tu veux ! Tu mets des bâtons dans les roues d'une grosse machine en refusant de boxer. C'est les boxeurs qui tiennent les ficelles de cette compagnie, et peut-être du régiment tout entier. Y veulent te faire remettre les gants, même si faut qu'y te fassent maigrir de deux ou trois catégories avant d'y arriver. Dynamite veut récupérer le titre, l'hiver prochain, et y te veut dans la course.

— Je vois pas ce qu'y peut faire, tant que je sors pas des règlements.

— Me fais pas rigoler, dit Choate. T'es pourtant pas un bleu. T'as dû entendre parler de ce que ça donne, quand y se mettent tous d'accord pour infliger le « traitement » à un type.

— Oui, j'en ai entendu parler.

— Y z'en ont peut-être pas encore fait une science exacte, mais je te garantis que c'est efficace. Ou le type finit par s'avouer vaincu, ou il en crève. J'ai vu ça qu'une fois, dans le temps. Le gars a déserté, y s'est terré dans le bled et il a épousé une indigène. Quand y l'ont rattrapé, y lui en ont collé pour douze ans. Et il a fini dans la peau d'un taulard à perpète.

— Y m'auront pas, dit Prew. Et j'ai la vie dure. Je crèverai pas facilement.

Mais il connaissait cette sensation de raideur qui commençait à s'étaler sur son visage et lui plaquait les lèvres contre les dents et creusait une cavité sous chacune de ses pommettes. C'était l'expression qu'il avait sur le ring, quand son adversaire essayait de le toucher, ou quand un type sortait un couteau de sa poche, au cours d'une rixe, et généralement à chaque fois qu'il y avait du danger, une menace dans l'air.

Choate le contemplait, impassible, mais Angelo, qui l'observait également, fut sensible à cette transformation soudaine. « On voit tous ses os, songea-t-il, on dirait une tête de mort, une vraie tête de mort sans lèvres et sans joues. Humphrey Bogart acculé, dans une de ses créations les plus saisissantes. »

— Je suis capable de digérer tout ce qu'y me serviront et d'en réclamer davantage, dit Prew en souriant.

— Ouais, moi aussi, souligna Maggio.

— Toi, fiston, ferme ta grande gueule, lui conseilla sérieusement le caporal. C'est ses crosses, et pas les tiennes. Si tu veux t'en mêler, tu feras qu'empirer les choses.

— C'est vrai, Angelo, dit Prew.

Il regarda le petit Italien rageur aux épaules étroites et sentit son visage se détendre.

— J'aime pas voir un type se faire marcher sur la gueule, dit furieusement Angelo.

— Faudra que tu t'y habitues, fiston, riposta Waynes Choate, parce que tu verras ça un certain nombre de fois avant de mourir. Mais toi, Prew, je vois pas pourquoi tu t'entêtes. C'est ton affaire, bien sûr, mais je voudrais pas te voir finir en taule, comme le gars que je t'ai dit.

— T'as refusé de boxer pour Dynamite, toi aussi.

— Ouais, mais je connaissais la musique. Je savais que je pouvais le faire. Toi, t'as personne derrière toi pour te soutenir.

— On verra ça. J'ai encore jamais refusé d'exécuter un ordre pendant le service, mais je crois pas qu'ils aient le droit de me dicter ce que je dois faire en dehors du service !

— Droit ou pas droit, c'est la même chose. La question est de savoir si y a des heures où le soldat est pas en service, si le soldat a le droit d'être un homme.

— Plus ça va, plus c'est douteux, admit Prew.

— Et pas seulement dans l'armée, souligna Maggio ; et Prew comprit qu'il pensait au sous-sol du grand magasin dans lequel il avait travaillé à Brooklyn.

— C'est juste, dit Choate. Et alors ?

— Alors, ça va bien dans l'armée, en temps de guerre, dit Maggio. Mais on est en temps de paix.

— Pour une armée, c'est toujours le temps de guerre, répliqua le caporal.

— C'est vrai, dit Prew, mais je pense pas que la section de boxe de Dynamite joue un rôle essentiel dans l'effort de guerre constant.

— Demande à Dynamite ce qu'il en pense, répondit Choate.

— Ça, alors, c'est vraiment pas la peine, dit Maggio, dégoûté. Le sirop de West-Point lui sort jusque par les oreilles...

— Peut-être, approuva Choate. Mais c'est lui qui commande la compagnie.

En bas, sur le terre-plein, le clairon de garde sonna le rassemblement. Choate se leva et plongea son regard inexpressif dans celui de Prew.

— Eh bien ! dit-il. Eh bien !... on se reverra.

— Au dur ! compléta Prewitt.

Il regarda le colosse trotter souplement jusqu'à son propre placard.

— Joli cadeau pour l'enfant prodigue, dit-il à Maggio.

— Merde pour eux, riposta Angelo. Y peuvent rien faire, non ! Qu'est-ce qu'y peuvent faire ?

— Rien, dit Prew.

Il accrocha le fourreau de sa baïonnette à sa cartouchière, tandis que Choate bouclait son propre équipement sur sa vaste personne, dont les dimensions inusitées réduisaient la baïonnette à la taille d'un cure-dents, le paquetage d'entraînement à celle d'une boîte d'allumettes et le gros Springfield 1903 à celle d'une carabine Eurêka.

— Pour lui aussi, ajouta Angelo. En fait de copain, j'ai déjà vu mieux.

— Y peut pas faire plus, répondit Prewitt. C'est pas parce qu'on a souvent pris le petit déjeuner ensemble chez Choy qu'il est obligé de se mouiller pour me sauver la mise. Choate est un chic type.

— Tu parles, maugréa Angelo. Dans le genre de Ponce Pilate !

— Oh ! ça va, s'impatienta Prewitt. Garde ton esprit pour les choses que tu peux comprendre.

— O.K. ! dit Angelo.

Il fourra ses cigarettes et un carnet d'allumettes dans une des poches de sa cartouchière.

— On va en avoir besoin, grogna-t-il. Bon Dieu ! ma caboche. Et ce salaud de Stark qu'est en train de cuver sa gueule de bois dans le dortoir des cuistots ! Y a tout de même des gars qui sont vernis ! Tu crois pas qu'on ferait mieux de descendre ?

Le clairon lui répondit, de l'extérieur, et la voix tonnante du sergent Dhom résonna dans la cage de l'escalier.

— Eh ! là-haut, tout le monde en bas pour l'appel. Tenue d'exercice. Magnez-vous le train !

— En avant, les gars de mon groupe, la guerre est déclarée, beugla Choate.

Il s'engagea dans l'escalier en chantant d'une formidable voix de basse les paroles adaptées sur la sonnerie du rassemblement pour l'exercice :

En bas pour la pelote !
Une minute, mon pote,
Laisse-moi l' temps d' bouffer.
En bas pour la pelote !
Et comment donc, mon pote,
L' pitaine est arrivé.

— Mais y sait chanter ! dit Angelo à contrecœur.
— Allons-y, grommela Prewitt.
Ils prirent leur fusil au râtelier et descendirent.
— Dis donc, t'as pas l'air en forme, lui souffla Angelo, tandis qu'ils s'alignaient avec la première section.
— Ça va passer. C'est ma gueule de bois, répliqua Prew.
Mais il avait déjà fait l'exercice avec des gueules de bois pires que celle-là et n'avait jamais ressenti ce qu'il ressentait aujourd'hui. Aujourd'hui, c'était autre chose, et c'était beaucoup plus grave. Le tableau, militaire entre tous, de la vaste cour fourmillante d'hommes en train de s'aligner n'avait pas réveillé en lui l'enthousiasme habituel. L'armée, jusqu'à ce jour, avait été son univers, le seul qu'il connût, le seul qu'il désirât connaître, parce que c'était le seul à l'intérieur duquel il eût jamais trouvé place. Qu'arriverait-il si les mois à venir continuaient à grignoter, lentement, le culte qu'il portait à cet univers ?
Le plus curieux, c'était que toutes ces choses imprévisibles qui allaient peut-être lui coûter sa foi en l'armée, cette foi qui avait toujours fait partie intégrante de lui-même, n'avaient aucun rapport réel avec le métier de soldat. « Prewitt, Prewitt, se dit-il, je crois bien que t'es en train de lâcher les pédales. » Mais le malaise persista ; même après que le gigantesque sergent Dhom leur eut fait mettre l'arme à l'épaule et que toutes les crosses de la section eurent claqué avec une simultanéité fort satisfaisante ; même après que la compagnie eut abandonné le pas de parade et qu'ils se furent engagés sur la belle route bordée d'ormes vénérables qui conduisait au terrain de manœuvres.
Mais le simple soldat Robert E. Lee Prewitt était désormais insensible à la beauté de cette colonne d'hommes en marche qui était la Compagnie G. Le vieux frisson martial ne courait plus le long de son échine, parce qu'il savait désormais ce que les autres ignoraient encore ; parce que tout cela n'était qu'apparence, façade, illusion, trompe-l'œil, derrière lesquels se dissimulait la hideuse réalité.

CHAPITRE XVIII

Comme tous les enfants mâles du comté de Harlan — ceux, du moins, auxquels une impitoyable sélection naturelle permettait de survivre — Prew supportait admirablement la souffrance physique sous toutes ses formes et, lorsque le caporal Choate avait évoqué pour lui le « traitement » qui l'attendait sur le terrain, il ne s'était pas inquiété outre mesure. Il savait qu'ils pourraient lui en faire baver jusqu'à ce qu'il s'écroulât, mais que jamais ils ne viendraient à bout de cette sauvage endurance qu'il tenait de son père et dont il avait eu maintes fois l'occasion d'éprouver la solidité. Il n'avait vu dans tout cela qu'une rencontre de volontés adverses et, si, jusqu'à un certain point, cette façon de voir était juste, il avait, cependant, commis une grave erreur en situant cette rencontre sur le seul plan physique.

Lorsque le sergent Dhom, entraîneur de la section de boxe et moniteur d'éducation physique, lui eut fait recommencer divers exercices pendant que la compagnie était au repos, après l'avoir informé, comme un vulgaire bleu, qu'il aurait des ennuis s'il ne faisait pas mieux la prochaine fois ; lorsque le sergent Ike Galovitch, « spécialiste » de l'ordre serré, dont l'anglais massacré et la cadence inégale plongeaient une fois sur trois la compagnie tout entière dans une pagaille indescriptible, l'eut appelé hors des rangs, mitraillé de postillons, et — comme un vulgaire bleu — envoyé faire la pelote sous les ordres d'un caporal pour « les commandements exécuter lui apprendre » ; lorsque le sergent Thornhill, technicien du camouflage et de la progression en rase campagne, qui avait dix-sept ans de service, lui eut infligé une semonce pour « inattention » et — comme un vulgaire bleu — l'eut renvoyé faire la pelote de l'autre côté de la route, sous les ordres d'un caporal ; lorsque tous les sous-off's de la compagnie eurent expérimenté à ses dépens leurs méthodes personnelles de dressage ; lorsque Champ Wilson lui-même, le seigneur du ring, eut condescendu, avec son indifférence habituelle, à lui infliger une nouvelle semonce aussi injustifiée que les précédentes, sur sa façon de distribuer son feu pendant les exercices de tir, Prewitt put enfin mesurer toute l'étendue de son erreur.

Il écouta cette dernière semonce comme il avait écouté les autres, appuyé sur son fusil, les yeux dans les yeux de l'orateur et l'esprit à des lieues de là. Il savait, à présent, qu'il avait eu tort de compter sans le facteur moral. Il savait, à présent, qu'il avait eu tort de se croire invulnérable ; tort de croire que tous ces hommes ne signifiaient plus rien pour lui, alors que c'étaient ceux-là mêmes qui, la veille au soir, étaient sortis dans la cour pour l'écouter sonner la retraite ; ceux-là mêmes dont la voix symbolique lui était parvenue à travers le vaste terre-plein cerné de silhouettes immobiles : « Je vous l'avais dit que c'était Prewitt ! »

Ces hommes étaient les mêmes que la veille, et cependant, à l'exception d'Angelo Maggio, aucun d'entre eux n'avait eu pour lui le moindre regard, le moindre sourire, le moindre geste furtif d'encouragement. Seuls parmi les sous-off's de la G, Choate et le vieux Pete Karelsen s'étaient abstenus de lui tomber dessus à bras raccourcis, mais, bien qu'ils fussent notoirement ses amis, ils s'étaient contentés, comme le reste de la compagnie, de regarder au loin d'un air embarrassé chaque fois qu'un autre officier subalterne lui avait imposé quelque nouvelle humiliation.

Et alors ? Qu'avait-il donc espéré ? Que, révoltée par tant d'injustice, la compagnie se soulèverait comme un seul homme pour voler à son secours ? Foutaise ! Ses meilleurs amis ne pouvaient rien pour lui. Personne ne pouvait rien pour lui. Il était libre de lui-même. Libre de choisir entre : 1° Reprendre la boxe ; 2° Ne pas reprendre la boxe, faire explosion et se retrouver au dur ; 3° Ne pas reprendre la boxe, ne pas faire explosion et continuer à subir ce lent travail de désagrégation qui, par le truchement d'une gamme progressive de sanctions pour « incapacité », le conduirait immanquablement au dur.

Ce n'était pas chez lui, ni à l'école, ni à l'église, mais au cinéma, ce quatrième grand modeleur de la conscience sociale, qu'il avait appris, avec John Garfield, et George Raft, et James Cagney, et Henry Fonda, à toujours épouser la cause du plus petit contre le plus grand. Et cette philosophie acquise durant son enfance était lentement devenue, sans qu'il y prît garde, la base sur laquelle il avait édifié sa vie. En Espagne, où les communistes étaient opprimés, il eût combattu pour les communistes ; en Russie, où les communistes étaient au pouvoir, il eût combattu contre les communistes ; de même qu'il eût été partisan des juifs en Allemagne et farouchement antisémite dans Wall Street ou à Hollywood. De même qu'il était partisan des Noirs contre les Blancs parce que les Noirs n'occupaient nulle part le haut de l'échelle. Il se rendait parfaitement compte que c'était une philosophie profondément irrationnelle, une philosophie de caméléon, dont le moindre changement dans le paysage risque de modifier la couleur. Mais l'époque elle-même était celle du caméléon, un caméléon qui vivait couché sur une couverture écossaise.

L'empoisonnant, c'était qu'il avait des projets, pour le jour du prêt, que cette histoire absurde pourrait fort bien se solder par des corvées supplémentaires, et que — comme par hasard — ces corvées pourraient fort bien tomber ce jour-là ! « Eh bien ! soit, pensa-t-il, révolté, on jouera le jeu, on leur en donnera pour leur argent. C'est de la haine qu'ils veulent ! On leur en donnera. On leur en donnera, et on sera le parfait soldat. On leur en donnera, et on exécutera les ordres au quart de poil. On leur en donnera, et on se gardera bien de piper mot ou de commettre la moindre erreur. On se contentera de les haïr, et de le leur faire comprendre, mais, pour avoir Prewitt au tournant, faudra qu'ils se lèvent de bonne heure, les gars ! »

Prew savait qu'en agissant ainsi il les blesserait avec leurs propres armes, il les frapperait dans leur estime envers eux-mêmes ; il savait que malgré tous leurs efforts ils n'arriveraient pas à le coincer pour le jour du prêt, et il espérait, enfin, pouvoir les purger, à la longue, de leur aveugle iniquité.

Il pensait ainsi que la corvée de l'après-midi marquerait une sorte de trêve dans le déroulement de l'opération Prewitt. Ses espoirs furent déçus, car il ne trouva pas dans cette corvée le soulagement escompté, mais il reperdit l'avantage qu'il avait si durement acquis au cours de la matinée.

Il faisait partie du piquet de corvée d'Ike Galovitch. Il avait pris l'habitude de rester dans la chambre jusqu'au dernier moment avant de descendre s'aligner avec les autres pour la corvée. De cette manière, il était toujours à la queue de file, et comme la seconde moitié, ou le troisième tiers de la compagnie — selon le nombre d'hommes prélevé chaque jour pour les corvées régimentaires — était toujours affecté à la corvée de quartier, sous les ordres d'Ike Galovitch, c'était exactement comme s'il se fût trouvé hors du champ d'action de Milt Warden. Il ne décrochait jamais les corvées les plus agréables, comme le nettoyage du club des officiers ou l'entretien du terrain de golf, mais il ne tombait jamais non plus sur le « ramassage des résidus », ou la corvée de boucherie. Warden aurait pu facilement renverser la vapeur et commencer par l'autre bout de la compagnie, ou garder les pires corvées pour la fin, après avoir attribué à Galovitch le contingent nécessaire à la corvée de quartier, mais Prew savait depuis longtemps que Warden n'agissait pas de cette manière, et cette certitude établissait entre eux une sorte de compréhension tacite plus étroite, sur un certain plan, plus absolue que celle qui existait entre Prewitt et Maggio.

Lorsque Warden eut fait l'appel des corvées, Ike rassembla ses hommes et les fit mettre au garde-à-vous, tandis que les autres piquets se dispersaient lourdement à travers le terre-plein.

— Aujourd'hui, annonça-t-il en remuant ses babines, toutes les fenêtres en haut et en bas nettoyer et briquer. Et les murs de la salle de récréation, du corridor et de la galerie lessiver au poil pour le capitaine inspecter demain matin, alors de l'huile de coude et pas de feignantise ! O.K. ! Pas de questions ? Alors, comptez-vous *deux !* Les uns aux fenêtres et les deux autres aux murs !

Prewitt et Maggio, qui s'étaient délibérément alignés avec un type entre eux, faisaient tous deux partie de l'équipe affectée au lessivage des murs. Galovitch les repéra au moment où ils partaient chercher à la cuisine les brosses et les gros pains de savon à décrasser.

— Hé, vous là-bas, Prewitt, Maggio, beugla-t-il. Ici tout de suite, gros malins. Comment ça se fait que tous les deux dans les deux vous êtes ?

— C'est toi qui nous as comptés, Ike, riposta Angelo.

— Vous croyez que ce vieux Ike on peut l'avoir comme ça ? ricana Galovitch en leur jetant un regard soupçonneux. A un vieux singe, c'est pas qu'on apprend des grimaces. Je laisse pas vous deux ensemble. Maggio aux fenêtres avec les uns. Tu dis au sergent Lindsay renvoyer Treadwell en bas avec les deux. C'est une corvée, pas une partie de plaisir. Sous mes ordres vous êtes et pas de parlotes je veux pendant le travail, compris ?

— On se retrouvera tout à l'heure, dit Maggio à Prew.

— O.K ! répliqua Prew avec l'indifférence du parfait soldat.

— O.K. ! répéta Galovitch. Maniez-vous le train. Toute la journée vous avez pas ! Prewitt, au travail avec les deux, tout de suite. Je suis là toujours et quitterai pas de l'œil, compris ?

Il tint parole. Chaque fois que Prewitt descendait de son escabeau pour rincer son chiffon, chaque fois qu'il sortait pour aller changer l'eau sale de son seau, chaque fois qu'il se retournait pour remettre du savon sur sa brosse, il se trouvait nez à nez avec Ike Galovitch dont les petits yeux congestionnés luisaient d'espoir, tandis que son immense bouche aux lèvres molles se fendait en un rictus sarcastique :

— C'est une corvée, Prewitt, pas une partie de plaisir !

Prew en avait vu bien d'autres durant toute la matinée, et, comparés aux trouvailles sans cesse renouvelées des autres sous-off's, les efforts de Galovitch avaient quelque chose de presque pathétique. Ce fut seulement lorsque Dynamite Holmes, rasé, douché, pomponné de frais, traversa rapidement la cour de la caserne et martela de ses bottes resplendissantes le sol de la galerie, que l'eau savonneuse et sale, l'odeur âcre du plâtre humide et les constants rappels à l'ordre de Galovitch commencèrent à exaspérer Prewitt et à lui donner la nausée.

— Gaaaa...rdavous ! beugla Galovitch en arrimant ses bras interminables le long de ses flancs.

Les hommes juchés sur les escabeaux ou agenouillés sur le ciment continuèrent de travailler.

Souriant, Dynamite s'arrêta pour regarder les murs.

— Parfait, sergent Galovitch, dit-il. Je vois que tout sera prêt pour demain.

— Oui, mon capitaine, grogna Galovitch avec adoration, les pouces contre les coutures de son pantalon, au niveau approximatif de ses genoux. Tout sera prêt selon les ordres, mon capitaine.

— Très bien, approuva Holmes. Continuez, sergent.

Ike salua, le dos grotesquement argué, et beugla à nouveau :

— Gaaaa...rdavous !

Les hommes continuèrent leur besogne, tandis que le capitaine disparaissait dans la salle de service.

— Activons, les gars, reprit fièrement Galovitch en dansant sur place derrière les hommes. Parce que le commandant de la compagnie vient d'arriver, c'est pas une excuse pour arrêter le travail, compris ? C'est une corvée, pas une partie de plaisir.

Personne ne prêta attention, et Prew tordit son chiffon avec rage, surpris d'étouffer, tout à coup, dans cette odeur de plâtre humide qu'il avait si bien supportée jusqu'alors. Il avait brusquement envie d'une belle paire de bottes resplendissantes.

— Activons, Prewitt, tonna Galovitch, incapable de trouver autre chose. C'est une corvée, pas une partie de plaisir. Dernier avertissement, cette fois. Activons, sacré nom de Dieu !

Si Galovitch ne l'avait pas directement interpellé, Prew n'aurait sans doute pas aussi stupidement perdu son sang-froid. Mais il imagina tout à coup Holmes, assis derrière son bureau, dans la salle de service, et écoutant, le sourire aux lèvres, les vociférations de son sergent favori. Les mots cessèrent soudain de passer sur Prew sans l'atteindre. Pour une fois ça ne lui ferait peut-être pas de mal, au grand chef, d'apprendre ce que pensaient les hommes de son sergent favori ! Il entendit avec surprise sa propre voix couvrir celle de Galovitch.

— Qu'est-ce que tu veux que je foute de plus ! lança-t-il avec violence. Que je me fasse pousser une autre paire de bras ?

— Hein ? Quoi ? s'étrangla Galovitch.

— Oui, quoi ? ricana Prewitt. Si tu trouves que je vais pas assez vite, pourquoi que tu mets pas la main à la pâte, au lieu de rester là à brailler des ordres que personne n'écoute !

Cette fois, tous les hommes s'immobilisèrent et, tout aussi machinalement, regardèrent Prewitt. Une rage folle bouillonnait dans ses veines, sans qu'il en comprît l'exacte raison. Il savait que tout cela n'avait aucun sens et que ça pouvait même devenir dangereux, mais l'espace d'un éclair il se sentit gonflé d'orgueil.

— Répliquer comme ça, je veux pas entendre, dit Galovitch, complètement désarçonné. Au travail tout de suite, et silence !

— Va-t'en te faire foutre, dit sauvagement Prew en frottant toujours. Je travaille, oui ? Qu'est-ce que tu croyais ? Que je me tournais les pouces ?

— Quoi ? quoi ? hoqueta Galovitch.

— Qu'est-ce que c'est que tout ce vacarme, Prewitt ? rugit Dynamite Holmes en sortant de la salle de service.

Galovitch bondit au garde-à-vous, le dos plus cambré que jamais.

— Forte tête, mon capitaine, expliqua-t-il. Répond à sous-officier en service commandé.

— Quelle mouche vous pique, Prewitt ? s'enquit sévèrement Dynamite. Depuis quand un soldat se permet-il de parler sur ce ton à un sous-officier ?

— Je n'ai jamais laissé personne me pisser sur la gueule, mon capitaine, répondit Prewitt avec véhémence. Même pas un sous-officier !

Warden apparut derrière Holmes, sur le seuil de la salle de service, et observa la scène, le regard pensif et lointain.

Holmes avait l'air d'un homme qui, sans provocation de sa part, vient de recevoir en pleine figure un verre d'eau glacée. Lorsqu'il reprit la parole, sa voix tremblait de rage autant que de stupéfaction.

— Soldat Prewitt, j'estime que vous devez des excuses au sergent Galovitch ainsi qu'à moi-même, dit-il.

Il s'arrêta et attendit.

Prewitt ne répondit pas. Il sentait son ventre se contracter à la pensée de ce qu'allait lui coûter cette idiotie, et il se demanda avec désespoir comment il avait bien pu se fourrer dans un pareil pastis.

— Eh bien ? insista Holmes. (Aussi déconcerté que tous les autres, aussi surpris que Prewitt lui-même, il avait dit la première chose qui lui était venue à l'esprit et ne pouvait plus, maintenant, faire machine arrière.) J'attends vos excuses, Prewitt.

— Je ne dois d'excuses à personne, s'obstina désespérément Prew. S'il faut que cette histoire se termine à tout prix par des excuses, j'estime que c'est plutôt à moi qu'elles sont dues ! Bon Dieu ! Pourquoi avaient-ils toujours l'air de s'adresser à des gosses insupportables ?

— Quoi ? explosa Holmes, provisoirement à court d'inspiration.

Il tourna vers Galovitch des yeux larges comme des soucoupes. Puis il regarda Warden et vit tout à coup, assis sous le porche, le caporal Paluso, demi de mêlée dans l'équipe de rugby régimentaire, un costaud à mine d'assassin qui s'efforçait toujours de faire oublier son physique patibulaire en pratiquant une sorte d'humour massif. Il n'avait pas raté une seule occasion d'en faire baver à Prewitt, pendant l'exercice, et ses yeux étaient aussi larges que ceux de tous les assistants, aussi larges que ceux du capitaine Holmes.

— Caporal Paluso ! rugit Holmes de sa voix la plus sonore.

Paluso se leva d'un bond.

— Mon capitaine ?

— Vous allez monter avec cet homme et lui faire préparer son paquetage de campagne *complet,* avec casque et souliers de rechange ! Ensuite, vous vous procurerez une bicyclette, vous l'escorterez jusqu'au col de Kolekole, aller et retour au pas cadencé, et vous me le ramènerez. C'est tout.

C'était tout, et c'était beaucoup pour la voix qu'il avait adoptée.

— Oui, mon capitaine, dit Paluso. Viens, Prewitt.

Warden tourna les talons, sans prononcer une parole, réintégra la salle de service, et Prew suivit Paluso jusqu'à la chambrée. Les gars qui se trouvaient là s'assirent sur leurs plumards pour l'observer en silence, comme ils eussent observé un cheval malade dont la mort n'est plus qu'une question de temps.

— Oublie pas les pompes de rechange, dit Paluso d'un ton d'excuse.

Prew défit son paquetage et recommença à zéro.

— Oublie pas le casque, dit Paluso d'un ton d'excuse.

Prew l'accrocha à la partie inférieure du paquetage et hissa le tout sur son dos. L'un suivant l'autre, ils redescendirent l'escalier.

— Attends que je me trouve une bécane, dit Paluso d'un ton bref.

Prew attendit. Les courroies qui retenaient dans son dos les trente ou trente-cinq kilos d'équipement commençaient déjà à entraver la circulation du sang dans les veines de ses bras. Il y avait quelque chose comme huit kilomètres, de la caserne au col de Kolekole. Le silence le plus total régnait dans le corridor.

— Allons-y, ordonna Paluso d'un ton bref, parce qu'ils étaient au rez-de-chaussée et que les oreilles de Dynamite Holmes étaient proches.

Prew jeta son fusil sur son épaule, et tous deux sortirent de la cour silencieuse. A l'extérieur, la vie de la garnison suivait son cours normal, béatement ignorante du cataclysme qui venait de se produire. Ils passèrent devant le théâtre, devant le gymnase, devant le terrain d'exercice et s'engagèrent sur la route, sous le soleil implacable.

— Tu veux une cigarette ? offrit Paluso.

Prew secoua la tête.

— Allez, prends-en une, insista Paluso. T'as pas de raisons d'être en pétard après moi. Ça me plaît pas plus qu'à toi !

— Je suis pas en pétard après toi.

— Alors, prends une cigarette.

Prew obéit, et, soulagé, Paluso se mit à faire mille excentricités pour essayer de dérider son compagnon.

Ils dépassèrent le terrain de golf, le train des équipages, le sentier où les officiers venaient faire de l'équitation, la chambre d'entraînement au port du masque à gaz... Prew marchait en s'efforçant de ne penser à rien d'autre qu'à exécuter parfaitement le pas cadencé tel que le lui avaient enseigné les anciens, jadis, à Fort Myer. Lever le pied en n'utilisant que les muscles de la cuisse, la jambe ballante portée en avant par l'impulsion donnée au corps, et laisser retomber la jambe sans jamais se servir des muscles du mollet ni de la cheville. Lever, laisser retomber, lever, laisser retomber, aussi régulièrement qu'un métronome. Qu'ils aillent tous se faire foutre. Il pourrait parcourir deux fois cette distance, avec un chargement double, et sur la tête, encore !

Lorsqu'ils atteignirent la dernière montée abrupte qui conduisait à l'entrée du col, Paluso s'arrêta et descendit de sa bicyclette.

— On va retourner, dit-il. Pas la peine de monter jusque là-haut. Tu penses bien qu'y s'en doutera pas.

— De la merde, dit Prew sans même ralentir. Il a dit le col. J'irai jusqu'au col.

Il jeta un coup d'œil vers la carrière de silex, taillée à flanc de colline, où travaillaient les taulards.

« C'est là que tu seras demain à la même heure, se dit-il. O.K. ! O.K. ! Comme ça, la question sera réglée. On pourra parler d'autre chose. »

— Qu'est-ce qu'y te prend ? s'emporta Paluso, stupéfait. T'es cinglé.

— Oui, riposta Prew par-dessus son épaule.

— Si tu crois que je vais pousser cet engin-là jusque là-haut, tu te goures, dit Paluso. Je t'attends ici.

Des prisonniers, les ayant vus, leur lancèrent des plaisanteries indistinctes, jusqu'à ce que les gigantesques policiers militaires intervinssent pour les remettre au travail, silhouettes bleues au dos barré d'un énorme P majuscule, courbées en deux dans le lourd nuage de poussière siliceuse.

La sueur coulait en ruisseaux sous les vêtements de Prewitt lorsqu'il parvint au sommet de la montée et qu'il reçut en pleine figure la gifle glaciale de la bise. Transpercé jusqu'aux moelles, il s'attarda un instant pour contempler, trois cents mètres plus bas, les crevasses basaltiques de Waianae, où ils étaient allés, en septembre dernier, pratiquer, comme chaque année, le tir à la mitrailleuse. Il emplit ses poumons de vent, fit volte-face et redescendit vers Paluso.

Lorsqu'ils rentrèrent à la caserne, les vêtements de Prewitt étaient bons à tordre. Paluso alla chercher Holmes. Prew mit l'arme au pied et salua le capitaine.

— Alors, s'informa Dynamite avec une sorte d'indulgente ironie, êtes-vous toujours disposé à donner des conseils aux sous-officiers sur la manière de diriger un piquet de corvée, Prewitt ?

Prew ne répondit pas. Il ne s'était attendu ni à cette indulgence, ni à cette ironie. Et les autres schnocks qui lessivaient toujours leurs murs, là-bas, dans le corridor, sans même se douter de leur bonheur.

— Alors, je suppose, continua Holmes du même ton narquois, que vous êtes disposé à faire des excuses au sergent Galovitch ainsi qu'à moi-même, maintenant ?

— Non, mon capitaine, dit Prew, maussade.

Paluso émit un hoquet de stupéfaction, derrière son dos, mais ce fut à peine si les yeux du capitaine s'écarquillèrent. Il avait eu le temps de recouvrer son sang-froid. Il savait à quoi il pouvait s'attendre. Toute trace d'ironie, toute trace d'indulgence disparurent instantanément de son visage. Il fit un signe de tête dans la direction du col.

— Deuxième édition, Paluso, ordonna-t-il. Ce gaillard-là n'a pas encore compris.

— Oui, mon capitaine, dit le caporal en lâchant son guidon d'une main pour saluer.

— Nous verrons ce qu'il répondra la prochaine fois, continua Holmes. Je n'ai rien à faire ce soir. J'ai toute ma soirée devant moi.

— Bien, mon capitaine, dit Paluso. Allons-y, Prewitt.

Prew remit son arme à la bretelle et, pour la seconde fois, suivit le caporal, plus écœuré, plus fatigué qu'il ne l'avait jamais été.

— Bon sang, protesta Paluso dès qu'ils furent hors de vue, t'es complètement braque, mon pote. Si t'es cinglé au point de ne pas comprendre que t'es en train de creuser ton propre trou, fais-le au moins pour moi, j'ai les jambes fatiguées, grogna-t-il.

Prew ne parvint même pas à sourire. Il avait conscience qu'il était cuit, rôti, lessivé, en un mot bon pour le dur, et cette certitude ajoutait encore au poids qu'il devait trimbaler pendant seize nouveaux kilomètres. Ce qu'il ne savait pas, ce qu'il ne saurait jamais, c'était ce qui, la première fois, avait provoqué l'humeur bienveillante de Dynamite et ce qui, maintenant, se passait dans la salle de service.

— Vous m'en reparlerez, vous, de vos idées géniales sur la façon de traiter les fortes têtes ! vociférait le capitaine, incapable d'endiguer plus longtemps sa fureur.

Warden quitta la fenêtre à travers laquelle il avait observé toute la scène, mais s'abstint de tout commentaire. Il ne réagit même pas lorsque Dynamite lui ordonna de préparer immédiatement l'ordre de comparution du soldat Prewitt devant le conseil de guerre, pour insubordination et refus d'obéir à un ordre direct d'un officier supérieur. Il sortit les longs imprimés du classeur métallique en souhaitant avec ardeur que l'autre gueulard s'absentât assez longtemps pour qu'il pût sortir sa bouteille de whisky. Mais Dynamite venait de s'effondrer, à bout de souffle, derrière son propre bureau, et regardait d'un œil morne la porte qui donnait sur le corridor.

— Vous et vos idées géniales ! ricana-t-il.

Warden haussa les épaules en transportant les papiers jusqu'à la machine à écrire.

— Moi, ce que j'en disais, murmura-t-il, c'est juste parce que nous avons eu déjà trois cas de conseil de guerre en six semaines et que ça risque de faire mauvais effet au G.Q.G.

— Merde pour le G.Q.G., dit le capitaine.

Mais le ton n'y était pas. Et le cœur non plus.

Warden se mit à pianoter, sans cesser d'observer Holmes à la dérobée, s'assurant que la colère du capitaine suivait maintenant sa courbe descendante. Ça ne valait vraiment pas la peine de s'exposer à de gros ennuis personnels pour un âne bâté comme Prewitt, pétri de conceptions surannées sur la justice et l'intégrité de l'individu, mais tout de même, tout de même, ne serait-ce que pour le plaisir de remporter une seconde victoire, dans des conditions beaucoup plus périlleuses encore que la première... quel fleuron ce serait pour ta couronne, hein, Milt ?

— Dommage pour la section qu'il faille perdre un welter comme celui-là, dit-il enfin, avec une parfaite indifférence, en replaçant ses carbones pour remplir le second feuillet du formulaire.

— Hein ? Quoi ? sursauta Holmes.

— Ben. Y sera toujours au dur au début de la coupe intercompagnies, pas vrai ? supputa Warden avec indifférence.

— Merde pour la coupe intercompagnies, fulmina Holmes. O.K. ! se reprit-il. Changez le motif. Mettez : simple insubordination.

— Mais j'ai déjà tapé : insubordination et refus d'obéir à un ordre direct..., gémit Warden.

— Eh bien ! recommencez tout, sergent, trancha le capitaine. Vous n'allez tout de même pas prolonger inutilement le séjour d'un homme au dur pour une simple question de paperasse !

— Oh ! soupira Warden en déchirant les formulaires partiellement remplis. Ces foutus montagnards du Kentucky, maugréa-t-il en réajustant ses carbones. Ils sont plus cabochards qu'un troupeau de mules. Une fois qu'il sera bien entraîné pour le championnat divisionnaire, il est fichu de refaire une couillonnade qui le réexpédiera en taule. Ces gars-là n'ont pas plus de cervelle qu'un nouveau-né.

Holmes fit un bond sur sa chaise.

— Je me fous de ce qu'il pourra faire et je me fous du championnat divisionnaire, beugla-t-il, tandis que le rouge de la fureur s'étendait de nouveau sur son visage. Je suis officier avant tout et je n'ai pas à supporter les insolences de qui que ce soit !

Warden laissa diplomatiquement passer quelques secondes avant de dire au capitaine ce que pensait le capitaine.

— Vous êtes en colère, mon capitaine, dit-il avec horreur. Vous ne parleriez pas comme ça si vous n'étiez pas en colère. Vous ne voudriez pas risquer de perdre le championnat l'hiver prochain à cause d'une simple colère.

— En colère ! gronda le capitaine. Il dit que je suis en colère ! Pour l'amour du ciel, sergent !

Il passa ses mains sur son visage, comme pour se rendre compte du degré de congestion de ses joues.

— Soit, dit-il. Vous avez raison, sergent. La colère est mauvaise conseillère. (Il n'avait sans doute même pas conscience de se montrer insolent.) Vous n'avez pas encore commencé à remplir ces nouveaux imprimés ?

— Non, mon capitaine, dit Warden.

— Alors, remettez-les en place, ordonna le capitaine.

— Et pourtant, il mérite une bonne leçon, objecta Warden.

— Ah ! s'il ne fallait pas que je pense également à la section de boxe, il ne s'en tirerait pas à si bon compte, dit Holmes avec véhémence. Vous allez le porter sur le cahier des punitions, sergent. Trois semaines de consigne au quartier. Je vais rentrer chez moi, maintenant... Chez moi, répéta-t-il à mi-voix, comme pour lui-même. Convoquez-le pour demain. Je lui parlerai en venant signer le cahier.

— Bien, mon capitaine, dit Warden. Si vous croyez que c'est ainsi qu'il faut agir...

Il sortit le cahier des punitions d'un de ses tiroirs et l'ouvrit. Holmes lui sourit d'un air las et quitta la salle de service. Warden referma le cahier des punitions et s'approcha de la fenêtre pour regarder Holmes s'éloigner. Il était presque navré pour lui. Tant d'illusions sur soi-même et si peu de réalité derrière tant d'illusions !

Le lendemain matin, Holmes ne fit qu'entrer en passant, sur le chemin du club. Warden avoua d'un air contrit qu'ayant eu autre chose à faire il avait oublié de s'occuper du cahier de punitions. Le capitaine était pressé. Il dit à Warden de préparer le cahier pour le lendemain.

— Oui, mon capitaine, répondit Warden en dévissant le capuchon de son stylo.

Holmes s'esquiva. Warden revissa le capuchon de son stylo. Or, le lendemain matin, sous la pression d'événements plus récents, Holmes avait tout oublié de cette affaire. Et Warden regrettait presque, après coup, d'avoir parié avec lui-même qu'il le tirerait complètement indemne des pattes de Dynamite...

Ni Prewitt ni Paluso ne comprirent que le vent avait tourné lorsqu'ils réintégrèrent la caserne, au terme du second voyage, et qu'ils ne virent point Dynamite dans le secteur. Aussi soulagés l'un que l'autre, ils se hâtèrent de disparaître. Paluso se rendit à la cantine, Prewitt monta dans la chambre, boitilla jusqu'à son plumard, rangea son équipement, alla prendre une douche, changea de vêtements et s'allongea sur son lit, attendant qu'on vînt le chercher. Ce fut seulement lorsque sonna la soupe qu'il comprit que quelque chose s'était interposé entre lui-même et son destin. « Warden ! C'est Warden ! » songea tout de suite Prew. « Je me demande de quoi y se mêle, pensa Prewitt avec impatience, en redescendant l'escalier cahin-caha, faut toujours que ce gars-là fourre son nez dans les affaires des autres. »

Après la soupe, il remonta immédiatement s'allonger sur son lit, et Maggio le rejoignit aussitôt pour le féliciter.

— Je suis fier de toi, vieux, dit-il. J'aurais voulu être là pour entendre ça. Quand je pense que j'aurais été là, sans ce salopard de Galovitch ! Mais ça n'empêche pas que je suis fier de toi, vieux, bougrement fier, même.

— Sûr, dit Prew, affreusement las.

Lorsqu'il redescendit, le lendemain, pour l'exercice, il avait complètement perdu ses illusions, quant à la possibilité de les « purger » un jour. Le traitement reprit à l'endroit exact où il avait cessé la veille et Prew se remit à jouer son rôle. Mais il savait, à présent, qu'il livrait un combat sans espoir, un combat que l'intensité de sa haine lui permettrait peut-être de soutenir un certain temps, mais dont l'issue ne faisait désormais aucun doute.

CHAPITRE XIX

Le jour du prêt, l'exercice s'arrête à dix heures. On prend une douche, on se rase, on se change en prenant grand soin de son nœud de cravate, on se nettoie les ongles, on descend dans la cour et on attend, en préservant jalousement la bonne ordonnance de son nœud de cravate et la propreté de ses ongles, parce que — bien que le jour du prêt ne soit pas un jour d'inspection réglementaire — tous les officiers payeurs ont là-dessus leurs vues personnelles, et celles de Dynamite portaient précisément sur la propreté des ongles et la symétrie impeccable du nœud de cravate. De sorte que, si l'un ou l'autre de ces détails ne lui donnaient pas entière satisfaction, on risquait d'être vertement tancé et de se trouver renvoyé à l'extrême bout de la queue.

Les conversations allaient leur train, sous le soleil plus brillant que d'ordinaire, jusqu'à ce que le clairon lançât aux quatre vents le refrain bien connu :

Jour de prêt... Jour de gros sous...
Qu'est-ce qu'on peut foutre avec un soldat saoul ?

que suivait aussitôt la réponse :

Jour de prêt... Jour de gros sous...
Le foutre au bloc jusqu'à c' qu'y soit plus saoul !

Sur ses trente dollars de prêt, il ne resta plus à Prewitt, une fois toutes ses dettes réglées, que douze dollars et deux pièces de dix cents — même pas assez pour se payer Lorene de deux à cinq. Et Prew transporta aussitôt sa fortune chez Jim O'Hayer.

Dans les hangars régnait déjà l'agitation fiévreuse des jours de prêt. Les grosses bobines de fil téléphonique et les canons antitanks de trente-sept millimètres avaient été poussés à l'extérieur et recouverts de bâches goudronnées. Les tables de poker d'as travaillaient à pleins bras, et, sous les ampoules à abat-jour verts, les donneurs à visières vertes au service de Jim O'Hayer distribuaient les cartes. Les trois tables de poker étaient pleines.

Prewitt sentit son ventre se serrer d'impatience, à l'idée qu'il pourrait, lui aussi, figurer parmi les forts gagnants qui cernaient la table. Il ne lui était arrivé qu'une fois, une seule, jadis, à Fort Myer, de faire un de ces coups fumants dont rêvent longtemps les soldats fauchés, entre deux jours de prêt. Et, n'eussent été l'image de Lorene et la perspective de passer la nuit avec elle, sa résolution de se retirer du jeu dès qu'il aurait assez pour descendre en ville se fût évanouie sur-le-champ.

Il travailla méthodiquement pendant deux heures à la table de passe anglaise, jusqu'à ce que son pécule fût passé de douze à vingt dollars, minimum exigé par le donneur, à la table d'O'Hayer. Il s'était promis de se retirer après deux parties gagnantes, parce que deux parties gagnantes à la table de Jim O'Hayer ça représenterait assez d'argent pour cette nuit de jeudi à vendredi, et pour la nuit de samedi à dimanche, et peut-être même pour un bon dimanche avec Lorene (sur la plage, peut-être), si Lorene acceptait.

Stark et Warden étaient parmi les joueurs, mais Stark lui céda presque aussitôt son siège. Il avait, chuchota quelqu'un, reperdu en totalité les six cents dollars qu'il avait gagnés depuis dix heures.

— Tu te retires ? s'informa O'Hayer, le regard impassible et froid sous sa coûteuse visière verte.

— Pas pour longtemps, s'excusa Stark. Juste le temps d'emprunter un peu de pognon.

— Alors, bonne chasse. Et à tout à l'heure, dit O'Hayer.

Prew s'assit à la place de Stark et poussa ses vingt dollars vers le donneur aussi discrètement que possible. Il reçut en échange quinze pièces d'un dollar, six demi-dollars et huit jetons de vingt-cinq cents. Il lança un jeton au centre du tapis, son visage s'empourpra, son cœur se mit à battre à coups précipités, et la partie commença. O'Hayer tournait et retournait deux dollars dans sa main gauche, avec un cliquetis incessant qui vous rongeait les nerfs. Les hommes assis autour de la table n'étaient plus que des paires de mains posées sur le tapis vert, qui soulevaient prudemment les cartes retournées et tripotaient les pièces d'argent ou les billets verts. Un frisson parcourut l'échine de Prewitt et toutes les avanies qu'il avait subies depuis deux mois basculèrent d'un seul coup dans le néant, mortes, oubliées.

Les mises, élevées dès le départ, contraignirent Prewitt à s'engager jusqu'au dernier dollar dans cette première partie. O'Hayer avait deux as, et Prew se voyait déjà lessivé, avec sa malheureuse paire de valets, lorsque la dernière donne transforma sa paire en brelan et lui fit ramasser un pot de quelque cent cinquante dollars.

Comme il s'était promis deux parties gagnantes, il ne bougea pas. Perdit la seconde partie, perdit la troisième, puis la quatrième, et, ruisselant de sueur, dut attendre la sixième avant de voir remonter son pécule jusqu'à plus de deux cents dollars. Ce n'était tout de même pas le moment d'abandonner, maintenant qu'il avait un tel capital pour mener les opérations ! Il continua de jouer avec prudence, passant fréquemment, pesant chaque mise avant de l'engager dans l'attente du gros coup qui lui permettrait de se retirer l'âme en paix.

Ce fut Warden qui le perdit. Une manœuvre habile du sergent lui fit commettre une erreur d'appréciation. Il avait un brelan de dix. Il crut n'avoir devant lui qu'une paire de rois renforcée par une seconde paire, relança vingt-cinq dollars, attendit. Warden sourit, en relança soixante.

Prew comprit alors qu'il s'était laissé avoir. Comme un vulgaire débutant. Par un superbe brelan de rois. Il y avait trop de son argent au pot pour qu'il pût courir le risque de s'en laisser déposséder par un bluff. Il lui était impossible de laisser filer...

Cette partie lui coûta deux cents dollars tout rond. Il lui en restait à peu près quarante. Il repoussa son siège et se leva.

— J'aurais pas voulu que ça tombe sur toi, fiston, dit Warden, les sourcils en mouvement. Si j'avais pas autant besoin de pognon, je te rendrais le tien tout de suite.

Tous les autres éclatèrent de rire.

— Oh ! ça va, chef, grogna Prew. Tu l'as gagné, garde-le !

« Pourquoi que tu t'es pas retiré après ta deuxième partie gagnante, comme tu te l'étais promis, bougre de triple andouille », pensait-il, la rage au ventre.

L'air frais du dehors le ramena sur terre. « Allons, allons, se dit-il, te voilà avec vingt dollars de plus qu'au départ. Tu en as assez pour cette nuit. Descends en ville et n'y pense plus... » Il contourna le hangar, traversa la rue. Il avait la main sur la poignée de la porte de la salle de récréation lorsqu'il comprit que tout ça ne rimait à rien, qu'il était inutile de tergiverser, qu'il ne se résignerait jamais à descendre en ville avec quarante dollars alors qu'il en avait eu six fois plus entre les mains, et qu'avec un peu de chance il *pouvait* en regagner autant, sinon davantage.

Il pivota sur lui-même, retourna chez O'Hayer et perdit ses quarante derniers dollars en un quart d'heure et trois parties, comme il avait toujours su qu'il les perdrait, parce que le jeu avait cessé de lui plaire et qu'on ne gagne pas au poker lorsque le temps même mis par le donneur pour distribuer les cartes est pour vous une source d'irritation.

— Et voilà, dit-il, la bouche tordue. Maintenant, je peux aller roupiller.

— Roupiller ! s'exclama Warden. A trois heures de l'après-midi ?

— Pourquoi pas ? répliqua Prewitt. Il n'est que trois heures ? J'avais cru qu'il était beaucoup plus tard !

Warden lui lança un coup d'œil et grogna de dégoût.

— Qu'est-ce que je t'ai toujours dit ? lança-t-il. De t'arrêter avant d'être complètement passé à la raclette ! Mais autant pisser dans un entonnoir, pour le résultat que ça donne.

— J'avais oublié, dit Prewitt. Prête-moi donc cent dollars et je m'en souviendrai.

Un éclat de rire courut tout autour de la table.

— Je regrette, fiston. Tu sais bien que j'en suis encore de ma poche, pour l'instant.

— Ça, alors ! Et moi qui croyais que t'avais gagné.

Il y eut un second éclat de rire, et Prew se sentit mieux... jusqu'à ce qu'il se souvînt que ça ne lui remettait pas un seul cent dans sa poche.

— Pourquoi qu'y faut toujours que tu t'en prennes à ce gosse, chef ? dit la voix de Stark tandis que Prew se frayait un chemin vers la sortie.

— Moi ? protesta Warden. Qu'est-ce qui t'a fourré cette idée-là dans le crâne ?

— D'après ce que j'ai entendu dire, il a besoin de personne pour s'enfoncer dans le pétrin, s'esclaffa le sergent-chef de la Compagnie K, un gros chauve aux orbites creuses de buveur invétéré.

— C'est vrai, reconnut Stark. Y se défend assez bien tout seul.

— Y peut encaisser, grogna Warden. C'est un boxeur. Il a l'habitude.

— Si j'étais à sa place, dit le sergent-chef de la K, comment que je me ferais muter en vitesse.

— T'as trouvé ça tout seul, hein? ricana Warden. Et tu crois que Dynamite le laisserait partir ?

— Allons, les gars, intervint Jim O'Hayer, est-ce qu'on joue ou est-ce qu'on fait salon ?

— J'y vais de cinq dollars, coupa Warden. Ce qui me plaît en toi, Jim, c'est cette pitié, cette douceur qui sont les traits dominants de ton caractère.

Tout en poussant la porte, Prew vit, en imagination, leurs regards s'affronter. Le regard froid, mathématique, du joueur professionnel, contre le regard agressif, sarcastique, de Milton Warden. Tandis que la porte se refermait derrière lui, Prew se rappela soudain qu'il n'avait même pas songé à prendre le sandwich et la tasse de café offerts gratuitement à tous les joueurs par Jim O'Hayer. Trop tard, à présent.

Il plongea rageusement ses deux mains dans ses poches, en sortit une pincée de menue monnaie qu'il contempla d'un œil morne. C'était suffisant pour organiser une partie de poker miniature dans les goguenots, mais l'impossibilité flagrante de reconstituer à partir de cette mitraille les deux cent cinquante dollars qu'il avait reperdus le frappa comme une gifle en pleine figure. Il jeta des piécettes loin de lui, de toutes ses forces, et les entendit avec satisfaction rouler et rebondir sur le sol.

« Pas de Lorene pour toi, ce mois-ci, pensait-il en se dirigeant vers la caserne. Et le mois prochain elle sera peut-être déjà repartie pour les Etats ! Mais t'as jamais emprunté de pognon à vingt pour cent et c'est pas aujourd'hui que tu vas commencer, poker ou pas poker, Lorene ou pas Lorene... »

Il trouva Turp Thornhill dans son propre hangar, voisin de celui de Jim O'Hayer. O'Hayer ne s'occupait jamais de prêter de l'argent, même à vingt pour cent, lorsqu'il était en train de jouer. Mais Turp Thornhill ne jouait pas. Il passait incessamment d'une table à l'autre, toujours agité, toujours sur le dos de ses donneurs, dans la crainte perpétuelle d'être refait par eux. Dix-sept années de service à la G — dont dix-sept années de léchage assidu des bottes de ses supérieurs — lui avaient permis d'obtenir et de conserver la libre disposition de ce hangar. Il se vengeait à sa manière en traitant tous ceux qu'il savait pouvoir dominer avec une sorte de cruauté sadique.

— Ah, ah ! s'esclaffa-t-il lorsque Prew l'eut appelé à l'écart pour lui emprunter vingt dollars. Prewitt-le-Dur est au bout de son rouleau. Alors, y vient voir ce bon vieux papa Turp ? Où est-ce que t'as l'intention d'aller, fiston ? Au *Ritz,* au *Pacific,* au *Nouveau Sénateur* ou chez la mère *Kipfer ?* Si y a longtemps que t'es sevré, je te recommande la dernière trouvaille du *Ritz,* mon gars. Elle a l'air de rien, à première vue, mais pour ce qui est de te travailler la peau, alors, là, elle est de première. Qu'est-ce que tu dis de ça, papillon ?

Il parlait assez haut pour être entendu d'un bout à l'autre du hangar ; quelques-uns des joueurs commençaient à rigoler, et, malgré tous ses efforts pour rester calme, Prew serra ses poings.

Turp décocha une œillade à son auditoire. Ecoutez celle-là, proclamait toute son attitude. Ecoutez celle-là, elle est encore meilleure que les autres. Turp n'était jamais aussi spirituel que devant un auditoire.

Lorsqu'il eut insulté, bafoué, ridiculisé, raillé et fait marcher Prewitt tout son saoul, Turp lui remit finalement les vingt dollars demandés, et Prew remonta se changer pour la ville, se demandant avec dégoût ce qu'il lui était le plus difficile de supporter : l'haleine fétide de Thornhill ou les postillons bilieux de Galovitch. Comme si leurs actes et leurs paroles n'étaient pas suffisamment écœurants sans qu'il faille encaisser ça par-dessus le marché ! Et Prewitt songeait, tout en s'habillant, aux humiliations qu'un homme trouve parfois la force de supporter pour une femme et qu'il ne supporterait pour rien d'autre au monde que pour une femme.

CHAPITRE XX

Des pensées analogues peuplaient l'esprit de Milt Warden, tandis qu'il se demandait s'il ne ferait pas mieux de se retirer du jeu avant que la chance se retournât totalement contre lui.

C'était moins une question de chance, d'ailleurs, qu'une question d'attention. Deux des dernières parties qu'il avait perdues se seraient sûrement terminées à son avantage s'il n'avait eu en face de lui, chaque fois qu'il levait les yeux, le visage aux traits profondément accusés de Maylon Stark. Peut-être parce qu'il avait rendez-vous le soir même, au *Moana,* avec Karen Holmes, Warden ne pouvait détacher son regard de Maylon Stark, dont les yeux et les lèvres avaient également connu la nudité frémissante de Karen pendant l'amour, cette nudité que Warden revoyait si bien et que Stark se remémorait sans doute avec la même netteté. Parce que Stark ne s'était sûrement pas vanté, sacré nom de Dieu, ça n'était pas du tout son genre, et son histoire donnait corps à toutes les autres histoires qui circulaient sur le compte de Karen... Mais elle avait dit : « Je n'aurais jamais cru que ça puisse être comme ça », oui, ça, elle l'avait dit : « Je n'aurais jamais cru que ça puisse être comme ça ! »

— Je me retire, dit-il au donneur. On commence à s'empoisonner ici. Et y a quatre-vingt-dix-sept dollars en pièces dans cette pile. Je les ai comptés.

— Tu te vexeras pas si je les compte aussi, Milt, pas vrai ? plaisanta le donneur.

— Foutre non. Je voulais simplement que tu saches que je les avais comptés.

Le donneur éclata de rire.

— Prends ça aussi, bâilla O'Hayer. Je vais respirer deux minutes. T'as qu'à tout coller dans le tiroir avec le reste.

— D'accord, patron, répliqua le donneur.

Il remit quatre-vingt-dix-sept dollars en billets à Warden et fit choir l'argent d'O'Hayer dans le tiroir ouvert.

— Ce sera là quand tu reviendras, Jim, promit-il fièrement.

Impassible, Warden le vit escamoter un billet de dix dollars — tandis qu'O'Hayer suspendait sa visière à un clou — puis plonger négligemment sa main dans sa poche pour y prendre son paquet de cigarettes. Warden lui tendit une allumette en souriant, et le donneur accepta, sans sourire, le feu qui lui était tendu.

Il gagna la caserne et s'arrêta un instant dans l'escalier, aspirant avec délices l'odeur virile de sa propre transpiration, conscient des muscles puissants qui roulaient dans ses cuisses et jusque dans son dos à chaque fois qu'il montait une marche, la poitrine mâlement gonflée, parce qu'il était heureux, tout à coup, d'être Milton Warden et d'avoir rendez-vous en ville, dans quelques heures, avec Karen Holmes.

La face durement burinée de Maylon Stark apparut alors devant ses yeux. Il se redressa, les mâchoires crispées, frappa la muraille de toutes ses forces à l'endroit où s'était dessiné le visage fantôme, puis laissa dédaigneusement retomber le long de son corps sa main endolorie.

Pete Karelsen était dans leur chambre. Son dentier ricanait dans la paume de sa main. Il se hâta de le poser sur la table en entendant la porte s'ouvrir.

— Qu'est-ce que t'as foutu avec ta main ? s'exclama-t-il. Tu t'es encore bagarré ?

— Qu'est-ce que t'as foutu avec tes dents ? riposta Warden. T'as encore voulu manger ?

— Oh ! ça va, grogna Pete, profondément blessé. Je voulais juste savoir ce qui était arrivé à ta main.

— Te fâche pas, répliqua Warden. Je voulais juste savoir ce qui était arrivé à tes dents.

Il alla se regarder dans son miroir, se trouva une sale gueule et commença à déboutonner sa chemise trempée de sueur.

— Faut toujours que tu répondes par des vacheries aux questions les plus amicales, dit Pete. Qu'est-ce que tu fais ? Tu te prépares pour descendre en ville ?

— Non, ricana Warden. Je me prépare pour descendre chez Choy. C'est pour ça que je me change.

— Oh ! va te faire voir, espèce de porc-épic !

Brusquement, Warden se mit à reboutonner sa chemise.

— Après tout, tu me donnes une idée, dit-il. Je descends chez Choy et je vais me saouler la gueule.

— J'étais en train de me demander si j'allais pas faire quelque chose comme ça moi-même, dit Pete, jetant un bref coup d'œil dans la direction de son dentier. Au fond, en ville ou chez Choy, c'est toujours la même gueule de bois qu'on a le lendemain, pas vrai ? Alors...

— Alors, boucle-la et allons-y, coupa Warden. Qu'est-ce que t'attends ? Le déluge ?

— On va chez Choy ?

— Bien sûr. Comme tu viens de le dire, pourquoi qu'on descendrait en ville ?

— Je croyais que t'étais en train de me faire marcher, dit joyeusement Pete.

Il s'empara de son dentier, le remit sur la table en s'exclamant :

— Oh ! et puis, merde ! et suivit Warden hors de la chambre. On va s'installer dans la cuisine, exposa-t-il tandis qu'ils traversaient la vaste chambrée déserte. J'aime pas rester dans la salle, le jour du prêt avec tous ces jeunes gueulards alentour. Ou peut-être qu'on ferait mieux de prendre quatre ou cinq pichets et d'aller les boire sur l'herbe ?... Et quand on sera bien à point, enchaîna-t-il, soudain ragaillardi, on ira tirer un coup chez la grosse Suzy, à Wahiawa, hein ? Juste l'aller et retour en taxi, histoire de rigoler. Attends une minute, je vais rechercher mes dominos.

Warden s'arrêta sans mot dire, alluma une cigarette, croisa les bras et les jambes et ne bougea plus, silhouette immobile et noire dans le crépuscule. La seule chose qui vivait en lui était le point lumineux de sa cigarette et ce fut de ce point lumineux que parurent jaillir les mots violents et totalement imprévisibles qui accueillirent Pete à son retour :

— Si c'est pas malheureux de voir ça ! On court au cataclysme, mais tout ce qui compte pour toi, c'est de savoir si tu dois mettre ta saloperie de râtelier, au cas où t'irais baiser une souris ! Qu'est-ce que t'attends pour aller rejoindre le curé à l'église et prier avec lui pour la paix ? C'est à peu près tout ce que t'es foutu de faire, maintenant. T'es atteint de la même maladie que tout le reste de l'humanité.

Pete s'arrêta court, figé sur place par la sauvagerie de cette attaque, les deux pouces encore dans la bouche, achevant d'ajuster son dentier.

Abruptement, la silhouette immobile revint à la vie et se rua dans l'escalier obscur, dégringolant les marches trois par trois, au risque de se casser le cou.

— Alors, imbécile, tu rappliques ? beugla la voix. Qu'est-ce que tu fous ?

Pete serra les mâchoires pour caler son dentier.

— Et toi, qu'est-ce que tu fous toi-même ? haleta-t-il, lorsqu'il eut rejoint Warden au milieu de la cour.

» C'est vrai ça, continua Pete, à qui la déception d'avoir vu s'écrouler la chaude perspective d'une bonne soirée entre copains donnait des intonations mélancoliques, qu'est-ce que tu viens nous casser les pieds avec ta guerre ? Comme si on n'était pas déjà dedans jusqu'au cou, sauf qu'on a pas encore envoyé de troupes.

— Exactement, dit Warden, joyeux. Exactement !

Il s'engouffra dans la cuisine de Choy, Pete suffoquant et plus outré que jamais sur les talons. Tous deux faisaient partie des rares privilégiés qui avaient toute latitude de s'installer pour boire dans la cuisine du restaurant. Sans se consulter, ils s'assirent, dénouèrent leur cravate, retroussèrent leurs manches, se renversèrent en arrière et posèrent leurs pieds sur la planche à hacher de Choy, exprimant par ces gestes immuables et quasi liturgiques leur intention de se payer du bon temps.

— Eh ! Choy, vieux Chinois hélétique, lança Warden. Toi appolter bièle tout de suite. Toi appolter deux, quatle, six bièles tout de suite, Chop-chop !

Le vieux Chinois de quatre-vingts ans trottina vers le gigantesque frigidaire en souriant dans sa barbe blanche aux poils clairsemés. Depuis que son fils, le jeune Sam Choy, qui avait abandonné le culte des ancêtres au profit des méthodes commerciales américaines, l'avait relégué dans l'arrière-boutique avec sa barbe, sa calotte de soie noire et son kimono brodé, le vieux Choy idolâtrait Warden, qui venait souvent le taquiner en buvant de la bière, dans la cuisine.

— Vite ! beugla Warden en clignant de l'œil à l'adresse de Pete. Pieds à toi coller plancher, vieux bouc. Moi plessé boile. Wiki-wiki. Chop-chop !

Le vieux posa la bière sur la planche à viande.

— Toi, vieux bouc, Choy, lui dit Warden. Bêêêêêêê...

Il porta sa main à son propre menton et fit bouger ses doigts.

— Moi, pas vieux bouc, pépia le vieillard, enchanté. Toi, bouc, Walden. Moi polter bièle. Toi payer, maintenant.

Warden sortit son portefeuille de sa poche et lui tendit un billet.

— Toi vieux bouc lusé. Toi lamasser beaucoup galette. Fils lamasser million dollals.

Le vieillard éclata de rire en tapotant de sa main frêle, presque transparente, l'énorme épaule de Warden. Puis il alla entrebâiller la porte qui s'ouvrait derrière le comptoir du restaurant, appela son fils, revint avec la monnaie et, toujours hilare, retourna se percher sur son tabouret habituel, l'œil vif et perpétuellement aux aguets.

Pete, qui, du haut de ses vingt-deux ans de service, avait observé tristement cette scène rituelle, se mit à évoquer le bon vieux temps des quartiers réservés pittoresques et des cinés coupe-gorge où l'on ne projetait que des films pornographiques.

— Le *Bijou,* Milt, tu te souviens du *Bijou ?* J'y suis allé, une fois, avec une fille. La fille d'un planteur qui avait cinq cents ouvriers sous ses ordres, tu te rends compte ? Nous avons soupé dans un restaurant chic et, ensuite, je l'ai emmenée au *Bijou.* Eh bien ! tu me croiras si tu veux, mais elle a pris ça très bien et nous sommes devenus très, très bons amis, par la suite.

Il rejeta le quart de brune qu'il venait de vider.

— Après, dit Warden, subitement écœuré par ces éternels remâchages.

— C'est tout.

— La dernière fois que j'ai entendu la raconter, elle se terminait autrement. Foutons le camp, j'en ai marre. Quelle heure qu'il est ?

— Huit heures. Mais pourquoi foutre le camp ? Je commençais juste à m'amuser, protesta Pete. Où c'est qu'on va ?

— Si on prenait quelques pichets et qu'on aille s'installer sur l'herbe, proposa soudain Warden, sentant revenir sa lassitude écœurée.

Ils étaient assis dans l'herbe, isolés par la nuit au centre du vaste terrain d'exercice, lorsque sonna l'extinction des feux.

— Ben, voilà, c'est pas mal, dit une voix dans l'ombre lorsque la dernière note se fut perdue dans le silence. Mais ce gars-là n'arrive pas à la cheville du petit Prewitt. Vous étiez là, l'autre soir, quand il a sonné la retraite ? J'ai bien cru que j'allais me mettre à chialer comme un veau. C'est une honte qu'y soit pas resté dans la clique.

— Ouais, je l'ai entendu, répondit une voix qui était celle de Choate. Il est pas verni, ce gosse.

— Et il a pas fini d'en voir, conclut Pete.

Le sergent de la K se remit sur pied et fit quelques pas pour se dégourdir les jambes.

— Je crois que je vais faire un saut chez la grosse Suzy, annonça-t-il. Faut que je sois rentré de bonne heure. J'ai du boulot, demain matin.

— J'en suis, dit Pete. Prête-moi cinq dollars, Milt.

— Sûr, ricana Warden. A vingt pour cent.

Tous quatre éclatèrent de rire. Warden se leva, un pichet à la main.

— Je t'ai eu, cette fois-ci, rigola Pete, j'ai du pognon. Tu viens avec nous ?

— De la merde, dit Warden. Quand y faudra que je paie une femme, je prendrai ma retraite.

— Et toi, caporal ? demanda Pete.

— Je suis le mouvement, dit Choate. Tu viens, Milt ?

— Non. Me faites pas répéter ce que j'ai dit.

— Ah ! viens donc, insista Pete.

— Non ! hurla Warden. Non, sacré nom de Dieu !

Il lança le pichet en l'air, à la verticale, de toutes ses forces, et les trois autres s'écartèrent pour éviter la pluie de bière qui s'échappait de la cruche tourbillonnante, tandis que Warden, immobile, la regardait retomber d'étoile en étoile.

— Youpie ! cria-t-il lorsque le pichet revint s'écraser à ses pieds, dans un dernier jaillissement écumeux qui aspergea son pantalon fripé.

— Bougre de cinglé, grogna le sergent de la K. On aurait pu le prendre avec nous dans le taxi.

Warden passa ses mains sur son visage ruisselant de bière.

— Qu'est-ce que vous attendez pour vous barrer et me foutre la paix ? cria-t-il.

Il leur tourna le dos et se dirigea vers la caserne. Il lui fallait prendre une douche et changer de vêtements avant de descendre en ville. Avant de retrouver Karen Holmes au *Moana*.

CHAPITRE XXI

Warden était furieux ; furieux d'être dans ce taxi qui l'emmenait vers la ville, furieux d'avoir mis son meilleur costume, celui qu'il avait payé cent vingt dollars et qu'il réservait pour les grandes occasions ; furieux de souffrir de sa main droite, qui allait finir par doubler de volume si elle continuait à enfler comme ça. Et tout ça à cause d'ELLE !

Il regrettait de ne pas être resté avec Pete et les autres, bien que leur compagnie ne lui eût apporté rien de plus qu'un solide cafard. Il regrettait d'avoir jamais eu cette foutue idée de coucher avec la femme de Dynamite, au lieu de la laisser à quelque petit gigolo assez névrosé lui-même pour pouvoir la comprendre. Il alla même jusqu'à regretter furieusement d'être venu au monde et, à ce symptôme, reconnut qu'il était amoureux.

Lorsque le taxi le déposa en ville, il alla directement acheter une bouteille de whisky et s'enfila avec rage plusieurs verres sur le zinc avant de sauter dans le bus de l'avenue Kalakahua qui l'emmena jusqu'à Waïkiki. Oh ! ça, il était amoureux, aucun doute là-dessus. Et lorsqu'il sauta de l'autobus, devant la taverne de Waïkiki, il était non seulement amoureux, mais aussi à moitié blindé, parce que le whisky ne faisait pas très bon ménage avec la bière de Choy père et fils. Il avait une sacrée envie de casser la gueule à quelqu'un. Mais personne ne semblait vouloir se battre. Tout le monde était trop heureux. C'était la nuit du prêt, et les civils eux-mêmes avaient des visages réjouis, tant la joie ambiante était contagieuse.

Il remonta jusqu'au triangle sablonneux planté de palmiers qui s'appelait officiellement Kuhio Park et qui était le lieu de son rendez-vous avec Karen Holmes. Le parc grouillait de soldats et de marins, et il douta un instant qu'elle fût vraiment là, dans ce fourmillement incessant de mâles en chasse. Mais il la trouva sur le banc le plus reculé, chevilles croisées et bras serrés le long du corps, les yeux perdus dans l'immensité noire, comme pour ne pas voir ce qui se passait autour d'elle. Il eut, en s'approchant d'elle, l'impression qu'elle soupirait.

— Bonjour, lui dit-elle d'un ton léger. Je me demandais si tu viendrais.

— Pourquoi, grogna-t-il. Je suis pas en retard.

Il se sentait gauche et mal à l'aise et un peu gris, et il était furieux. Ce n'était pourtant pas la première femme mariée avec laquelle il couchait, non ? Seulement, voilà, c'était la première dont il était amoureux.

— Oh ! dit-elle du même ton léger, c'est juste parce que je ne voyais pas pourquoi tu serais venu. Après tout, je t'ai presque imposé ce rendez-vous, la dernière fois. Pas vrai ?

— Mais non, protesta-t-il.

— Mais si.

— Je ne serais pas venu si je n'en avais pas eu envie !

— Bien sûr, approuva-t-elle. C'est moi qui suis arrivée trop tôt. Une demi-heure trop tôt. J'étais trop pressée, je suppose. Toi non. Tu arrives pile à l'heure convenue.

— Doucement, doucement, dit Warden. Qu'est-ce qui ne va pas ?

— Mais rien ! On ne m'a jamais fait que cinq propositions en une demi-heure, pendant que je t'attendais.

— Et c'est ça qui te chagrine ? Aujourd'hui, ça n'a rien d'étonnant.

— L'une des cinq m'a été faite par une femme, continua Karen.

— Une grande blonde oxygénée, aux larges épaules ?

— Oui. Tu la connais ?

— Tout le monde la connaît. Elle est toujours par ici, à essayer de ramasser quelqu'un, homme ou femme. Les troufions l'appellent la Vierge de Waïkiki.

— Tu as choisi un endroit pittoresque comme lieu de rendez-vous, chéri, dit Karen.

— Je l'ai choisi parce qu'on ne risque guère d'y rencontrer quelqu'un que tu connais. Tu aurais préféré le bar du *Royal Hawaiien ?*

Karen eut un léger sourire.

— Non, dit-elle. Mais n'oublie pas que ces choses-là sont nouvelles pour moi. Ces cachotteries et ces rendez-vous clandestins, comme si nous étions des criminels.

— Tu connais une meilleure méthode ? s'informa Warden.

— Non, dit Karen.

Elle mordit sa lèvre supérieure et regarda un instant l'eau scintillante et noire.

— Tu sais, Milt, reprit-elle soudain, si je t'ennuie déjà, ou si tu en as assez, ne te gêne pas pour me le dire, je ne m'en formaliserai pas. J'ai cru comprendre que les hommes se lassaient vite.

Elle releva la tête et lui sourit, s'attendant visiblement à des protestations.

— Qu'est-ce qui te fait croire que j'en ai assez ? s'exclama Warden.

— Parce que tu me prends sans doute pour une vulgaire putain, dit-elle paisiblement.

Il voyait bien que, cette fois encore, elle s'attendait à des protestations, mais il voyait aussi, suspendu dans l'air calme entre lui et le tronc d'un palmier, le visage fantôme de Maylon Stark, et il avait besoin de tout son sang-froid pour ne pas faire subir à son poing gauche le même sort qu'à son poing droit.

— Bon Dieu ! Qu'est-ce qui te fait croire que je te prends pour une putain ?

Karen éclata de rire.

— Vraiment, Milt chéri, tu veux dire que ça ne se voit pas sur mon visage ? Tu ne crois tout de même pas qu'on m'aurait fait toutes ces propositions si j'avais eu l'air d'une honnête femme ?

— Oh ! que si. Etant donné le jour et le lieu...

— L'employé du *Moana* lui-même a compris, lorsque je suis allée retenir la chambre pour le sergent et Mme H. L. Martin. J'ai bien vu sur son visage qu'il avait compris.

— Et alors ? grogna Warden. C'est avec les couples clandestins que les hôtels gagnent le plus d'argent.

— C'est vrai, Milt, j'oublie toujours que nous sommes un couple illégitime, comme des centaines d'autres couples illégitimes. Une femme adultère avec son amant... Mais on ne peut rien contre ça, pas vrai ?

Elle se leva brusquement.

— Je suppose que je ferais mieux de rentrer à la maison, plutôt que de continuer à gâcher ta soirée.

Warden se racla la gorge. Le rôle qu'elle l'obligeait à jouer n'aurait rien d'agréable, mais c'était le seul moyen.

— Ecoute, dit-il humblement, je ne sais plus qui a entamé cette discussion... Si c'est moi, je suis le premier à le regretter.

Elle lui prit la main. La main gauche, celle qui n'était pas blessée.

— Et j'aurais fini par tout flanquer dans le lac avec mon sot orgueil de petite-bourgeoise, dit-elle. Tu ne dois pas me trouver très drôle, n'est-ce pas. Mais je t'assure qu'il m'arrive d'être gaie... même si ça se voit pas à l'œil nu.

Elle s'appuya contre lui et, levant alternativement des longues jambes harmonieuses, ôta ses souliers. Warden sentit sa mauvaise humeur latente battre en retraite devant une émotion beaucoup plus puissante.

— Comme ça ! dit-elle en éclatant de rire.

Ils marchèrent à la lisière de l'eau, sur le sable humide et ferme. Karen balançait gaminement leurs mains jointes et, de temps à autre, se renversait légèrement en arrière pour lever les yeux vers son compagnon, révélant au regard troublé de Warden le délicieux abîme de son décolleté. Puis Karen remit ses souliers pour entrer dans la vaste cour-jardin, ouverte sur la plage, de l'hôtel *Moana*.

— Nous y voilà, sergent Martin.

— Entrons, madame Martin.

— J'ai pris une chambre avec vue sur la mer. C'était plus cher, mais nous pouvons nous permettre ça, pas vrai, sergent Martin ?

— Nous pouvons tout nous permettre, madame Martin.

— Attends de l'avoir vue. Elle est grande et très aérée, et nous pourrons nous y faire servir le petit déjeuner demain matin. C'est vraiment une très belle chambre, sergent Martin.

— L'endroit idéal pour une lune de miel, pas vrai, madame Martin ? dit Warden sans vergogne.

La cour était déserte. Il attira Karen contre lui et l'embrassa, debout sur la plage, sa vieille fureur complètement disparue. Puis ils montèrent dans leur chambre, qui était au second étage, la dernière porte à gauche à l'extrémité d'un long couloir semblable à n'importe quel autre couloir d'hôtel.

— Tu vois, dit joyeusement Karen. Ils ont même baissé les stores à l'intention du sergent et de Mme H. L. Martin. Ils doivent certainement nous connaître !

Warden referma la porte à clef derrière eux et se retourna vers cette femme qui lui était familière en tant qu'épouse du capitaine Dynamite Holmes et tellement étrangère encore en tant que maîtresse du sergent-chef Milton Anthony Warden. Elle dégrafait sa robe, les deux mains derrière le dos, et la frêle étoffe estivale moulait étroitement ses seins larges de belle femme épanouie, ses longues cuisses et ses hanches minces ou qui, plus exactement, semblaient minces, à travers le tissu de la robe, car une fois la robe enlevée elles n'étaient pas minces du tout, mais voluptueuses et pleines. Il la prit dans ses bras alors qu'elle faisait glisser la bride de sa combinaison sur son épaule brune et il la souleva et l'emporta vers le lit, certain, tout à coup, que toutes ces histoires de Stark et de Champ Wilson et des autres n'étaient pas vraies, ne pouvaient pas être vraies et ne seraient jamais vraies, ou que de toute façon ça n'avait aucune importance, ça n'aurait jamais aucune importance, parce que ça n'avait jamais été, ça ne serait jamais comme ça... Et lorsqu'il rouvrit les yeux et vit les vêtements épars entre le lit et la porte, il ne put s'empêcher de rire, humble et fier, et repentant et tendre.

— Tu ris bien, mon chéri, murmura Karen d'une voix ensommeillée, et tu fais bien l'amour aussi. Quand tu me prends, j'ai l'impression d'être une déesse adorée par une vilaine grande brute de sauvage...

Warden reposait sur le dos dans le lit saccagé, satisfait et légèrement somnolent comme après un bon repas composé de mets choisis, tandis que la petite main presque diaphane comme celle du vieux Choy, mais si lisse et si différente de celle du vieux Choy, errait doucement sur sa poitrine...

— Personne ne m'a jamais aimée comme ça, murmura Karen.

— Personne.

Elle éclata d'un rire chaud et doux comme le miel.

— Non, personne.

— Pas une seule fois ? Même pas un seul sur la quantité ?

Elle s'assit dans le lit et baissa vers lui un regard brusquement impérieux. Plus impérieux encore que lorsqu'elle lui avait ordonné de se cacher dans la penderie, à l'arrivée de son fils, la première fois.

— Qu'est-ce que tu veux dire, Milt ?

— Rien. Pourquoi ? dit-il, gêné.

— Qu'est-ce que tu voulais insinuer ? insista-t-elle.

— Insinuer ! s'esclaffa-t-il. Mais rien. Je te faisais juste enrager.

— Peut-être, dit-elle. Ou peut-être que tu t'imagines, simplement, qu'il y a quelque chose. Dis-moi ce qui ne va pas.

— O.K. ! grogna-t-il. As-tu déjà entendu parler d'un nommé Stark ? Maylon Stark ?

— Bien sûr, dit-elle d'une voix ferme. Je connais Maylon Stark. C'est le sergent d'ordinaire de la compagnie.

— Tu l'as connu à Bliss, également ? Il y était avec ton mari.

— Oui, dit-elle, je l'ai connu à Bliss, également.

— Tu l'as bien connu, là-bas ?

— Assez bien, dit-elle.

— Tu le connais peut-être encore mieux, maintenant ?

— Non, dit-elle en le regardant sans ciller. Je ne le connais plus du tout, maintenant. Il y a environ huit ans que je ne lui ai pas parlé.

Il ne répondit pas ; elle le regarda plus attentivement et remarqua soudain sa main enflée.

— Tu as dû le cogner rudement fort, constata-t-elle.

— Ne nous égarons pas, coupa Warden. J'ai frappé un mur. Je n'ai pas frappé Maylon Stark.

— Imbécile ! dit-elle avec colère. Bougre de fichu imbécile.

Elle lui prit la main tendrement.

— Aïe, s'exclama-t-il. Vas-y mollo.

— Qu'est-ce qu'il t'a dit ? demanda-t-elle, tenant toujours la main blessée de son amant avec une infinie tendresse.

Warden la regarda, puis regarda sa main et, de nouveau, regarda Karen.

— Il m'a dit qu'il t'avait baisée, répliqua-t-il.

Elle accusa le coup, mais se remit très vite. Merveilleusement vite, songea-t-il, amer et admiratif. Mais il y avait sans doute un bon moment qu'elle le sentait venir.

— Tu n'avais pas besoin de dire ça, murmura-t-elle en reposant avec précaution la main de Warden sur la couverture.

— Oh ! si, j'avais besoin de te le dire. Tu sauras jamais à quel point...

— Soit, admit-elle. Mais pas de cette façon-là. Tu n'aurais pas dû le dire de cette façon-là, Milt. Pas sans me laisser une chance de me défendre.

— Champ Wilson aussi, d'après lui, continua Warden, honteux et misérable, mais incapable de ne pas aller jusqu'au bout. Ce sont les bruits qui courent. Sans parler de Jim O'Hayer et de Liddel Henderson.

— Alors, je suis la putain de la compagnie, maintenant ? Je suppose que j'aurais dû savoir à quoi je m'exposais quand j'ai commencé à sortir avec toi.

— Personne ne sait que tu es sortie avec moi. Personne, Karen.

— J'avais oublié que tu étais un homme, continua-t-elle, et qu'en ta qualité d'homme tu avais le même esprit pourri que tous les autres, et le même orgueil d'étalon qui se vante de ses conquêtes. Oh ! je parie que Stark et toi-même avez passé un bon moment à comparer vos impressions. Dis-moi, qu'est-ce que ça donne, à côté des professionnelles ? Je ne suis encore qu'un amateur, tu sais, je n'ai pas encore tous mes diplômes.

Elle se leva pour chercher ses vêtements épars sur le plancher. Ses cheveux lui tombaient dans les yeux à chaque instant, et elle les repoussait d'une main maladroite et impatiente.

— Tu t'en vas ? questionna Warden.

— J'y pense sérieusement, répliqua-t-elle. Tu as une meilleure idée ? Après tout, c'est fini, n'est-ce pas ? Ça n'a pas été désagréable, tant que ça a duré, mais à présent... bonsoir !

— Alors, je crois que je vais boire un coup, dit Warden, ulcéré jusqu'au fond de l'âme.

« Tu savais ce que tu faisais, pas vrai ? songeait-il. Tu savais que le premier mot entraînerait le second, et ainsi de suite jusqu'à ce que tout devienne impossible. Alors, pourquoi l'as-tu fait ? Qu'est-ce que tu espérais ? Un miracle ? Comment se fait-il qu'on ne puisse jamais parler sans provoquer de catastrophes, sans dire autre chose que ce qu'on avait l'intention de dire. » Il se leva, prit la bouteille et but au goulot.

— Tu as soif ? s'informa-t-il.

— Non, merci. Envie de vomir, simplement.

— Tu es écœurée, hein ? Par ce petit salaud de Warden et son sale petit esprit mal tourné ? Tu n'as jamais entendu dire qu'il n'y avait pas de fumée sans feu ?

Il prononça les derniers mots avec une sorte de rage, regrettant aussitôt de les avoir prononcés, mais sachant parfaitement qu'il lui était impossible de ne pas les prononcer, le regard attiré, malgré lui, par ces seins dont sa tête connaissait la douceur, et que la maturité pliait imperceptiblement, leur donnant cette lourde plénitude qui, d'une manière ou d'une autre, manque aux vierges et aux jeunes filles.

— Oui, riposta Karen, je l'ai entendu dire. Et toi, tu n'as jamais entendu dire que toute femme mourait trois fois au cours de son existence ? La première quand elle perd sa virginité, la seconde quand elle perd sa liberté — on appelle ça se marier, je crois — la troisième quand elle prend un amant. Tu n'as jamais entendu dire ça ?

— Non, grogna Warden.

— Moi non plus. Je viens seulement d'y penser. Mais ça vaut bien ton histoire de fumée sans feu. Et, si ça t'intéresse encore, laisse-moi te dire que tu aurais pu m'épargner cette saleté. D'autant plus que tous ces racontars au sujet des autres types ne sont que des racontars et que tu aurais pu le comprendre.

— Les autres, d'accord, dit-il froidement. Mais Stark ?

Karen lui fit face, les yeux étincelants.

— Tu étais vierge quand je suis devenue ta maîtresse, pas vrai ?

— Donc, c'est vrai, constata-t-il d'un ton naturel. Et ça t'a plu ? Autant qu'avec moi ? ou davantage ?

— Il me semble que tu deviens rudement possessif, en vieillissant, dit-elle avec mépris. Je ne vois pas en quoi ça te regarde.

— Oh ! je pensais que je pourrais m'inspirer de sa technique, si tu n'étais pas satisfaite. La Compagnie G ne recule devant aucun sacrifice pour satisfaire sa clientèle.

— Ça aussi, tu aurais pu me l'épargner, dit Karen. Mais si ça doit t'enlever un poids de sur le cœur, ça ne m'a pas plu du tout. J'en ai gardé un souvenir horrible.

— Qu'est-ce qui me le prouve ?

— Et qui es-tu pour me demander des comptes ?

— Alors, pourquoi l'as-tu fait ?

— Tu voudrais savoir pourquoi je l'ai fait ? Tu voudrais vraiment le savoir, pas vrai ? Je te le dirai peut-être un jour. Mais pas aujourd'hui. Tu te conduis comme un vulgaire mari. Pourquoi que tu ne te creuserais pas aussi la cervelle dans ton coin comme un vulgaire mari ?

Elle éclata de rire. Puis son visage se décomposa, d'un seul coup, et, sans transition, elle se mit à pleurer nerveusement.

— Salaud, espèce de salaud, dit-elle, tu tenais à ne me laisser absolument rien, n'est-ce pas ?

— O.K. ! grogna Warden. O.K. ! je peux pas te donner tort.

Elle se leva, pleurant toujours, mais il y avait dans son regard la haine la plus intense que Warden eût jamais lue dans un regard. Et il avait affronté pas mal de regards haineux dans sa vie.

— Non, dit-elle. Je vais te raconter ça tout de suite. Après tout, c'est le moment ou jamais. Et ça vous fournira un beau sujet de conversation, quand vous vous raserez, à la caserne.

Elle laissa choir les vêtements qu'elle avait eu tant de peine à réunir et qu'elle avait tenus jusque-là devant elle, comme un bouclier, puis s'assit et montra la cicatrice verticale qui barrait son ventre.

— Tu ne l'avais jamais remarquée, pas vrai ? s'esclaffa-t-elle nerveusement. Eh bien ! c'est la cicatrice d'une hystérectomie, autrement dit d'une utérectomie, opération qui nécessite l'excision de l'utérus. Tu reconnais la racine du mot hystérectomie, bien entendu. C'est « hystérie » qui, pour les médecins, est pratiquement synonyme de « femme ». Non sans raison, d'ailleurs, puisqu'ils en tirent le plus clair de leurs revenus. « Quel âge avez-vous, madame ? Trente-cinq ans ? Je vois, je vois... Vous pleurez sans raison, vous êtes nerveuse ? Eh bien ! mais il n'y a pas de quoi s'inquiéter, c'est tout simplement le retour d'âge qui commence à se faire sentir. Toutes les femmes en sont là, chère madame. » Ils t'auscultent, ils se lavent les mains, ils reviennent avec un large sourire, en opinant du bonnet. Ils sont gynécologistes, alors, ils savent ; ils ont fait des études pour ça. « C'est bien ce que je pensais, chère madame, vous avez simplement besoin d'une petite hystérectomie, un point, c'est tout, rien de plus qu'une petite hystérectomie. » Dieu sait ce que deviendraient les médecins s'il n'y avait pas les hystérectomies et tous les mots dérivés de la même racine. Ils changeraient de métier, je suppose, ou voteraient pour la nationalisation de la médecine. A l'hôpital où j'étais, ils pratiquaient jusqu'à neuf hystérectomies au cours d'une seule matinée. Ça te surprend ? Mais c'est tellement simple, à présent. Avec les progrès constants de la technique chirurgicale, ce sera bientôt à peine plus grave qu'une appendicectomie. L'hystérectomie sera bientôt à la portée de toutes les bourses, et toutes les femmes de plus de trente-cinq ans pourront se payer leur petite hystérectomie maison, avec ablation des ovaires et de tout ce qui ne servirait plus à rien, de toute façon. Ablation de l'appendice à titre gracieux, comme prime à tout acheteur...

» Mais, une fois recousue, on s'aperçoit, trop tard, qu'on n'est plus une femme. Oh ! l'extérieur est toujours le même, bien sûr, les hommes n'y voient pas de différence. Certains médecins vont même jusqu'à vous laisser entendre que vous goûterez mieux les joies de la vie, maintenant que vous n'aurez plus la crainte de concevoir. Ça ne change rien aux apparences, les seins eux-mêmes ne se dessèchent pas grâce à certaines pilules qui en entretiennent les glandes. Des pilules à base d'hormones, comme ils disent...

Elle se releva et sortit de son sac une petite fiole verte.

— Voilà, dit-elle. Les pilules qu'il ne faut jamais oublier. La petite dose d'hormones quotidienne, qui vous permet de garder l'apparence d'une vraie femme. Remarquable, pas vrai ?

Elle remit la petite fiole dans son sac.

— On continue à faire l'amour, les hommes ont toujours ce qu'ils désirent, mais on n'est plus une vraie femme. On n'est plus qu'une coquille vide, un fruit sans graines, un sexe sans signification. On ne peut plus avoir d'enfant.

» C'est sans doute pour ça qu'on recherche aussi désespérément l'amour, parce que l'amour seul peut rendre au sexe et à la vie même leur signification. L'amour est tout ce qui vous reste, à condition de pouvoir le trouver. Non, non, ne dis rien, je n'ai pas encore fini. Tu parleras après, si tu as envie de dire quelque chose. Je n'ai jamais raconté ça à qui que ce soit, tu sais. Sauf à mon médecin... jusqu'à ce qu'il veuille voir comment c'était, avec une femme qui n'avait plus ses organes féminins. Alors, laisse-moi finir, si ça ne te fait rien.

» Il me reste à te dire ce qui a nécessité mon hystérectomie. Je parierais volontiers que tu t'attends à tout autre chose. Mais c'est à la suite d'une gonorrhée. C'est très souvent à la suite d'une gonorrhée. Pas toujours, bien entendu ; mais très souvent. Et sais-tu qui m'a repassé ma dose de gonorrhée ? Je parierais volontiers que tu ne trouverais pas ça tout seul non plus, si je ne te le disais pas. Je l'ai contractée de la même façon que la plupart des épouses qui se réveillent un jour avec la gonorrhée. Au contact de mon cher mari, le capitaine Dana E. Holmes. Il n'était que lieutenant, d'ailleurs, en ce temps-là. Ne fais pas cette tête, je ne dis pas ça pour me faire plaindre. J'ai entendu dire que certaines épouses la repassaient également à leur mari, et plus fréquemment qu'on ne le pense.

» Il y avait trois ans que nous étions mariés, à l'époque. J'avais déjà donné le jour à son héritier, la survivance du glorieux nom de Holmes était assurée ; une veine, pas vrai ? Evidemment, nous n'étions pas mariés depuis plus de deux mois lorsqu'il a commencé à trotter ailleurs. Lorsque j'ai su, du moins, qu'il me trompait, car il n'avait sans doute pas attendu aussi longtemps. Mais ça, ça fait partie du métier. Je m'y suis habituée, bien que l'éducation que j'avais reçue m'eût donné une tout autre idée du mariage. Et puis, après la naissance de l'enfant, il a cessé, graduellement, de coucher avec moi. En dehors de quelques rares occasions. J'ai fini par m'y habituer, quoique avec un peu plus de difficulté, parce que je ne comprenais pas pourquoi. Un beau jour, ces rares occasions elles-mêmes ont cessé, et j'en ai presque éprouvé du soulagement, parce que ce qui s'était passé dans ces cas-là n'était que trop évident. Il rentrait à moitié saoul, complètement déchaîné parce que la femme avec laquelle il était sorti ce jour-là lui avait filé entre les doigts au dernier moment... Je suppose que c'est pour ça que les hommes se marient. Mais je n'y prenais guère de plaisir dans ces conditions.

» Je ne me suis donc pas étonnée lorsqu'il a complètement cessé de s'intéresser à moi. Comment aurais-je pu savoir qu'il était malade et qu'il était en cours de traitement ? Les femmes respectables ne sont même pas censées savoir ce que c'est que la gonorrhée, pas vrai ? Alors, je n'ai pas pensé à ça lorsqu'il est rentré un soir, plus saoul que d'habitude, trop saoul, peut-être, pour s'en souvenir, ou trop excité pour réfléchir sur le moment. J'ai fini par comprendre, bien sûr, mais un peu tard...

— Bon Dieu ! chuchota Warden. Bon Dieu de bon Dieu de bon Dieu !

Karen esquissa un pauvre sourire.

— J'ai presque fini, dit-elle. Je ne veux plus te parler que de Stark. Dana m'avait conduite au médecin qui le soignait. En ville, bien entendu. C'était un petit bonhomme chauve, très scientifique et très objectif, et qui faisait des affaires d'or. La gonorrhée est courante, au Texas ; j'ignore pourquoi. La proximité de la frontière, peut-être...

— Ecoute, dit Warden d'une voix méconnaissable. Attends un peu, écoute...

— Non, j'ai presque fini. Il a fallu que je parte en voyage. La gonorrhée est plus difficile à guérir chez la femme que chez l'homme. Elle entraîne fréquemment une hystérectomie. Stark est arrivé à Bliss pendant mon absence. Ce n'était qu'un bleu quand je suis revenue. Un gosse vantard et tout faraud qui me faisait des avances histoire de crâner, parce que j'étais la femme du lieutenant, et qui a dû éprouver la plus belle trouille de sa vie lorsque je l'ai pris au mot. Mais il fallait que je fasse quelque chose, que j'aie la preuve de pouvoir exister encore, en tant que femme. Stark n'a été que l'instrument qui m'a servi à parfaire la guérison. N'importe quel autre eût aussi bien fait l'affaire. Ce n'est arrivé qu'une fois, et j'en suis ressortie blessée dans la chair et complètement écœurée, mais j'étais guérie, parce qu'il ne s'était aperçu de rien. Est-ce que tu comprends ce que je veux dire ?

— Oui, dit Warden. Je comprends. Mais écoute-moi, maintenant, je...

— C'est tout, dit-elle. J'ai fini, maintenant. C'est tout. Je vais m'en aller dans un instant.

Elle s'assit sur le bord du lit et le regarda, un sourire aux commissures des lèvres. Puis le sourire s'estompa, lentement, cédant la place à une absence totale d'expression plus pénible encore que toutes les expressions torturées qui avaient déformé ses traits pendant son récit. Elle se renversa en arrière, trop lasse pour rester assise, trop lasse pour s'en aller, trop lasse pour vomir, ou pleurer, ou rire nerveusement, ou se réfugier dans l'inconscience. Elle était comme une accouchée qui a senti, jour après jour, grandir et grossir en elle l'enfant d'un homme et que l'accouchement effraierait (bien qu'elle eût toujours su qu'il lui faudrait accoucher un jour) et qui, après l'accouchement, sombre dans un néant miséricordieux.

— Ecoute, répéta Warden. Ecoute-moi...

Il reprit la bouteille qu'il avait posée sur le plancher et la lui tendit.

— Tu veux que je m'en aille, pas vrai, dit-elle. Je vais m'en aller dans une minute. Laisse-moi seulement me reposer une minute. Après, je m'en irai.

Warden secoua la tête.

Elle le regarda, se redressa et lui prit la bouteille des mains.

— Oui, ça ne me fera pas de mal, avant de partir, dit-elle.

Warden hocha la tête.

— Je ne veux pas que tu t'en ailles, dit-il. Je te demande de ne pas t'en aller.

— Je ne veux pas m'en aller, Milt, dit Karen. Je veux rester, Milt, je ne veux pas m'en aller.

— Voilà, c'est mieux, dit-il. Oh ! l'enfant de salaud. La saloperie d'enfant de salaud !

— Je n'ai pas besoin de rentrer avant demain soir, dit-elle d'un ton vague. Il est invité à l'une des partouses du colonel Delbert cette nuit.

— Je t'aime, dit Warden. Oh ! le fumier.

CHAPITRE XXII

Le capitaine Holmes pouvait être un fumier doublé d'une saloperie d'enfant de salaud — c'était une simple affaire d'opinion — mais en tout cas le capitaine Holmes n'était pas un imbécile, et il savait que depuis peu sa femme avait un amant. Douze ans de vie commune vous confèrent une sorte de sixième sens infaillible pour ce genre de choses. Ce soir, sa femme avait refusé de lui préparer à dîner. Or elle n'avait jamais refusé, jusqu'à présent, de lui préparer à dîner. A déjeuner, toujours — sans parler du petit déjeuner — mais à dîner, jamais. La préparation du dîner faisait partie de leur accord. « Accord ? pensa Holmes. Trêve armée conviendrait davantage. » Il ne s'agissait pas d'un mariage ordinaire. Ou peut-être que si, après tout ?

Le capitaine Holmes avait donc soupé — et bien soupé — au mess des officiers célibataires, avec tous autres officiers mariés dont les épouses ne préparaient plus le dîner de leur seigneur et maître. Le ventre confortablement garni, mais l'esprit assez peu tranquille, il attendait maintenant au bar l'arrivée de son colonel.

Depuis qu'il s'était laissé ravir le titre divisionnaire, le capitaine Holmes n'était pas en très bons termes avec son colonel. En fait, lorsqu'il se donnait la peine d'y réfléchir, il devait s'avouer qu'il n'était pas en très bons termes avec qui que ce fût, depuis un certain temps. Avec son colonel, pour commencer ; avec sa femme, ensuite. Mais sa femme, mon Dieu ! ce n'était pas une nouveauté... Ni son sergent-chef, ni son sergent d'ordinaire n'éprouvaient une grande affection à son égard. Cinquante pour cent des hommes de sa compagnie ne pouvaient pas le voir en peinture, et les cinquante autres, ceux pour qui il savait avoir fait bien des choses, ne paraissaient même pas s'en douter. Il avait même souvent l'impression que cette seconde moitié de sa compagnie l'aimait encore moins que la première ! Pourquoi tout ça ? Il lui semblait parfois qu'un abîme effrayant était en train de se creuser sous ses pieds. Où était le brillant idéal du meneur d'hommes qui avait quitté West-Point pour conquérir le monde ? Où était l'heureux et gai mariage, la vie édifiante, la conscience du chef scrupuleux ? Où étaient les conceptions audacieuses du jeune cavalier intrépide ? Il avait dû perdre tout ça quelque part en chemin, mais à quel endroit exact ? Où les rechercher à présent ?

« Ce doit être un civil, se dit-il après mûre réflexion. Elle est trop discrète pour prendre un officier, elle a trop de classe et de bon goût pour prendre un simple soldat. Conclusion : c'est un civil, riche de préférence. » Le capitaine Holmes avait toujours cru en l'efficacité de la logique syllogistique.

Au fond, c'était plutôt un avantage. Il n'aurait plus besoin, désormais, de rentrer chez lui le soir lorsqu'il n'en aurait pas envie. L'existence de cet amant le libérait d'une agaçante nécessité : celle d'avoir à sauver la face aux yeux de son épouse légitime. Comment se faisait-il qu'il ne se sentît point soulagé ? Ils avaient un point commun, à présent, elle et lui. Un point de contact. Un terrain d'entente. Alors ?

Pour échapper au vertige que suscitait en lui cet abîme sans fond, le capitaine Holmes commanda un autre whisky-soda et noua conversation avec le barman qui, bien que profondément ennuyé, l'écouta avec une sollicitude attentive, parce qu'Holmes était capitaine et que lui-même n'était que première classe. Holmes commençait à se demander irrévérencieusement ce que pouvait bien foutre le vieux Delbert.

En fait, le colonel arriva un bon moment après l'heure convenue, en compagnie d'un général de brigade qu'il présenta au capitaine avec une certaine affectation. Pour une fois, Holmes ne broncha même pas. C'était un sale tour à lui jouer que d'amener un général à la partouse sans même l'avoir prévenu, mais il pensait toujours à sa femme, qui, depuis longtemps, n'était plus sa femme que de nom, mais qu'il avait crue, tout de même, au-dessus de ces faiblesses humaines...

Ensemble, les trois hommes traversèrent la cour, à l'autre extrémité de laquelle brillaient les lumières de l'hôpital militaire, pénétrèrent dans la salle des banquets dont le colonel referma la porte derrière eux avant de montrer au général et au capitaine le chemin de l'escalier qui conduisait aux étages supérieurs.

— Je me flatte d'avoir réalisé un petit tour de force en choisissant cette fois le jour du prêt, remarqua le colonel Delbert.

— Oh ! indubitablement, colonel, répliqua le général d'un ton neutre qui le rendit aussitôt sympathique aux yeux du capitaine Holmes.

Dynamite avait déjà eu l'occasion de rencontrer ce général, mais jamais dans de telles circonstances. Arrivé depuis peu des Etats-Unis, il passait pour un brillant tacticien, et l'on disait qu'il était sur le point de prendre le commandement effectif de la brigade, dès que le vieux major-général actuellement en fonctions aurait été mis à la retraite, ce qui — affirmait-on — ne saurait tarder. Il était beaucoup plus jeune que le colonel Delbert.

— Nous serons cinq pour six femmes, messieurs, annonça le colonel en montant l'escalier. C'est plus excitant comme ça ! Et toutes de couleur. Deux Japonaises, une Chinoise, deux Sino-Hawaiiennes et une négresse de pure race ou presque, puisqu'il n'existe plus, paraît-il, d'Hawaiiens de pure race.

— Le colonel Delbert, dit Holmes d'un ton respectueux, est un chaud partisan du vieux précepte militaire selon lequel on doit tirer le meilleur parti possible des lieux dans lesquels on se trouve.

Le général éclata de rire et lui jeta un regard en biais. Le colonel pouffa. Holmes se permit un sourire.

Delbert avait, comme d'habitude, retenu les trois appartements du premier étage et fait ouvrir les portes de communication, de telle sorte qu'ils disposaient de six pièces en enfilade. Ces appartements avaient été aménagés, à l'origine, pour servir de quartiers provisoires aux nouveaux officiers ou aux officiers en visite, mais comme ils n'étaient jamais plus utilisés de cette manière l'officier qui gérait le club avait eu l'idée de les louer, pour couvrir les frais de gestion, à ceux de ses collègues qui désiraient organiser des réunions en petit comité. Depuis qu'il avait lancé cette idée, non seulement le club couvrait ses frais de gestion, mais il commençait à faire des bénéfices.

— Eh bien ! qu'en pensez-vous, mon général ? s'informa fièrement le colonel Delbert.

Le général, qui était grand et mince, s'étira voluptueusement et jeta un coup d'œil sur les bouteilles cachetées, les siphons et les luxueux verres à cocktails artistement disposés alentour.

— Hé, hé ! dit-il. Ça me rappelle les vieilles sociétés secrètes de West-Point.

— J'ai fait apporter tout ça de chez moi par mon ordonnance, expliqua le colonel. Sur le terrain comme au lit, c'est toujours le meilleur équipement qui donne le plus de satisfaction. Jeff — mon ordonnance — est en train de s'arranger avec le cuisinier pour les sandwiches et la glace.

Le général se pencha vers l'étiquette d'une des bouteilles et ne répondit pas.

— Général Slater, dit facétieusement le colonel Delbert, en notre qualité de représentants du Q.G. régimentaire, nous vous souhaitons la bienvenue dans ce havre du mâle oppressé.

Le général se laissa tomber dans un fauteuil.

— Sam Slater, rectifia-t-il. Sam Slater, de Sheboygan. Personne ne tient plus que moi au respect des galons et des prérogatives qui s'y rattachent, Jake, mais en lieu et temps utiles, c'est-à-dire ni ici ni maintenant.

— O.K. ! Sam, dit Jake Delbert avec un sourire gêné. Je ne...

Slater se retourna vers Holmes.

— Vous pouvez m'appeler Sam, vous aussi, dit-il. Mais, si vous vous avisiez de faire une chose pareille en dehors de cet appartement, je vous ferais casser sans l'ombre d'une hésitation. D'accord ?

— D'accord ! dit Holmes en souriant.

Ce Slater lui était de plus en plus sympathique.

— Le chantage n'a jamais été mon fort, de toute manière, ajouta-t-il.

Sam Slater le regarda un instant, puis éclata de rire.

— Votre protégé me plaît, Jake, déclara-t-il.

— C'est un garçon très bien, riposta Jake, mais ce n'est pas exactement ce que j'appellerais mon protégé...

Sans s'excuser, Slater lui coupa la parole.

— Franchement, dit-il à Dynamite, quand ce vieux Jake ici présent m'a annoncé qu'il y aurait un jeune capitaine au nombre de ses invités, j'ai pensé : « Oh ! merde ! » Mais j'aurais dû savoir que ce vieux Jake Delbert connaissait ses oignons !

— Je savais bien qu'il vous plairait, Sam, mentit Jake, tandis que sa petite moustache battait désespérément des ailes.

— Je suis sûr qu'il m'a présenté sous des traits extrêmement flatteurs, dit Holmes.

— Mais oui ! affirma Sam Slater. Pas vrai, Jake ? Il m'a tout dit sur votre compte. Il est sincèrement désolé que vous ayez perdu ce championnat qui vous revenait de plein droit, d'après lui.

— Je m'efforce toujours de rester juste, dit stoïquement Jake.

— Je n'aurais pas permis à n'importe quel jeune officier de m'appeler Sam, même en de telles circonstances, continua Slater. La plupart d'entre eux n'auraient pas compris. Hein, Jake ?

— C'est vrai, Sam, acquiesça Jake d'un ton légèrement dubitatif.

Il observait Holmes, qui, de son côté, ne s'était jamais senti d'humeur aussi folâtre en présence de son colonel, et faillit éclater de rire. L'accord tacite qui l'unissait provisoirement au général lui garantissait une entière sécurité, et, pour une fois que le Vieux était le dindon de sa propre farce, c'était le moment ou jamais d'en tirer le maximum.

L'arrivée du sergent Jefferson soulagea visiblement Jake Delbert. Il lui ordonna de préparer les premiers cocktails, se fit remettre par lui une paire de jumelles qu'il eût pu saisir en allongeant le bras et, sans le remercier, l'envoya chercher les femmes à Wahiawa.

— Et tâchez qu'aucun civil ne vous voie les ramener dans ma voiture, ou j'aurai votre peau, Jeff, compris ?

— Oui, mon colonel, dit Jeff, impassible.

Jake pointa les jumelles vers les fenêtres illuminées du quartier des infirmières et les régla soigneusement à sa vue.

— Rien, grogna-t-il en rejetant l'instrument sur la table. Même pas une seule à poil !

Personne ne répondit. Sam Slater avait transposé sur le plan général sa réflexion concernant les jeunes officiers et disait à Dynamite Holmes :

— Ce qui m'a tout de suite frappé, lorsque je vous ai vu, c'est que vous n'aviez pas peur. La plupart des jeunes officiers sont exactement comme les hommes de troupe. Ils ont peur de leurs supérieurs. Leurs moindres pensées, leurs moindres actes sont gouvernés par cette crainte perpétuelle d'une désapprobation officielle. Et cette crainte n'existe pas seulement chez les jeune officiers. Il est très rare de trouver parmi eux, jeunes ou vieux, quelqu'un avec qui l'on puisse discuter raisonnablement, ce qui ne rend pas les choses particulièrement faciles pour un type comme moi !

— Messieurs ! intervint Jake Delbert en se levant d'un bond. Vos verres sont vides, messieurs. Et nous ne sommes pas ici pour tenir un conseil de guerre. Nous sommes ici pour...

Sa voix sombra dans le vague, comme celle d'un phonographe insuffisamment remonté.

— J'ai soif, conclut-il misérablement.

Sam Slater lui sourit avec un mépris ostensible, et Jake se sentit frémir.

— Bien sûr, Jake, dit Slater. Remplissez les verres, mon vieux, remplissez les verres.

— Messieurs ! dit Jake Delbert. Je bois à vos santés respectives, messieurs.

— Merci, Jake, dit Slater en prenant le verre que lui tendait le colonel.

Son ton conciliant ne rassura nullement Jake Delbert.

« Qu'ils aillent se faire foutre », songea-t-il.

— Dites-moi, Dynamite, s'informa-t-il, êtes-vous parvenu à convaincre ce... comment s'appelle-t-il, déjà ?... ce Prewitt de reprendre la boxe ?

— Pardon ? sursauta Holmes, retombant brusquement de l'abstrait dans le concret où comptent uniquement les résultats. Oh !... Prewitt ! Non, pas encore. Mais tous mes gars s'occupent de lui.

— Ils lui infligent le « traitement » ? s'enquit Slater.

— Oui, dit Holmes à contrecœur.

— Voilà qui va me permettre d'illustrer ma théorie. Combien de temps pourrions-nous maintenir l'ordre dans une armée, d'après vous, si nous n'avions pas d'officiers subalternes qui craignent notre classe au point de tyranniser la leur ?

— Pas très longtemps, riposta Holmes.

— Le secret, continua Slater, est d'inspirer à chacune des classes de la société la crainte des classes supérieures et le mépris des classes inférieures. Vous avez raison de faire faire le sale travail par vos sous-off's au lieu de le faire vous-même. En agissant ainsi, vous rendez encore plus évident l'abîme qui sépare les soldats des officiers, et cela aux yeux des sous-officiers eux-mêmes.

— Mais vous n'avez encore obtenu aucun résultat ? insista Jake ramenant à nouveau la conversation sur le plan concret, le plus loin possible de cette théorie infernale du jeune Slater. N'oubliez pas que les rencontres intercompagnies doivent commencer en juin, cette année.

Brusquement dégrisé, Holmes se retrouva soudain dans ses petits souliers de simple capitaine.

— Je ne l'oublie pas, mon colonel, dit-il.

— J'en suis persuadé, mon garçon, dit Jake d'un ton chaleureux.

Il se mouvait à nouveau en terrain familier.

— Mais n'oubliez pas non plus que ce Prewitt est apparemment une forte tête, dont le « dressage » met en jeu votre prestige d'officier.

— Mon prestige n'est pas en jeu pour l'instant, se défendit Holmes, blessé par cet accord. Mes gars agissent pratiquement sans intervention de ma part...

Il s'interrompit, comprenant soudain qu'il venait de commettre une erreur.

— Je veux dire..., commença-t-il.

Mais Jake avait repéré la brèche et l'agrandissait joyeusement.

— Vos hommes ne risquent-ils pas de s'imaginer que vous craignez d'en endosser la responsabilité ? questionna-t-il, se disant dans son for intérieur : « Ça t'apprendra, jeune blanc-bec ! » En théorie, c'est toujours facile, mais quand il faut passer aux actes...

— Mais non, contre-attaqua Holmes. J'essaie simplement d'arriver au but par l'intermédiaire de mes sous-officiers, comme le général ici présent vient de le dire.

— Ça demandera plus de temps, de cette manière, riposta Jake. Et s'il ne capitule pas assez tôt pour pouvoir s'entraîner sérieusement, il risque de ne vous être d'aucune utilité en juin.

— C'est pour le championnat divisionnaire que je le veux, l'hiver prochain, et non pour les rencontres intercompagnies, répliqua Holmes en souriant avec une certaine complaisance, heureux d'avoir gagné ce round.

— Certes ! insista Jake. Mais, s'il coupe aux rencontres intercompagnies, il vous aura tout de même obligé à céder du terrain, et ça, c'est mauvais... n'est-ce pas, Sam ?

Slater l'observa un instant sans répondre. L'un et l'autre quêtaient son approbation, et il le savait et en jouissait secrètement. Jake était colonel, bien sûr, mais Jake était un couard et un membre de cette vieille école qu'il faudrait inévitablement détrôner un jour. Et, d'autre part, le jeune Holmes lui plaisait.

— C'est exact, dit-il enfin. Mais l'important c'est qu'aucun homme de troupe ne puisse soupçonner que l'un d'entre eux a fait reculer un officier. Cette histoire de boxe n'a aucune importance en elle-même.

Jake jugea préférable de ne pas relever cette dernière phrase. Il avait repris l'avantage, il avait aiguillé la conversation sur une autre voie, c'était l'essentiel. Mais c'était tout de même malheureux qu'il dût s'abaisser, lui, un lieutenant-colonel, à disputer la faveur d'un général à un simple capitaine !

— S'il s'obstine, il faudra bien que vous le matiez, dit-il froidement à Dynamite Holmes. Vous n'avez pas le choix.

Slater et Holmes discutaient toujours lorsque les femmes arrivèrent sous la conduite du sergent Jefferson, et ils continuèrent de discuter après que deux d'entre elles eurent élu domicile sur leurs genoux. Elles se servirent des cocktails, les burent et commencèrent à échanger des regards perplexes lorsqu'elles virent que la discussion s'éternisait et que les deux hommes ne les chassaient pas, mais n'encourageaient pas non plus leurs avances. Jake et les deux majors s'étaient déjà retirés dans les chambres voisines en compagnie des quatre autres filles.

Et les deux hommes discutaient toujours. Holmes écoutait attentivement les paroles du général, qui lui ouvraient des perspectives dont il n'avait fait, jusque-là, qu'entrevoir la profondeur.

— Le tout est basé sur l'appréhension, disait Slater en souriant. La confiance qu'on peut accorder à un homme est en raison directe de l'appréhension qui est en lui. L'étape suivante est, bien entendu, de provoquer cette appréhension par des moyens artificiels. Elle est là, il suffit de la faire fructifier. Plus grande est l'appréhension, plus parfait sera le contrôle.

— Qu'est-ce que c'est, l'après-hension, mon chou ? s'informa la Japonaise assise sur l'accoudoir du fauteuil de Slater.

— La peur, riposta Sam Slater.

— Oh ! dit-elle en échangeant un regard avec sa camarade.

— Qu'est-ce qui va pas ? s'enquit la Chinoise assise sur le genou droit d'Holmes.

— Rien, tout va pour le mieux, dit Slater.

— On vous plaît pas, peut-être ? gazouilla la Japonaise.

— Mais si, mais si, vous êtes gentilles, affirma Slater.

— Viens, Iris, dit la Japonaise. On va aller voil le glos type aux cheveux blancs. Il est avec Beulah. On va peut-être pouvoil ligoler un peu.

Iris se leva.

— J'ai lien fait qui t'a pas plus ? insista-t-elle.

— Mais non, dit Holmes.

— Vous voyez, ricana Slater lorsqu'elles furent parties. Vous voyez ce que je voulais dire en parlant d'appréhension ?

Holmes éclata de rire.

— J'ai essayé cent fois d'expliquer ça à ce vieux Jake Delbert, continua

Slater. Jake a d'énormes capacités, si seulement il voulait bien apprendre à s'en servir.

— Il est peut-être un peu vieux, suggéra prudemment Holmes.

— Il est trop vieux, rectifia Slater. Si j'ai jamais vu un type errer dans l'obscurité, c'est bien ce vieux Jake Delbert. Il a tout ce qu'il faut pour comprendre, cependant, mais il a peur... C'est un tel moraliste qu'il préfère passer son temps à écrire des allocutions sentimentales à l'usage de ses troupes plutôt qu'à essayer de venir en aide à l'humanité. Et il soulage son esprit de ses incertitudes comme on se soulage les intestins : en organisant une partouse de temps à autre... Non que j'en sois ennemi, loin de là ! Je sais en profiter et je m'y amuse. Mais ça ne suffit pas à remplir une vie. L'homme doit avoir foi en quelque chose de plus grand que lui-même.

— C'est ça, souligna Holmes. Croire en quelque chose de plus grand que soi-même. Mais où trouver ce quelque chose dans le monde actuel ?

— Nulle part, dit Slater, nulle part, sinon dans la simple raison. Vous êtes déjà vieux pour un capitaine, Dynamite, mais vous seriez encore jeune pour un major. Je n'étais que major moi-même, à votre âge. Et je n'avais pas encore commencé à apprendre la logique neuve imposée par l'époque. Si quelqu'un de bien n'avait fait de moi son protégé, je serais toujours major et en passe de devenir un second Jake Delbert.

— Ce qu'il y a, dit Holmes, c'est que vous avez su entendre raison dès que quelqu'un vous a montré la voie.

— Exactement, dit Slater. Et nous avons grand besoin, dans notre profession, de protégés capables d'apprendre cette leçon. Il n'y a pas de limites aux possibilités qui leur seront ouvertes dans quelque temps.

— Le grade m'importe peu, dit Holmes.

Ce n'était pas la première fois qu'il disait cela, mais c'était la première fois qu'il le pensait réellement.

— Tout ce qui m'importe, continua-t-il, c'est de trouver un sol ferme, une base logique, saine et inébranlable. Voilà ce qui m'importe, et le grade peut aller au diable !

— C'est exactement ce que je pensais moi-même, dit Slater. (Il sourit.) J'ai besoin d'un type bien pour secouer un peu mon état-major de crétins empaillés ! Ça vous plairait de venir travailler pour moi au G.Q.G. ?

— Si vous croyez que je serais capable de faire le travail, dit modestement Holmes.

Il voyait déjà la tête de Karen. S'il l'avait écoutée, il ne serait jamais venu à aucune de ces partouses et n'aurait jamais eu l'occasion de bavarder ainsi avec le général Slater. Et le vieux Jake Delbert ! Il voyait sa tête, à lui aussi, à lui qui avait cru faire une blague au pauvre Dynamite en invitant un général de brigade !

— Faire le travail ? Et comment, grogna Slater. Si le poste vous intéresse, il est à vous. Je m'en occuperai dès demain... En réalité, continua-t-il après un court silence, l'histoire de ce dénommé Prewitt n'a aucune importance, ni en ce qui concerne la section de boxe, ni même en ce qui concerne votre prestige. Elle ne doit vous importer qu'en tant que moyen de mettre votre caractère à l'épreuve et de développer votre personnalité.

— Je n'avais jamais envisagé la question sous cet angle.

— Je crois qu'il vaut mieux pour vous que nous ne nous occupions de votre mutation qu'après que vous aurez réglé cette affaire. Ensuite, nous vous ferons muter, et vous pourrez laisser tomber complètement la section de boxe. Nous aurons un meilleur emploi pour votre énergie.

— Oui, je le crois aussi, murmura Holmes, qui se demandait s'il désirait lâcher la section de boxe.

Slater sourit et se leva.

— J'ai soif et j'ai assez parlé comme ça, dit-il. Nous gaspillons un temps précieux. Où sont parties ces foutues souris ?

Il s'empara d'un siphon, et le philosophe disparut instantanément, cédant la place à un quelconque bambocheur.

— Venez, dit Slater. Ils sont tous dans la pièce d'à côté.

— Oui, voilà, répondit le capitaine Holmes en emboîtant le pas de son supérieur.

Il regarda le colonel vautré sur le lit, un verre à la main, en compagnie d'une des filles, les deux majors, le sergent Jefferson, avec son plateau chargé de cocktails, Sam Slater enlaçant une des filles, la fille qu'il avait choisie lui-même... Puis il ne regarda plus que Sam Slater de Sheboygan. Il le regarda comme une femme regarde l'homme par qui elle vient de se laisser séduire et qui commence à ronfler auprès d'elle.

Il se leva et, d'un pas légèrement vacillant, entraîna sa robuste Chinoise dans l'une des chambres voisines.

CHAPITRE XXIII

Prewitt, en ce même moment, n'éprouvait aucune inquiétude pour son propre avenir tandis qu'il grimpait allégrement l'escalier du *Nouveau Congrès.* Pour le moment, il lui suffisait de penser à Lorene, et tout le reste était sans importance. Du moins, jusqu'au lendemain matin.

Lorene. Ce n'était pas un nom de prostituée, Lorene. Il lui semblait, en le prononçant, qu'il avait un son spécial, connu de lui seul, comme si nulle autre femme auparavant n'avait porté ce nom. Que diable, il lui suffirait de se faire muter dans une compagnie de vrais soldats et de repartir de zéro, et de regagner ses galons de sergent, puisqu'ils signifieraient à nouveau quelque chose !

Il se rappela soudain que Dynamite n'approuverait jamais sa mutation.

Et alors? Son temps expirait dans un an, pas vrai? Lorene avait l'intention de travailler ici encore un an, de toute façon, et dans un an, presque jour pour jour, il serait libre, lui aussi, de rentrer aux Etats et de rempiler, d'accord, mais en A-mé-rique ! Bon soldat comme il savait l'être, il aurait tôt fait de reconquérir ses galons de sergent, il épouserait Lorene, et puisque c'était de confort et de sécurité qu'elle avait envie par-dessus tout ils s'installeraient dans une petite garnison pépère où elle vivrait sur un pied d'égalité avec toutes les autres femmes de sous-officiers. Est-ce que les vétérans comme Pete Karelsen ne disaient pas que c'étaient les anciennes putains qui faisaient les meilleures épouses ? Pour la bonne et simple raison qu'elles savaient apprécier les petites choses de la vie mieux que n'importe quelle autre femme ! Eh ! merde, elle pourrait même l'épouser maintenant et continuer à travailler pendant un an, comme elle en avait l'intention. Pour tout le bien que la respectabilité leur avait fait, à tous les deux ! Avec de la respectabilité et quinze cents, on a un verre de bière. Avec de la respectabilité et pas de pognon, on n'a rien, pas une broque ; alors, à quoi bon se compliquer l'existence ?

— Mon Dieu, mais c'est Prew !

Il se souvenait à peine d'avoir frappé à la porte métallique, et pourtant c'était Mme Kipfer qui l'accueillait avec effusion et repoussait le lourd battant derrière lui.

— Je ne m'attendais pas à vous revoir si vite ! C'est une bonne surprise.

— Comment vont les affaires ? plaisanta-t-il.

La question était inutile, car les deux salles d'attente étaient pleines à craquer, des hommes hilares s'entrecroisaient incessamment dans les corridors, les deux phonos automatiques beuglaient à pleine voix, des filles apparaissaient et s'escamotaient, martelant le sol de leurs talons pointus. L'odeur était celle d'un cirque : sciure de bois, tabagie et parfums divers. Des portes claquaient à chaque instant dans les profondeurs. Puis une voix enrouée domina le vacarme :

— *Des serviettes !*

La toilette de Mme Kipfer était toujours impeccable, mais ses yeux étaient légèrement hagards.

— Ah ! ces jours de prêt, soupira-t-elle.

Prew sourit.

— *Des serviettes !*

Mme Kipfer pinça délicatement les lèvres.

— Pétunia, Josette réclame des serviettes, au no 7.

— O.K. !

La grosse négresse s'éloigna posément.

— Et vois en même temps si personne d'autre n'en a besoin, dit Mme Kipfer. Vite ! Pétunia ! Le pire, c'est qu'elle s'appelle vraiment Pétunia. Mais je sais pas ce que je ferais sans elle. Minerve est malade. Elle est toujours malade quand arrive le jour du prêt. Je n'arrive pas à en venir à bout !

— Où est Lorene ? demanda Prew.

Mme Kipfer posa une main légère sur le bras de Prew et lui jeta un regard oblique, le visage épanoui.

— Mon Dieu ! Prew, est-ce pour cela que vous êtes venu spécialement le jour du prêt ? Avez-vous donc emprunté de l'argent ? Juste pour venir ici voir Lorene ?

— Non, j'ai gagné au jeu, dit Prew, irrité, et j'ai décidé de descendre en ville avant d'avoir tout reperdu.

— Mais c'est très bien, ça, mon garçon, minauda Mme Kipfer. Combien avez-vous gagné, mon cher ?

Prew porta une main anxieuse à sa poche-revolver. Son portefeuille était toujours là. Il poussa un soupir de soulagement.

— Oh ! une centaine de dollars, dit-il avec désinvolture.

— Mais c'est très bien, ça, répéta Mme Kipfer.

— Oh ! c'est pas grand-chose, répliqua-t-il.

Vingt dollars moins un pour le taxi aller et retour, moins deux verres à cinquante cents qu'il avait bus avant de monter, il ne disposait donc plus que de dix-huit dollars. Quinze pour toute la nuit et trois pour un acompte, en attendant ; c'était juste, trop juste pour qu'il se sentît parfaitement à l'aise.

Mme Kipfer le regardait toujours en biais, avec un sourire complice.

— Vous savez, j'admire la sûreté de votre goût, mon cher, mais Lorene est très demandée, les jours de prêt, et je suis sûre que…

— Ecoutez, dit-il, réprimant une violente envie de rire, je suis pas pressé. Dites-moi simplement où je peux la trouver.

Mme Kipfer haussa les épaules, toujours souriante.

— Très bien… Elle est au no 9. Tout droit, au fond du couloir. Le mieux que vous ayez à faire est de l'attendre devant la porte et d... Oh ! excusez-moi.

Des coups de poing ébranlaient le battant métallique. Elle courut ouvrir le guichet, et Prew l'entendit susurrer, tandis qu'il se dirigeait vers le fond du couloir :

— Je suis navrée, mes enfants, nous sommes au complet, tout à fait au complet, je suis désolée... Oh ! si vous le prenez comme ça, inutile de discuter, allez-y, vous êtes prévenus ! Oh ! Prew-ew..., cria-t-elle.

— Oui ?

— Ils sont saouls comme des Polonais, lui chuchota-t-elle à l'oreille. Pourvu qu'ils ne me fassent pas d'histoires. Je voulais vous demander comment allait le sergent Warden ?

— Qui ça ?

— Milt Warden. Il est toujours à la G, n'est-ce pas ?

— Je comprends, dit Prew.

— Il n'est pas venu nous voir depuis si longtemps que je commençais à me demander s'il ne s'était pas refait muter dans la métropole. Voulez-vous me rappeler à son bon souvenir ?

— Eh bien ! mais... oui, sûrement ! dit Prew, enchanté.

Il irait trouver Warden, dès le réveil, demain matin, et lui répéterait textuellement les paroles de Mme Kipfer.

— Vous savez, dit Mme Kipfer, vous avez de la veine d'avoir un tel homme comme sergent-chef.

— Vous croyez ? gouailla Prew. Oh ! c'est exactement mon avis. En fait, c'est l'avis de tout le monde, à la G.

« Oh ! Papillon », pensait-il.

La porte du n° 9 était ouverte lorsqu'il parvint au fond du couloir. Un sergent en sortit, renouant sa cravate, et Prew le regarda tandis qu'il s'éloignait d'un air absorbé.

Lorene en sortit à son tour, pointillant le sol de ses hauts talons, rapprochant d'une main les bords de sa robe qu'elle n'avait pas pris le temps de refermer, tenant de l'autre main une bouteille pleine d'un liquide sombre et un jeton de poker de couleur blanche.

— Hé ! dit Prew. Lorene !

— Bonjour, chéri, dit-elle.

— Hé ! Arrête-toi une minute, veux-tu ?

— Je suis pressée, chéri ! Il y en a trois ou quatre avant toi.

Puis elle le reconnut et s'arrêta court.

— Oh ! c'est toi. Bonjour. Comment ça va ?

« Comment ça va ? »

C'était tout ce qu'elle trouvait à lui dire ! Il chercha désespérément une réplique cinglante, mais ne trouva rien dans son cerveau anesthésié.

— Ça va, dit-il enfin. Et toi ?

— Oh ! ça va, dit-elle, scrutant les profondeurs ténébreuses du corridor. Ecoute, chéri, je pourrai m'occuper de toi dans... disons une demi-heure ? C'est le mieux que je puisse faire, chéri.

— Ouais ?

Il avait la gorge si contractée qu'il dut faire un gros effort pour arriver à dire :

— Est-ce que tu te souviens de moi ?

— Bien sûr, que je me souviens de toi, idiot, dit-elle en fouillant à nouveau du regard les ombres avoisinantes. Est-ce que tu t'imaginais que j'aurais pu t'oublier ? Ecoute, j'ai pas le temps de bavarder maintenant, chéri. Pourquoi que tu n'essaierais pas plutôt de revenir dans une heure ?

— Ah ! n'en parlons plus. Ce sera pour une autre fois.

Il fit un pas en arrière, le cerveau de plus en plus vide.

— Je crois que ça n'aurait pas marché, de toute façon, approuva-t-elle. Ils seraient sans doute plus de quatre à m'attendre, d'ici là.

— Ouais. Mme Kipfer m'a dit que tu étais très demandée. N'en parlons plus...

— Ecoute, dit-elle. J'en vois aucun des miens. Si je te faisais passer maintenant ?

— Je te demande pas de me faire des faveurs !

Elle lui jeta un regard anxieux, sincèrement anxieux, pas un regard pour client ordinaire.

— Allons, ne sois pas comme ça, lui reprocha-t-elle. Qu'est-ce que tu espérais ?

— J'en sais rien.

— Tu as mal choisi ton moment, voilà tout.

— Ouais ? ricana-t-il. C'est moi qui suis venu y a trois jours, tu te rappelles, et qui suis resté toute la nuit avec toi, et qui t'ai promis de revenir cette nuit pour passer encore la nuit avec toi. Tu te rappelles ? C'est moi qui ai bavardé avec toi l'autre nuit pendant près de trois heures.

— Bien sûr, que je me rappelle.

— Tu parles ! Je suis sûr que tu te souviens même pas de mon nom.

— Mais si, je m'en souviens. Tu t'appelles Prew. Je t'ai expliqué pourquoi j'étais entrée dans ce business. Tu vois que je m'en souviens.

— Oui, grogna-t-il.

— Ecoute, va m'attendre au n° 9 et je t'y rejoins dans une minute. Tu n'as qu'à te déshabiller en m'attendant.

— Non, merci. J'aime mieux revenir à deux heures, si ça ne te fait rien. J'ai jamais aimé le travail en série.

Elle s'éloignait déjà, mais les paroles de Prew la firent revenir en arrière.

— Ça marchera pas non plus, Prew, dit-elle doucement. Je suis déjà retenue pour toute la nuit.

— Quoi !

Sa bouche était horriblement sèche.

— Tu m'as pas dit ça l'autre nuit. Tu m'as dit...

— Je ne le savais pas encore, expliqua patiemment Lorene. Je peux gagner plus d'argent le jour du prêt que pendant les trois dernières semaines du mois. Il y a toute une tribu de grosses légumes qui viennent de Fort Shafter, ce soir, et ils ont retenu presque toute la boîte. Ils ont téléphoné ce matin à Mme Kipfer et ils m'ont demandée tout spécialement.

— Mais tu m'avais déjà promis ta nuit, protesta-t-il. Sacré nom de Dieu, tu pouvais pas dire à la vieille que t'étais déjà retenue !

« Alors, Prew, tu la supplies, maintenant ? songeait-il. Qu'est-ce que t'attends pour te mettre à genoux ! »

— T'es tout de même pas bouché à ce point-là ! dit Lorene, exaspérée. Quand les huiles organisent une de leurs bringues dans la boîte, Mme Kipfer boucle avant leur arrivée. Qu'est-ce que tu crois que ça donnerait si elle recevait en même temps des simples soldats et des officiers supérieurs ?

« Oh ! la vieille maquerelle ! songea Prewitt, cette sale Kipfer savait tout ça, et elle m'en a pas soufflé mot ! »

— Je me fous pas mal de ce que ça donnerait, dit-il.

Un grand G.I. assez gros pour être premier cuistot les écarta l'un de l'autre avec ses coudes, et Prew l'apostropha grossièrement, le cœur bondissant d'espoir :

— Eh ! bougre de gros salaud, tu peux pas demander pardon, quand tu passes, non ? Reviens un peu ici...

Le grand type ne se retourna même pas. « Merde, pensa Prewitt, écœuré, même pas moyen de se bagarrer. »

— Tu n'aurais pas pu entrer, expliquait Lorene, même si j'avais refusé le boulot. J'aurais perdu gros, voilà tout, et pour rien. Quand ils viennent de Shafter, ils sèment la galette comme des feuilles de laitue. Y a qu'à se baisser pour la ramasser, et je suis pas ici pour mon plaisir. Je regrette, Prew, mais qu'est-ce que tu voulais que je fasse ?

— Elle regrette ! s'exclama Prew. Et moi qui attendais cette nuit comme un gosse attend le Père Noël. Oh ! bon Dieu de bon Dieu !

« Est-ce que tu peux pas fermer ta grande gueule, Prewitt ? Est-ce qu'y te reste même pas un décigramme d'amour-propre ? » se dit-il encore.

— Je regrette, répéta-t-elle fermement, mais t'as pas de droit sur moi, que je sache. On n'est pas mariés, non !

— Foutre non, qu'on est pas mariés... Bon Dieu, Lorene, s'emporta-t-il brusquement, conscient du ridicule de sa conduite.

— Ecoute, trancha-t-elle. Chacune des minutes qu'on passe ici à bavarder me coûte un demi-dollar...

— Et ça représente pas mal d'argent, hein ? ricana-t-il.

— ... Je peux rien faire pour toute la nuit, mais si tu veux que je te fasse passer maintenant, on peut s'arranger, hein, qu'est-ce que tu en dis ?

« Les femmes ont toujours le sens pratique si développé », songea-t-il.

— Alors ? insista Lorene.

Il regarda cette bouche aux jolies lèvres pleines, en ce moment crispées d'impatience, cette bouche un peu grande peut-être pour l'étroitesse enfantine de son visage, et s'entendit répondre : « O.K. ! » et se voua mentalement à tous les diables parce qu'il avait dit oui au lieu de l'envoyer sur les roses.

— Très bien, dit-elle. Au nº 9. Et déshabille-toi. Je vais m'occuper de ça et je reviens.

Elle lui montra le jeton de poker.

Il la regarda s'éloigner, vit un homme la prendre par le bras, la vit sourire, bavarder un instant, s'impatienter et passer son chemin.

« Un second Prewitt », pensa Prewitt.

Il entra dans la chambre nº 9 et s'assit sur le bord du lit, tête basse, incapable d'oublier l'image qu'il s'était forgée de cette nuit avec Lorene et dont le souvenir lui donnait alternativement envie de casser tout, ou bien de chialer comme un gosse.

Il l'entendit revenir. Le temps de relever la tête, elle était déjà là, elle avait refermé la porte et jeté sa robe sur le dossier d'une chaise. Puis elle s'arrêta et le regarda, bouche bée.

— Tu n'es même pas déshabillé !

— Non, tu vois, je suis même pas déshabillé ! gronda-t-il en se levant d'un bond.

Il eut un instant l'impression qu'elle allait se mettre à pleurer.

— Je t'avais dit de te déshabiller en m'attendant, bon sang ! Je te fais passer avant les autres, pour te faire plaisir, et tu n'essaies même pas de m'aider.

Prew ne trouva rien à répondre.

— Enfin, ne pensons plus à ça, dit-elle. Laisse-moi te regarder... Allons !

Il lui remit les trois dollars. Elle repoussa une mèche humide qui lui tombait dans les yeux. Des gouttes de sueur luisaient entre ses seins pointus.

— Tu sais que le temps est compté, les jours de prêt, lui rappela-t-elle. Pétunia va frapper d'un moment à l'autre.

Elle s'était allongée sur le lit, complètement nue, et l'appelait frénétiquement, de la voix et du geste.

— Pourquoi que tu ne reviendrais pas demain soir, suggéra-t-elle. Tu pourrais rester toute la nuit.

« Parbleu, c'était si simple ! Il ne pouvait tout de même pas lui dire qu'il avait déjà emprunté vingt dollars à vingt pour cent pour pouvoir venir ce soir et qu'il lui serait complètement impossible de revenir le lendemain parce qu'il serait fauché ! »

— Dépêche-toi, mon chou, dit Lorene. Notre temps est presque écoulé.

Il ne pouvait pas lui dire, non plus, qu'il avait le ventre aussi vide que le cerveau, tout à coup, parce qu'il avait espéré autre chose, parce qu'il avait cru, trois nuits plus tôt, en une communion intime avec une autre âme humaine, et qu'il s'apercevait, aujourd'hui, que tout ça n'avait été qu'illusions, divagations de soldat saoul.

Comme pour le lui mieux prouver, un poing s'abattit sur la porte, et la voix de Pétunia résonna dans le corridor.

— Au suivant, mam'zelle Lo'ene.

— Voilà ! cria Lorene.

Elle se retourna vers Prew.

— Essaie, haleta-t-elle. Ou il va falloir que je te donne une carte.

Essayer ? Essayer quoi ?

— Rideau ! dit-il.

Il se leva, remit son pantalon, sortit un mouchoir de sa poche et s'épongea le front.

— Qu'est-ce qui ne va pas, ce soir ?

— Trop bu, sans doute, mentit Prew.

Il remit sa chemise, s'épongea le front une seconde fois. Il n'avait même pas ôté ses souliers.

— Je suis désolée que ça n'ait pas marché, Prew.

— Y a vraiment pas de quoi. T'as fait de ton mieux.

Elle lui tendit la petite carte imprimée qui lui permettrait de ne payer qu'un dollar cinquante la prochaine fois. Elle avait l'air d'une élève boudeuse, qui vient de se faire recaler sur les travaux pratiques.

— Chéri, je te verrai demain soir ?

— Sûrement pas, dit Prew. Compte pas sur moi, de toute manière. Ça m'ennuierait que tu sois déçue

Il déchira la carte et posa les morceaux sur le lit.

— Garde ça pour quelqu'un d'autre, ajouta-t-il. Je suis pas inquiet sur le sort de ma virilité.

— Très bien. Si tu veux le prendre comme ça.

— C'est exactement comme ça que je veux le prendre.

— O.K. ! Maintenant, faut que j'y aille. On se reverra bien un de ces jours ?

— Peut-être.

Il la regarda enfiler sa robe, espérant qu'elle dirait autre chose, qu'elle ferait les premiers pas qu'il avait envie de faire, mais qu'il lui était impossible de faire. Malgré sa colère, ça faisait mal de tout détruire entre elle et lui. Au moment de sortir, elle se retourna. Elle espérait, visiblement, qu'il dirait autre chose, qu'il ferait les premiers pas qu'elle ne voulait pas faire. Puis, comme le silence menaçait de s'éterniser, elle pivota sur ses talons et s'en fut.

Il acheva de se rhabiller, seul dans la chambre triste qui sentait la sueur refroidie. « C'est la première fois que ça t'arrive, un truc pareil, songeait-il, les tempes battantes et le sang au visage. Tu dois avoir quelque chose qui tourne pas rond, mon gars. »

Dans le corridor, il vit Maureen qui reprenait son souffle, sur le seuil de sa propre chambre. Quelqu'un avait dû lui passer une bouteille, car elle était à moitié ivre.

— Eh ! t'en fais une gueule, lui cria-t-elle. Tu cherches ta Dulcinée ?

— T'as cinq minutes à me consacrer ? lui dit Prew.

— Qui ? Moi ? Tu veux plus de la princesse Lorene, bébé ?

— Qu'elle aille au diable, dit Prew. C'est à toi que je parle, pour l'instant.

— Ah ! elle a fort à faire, la princesse, avec tous ces zigotos romantiques. Bon Dieu ! ce que j'aimerais avoir l'air d'une vierge pure. C'est plus des putains qu'y veulent, c'est des mamans pour les chouchouter. Tu devrais te marier, bébé.

— O.K. ! Marions-nous, dit Prew.

Maureen cessa de s'esclaffer et le regarda du coin de l'œil.

— Eh ! c'est pas d'une femme que t'as besoin, toi, c'est d'un grand verre de whisky. Je sais ce que tu ressens.

— Comment que tu peux savoir ce que je ressens ? T'es voyante extra-lucide ?

— Non, mais je ressens la même chose deux ou trois fois par semaine et cinquante-deux semaines par an. Me raconte pas d'histoires, bébé. Je suis pas née d'hier.

— Alors, t'as cinq minutes, ou tu les as pas ?

— C'est pas ça qu'y te faut, bébé. Ce qu'y te faut, c'est une bonne cuite, et je sais ce que je dis.

— Pour qui que tu te prends ? Je te demande pas ton avis.

— Je te le donne quand même.

— Des clous. Je suis pas preneur.

— Ta gueule, dit Maureen. Je vais t'expliquer ce que t'as. T'as l'impression d'être bouclé dans une caisse trop petite pour toi et de pas pouvoir en sortir pendant que tout le monde se paie du bon temps à l'extérieur. Je me goure, ou c'est exactement ce que tu ressens ?

— Continue, dit Prew. Tu commences à m'intéresser.

— O.K. ! J'éprouve la même chose environ trois fois par semaine, je te dis, et la seule façon d'en sortir est de te saouler la gueule. Je t'en parle par expérience. Alors, colle-toi une bonne cuite et dis-toi bien que c'est la faute à personne, même pas la tienne. C'est comme ça, un point, c'est tout, et personne y peut rien.

— D'ac ! dit Prew. Je vais aller me saouler la gueule. Mais avant de partir je vais me payer le luxe de dire à la môme Kipfer ce que je pense des mères maquerelles respectables. Cette espèce de vieille putain...

— Laisse tomber la mère Kipfer, veux-tu ! Elle te flanquerait les M.P. sur le dos sans te laisser le temps de te retourner. T'as envie de passer un mois au dur, non ? Alors, contente-toi de te saouler la gueule.

— Ça va, dit-il. T'inquiète pas.

— O.K. ! J'aime mieux ça. Et maintenant, casse-toi, veux-tu ? J'ai pas toute la nuit devant moi.

— Tu parles ! ricana-t-il.

— Au suivant ! hurla Maureen, tandis qu'il se dirigeait vers la sortie.

Mme Kipfer lui ouvrit gracieusement la porte, il se souvint des recommandations de Maureen et parvint à se taire. « C'est la faute à personne, se dit-il en redescendant l'escalier. Qu'est-ce que t'espérais un jour de prêt ? Une fanfare pour t'accueillir ? Une escorte de motocyclistes ? Elle était occupée, voilà tout. Si ta petite amie était vendeuse dans un grand magasin, crois-tu qu'elle aurait le temps de bavarder avec toi un jour de soldes, pendant que les clientes s'arracheraient la bonne-affaire-du-mois tout autour de son rayon ? »

— C'est comme ça, dit-il tout haut aux marches de l'escalier. Faut qu'elle gagne sa croûte, un point, c'est tout. Et personne y peut rien. C'est comme ça, la vie.

« C'est comme ça », répéta-t-il avec philosophie en arpentant le trottoir.

Mais il était mal convaincu.

Au fond, cette fille était dans le vrai. Y a qu'une bonne cuite pour vous aider à comprendre les choses. Pas étonnant qu'y ait tant de soiffards dans ce foutu pays. Et dans tous les foutus pays de la foutue terre.

Lorene. Quel nom ! Le nom idéal pour une putain. Romantique, élégant et féminin à souhait. Au diable, Lorene !

Wu Far, premier arrêt. Quelques verres au bar du sous-sol, histoire de voir ce que ça donnera. Ensuite, droit sur Waïkiki, où Maggio devait retrouver son copain Hal, le pédé, parce qu'une fois toutes ses dettes payées il ne lui restait pas un fifrelin. Avec un peu de veine, il leur tomberait dessus et se ferait payer à boire. Peut-être même que s'il arrivait à se saouler suffisamment il pourrait se trouver un pédé, lui aussi. Il avait essayé tout le reste. Alors, pourquoi pas ça ? Au point où il en était...

CHAPITRE XXIV

Il n'eut pas à aller bien loin pour découvrir Maggio. Ce fut Maggio qu'il aperçut d'abord en entrant chez Wu Far. Le petit Italien était juché sur un tabouret et promenait son regard indulgent sur la foule hurlante et hilare qui se pressait autour du comptoir. Sur-le-champ, Prew sentit couler dans ses veines une chaleur que le whisky recommandé comme panacée par Maureen n'eût pu suffire, seul, à lui communiquer.

— Hé ! matelot, hurla Maggio dès qu'il l'aperçut. Hé ! je suis là ! Ici ! Rapplique !

Prew se fraya un chemin jusqu'à lui, un sourire au coin des lèvres.

— Tu peux respirer ? s'informa Angelo.

— Non.

— Grimpe sur mes épaules. Tu verras tout ce qu'y se passe, et l'air est toujours plus pur, aux hautes altitudes.

— Je croyais que tu devais aller à Waïkiki, ce soir ?

— J'y vas, p'tit gars. Je prends des forces. T'aurais pas besoin de prendre des forces, par hasard ?

— Si, haleta Prewitt en agrippant finalement le comptoir.

— Hé ! matelot, un verre pour Monsieur ! cria Maggio au barman.

— On dirait que t'es aux as ! Où que t'as trouvé tout ce pognon ?

— J'étais fauché, mais j'ai rencontré un gars de la compagnie à qui j'avais gagné cinq dollars sur parole, y a de ça un bon moment. On a transigé à deux cinquante, et je suis venu prendre des forces ici avant d'aller bosser à Waïkiki.

— Tu te fous de moi, Maggio !

— Tu me crois pas ? Regarde-moi dans les yeux. Est-ce que c'est les yeux d'un menteur ? Hé ! matelot, cria-t-il au barman, un verre pour Monsieur, il a soif.

— Voilà, dit le barman en posant un verre devant Prew.

— T'as pas foutu de tantouses à la porte, aujourd'hui ? lui demanda Prew.

— Non, répliqua le barman. Pas de pédés dans le secteur, aujourd'hui. Les jours de prêt, c'est pas ici qu'on les trouve. Y z'ont d'autres chats à fouetter.

— Pourquoi que tu viendrais pas à Waïkiki avec moi, un peu plus tard ? suggéra Maggio lorsque le barman se fut éloigné.

— Peut-être, mais pas avant qu'on ait pris des forces. J'ai une quinzaine de dollars en poche. Faut juste que je garde cinquante cents pour le retour en taxi. Si je manquais le réveil demain matin, ça se passerait pas comme l'autre fois.

— T'as quinze dollars et tu le disais pas, s'exclama Angelo, scandalisé. Hé ! matelot, à boire.

— Sûr. A boire ! murmura Prewitt, hargneux. Y me faut des forces pour aller à Waïkiki et pour leur casser la gueule à tous.

— Faut pas dire ça, Prew. C'est pas des mauvais bougres. C'est des inadaptés, voilà ce que c'est. Et avec eux on pourra continuer à prendre des forces toute la nuit sans dépenser un rond.

Lorsqu'ils quittèrent Wu Far, vers dix heures et demie, Prewitt avait encore deux dollars en poche, en plus des cinquante cents nécessaires à son retour. Grands seigneurs, ils décidèrent de prendre un taxi pour se rendre à Waïkiki. L'arrière de celui qu'ils trouvèrent était déjà plein à craquer. Ils se casèrent près du conducteur, et le taxi démarra.

— C'est du gâchis, soupira Maggio, pris de remords. Cinquante cents par tête de pipe pour faire cinq bornes, alors qu'y prennent pas plus pour rentrer à Shofield ! Seulement, y a vraiment trop de monde dans ces foutus autobus... Et maintenant, écoute-moi bien, fiston. Faut que je t'éduque. C'est encore une veine que tu sois en fantaisie, parce qu'y z'aiment pas qu'on les voie avec des gars en uniforme. Y z'ont peur que leurs copains de la haute les prennent pour ce qu'y sont.

— Merde ! Y se foutaient pas mal de ça à Washington ou à Baltimore.

— Sûr, dans les grandes villes ! Mais Honolulu est un trou, et tout le monde connaît tout le monde. Je savais pas que t'étais déjà sorti avec des tantes à Washington et à Baltimore.

— Deux ou trois fois. Moi et un copain, on les refaisait de leur pognon et on se débinait en douce. Tu penses qu'y z'allaient pas porter plainte. On se servait d'une grosse patate d'Irlande dans une chaussette de soldat. Ça gazait au poil. Y z'avaient même pas le temps de faire ouf.

— C'est pas bête, soupira Maggio, admiratif. Chez nous, on se servait plutôt d'un bas rempli de sable. L'embêtant, c'était que le bas risquait de crever quand tu tapais sur la tronche du gars... Mais ici, pour en faire autant, c'est macache. Y trimbalent jamais du pognon sur eux, les vaches. Trop de militaires en ville.

Il soupira de nouveau.

Le taxi remontait lentement la rue des Hôtels, claire comme en plein jour. On apercevait au passage le stand de tir antiaérien, dont les petits avions lumineux s'éteignaient quand les mitrailleuses électriques « faisaient mouche » : le kiosque où l'on se faisait photographier devant une toile de fond représentant un paysan typiquement hawaiien, les bras autour d'une jolie Japonaise bien roulée qui posait pour gagner sa vie ; la baraque aux saucisses chaudes ; la machine automatique qui, pour dix cents, vous permettait de vous photographier. Tout ça bondé, cerné, surpeuplé, avec des douzaines de pochards ronflant sur les pelouses.

— Maintenant, ils ont pigé, reprit Angelo avec mélancolie. Y paient tout par chèque. Et sois pas surpris si tu rencontres la moitié de la compagnie à la taverne. Harris, Martuscelli, Knapp, Dusty Rhodes, et ce vieux Readall Treadwell, et Bull Nair, et Johnson... Bloom et Andy sont là presque tous les soirs, et je ne sais qui encore. C'est plus la taverne de Waïkiki, c'est la cantine de la G.

— Ce salaud d'Andy, murmura Prew. Je lui ai pourtant dit de pas s'y frotter, surtout s'il y va avec Bloom.

Angelo haussa les épaules.

— Ben, il y va quand même. C'est bien simple, va falloir qu'on se syndique, nous autres honnêtes exploiteurs de tantouses, ou faudra bientôt qu'on se fasse inscrire au chômage, avec tous les amateurs qui bloquent le marché !

Ils n'échangèrent plus une parole jusqu'à ce que le taxi les déposât devant le *Moana.*

La taverne de Waïkiki était aussi bondée que le reste de la ville.

— Va voir si tu les trouves, dit Prew. Je t'attends dehors.

— Dis donc, c'est pas la première fois que tu viens ici. Entre avec moi.

— Non, c'est pas la première fois, mais j'aime pas entrer avec les poches vides.

— Tu blagues ! T'as pas les poches vides.

— J'ai pas assez pour nous payer un verre, pas vrai ? Alors, très peu pour moi. Je t'attends ici.

— O.K. ! Fais comme tu veux. C'est rigolo, ce voyage en taxi m'a presque dessoulé.

Angelo pénétra dans l'établissement, et Prew s'appuya contre un lampadaire, les mains dans les poches. Quelqu'un, à l'intérieur de la taverne, jouait un air classique que Prew avait déjà entendu, mais dont il ignorait le nom. Un groupe de femmes blanches passa près de lui. Elles étaient toutes bien vêtues et donnaient le bras à des jeunes gars — beaucoup plus jeunes qu'elles — qui avaient l'air de troufions en civil.

« Voilà le gibier que t'aurais dû chasser, Prew. Une de ces femmes pleines aux as qui disposent de tout le fric du monde et qui n'ont pas peur de le claquer... » Lorene... Lorene, au *Nouveau Congrès.* Il sentit revenir sa nostalgie et cette vieille impression, que Maureen avait si bien définie, d'être enfermé dans une caisse trop petite. « Bon Dieu ! Ce voyage en taxi m'a dessoulé, moi aussi ! » protesta-t-il avec colère.

Angelo réapparut soudain sur le seuil de la taverne et chuchota :

— Il est là. Et il a déjà quelqu'un pour toi. Amène-toi en vitesse.

Ils traversèrent le bar et rejoignirent les deux types dans la tonnelle en lisière de la vaste terrasse. L'un était grand et mince, avec une minuscule moustache grise, des cheveux gris coupés en brosse et des yeux extraordinairement brillants. L'autre devait peser ses cent kilos bien tassés, et ses épaules étaient presque aussi larges que la table.

— Voilà Prewitt, mon pote, dont je viens de vous causer, dit Angelo.

Tourné vers Prew, il désigna le grand mince :

— Celui-là, c'est Hal, présenta-t-il. Et celui-là, c'est Tommy.

— Enchanté, Prew, dit Tommy d'une voix de basse. Ça ne te fait rien qu'on t'appelle Prew ?

— Non, dit Prew, indifférent.

— Qu'est-ce que vous buvez ? demanda Hal, ravi.

— Cocktail au champagne, comme de juste, dit Maggio.

— Garçon, la même chose pour tout le monde, je vous prie, cria Hal. Il y a des moments, Tony, où je me demande si tu me fréquentes pas uniquement pour ce que tu peux tirer de moi.

Il se tourna vers Maggio, le visage éclairé par un doux sourire presque juvénile.

— C'est peut-être à cause de ça que tu m'es aussi cher ?

— Ah ! ça, c'est pas vrai. Tu sais bien que c'est pas vrai, Hal, protesta faiblement Maggio. Dis donc ! Prew, regarde, v'là Bloom et Anderson. Je t'avais dit que c'était le rendez-vous de la Compagnie G.

Bloom et Andy s'installaient autour d'une grande table, en compagnie de cinq autres types qu'il ne connaissait pas. Bloom parlait fort et agitait ses grands bras.

— Ce cher Bloom, fit Hal avec une moue. Il descend un peu plus bas chaque jour. Je ne serais pas étonné qu'il se suicidât dans un proche avenir.

— Lui ! s'esclaffa Tommy. Allons donc. C'est un porc. Il n'a aucune sensibilité. Par contre, ce petit guitariste qu'il traîne partout avec lui est vraiment bien, mais Bloom ne laisse personne l'approcher.

— Je suis sûr qu'il est en train de fixer un rendez-vous à Flora, dit tristement Hal. Vous voyez ce gros blond, en face de Bloom ? C'est Flora.

Il se tourna vers Prew, les yeux brillants d'excitation.

— Je parie que c'était l'idée que tu te faisais de nous, avant de nous connaître ? questionna-t-il.

Prew regarda le gros blond passer avec affectation ses longues mains blanches sur sa permanente, puis se lever et se diriger vers les toilettes en balançant ses larges hanches.

— Oui, exactement, dit-il.

— Je m'en doutais. Mais nous ne sommes pas des acteurs. Nous ne nous amusons pas à singer les femmes. En fait, moins j'entends parler des femmes, mieux je me porte. Parmi toutes les choses que je déteste, ce sont les femmes que je déteste le plus.

— Pourquoi ? s'informa Prew.

Hal fit la grimace.

— Elles sont dangereuses, dit-il. Dominatrices. Et si sûres d'elles-mêmes. Savais-tu que ce pays était un véritable matriarcat ? Les femmes sont dangereuses. Elles engendrent le mal et le péché.

— Le péché ! s'exclama Prew. Ça n'existe pas. Comment se fait-il que tu croies en l'existence du péché ?

— Je n'ai utilisé ce mot que dans le seul but de me faire comprendre, faute d'une meilleure expression, dit Hal.

Maggio soupira :

— Tout ça, c'est bien gentil, mais je boirais bien un autre cocktail au champagne.

— Ce n'est pas parce que tu as de l'argent, et que j'en ai pas, qu'il faut te croire autorisé à m'humilier en public, brailla Tommy.

— Ce que j'aime en toi, répondit Hal gravement, c'est ta merveilleuse simplicité. Tu es limpide comme un cristal. Sortons d'ici et montons chez moi. J'ai une caisse de champagne français qui devrait te plaire. As-tu déjà bu du champagne français ?

— C'est pas du champagne français, ça ? demanda Maggio.

— Non... Fabrication américaine.

— Merde, dit Maggio, affreusement déçu. Je m'étais toujours figuré que c'était du champagne français.

— Ça n'a rien de commun, malgré ce qu'en dit Somerset Maugham. Et je suis bien placé pour le savoir.

— Hal a vécu en France un sacré bout de temps, dit Angelo fièrement.

— Oui, dit Hal. Je vous raconterai ça un de ces jours. Allons-y, maintenant. J'ai acheté ce champagne spécialement pour toi, Tony, et avec leur guerre, là-bas, il est de plus en plus difficile de s'en procurer. Et puis il fait beaucoup trop chaud ici, ce soir. Chez moi, on pourra se mettre à l'aise.

— O.K. ! Tu viens, Prew ?

— Pourquoi pas ? riposta Prew.

— Je suppose que, s'il n'était pas venu, tu viendrais pas non plus ? dit Hal à Angelo.

— Non, dit Maggio, je pourrais pas lâcher mon pote.

— Comme c'est touchant ! soupira Tommy.

Hal appela le garçon, régla l'addition. Par chèque.

— Je règle toujours par chèque... Simple remarque pour le cas improbable où vous auriez de mauvaises intentions, mes très chers, conclut-il en souriant, les yeux luisants d'excitation contenue.

Lorsqu'ils quittèrent le bar, Prew entendit à nouveau cet air qu'il avait reconnu tout à l'heure, sans pouvoir l'identifier.

— Qu'est-ce que c'est que ça ? demanda-t-il.

— Ça ? Attends une minute, dit Tommy. Je l'ai sur le bout de la langue.

— C'est le *Prélude en* do *dièse mineur* de Rachmaninov, dit Hal. Une spécialité maison. Il y a toujours quelque type, quelque pseudo-intellectuel pour le demander à la vieille pocharde qui tient le piano. Ça fait très chic, apparemment. Mais c'est commun en diable.

— Qu'est-ce que c'est : pseudo ? demanda Prew.

— Ça veut dire que c'est du chiqué, expliqua Maggio.

— C'est ça, renchérit Hal, riant de bon cœur. Faux, si tu préfères.

— C'est un préfixe, dit sèchement Tommy. Et qui signifie : fallacieux, illusoire.

— Pseudo. Chiqué, répéta Prewitt.

— Quand je te disais que c'étaient des gars bien, conclut Maggio en collant son coude dans les côtes de Prew.

CHAPITRE XXV

Ils redescendirent l'avenue Kalakahua, passèrent devant le *Moana,* longèrent les boutiques à touristes de l'avenue Kaiulani, contournèrent la masse blanche du théâtre de Waïkiki, célèbre dans le monde entier pour ses palmiers cultivés en pleine terre à l'intérieur de la salle, et s'engagèrent dans une petite rue que hantait la rumeur vivante des plantes tropicales invisibles caressées par la brise du soir.

— Comment se fait-il que tu sois resté si longtemps sans venir me voir, petit sauvage ? reprochait Hal à Angelo. Je commence vraiment à croire que tu viens me voir uniquement quand tu as besoin d'argent.

— J'ai été de corvée tous les jours, ce mois-ci, mentit Maggio. C'est vrai. T'as qu'à demander à Prewitt.

— C'est vrai, Prew ? cria Hal.

— Tout ce qu'il y a de plus vrai, riposta Prew. Il est sur la liste noire.

— Quels menteurs ! dit Hal. L'un raconte une histoire et l'autre la confirme sans sourciller. Ils sont formidables !

— T'as de la veine que j'aie dû tout mon prêt, s'esclaffa Maggio. Sans ça, je me serais ressaoulé la gueule, et je me serais refait coincer.

— Il me semble, dit doucement Hal, qu'Angelo soit toujours puni aux alentours du jour de prêt.

— Il semble, ricana Maggio, qu'Angelo se saoule toujours la gueule le jour du prêt, et qu'y se fasse coller de corvée tous les jours pendant deux ou trois semaines... C'est pas que je veuille pas venir te voir quand j'ai de l'argent, c'est juste que je peux pas me retenir de me saouler la gueule quand j'en ai. Alors je me laisse ramasser, et rideau pour Angelo. Un point, c'est tout. Je prends une cuite, je fais du foin dans un bordel, et me revoilà coincé pour deux ou trois semaines.

— Est-ce que ça ne te fait pas horreur d'aller dans un... bordel ? s'informa Hal, manifestement choqué.

— Ben, je peux pas dire que ça me plaise autant que ça me plairait avec une fille du pays, mais ça me fait pas horreur, ça non ! Et puis on a pas grand choix, quand on est soldat, dans ce foutu pays.

— Mon Dieu, piailla soudain Tommy. Je pourrais jamais supporter d'être soldat. Je me tuerais, je jure que je le ferais !

— Moi aussi, dit Hal. Mais nous ne sommes pas des primitifs. Nous autres, nous sommes anormalement sensitifs. Voilà ce qu'il en est.

— Oui, c'est vrai, approuva Tommy.

— Je trouve particulièrement savoureux que les scrupules moraux des femmes locales tournent à l'avantage des membres du troisième sexe tels que Tommy et moi-même, dit Hal. Pour vous autres, soldats, il n'y a pas de femmes en dehors des prostituées. Voilà pourquoi certains d'entre vous sont obligés d'avoir recours à nous, qui n'avons pas le sentiment de pécher, comme les femmes « respectables ».

— N'exagérons rien, dit Prew.

Mais sa voix sonna légèrement faux, car il y avait une grande part de vérité dans les paroles d'Hal.

Hal fit entendre son doux rire juvénile, mais n'insista pas.

— Plus une société devient civilisée et respectable, dit-il, plus elle produit d'homosexuels. Ils qualifient ça de « décadence ». Vous êtes-vous jamais demandé pourquoi une société produit toujours son plus grand art dans sa période décadente ? C'est parce que l'homosexualité engendre la liberté, et que la liberté engendre l'art. Pourquoi faut-il que la liberté soit trop lourde à porter et qu'une société finisse toujours par amener sa propre chute... Mais ça, c'est une tout autre histoire !

— Quel art as-tu jamais produit ? s'informa Prew, sarcastique.

— Moi ? Oh ! pas grand-chose. J'ai écrit un roman sur la vie d'un androgyne. Personne n'a jamais voulu le publier, bien que tout le monde ait toujours été fort impatient de le lire. L'un des éditeurs auxquels je l'ai proposé ne me l'a rendu qu'au bout de sept mois. Mais mon propre cas n'a aucune importance. Regarde les Grecs, si tu ne me crois pas. Regarde les Romains. Regarde notre sainte mère l'Eglise pendant la Renaissance.

— Crotte, dit Tommy.

— Faudra que tu me prêtes ton bouquin, un de ces jours, ricana Prewitt.

— Je n'y manquerai pas, promit Hal. Nous voilà arrivés.

Il ouvrit la porte d'une maison de deux étages, entièrement peinte de blanc.

— Faites comme chez vous, mes enfants, dit-il lorsqu'ils eurent refermé la porte derrière eux. Moi, je vais me mettre à mon aise. Vous pouvez en faire autant, si vous le désirez.

Et il disparut.

— Qu'est-ce que tu dis de ça, fiston ? souffla Maggio à Prewitt. Tu te vois habiter dans un truc comme ça ?

— Foutre non, dit Prew, subjugué, sur le seuil du salon. Je m'y vois pas du tout.

— Tu comprends, maintenant, pourquoi que je viens ici, chuchota le petit Italien. Dans ces foutues casernes en béton, on peut pas se figurer qu'y a des piaules pareilles sur la terre.

Fatigué de marquer le pas derrière eux, Tommy les poussa de côté, traversa le salon et se laissa choir dans un des vastes fauteuils de cuir et d'acier chromé. Le charme fut rompu.

— Faut que je pisse, annonça Maggio, et j'ai une soif de tous les diables. Les goguenots sont par là. Je reviens tout de suite.

Prew acquiesça distraitement et se retourna pour inspecter le salon. A gauche, en entrant, sur une sorte d'estrade entourée d'une luxueuse rambarde de fer forgé, se dressaient une petite table et quatre chaises de cuir et de tubes chromés au-delà desquelles s'ouvrait la porte de la cuisine. La paroi du fond n'était qu'une immense baie à demi masquée par de lourdes tentures. A droite, telle une pendule entre ses candélabres trônaient un meuble combiné radio-tourne-disque et deux classeurs pleins d'épais albums. Une large bibliothèque bourrée de belles reliures, un bureau moderne et quelques fauteuils complétaient l'ameublement. Prew fit le tour de la pièce, cherchant quelque chose à dire au nommé Tommy.

— As-tu déjà eu quelque chose de publié ? s'enquit-il finalement.

— Bien sûr, dit sèchement Tommy. Une nouvelle, dans un magazine, il y a tout juste quelques semaines.

— C'était quel genre d'histoire ?

Prew regardait les albums de disques. Il n'y avait là rien que de la musique classique, symphonies et concertos.

— Histoire d'amour, répliqua Tommy.

Prew lui jeta un rapide coup d'œil, et Tommy s'esclaffa.

— L'histoire d'une jeune actrice débutante et d'un jeune producteur de Broadway. Il l'épouse et fait d'elle une star...

— Ça arrive jamais pour de bon, ces trucs-là, dit Prew.

— C'est justement pour ça que les gens aiment à les lire. Les femmes, surtout. Elles sont si romantiques, si moralistes... si déplorablement stupides ! Il faut bien qu'elles prennent leur plaisir d'une façon ou d'une autre, puisque leur haute moralité les empêche de le prendre au lit !

— C'est à voir, dit Prew, qui pensait à Lorene.

— Les femmes et leur fichue morale, continua Tommy avec haine. Un de ces jours, elles se retrouveront sans hommes du tout, si elles n'y prennent pas garde.

— C'est drôle. J'y avais jamais pensé de cette façon-là, murmura Prew.

Maggio rentrait dans le salon, suivi d'Hal qui s'était drapé dans un paréo tahitien aux couleurs éclatantes.

— Vous savez que certains d'entre nous sont nés comme ça, avoua Hal en souriant pudiquement, le visage plus juvénile que jamais.

— Te fatigue pas les méninges, grogna Prew. J'ai connu trop de pédés pour gober cette histoire d'invertis de naissance.

— Tu serais plutôt sympa si tu ne faisais pas exprès de te montrer aussi désagréable, dit Hal écœuré. A mes yeux, c'est une véritable tragédie.

— Pas aux miens, grogna Prew.

— Hé ! Où est le champagne, Hal ? clama Angelo. Je croyais qu'on était venus ici pour boire du champagne, non ? Et du français par-dessus le marché !

— Tout de suite, mon mignon, tout de suite, dit Hal.

Il se retourna vers Prewitt.

— En vieillissant, déclara-t-il, tu t'apercevras que l'imagination peut quelquefois engendrer une vérité plus grande que les faits eux-mêmes.

— Je comprends ça. Mais y a autre chose que je pige pas. Plus je t'entends parler, plus tu me fais l'effet d'un curaillon, gronda Prew, l'œil mauvais.

Tommy se leva et s'approcha de Prew, l'air inquiet et protecteur.

— Est-ce que tu vas lui fiche la paix, à ce petit ? reprocha-t-il. Cesse donc de le tourmenter.

— Si ma façon de traiter mes invités ne te plaît pas, coupa Hal en souriant, tu as toujours la ressource de rentrer chez toi. A quelle heure faut-il que vous soyez à la caserne, les enfants ?

— Six heures, dit Angelo. Pour le réveil.

Il regarda la pendule posée sur le bureau, comme s'il venait de se rappeler soudain qu'il lui faudrait mourir un jour.

— Saloperie d'engin ! fulmina-t-il. A boire, pour l'amour du ciel.

— Oh ! toi, espèce de sale individu, vociféra Tommy, je ne sais pas ce qui me retient de m'en aller immédiatement.

— Moi, je le sais, riposta Hal en disparaissant dans la cuisine. Viens donc m'aider à préparer les cocktails.

— Je viens, dit Tommy à contrecœur, et il se dirigea sans entrain vers la cuisine.

— Eh ! Prew, vas-y mollo, chuchota Maggio dès qu'il eut disparu. Tu veux tout foutre par terre, ou quoi ?

— O.K. ! Je regrette. Je sais pas ce qui m'a mis en rogne. Cette histoire de naissance, je suppose. Ces gars-là me tapent sur le système. Faut toujours qu'y z'essaient de te convaincre qu'être pédé est ce qu'y a de meilleur au monde.

— T'as qu'à pas discuter avec eux. Est-ce que je discute, moi ? J'écoute et je fais « oui-oui » de la tête et je réclame à boire. C'est tout ce que je fais.

— Je suppose que je suis pas taillé pour ce genre de truc, soupira Prew.

— Possible. Tout ce que je veux, moi, c'est garder ma source de revenu. Alors, vas-y mollo, maintenant, gars, supplia-t-il.

Hal et Tommy revenaient de la cuisine, portant chacun deux coupes de cristal pleines d'un liquide doré.

— Je suis navré que nous n'ayons pas de plateau, dit Hal, mais les verres, tout au moins, sont dignes de leur contenu. On ne peut boire des cocktails au champagne dans des verres à eau.

Maggio prit une coupe et décocha une œillade à Prewitt.

— Puisque nous sommes entre amis, je propose que vous vous mettiez tout à votre aise. Ça sera plus intime, insinua Hal.

Tommy approuva avec ardeur, remit une coupe à Prewitt et posa la sienne sur un guéridon, puis se dépouilla de tous ses vêtements, à l'exception de son slip. En dehors de son visage et de ses avant-bras, sa peau était d'une blancheur maladive qui contrastait péniblement avec le hâle profond du dos et de la poitrine d'Hal.

— Je sais que vous autres, soldats, ne portez jamais de sous-vêtements, dit Hal. J'ai un short pour Tony, mais je n'ai rien pour toi, Prew.

— Aucune importance, dit Prew. J'aime autant conserver mon pantalon.

Hal haussa les sourcils délicatement.

— Moi, c'est ce que je porte toujours à la maison, dit-il en arrangeant négligemment les plis de son paréo. C'est conforme à la tradition hawaiienne. On ne le porte plus sur les plages, hélas ! depuis l'avènement des missionnaires. A Tahiti, le paréo reste à l'honneur, mais un professeur comme moi n'a pas beaucoup de chance d'y trouver du travail.

— Dis donc, y a longtemps que t'as été en France ? coupa Prew, agacé.

— J'y suis allé fréquemment, au cours des quinze dernières années. Je travaillais à New York, j'économisais mon argent et j'allais le dépenser en France. Mes enfants, j'ai même failli me faire naturaliser français. La

France est le plus beau pays du monde. Je regretterais d'avoir changé de nationalité, en ce moment, bien entendu... Avec cette guerre... Là, on savait ce que c'est que la liberté.

— J'ai pas l'impression que le mot « liberté » signifie encore quelque chose, marmotta Prew.

— Je me considère comme un homme libre, riposta Hal.

— Moi aussi, je suis libre ! brailla soudain Maggio en se renversant en arrière et en agitant frénétiquement ses jambes. Je suis libre comme un zoiseau. Toi, Prew, t'es pas libre. T'as trente ans à tirer. Trente années d'esclavage. Mais, moi, je suis libre... Jusqu'à six heures du matin !

— Doucement, Tony, murmura Hal. Tu vas réveiller ma propriétaire. C'est elle qui occupe le rez-de-chaussée.

— M'en fous, cria Maggio. Qu'elle aille se faire foutre !

— Je crois qu'il est grand temps que tu ailles te coucher, Tony.

— Toi, je te vois venir, avec tes gros sabots. Youpie ! J'suis saoul comme un Polonais, les gars ! Si t'étais pas militaire de carrière, tu me serais vraiment sympa, Prew. Mais je déteste l'armée. Je te parie qu'on aura c'te saloperie de guerre sur le dos avant que j'aie eu le temps de voir la quille ! Oh ! bon Dieu ! ce que je peux pas voir cette saloperie d'armée !

Prew se leva. Sa tête tournait. Il avait désespérément envie de casser quelque chose. Quelque chose qui empêcherait les aiguilles de tourner, de progresser inexorablement vers l'odieuse ligne verticale du réveil à six heures. Il jeta un coup d'œil autour de lui et ne trouva rien à casser. Hal tentait d'arracher Maggio à son fauteuil et de l'entraîner dans une chambre, mais Angelo se cramponnait de toute sa force et refusait de se laisser persuader.

Soudain, il se hissa hors des profondeurs moelleuses de son fauteuil et gagna la porte en trébuchant.

— Tony, où vas-tu, Tony ? cria Hal. Reviens, Tony, tu n'es pas en état de te promener dans les rues. Oh ! mon petit Tony !

— Besoin d'air, hurla Angelo. Besoin de respirer un peu.

Ils entendirent claquer la porte moustiquaire, et les pieds nus d'Angelo cherchèrent à l'aveuglette les marches de l'escalier extérieur. Il heurta violemment quelque chose, jura comme un possédé. Puis le silence retomba. Les trois hommes se regardèrent.

— Va le chercher, Prew, supplia Hal. Il va se faire ramasser si tu ne vas pas le chercher. C'est ton copain...

— Sûr, ricana Prew, c'est pas ma copine !

— J'irais moi-même, si je le pouvais, gémit Hal. Si jamais il se fait ramasser dans cet état, il va nous coller la police sur le dos.

— Tant mieux, je commençais à m'emmerder ici, dit Prew, tout à fait saoul et très heureux.

Hal se tordit les mains.

— Mais ils nous connaissent, se lamenta-t-il. Ils n'attendent qu'une occasion comme celle-là pour nous pincer.

— Vraiment ? ricana Prew. T'inquiète pas, bon Dieu ! T'as du courage.

Il regarda Tommy, qui se rhabillait.

— Où vas-tu ? lui demanda sèchement Hal.

— Je rentre chez moi, riposta Tommy, très digne.

— Ecoute, Prew, supplia Hal, j'irais le chercher, si je le pouvais. Tu ne sais pas ce que ce petit bougre signifie pour moi. Mais, si je me fais ramasser, je suis perdu, tu comprends. Et si quelqu'un me voit en sa compagnie, dans l'état où il est, je suis sûr d'être ramassé, tu comprends, parce qu'ils m'ont à l'œil. Je perdrais ma situation... (il fit un geste circulaire), ma maison. Va le chercher. Je te le demande à genoux.

Prew remit posément ses chaussettes et ses souliers.

— Tu n'es pas trop saoul ? s'inquiéta Hal.

— Non. Je suis jamais trop saoul.

— Tu vas le retrouver, Prew, pas vrai ? Et si vous vous faites ramasser, tu n'amèneras pas la police ici, pas vrai ?

— Parmi les gens de ma classe, rétorqua Prewitt, une telle question est considérée comme une injure.

Il se releva et récupéra sa chemise.

— Bonsoir ! dit Tommy. A bientôt, Hal. A un de ces jours, Prew, j'espère.

Il sortit, et la porte claqua derrière lui.

— V'là ce que j'appelle un type poli, dit Prew en riant.

— Oh ! Dépêche-toi, mon petit Prew. Nous avons perdu assez de temps. Tony est trop saoul pour savoir ce qu'il fait. Ramène-le à la caserne et fourre-le dans son lit.

— Ses frusques sont ici ?

— Emporte-les. Si tu le ramènes ici, je le connais, il va faire du tapage.

Hal ramassa les vêtements de Maggio et les glissa dans un grand sac en papier.

— O.K. ! Hal, tout ça c'est bien gentil, mais j'ai pas de galette pour le taxi, moi.

Hal courut jusqu'à sa chambre et revint avec son portefeuille.

— Prends cinq dollars, haleta-t-il. Ça suffira, pas vrai ?

Prew fit la moue.

— J'en doute. Il est trop tard pour l'autobus. Faut déjà rentrer en ville en taxi.

— D'accord. Voilà dix dollars.

— L'ennuyeux... (Prew secoua tristement la tête), c'est que les taxis de Shofield marchent plus, à cette heure-là. Va falloir prendre un taxi d'Honolulu et lui payer son retour.

— Ils ne marchent plus à cette heure-là... ? Le jour du prêt ?

— Tous les jours, dit Prew, solennel. Ils s'arrêtent tous les jours à deux heures. Et puis, je le connais, mon Angelo. Quand il est saoul comme ça, faut qu'y tire un coup, et si y a pas moyen y fait du grabuge. C'est presque toujours pour ça qu'y se fait ramasser.

— Mon Dieu ! soupira Hal. Trente dollars, ça va ?

Prew les repoussa avec indignation.

— Et puis non, tiens, je veux pas te perdre ton pognon comme ça. J'arriverai bien à le ramener, de toute façon.

— Tiens, tiens, clama Hal, frénétique. En voilà quarante. C'est tout ce que j'ai sur moi. Mais dépêche-toi, dépêche-toi, Prew. Tu n'es pas trop saoul, au moins ?

— Jamais trop saoul, je te dis. J'ai pas plus envie que toi qu'y se fasse ramasser, bien que ce soit pas pour la même raison.

Hal lui serra la main.

— Reviens me voir un jour sans Tony, murmura-t-il. Tu n'as pas besoin d'attendre qu'il te ramène. Tu seras toujours le bienvenu.

— Merci, Hal, murmura Prew. J'y manquerai pas. J'ai toujours aimé fréquenter les gars qu'avaient le courage de leurs convictions.

Lorsqu'il eut gagné la rue, il se retourna. Aucune lumière ne brillait déjà plus dans la petite maison d'Hal. Prew sourit aux anges. Les quarante dollars craquaient agréablement dans sa main, à l'intérieur de sa poche. Il trouva la vie belle.

CHAPITRE XXVI

Pas d'Angelo à l'horizon. Tommy avait disparu, lui aussi, mais qu'importait à Prew ? C'était Angelo qu'il fallait retrouver. Où diable était passé ce petit salopard ? Il avait pu remonter vers l'avenue Kalakahua. Ou décider d'aller piquer une tête dans le canal Ala Waï, histoire de se rafraîchir les idées. Prew mit sous son bras le sac en papier qui contenait les vêtements et les godillots d'Angelo. Il lui sembla que le papier froissé faisait un vacarme de tous les diables dans le silence de la nuit. De Maggio, pas trace.

Prew repartit dans la direction de la taverne. Pas une bagnole, pas un bus, pas un piéton en vue. Comme ses souliers martelaient le sol, il descendit du trottoir et marcha dans l'herbe, l'oreille tendue. Puis il se souvint qu'Angelo était pieds nus et vêtu d'un simple short...

Les M.P. étaient des durs, dans le coin. Des gars de Shafter, des types énormes qui remorquaient par couples leurs gros godillots ferrés couronnés de leggins blancs, insignes de leur état. Ceux de Shofield étaient aussi costauds, et tout aussi vaches, mais Prew en connaissait plusieurs, de telle sorte qu'ils lui paraissaient plus humains dans l'ensemble. Il avait fait la traversée avec quelques-uns d'entre eux, et ce n'étaient pas de mauvais bougres, pas plus mauvais que n'importe qui... jusqu'à ce qu'ils revêtissent leurs foutus leggins blancs. A Shofield, il aurait eu deux chances sur trois de tomber sur un gars qu'il connaissait et de s'en tirer à bon compte, mais ici... Surtout avec Angelo complètement blindé et pratiquement à poil ! Prew éclata de rire, et le bruit de son rire le fit taire.

Il parcourut lentement l'avenue Kalakahua, explorant les recoins obscurs et regardant sous les bancs et poussant les portes entrebâillées, dépassa la rue Lewers, après avoir regardé des deux côtés. Et à proximité de Seaside Street, bien en face du *Royal Hawaiian Hotel,* Maggio ! Maggio paisiblement assis sur un banc, les bras étendus de part et d'autre, sur le dossier du banc, dormant, ou feignant de dormir.

— Eh ! Angelo, réveille-toi, bon Dieu ! Réponds-moi, bougre de salaud !

Maggio ne broncha pas. Prew se planta devant lui et sourit, brusquement détendu, sentant autour de lui la présence de la richesse et du confort qui filtraient à travers l'écran de plantes exotiques du *Royal Hawaiian.*

« C'est là que descendent les stars de cinéma quand elles viennent tourner ou se reposer à Hawaii », pensa-t-il. Prew n'avait jamais franchi cet écran de palmes murmurantes, mais il avait parfois aperçu les stars, à l'intérieur du patio de l'hôtel, en passant sur la plage. « Ce qui serait épatant, songea-t-il, ce serait qu'une d'entre elles sorte en ce moment, m'aperçoive et me fasse monter avec elle dans sa chambre. »

Il leva brusquement la tête et regarda, hypnotisé, la route carrossable qui conduisait à l'hôtel et sur le seuil duquel cette femme allait apparaître, en quête d'un homme. On disait qu'elles faisaient ça couramment... Une sorte de crampe brutale traversa le ventre de Prew, et il revit Lorene au *Nouveau Congrès*. Quelle foutue manière de gagner sa vie !

— Hé ! réveille-toi, Angelo. On va redescendre en ville et se payer une bonne paire de fesses.

Angelo ne bougea pas.

Prew empoigna la maigre épaule nue de son copain et la secoua énergiquement.

— Allons, réveille-toi, bougre de soiffard.

— J' suis réveillé. C'est juste que j'ai pas envie de bouger. J'ai pas envie de rentrer au corps, gémit Angelo.

— Grouille-toi. Y faut qu'on rentre, tout de même. Dis donc, t'es complètement blindé, mon gars. Allez, grouille, enfile tes frusques et viens.

— J'ai pas besoin de frusques. Je suis bien comme ça, dit Angelo.

— J'ai les tiennes dans un sac.

— Crotte. J'en veux pas. A propos, est-ce que t'as pas parlé d'une paire de fesses ?

— Ouais. J'ai refait ton petit copain de quarante dollars. Il avait les foies que tu te fasses ramasser et que tu ramènes les flics avec toi.

— Merde, alors ! dit Angelo, complètement réveillé, en se frottant les yeux. Et moi qui voulais t' « éduquer ». T'as pas besoin de leçons, matelot ! Le plus que j'aie jamais pu lui barboter, c'est vingt-deux dollars cinquante. Et encore, j'étais censé les lui rendre un jour. J' lui rendrai jamais, naturellement. Tu parles !

— J'aurais pu courir s'il n'avait pas eu les jetons au point de faire caca dans son froc, rigola Prew.

— Sans blague ? fit Maggio, émerveillé. Dis donc, Prew, regarde : je suis pas saoul. Je vous ai eus, tous, hein ?

Il se leva et retomba immédiatement contre un lampadaire secourable, auquel il s'agrippa des deux mains.

— Tu vois, dit-il à Prew.

— Sûr que je vois, dit Prew, soupçonneux. T'es pas saoul. Seulement...

— Seulement quoi ? J'ai juste mis le pied dans un trou. A t'entendre, on croirait que je suis saoul. Youpie ! cria-t-il à pleins poumons, la tête rejetée en arrière.

— Ta gueule, bon Dieu !

— Vive l'armée ! Je veux rempiler ! brailla brusquement Angelo.

— Boucle-la ! Tu veux nous flanquer les M.P. sur le dos !

Il saisit le petit Italien sous les aisselles et le traîna rapidement jusque dans les buissons, à l'abri des regards.

— Eh ! protesta Angelo. Vas-y mollo, Prew. Tu me râpes le cul sur les graviers !

— Y t'arrivera pire que ça, si tu te grouilles pas d'enfiler tes frusques, qu'on puisse foutre le camp, riposta Prew... Ecoute ! Les cognes !

Souffle retenu, ils tendirent l'oreille.

De lourds godillots résonnaient sur la chaussée, très près.

Les M.P. se promenaient par couples, écrasant le sol de leurs lourds godillots et balançant négligemment leur chocotte partout où pouvaient se trouver des soldats. Et la crainte de cette loi brutale qu'ils incarnaient les précédait, et les isolait, et les mettait en quarantaine et les rendait chaque jour un peu plus vaches. Ils arrivaient par couples partout où des soldats buvaient pour oublier, braillaient pour oublier, se bagarraient pour oublier, ou mettaient leurs mains dans leurs poches pour se souvenir. Un soldat n'a pas le droit d'oublier, un soldat n'a pas le droit de se souvenir ; tout cela n'est qu'une trahison.

— Ça y est, se lamenta Prewitt. On est frits. Viens vite. Par ici. Foutons le camp.

Toujours à l'abri des buissons, ils contournèrent le prestigieux domaine des stars et coururent jusqu'à la route de Kalia, en bordure de la plage.

— Vite, haleta Prew. Balance ce truc-là et enfile tes frusques.

— O.K. !... Passe-moi le sac. Qu'est-ce que je fais du short, vieux frère ?

— Donne-le-moi. Et enfile tes frusques, vite. Ecoute, Angelo, es-tu sûr que ça va mieux, maintenant ? Ces gars-là vont nous attendre dans l'avenue Kalakahua, et peut-être qu'un des deux va descendre la rue Lewers pour essayer de nous coincer par ici. Le mieux qu'on ait à faire est de filer par la route de Kalia jusqu'à Fort Derussey et de revenir à pince de là-bas, sans rentrer dans l... Est-ce que tu m'écoutes, sacré bon Dieu ?

Maggio leva la tête, et Prew vit qu'il pleurait à chaudes larmes.

— Oh ! merde, gémit Angelo. Foutre le camp comme un vulgaire criminel. J'en ai marre. Vivre toujours avec la trouille qu'un M.P. vous tombe sur le poil. J'en ai marre et marre. Je supporterai pas ça plus longtemps, tu piges ?

— Doucement, Angelo, doucement, dit Prew avec une sorte de tendresse. Tu veux pas qu'y te ramassent. T'es encore trop saoul.

— Sûr, que je suis saoul. Et alors ? Est-ce qu'un type peut pas boire un coup de trop, une fois de temps en temps ? Est-ce qu'un type peut pas faire ce qui lui plaît, une fois de temps en temps ? On a même pas le droit de foutre ses mains dans ses poches quand on est dans la rue. Pourquoi que je me ferais pas ramasser ? Je suis pas un froussard. Y me font pas peur. Je suis pas un voleur. Je suis pas un assassin. J'ai pas à prendre la fuite devant ces salauds-là.

— O.K. ! Angelo, vas-y doucement, t'énerve pas, ça ira mieux dans une minute.

— Mieux ? Ça ira jamais mieux. Ça va pour toi qu'as l'intention d'en tirer trente piges. Mais, moi, qu'est-ce que j'en ai à foutre, de ces mecs-là ? Je les ai au cul, moi, ces mecs-là ! J'en ai ma claque, moi, de ces mecs-là !

— Respire profondément, Angelo. Compte jusqu'à dix et respire bien. Je fous le truc à l'eau et je reviens.

Quand il revint sur ses pas, Maggio n'était plus là.

— Angelo, appela doucement Prewitt. Eh ! Angelo, t'es là ? Angelo... Mon petit Angelo.

Pas de réponse. Il tourna les talons et remonta la rue Lewers, courant à perdre haleine sur la pointe des pieds.

A l'autre extrémité de la rue, dans la mare lumineuse qu'un lampadaire répandait sur le sol, Maggio se battait avec les deux gigantesques policiers militaires de Fort Shafter.

— Allez-y, hurlait Maggio. Allez-y, tas d'enfants de putains. C'est tout ce que vous pouvez faire ! Deux salauds comme ça contre le petit Maggio ! Mais cognez donc, bande de vaches...

Il tenta de se redresser et fut rejeté à terre.

Prew courait à présent, calculant déjà le bond qu'il allait faire pour entrer dans la bagarre.

— Toi, fous le camp ! hurla soudain Maggio. C'est pas tes oignons. J'ai pas besoin de toi.

Un des M.P. se retourna et voulut foncer sur Prewitt. Mais, sans se relever, Maggio le plaqua aux jambes, et le gars tomba face contre terre. Tout de suite, Maggio sauta à califourchon sur ses épaules, l'empoigna par les oreilles et lui cogna la tête contre le sol.

— Barre-toi, hurlait-il. Ça donnerait rien. C'est pas tes oignons.

Le M.P. se redressa lentement, Maggio toujours cramponné à son dos. Puis, se penchant brutalement en avant, il désarçonna Angelo comme un cheval se déleste de son cavalier, et le petit Italien atterrit à quatre pattes sur la chaussée.

— Fous le camp, cria-t-il avec désespoir en voyant l'autre policier sortir son revolver.

Prew se rejeta dans l'ombre et plongea dans les buissons à corps perdu, rampant et roulant sur lui-même comme sur le terrain d'exercice, tandis que la voix de Maggio clamait dans la nuit :

— Cognez donc, salauds ! Vous pouvez même pas m'assommer ? Barre-toi, hé ! Machin, retourne à la caserne. Mais cognez donc, bande de vaches, puisque c'est tout ce que vous savez faire !

Frissonnant, Prew entendait retomber les matraques. La voix d'Angelo était de plus en plus faible, de plus en plus chevrotante, puis elle se tut, mais les coups continuèrent de pleuvoir. Prew s'aperçut soudain que ses mains lui faisaient mal. Il les regarda, étonné, vit que ses ongles étaient profondément enfoncés dans ses paumes. Là-bas, les coups avaient cessé, comme épuisés.

— On cherche l'autre, Jack ? haleta une voix.

— Non, il doit être loin, maintenant. Embarquons celui-là.

— Si t'as pas tes galons de sergent, après ça ! Je me demande ce que ce mec-là avait dans le ventre. Il est complètement cinglé.

Prew repartit vers la plage, courbé en deux sous le couvert des buissons. Lorsqu'il parvint à la route de Kalia, qui conduisait à Fort Derussey, il s'assit un moment sur le sable, bercé par le jeu murmurant des vagues. Son visage était inondé de larmes.

Puis il se souvint des quarante dollars qu'il avait en poche.

CHAPITRE XXVII

Quand Prewitt apprit que Maggio était passé devant le Conseil et qu'il avait été condamné à faire six mois au camp disciplinaire de Shofield, il se produisit en lui une transformation que le traitement lui-même n'eût jamais été capable d'opérer. Comme si quelque chose s'était détraqué tout au fond de son âme. C'était dur et ça se cramponnait parce que, contrairement à la plupart, Prewitt avait admiré et chéri le métier de soldat, mais ça venait quand même, non sans résistance, à la manière, un peu, d'un chauffeur maladroit qui fait longuement grincer les engrenages de sa boîte de vitesses.

Tout d'abord, il ne toucha pas aux quarante dollars soutirés à Hal. Il avait décidé de les consacrer à la séduction méthodique de Lorene. Il rembourserait Turp Thornhill lors du prochain jour de prêt, et Angelo ne lui en voudrait pas d'utiliser cet argent pour son propre compte.

Fort de cette résolution, il passa des heures ennuyeuses à risquer, chez O'Hayer, des mises qu'en d'autres circonstances il eût jugées ridicules. Mais il poursuivait un but précis et se retira sagement lorsqu'il eut augmenté son pécule d'une vingtaine de dollars. Ses comptes étaient déjà faits : trois « nuits » à quinze dollars, trois bouteilles à trois dollars cinquante, le reste des soixante dollars pour les frais de taxis aller et retour. S'il arrivait à ses fins, il n'aurait plus besoin de se tracasser pour l'argent. L'aventure valait la peine d'être tentée, et c'était un excellent moyen de passer le temps, pendant que Maggio attendait sa comparution devant le conseil de guerre. Perdu dans l'élaboration de ses plans, absorbé par l'attente anxieuse du jugement de Maggio, il en oubliait presque les subtilités du « traitement » qu'ils continuaient à lui appliquer avec une régularité implacable.

Un jour, au cours des six semaines qui précédèrent le jugement, Prew acheta deux cartouches de toutes faites et parcourut les trois kilomètres qui séparaient la caserne du camp disciplinaire. Il dépassa les courts de tennis, le terrain de golf, la piste équestre et le train des équipages. Et, tandis qu'il marchait et transpirait sous le soleil ardent, il aperçut un grand nombre d'officiers, de femmes d'officiers et d'enfants d'officiers, tous hâlés et d'allure très sportive, qui s'ébattaient au grand air en poussant des cris d'allégresse. Dressés au centre d'un vaste champ plat que cernaient de grands chênes, les bâtiments peints en blanc du camp disciplinaire rappelaient à s'y méprendre un groupe d'écoles rurales. Mais il ne put ni franchir la haute palissade de barbelés, ni même laisser les cartouches de toutes faites à l'intention d'Angelo. Chaque prisonnier recevait chaque jour sa ration de « gros cul », et tout apport extérieur était strictement interdit. Prew ne put voir Angelo et dut remporter ses cigarettes. Il n'éprouva, cependant, aucun ressentiment à l'égard des factionnaires. Ils eussent pu tout aussi bien accepter de remettre les toutes faites au prisonnier Angelo Maggio et les fumer eux-mêmes par la suite. Prew se vit donc contraint de fumer les cigarettes qu'il avait achetées. Il les fuma. Il ne pouvait tout de même pas les jeter. Mais, jusqu'à la dernière bouffée de la dernière cigarette, pas un instant sa conscience ne cessa de le tourmenter.

Elle le tourmentait également pour une autre raison, et c'était l'une de celles qui l'avaient poussé à tenter de voir Angelo. Il se sentait responsable, dans une certaine mesure, de ce qui était arrivé. Ce n'était certes pas la première fois qu'Angelo montait chez Hal, et jamais rien de semblable ne s'était produit. Angelo n'était pas le genre de type à se laisser invertir ; il ne voyait dans tout cela qu'une source de revenu ; mais il avait suffi que Don Quichotte-Prewitt apparût sur la scène, avec ses scrupules et ses questions brutales, pour que Maggio se sentît coupable et perdît le contrôle de ses actes.

Lui, Prew, aurait dû trouver un moyen de prévenir la catastrophe. Il n'aurait jamais dû laisser Angelo tout seul pour aller jeter ce short dans l'eau. Il aurait dû se mêler à la bagarre, quelles qu'en soient les conséquences, malgré les exhortations d'Angelo. A eux deux, ils seraient bien venus à bout de ces saletés de M.P., malgré leurs matraques, et ils se seraient arrangés, ensuite, pour rejoindre la compagnie. Plus il y réfléchissait, plus il se sentait responsable de ce qui était arrivé à Angelo. C'était pour cela qu'il avait essayé de le voir. Les cigarettes n'avaient été qu'un prétexte. Mais il n'avait pu obtenir l'autorisation de parler à Angelo...

Il avait heureusement, pour occuper ses pensées, l'« opération Lorene » et ce fut au cours de sa deuxième nuit à quinze dollars qu'il découvrit qu'elle ne s'appelait pas Lorene, mais Alma. Lorene était un « nom de guerre », que la mère Kipfer avait déniché dans la publicité d'une marque de parfums et dont elle avait gratifié la plus savoureuse de toutes ses pensionnaires, Alma n'étant, à son avis, ni assez français ni assez recherché pour la perle de son établissement. Pour comble, le nom de famille d'Alma était Schmidt.

Nul ne fut plus étonné que Prewitt lorsqu'il vit pour la première fois la petite maison qu'Alma Schmidt partageait avec une fille des « Service Rooms ». Juchée sur une crête, en lisière d'un quartier chic, elle ressemblait, avec son toit débordant et ses murs soigneusement crépis, à une hacienda espagnole surgie tout droit d'un conte de fées et elle s'ouvrait par-derrière sur une petite terrasse d'où l'on découvrait les rues de Paolo Valley, et plus loin, vers l'ouest, l'université et les hauteurs de Saint-Louis. Ce fut sur cette terrasse qu'un samedi soir, alors que le soleil commençait à rougir les toits avant de plonger dans la mer, Alma Schmidt dit à Prew qu'elle avait le béguin pour lui et que, tout de suite, Prew commit sa première bévue.

Hanté par la vision radieuse d'une petite garnison tranquille où il pourrait rapidement reconquérir ses galons de sergent et donner à Alma la respectabilité qu'elle désirait, il lui avoua qu'il en était coiffé depuis le premier jour et lui demanda de l'épouser.

C'était sa première erreur de jugement depuis le début de son plan de séduction méthodique. Il comprit aussitôt qu'elle était de taille. Peut-être était-ce à cause du coucher de soleil ? Les couchers de soleil lui donnaient toujours des idées romantiques. A moins que ce ne fût la proximité troublante du corps d'Alma ? Il savait pertinemment que la présence d'un joli corps de femme dans ses bras possédait la faculté de lui brouiller les idées, plus encore, peut-être, que les couchers de soleil. Quelle qu'en pût être la raison, l'erreur était aussi dangereuse qu'impardonnable. Il ne dut son salut qu'à la rapidité avec laquelle il se ressaisit et tourna l'affaire en plaisanterie. Alma l'observa longtemps avec une attention gênante, se demandant visiblement s'il ne serait pas plus prudent de le flanquer tout de suite à la porte. Puis elle se laissa convaincre, rit avec lui, l'entraîna dans le salon et prépara des martinis après avoir mis le souper à chauffer sur le réchaud. Alma ne buvait jamais chez la mère Kipfer, mais au-dehors elle n'avait aucune aversion particulière pour les breuvages alcoolisés. Ils burent quelques martinis, soupèrent et allèrent se coucher d'une manière très conjugale, comme si rien ne s'était passé.

Mais Prew n'oublia pas à quel point il avait été près de tout gâcher, et, bien qu'il se fût solennellement promis de ne pas renouveler une telle erreur, il ne reprit confiance en lui-même qu'après une certaine partie de natation nocturne, extrêmement romantique et propice aux erreurs de jugement, dont il parvint à se tirer sans prononcer une parole déplacée. Ils avaient emprunté, pour la circonstance, la Chrysler décapotable de Georgette, collègue et colocataire d'Alma. Le but que poursuivait Alma lui interdisait de se laisser aller à d'aussi lourdes dépenses.

Comme il n'avait pas d'argent, c'était Alma qui lui en fournissait pour payer ses taxis. Elle lui avait fait faire une clef de l'appartement, et il prit l'habitude d'y venir passer tous ses week-ends. Lorsqu'il n'était pas de corvée, il quittait la caserne aussitôt après l'inspection du samedi matin et se faisait conduire chez Alma aussi vite qu'il le pouvait.

C'était un long trajet qu'il connaissait à présent par cœur. Le taxi lui paraissait toujours trop lent, et lorsqu'il arrivait à destination Prew était invariablement épuisé d'impatience. Il ouvrait la porte et claquait avec enthousiasme le battant derrière lui au nez du monde extérieur, du « traitement », de l'armée tout entière. Il fallait descendre trois marches pour accéder à l'immense salon carrelé rouge, remonter trois marches pour passer sur la terrasse ou pénétrer dans les chambres, dans la cuisine ou dans l'une des deux salles de bains. La cuisine, très américaine et ultra-moderne, était la seule pièce dont les murs ne fussent pas revêtus d'un léger placage de bois blond dont la teinte rappelait celle du miel.

Il arrivait parfois qu'Alma fût là pour l'accueillir, mais il préférait ouvrir la porte avec sa propre clef et se mouvoir en l'attendant parmi les choses familières, puis s'installer, en short, sur la terrasse, dans la chaise longue, et lire un peu, et boire beaucoup, jusqu'à ce qu'il fût confortablement ivre. Puis tout ce qu'il avait subi au cours de la semaine écoulée se volatilisait enfin en une brève apothéose, lorsque vers deux heures Alma revenait de chez la mère Kipfer. Utiliser ainsi sa propre clef donnait à Prew le sentiment d'être chez lui, de posséder un vrai foyer. C'était la première fois de sa vie qu'il avait une clef, et le seul fait de la sentir dans sa poche, d'un bout à l'autre de la semaine, valait qu'il ne proposât plus jamais à Alma de l'épouser.

L'une des autres choses qui enchantaient Prewitt, lorsqu'il « montait » chez Alma, c'était la soudaineté quasi surnaturelle avec laquelle tout uniforme disparaissait du paysage dès que le bus franchissait l'avenue Waialae et continuait à monter vers les hauteurs chics de la ville. Prew n'arrivait pas à comprendre qu'Alma et sa collègue eussent pu trouver à se loger dans un tel quartier. Personne, bien entendu, ne savait où elles travaillaient, ni quel était le genre de leur travail. Le loyer devait être fort coûteux, mais c'était le seul luxe qu'Alma ne se fût point laissé interdire par sa politique d'économie. Elle avait loué la maison par l'intermédiaire de Mme Kipfer, qui l'avait découverte elle-même par l'entremise d'une des nombreuses relations qu'elle avait à Honolulu. Personne ne savait au juste quelles relations possédait la mère Kipfer à Honolulu ; tout ce qu'on savait, c'était qu'elle avait des relations et que ces relations étaient puissantes. Et Lorene était de loin sa favorite, la seule qui, de temps à autre, pût se permettre de prendre un jour de repos sans contestations de sa part. Mme Kipfer ne tenait nullement à ce que l'étoile de sa troupe vînt travailler avec une mine défaite et des poches sous les yeux.

Prew lui avait tout raconté : la section de boxe, et Dynamite, et le « traitement » en cours, et tous deux pouvaient être bien ivres lorsqu'ils allaient se coucher, rien n'empêchait Alma de régler la sonnerie du réveille-matin avec un soin religieux, de se lever très tôt, le lendemain, pour lui préparer son petit déjeuner, et de le congédier, comme une sage petite épouse, un bon moment avant l'heure du premier autobus, pour qu'il ne risquât pas d'être porté absent au réveil.

Mais c'étaient les samedis que Prew préférait. Il était presque toujours endormi, dans le grand lit de deux personnes, lorsque Alma rentrait. Elle le réveillait d'un baiser, l'emmenait dans le salon et préparait en hâte un drink avant de se coucher près de lui, ou parfois elle se glissait simplement à son côté et ne le réveillait qu'après, pour organiser ce qu'elle appelait une « petite fête ». C'étaient ces nuits-là qu'elle lui disait combien elle l'aimait et combien elle avait besoin de lui. Oh ! il ne saurait jamais combien elle avait besoin de lui !

Lorsque Prew commit sa seconde erreur de jugement, ce fut à l'issue de leur première soirée en public. Ce n'était pas lui qui en avait eu l'idée, car il était en train de devenir très homme d'intérieur. Avant de quitter la maison, Lorene lui avait remis deux billets de vingt dollars, en toute simplicité, et ils étaient allés souper chez Lau Yee Chaï. C'était la première fois que Prew soupait chez Lau Yee Chaï, et c'était quelque chose ! Les quarante dollars y avaient à peine suffi, mais ça valait ça. Puis ils avaient dansé. Alma était une merveilleuse danseuse. Très supérieure à Prew, mais elle lui avait promis qu'elle lui donnerait des leçons, chez eux, à la maison.

Ce fut lorsqu'ils rentrèrent en taxi, après avoir dépensé les quarante dollars, que Prewitt comprit soudain, pour la première fois, qu'il était, depuis quelque temps déjà, un « homme entretenu », voire même un maquereau, sur un certain plan, bien qu'évidemment il n'eût rien à voir avec la profession de sa maîtresse. Au premier abord, il se sentit abaissé, dégradé. Puis il s'interrogea mieux, et il se sentit honteux de ne découvrir en lui aucune trace de honte. Et ce fut seulement lorsqu'ils se retrouvèrent sur la petite terrasse et qu'ils contemplèrent, épaule contre épaule, les rues, et les arbres, et les lumières, en bas, ce fut seulement alors qu'il lui demanda, pour la seconde fois, de l'épouser. Il lui demanda donc de l'épouser avec l'impression délicieuse de jeter tout son bon sens aux quatre vents. Il lui avoua le rêve qu'il avait fait d'une petite garnison peinarde où elle pourrait vivre heureuse et respectée, au milieu de toutes les autres épouses de sous-officiers. Peu importait qu'elle eût l'intention de travailler ici pendant encore une année, puisque son propre temps, à lui, n'expirait que dans une année. L'argent qu'elle gagnait de son côté leur permettrait de bien vivre jusqu'à ce qu'il pût devenir sous-off (ce qui ne tarderait guère s'il se mettait en tête de le devenir), et peu importait qu'elle gagnât cet argent en faisant ce qu'elle faisait, puisqu'elle en avait toujours eu l'intention et que, de toute manière, il profitait déjà de cet argent dans une certaine mesure. Il se perdait un peu dans sa propre éloquence, mais, simultanément, se sentait assez fier de sa largeur d'esprit.

Elle l'écouta attentivement, sans le regarder, et demeura longuement silencieuse.

— Tu dis que tu es amoureuse de moi et que tu as besoin de moi, résuma Prew. O.K. ! Je te crois. Moi, de mon côté, c'est la même chose. Alors, marions-nous, c'est ce que nous pouvons faire de plus logique !

— Tu as besoin de moi maintenant, parce qu'ils sont en train de t'en faire voir de toutes les couleurs, dans ta compagnie, objecta-t-elle sagement. Mais quand tout ça sera fini et que tu rentreras aux Etats-Unis ?

— Je t'aimerai toujours, riposta-t-il impulsivement, parce que c'était la seule réponse logique.

Il devina qu'elle souriait, dans l'obscurité, et se rendit compte à quel point ce qu'il venait de dire était ridicule et si manifestement impossible à soutenir.

— Tu m'as eu ! bougonna-t-il. Et bien eu, même.

— Tu l'as bien voulu, plaisanta-t-elle.

— Mais je t'aime, maintenant !

— Moi aussi, je t'aime maintenant. Mais ça ne veut pas dire que je t'aimerai encore dans un an, quand je changerai de vie. Comment pourrais-je te le promettre, alors que j'ignore si je pourrai, dans un an, tenir ma promesse ?

Il sentit la mauvaise humeur l'envahir.

— Tu le pourrais, si tu le voulais.

— Bien entendu. Mais suppose qu'une fois le besoin disparu ni toi ni moi n'en ayons plus envie ?

Et comme Prew ne répondait pas :

— Tu vois ? triompha-t-elle. Evidemment, je pourrais faire semblant. Comme tu pourrais faire semblant de te moquer que ta femme soit une ancienne putain ! Comme tu pourrais faire semblant de ne jamais douter de ma fidélité, une fois que nous serions partis d'ici. Comme tu pourrais faire semblant de ne pas avoir peur de me laisser sortir seule. Comme tu pourrais faire semblant de ne pas avoir honte si d'autres personnes découvraient que...

— N'en jetez plus, dit-il sombrement. La cour est pleine.

Il y eut un long silence.

— Mais c'est pas la vraie raison, insista-t-il tout à coup, histoire de dire quelque chose. Allez, dis-moi la vraie raison pour laquelle tu veux pas m'épouser ?

— Peut-être que j'ai pas envie de devenir la femme d'un sous-officier de l'armée américaine, murmura la voix rêveuse d'Alma.

— En travaillant dur, avec le nouveau programme d'avancement, je pourrais devenir officier, si je le voulais.

— Peut-être que j'ai pas envie, non plus, de devenir la femme d'un officier de l'armée américaine.

— O.K. ! O.K. ! C'est le grand maximum de ce que je pourrais jamais faire pour toi, ma poupée.

— Tu veux que je te la dise, la vraie raison pour laquelle je peux pas t'épouser ? reprit Alma en souriant. Ton argent présent et à venir n'a rien à voir là-dedans. Je peux pas t'épouser tout simplement parce que t'es pas assez respectable. Et, maintenant, allons boire quelque chose.

— O.K. ! dit-il avec simplicité. C'est pas de refus.

Prew était vaincu. Il n'en parlerait plus jamais de cet idiot de mariage. Ils rentrèrent dans le salon et burent un martini. Puis ils en burent d'autres, et d'autres encore, et ils se saoulèrent comme ils ne s'étaient jamais saoulés et ils pleurèrent dans les bras l'un de l'autre, parce qu'il leur était impossible de se marier. Ce fut ainsi que Georgette les trouva en rentrant. Elle voulut savoir ce qui se passait et ils le lui expliquèrent, et Georgette voulut boire quelque chose et elle se saoula et se mit à pleurer avec eux.

— Tu comprends, faut qu'elle épouse un homme, expliqua-t-elle, en sanglotant, à Prew, qui soit au-dessus de tout soupçon et qui ait tant de prestige et de respecta...bilité que personne puisse jamais s'imaginer que sa femme est une ancienne putain. C'est une honte, pas vrai ? Mais tu vois pourquoi qu'elle peut pas épouser un soldat, ni même un général. C'est une honte, mais on y peut rien...

Elle se prépara un autre cocktail.

Ils ignoraient encore qu'ils arrosaient, cette nuit-là, une longue séparation. Lorsque Prew rentra au corps, le lendemain, avec une monumentale gueule de bois, il trouva de nouveaux ordres placardés sur le tableau de service et annonçant quinze jours de manœuvres antisabotage autour de l'aérodrome d'Hickam. La seule chose qui contrariait Prewitt, c'était l'impossibilité, pendant quinze jours, de monter chez Alma, car il préférait de fort loin la vie sous la tente à la vie de garnison. Il parvint à s'esquiver, dans la confusion des préparatifs, fila chez Choy et demanda le numéro d'Alma. Ce fut Georgette qui prit la communication. Non, elle ne manquerait pas de mettre Alma au courant et elle lui souhaitait bonne chance sur le terrain. Quinze jours seraient vite passés, n'est-ce pas ? S'il avait su, il aurait sans doute demandé à Georgette de lui transmettre un tout autre message. Mais il croyait avoir tout prévu. Il se savait capable de supporter le « traitement » presque indéfiniment, à présent qu'il possédait, pour s'y réfugier, ce sanctuaire. Il ne se trompait pas, du reste, sur ce point, car ce ne fut pas le « traitement » qui l'envoya finalement au dur. Mais la Providence n'avait-elle pas toujours fait preuve, à son égard, d'une cruelle ironie ?

Bientôt les deux tonnes cinq arrivèrent, se rangèrent devant les quartiers du deuxième bataillon ; chaque homme boucla la dernière courroie du gros paquetage de campagne, dévala l'escalier et se vit assigner un camion. La ridelle arrière une fois relevée, le convoi s'ébranla dans un grand vacarme d'échappements libres.

Bon Dieu ! Ça, c'était la vie militaire, la vraie, telle que l'avait rêvée Prewitt.

CHAPITRE XXVIII

Ce fut pendant qu'ils étaient cantonnés autour de l'aérodrome d'Hickam qu'ils créèrent, sur un air de « blues », la *Complainte du Rempilé.*

Il y avait longtemps qu'ils en parlaient, les hommes, mais ils ne l'auraient sans doute jamais écrite si Bloom n'avait pas suivi le peloton des élèves sous-officiers, si Maggio n'avait pas été au dur, en train de purger sa peine, si Prew ne s'était trouvé loin d'Alma, et si Anderson, Vendredi Clark et Prew lui-même n'avaient été brusquement rassemblés sur le terrain, sans autres occupations que de tailler des bavettes et de faire de la musique. Ce fut ainsi que naquit la *Complainte du Rempilé.*

Les hommes avaient dressé leur bivouac au pied du remblai d'une voie de chemin de fer abandonnée, dont les flancs, bizarrement stériles au milieu du fouillis végétal environnant, les rendaient invisibles de la grand-route de Pearl Harbor. Ayant tendu dans leur secteur le double réseau de barbelés prescrit par le programme de surveillance, il ne leur restait plus qu'à répéter indéfiniment la vieille routine des deux heures de garde, quatre heures de repos, deux heures de garde, quatre heures de repos, en ayant soin de ne pas se laisser prendre en défaut par les rondes d'inspection. La vie de château, en somme, n'eussent été les moustiques !

Ce bivouac n'abritait, d'ailleurs, que les deux tiers de la compagnie, le reste gardant une sous-station électrique, sur la route de Fort Kamehameha, à huit kilomètres vers l'est. Quant à la section de boxe, elle était demeurée à Shofield, où elle s'entraînait pour les rencontres intercompagnies.

Le capitaine Holmes avait établi son poste de commandement sur la route de Fort Kam, à huit kilomètres vers l'est, auprès du troisième tiers de la compagnie, non pour des raisons stratégiques, mais simplement parce que les moustiques y étaient beaucoup moins nombreux. Stark, en revanche, avait dressé ses fourneaux au gros de la troupe. Il avait prêté deux de ses cuisiniers et une de ses roulantes au capitaine Holmes, à condition que Dynamite se chargeât de fournir ses propres hommes de corvée. Andy, en sa qualité de clairon, demeurait attaché au P.C. de Dynamite, et il arrivait chaque nuit avec sa guitare, dans le camion du lieutenant chargé d'inspecter les postes de surveillance. Et pendant que le lieutenant Culpepper partait à pied avec Ike Galovitch ou le caporal de garde, Andy rejoignait Prew et Vendredi, et tous trois s'en allaient pincer les cordes au sommet du remblai, où la brise venue de Pearl Channel réussissait à maintenir les moustiques au ras du sol.

Et la vie de la G sur le terrain suivait son cours monotone, avec le cabot de service qui tire le dormeur par les pieds au moment de la relève en jurant dans sa barbe, et la reptation silencieuse hors de la tente basse, pour essayer de ne pas déranger le copain endormi, et l'attaque virulente des moustiques contre les jambes et les fesses nues du type encore mal réveillé, qui trébuche en enfilant son froc et ses chaussettes, achève de s'équiper dans l'obscurité et se dirige vers la vaste tente hospitalière, où il trouvera, grâce à Stark, le café brûlant et les sandwiches chauds qui achèveront de le remettre d'aplomb.

Puis c'était la relève et les deux heures de faction nocturne que Prewitt aimait tant et pendant lesquelles il avait parfois l'impression confuse de n'être plus un être distinct des autres êtres, mais de s'incorporer à la nuit et à la nature et de faire partie d'un tout qu'il lui semblait alors pouvoir comprendre et chérir à nouveau.

C'était Readall Treadwell qui devait le relever cette nuit-là. Il vint avec un léger retard, annoncé par le bruit de ses propres pas et l'écho des gifles qu'il destinait aux moustiques et ne s'administrait jamais qu'à lui-même.

— Vendredi m'a dit de te dire qu'il serait à l'autre bout des barbelés, vers le poste de garde des gars de l'aviation, maugréa-t-il en s'arrêtant lourdement devant Prew.

— Qu'est-ce qu'il peut bien foutre là-bas ?

— Comment que tu veux que je le sache ? Je te dis ce qu'y m'a dit de te dire.

— O.K. ! fit Prewitt, et il se racla la gorge.

Il éprouvait toujours le besoin de se racler la gorge, après ses deux heures de faction.

— J'ai dû le réveiller quand je suis sorti de la tente.

— Ouais ? Je me recoucherai tout à l'heure pour le plaindre. As-tu vu cette petite vache de Culpepper ?

— Non, pas encore.

— Alors, c'est sur moi qu'y va tomber, c'est du tout cuit. Ce salaud-là vient jamais plus tard qu'onze heures. Je vais même pas pouvoir piquer un roupillon pendant ma faction. Si c'est pas malheureux de voir ça !

— Je me recoucherai tout à l'heure pour te plaindre, s'esclaffa Prew. T'as qu'à faire les cent pas et échanger tes impressions avec le suivant ou griller une pipe en douce.

— Des clous, trancha Treadwell. C'est de roupiller que j'ai besoin, et c'est justement ce que je peux jamais faire. Dis au grand chef de m'envoyer un type quand y verra arriver le lieutenant, si y veut qu'y ait une sentinelle éveillée à ce foutu poste de garde.

Le caporal Choate était allongé sur le dos à l'intérieur de sa tente-abri et lisait un recueil d'histoires en images, sous sa moustiquaire, à la lueur d'une bougie collée sur son casque. Choate logeait toujours seul, sur le terrain. Il y avait à peine assez de place pour lui dans une tente-abri réglementaire.

— Hé ! chef, dit Prew, Reedy m'a dit de te dire de lui envoyer un type, si le lieutenant rapplique dans le secteur.

— Y sait pourtant bien que je suis de repos, protesta le caporal.

— Moi, je te dis juste ce qu'y m'a dit de te dire, répliqua Prewitt.

— Cette espèce de gros plat de nouilles..., grogna le caporal en laissant choir son livre, qui, sur sa vaste poitrine, prit aussitôt l'allure d'un timbre-poste. Il est tellement flemmard que si on lui foutait le feu au cul il aurait même pas le courage de l'éteindre lui-même. Y gueulerait jusqu'à ce qu'on vienne l'asseoir dans une cuvette. Enfin... je m'en occuperai.

Il reprit son recueil d'histoires en images et se replongea dans les aventures de Dick Tracy.

Vendredi bavardait avec une sentinelle du champ d'aviation, par-dessus le double réseau de barbelés. Il y avait un marais tout contre, et les assauts des moustiques étaient encore plus nombreux et plus agressifs, dans ce coin, que partout ailleurs.

— Qu'est-ce que tu fous à côté de cette vacherie de marais ? vociféra Prewitt en essayant futilement de disperser les nuages compacts, fantomatiques et vrombissants du sein desquels jaillissaient les minuscules flèches aérées qui transperçaient à chaque instant son épiderme.

— On discute sur l'armée, mon pote. Faut pas qu'y s'éloigne trop. Son poste est là-bas, sur la route. Y dit que l'aviation, c'est ce qu'y a de pire, et moi je dis que l'infanterie, y a pas plus moche. Qu'est-ce que t'en penses, toi, Prew ?

— Je pense qu'elles valent pas tripette, ni l'une ni l'autre, riposta Prewitt en bataillant de plus belle au sein des nuages de moustiques.

— Tu le penses pas vraiment ! s'exclama le gars de l'aviation d'un ton surpris.

— Et pourquoi que je le penserais pas vraiment ?

— C'est mon copain Prewitt, dont je viens de te causer..., présenta Clark.

— Oh ! s'exclama le gars. Fallait le dire tout de suite. Je pouvais pas savoir.

— Faut pas faire attention à ce qu'y dit, expliqua Clark. Il a l'intention de tirer ses trente ans dans l'infanterie. Il adore l'infanterie. Y te dira tout ce que tu veux savoir.

— Au poil ! Content de faire ta connaissance, Prewitt. Je m'appelle Slade.

— Et qu'est-ce qu'y veut savoir ? demanda Prew en lui serrant la main.

— Y veut se faire muter dans l'infanterie, répliqua Vendredi.

— Dans l'infanterie !

— Ouais. Et dans notre compagnie, encore.

— Pourquoi dans notre compagnie, bon sang ?

— Parce que je suis engagé pour être soldat, intervint Slade d'une voix excitée, et pas pour être jardinier.

— Les trois quarts des gars que je connais veulent se faire muter dans l'aviation, objecta Prew.

— Je lui ai dit que tu saurais comment faut qu'y s'y prenne, intercala Vendredi, pour se faire muter dans notre compagnie.

— Oh !... Bien sûr. Tout ce qu'y faut qu'y fasse, c'est d'aller voir le pitaine de la compagnie après qu'on sera rentrés en garnison, et...

— En garnison, souligna Slade, radieux. Ça, c'est la vraie vie militaire.

— Mais comment ça se fait que tu veux te faire muter dans l'infanterie ? insista Prew. J'ai toujours entendu dire que les aviateurs méprisaient les biffins.

— J'ai toujours aimé l'infanterie, dit Slade avec ferveur. Dans l'infanterie, c'est des soldats qu'y a, pas des civils en uniforme. L'infanterie, c'est la base de l'armée. L'aviation, l'artillerie, le génie, y sont tous là pour assister l'infanterie. Parce qu'en dernier ressort faut toujours des biffins pour prendre le terrain et l'occuper.

— Sûr, dit Prew sans enthousiasme.

— Y a longtemps que j'avais envie de bavarder comme ça avec des gars de chez vous, continua l'autre. Vous avez un chouette campement, là-bas, et vous avez l'air de vous payer du bon temps. Toujours en train de chanter et de rigoler. Vous bossez dur, mais vous savez rigoler. Ça, au moins, c'est pas une armée pour fillettes ! Je savais pas que c'était vous qui jouiez de la guitare comme ça, tous les soirs. C'est lui qui me l'a dit.

Il désigna Vendredi d'un signe de tête.

— Vous les emportez toujours, pendant les manœuvres, comme ça ?

— Quand on peut, oui, dit Prew.

— C'est pas à Hickam qu'on verrait des trucs comme ça, dit Slade avec amertume.

— On va en jouer, ce soir, quand notre copain va venir du P.C., pourquoi tu viendrais pas nous écouter, si t'aimes ça ? lui proposa Prewitt.

— Hé ! je disais pas ça pour ça, se défendit Slade, mais si ça vous embête pas, sûr que j'aimerais venir.

— Puisqu'on te le dit c'est que ça nous embête pas.

— Alors, O.K. ! Mais je suis encore de garde pour une demi-heure, à peu près.

— Ben, on t'attendra pour commencer, dit Prew.

— Ça, ce serait chic de votre part à tous, s'exclama Slade. Vous êtes sûr que ça vous embête pas ?

Prew secoua la tête.

— Mais non. Si t'aimes ça, ça nous dérangera pas que t'écoutes. On est pas bien fameux, mais...

— Moi, je vous trouve épatants.

— Hé ! Slade, intervint Vendredi. Y a une bagnole qui rapplique là-bas, sur ta route.

Slade pivota sur lui-même.

— Ça doit être encore le sergent Follette. C'est la troisième fois qu'y passe par ici depuis que j'ai pris mon tour.

— C'est peut-être notre lieutenant, suggéra Prew.

— Non, souffla Vendredi. Il aurait déjà tourné vers le camp.

— C'est bien Follette, déclara Slade. Y a deux mois qu'il essaie de me coincer pour me faire balancer de la garde et recoller au nivelage et à l'entretien du terrain.

— Y t'a dans le nez ? s'informa Prew.

— Oui, dit Slade. Parce que je l'ai traité d'âne pompeux, une fois, et qu'il a fallu qu'y cherche le mot « pompeux » dans le dictionnaire. Y savait pas ce que ça signifiait.

— Tu ferais mieux de gagner ton poste en vitesse, dit Prew.

— J'y vas, dit Slade. Je vous retrouve ici dans une demi-heure ?

— Ouais.

— Vous oublierez pas, maintenant ?

— Non.

— Tu ferais mieux de filer en vitesse, dit Vendredi nerveusement, hypnotisé par la lente progression des phares.

Slade s'éloigna en courant, s'arrêta au bout de quelques pas et revint en arrière.

— J'ai pas souvent l'occasion de bavarder avec des gars comme vous, cria-t-il. Dans l'aviation, y a pas de vraie camaraderie comme chez vous autres, les biffins. Vous serez là dans une demi-heure, pas vrai ?

— Ça va, riposta Prew. Grouille-toi de rejoindre ton poste, nom de Dieu !

— Merci, cria Slade. Merci, Prewitt.

Il fonça, tête baissée, dans l'obscurité.

Inconsciemment, Prew empoigna un piquet rouillé et le serra de toutes ses forces. Près de lui, Vendredi Clark soufflait comme un phoque. Ils virent Slade s'évanouir dans les ténèbres, tandis que les phares s'arrêtaient à une courte distance. Puis la voix de Slade cria : « Qui va là ? » et, presque aussitôt, il sortit de l'ombre, posément, tout comme s'il n'avait jamais cessé de se promener de long en large à proximité de son poste.

— Ouf ! J'ai bien cru qu'y l'étalerait pas, chuchota Vendredi. J'en ai chaud !

— Moi aussi, avoua Prew.

Il regarda sa main et la frotta sur son pantalon pour la débarrasser des miettes de rouille qui s'y étaient incrustées.

— Quel tordu de courir des risques pareils !

— Il avait pas l'air de se frapper, chuchota Vendredi. Sûr qu'il en pince pour l'infanterie.

— Ben, l'infanterie est pas une mauvaise arme, comparée à toutes les autres.

— Non, dit béatement Vendredi. Je suis content d'être dans la biffe et pas dans l'aviation.

Il s'interrompit pour se gifler à toute volée.

— Allez, viens, s'impatienta Prewitt. Si on reste ici, ces saloperies-là vont nous bouffer vivants.

— On attend pas Slade ?

— On va l'attendre à la cuisine et on reviendra le chercher. Je suis pas bon pour poireauter ici une demi-heure.

— Oh ! sûrement, approuva Vendredi. Allons-y.

Ils trouvèrent le cuistot de nuit ronflant, la tête sur la table. Le cabot qui avait relevé Choate était assoupi sur l'unique chaise pliante. Il releva la tête en les entendant.

— Est-ce que mon lieutenant a..., commença-t-il. Oh ! c'est vous autres. Qu'est-ce que vous foutez debout ? Vous êtes pas de garde.

Puis il aperçut la guitare dans la main de Vendredi, murmura : « J'aurais dû m'en douter », laissa retomber son menton sur sa poitrine et referma les yeux.

Le cuistot se dressa sur son séant, réveillé par la voix du caporal.

— Qu'est-ce que vous voulez, vous deux ? C'est pas un restaurant ouvert toute la nuit, ici, non ? Vous pouvez venir bouffer et boire le jus quand vous êtes de garde, au début et à la fin, mais, en dehors de ça, je suis pas à votre disposition.

— On veut pas bouffer, dit Prew.

— Alors, pourquoi que vous m'avez réveillé ? lui reprocha le cuistot.
— On veut juste une tasse de jus, continua Prewitt.
— De la merde, beugla le cuistot, indigné. Comment que vous voulez que je roupille un peu si vous vous amenez à n'importe quelle heure ? Vous avez rien à foutre ici jusqu'à ce que vous resoyez de garde.
— Ça te tuera pas de nous donner une tasse de jus, dit Prew.
— Ça m'a déjà tué, riposta le cuistot en se recouchant sur la table. Vous m'avez réveillé. Je suis pas...
Le caporal releva la tête, et ses yeux se rouvrirent, dans le vague, puis il se fixèrent sur le cuisinier.
— Tu vas fermer ta gueule, sacré nom de Dieu ? C'est toi qui fais tout le foin ici. Laisse-les prendre une tasse de jus, du moment qu'y font pas de bruit.
— Oh ! merde, gémit le cuistot.
— Servez-vous vous-mêmes, ordonna le cabot à Prew et à Vendredi. Et tâchez de faire moins de bruit que l'autre enflé.
Il laissa retomber son menton sur sa poitrine et referma les yeux.
Le café était encore brûlant, et ils le savourèrent à petites gorgées, debout, dans la chaleur du poêle à essence.
— Vaut mieux qu'on tarde pas trop, chuchota nerveusement Vendredi. Si Slade revient et qu'on est pas là, y va croire qu'on l'a laissé choir.
— Tout de suite, murmura Prew, que révoltait secrètement la perspective de retourner dans ce coin impossible où l'on respirait littéralement des moustiques. Sans parler du chemin à refaire le long des barbelés, sans lampe électrique, bien entendu, au risque de se flanquer les pattes dans un trou et de s'amocher la gueule en tombant.
— Vaudrait mieux qu'on y aille, insista Vendredi.
Prew posa doucement sa tasse.
— O.K. ! Allons-y, bon sang ! chuchota-t-il. Autant se débarrasser de ça tout de suite.
— Oh ! papillon, dit béatement Vendredi lorsqu'ils se retrouvèrent à l'air libre, on va lui montrer, à Slade, ce que c'est que des vrais guitaristes, quand Andy sera là. On va lui montrer ce que c'est que les biffins.
— Oh ! merde, grogna Prew, je me suis recollé la patte dans un trou.
Slade faisait le pied de grue lorsqu'ils arrivèrent.
— Je commençais à croire que vous viendriez pas, dit-il d'un ton penaud. J'allais repartir.
— Ecoute, Slade, lui dit Prew. Quand on promet à un gars de revenir le chercher, on revient le chercher. On est de parole.
Slade alluma sa torche électrique.
— Ah ! je le savais bien, mais y a si longtemps que je suis avec ces faux jetons de l'aviation que j'en ai perdu l'habitude.
— Vaut mieux que t'éteignes ta loupiote, lui signala Vendredi. Faut pas de lumière pendant la surveillance.
— Oh ! (Slade éteignit vivement sa lampe.) Vous devez me prendre pour un vrai bleu, pas vrai ?
Ils repartirent vers la cuisine, butant sur des racines invisibles, écartant les branches qui leur barraient le passage, Prew et Clark d'un côté du réseau de barbelés, Slade tout seul de l'autre.
— Est-ce que ces vacheries de moustiques t'empoisonnent pas l'exis-

tence? lança Vendredi, qui, derrière Prewitt, se démenait comme un possédé.

— Pas tellement, dit Slade. (Il hésita.) D'un côté, ça me déplaît pas qu'y soient là.

— Ça te déplaît pas! s'étrangla Vendredi.

— Mon Dieu!... pas exactement, expliqua Slade, mal à l'aise. Mais y me donnent l'impression d'être quand même un soldat, dans une certaine mesure. Evidemment, c'est rien à côté de ce que vous avez à faire, mais...

— Merde! alors, s'exclama Vendredi.

Il réfléchit un bon moment et reprit :

— Tu veux quand même pas dire que ça te plaît d'être piqué par ces saloperies-là? Tu t'es pas porté volontaire pour ce poste de garde, non?

— Oh! ça va, Vendredi, boucle-la, grogna Prew, irrité.

— Je sais bien que je dois vous avoir l'air un peu maboul, continua Slade. J'ai pas demandé spécialement ce poste-là, non. J'étais à l'entrée principale du terrain, mais c'est Follette qui m'a fait balancer là-bas.

— Ben, moi, j'ai jamais rien vu de pire que ces sales moustiques, depuis que je suis dans l'infanterie, déclara Vendredi en se giflant.

— On voit bien que t'as jamais fait les manœuvres d'hiver à Fort Myer, protesta Prew en se giflant à son tour. Eh! Slade, ça te dirait de boire une tasse de jus avant qu'on commence?

— Et comment! répliqua Slade. Vous avez même du café toute la nuit, sur le terrain! Nous, on en a pas, et on a pourtant un poste de garde permanent.

— Pas de café la nuit! s'écria Vendredi, horrifié. Moi, je pourrais pas monter la garde en pleine nuit sans une tasse de jus.

— Oh! y a bien un perco électrique dans la salle de récréation, pour qu'on s'en prépare nous-mêmes. Mais les trois quarts du temps y nous foutent dehors et nous empêchent de nous en servir. C'est ça, l'armée de l'air!

— Ça te dirait de bouffer un sandwich, aussi? lui proposa Prewitt.

— Un sandwich! s'exclama Vendredi. Ecoute, Prew...

— Tu veux dire que vous pouvez aussi avoir des sandwiches quand vous en voulez? Bon sang! mais vous vivez comme des rois.

— Qu'est-ce que c'est qu'une tasse de jus sans un bon sandwich chaud, dit dédaigneusement Prew.

— Et y sont chauds, par surcroît! s'exclama Slade, ivre d'extase.

— Ecoute, Prew..., fit encore Vendredi.

— Bien sûr, dit Prew fièrement. On a un sergent d'ordinaire qu'est drôlement à la hauteur.

— Faut qu'y le soit, commenta Slade.

— On se fout pas mal de passer la moitié de ses nuits dehors, quand on a un type comme ça à la cuisine, affirma Prew.

— Mais, Prew... Ecoute, Prew, réitéra Vendredi, misérable.

— Nous y voilà, annonça Prew.

Ils avaient atteint la brèche, par laquelle entraient les camions. Slade les rejoignit, et, sous la conduite de Prew, tous trois se dirigèrent vers la cuisine. Rien n'avait bougé depuis qu'ils l'avaient quittée. Au bruit de leurs pas, le cuistot se dressa sur sa table.

— Bon Dieu! Qu'est-ce que c'est encore? Qui c'est, ce type-là?

— Un de nos copains de l'armée de l'air, répondit Prewitt. Il aimerait boire une tasse de jus.

Bien à l'abri derrière les deux autres, Vendredi se recroquevilla dans l'attente de l'explosion.

— Une tasse de jus ? répéta le cuistot, les yeux ronds. Pour qui qu'y nous prend ? Pour la Croix-Rouge ?

— Où sont les sandwiches ? s'informa Prew avec douceur.

— Les sandwiches ! explosa le cuistot. Les sandwiches ! Tu m'as pas regardé ! Des sandwiches !

— Bien sûr, s'obstina Prewitt. Pour aller avec notre tasse de jus.

— Sainte Mère de Dieu ! gémit le cuistot. Des sandwiches !

— Y a là tout ce qu'y faut, dit Prew. On va se les préparer nous-mêmes, pour t'éviter du boulot.

— Foutre non, dit le cuistot. Jamais de la vie ! Ces rations-là sont pour ceux du troisième tour.

— Vendredi est du troisième tour, dit Prew.

Le caporal se leva brusquement et promena sur tous les visages un regard profondément attristé.

— C'est pas encore ici que je pourrai roupiller, maugréa-t-il. On se croirait à la foire. Autant que j'aille inspecter mes postes de garde.

Il se fraya un chemin entre Prew et Slade et sortit de la cuisine.

— Dis donc, je suis pas chargé de nourrir tout l'aérodrome d'Hickam, Prewitt, dit le cuistot, très digne.

— Mais t'as plus de camelote qu'y t'en faut pour la nuit, gémit Prew.

— J'ai qu'à vous donner des sandwiches, et tout le monde va me tomber sur le dos à n'importe quelle heure et je pourrai même pas roupiller une minute. Alors, très peu pour mes plumes.

— T'es de repos demain toute la journée, insista Prew. Tu pourras roupiller toute la journée. Nous, on sera de garde. Je comprends pas pourquoi tu te mets en pétard comme ça tout d'un coup. Toi qui nous as jamais renvoyé une seule fois les mains vides.

— Sans blague ? grogna le cuistot. Mettons que c'est l'exception qui confirme la règle. Pas de jus. Et pas de sandwiches.

— Si ces hommes-là veulent des sandwiches, donne-leur des sandwiches ! Compris ?

Comme un seul homme, Prew, Vendredi, Slade et le cuistot se retournèrent. Maylon Stark se tenait à l'entrée de la tente, tel le héros d'un mélo surgissant brusquement au centre de la scène à la dernière minute du dernier tableau du dernier acte. Son visage était bouffi de sommeil, sa voix pâteuse, et il avait visiblement dormi dans son uniforme.

— Oh ! salut, Maylon, dit le cuistot, qu'est-ce que tu fais debout à une heure pareille ?

— Tant que je serai sergent d'ordinaire, affirma Maylon Stark en regardant droit devant lui, y aura des sandwiches et du café toute la nuit pour les hommes de garde.

— D'accord, Maylon, approuva le cuistot. Mais ces types-là, y sont pas de garde. Y sont juste en train de se balader au lieu d'être au pageot. Y en a un qu'est même pas de la compagnie, c'est un gars de l'aviation. Comment que tu veux que j'arrive à roupiller s'il faut que je donne à bouffer à tout l'aérodrome d'Hickam ?

— T'es pas là pour roupiller, dit Stark d'une voix épaisse.

Il traversa majestueusement la tente et se laissa choir sur la chaise abandonnée quelques instants plus tôt par le caporal.

— T'es pas là pour roupiller, et tu roupilleras pas. T'as toute la journée de demain pour roupiller, parce que tu roupilles pas cette nuit. Si tu veux bosser demain, t'as qu'à roupiller maintenant.

Il cessa de regarder dans le vide pour lever les yeux vers l'infortuné cuistot et lui souffler son haleine empestée de whisky.

— Alors, qu'est-ce que t'en dis, cuistot de mon cœur ? Tu veux roupiller ? Roupille. Va te coucher. Je passerai le reste de la nuit à ta place. Et oublie pas de venir gratter demain.

— C'est pas ce que je voulais dire, Maylon..., bredouilla le cuistot.

— Alors, ferme ta gueule !

Stark se détourna et regarda Prew sans avoir l'air de le reconnaître.

— Vous voulez des sandwiches, vous aurez des sandwiches. Faut que les hommes mangent. Y peuvent s'entre-tuer toute la journée, mais les survivants, faut qu'y mangent. Tant qu'y restera un type debout, faudra qu'y mange. Compris ?

Personne ne répondit.

— Prépare-leur des sandwiches, enfant de salaud ! tonna Stark, les yeux à nouveau plongés dans le lointain.

— O.K. ! Maylon, riposta le cuistot.

— Alors, grouille-toi, enfant de salaud ! dit Stark d'une voix de plus en plus incertaine.

— On peut les préparer nous-mêmes, Maylon, intervint Prewitt d'un ton conciliant. Il a pas besoin de nous les préparer.

— Merde pour lui, trancha Stark. Il est pas ici pour dormir. C'est la tente de la cuisine, ici. Vous avez envie de manger ici, vous mangerez ici. Il a qu'à protester, et je lui tords le cou, à cette espèce d'enfant de salaud. J'ai besoin de bons cuistots, pour changer.

— Sincèrement, on préfère les emporter avec nous et les préparer nous-mêmes, dit Prew.

— O.K. ! approuva Stark. Vas-y. Sers-toi. Vous allez jouer de la guitare, pas vrai ? Toi, va dormir, enfant de salaud.

— Mais j'ai pas sommeil, Maylon, protesta piteusement le cuistot.

— J'ai dit : va redormir ! rugit Stark.

— O.K. ! balbutia le cuistot, et il retourna s'étendre sur sa table en s'efforçant de ne faire aucun bruit.

Dès que Prew eut achevé de préparer les sandwiches, il versa du café dans trois gobelets de papier, passa le tout à la ronde et fit signe aux autres de sortir. Avant de laisser retomber la toile de tente, il se retourna pour remercier Stark, mais le sergent d'ordinaire ne releva même pas la tête.

Du haut du remblai, le halo lumineux de l'aérodrome d'Hickam était clairement visible dans le ciel nocturne. Les pilotes s'entraînaient à voler de nuit, et les hangars étaient illuminés comme des théâtres vides. Des lumières rouges et vertes et bleues clignotaient au-dessus du cantonnement et de temps à autre un projecteur fouillait les nuages.

— Qu'est-ce que tu penses de notre sergent d'ordinaire, Slade ? questionna Prew, la bouche pleine. Je t'avais dit que c'était un chic type.

— Je l'avais pas imaginé comme ça, dit Slade sans se compromettre.

— Y fait marcher sa cuisine comme un dictateur, dit Prew.
— Je m'en suis rendu compte.
— Il avait un peu bu, ce soir, comme de juste, continua Prewitt d'une voix qui excusait.
Un camion franchit la brèche, tous phares éteints. Quelques ombres en descendirent, qui se dirigèrent vers la cuisine, puis, au bout d'un moment, une seule d'entre elles ressortit de la tente et vint à leur rencontre.
— Je croyais qu'y fallait pas de lumière ? murmura Slade.
— C'est le lieutenant, dit Prew. Alors, tu comprends...
— L'autre, c'est Andy avec sa guitare, murmura dévotement Vendredi, en désignant la silhouette solitaire.
— Hé ! les gars, chuchota Andy. Regardez ce que j'ai là.
Et il brandit triomphalement une bouteille tirée de sous sa chemise.
— Eh ben ! mon colon, où que tu as déniché ça ! s'extasia Vendredi.
— Je l'ai achetée à Warden. Ce cochon-là dénicherait du whisky dans une île déserte. Il était avec nous, dans le camion, saoul comme un Polonais.
— Le lieutenant lui a rien dit ?
— Tu sais bien que le lieutenant dit jamais rien à Warden.
— Qui c'est, Warden ? s'enquit Slade.
— Notre sergent-chef, dit Prew, qui présenta Slade à Andy, s'empara de la bouteille et la tendit au gars de l'armée de l'air.
— Fais gaffe ! Les revoilà, annonça Andy, montrant les lumières qui venaient de ressortir de la cuisine. Y sont que trois, Warden doit pas être avec eux.
— On a une bonne heure devant nous, dit Prew.
— Bon Dieu, dit béatement Slade en rendant la bouteille à Andy, vous avez vraiment la belle vie.
— Je te le fais pas dire, gouailla Prew. Seulement, je me demande bien ce que Warden peut bien être venu foutre ici.

CHAPITRE XXIX

Milt Warden ne savait pas exactement lui-même ce qu'il était venu faire ici. Une lubie lui avait fait quitter le P.C. dans le premier véhicule disponible, parce qu'il n'aimait pas le P.C. et parce qu'il en avait par-dessus la tête de regarder le visage du capitaine Holmes. Et c'était ici que cette lubie l'avait conduit ! Dans ce sale trou infesté de moustiques, en compagnie du jeune lieutenant Culpepper. Plus il regardait Culpepper, et plus Milt Warden se demandait s'il n'avait pas quitté la poêle à frire pour sauter dans le feu.

Il avait l'impression, depuis un certain temps, que le capitaine Holmes se payait sa tête, en secret, comme s'il eût été au courant de quelque bonne farce dont Warden serait le dindon à plus ou moins longue échéance. Est-ce que, par hasard, Holmes se douterait que ?... Milt Warden n'avait pas voulu tomber amoureux de la femme du capitaine Holmes. Il avait simplement voulu prendre une petite revanche sur le capitaine Holmes, pour la simple raison que le capitaine Holmes était un salopard d'officier. Tout le reste n'était qu'un accident regrettable dont Milt Warden avait, depuis quelque temps, tendance à tenir le capitaine Holmes personnellement responsable. Si cette espèce d'enfant de putain s'était mieux occupé de sa femme, rien de tout ça ne serait arrivé. Et Milt Warden pourrait continuer à goûter en paix les joies de l'existence au lieu d'être profondément et bêtement amoureux.

Milt Warden et Karen Holmes s'étaient revus deux fois depuis le fameux jour de prêt. La première fois, ils avaient repassé la nuit au *Moana,* la seconde fois à l'*Alexander Young,* en vertu de la théorie selon laquelle on risque moins de se faire repérer si l'on ne vient pas trop souvent au même endroit. Ces deux rencontres s'étaient terminées par une longue discussion sur ce qu'ils allaient faire. Ils étaient d'accord sur un point : ça ne pouvait pas continuer ainsi. Karen avait finalement suggéré à Warden de suivre un des nouveaux programmes d'instruction accélérée et de travailler dur pour passer officier aussi vite que possible.

S'il était nommé officier — lui avait-elle expliqué — il serait automatiquement affecté à un nouveau poste de commandement aux Etats-Unis, où personne ne le connaissait et où elle pourrait le rejoindre. S'il était nommé officier, elle pourrait quitter Holmes, lui laisser son héritier et se remarier avec Warden. Mais il leur serait impossible d'agir tant que Milt ne serait que sergent, surtout dans la compagnie de son mari, alors qu'elle était certaine que Milt ferait un officier remarquable à tous points de vue.

Warden avait été non seulement choqué, mais profondément humilié de ce programme. Il était prêt à faire bien des choses pour Karen, mais là, vraiment, c'était trop lui demander. Il avait donc résolu, pour la septième fois depuis qu'ils se connaissaient, de ne plus la revoir, et c'était l'une des raisons pour lesquelles il était fin saoul ce soir.

— Quelle calamité de devoir inspecter des postes de garde dans un aussi sale coin, dit le lieutenant Culpepper en sautant à terre. On entend beaucoup parler d'officiers nouvellement formés, dans le cadre des programmes d'expansion, mais on ne nous en envoie guère.

Warden sourit méchamment. Le lieutenant se détourna et prit le chemin de la cuisine. Il ignorait ce que le sergent-chef était venu faire ici. Il n'aimait pas beaucoup se trouver en compagnie du sergent-chef Warden, dont la proximité lui causait toujours un certain malaise. Il se demandait, parfois, si Milton Anthony Warden n'était pas un peu fou ; en tout cas, il n'avai jamais l'air d'attacher la moindre importance à quoi que ce fût.

Warden attendit qu'Anderson et le lieutenant Culpepper se fussent fondus dans la nuit, puis il prit le soldat de première classe Weary Russell, chauffeur du camion, par le bras et l'entraîna à l'écart.

— Ecoute, Duschnock, lui chuchota-t-il à l'oreille. Si je suis pas là pour rentrer au P.C. avec vous autres, tu reviendras me chercher ici à deux heures, compris ?

— Grand Dieu, chef, je ne..., commença Weary Russell, se voyant déjà condamné à rester éveillé sous sa tente, montre en main, au lieu de roupiller comme d'habitude.

— Pas de discussion, trancha Warden. Tu m'as entendu.

— Mais qu'est-ce que tu vas foutre, chef ? Y a pas de femmes, y a rien...

Devant le sourire énigmatique de Warden, il capitula :

— O.K. ! Alors, donne-moi un coup à boire.

— Ça va, ricana Warden. Si tu oublies, je te mets en charpie. Et maintenant, fous le camp.

Il lui flanqua une bourrade dans le dos pour l'aider à démarrer, le regarda se diriger vers la cuisine et, après un moment de réflexion, le suivit.

Stark semblait dormir, sur sa chaise pliante, lorsque Warden pénétra dans la tente, et le cuistot de nuit était debout devant le poêle, préparant hâtivement des sandwiches pour les nouveaux venus. Andy repartit le premier, sa guitare à la main, suivi du lieutenant et de Russell. Et le cuistot retourna s'allonger sur la table.

— Eh ! Toi ! dit Stark sans ouvrir les yeux.

— Qui ? Moi ? sursauta l'homme.

— Evidemment. A qui que tu crois que je parle ?

Stark ouvrit les yeux et désigna la sortie d'un signe de tête.

— Fous le camp. Barre-toi. Rien que de te regarder, ça me rend malade.

— Mais... où veux-tu que j'aille ?

— Va te coucher. T'as l'air à moitié crevé. Je peux pas supporter de te regarder. Je vais passer le reste de la nuit à ta place. J'aime mieux ça que de t'avoir devant les yeux.

— O.K. ! répondit le cuistot en tentant vainement de cacher sa jubilation. O.K. ! Maylon, puisque c'est toi qui le dis.

Il s'esquiva sans demander son reste.

— Faut que tu sois cinglé pour rester debout toute la nuit quand c'est pas ton tour, dit Warden avec dédain.

— Peut-être que ça me plaît comme ça ? Qu'est-ce que ça peut te foutre ?

— T'es complètement blindé, Stark. Où que t'as planqué ta boutanche ?

— Peut-être que j'avais une bonne raison de la faire disparaître, ricana Maylon Stark.

Il plongea son bras tout entier entre la toile de tente et une armoire à ustensiles, puis lança la bouteille à Warden.

— Bois un coup. Tu vas en avoir besoin, marmonna Stark. Faut que je te parle.

Warden ôta le goulot de ses lèvres et s'assit sur le bloc à hacher :

— Pas envie de t'écouter, murmura-t-il paresseusement. Je suis en vacances. Toi et ta foutue cuisine...

— C'est pas de ma cuisine qu'y s'agit, déclara Stark d'un ton plein de mystérieux sous-entendus. Y s'agit d'une affaire privée. On m'a dit que t'avais une nouvelle poule ?

Warden ne marqua aucun temps d'arrêt, aucune hésitation. Il alluma une cigarette et murmura :

— Qui ça, on ?

Stark le regardait toujours, morose.

— J'ai mes sources de renseignements, fils.

— Sans blague ? Et « on » t'a pas dit, aussi, de te mêler de tes oignons ?

— Supposons que je veuille pas me mêler de mes oignons ? dit Stark.

Il but une gorgée d'alcool, revissa le bouchon et lança la bouteille à Warden, qui l'attrapa au vol.

— Supposons que je veuille que tu t'en mêles ? dit Warden.

Il but une gorgée d'alcool, revissa le bouchon et lança la bouteille à Stark, qui leva languissamment son bras droit et la cueillit au passage, comme une fleur.

— T'as appris ça comment, Stark ?

— ... 'ccupe pas de ça. Ce qui compte, c'est que je le sais. Y a qu'une chose qui m'étonne, c'est que toute la base le sache pas aussi. Je t'ai pourtant dit de pas t'y frotter ou que tu t'en mordrais les doigts. Je sais de quoi je parle, je m'y suis frotté moi-même, à Bliss.

— Et ça t'a plu ? s'informa Warden, pensif.

— Non, dit Stark. Oui. Je sais pas. La vérité, c'est que j'en savais pas assez long là-dessus, à l'époque, pour pouvoir en juger. Mais la question est pas là. La question...

Il s'interrompit, secoua douloureusement la tête :

— Moi qui te prenais pour un type intelligent.

Warden se leva, contourna la chaise de Stark et reprit la bouteille qui pendait au bout de son bras. Il devait y avoir moyen de régler ça en douceur. Y avait toujours un moyen de tout régler en douceur. Mais ça finissait par vous porter sur le système de toujours être obligé de louvoyer et de nager entre deux eaux et d'opérer en douceur.

— Je veux savoir comment que t'as appris ça ! hurla-t-il brusquement dans l'oreille de Stark.

— Je vous ai vus tous les deux à l'*Alexander Young*, y a même pas une semaine, dit Stark sans se départir de sa placidité. Moi et sans doute des milliers d'autres gars de Shofield. Faut que tu sois complètement cinglé. Y a pas d'autre explication.

Warden recula d'un pas, la bouteille dans la main gauche.

— Et qu'est-ce que t'as l'intention de faire ? s'enquit-il. Si toutefois t'as l'intention de faire quelque chose.

— Ainsi, s'exclama Stark, tu te donnes même pas la peine de nier !

— Pourquoi nier ? Tu m'as vu, oui ou merde ?

Stark se redressa sur sa chaise.

— J'ai l'intention de faire quelque chose, marmotta-t-il. Et rien de ce que tu pourras dire ne changera ma décision. C'est pas la peine que t'essaies... Si t'es pas foutu de faire attention à tes plumes, faut bien que quelqu'un y fasse attention pour toi. Tu sortiras pas de cette tente avant de m'avoir donné ta parole de soldat que tu verras plus cette sale putain !

— Oh ! là, là ! Ma parole de soldat ! s'esclaffa Warden.

— Est-ce que t'as plus un brin d'amour-prop', sergent-chef ! dit Stark de plus en plus saoul. Est-ce que t'as plus un brin de respect pour l'uniforme que tu portes ? Tu d'vrais avoir honte. Tu déshonores tes galons, sergent-chef.

— T'es pas un peu tombé sur la tête ? rugit Warden, hors de lui.

— Mais tu te rends donc pas compte de ce qu'elle te fait ? se lamenta Stark, les bras au ciel. On voit bien que tu la connais pas comme moi. Elle est terrible ! Epouvantable ! Pire qu'une putain. Tu sais pas ce qu'elle te fera faire ! Mais elle te...

Il s'interrompit et croisa les bras.

— Mais je te laisserai pas faire, moi, reprit-il. Tu vas me donner ta parole, sergent-chef, ou gare.

— Gare à quoi ? s'enquit Warden.

— Fais gaffe, sergent, dit Stark. Plaisante pas avec moi, sergent, je te connais. Mais je sais comment m'y prendre avec toi. Promets-moi, Warden. J'attends ta promesse.

Warden observait Stark avec attention, pensif. Stark était blindé à fond. Demain, il aurait tout oublié. Mais demain Milt Warden reverrait son visage s'interposer entre lui et les objets environnants, comme le jour où il avait frappé de toute sa force le mur de l'escalier.

— Ma parole ! rugit-il soudain. Je vais te la donner, ma parole, espèce de salaud ! T'as pas le droit de parler comme ça de la femme que j'aime !

Et d'un direct du droit il envoya danser Stark et sa chaise entre le bloc à hacher et l'armoire aux ustensiles.

Stark atterrit sur le dos, les pieds en l'air, mais sa nuque avait à peine touché terre qu'il rebondissait comme une balle de caoutchouc, se cramponnant d'une main au bloc à hacher, de l'autre au bord de l'armoire.

Sa main droite avait raflé le hachoir au passage. Il le brandit et s'avança lentement vers Milt Warden, en lançant un chapelet d'effroyables jurons qui remplissaient la tente comme le gaz emplit un ballon de baudruche.

En proie à un ravissement sans mélange, Warden recula et lança la bouteille qu'il tenait à la main gauche. Stark l'esquiva sans même un battement de paupières et continua d'avancer en beuglant de plus belle. La bouteille poursuivit sa trajectoire, se fracassa en mille morceaux sur le bord du bloc à hacher, et Warden bondit hors de la tente. Il entendit, derrière lui, le hachoir déchirer la toile de tente et il fonça droit devant lui, à corps perdu, dans l'obscurité, jusqu'à ce qu'il donnât du front contre une branche et sentît ses jambes se dérober sous lui. Quelque part, dans les ténèbres, Stark jurait et cherchait son hachoir, à quatre pattes.

« Voilà, t'as gagné, mon petit Milt, se dit Warden. Le seul bon sergent d'ordinaire qu'il t'ait jamais été donné de voir à l'œuvre, voilà que tu lui fous ton poing dans la gueule. »

— Pire qu'une putain, mâchonnait Stark dans l'obscurité. Rien à faire. Lui gâchera sa vie. Je vais lui faire voir, moi. Ousqu'il est, c'tordu-là ?... squ'il est passé ?... ferai son affaire, moi ! J' lui apprendrai... Ousqu'il est, c't'enfant de salaud ?

Puis il réintégra sa cuisine. Warden l'entendit balayer les tessons en blasphémant affreusement, puis il se tut, terrassé par le whisky.

— C'est tout de même pas une espèce de sagouin de cuistot qui va m'apprendre à moi, Milton Anthony Warden, avec quelle femme je dois coucher ou pas coucher. Si j'ai envie de coucher avec Karen Holmes, je coucherai avec Karen Holmes, sacré nom de Dieu ! et c'est pas un misérable ver de terre de saoulard de cuistot qui va m'en empêcher, grogna le sergent-chef.

Il s'allongea confortablement sur le sol, satisfait de penser qu'à cause du cuistot il serait obligé de revoir Karen Holmes, tandis que, dans la nuit, résonnaient les « blues » lancinants qui se lamentaient sous les doigts amoureux d'Andy et de Prew.

CHAPITRE XXX

— Ecoutez celui-là, murmura Andy.

Instantanément, Vendredi posa sa main sur les cordes de sa propre guitare, pour en arrêter les vibrations.

— Vas-y, dit-il.

Andy joua une courte phrase, sur un rythme de « blues », très lentement d'abord, puis un peu plus vite, enchaîna une seconde phrase, s'arrêta de nouveau, attendit...

— Eh ! dis, où que t'as été pêcher ça ? souffla Vendredi avec admiration.

— Oh ! y a déjà un moment qu'y me trotte dans la tête. C'est tout.

— Joue-le encore.

Andy s'exécuta.

— Ça, c'est quelque chose, comme blues ! murmura Slade, émerveillé.

Andy haussa les épaules.

— J'ai soif, laissa-t-il tomber.

Prew lui tendit la bouteille dévotement.

— Pas à dire, y a rien au-dessus de cette musique-là, chuchota Vendredi. Il est rudement chouette, Andy, ton blues.

— On a une idée pour un blues qui s'appellerait la *Complainte du Rempilé,* expliqua Prew à Slade. Y a déjà la *Complainte du Chauffeur routier,* la *Complainte du Moissonneur,* la *Complainte du Maçon.* Nous, on l'appellerait la *Complainte du Rempilé.*

— Ça, c'est une idée ! s'exclama Slade, enthousiasmé. Vous êtes formidables, les gars.

— Attends ! T'excite pas ! On l'a pas encore faite, lui rappela Prewitt, prudent.

— Eh ! pourquoi que vous prendriez pas le blues d'Andy pour ça ? suggéra Slade, très excité. Eh ! Andy, tu pourrais le terminer, pas vrai ? Rejoue ton départ, avec la réponse, tâche de trouver un motif central et reprends ta première phrase. Tu dois pouvoir y arriver.

Andy reprit sa guitare, joua de nouveau sa première phrase ; puis la réponse, en sourdine ; tâtonna un instant ; recommença ; retomba dans le même motif ; recommença encore... Empoignés par la solennité du moment, les trois autres retenaient leur souffle. Finalement, Andy poussa un soupir de satisfaction, fredonna quelque chose entre ses dents, puis joua, d'un bout à l'autre, sa composition.

— Bravo ! Ça, c'est un blues, répéta Slade avec conviction. J'ai peut-être cinq cents disques à la maison, avec au moins cinquante pour cent de blues, et j'ai jamais rien entendu de pareil, y compris *Saint-Louis Blues.*

— Oh ! non, il est pas si bon que ça, protesta faiblement Andy

— Mais si, mais si, affirma Slade. Et je sais ce que je dis. Je collectionne les disques de blues.

— Vrai ? sursauta Andy, oubliant son attitude réservée de faux modeste. Eh ! as-tu déjà entendu parler d'un nommé Django ? Django quelque chose ?

— Tu parles ? s'exclama Slade. Django Reinhardt. Le guitariste français. C'est un drôle d'as.

— Là, tu vois, dit Andy à Prew. Tu croyais que j'avais inventé tout ça, hein ?

Il se retourna vers Slade, incapable de tenir en place.

— T'en as, des disques de ce Django Machin ?

— Non, dit Slade. Il est très difficile de se les procurer. Y sont tous fabriqués en France et y sont plutôt en bagarre, là-bas. Mais j'en ai entendu pas mal. Tu le connais, ce vieux Django Reinhardt ?

— Non. Mais je connais sa musique. Y en a pas un qui lui arrive à la cheville dans le monde entier.

— Dites donc, suggéra Slade, d'une voix hésitante, après un silence, maintenant que vous avez la mélodie pour votre *Complainte du Rempilé,* pourquoi que vous en feriez pas les paroles ?

— Oh ! on les fera plus tard, à la caserne, dit Prew. Tu te rappelleras bien ton air, Andy, pas vrai ?

— Faut jamais remettre les choses, insista Slade avec une sorte de frénésie. Autrement, on les fait jamais.

— C'est que... je sais pas où commencer, avoua Prew.

Andy reprit sa guitare et se remit à jouer son blues en sourdine. L'enthousiasme de Slade était contagieux, il sécrétait littéralement de l'énergie. « Comme Angelo Maggio, lorsqu'il se remontait lui-même pour gagner au poker », songea Prew.

Il s'empara de sa torche électrique, dont il dirigea le faisceau vers le calepin de Slade.

— Note, gars. Qu'est-ce que vous diriez de ça, pour commencer : « Lundi, c'est l' jour que j' vois la quille. » Ecris toujours. Et on peut continuer avec tous les jours de la semaine, jusqu'au lundi d'après, où que le gars rempile.

— Au poil ! s'écria Slade. « Lundi, c'est l' jour que j' vois la quille », crayonna-t-il sur son calepin.

— Et qu' j' mets des fringues de civ'lot, suggéra Andy, pinçant doucement ses cordes.

— « A moi les bars, à moi les filles : mes poches sont bourrées de gros fafiots », enchaîna Vendredi, pourpre d'excitation.

— « J'aim' mieux vous dir' qu' ça va boumer. C'est la Complaint' du Rempilé », acheva Prew.

— Cré bon sang ! Fameux ! s'extasia Slade. Mais allez pas trop vite. J'ai pas le temps de tout noter.

Ils étaient lancés, à présent, galvanisés par l'excitation communicative de Slade et surpris de la fécondité d'une faculté créatrice qu'ils n'auraient jamais cru posséder.

— Crotte ! V'là quelqu'un qui s'amène par ici, chuchota tout à coup Vendredi.

— C'est sûrement Weary Russell, expliqua Andy. Il vient me chercher pour retourner à ce foutu P.C.

— Oh ! recrotte, gémit Vendredi. On va pas avoir le temps de finir.

— Vous aurez qu'à le terminer après mon départ, dit Anderson avec amertume. Vous me montrerez ça demain soir.

— Jamais de la vie, protesta Prew. On l'a commencé ensemble. Faut le finir ensemble. Weary dira rien si tu le fais attendre un peu.

— Weary, non. Mais le lieutenant...

— Oh ! tu sais comment ça se passe, dit nerveusement Prewitt. Y traînaillent toujours pendant une demi-heure avant de repartir. Relis-nous tout ça en vitesse, Slade. On a plus beaucoup de temps devant nous pour finir.

Slade se racla la gorge et annonça d'une voix émue :

— *La Complainte du Rempilé...*

Lundi, c'est l' jour que j' vois la quille
Et qu' j'enfil' des fringu's de civ'lot.
A moi les bars, à moi les filles !
Mes poch's sont bourrées d' gros fafiots.
J'aim' mieux vous dir' qu' ça va boumer...
C'est la Complaint' du Rempilé.

Mardi, je m' trouve une piaule en ville,
Dans un hôtel pas trop rupin.
D'main, je cherch'rai un boulot tranquille,
Mais, ce soir, j' vais voir les copains.
Oh ! frangin, c' qu'on va rigoler !
C'est la Complaint' du Rempilé.

Mercredi, jour de ribouldingue !
J' rencontre un' môm' d' premier carat.
Dès que j' la vois, j'en suis louftingue,
Et j' l'embarqu' sans plus d'embarras.
Tous les deux, c' qu'on s'est régalés
C'est la Complaint' du Rempilé.

Jeudi, j' fais un' drôl' de binette,
En m' réveillant seul dans l' paddock.
La garce m'a r'fait toute ma galette
Et s'est taillée en loucedock.
J' vous jur' qu' j' pourrais en chialer...
C'est la Complaint' du Rempilé.

Vendredi, comme j'ai soif de bière
J' vais r'voir l' barman du mercredi,

Et j' lui d'mand' de m' payer un verre.
« Fous l' camp, 'spèce de paumé ! » qu'y m' dit
C' que j'ai fait, ben, vous l' devinez,
C'est la Complaint' du Rempilé.

— Voilà, conclut triomphalement Slade. Je me fous de ce que les autres pourront en dire, mais, moi, je trouve ça épatant !

Prew fit claquer nerveusement ses doigts.

— Passons au samedi, maintenant. Qu'est-ce que vous diriez de...

— Bon Dieu ! gémit Vendredi. On est faits comme des rats. C'est pas Weary Russell !

Ils firent volte-face, et le faisceau lumineux de la torche électrique effleura deux galons dorés. D'un adroit coup de pied, Andy envoya rouler la bouteille de whisky presque vide de l'autre côté du remblai, tandis que Slade, interloqué, se tournait vers Prew.

— Garde à vous ! cria Prew automatiquement.

— Peut-on savoir ce que vous faites ici à cette heure de la nuit ? s'informa le lieutenant Culpepper, sarcastique.

— Nous jouions de la guitare, mon lieutenant, répondit Prew.

Le lieutenant Culpepper tordit ses lèvres minces :

— J'aurais pu trouver ça tout seul. Et que signifie cette lampe allumée au sommet d'un talus ?

— Nous étions en train de recopier des notes, mon lieutenant, dit Prew d'une voix qui vibrait de rage et de désappointement. Il y avait des lumières un peu partout, mon lieutenant. Nous ne pensions pas que...

— Allons, allons, Prewitt, dit le lieutenant, de plus en plus sarcastique. Nous sommes censés garder cet aérodrome dans les conditions aussi proches que possible de celles du temps de guerre, n'est-ce pas ? Et la première de ces conditions est un black-out absolu.

— Oui, mon lieutenant.

— Les lumières en question étaient celles des rondes d'inspection, poursuivit le lieutenant. Elles ne sont utilisées que pour inspecter les postes de garde.

— Est-ce qu'on utiliserait des lampes électriques pour inspecter les postes de garde en temps de guerre ? hasarda Slade en tremblant.

Dans le style militaire traditionnel de la famille Culpepper, qu'avaient perfectionné quelques générations de Culpepper, le lieutenant Culpepper tourna la tête, sans bouger ses épaules droites de vrai Culpepper ni courber son échine raide d'irréprochable descendant de toute une lignée de Culpepper.

— Lorsque vous vous adressez à un officier, soldat, dit-il avec sévérité, vous devez inclure son titre dans votre question. C'est une chose que je ne devrais pas avoir besoin de vous rappeler.

— Oui, mon lieutenant, dit Slade.

— Qui êtes-vous, du reste ? Je croyais connaître tous les hommes de la compagnie.

— Soldat Slade, mon lieutenant. De la 17e escadrille de la base d'Hickam.

— Qu'est-ce que vous faites ici ?

— Je suis venu écouter la musique, mon lieutenant.

— Pendant votre tour de garde ?

— Non, mon lieutenant.

— Savez-vous bien, commenta Culpepper, de plus en plus sarcastique, que, dans l'infanterie, nous n'autorisons pas les hommes des autres unités à rôder à l'intérieur de nos cantonnements ? Particulièrement au milieu de la nuit. Compris ?

Nul ne répondit.

— Prewitt ! jappa le lieutenant Culpepper.

— Mon lieutenant ?

— C'est vous le plus ancien ; c'est vous que je tiens responsable de tout ceci. Il y a dans ce camp des hommes qui essaient de dormir. Certains d'entre eux vont prendre la garde...

Il consulta son chronomètre.

— ... Dans trente-sept minutes !

— C'est pourquoi nous sommes venus nous installer ici, mon lieutenant, dit Prew. Personne ne s'est jamais plaint de nous, à ma connaissance.

— C'est possible. Mais il n'empêche que ceci est contraire aux règlements généraux et, à partir de maintenant, aux ordres que je vous donne. Il n'empêche que vous vous trouviez avec une lampe allumée, au-dessus de la ligne d'horizon, pendant une manœuvre antisabotage nécessitant un black-out absolu.

Nul ne souffla mot. « Elle resterait donc inachevée, songeaient-ils avec désespoir, cette complainte qui ne retrouverait sans doute jamais le climat d'enthousiasme frénétique où elle était née ! Maudit soit le lieutenant Culpepper ! »

— Et maintenant, si vous ne voyez plus d'autre sujet de controverse, conclut Culpepper, je propose que nous mettions un terme à cette conversation. Je vous autorise à faire usage de votre torche électrique pour redescendre jusqu'au bivouac.

— Bien, mon lieutenant, dit Prew, et il salua.

Le lieutenant lui rendit son salut et, comme si cet échange de saluts était venu subitement les rappeler à leurs devoirs, Andy, Slade et Vendredi Clark saluèrent à leur tour avec un ensemble touchant.

— Alors, qu'est-ce que tu penses de l'infanterie, maintenant ? chuchota Prew à Slade, quand le lieutenant eut disparu.

Il y avait de l'amertume dans sa voix.

Slade ne répondit pas, et aucune parole ne fut prononcée jusqu'à ce qu'ils rejoignissent Weary Russell auprès du camion.

— J'ai rien pu faire, s'excusa-t-il. Il vous a foncé dessus dès qu'il a vu votre loupiote. J'ai même pas pu crier de faire gaffe.

— Ça va, dit Prew. Te casse pas le tronc. C'est pas grave.

Le lieutenant Culpepper arrivait derrière eux. Il s'approcha du camion, le contourna.

— A propos, Prewitt, cria-t-il en grimpant sur le siège, inutile de retourner là-bas après mon départ. J'ai donné ordre au caporal de garde de vous avoir à l'œil.

— Bien, mon lieutenant, dit Prew.

— Où est le sergent-chef, Russell ? s'enquit Culpepper.

— Je n'en sais rien, mon lieutenant, répliqua Weary. Je suppose qu'il a pas l'intention de rentrer tout de suite.

— Et par quel moyen rentrera-t-il au P.C. ?

— J'en sais rien, mon lieutenant, dit Weary.

— Eh bien ! tant pis pour lui, ricana le lieutenant Culpepper. Il faut qu'il soit là-bas pour le réveil. Ça ne lui fera pas de mal de marcher un peu ! Montez, Anderson, nous partons.

Prew, Slade et Vendredi, immobiles, regardèrent le camion virer en trois temps, franchir la brèche et s'éloigner rapidement.

— Tiens, dit Slade à Prew, v'là les feuilles de mon calepin. La complainte est dessus.

— T'en veux pas un exemplaire ?

Slade secoua la tête.

— Vous aurez bien l'occasion de me les passer une autre fois, dit-il. Vaut mieux que je rentre, à présent.

— Plutôt, dit Prew. Fais gaffe qu'y te recoince jamais par chez nous.

— Tu parles ! s'exclama Slade. Je vous reverrai un de ces jours.

Il se glissa dans la nuit sur les traces du camion.

— Tu crois qu'y va se faire muter ? demanda Vendredi en se grattant pensivement la tête.

— J'en ai pas l'impression, dit Prew qui ricanait. Tiens, prends ça. Pour Andy. C'est sur sa musique.

Vendredi plia les feuilles du calepin et les rangea soigneusement dans sa poche.

— On la finira un de ces jours, dit-il. Quand on sera rentrés à la caserne.

— Sûr, dit Prew, laconique.

— Pourquoi qu'on la finirait pas maintenant ? suggéra Vendredi, les yeux brillants. On pourrait s'installer dans la cuisine. On n'a plus besoin de la musique, maintenant.

— Finis-la tout seul. Moi, je vais faire un petit tour. J'en ai sacrément besoin.

Il pivota sur lui-même et s'éloigna.

CHAPITRE XXXI

Lorsqu'il atteignit la route, Prew s'arrêta. Tourner à droite, c'était se flanquer dans les pattes du gars qui avait relevé Slade. Le gars lui crierait : « Qui va là ? » s'apercevrait qu'il avait affaire à un simple troufion et, histoire de passer le temps, se dépêcherait d'engager la conversation. Ce n'était pas ce que voulait Prew, qui tourna à gauche et ralentit le pas. Il se mit en marche sur le bas-côté de la route, dont les graviers crissaient sous les lourdes semelles de ses brodequins. Il avait bu pas mal de whisky et regrettait de ne pouvoir en boire davantage. Il avait envie de se saouler à mort. Non seulement on lui avait pris son clairon, dans cette saloperie d'armée, mais on l'empêchait même d'écrire une malheureuse complainte, de mettre des paroles sur un air de blues !

Il avait eu presque toute la strophe suivante dans la tête, lorsque le lieutenant Culpepper était arrivé. Le couplet suivant se passait à la prison...

Samedi, j' vous jur' qu' c'était pas drôle
D'entendr' tous les autr's se marrer
A travers les f'nêtr's de la taule...
Moi, grimpé sur un tabouret,
J' pouvais qu' regarder l' défilé !
C'est la Complaint' du Rempilé.

Ça lui était arrivé, à lui, de regarder mélancoliquement les gens qui prenaient du bon temps, un samedi soir, par la fenêtre d'une cellule, à la prison de Richmond, dans l'Indiana. Il avait fallu que les prisonniers montent sur les tabourets, pour voir, parce que les fenêtres étaient très hautes. Ils étaient sept, dans la même cellule. Tous coffrés pour vagabondage. On les avait relâchés au bout d'une semaine, parce qu'il n'y avait plus assez de place, dans la taule, pour les trimards qu'on ramassait chaque jour. Voyons ! Ça s'était passé en 1935. Il y avait six ans de ça.

Il n'entendait plus, derrière lui, les voix d'Andy bavardant avec Vendredi et fredonnant l'air de leur blues. Il était seul, dans un monde fermé, bien à lui, et c'était ce qu'il avait désiré. Mais, à présent, il n'avait plus envie d'être seul. Il se mit à courir, se voua mentalement à tous les diables, s'arrêta, se remit à marcher. Inutile, inutile, le monde irait toujours plus vite que lui. Le monde, avec toutes ses familles Culpepper. Au diable, Culpepper !

Subitement, Prew éclata de rire. Un rire plein d'amertume.

— Halte là !

Prew s'arrêta court. Depuis quand y avait-il une sentinelle à cet endroit-là ?

— Qui vive ? continua la voix.

Prew distingua une silhouette noire, perçut un vague reflet métallique.

— Ami, répliqua-t-il selon les règles prescrites.

— Avance, ami, et fais-toi reconnaître, dit la voix.

Prew avança lentement, selon les règles prescrites.

— Halte là ! commanda la voix.

Prew s'arrêta court. Ceci n'était plus du tout conforme aux règles prescrites.

— Qui va là ? reprit la voix.

— Ami, sacré bon Dieu !

— Avance, ami-sacré-bon-Dieu, et fais-toi reconnaître.

Prew fit un pas en avant.

— Halte là ! cria la voix, tandis que les mains invisibles agitaient le reflet métallique.

Prew s'arrêta.

— Eh ! Qu'est-ce que c'est que ce travail ?

— Silence, rugit la silhouette noire. Repos ! En avant, marche ! Rectifiez la tenue ! Qui va là ?

— Soldat Prewitt, de la Compagnie G, dit Prew, de plus en plus sceptique.

— Avance, soldat Prewitt, de la Compagnie G, et fais-toi exécuter, beugla la silhouette.

— Va te faire foutre, Warden, riposta Prew en continuant d'avancer.

— Pan ! hurla la silhouette en pointant vers lui l'objet aux reflets métalliques. Pan ! Pan ! Je t'ai eu ! T'es mort ! Pan !

— Eh ! Change de disque, Warden, rétorqua Prewitt. Et passe-moi ta boutanche de whisky.

— T'as marché, pas vrai ? s'esclaffa Warden au comble du ravissement. Qu'est-ce que tu fous par ici ? Tu sais pas que tu risques de te faire flanquer une balle dans le cul ?

— Je me promène, riposta Prew d'un ton belliqueux.

— Ah, ah ? commenta Warden. Le lieutenant a interrompu votre petite fête ?

— Cette espèce de petit enfant de salaud..., marmotta Prewitt.

— Halte ! trancha Warden en le menaçant de l'index. Est-ce que c'est une façon de parler d'un Culpepper ? Est-ce que tu sais pas qu'y a toujours eu des Culpepper dans l'armée depuis que Zacharie Taylor a pris la Californie au Mexique ? Qu'est-ce que tu crois qu'on pourrait faire, sans la Californie ? Où est-ce qu'on ferait du cinéma ? Où est-ce qu'on serait, à ton avis, si on n'avait pas eu les Culpepper ?

— Merde pour les Culpepper, dit Prew.

— Aucun éducation, ce gars-là ! dit tristement Warden. Aucune idée des grands problèmes mondiaux. Aucun raffinement.

Il s'assit au milieu de la route et tendit la bouteille à Prew.

— Tiens, vieux frère. Bois un coup, je te dis.

Prew s'essuya la bouche, s'assit près de Warden et lui rendit sa bouteille.

— C'est tout de même une vacherie d'existence, déclara-t-il, très morne.

— Dégueulasse. Absolument dégueulasse.

Il porta le goulot de la bouteille à ses lèvres et but une lampée.

— On peut même plus s'amuser gentiment !

— C'est vrai, acquiesça Warden. V'là qu' t'es sur la liste noire de Culpepper, maintenant.

— J' suis sur toutes les autres listes noires. Pourquoi pas aussi sur la sienne ? grogna Prew.

— Ecoute, Prewitt, dit Warden avec un brusque attendrissement. Pourquoi qu'y faut toujours que tu fasses la forte tête ? Pourquoi qu'y faut toujours que t'ailles au-devant des emmerdements ?

— J' sais pas, dit Prew d'un ton misérable. Y a des années que j'essaie de le comprendre. Sans doute que j' suis né comme ça.

— De la merde, dit Warden.

Il avala une nouvelle gorgée de whisky et regarda Prewitt de côté.

— De la vraie merde en bâtons. Essaie un peu de dire le contraire. Vas-y, essaie un peu de dire le contraire !

— J' sais pas, répéta Prewitt plus misérablement encore.

— De la merde, je te dis, insista Warden. Y a personne qui naît comme ça. Regarde-moi, tiens. Bois un coup.

Il regarda boire son compagnon et reprit la bouteille.

— Oui, c'est une vacherie d'existence, continua-t-il. T'es en train d'aller tout droit au dur, et moi je vas me faire balancer un de ces quatre matins. Et on est assis tous les deux au milieu de c'te vacherie de route. Qu'est-ce que ça donnerait si un camion nous passait dessus ?

— Ce serait terrible, jura Prew.

Le whisky était en train de composer un mélange explosif dans son estomac. Il allait sûrement voler en éclats d'un moment à l'autre.

— Pas toi, Prew. Moi, j' suis vieux, fiston, pleurnicha Warden. J'ai trente-quatre ans. Toi, t'en as que vingt-deux à peine. T'as toute ta vie devant toi.

— Mais j'ai pas de raisons de vivre, s'obstina Prewitt. Toi, t'as la compagnie à faire marcher. C'est les sous-off's qui font marcher l'armée. Sans toi, y aurait pas d'armée, et qu'est-ce qu'y feraient, tous les Culpepper, si y avait pas d'armée ? Reste pas là. Va t'asseoir sur le côté de la route.

Warden le prit par le cou.

— T'es maboul, fiston, lui dit-il avec affection. Tu peux pas sauver un vieux briscard comme moi. C'est à toi de sauver ta peau. Et tu la sauveras.

— Non, sergent. Jamais de la vie, sergent. Prewitt a jamais lâché un copain en danger. Je resterai jusqu'au bout.

— Mais qu'est-ce que j'ai donc fait au bon Dieu ? gémit désespérément Warden.

— Tout le monde s'en fout, se lamenta Prew. Tout le monde se fout de ce qui peut nous arriver. Merde pour eux tous, tant qu'y sont. Je serai aussi bien mort.

Ses yeux se remplirent de larmes, et il reprit la bouteille.

— D'abord, avoua-t-il d'une voix pâteuse, je crois pas que je pourrais me tenir debout, de toute façon.

— Moi non plus, reconnut Warden. Il est trop tard. Adieu ! Prewitt.

— Adieu ! Warden.

Ils se serrèrent la main avec solennité, refoulèrent les larmes de la séparation, indignes des soldats qu'ils étaient, se redressèrent tant bien que mal et firent face à leur destin.

— Je veux juste que tu saches, Prewitt, que j'ai jamais eu de meilleur copain que toi.

— Moi non plus, reconnut Prewitt.

— Pas de bandeau sur les yeux, dit Warden avec mépris en rejetant sa tête en arrière. Est-ce que v' nous prenez pour des gosses ? Pouvez vous torcher le cul avec, bande de salauds !

— Ainsi soit-il, conclut Prewitt.

Ils partagèrent équitablement la dernière gorgée d'alcool et, poitrine bombée, ils s'étendirent sur le dos et s'endormirent paisiblement en travers de la route.

C'est là que le première classe Weary Russell les trouva lorsqu'il revint chercher Warden pour le ramener au P.C. Il freina désespérément, dérapa sur les graviers et s'arrêta finalement à trois mètres des pieds du sergent. Il examina le tableau à la lueur des phares et jura entre ses dents.

— Réveille-toi, salopard ! cria-t-il à Prew en le secouant de toutes ses forces. Je sais que t'es pas mort. Faut que tu m'aides à charger le sergent dans le camion, que je puisse le ramener au P.C. Si Dynamite apprenait ça, il le balancerait, et comment !

— Dynamite pourrait pas l' balancer, bredouilla Prewitt. Qui qu'y nommerait sergent-chef, si y le balançait ?

— J'en sais rien, dit Weary, pensif. Y pourrait peut-être... Oh ! bon Dieu, je suis pas là pour discuter avec un poivrot. Aide-moi à le charger dans le camion. Qu'est-ce que vous auriez fait si ç'avait été un autre que moi ? Y vous aurait peut-être même pas vus et y vous aurait passé dessus ! Allez, grouille-toi le mou. Aide-moi à le charger dans le camion.

— Tout de suite, dit Prewitt avec force. J' veux pas qu'il arrive quoi qu' ce soit à mon copain Warden.

— A ton quoi ? s'exclama Weary, stupéfait. Faut-y que tu soyes saoul pour causer comme ça !

— T'as p'faitement compris ! beugla Prewitt, outré. J'ai dit mon copain Warden. Mon bon copain Warden, à qui que je veux pas qu'il arrive quèque chose. T'as compris ? J' suis pas saoul.

Weary l'avait ceinturé et tentait de le mettre sur pied.

— Lâche-moi, toi, brailla Prew. Faut qu' tu m'aides à charger mon copain Warden dans le camion. Faut qu' j' m'occupe de lui, on peut pas l' laisser là, l' meilleur soldat d' c'te foutue compagnie.

Il réfléchit un instant.

— L' seul soldat d' c'te foutue vacherie d' compagnie, rectifia-t-il.

Weary le regarda zigzaguer jusqu'à Warden, essayer de le relever et s'écrouler par-dessus le sergent en se lamentant :

— Ouille ! J' suis noir !

— Tu vois bien ! Je te le fais pas dire, grogna Weary, profondément écœuré.

Il aida Prewitt à se relever, puis ils remorquèrent le grand corps inerte de Warden jusqu'à l'arrière du camion et le poussèrent à l'intérieur.

— C'est toi, Russell ? questionna soudain le sergent d'une voix d'outre-tombe.

— ... faitement ! gronda Russell. C'est moi Russell la nourrice sèche, c'est moi Russell la poire notoire et professionnelle.

— Ecoute, dit Warden. J' veux qu' tu fasses quèque chose...

Il se dressa sur son séant. Prewitt était déjà sur le siège de devant, le menton sur la poitrine, profondément endormi.

— J' veux qu' tu r'conduises c't' homme-là à son biva... bivouac !

— O.K. ! trancha Russell. Mais cesse de bafouiller comme ça, tu m'as eu une fois, mais ça prend plus. T'as fait mine de pas te réveiller pour qu'on te porte dans le camion, mais t'es pas aussi saoul que tu veux bien le faire croire.

Warden éclata de rire.

— Et comment que je t'ai eu, hein ? jubila-t-il. Mais c'est pas tout. Quand tu l'auras déposé chez lui, j' veux qu' tu dises au caporal de garde que le sergent-chef a dit qu' le soldat Prewitt était exempté de garde pendant tout le reste de la nuit, pour avoir aidé le sergent-chef à effectuer une reconnaissance.

— Mais tu peux pas faire ça, chef, dit Russell, effaré.

— T'as entendu ce que j'ai dit, oui ? s'emporta Warden. C'est moi, ou c'est toi, le sergent-chef ?

— C'est toi, mais pour ce qui est de me foutre des sales corvées, t'es un peu là.

— Ecoute ! (Warden saisit Russell par le bras.) Tu sais donc pas qu'y faut qu'on s'occupe de c't' homme-là ? chuchota-t-il à l'oreille de Weary. C'est l' meilleur soldat de la compagnie. (Il réfléchit un instant.) Le seul vrai soldat de c'te foutue compagnie, rectifia-t-il.

— Allons bon, voilà que ça recommence, gémit Weary.

— Faut qu'on prenne soin de lui pendant qu'on le peut, continua Warden. Y restera peut-être plus bien longtemps parmi nous, alors, faut qu'on prenne soin de lui pendant qu'on le peut.

— D'accord, chef, d'accord, dit Weary. Roupille, maintenant.

— C'est important, ajouta Warden. Tu peux pas savoir. C'est très important.

— Bien sûr, dit Weary. Tu ferais mieux de repioncer, maintenant.

— Tu me donnes ta parole ?

— Ouais, soupira Weary avec lassitude, je te donne ma parole. Dors, maintenant.

— Alors, ça va, bafouilla Warden, satisfait. Oublie pas, c'est très important.

Il s'allongea confortablement sur le plancher du camion.

— Ça peut arriver d'un jour à l'autre, conclut-il.

Trois secondes plus tard, il dormait profondément.

Weary secoua tristement la tête, remonta sur son siège et repartit vers le bivouac.

CHAPITRE XXXII

Prew avait rêvé de monter chez Alma le soir même où la compagnie réintégrerait la caserne. Mais les hommes proposent, les événements disposent, et il y avait loin d'Alma à ses rêves...

A la grande surprise de tous, le soldat de première classe Bloom était debout dans la galerie avec le reste de la section de boxe lorsque les camions envahirent la cour de la caserne. Le bruit courut aussitôt que Bloom avait été sacqué, une semaine auparavant, du peloton des élèves sous-officiers pour incapacité partielle. Les non-sportifs s'empressèrent de faire remarquer que c'était là tout ce qu'on pouvait attendre du « système Dynamite », qui était de faire suivre le peloton des E.S.O. à des boxeurs dépourvus de toutes possibilités intellectuelles. « Pardon, rétorquèrent les sportifs, regardez Malleaux, le nouveau poids plume, qui est en train, lui, de prendre la tête de son groupe ! Bloom n'est qu'une exception, et on peut très bien passer sous-off, même après s'être fait sacquer du peloton E.S.O. ! »

Quant à Bloom lui-même, il prétendait que la véritable cause de sa disgrâce n'était autre que cette malencontreuse enquête de mœurs à laquelle il avait été mêlé. Personne, bien entendu, ne voulait l'écouter. Les non-sportifs n'avaient jamais eu aucune sympathie pour lui et, depuis qu'il avait compromis leur réputation, les sportifs n'en avaient pas davantage.

Depuis le moment où la compagnie se mit à décharger les camions jusqu'au lendemain dans l'après-midi, Bloom passa des heures fort désagréables à essayer de se justifier aux yeux de gars qui ne désiraient pas l'entendre et qui saluaient son arrivée par des concerts de railleries. En désespoir de cause, il décida finalement d'abandonner la partie et d'aller terminer l'après-midi au cinéma pour essayer de se calmer les nerfs, car il disputait un combat le soir même, dans le cadre des premières rencontres intercompagnies.

Prew ne s'était pas associé aux railleries qui avaient accueilli Bloom lorsque celui-ci — qui était de repos toute la journée en vue de son combat du soir — était venu haranguer le piquet de corvée, parce que Prew se foutait éperdument que Bloom passât ou non caporal. Tout ce qu'il voulait, c'était monter voir Alma. Il y avait deux semaines à présent qu'il ne l'avait pas vue et, rien que de penser à elle, il en avait chaud.

Ils étaient toujours en train de briquer la remorque au matériel de cuisine lorsque Champ Wilson et son inséparable Liddell Henderson revinrent du gymnase. Le sergent Henderson était resté avec le train des équipages, pour s'occuper des chevaux du capitaine Holmes. Il n'entrait jamais au gymnase qu'en qualité de spectateur, pour assister aux séances d'entraînement de son copain Champ Wilson. Ce fut lui qui attrapa Lady, la petite chienne de Bloom, et, histoire de s'en payer une tranche, suggéra qu'on allât chercher le grand chien policier de la Compagnie F, qui rôdait dans le secteur depuis pas mal de temps, et qu'ils l'aident à couvrir Lady.

— Ce salaud de Bloom en bavera des ronds de chapeau, quand Lady lui déposera une portée de chiens policiers sur son oreiller, ricana-t-il.

— J'ai jamais aimé cet enfant de putain de Bloom, de toute façon, souligna le sergent Wilson d'un air vache en s'accroupissant pour tenir les pattes de Lady.

Le sergent Wilson disait tout ce qu'il disait d'un air vache. Le sergent Wilson était un dur. Le sergent Wilson était le champion poids légers du secteur hawaiien. Il avait une réputation à soutenir, le sergent Champ Wilson, et c'était l'une des raisons pour lesquelles il avait pris un air vache en s'accroupissant pour tenir les pattes de devant de la petite chienne.

Bientôt, il y eut tout un attroupement autour des deux chiens et des deux hommes. Bloom était légendaire dans la compagnie pour l'ardeur avec laquelle il chassait les chiens mâles qui venaient rôder autour de sa chienne. Le grand bougre de chien policier de la Compagnie F, en particulier, était son plus farouche ennemi. Y avait de quoi se marrer sur toute la ligne. Et Lady elle-même, qui était un petit corniaud, un sale paquet de nerfs sans race bien déterminée, ne faisait rien pour améliorer les choses. Elle n'avait aucun sens militaire, et l'une des plus grandes joies de la compagnie était d'entendre Bloom l'injurier, la maudire et la menacer des pires châtiments lorsque, chaque matin, la tête basse et la queue entre les jambes, elle essayait de le suivre jusqu'au terrain d'exercice avec une obstination pleine d'humilité, assurément digne d'un meilleur sort.

Lady était loin d'être vierge, et sa moralité ne s'élevait guère au-dessus d'une honnête moyenne. Le grand chien policier lui était certainement beaucoup moins antipathique qu'à Bloom lui-même, mais ils l'avaient effrayée, et elle s'efforçait de maintenir son arrière-train aussi près du sol que le sergent Henderson voulait bien le lui permettre. Le grand chien policier gambadait alentour en aboyant avec véhémence. Les spectateurs ricanaient et mitraillaient les deux sergents de conseils variés et goguenards, et tout le monde pensa d'abord que c'était une bonne blague à faire à ce cochon de Bloom.

Puis, comme Lady, terrorisée, commençait à gémir et à hurler et que les deux complices avaient toutes les peines du monde à la retenir, l'histoire ne fut plus ni tout à fait nouvelle, ni tout à fait drôle, et les spectateurs s'égaillèrent un à un, assez peu fiers d'eux-mêmes. Mais le sergent Henderson refusa de s'avouer vaincu.

Prew les avait laissés faire pendant un bon bout de temps. Ce n'était pas son chien et ce n'étaient pas ses oignons. Bloom n'avait qu'à être là pour protéger sa saloperie de petit clebs. Mais cette histoire commençait à l'agacer passablement. C'était la goutte d'eau qui faisait déborder le vase, et il commençait à les haïr, tous, en bloc, les gars qui s'étaient éloignés et ceux qui étaient restés, comme il haïssait tous les Champ Wilson et tous les

Henderson du monde, tous ces salopards de tire-au-cul qui coupaient systématiquement à l'exercice, autant qu'il haïssait ce gros porc de Bloom et sa sale ordure de petit cabot.

Il se fraya un chemin parmi les derniers assistants et frappa un bon coup l'épaule d'Henderson, qui culbuta les quatre fers en l'air et lâcha l'arrière-train de Lady. La petite chienne détala sans demander son reste, son prétendant sur les talons, puis, brusquement, elle fit volte-face, babines retroussées, mordit le grand bougre de policier et reprit sa course folle, suivie, cette fois, à distance respectueuse.

— T'es pas louf ? Qu'est-ce qui t'a pris de faire un truc pareil ? vociféra Henderson.

— Il m'a pris que j'aime pas voir un type se montrer plus salaud encore qui l'est au naturel, riposta Prew. Retourne donc aux écuries avec tes bourrins.

Henderson ricana et plongea sa main droite dans sa poche.

— Qu'est-ce qu'y se passe, Prewitt ? Tu manques d'estomac, ou quoi ? Tu te transformes en enfant de Marie tout d'un coup, pas vrai ?

Sa main droite tripotait dévotement quelque chose à l'intérieur de sa poche.

— Essaie jamais de sortir ton surin avec moi, espèce de salaud, gronda Prew, je m'en servirai pour te trancher la gorge.

Henderson cessa de sourire, mais déjà Champ Wilson l'entraînait par le bras et murmurait :

— Viens, Liddell. Faut pas faire du foin pour ça.

— Un jour, t'iras trop loin, Prewitt, hurla Henderson, d'un seul coup. Je te mettrai les tripes au soleil, t'entends ?

— Quand tu voudras, dit Prew, souriant avec nonchalance.

Tous les hommes se dispersèrent, cette fois, un peu déçus d'avoir été frustrés de ce qui avait l'air de s'annoncer comme une bagarre intéressante. Prew, lui, n'était pas très sûr d'être déçu ou non. « Il était évident, songea-t-il avec une amère ironie, que toute la Compagnie G devait déjà savoir depuis quelque temps que le soldat Prewitt était à cran. » L'affaire n'aurait sans doute pas eu la moindre suite si le première classe Bloom, avec son tact habituel, ne l'avait remise sur le tapis, le soir même, après la soupe.

Le repas venait de se terminer, et Prew regardait Stark, ruisselant de sueur, bavarder à la table des sergents. Il se donnait un mal fou, Stark, pour que tout le monde soit content. C'était un chic type, Stark, et Prew l'aimait comme un frère. Le seul de la compagnie pour lequel Prew eût fait n'importe quoi.

Ce fut à ce moment précis de ses réflexions que Bloom vint s'asseoir en face de Prew, après avoir posé son couvert de l'autre côté de la table. Il y eut une pause pleine d'attente dans les conversations.

— Je viens te remercier d'avoir pris la défense de mon chien pendant que j'étais pas là pour le faire, beugla Bloom avec emphase.

— Y a vraiment pas de quoi, grogna Prew en reposant sa tasse vide.

Bloom s'empara de la cafetière de métal et remplit la tasse de Prew :

— On peut toujours reconnaître ses amis d'après la façon dont y traitent vos animaux, beugla-t-il avec une emphase grandissante. On peut toujours dire ce que vaut un type d'après la façon dont y traite les animaux ! Je te dois beaucoup, Prew.

— Tu me dois absolument rien, Bloom. Je n'aime pas voir un salaud quelconque tourmenter un cabot, voilà tout. N'importe quel cabot. C'est pas pour le propriétaire que je l'ai fait, c'est pour le cabot lui-même. En fait, je savais même pas que c'était ta chienne, conclut-il, en mentant sans vergogne.

— Allons donc ! Tout le monde sait que c'est ma chienne, protesta Bloom.

— Moi, je le savais pas. Si je l'avais su, je les aurais laissés faire. Alors, tu me dois rien. Tout ce que je te demande, c'est de me foutre la paix.

Les conversations, qui avaient repris au cours des premières répliques, s'interrompirent de nouveau, cédant la place à une silencieuse expectative.

— Enfin, sacré nom de Dieu, dit Bloom, est-ce que c'est une façon de traiter un type qui vient pour te remercier ?

— J'ai rien à foutre de tes remerciements, Bloom. Tiens-toi ça pour dit.

— Et pour qui ça se prend ? vociféra Bloom. Pour le roi de Prusse ? C'est des miteux comme ça qui se permettent de mépriser les autres !

— Qu'est-ce que t'essaies de faire ? s'informa Prewitt. Tu me cherches, Bloom !

— Est-ce qu'on t'a demandé quelque chose, moi et mon chien ? râla Bloom. Non ! On t'a rien demandé. Alors, la prochaine fois, attends qu'on te demande quelque chose, espèce de salaud...

Prew tenait toujours sa tasse à café. Il la lança, et le lourd cylindre de faïence grossière atteignit Bloom en plein front. Il cligna des yeux, fronça les sourcils, tandis que la tasse rebondissait sur le sol et roulait sans se briser sous la table voisine.

Avant qu'ils eussent pu se colleter, Stark était debout entre eux, son éternel mégot au coin des lèvres. Il bloqua Prew de sa hanche et repoussa Bloom en lui appliquant ses deux mains sur la poitrine.

— Pas de bagarre dans mon réfectoire ! On y mange, dans mon réfectoire, un point, c'est tout, dit-il sèchement. Si vous voulez vous bagarrer, sortez dehors. Et t'as de la veine de ne pas avoir cassé ta tasse, Prewitt, ou ça t'aurait coûté dix cents au prochain prêt.

Bloom regarda autour de lui. Il y avait une tache rouge au milieu de son front.

— Tu veux qu'on sorte dehors ? siffla-t-il entre ses dents.

— Pourquoi pas ? Allons-y.

Bloom sortit en déboutonnant sa chemise, suivi de Prew. En un clin d'œil, le réfectoire s'était vidé, et les combattants se trouvèrent au milieu d'un cercle compact de spectateurs. De partout, les hommes accouraient hilares, enchantés. On eût dit que la bagarre avait été annoncée depuis longtemps et qu'ils n'avaient attendu que le premier signal pour se précipiter avec avidité vers le lieu du carnage.

Le combat dura une heure et demie. Bloom n'avait pour ainsi dire jamais interrompu son entraînement, depuis le mois de décembre, et son ventre était dur comme un roc. Quant à son crâne, il avait toujours été dur comme un roc, et, s'il avait accepté d'encaisser les coups au lieu d'essayer de les esquiver, il eût pu mettre fin au combat dès les premières minutes. Prew, de son côté, était tellement hors de forme qu'il n'eût pas eu la moindre chance de s'en tirer avec honneur, n'eût été sa vitesse naturelle, qu'il avait développée, à Fort Myer, au point d'en faire un style personnel.

Il pouvait toucher Bloom presque à volonté, mais, bien que son punch eût toujours été remarquable pour un homme de son poids, il s'aperçut bien vite que ses coups n'avaient guère d'effet sur Bloom. Il le frappa du gauche, plusieurs fois, au creux de l'estomac, puis y renonça et décida de s'en prendre au nez. Le premier contact du gauche qu'il réussit à placer en l'appuyant suffisamment cassa l'arête nasale de son adversaire. Il sentit l'os craquer sous son poing, mais ce fut à peine s'il vint un peu de sang, si les yeux de Bloom s'embuèrent, et sa lèvre supérieure n'enfla pas. « Autant essayer d'assommer un bison à coups de poing », songea Prew dans une sorte de brume.

Prew continua de viser le nez de Bloom, mais Bloom pratiquait l'esquive à la Arturo Godoy, en fléchissant les genoux et se ramassant sur soi-même, de manière que le gauche de Prew passât au-dessus de sa tête. Les deux ou trois premières fois que Bloom pratiqua ce genre d'esquive, il eût pu placer son gauche à l'estomac de Prewitt et plier en deux son adversaire, mais il s'obstina à essayer de rentrer au flanc d'un large punch circulaire du droit, derrière lequel il y avait tout le poids de son corps. Le coup était beaucoup trop lent pour atteindre son but, et Prew remarqua que Bloom portait alors son gauche du côté droit de son visage, laissant, du côté opposé, un trou béant dans sa garde. Il se mit donc à feinter du gauche et à lancer un direct plongeant du droit, en plein dans l'ouverture, et parvint ainsi à toucher durement Bloom sous l'œil gauche ; Bloom aurait un superbe coquard, mais ce n'était qu'une bien piètre consolation, car ce coup, pas plus que les autres, n'avait sérieusement ébranlé le colosse.

Bloom finit par éventer la manœuvre et, lorsque Prew feinta du gauche une nouvelle fois, il baissa simplement la tête, et le poing droit de Prew s'écrasa contre son crâne de granit. Une des phalanges de Prew céda. Elle n'était pas fracturée, seulement démise, mais il n'en fallait pas davantage pour rendre sa main pratiquement inutilisable, et Bloom se redressa, souriant d'une oreille à l'autre. Prew continua pourtant à le travailler du gauche, réservant sa droite endommagée pour frapper à la pomme d'Adam dès qu'il en aurait l'occasion. C'était à peu près tout ce qu'il lui restait à faire. Il commençait à se sentir très fatigué.

Il n'y avait pas beaucoup de sang de répandu, mais, pour une fois, les spectateurs n'en avaient cure. Le commencement de la saison de boxe remettait le problème Prewitt plus que jamais à l'ordre du jour, et les efforts intellectuels qu'il faisait pour tenter de venir à bout du gigantesque Bloom intéressaient tout le monde. Chaque fois qu'il mettait une nouvelle tactique à l'épreuve, il les entendait en discuter alentour avec une remarquable objectivité. Bon Dieu ! c'était facile de peser les chances de succès de telle ou telle tragédie lorsqu'on n'avait pas, tout en essayant de l'appliquer, à se garer des poings de l'adversaire. Surtout lorsque les poings de l'adversaire avaient, comme ceux de Bloom, la taille d'un jambon !

La fatigue ralentissait le jeu de jambes de Prew ; ses avant-bras, ses coudes et ses épaules étaient engourdis par les coups qu'ils avaient parés ; sa main droite enflait à vue d'œil, et Bloom, qui s'en était aperçu, le chargeait avec une audace grandissante. Prew n'avait pas encore trouvé l'ouverture pour placer sa droite à la pomme d'Adam de Bloom. Est-ce que l'occasion s'en présenterait jamais ? Il ne voulait tenter la chose qu'à coup sûr, car sa main ne supporterait plus de nombreux atterrissages sur le crâne de Bloom.

Bloom le chargeait sans arrêt maintenant, l'acculant contre les spectateurs. Prew buta contre un pied et tomba à la renverse sans avoir été touché. Il vit approcher le godillot de Bloom et roula sur lui-même, instinctivement, envahi par une fureur meurtrière qu'il n'avait pas ressentie jusqu'alors. Quelqu'un s'interposa et cria à Bloom que frapper un type à coups de pied pendant qu'il était à terre n'était foutre pas régulier. C'était la voix de Stark, et la foule fit chorus. Personne ne voulait que soit gâchée une aussi belle exhibition en se bagarrant à terre ! Bloom n'était pas d'accord et ne cacha pas son mécontentement, mais il laissa Prew se relever.

Lorsque Prew revint à la charge, Bloom ramenait son poing droit en arrière, prêt à frapper. Prewitt laissa choir lourdement son talon ferré sur le cou-de-pied de Bloom, qui ouvrit la bouche pour beugler, sa droite toujours ramenée en arrière, mais provisoirement oubliée. Prew réussit à placer un excellent direct du gauche sur le nez ensanglanté de son adversaire. Bloom se remit à beugler, oublia de se couvrir, et Prew le frappa du gauche, aussi bas que possible, sans toucher le bas-ventre. Momentanément démonté, Bloom baissa ses deux poings, découvrant tout le haut de son corps. C'était l'occasion rêvée. La droite de Prew atterrit sur la pomme d'Adam de Bloom, et le choc fut si violent que Prew faillit crier de douleur, mais ça valait le coup d'essayer. Pour la première fois, Bloom alla toucher terre, suffoquant et tenant sa gorge à deux mains.

Lorsqu'il eut toussé, craché et hoqueté tout son saoul, il vomit son dîner, puis se redressa et fonça la tête en avant, comme un bélier.

Il fut heureux pour Prewitt qu'il eût reculé de quelques pas, sinon il n'aurait jamais eu le temps de flanquer son genou dans la figure de Bloom avant que le crâne de celui-ci lui emboutisse l'estomac. Ce furent les muscles de sa cuisse, et non son genou, qui frappèrent Bloom en plein visage et le renvoyèrent à la renverse, respirant désespérément et regardant Prew, le nez cassé, mais nullement enflé, l'œil noirci, mais nullement fermé, le ventre martelé, mais nullement meurtri, la pomme d'Adam douloureuse, mais toujours capable de laisser passer sa salive. Il se releva de nouveau et revint vers Prew, la garde hermétique, et Prew se mit en garde, lui aussi, à demi mort de fatigue, se demandant ce qu'il fallait faire à cette espèce de gros mammouth pour qu'il vous foute enfin la paix. Et ce fut à ce moment-là que l'aumônier du bataillon, le sous-lieutenant Anjer C. Dick, fendit la foule et pénétra à l'intérieur du cercle des spectateurs.

— Allons, allons, les enfants, dit-il, vous ne croyez pas que ç'a assez duré ? Ce n'est qu'un gaspillage d'énergie qui ne prouve jamais rien en fin de compte. Si vous mettiez tout autant d'énergie à vous entraider qu'à vous entre-taper sur la figure, nous nous porterions tous beaucoup mieux et je perdrais sans doute ma planque.

Tout le monde éclata de rire, et le lieutenant Dick sourit à la ronde.

Bloom et Prew, bien que secrètement soulagés de son intervention, gardèrent le silence.

— En outre, poursuivit le lieutenant Dick, Bloom ici présent figure sur la liste des rencontres prévues pour ce soir. Si vous continuez à ce train-là, il n'aura même pas le temps de changer de vêtements avant de monter sur le ring.

Sur quoi le lieutenant Dick mit son bras gauche autour des épaules de Prew, son bras droit autour des épaules de Bloom et conclut :

— Serrez-vous la main, les enfants. Une petite bagarre amicale dans ce goût-là ne fait de mal à personne, ça vous rafraîchit le sang, mais il ne faut tout de même pas pousser les choses trop loin. Je veux que vous vous arrêtiez et que vous vous serriez la main.

Ils obéirent à contrecœur. Prew se dirigea en titubant vers les quartiers de la G, tandis que Bloom se dirigeait en titubant vers le gymnase, pour se préparer au combat.

Prew resta un bon moment sur le bord de son plumard, dans la chambrée déserte, puis il alla vomir son souper dans les latrines, sans se sentir mieux. Il avait une migraine atroce, son oreille était en feu, et sa main droite continuait d'enfler. Ses bras étaient couverts de coups et ses jambes se dérobaient sous lui chaque fois qu'il tentait de se mettre debout. La pensée de se mettre au lit avec Alma ne lui disait absolument rien. Lorsqu'il entendit les clameurs qui saluaient toujours l'arrivée des boxeurs sur le ring, il alla prendre une douche, enfila un uniforme propre et gagna la brasserie de la base, où il retrouva le caporal Choate.

Le « grand chef » était assis sous les arbres, à l'une des tables extérieures. Il y avait eu trop de monde chez Choy, comme toujours au début de la saison de boxe, mais la forêt de bouteilles vides était semblable à celle qui s'élevait sur sa table, chez Choy, tous les soirs.

— Assieds-toi, dit-il à Prew, t'as une bien belle oreille.

— Elle me brûle, concéda Prew en riant. Mais elle en a pas reçu assez pour tourner à la feuille de chou.

— Bois un coup, dit Choate en poussant une canette vers Prew avec la solennité d'un général remettant une médaille.

« Tu t'es bien débrouillé, gars, d'après ce que j'ai entendu dire, continua-t-il posément. Surtout si on considère que t'étais loin d'être en cours d'entraînement.

Prew crut un instant qu'il se moquait de lui, puis il vit qu'il n'en était rien et il se sentit rasséréné. Le grand chef n'acceptait pas n'importe qui à sa table, pas plus qu'il ne distribuait sa bière à n'importe qui.

— Je commence à être trop vieux pour ce genre d'exercice, dit-il modestement. Foutre ! Je vois pas comment Bloom va pouvoir monter sur le ring ce soir. Ni boxer, à plus forte raison.

— Y boxera, affirma le caporal. Ce gars-là est un vrai bœuf. Et y veut ses sardines.

— J'espère que tu dis vrai. Ça m'embêterait qu'y puisse pas boxer ce soir à cause de notre bagarre.

— T'as pourtant fait tout ce que t'as pu pour ça, d'après ce que j'ai entendu dire, murmura Choate.

Prew lui sourit, se renversa en arrière et saisit la canette de bière.

— Aaaah ! soupira-t-il, après avoir bu, ça, ça vous remet un bonhomme. Y avait longtemps que l'enfant de salaud cherchait ça, pas vrai ?

— Ça, tu peux le dire, approuva béatement le caporal.

— Mais je voudrais tout de même pas que ça l'empêche de boxer ce soir.

— Y boxera, répéta le chef. C'est un vrai bœuf. S'il avait autant de cran que de possibilités physiques, y aurait même pas un poids lourd dans tout le secteur hawaiien qui pourrait le descendre.

— Il encaisse comme pas un, mais il a peur des coups, dit Prew.

— C'est bien ce que je veux dire, acquiesça Choate. Mais il boxera ce soir et il gagnera probablement. Il rencontre un toquard de la I. Il boxera, mais je crois qu'on entendra pas beaucoup sa grande gueule pendant deux ou trois jours.

— Sûrement, approuva Prewitt avec béatitude.

— Et il va s'imaginer que tu l'as fait exprès pour le brider ce soir.

— Ouais. Dynamite aussi.

Le caporal secoua pensivement son énorme tête, comme si ce simple geste lui demandait un gros effort.

— De toute façon, tu risques rien. T'es déjà sur la liste noire. Et je vois pas comment Dynamite pourrait te faire passer au falot pour un combat loyal, alors que c'est toujours ce qu'il préconise. Bloom serait pas si cloche s'il voulait oublier qu'il est juif, ajouta le caporal, pensif.

Prew sentit remuer quelque chose au fin fond de son esprit.

— Eh ! merde, je me fous pas mal qu'y soit juif, protesta-t-il.

— Et moi, donc ! Y traitent Sussman de youpin à tout bout de champ et y s'en fout. Y traitent Bloom de youpin et y veut casser la gueule à tout le monde. Y me traitent bien de Peau-Rouge, moi ! Ben, et alors ? J' suis peau-rouge ? Et Bloom est juif, pas vrai ? Qu'est-ce que ça peut foutre ?

— Sûr, dit Prew.

Il sentit le « quelque chose » sombrer à nouveau dans son esprit.

— Moi, j'ai des Français et des Irlandais et des Allemands dans mon ascendance. Bien, je me fâcherais pas, même si y me traitaient de tête carrée, pas vrai ?

— Naturellement, dit Choate.

— Naturellement, répéta Prewitt lentement.

« Il va falloir que je lui parle, songea-t-il, les yeux au loin. Faut pas laisser ça comme ça ! Il va falloir que je parle à Bloom pour lui dire que je ne me suis pas battu avec lui parce qu'il est juif, mais simplement parce qu'il fallait que je me batte avec quelqu'un, tout comme il fallait qu'il se batte avec quelqu'un, depuis deux jours qu'il essayait de se justifier aux yeux de tout le monde et que personne ne voulait l'entendre... »

C'était la seule raison pour laquelle ils s'étaient battus, bien qu'ils fussent probablement plus proches l'un de l'autre que de tous les autres hommes de la compagnie, à l'exception peut-être d'Angelo Maggio ; simplement parce qu'ils étaient à cran et qu'ils avaient les nerfs à fleur de peau et que c'était beaucoup plus facile que de trouver et de combattre l'ennemi réel, l'ennemi commun, dont ils ne connaissaient même pas la nature exacte, et non parce que Bloom était juif et que Prewitt ne l'était pas...

« Il va falloir que je lui exprime tout ça, songeait Prew, et que je lui parle aussi de mon histoire avec Dixie Wells. Je n'avais pas pensé à Dixie depuis longtemps. J'avais pourtant cru, une fois, que je ne pourrais jamais oublier Dixie. Il va falloir que je lui explique... »

Mais il savait, déjà, que ce serait impossible, parce que Bloom ne le croirait jamais. Il était parfaitement inutile, en conséquence, d'essayer de lui expliquer quoi que ce soit...

Surgi du chaos de la conversation, quelque chose qu'il eût été incapable de définir lui disait qu'il faudrait essayer cependant de tout expliquer à Bloom, même si ça ne devait rien donner, même en sachant parfaitement que ça ne pourrait rien donner.

Cette première soirée de boxe se termina vers dix heures. Il y avait eu un nombre inusité de knock-outs. Les trois gars de la Compagnie G avaient gagné leur combat, mais le nom de Bloom était sur toutes les lèvres. Bloom était monté sur le ring avec le nez cassé, un œil au beurre noir, incapable de prononcer une parole ; il avait combattu malgré l'interdiction du toubib de la section et il avait remporté la victoire par knock-out technique au bout d'une minute de combat !

— Sûr qu'y tient à passer caporal, commenta Choate sans enthousiasme.

— Je suis content qu'il ait pu boxer et encore plus content qu'il ait gagné, dit Prew.

— Je te l'avais dit, que c'était un bœuf. J'étais comme ça à son âge. Je suis sûr qu'y pourrait en refaire autant et même pas s'en ressentir.

— Faut tout de même avoir du cran, dit Prew.

— Pas quand on est un bœuf, Prew. Pas quand on est un bœuf.

Prew prit congé du caporal, dont les yeux devenaient de plus en plus vagues à mesure que la forêt de canettes envahissait toute la surface de la petite table. Il n'avait aucune envie de rencontrer qui que ce fût, mais une ombre sortit des ombres et vint à sa rencontre lorsqu'il s'engagea sous la galerie de la Compagnie G. Malgré l'obscurité partielle, il n'eut aucun mal à identifier les longs bras simiesques du sergent Galovitch. Ike avait visiblement du vent dans les voiles.

— Alors, est-ce qu'une bonne tripotée on leur a foutu ce soir ou non ? beugla-t-il cordialement. Est-ce que fier on peut être à la G ou pas, hein ?

— Salut, Ike, dit Prew.

— Qui c'est qu'est là ?

Ike Galovitch se pencha en avant, cherchant à distinguer les traits de son interlocuteur.

— C'est pas Prewitt, non, par hasard ?

— Prewitt c'est, oui, par hasard, ricana Prew.

— Non de Dieu ! explosa Ike. Du culot il faut pour te montrer ici dedans ce soir, Prewitt. Pour un traître comme toi, la place est pas dans cette caserne de dormir.

— Comme tu voudras, dit Prew, mais jusqu'à ce que muté je sois, dormir ici je dois réanmoins.

Il essaya de contourner Galovitch, mais le sergent fit un pas de côté pour lui barrer la route.

— Muté au dur, oui, gronda-t-il. Poignarder dans le dos le gab'daine Holmes tu as essayé, après que ta chance il t'a donnée l'autre fois. Pour mordre la main qui lui donne à manger, on abat les chiens comme des chiens !

Prew ne put s'empêcher de rire.

— Dommage qu'on abatte pas encore les hommes, hein, Ike ? gouailla-t-il.

— Sûrement, sûrement, vociféra Galovitch. Pour un chien enragé, une balle dans la peau, c'est tout ce qu'il faut faire. Une bonne leçon il faut pour t'apprendre à respecter des gens comme le gab'daine Holmes quand y sont assez bons pour faire des choses pour toi.

— Et t'aimerais bien qu'on te laisse le soin de me la donner, hein ? riposta Prew. Ecoute-moi bien. J'ai essayé de te contourner une fois. Je recommencerai pas. Tu pourras m'en faire baver demain à l'exercice, quand je pourrai pas te répondre, mais pour l'instant ôte-toi de mon chemin que je puisse aller me coucher.

— Hein ? rugit Ike. Trop bon pour toi il a été, le gab'daine Holmes. Et de la reconnaissance tu as ? De la merde, oui. Peut-être la leçon je te donnerai tout seul, puisque, le gab'daine, il est trop bon pour te donner lui-même... Tu as essayé de démolir Bloom exprès, hein ? La leçon je te donnerai tout seul.

— O.K. ! dit Prew en souriant. Quand est-ce qu'on commence ? Demain matin, à l'exercice ?

— Exercice, de la merde ! Tout de suite, je commence, et pas demain, tu vas voir !

S'il ne tira pas son couteau avec la souple aisance d'un chourineur professionnel comme le sergent Henderson, l'ongle de son pouce trouva néanmoins la fente de la lame et la sortit juste assez de son logement pour qu'il pût l'accrocher au bord de sa poche et l'ouvrir d'un coup sec en une succession de mouvements rapides.

Prew le regarda faire avec une sorte d'allégresse, heureux d'affronter enfin l'ennemi. L'ennemi commun. Le véritable ennemi.

Sa main gauche para le coup, écarta de son flanc le poignet armé d'Ike Galovitch, et Galovitch s'écroulait déjà, emporté par son élan, lorsqu'il le frappa de la main droite, à la pointe du menton. Il avait cogné de toutes ses forces et il eut la satisfaction de voir Galovitch partir à reculons, aussi vite que ses pieds pouvaient le porter. Puis les talons du sergent rencontrèrent la marche de la cuisine, il parcourut le dernier mètre sur les reins et s'arrêta finalement contre la plate-forme aux poubelles, la tête douillettement posée sur un petit tas d'ordures.

Prew l'observa un instant, massant son poing douloureux. Puis il s'approcha de lui et mit son oreille contre la bouche du sergent. Ike Galovitch, vieux gorille fatigué qui avait couru tant de chemin, depuis sa Yougoslavie natale, pour venir trouver en Hawaii une idole qu'il pût adorer, dormait comme un bienheureux, serrant toujours dans sa main droite le manche de son couteau. Allons ! Ce n'était pas vraiment l'ennemi commun. Ce n'était rien d'autre qu'un vieux paysan slave, à l'haleine pourrie, dont la vie ou la mort n'avaient jamais intéressé personne, même pas sa propre mère, même pas Dynamite Holmes, son idole.

Prew contempla un instant encore l'affreux bonhomme endormi, si pathétiquement inoffensif dans son lourd sommeil. Puis il s'empara du couteau, en rompit la lame dans une fissure de la plate-forme de béton qui supportait les poubelles, remit le manche amputé dans la main du sergent et monta se coucher.

Il ne vit pas les sergents Wilson et Henderson sortir des ténèbres de la galerie et se diriger vers Galovitch. A ce moment-là, il était déjà dans la chambrée en train d'ôter ses godillots. Mais il ne se serait guère inquiété s'il les avait vus, car la bière qui emplissait son estomac lui donnait un solide optimisme.

Il se réveilla avec le faisceau lumineux d'une torche électrique en pleine figure et, vivement, consulta sa montre. Il était minuit, et Prew se sentait encore légèrement ivre. Ce devait être un exercice d'alerte.

Un bras portant les sardines de caporal s'introduisit dans le cône de lumière, secoua Prewitt par l'épaule.

— Debout, Prewitt, ordonna une voix.

— Qu'est-ce qu'y se passe, bon Dieu ! Enlevez-moi donc cette saloperie de lampe de dans les yeux !

— Ta gueule ! chuchota la voix. Tu veux réveiller toute la compagnie ? Allez, debout, grouille-toi !

Prew reconnut le caporal Miller.

— Qu'est-ce qu'y se passe ? répéta-t-il.

— Debout, chuchota le caporal. T'es en état d'arrestation.

— Pour quel motif ?

— J'en sais rien... C'est lui, sergent, continua le caporal. C'est l'homme que vous cherchez.

— O.K. ! caporal, dit une seconde voix. Vous pouvez aller vous recoucher. Je me charge du reste.

— Qu'il se lève et qu'il s'habille, ordonna une troisième voix. Je n'ai pas toute la nuit devant moi.

— Oui, mon lieutenant, dit le sergent de garde.

Le bras du caporal réapparut à l'intérieur du cône de lumière et secoua Prew par l'épaule. « Y s'en donne un mal pour se faire bien voir », songea Prewitt en ricanant.

— Lâche-moi, Miller, dit-il. Je peux me lever tout seul.

La courroie de la matraque qui pendait au côté du sergent émit un grincement menaçant.

— Moins vous ferez d'histoires, mieux cela vaudra pour vous, soldat, dit la voix du lieutenant. Nous sommes très capables de vous emmener de force, si nécessaire.

— Je veux pas faire d'histoires. Je veux simplement qu'y me lâche. Qu'est-ce qu'on me reproche ?

— On dit : mon lieutenant, quand on parle à un lieutenant, lui rappela le sergent. Qu'est-ce qui te prend, Prewitt ?

— Aucune importance, dit la voix du lieutenant. Qu'il s'habille et qu'il nous suive. Je n'ai pas toute la nuit devant moi.

Par la force de l'habitude, Prew se glissa hors de son lit sans le défaire, pour n'avoir besoin que de le redresser, et il se souvint ensuite qu'il n'aurait sans doute pas à faire son plumard au carré demain matin. Il s'habilla rapidement et demanda la permission de prendre son portefeuille dans son coffre. Tout autour de la chambrée, des hommes assis dans leurs lits observaient à présent la scène, et leurs yeux grands ouverts réfléchissaient la lumière de la lampe.

— Ne vous occupez pas de votre portefeuille, s'impatienta le lieutenant. Vous n'en aurez pas besoin. Votre équipement sera mis en sécurité. Eh ! vous autres, recouchez-vous et dormez. Tout cela ne vous concerne en aucune façon.

Instantanément, les yeux disparurent et les plumards grincèrent avec ensemble.

— Il y a de l'argent dedans, mon lieutenant, protesta Prew. Si je le prends pas, il y sera plus lorsque je reviendrai.

— Alors, prenez-le, dit sèchement le lieutenant. Mais hâtez-vous !

Ce fut seulement lorsqu'ils descendirent l'escalier que Prew put identifier le lieutenant. C'était Van Woorhees, un grand type au crâne plat et aux larges narines, qui était attaché au Q.G. du bataillon. Il n'y avait que trois ans qu'il était sorti de West-Point.

— Merci, caporal, dit le sergent lorsqu'ils parvinrent au rez-de-chaussée. N'oubliez pas de porter la chose au rapport en vous réveillant demain matin. Désolé d'avoir dû vous faire lever.

Prew se tourna vers le lieutenant Van Voorhees.

— De quoi suis-je accusé, mon lieutenant ? lui demanda-t-il.

— Vous l'apprendrez toujours assez tôt, répliqua le lieutenant en jetant un coup d'œil à son bracelet-montre.

— Mais j'ai le droit de savoir de quoi je suis accusé, insista Prewitt. Qui a porté plainte contre moi ?

Van Voorhees le regarda.

— Vous n'avez pas besoin de me dire quels sont vos droits, soldat, répliqua-t-il. Je les connais. C'est le capitaine Holmes qui a porté plainte contre vous. Et je n'aime pas beaucoup vos manières. Allons-y, sergent.

Prew siffla entre ses dents.

— Zut, alors, dit-il, qui que ça puisse être, ils n'ont pas perdu de temps. Il a fallu qu'ils le tirent du lit.

— Tu ferais mieux de la boucler, Prewitt, dit le sergent à Prew. Plus tu l'ouvres, plus ça risque de te retomber sur les doigts. Allez, démarre.

Ils l'entraînèrent au poste de garde, lui donnèrent une couverture et lui firent franchir la grille qui séparait le bureau de l'arrière du poste.

— Nous ne fermons pas la porte à clef, lui dit le lieutenant, à cause des hommes du piquet de garde, qui dorment là derrière, mais il y aura une sentinelle armée dans ce bureau toute la nuit. Tâchez de ne réveiller personne en allant vous coucher.

— Bien, mon lieutenant, dit Prew. Merci, mon lieutenant.

Il emporta la couverture, trouva une couchette inoccupée, s'assit sur le bord du châlit, parmi les gardes endormis, ôta ses souliers, s'allongea sur la couchette et s'enroula dans la couverture.

Ce n'était pas la première fois qu'il respirait l'air d'une prison. Il savait que cette sensation d'étouffement ne serait qu'éphémère, qu'elle s'apaiserait bientôt, que c'était uniquement une question d'attente.

C'était sûrement à cause de Galovitch qu'ils l'avaient arrêté.

Et pourtant, si Wilson et Henderson n'avaient pas essayé d'aider le chien policier à monter la chienne de Bloom, Bloom n'aurait pas essayé de le remercier. S'il ne s'était pas battu avec Bloom, Ike n'aurait pas essayé de le piquer. Si Galovitch n'avait pas essayé de le piquer, il ne serait pas actuellement en route pour le dur ! Tout cela était extrêmement complexe et totalement illogique. Il devait y avoir autre chose derrière ce désordre apparent, autre chose qu'il finirait peut-être par comprendre un jour.

Fatigué, il cessa de réfléchir et s'endormit comme un enfant.

CHAPITRE XXXIII

Le lieutenant Culpepper avait été désigné pour assumer la défense de Prew, et cette perspective le remplissait d'un enthousiasme que Prew ne partageait guère, car il n'avait pas oublié l'escarmouche d'Hickam, la nuit où Culpepper les avait empêchés de terminer leur complainte.

La première visite du lieutenant lui apprit que c'étaient les sergents Wilson et Henderson qui avaient témoigné contre lui et que le sergent Galovitch avait mentionné dans sa déposition, faite et signée sous la foi du serment, que le soldat Leonard E. Lee Prewitt était ivre et qu'il avait frappé le sergent Galovitch lorsque celui-ci lui avait ordonné d'arrêter son tapage, qui risquait de nuire au repos de la compagnie. Personne, bien entendu, n'avait parlé du couteau de Galovitch, et les charges qui pesaient sur Prew étaient les suivantes : ivresse, tapage et désordre ; insubordination ; refus d'obéir à un ordre direct ; coups à un sous-officier dans l'exercice de ses fonctions et conduite indigne d'un soldat...

— Pratiquement les mêmes chefs d'accusation que pour Angelo, souligna le lieutenant Culpepper avec enthousiasme, excepté en ce qui concerne la résistance à l'arrestation. En outre, les déportements d'Angelo Maggio s'étant produits sur la voie publique, il avait également contre lui le bureau du prévôt, alors que, dans notre cas, c'est uniquement le capitaine Holmes, votre commandant de compagnie, qui a porté plainte contre vous. Ça n'ira pas chercher plus de trois mois de camp disciplinaire et confiscation des deux tiers de votre prêt.

— Magnifique ! grogna Prew entre ses dents.

— Mais nous pouvons obtenir beaucoup moins si nous savons nous y prendre, continua le lieutenant Culpepper. Vous êtes coupable, aucun doute là-dessus, et vous avez également contre vous la réputation de forte tête que vous avez acquise depuis que vous êtes entré à la G. C'est pourquoi...

Le lieutenant ménagea son effet.

— ... c'est pourquoi nous allons plaider coupable, déclara-t-il d'un ton triomphant. J'ai étudié ces choses à fond, Prewitt. J'ai écrit sur ce même sujet, lorsque j'étudiais à West-Point la procédure des conseils de guerre, un papier qui a fait sensation. J'y démontrais que c'était l'élément humain, plutôt que la justice abstraite, qui déterminait les verdicts rendus.

— Cette histoire a dû vous aider énormément, à l'époque, dit poliment Prewitt.

— M'aider ! s'écria Culpepper. Elle m'a consacré, Prewitt. Entendez-vous ? Et c'est exactement la même chose dans le cas qui nous occupe. Exactement la même chose.

Le lieutenant Culpepper respira profondément.

— C'est pourquoi je veux que vous plaidiez coupable, Prewitt. C'est une chose, voyez-vous, qui est sans précédent dans les annales des conseils de guerre. Personne ne plaide jamais coupable devant un conseil de guerre, parce que contrairement aux tribunaux civils jamais une cour martiale ne fait de concessions à la clémence.

— Justement, je ne vois pas..., commença Prew.

— Attendez, attendez, j'ai tout préparé dans ce sens, vous n'avez plus qu'à signer...

Le lieutenant Culpepper sortit un feuillet dactylographié de la belle serviette de cuir jaune, close sur trois côtés par une longue fermeture éclair, qu'il avait achetée pour la circonstance, et le tendit à Prew.

— Lisez, lisez, dit-il. Je ne voudrais pas que vous signiez quoi que ce fût sans le lire au préalable. Ne signez jamais rien sans le lire au préalable, Prewitt. C'est la meilleure façon de s'attirer des empoisonnements. Lorsque vous aurez lu et signé cette déposition, dans laquelle vous reconnaissez que vous étiez ivre et que vous ne saviez pas ce que vous faisiez, nous la rangerons bien soigneusement parmi les autres pièces du dossier, nous la sortirons devant le conseil et nous ferons appel à sa clémence. Et ils ne pourront décemment vous donner plus d'un mois et confiscation des deux tiers de votre prêt.

— Mais je croyais que jamais une cour martiale ne faisait de concessions à la clémence, objecta Prewitt.

— Nous y voilà ! s'exclama le lieutenant Culpepper avec enthousiasme. Je serais prêt à parier que ça ne s'est jamais fait. Du moins à ma connaissance. Et c'est là que nous les aurons...

— Mais je..., dit faiblement Prewitt.

— Attendez, attendez, le réprimanda Culpepper. Vous n'avez pas entendu le plus beau. Personne (il marqua une pause) dans l'armée (il marqua une pause) ne considère l'ébriété proprement dite comme une faute ou un péché. Vous savez cela aussi bien que moi. C'est contre le règlement, mais tout le monde le fait. Moi le premier, au club. Comme tous les autres, du reste. En fait, la plupart des officiers préfèrent leurs hommes les plus exubérants, parce qu'ils savent que ce genre d'attitude est précisément celle qui fait les meilleurs soldats. J'irai même plus loin, la plupart des officiers considèrent qu'un soldat qui ne se saoule jamais et ne provoque pas quelque esclandre de loin en loin est un individu à surveiller. Est-ce exact ?

— Mais ça ne me dit pas pourquoi je dois plaider coupable.

— Grand Dieu ! Prewitt. Mais en admettant que vous étiez ivre, nous leur coupons l'herbe sous le pied, puisque l'ébriété en elle-même est considérée comme une vertu inhérente au métier de soldat plutôt que comme un péché. La cour ne peut se montrer intransigeante envers un accusé simplement parce que c'est un vrai soldat ! Notre but est d'influencer l'élément humain qui régit le code légal et détermine par conséquent leurs décisions.

Le lieutenant Culpepper regarda triomphalement Prew, sortit son stylographe Parker 51 de sa poche et le lui tendit.

— C'est sans doute une excellente idée, mon lieutenant, dit Prewitt à regret. Et ça m'ennuie de vous décevoir après que vous avez travaillé si dur sur tout ça, mais... je ne peux pas plaider coupable.

— Mais pour quelle raison ? explosa le lieutenant. Et, d'autre part, ce n'est pas pour moi que je vous demande de le faire. Je viens de tout vous expliquer avec une clarté absolue. Je ne puis rien faire pour vous si vous refusez de plaider coupable. C'est la clef de voûte de mon argumentation, sans laquelle votre affaire ne sera qu'une affaire comme des milliers d'autres, qui ne nous apportera rien, moins que rien, ni à l'un ni à l'autre...

— Je suis désolé, mon lieutenant, mais je suis pas coupable... alors je peux vraiment pas plaider coupable.

— Grand Dieu ! s'écria le lieutenant Culpepper, exaspéré. Qu'importe que vous soyez coupable ou non. La question n'est pas là. La question, c'est qu'aucune cour militaire ne vous donnera le maximum si vous reconnaissez que vous étiez ivre et que vous avez simplement tapé au hasard, sans savoir sur qui vous tapiez. L'ivresse et la bagarre font non seulement partie intégrante de la nature du soldat, ce sont presque ses devoirs les plus sacrés. Tout comme Ernest Hemingway a dit que la syphilis était le passe-temps des toreros et des soldats. C'est exactement la même chose.

— Vous l'avez eue, vous, mon lieutenant ?

— Quoi donc ?

— La syphilis ?

— Qui ? Moi ? Diable, non ! Qu'est-ce que ça vient faire là-dedans ?

— Je ne l'ai jamais eue non plus, dit Prew. Mais j'ai eu la chaude-pisse. Et, si la syphilis est le passe-temps du soldat, je préfère déserter tout de suite. En outre, j'ai jamais léché les bottes à personne, et c'est pas maintenant que je commencerai. Je ferai pas appel à leur clémence, mon lieutenant, même si ça devait me faire acquitter.

Le lieutenant Culpepper se gratta la tête avec son stylographe Parker 51, puis le remit dans sa poche, en sortit son stylomine Parker 51, tira une feuille blanche de sa serviette et se mit à dessiner des figures géométriques.

— Réfléchissez, Prewitt, dit-il. Songez que nous pouvons poser les bases d'une nouvelle procédure à l'usage des générations futures de soldats.

— C'est tout réfléchi, mon lieutenant, riposta Prew. Je suis désolé de vous décevoir, après tout ce travail, mais je plaiderai pas coupable.

— Enfin, vous l'avez frappé, oui ou non ? s'emporta le lieutenant.

— Bien sûr. Et je recommencerais de bon cœur.

— Donc, vous êtes coupable !

— De l'avoir frappé, oui, mon lieutenant. Mais je plaiderai pas coupable pour le tout.

— Seigneur ! gémit le lieutenant. Je n'ai jamais vu pareil entêté. Vous n'avez pas plus de gratitude qu'un bloc de granit ! Si vous tenez à vous perdre, pensez au moins à moi. Je n'ai pas demandé à assumer votre défense, moi !

— Je le sais, dit Prew. Je suis désolé, mais je plaiderai pas coupable.

Le lieutenant Culpepper soupira, remit son stylomine Parker 51 dans sa poche, à côté de son stylographe Parker 51, rangea les dessins géométriques et la sensationnelle déposition non signée dans sa belle serviette, manœuvra la longue fermeture éclair et se leva.

— Réfléchissez tout de même, dit-il. Je reviendrai vous voir demain.

Prew se leva pour prendre congé de lui. Le lieutenant Culpepper lui serra la main.

— Du cran ! dit-il.

Prew le regarda franchir la grille, saluer le caporal de garde et regagner le monde extérieur, sa belle serviette toute neuve bien serrée sous son bras. Alors il retourna s'asseoir sur sa couchette et reprit le vieux jeu de cartes qui l'aidait à tuer le temps, lorsqu'il n'arrachait pas, sous bonne garde, les mauvaises herbes du terrain de jeux des enfants d'officiers. Il n'avait fait que cinq parties lorsque Warden pénétra dans le bureau, de l'autre côté de la grille, avec les treillis propres réclamés par le lieutenant de la garde.

— Y me faut un permis pour donner ses fringues propres à l'ennemi public ou je peux le faire comme ça, sans chichis administratifs ? demanda Warden au caporal.

— Quoi ? sursauta le caporal en essayant de cacher l'illustré qu'il était en train de lire. Oh ! allez-y, sergent. Vous aviez pas besoin de les apporter vous-même, sergent.

— Non ? rugit Warden. Et qui est-ce qui les aurait apportés, si je les avais pas apportés moi-même ?

— Je sais pas, se défendit le caporal. Je disais juste...

— Vous voulez pas fouiller ces treillis ? trancha Warden. Peut-être que j'y ai planqué une lime ou deux ?

Le caporal lui jeta un regard effaré, puis éclata de rire et secoua la tête.

— Comment que vous savez si je suis pas un tueur de flic déguisé ? insista Warden.

— J'en sais rien, dit le caporal en rigolant. Mais allez-y donc, sergent, faites comme chez vous.

Milt Warden franchit la grille et s'avança d'un air écœuré entre les deux rangées de couchettes, toujours inoccupées l'après-midi.

— Je sais pas pourquoi je me fatigue à faire de l'esprit avec des crétins pareils, dit-il en jetant les treillis propres sur la couchette. C'est toi qui gagnes ou c'est toi qui perds ?

Prew baissa les yeux vers les cartes étalées sur sa couverture.

— Je sais pas encore, dit-il.

— Te casse pas la tête, fiston, t'auras tout le temps de te faire la main.

— Y z'ont pas encore fixé la date du jugement ! maugréa Prew.

— Non, je voulais dire : quand tu seras parti d'ici, rectifia Warden.

— Oh !... Tu crois qu'y me laisseront jouer aux cartes, là-bas, même tout seul ?

Il se leva et commença à se dépouiller de ses treillis sales.

— Sans doute que non, grogna Warden. Le jugement est pour lundi prochain, dans quatre jours. Je viens juste de recevoir les papiers.

Prew enfila les treillis propres et reprit place sur le bord de la couchette.

— Culpepper dit qu'y pense pas que j'aurai plus de trois mois et confiscation des deux tiers de mon prêt, puisque tout s'est passé entre membres de la même famille.

— C'est ce qu'y faut compter, acquiesça Warden. A moins que tu dises quelque chose qui les mette en pétard, pendant le jugement. Alors, là, ça pourrait te coûter plus cher.

— Je l'ouvrirai pas, dit Prew.

— Je croirai ça quand je le verrai, s'esclaffa Warden. Oh !... à propos.

Il tira une cartouche de cigarettes de sa poche-revolver.

— V'là des toutes faites.

— Merci, dit Prew. C'est chic, Warden.

— C'est pas moi, fiston. C'est de la part d'Andy et de Vendredi Clark. Tu penses bien que je te paierais pas des cigarettes. Tu m'as donné à peu près une semaine de boulot supplémentaire en paperasserie de toutes sortes.

Prew ne put s'empêcher de sourire.

— J'en suis vraiment navré pour toi, Warden, dit-il, mais je peux t'assurer que si ça n'avait tenu qu'à moi...

Warden le regardait avec une féroce indignation. Puis, avec sa soudaineté coutumière, il sourit, s'assit sur la couchette, déchira la cellophane de la cartouche de toutes faites, ouvrit l'un des paquets et alluma une des cigarettes de Prew.

— Y me semble que tu salis tes treillis en vitesse, remarqua-t-il. Qu'est-ce qu'y te font faire comme ça ?

— Du jardinage, dit Prew. J'arrache les mauvaises herbes, sur le terrain de jeux, le matin et l'après-midi. Je m'en plains pas, d'ailleurs.

— C'est pas tellement désagréable ?

— Non. Y a qu'une chose qui me chiffonne, c'est de savoir que tous ces petits mômes deviendront sans doute des officiers.

— Probablement, acquiesça Warden. C'est dégueulasse, pas vrai ? J'ai fait ce que j'ai pu pour accélérer la paperasserie. C'est jamais marrant de rester cent sept ans en préventive. Il a fallu que je tombe à bras raccourcis sur cette couleuvre de Mazzioli pour qu'y tape les dépositions des témoins...

— Je suppose qu'y a toujours rien dedans, au sujet du surin ? dit lentement Prewitt.

Warden leva les yeux pour le regarder attentivement.

— Quel surin ? dit-il enfin.

— Celui d'Ike Galovitch, avec lequel il a essayé de me piquer.

Warden demeura silencieux pendant un bon moment.

— T'en as déjà parlé à quelqu'un d'autre ? s'informa-t-il.

— Non, dit Prew. Et j'en ai pas l'intention.

— Tu pourrais prouver qu'il a voulu te piquer ?

— Y pourraient démolir le coin de la plate-forme aux poubelles à coups de masse. La lame est au fond d'une fissure. Je l'ai cassée dedans avant de monter me coucher.

Pensif, Warden se caressa le menton.

— Culpepper le ferait, dit-il. Personne d'autre ne le ferait, mais lui, oui, parce que c'est sa première affaire et qu'il veut en faire un grand boum. Est-ce que tu vas lui en parler ?

— Non, dit Prew. Je ne le pense pas.

— Et pourquoi ? Ça en vaut la peine.

— Bah ! y pouvaient pas m'envoyer au falot pour l'histoire de Bloom, et le « traitement » a rien donné, alors je voudrais pas les obliger à tout recommencer.

Warden éclata de rire.

— Je parie que Galovitch est en train de suer sang et eau en ce moment, s'esclaffa-t-il.

— Non, dit Prew. Je voudrais bien qu'y soit en train de se faire des cheveux, mais je suis sûr qu'y croit déjà en sa propre histoire. Wilson et Henderson n'y croient sûrement pas, mais lui, si.

— Oui, t'as sans doute raison, acquiesça Warden, et il en faudrait plus que ça pour que Wilson et Henderson se fassent des cheveux, pas vrai ? Mais vaudrait peut-être mieux que t'en parles à Culpepper. Si ça pouvait me permettre de faire saquer deux ou trois de ces cocos-là, ce serait déjà pas si mal.

— Tu y arriverais pas, dit Prew. Pas avec Holmes derrière eux. Y trouveraient toujours moyen d'arranger les choses à leur sauce et ça finirait par se retourner contre moi. Non, si y z'ont décidé de m'envoyer au dur, je leur donnerai pas la satisfaction de gigoter au bout de la ficelle. Qu'ils aillent tous se faire foutre !

Il y eut un long silence.

— T'as peut-être raison, dit enfin Warden. Et, de toute manière, c'est tes oignons, et t'as le droit de les cultiver comme ça te chante.

Prew distingua une lueur de respect dans les yeux bleus de Warden et sur son visage, une compréhension totale qui le gonfla d'orgueil, parce que, pour une raison nébuleuse, et bien qu'il eût été parfaitement incapable d'expliquer pourquoi, l'opinion de Warden lui importait beaucoup plus que toute autre opinion au monde. C'était pour cela qu'il lui avait raconté l'histoire du couteau de Galovitch, et il était fier, à présent, d'avoir mérité ce respect, d'avoir gagné cette compréhension.

— Y pourront me tuer, mais y pourront jamais me bouffer, pas vrai, chef ? dit Prew.

Warden lui flanqua une énorme claque sur l'épaule. C'était le premier geste de franche amitié que Prew l'eût jamais vu faire envers lui-même ou envers qui que ce fût. Il le sentit couler dans ses veines comme une gorgée d'alcool. Rien que ce geste valait bien trois mois d'emprisonnement dans n'importe quel camp disciplinaire. Le visage de Prew resta scrupuleusement impassible.

— A bientôt, fiston, dit Warden.

Il se leva et se dirigea vers la grille.

Prew le rappela.

— Warden, dit-il. Tu voudrais me rendre un service ?

Warden fit volte-face et revint sur ses pas.

— Deux si tu veux, grogna-t-il. Si toutefois c'est en mon pouvoir.

— Tu voudrais monter à cette adresse (il la lui donna) et dire à... Lorene qu'elle ne me verra pas pendant un certain temps, avec toutes les explications nécessaires.

Il n'avait pu se résoudre à l'appeler Alma, même devant Warden.

— Pourquoi que tu lui écris pas ? riposta Warden. A chaque fois que je fais la connaissance d'une femme, elle me tombe toute rôtie dans les bras. Ça finit par être fatigant et je voudrais pas te faire ça à toi, conclut-il, les sourcils tremblotants.

— O.K. ! dit Prew. Alors, téléphone-lui de ma part.

Il lui donna le numéro.

— Dès qu'elle entendra ma voix, elle va essayer de me filer un rancard, objecta Warden. Et j'ai peur de pas avoir la volonté de lui refuser.

— Oh ! très bien, s'obstina Prewitt. Va la voir au *Nouveau Congrès*, explique-lui toute l'histoire et monte avec elle pendant que tu y seras.

Warden le regardait en souriant malicieusement.

— A propos, continua Prew, la dernière fois que je suis allé là-bas, ta chère amie Mme Kipfer m'a dit de te dire qu'elle pensait toujours à toi et de te demander pourquoi elle te voyait plus depuis longtemps. J'avais oublié de te faire la commission.

Warden éclata de rire.

— Cette vieille Gerty, s'étrangla-t-il. Cette vieille maquerelle ! Qui diable aurait cru ça d'elle ?

— Alors ? Tu téléphoneras à Lorene de ma part ? insista Prew.

— Entendu, riposta Warden. Mais je te promets pas de pas sortir avec elle si elle me le demande.

— Je te demande pas de me le promettre, non ?

— O.K. ! J'y manquerai pas... Oh ! j'allais oublier. J'ai d'autres nouvelles pour toi. Le soldat de première classe Bloom passe caporal. On a deux cabots qui finissent leur temps ces jours-ci, et Bloom hérite des sardines d'un des deux. J'ai rédigé son ordre de nomination ce matin...

— Bloom doit être rudement content, dit Prew.

— Lui ? Oh ! non, pas encore. Y a aussi deux de nos sergents qui finissent leur temps le mois prochain, expliqua Warden. Allons, plus que quatre jours jusqu'à lundi, fiston, et tu pourras commencer à les rayer sur ton calendrier.

Prew regarda la silhouette athlétique de Warden franchir à nouveau la grille et sortir du poste à destination du monde extérieur. Il resta un instant immobile, les yeux dans le vague, avant de reprendre sa partie de solitaire.

Durant les quatre jours suivants, il reçut de nombreuses visites, en plus de l'incursion quotidienne du lieutenant Culpepper. Andy et Vendredi Clark et Readall Treadwell et Nair-le-Taureau et Rhodes-le-Poussiéreux vinrent passer avec lui quelques minutes, de même que le caporal Choate et la plupart des « non-sportifs » de la compagnie. Quelques-uns des sportifs vinrent également, à sa grande surprise. Il ne s'était jamais imaginé qu'il avait tant d'amis. Il semblait que, tout comme Angelo, il fût devenu célèbre du jour au lendemain.

CHAPITRE XXXIV

Sa célébrité ne le suivit pas au dur. Evidemment, il était impossible qu'ils eussent entendu parler, au dur, de son sensationnel jugement. Prew espérait fermement qu'ils n'en avaient pas entendu parler. Il s'était déroulé, cependant, avec la précision implacable d'une pièce de théâtre longuement répétée. Les trois témoins avaient récité par cœur leurs dépositions écrites. L'accusation avait énuméré les infractions commises et les peines encourues. L'accusé avait refusé de témoigner pour sa propre défense. Tout se passait pour le mieux devant le meilleur des conseils de guerre lorsque, dans un sursaut de révolte uniquement compatible avec un grand désespoir, le lieutenant Culpepper s'était mis à plaider furieusement coupable et à solliciter la clémence de la cour, sous prétexte que tous les bons soldats étaient des ivrognes. Il y avait eu un long silence pétrifié, durant lequel l'accusé eût volontiers assassiné son défenseur. Mais la cour avait su se montrer à la hauteur des circonstances. Les arguments de la défense avaient été dûment enregistrés, juste comme s'il se fût agi d'une chose parfaitement normale, les trois membres du conseil avaient tenu leur conférence habituelle de trente secondes et prononcé la sentence de trois - mois - de - travaux - forcés - et - confiscation - des - deux - tiers - du - prêt - pendant - la - même - période, juste comme si rien ne s'était passé. L'accusé les eût volontiers embrassés.

Il fut grandement soulagé d'être immédiatement reconduit au poste de garde, sans avoir à se retrouver en présence du lieutenant Culpepper.

Ils vinrent le chercher l'après-midi même, signèrent au bureau du poste de garde les papiers de prise en charge du soldat Prewitt et de ses treillis propres, déposèrent le tout soigneusement sur le siège avant de leur jeep et partirent aussi vite qu'ils étaient venus.

Prew se sentait bien petit et bien mal vêtu entre ces deux géants étincelants et impeccablement harnachés qui mesuraient pour le moins un mètre quatre-vingt-dix. Pas un mot ne fut prononcé jusqu'à ce que le gardien du portail, armé d'un mousqueton, eût refermé derrière eux la porte de la grille d'enceinte, que les géants eussent troqué leurs matraques et leurs pistolets contre de simples matraques, à l'intérieur de l'armurerie où veillait une sentinelle armée d'un mousqueton, et qu'ils eussent emmené le prisonnier au magasin d'habillement, à l'extrémité d'un long couloir.

— Occupe-toi de lui ! dit un des deux géants.

Le prisonnier chargé de tenir le magasin bondit sur ses pieds, derrière son comptoir, et se frotta joyeusement les mains comme si l'arrivée d'un nouveau pensionnaire l'emplissait d'un ravissement sans mélange.

— Nous avons justement une très jolie chambre au dixième étage, avec vue sur le parc, salle de bains et deux immenses penderies pour y ranger les costumes, dit-il, je suis sûr que vous vous y plairez beaucoup.

— Je t'ai dit de t'occuper de lui, coupa le géant. Trêve de couillonnades.

— O.K. ! Hanson. O.K. ! riposta l'homme de confiance. On peut bien rigoler un peu.

— Tu rigoleras quand t'auras fait ton boulot, répliqua le géant.

L'autre n'avait pas encore ouvert la bouche. Tous deux s'adossèrent au mur avec leur matraque sous le bras, pendant que l'homme de confiance délivrait à Prewitt divers articles de toilette. Puis Hanson, le premier géant, s'empara du portefeuille de Prew, compta l'argent qu'il contenait, marqua la somme sur un morceau de papier, mit le papier dans le portefeuille et l'argent dans sa poche, avec un sourire obscène à l'adresse de Prew. L'homme de confiance échangea les deux chemises de treillis apportées par Prewitt contre deux autres dans le dos desquelles figurait déjà une énorme lettre P, visiblement peinte au pochoir.

— C'est pour que tu puisses commencer à bosser aujourd'hui, expliqua-t-il béatement à Prew, sans avoir besoin d'attendre qu'on peigne les tiennes. Les tiennes, on les donnera à un autre plus tard, quand elles seront prêtes.

Prew passa l'une de ses nouvelles chemises et constata qu'elle lui descendait presque jusqu'au genou, que les manches lui couvraient entièrement les mains et que les emmanchures, au lieu d'être sur ses épaules, se trouvaient légèrement au-dessus de ses coudes.

— Zut, alors, c'est pas de veine, dit l'homme de confiance, rayonnant. Et c'est ce que j'ai de plus proche de ta taille, actuellement. Peut-être qu'on pourra te les changer plus tard, hein, qu'est-ce que t'en penses ?

— C'est un détail, murmura Prew.

— Bah ! tu risques pas de rencontrer de poupées pendant un bon moment, s' pas, en dehors des femmes d'officiers qui passent quèquefois à cheval, au-dessus de la carrière. Et tu pourrais pas te les envoyer de toute façon, même si t'étais en liberté, alors, te casse pas la tête.

— Merci pour le tuyau, dit Prew. Je m'en souviendrai.

Les deux géants souriaient en tirant sur leurs cigarettes.

— Ça te travaillera peut-être un peu au début, continua l'homme de confiance du magasin d'habillement, mais tu verras, on s'y habitue...

L'image d'Alma, nue et tendue sur le lit, dans la chambre de la petite maison familière, traversa l'esprit de Prew comme une flèche enflammée, et il sentit une vague de nostalgie naître au creux de son estomac et descendre jusqu'à son ventre. Il compta avec désespoir qu'il ne l'avait pas revue depuis plus de trois semaines et que trois mois faisaient quatre fois trois semaines et que ça ferait en tout quatorze semaines lorsqu'il ressortirait, quatorze semaines sans la voir, quatorze semaines sans savoir ce qu'elle faisait...

— Ce qu'est rageant, continua l'homme de confiance, du haut de sa vieille expérience, c'est qu'on se demande tout le temps ce qu'elles sont en train de faire...

— Ouais ? ricana Prew.

Il savait que ce n'était pas sur le plan physique qu'un autre type pourrait la séduire et la détacher de lui. Ce n'était pas pour ça qu'elle l'avait aimé. Si seulement il avait pu l'avertir, lui parler une minute, la mettre en garde contre tous ceux qui essaieraient de l'attendrir, de capter son intérêt pendant ces trois longs mois. Il dut résister à l'envie de se retourner vers les fenêtres grillagées. Il sentait que s'il le faisait il ne pourrait peut-être pas s'empêcher de se mettre à hurler et à se rouler par terre en battant le sol de ses poings, devant ces trois salopards qui l'observaient étroitement.

— Qu'est-ce qu'y se passe ? s'enquit l'homme de confiance avec une sollicitude outrée. J'ai dit quèque chose qu'y fallait pas ?

Prew sentit sa bouche se crisper et comprit qu'il souriait. « Dieu merci ! » pensa-t-il. Il se retourna vers les deux géants. « C'est à moi que tu parles ? s'informa sa voix. Pourquoi ? » « Ça y est, ça a marché, j'y suis arrivé », pensa-t-il. Mais les deux géants souriaient, eux aussi, et il savait très bien qu'ils n'étaient pas dupes. La seule chose qu'il pût sauver, en agissant ainsi, c'était son amour-propre, mais sûrement pas la face. Ils avaient tous compris qu'il était amoureux et qu'il était en train de sonder l'abîme de toutes ces semaines à passer sans elle. « Pourquoi la physionomie humaine est-elle aussi transparente ? » songea-t-il avec amertume.

Il prit les deux chapeaux de corvée que l'homme de confiance lui tendait, en mit un sur sa tête et l'enfonça jusqu'aux oreilles. Si seulement il pouvait en rire, prendre tout à la rigolade...

— Le portrait craché de Clark Gable, s'esclaffa l'homme de confiance. Surtout quand tu l'enfonces jusqu'aux oreilles.

— Je vois pas comment je pourrais faire autrement, répliqua Prewitt.

Le baraquement dans lequel ils conduisirent Prew était très long et tout juste assez large pour contenir deux rangées de couchettes superposées par paires, avec une allée de moins de deux mètres entre les deux rangées. Les fenêtres étaient grillagées et inamovibles. Il n'y avait ni coffre, ni armoire : rien qu'une petite étagère, à la tête de chaque couchette, sur laquelle étaient rangés, dans un ordre inflexiblement immuable, les quelques vêtements et objets de toilette réglementaires qui, pendant trois mois, seraient les seules possessions terrestres de Prew, de par son état de prisonnier.

Prew fit son lit et rangea son équipement après avoir soigneusement étudié l'étagère voisine de la sienne. Lorsqu'il eut fini, Hanson vint y jeter un coup d'œil.

— Très bien pour le plumard, dit-il.

— Ben, et l'étagère ?

— Zéro, dit Hanson. Laisse-la comme ça, et t'es bon comme la romaine.

— Bon pour quoi ? s'informa Prew.

Hanson se contenta de sourire.

— Je veux dire : qu'est-ce que je risque ?

Hanson sourit.

— Ton installation vaut pas tripette, dit-il. T'es nouveau, alors j'aime mieux te prévenir. Demain, y sera trop tard.

— Mais ça me paraît très bien comme ça, dit Prew.

— Sans blague ? Regarde un peu les autres.

— Eh bien ? J'y vois pas de différence.

— Y a combien de temps que t'es dans l'armée ?

— Cinq ans.
— Fais comme tu voudras, dit Hanson. T'es prêt à partir ?
Il fit un pas vers la porte. Prew sentit une vibration dangereuse naître au fond de son esprit et s'apaiser graduellement.
— Attends un peu, dit-il d'une voix sourde. Je veux que ce soit bien fait.
Turnipseed le silencieux éclata d'un rire sarcastique. Hanson revint sur ses pas.
— Le major Thompson passe l'inspection tous les matins, dit-il en fermant un œil pour mieux mesurer l'équilibre de l'étagère. Y trimbale toujours un fil à plomb dans sa poche.
Prew regarda son étagère, reprit tout son équipement, le posa sur sa couchette et se remit à tout ranger, article par article.
— Les lignes de ta boîte à rasoir sont pas dans le prolongement du blaireau ni du savon à barbe, lui disait Hanson à mesure. Ta boîte à savon occupe pas exactement le centre de ta serviette.
Lorsqu'il eut terminé avec les objets de toilette, Prew rangea ses vêtements.
— Tu sais ce que c'est qu'un fil à plomb ? lui demanda Hanson.
— Ouais.
— J'en avais jamais entendu parler jusqu'à ce que je vienne ici, reprit Hanson. C'est les charpentiers qui se servent de ce machin-là, pas vrai ?
— Ouais, dit Prew. Et les maçons, surtout.
— Pour quoi faire ?
— Pour voir si les murs sont droits.
Il se sentait mieux, à présent. Mais il lui suffit de le constater pour s'apercevoir aussitôt combien cette amélioration était fallacieuse et fragile. Il lui suffit de regarder les fenêtres grillagées pour se rappeler tout à coup, avec un brusque écœurement, qu'il était ici, et qu' « elle » était là-bas, et qu'il ne pouvait pas partir d'ici pour aller là-bas, là-bas, dans la petite maison qu'il revoyait si bien en imagination. Il avala sa salive et serra les dents et pressa fortement sa langue contre son palais. « Sauvé, pensa-t-il, sauvé. » Le tout est de voir arriver la crise pour pouvoir la prévenir. « Alma, pensa-t-il, Alma. Non, se gourmanda-t-il, non, bougre de salopard, non ! »
Ce n'était tout de même pas la première fois qu'il faisait de la taule ! Il en avait vu de dures, dans le temps, sur le trimard. Il se souvenait d'une prison rurale, en Georgie, et d'un pénitencier municipal, dans le Mississippi, qui n'avaient pas été piqués des vers. Et jamais il n'avait ressenti ce qu'il ressentait actuellement.
Seulement, il n'était pas amoureux, en ce temps-là. C'était le fait d'être amoureux qui le rendait particulièrement vulnérable, parce qu'il désirait quelque chose de provisoirement inaccessible. Le plus étrange et le plus cruel de l'histoire, c'était qu'il n'avait réellement compris à quel point il l'aimait que lorsque les grilles du camp disciplinaire s'étaient refermées derrière lui.
Lorsqu'ils quittèrent le baraquement, Prew remarqua qu'il y avait trois baraquements semblables, dans l'enceinte du camp, et qu'ils étaient totalement indépendants les uns des autres.
— Celui du milieu est pour les récalcitrants, l'informa Hanson, suivant la direction de son regard.

— Les fortes têtes, précisa Turnipseed.
— Les « durs », souligna Prew en souriant.
— Exactement, dit Hanson. La nuit, y a des projecteurs de braqués sur les espaces qui séparent les baraquements.
— Et combien de mitrailleuses ? s'informa poliment Prewitt.
— Une sur chaque, dit Hanson laconiquement. Mais y en a pas mal d'autres de prêtes à servir en cas de besoin.
— Très efficace, commenta Prew.
— Tu parles, grogna Turnipseed.
Ils le firent arrêter devant le tableau d'affichage, dont un portrait dessiné de John Dillinger occupait le centre. Le portrait avait été découpé dans un journal et collé sur un rectangle de carton, il devait y avoir très longtemps, car le papier était jauni.

C'EST AU CAMP DISCIPLINAIRE DE LA BASE DE SHOFIELD, DANS LE TERRITOIRE D'HAWAII, QUE LE DÉFUNT ENNEMI PUBLIC NUMÉRO 1 JOHN DILLINGER A FAIT DE LA PRISON POUR LA PREMIÈRE FOIS. LA PRISON MILITAIRE DE SHOFIELD A LA RÉPUTATION D'ÊTRE LE PLUS SÉVÈRE DE TOUS LES ÉTABLISSEMENTS DISCIPLINAIRES DE L'ARMÉE AMÉRICAINE, ET C'EST PROBABLEMENT VRAI PUISQUE C'EST EN SORTANT DE CETTE PRISON QUE JOHN DILLINGER JURA DE SE VENGER DES ETATS-UNIS, MÊME S'IL DEVAIT Y LAISSER SA PEAU.

Sous cette légende, un lascar avait ajouté au crayon : « Il l'y a laissée. »
Prew ne sut jamais comment il était parvenu à dominer la rage aveugle, meurtrière, que ce tableau avait suscitée en lui. Peut-être fut-ce parce que Hanson et Turnipseed le regardaient aussi fièrement que si cette coupure de presse avait été leur œuvre personnelle, avec l'orgueil possessif d'un guide touristique faisant admirer une cathédrale. Il n'avait, après tout, aucune raison de leur en vouloir et ne se sentit pas le courage de les désappointer.
— Bon, eh bien ! vous me l'avez montrée, l'attraction, dit-il rudement. Où va-t-on, maintenant ?
— Rendre visite au major, dit Hanson. Et après, au boulot !
Il n'y avait aucune malice dans le sourire de Hanson. Rien qu'une sorte d'amusement blasé, sans méchanceté véritable.
— En avant, matelot, reprit-il d'un ton amical. Et pas cadencé, à partir de maintenant.
— Prisonnier, à droite, droite !
Ils atteignaient le bâtiment administratif. Les deux gardes marquèrent le pas, tandis que Prew exécutait son quart de tour, et pénétrèrent à sa suite dans le bureau du major Thompson.
— Prisonnier, halte ! dit Hanson.
Prew s'arrêta pile à deux pas du bureau de chêne ciré du major Thompson, impeccablement encadré par ses deux anges gardiens. Pour du beau travail, c'était du beau travail, exécuté avec une précision toute militaire, et le major Thompson jeta un coup d'œil approbateur, puis se remit à étudier à travers ses lunettes à fine monture d'or le dossier qui reposait sur son bureau. Le major Thompson était un petit homme trapu à qui l'uniforme seyait à merveille. Sur sa poitrine rutilait le ruban de la

Victoire avec trois étoiles, ainsi que le ruban de la Légion du mérite, montés sur le même fil d'acier. Il avait un teint coloré et les cheveux en brosse des vieux officiers de carrière. Il était évident qu'il portait ses galons depuis une éternité.

— Je vois que vous êtes originaire de Harlan, dans le Kentucky, dit-il. Nous avons de nombreux pensionnaires du Kentucky et de la Virginie occidentale. Je pourrais presque dire qu'ils composent l'essentiel de notre pratique. La plupart d'entre eux sont d'anciens mineurs, mais vous n'avez pas la carrure d'un mineur.

— Je ne suis pas mineur, dit Prew. Je n'ai jamais été...

Le bout d'une matraque heurta violemment son dos, près de la hanche, et il crut un instant qu'il allait vomir.

— Monsieur, ajouta-t-il vivement.

— Très bien, approuva le major Thompson. Vous ne voudriez tout de même pas partir du mauvais pied ?

Prew ne répondit pas. Son dos lui faisait très mal, et il ne voyait dans cette question qu'une simple formule de rhétorique. L'extrémité de la matraque entrant de nouveau en contact avec son dos lui apprit aussitôt qu'il se méprenait, tandis que la douleur s'étendait graduellement jusqu'à ses testicules.

— N'est-ce pas ? enchaîna le major Thompson.

— Non, monsieur, dit promptement Prew, qui commençait à comprendre l'astuce.

— Nous partons du principe, continua le major Thompson, que vous ne seriez pas où vous êtes si, d'une manière ou d'une autre, vous n'aviez failli à votre condition de soldat. C'est pourquoi notre objectif est de vous rééduquer avec le maximum d'efficience et le minimum de temps perdu. C'est le moins que nous puissions faire pour les contribuables américains qui entretiennent notre armée, n'est-ce pas ?

— Oui, monsieur, dit vivement Prew.

Il vit, en imagination, le bras du soldat de première classe Hanson revenir en arrière et poussa un léger soupir.

— Je crois que vous ferez un prisonnier modèle, dit le major Thompson.

— Je l'espère, monsieur.

— Nos méthodes pourront vous paraître exagérément brutales, reprit le major, mais le moyen le plus rapide et le plus efficace d'éduquer ou de rééduquer un soldat est de rendre la non-observation des règles tellement pénible pour lui-même qu'il préférera finalement les observer en toutes circonstances. Vous me suivez ?

— Oui, monsieur, dit vivement Prew.

— Il existe évidemment des hommes, continua le major, qui ne feront jamais de bons soldats. Eh bien ! Ces rares exceptions, pour qui le métier de soldat est plus pénible que le séjour dans ce camp disciplinaire, nous voulons les découvrir, le plus vite possible, et les rejeter du sein de l'armée avant qu'ils aient eu le temps matériel de contaminer ceux qui les entourent. Le soldat considéré comme un individu distinct ne nous intéresse nullement. Ce qui nous intéresse, c'est l'armée, prise comme un tout. Vous voyez ce que je veux dire ?

— Oui, monsieur, dit vivement Prew.

— Nous saurons découvrir si vous voulez réellement faire un bon soldat ou non.

Il se tourna vers l'homme qui était assis derrière le second bureau.

— N'est-ce pas, sergent Judson ?

— Oui, mon général, répondit Judson.

Instinctivement, Prew tourna la tête dans sa direction, et, pour la troisième fois, l'extrémité de la matraque le frappa avec une précision implacable. Il se remit aussitôt à regarder droit devant lui, mais il avait eu le temps d'apercevoir une énorme tête juchée sur un énorme torse aux muscles énormes enrobés d'énormes couches de graisse qui faisaient ressembler le sergent Judson à l'un des petits cochons de Walt Disney. Ses yeux étaient morts, les plus morts que Prew eût jamais vus, semblables à deux boutons de bottine posés sur une assiette blanche.

Interdiction de recevoir des visites, interdiction d'avoir en sa possession des cigarettes toutes faites, inspection quotidienne, réclusion individuelle en cas d'infractions répétées... le bourdonnement monocorde ne parvenait à Prew qu'à travers l'écran matériel de sa souffrance.

— Pendant toute la durée de sa peine, exposa paisiblement le major, chaque interné perd son droit au titre honorifique de « soldat » et n'est jamais appelé autrement que « prisonnier Untel ». En cas d'absence de ma part, le sergent Judson, ici présent, me remplace dans toutes mes fonctions. Est-ce bien compris ?

— Oui, monsieur, dit vivement Prew.

— Ce sera tout, conclut le major Thompson. Pas de questions, prisonnier ?

— Non, monsieur, dit vivement Prew.

— Très bien. Le soldat de première classe Hanson va vous conduire au travail.

— Oui, monsieur, dit Prew.

Il leva le bras pour saluer, et la matraque s'abattit une fois de plus, avec une rapidité prodigieuse, l'empêchant d'achever son geste.

— Un prisonnier ne salue pas, expliqua posément le major Thompson. Le soldat a droit au mutuel compliment du salut, mais un prisonnier n'est plus un soldat.

— Bien, monsieur, dit Prew, chancelant de souffrance, de rage et de haine.

— C'est tout, dit le major. Prisonnier, demi-tour, droite ! Prisonnier, en avant, marche !

En proie à une sorte de délire intérieur, Prew exécuta mécaniquement les ordres du major, puis ceux du soldat de première classe Hanson, et ne remarqua même pas à quel moment, ni dans quelle direction s'en alla Turnipseed. Mais il était seul avec Hanson lorsque celui-ci le fit arrêter devant l'atelier, où un homme de confiance lui remit une masse de huit kilos, puis, devant l'armurerie, où Hanson rendit sa matraque à la sentinelle armée et reçut un mousqueton en échange.

— Tu t'es pas mal défendu, dit Hanson à Prew lorsqu'ils furent installés à l'arrière du camion de deux tonnes cinq qui les attendait à la sortie du camp, juste en retrait du portail. Quatre, que t'as encaissés, pas vrai ?

— Oui, quatre, dit Prew.

— C'est bien, affirma Hanson. J'en ai vu en recevoir jusqu'à dix ou douze, au cours de leur première visite. J'en ai même vu perdre complètement les pédales au point qu'y fallait les assommer et les emporter après à deux bonshommes. Le moins que j'ai vu, c'est deux, et encore c'était Jack Malloy, qu'est un vrai de vrai. Quatre, c'est déjà exceptionnel.

— Content de l'apprendre, gouailla Prew. Je commençais à croire que je m'étais comporté comme un bleu.

— Oh ! non, protesta Hanson. J'étais fier de toi. Quatre, c'est honorable. Et comme tout le monde y passe pour le salut, ça en fait que trois, en réalité. Jack Malloy lui-même y a pas coupé, pour le salut. C'est instinctif, comme y disent.

Il fallait que le camion contournât le terrain de golf pour prendre la route du col de Kolekole.

— Regarde-moi tous ces enfants de salauds, dit amèrement le soldat de première classe Hanson. T'as déjà joué au golf, toi ?

— Non, répondit Prew.

— Moi non plus, dit Hanson. Regarde-moi un peu tous ces enfants de salauds !

Le camion déposa Prewitt à l'entrée de la carrière. Hanson le remit entre les mains d'un des gardes, remonta à côté du chauffeur, et le camion s'éloigna. Toute la base militaire de Shofield était étendue aux pieds de Prew, comme sur une carte en relief.

— Mets-toi où tu voudras, grogna le garde. Tout ce qu'on te demande, c'est de pas arrêter ton marteau.

La carrière était une vaste demi-lune creusée à flanc de coteau et rejoignant les bois clairsemés qui conduisaient à la cime désertique du mont Kaala. Prew se dirigea vers la pointe de la carrière, le plus près possible de la libre sauvagerie des montagnes environnantes. Une sorte d'étrange gnome surgit soudain devant lui, les dents et les yeux tranchant violemment sur son visage que masquait une grise poussière siliceuse.

— Salut, petite tête, cria Angelo Maggio, hilare. Comment ça va depuis qu'on s'est vus, mon pote ?

— J'ai des douleurs dans le dos, riposta Prew, grimaçant un sourire.

— Eh ben ! j'aurais voulu que tu voies le mien, fiston. Il est resté noir et bleu pendant plus de quinze jours. A chaque fois que j'allais pisser, j'avais l'impression d'être plombé !

Prew posa son marteau près de celui d'Angelo et lui serra la main.

— Eh ! là-bas, hurla le garde, qu'est-ce que vous êtes en train de mijoter ?

— On se serre la main, cria Maggio. C'est un geste usité entre chrétiens civilisés qui se sont pas revus depuis longtemps.

— Ta gueule, Maggio. Pas d'histoires avec moi où je t'envoie au trou. Faites danser les marteaux, ou gare. Vous êtes pas ici pour jacter.

— D'accord, tête de lard, grogna Maggio.

Quelques prisonniers se tournèrent vers lui en ricanant, mais il ne les entendit même pas.

— Bon sang, je suis rudement content de te revoir ! s'exclama-t-il. Faisons comme si on travaillait...

Il reprit son marteau et le laissa retomber de tout son poids sur un quartier de roche.

— Je suis pas gourmand, je t'en laisse la moitié, gouailla-t-il. Y a bien assez de place là-dessus pour nous deux.

— Merci, dit Prew, mais je voudrais pas te priver.

— Au boulot, vous deux, hurla le garde.

— Oui, commandant ! Entendu, commandant ! riposta Maggio.

— Je suppose qu'on a pas le droit d'enlever sa liquette ? lui demanda Prew en soulevant sa masse.

— Non, dit Maggio. A cause du P, qui constitue une cible idéale. Et le galure non plus, au cas où tu voudrais te gratter la tête. Pour quelle raison qu'y t'ont coincé, en fin de compte ?

Prew lui raconta toute l'histoire.

— O joie, ô bonheur, commenta dévotement Maggio. Alors, t'as rossé ce vieux Bloom ?

— On s'est entre-corrigés, rectifia Prew, avec peut-être un léger avantage de mon côté.

— Et il a fallu qu'y déclare forfait, naturellement, pour sa rencontre du soir ?

— Penses-tu. Y passait en match-vedette. Et il a gagné par k.-o. technique.

— La vache ! dit amèrement Maggio. Enfin, on peut pas tout avoir. Et ensuite t'as flanqué une avoine à ce vieux Galovitch quand il a voulu te piquer !

— Exactement.

— Tout ça pour trois mois et deux tiers de confiscation de prêt ! admira Angelo. Là, au moins, ça valait le jus ! T'as déjà fait la connaissance de papa Thompson, puisque t'as des douleurs dans le dos, continua-t-il, mais est-ce que Gras-Double était là ?

— Tu veux dire : le sergent Judson.

— Tout juste, mon gars ! Le bras droit de papa Thompson. Celui qui exécute les ordres en les pimentant, au besoin. Qu'est-ce que tu penses de lui ?

— Y m'a pas paru tellement amical, mais c'est peut-être un grand timide.

— Amical ! s'esclaffa Maggio. Tout ce que je peux te dire, c'est que si Gras-Double te demande un jour de bouffer une assiette de merde, le mieux que t'auras à faire, c'est de la bouffer et d'avoir l'air de trouver ça bon !

— T'es dans quelle baraque ? s'enquit Prew.

— Celle du milieu.

— Oh !... Celle des durs, commenta Prew.

— Exactement. Qu'est-ce que tu veux ! Je suppose que j'ai la langue trop bien pendue. Y m'ont tombé dessus, j'ai parlé encore un peu plus et y m'ont collé trois jours dans le trou. Attends d'avoir vu le trou, fiston.

— Oh ! Je suis pas pressé.

— Ecoute, chuchota Angelo, le regard brusquement illuminé. J'ai un plan. Je...

Il s'interrompit, jeta un regard circulaire. Partout, alentour, les autres prisonniers maniaient rythmiquement leur marteau en bavardant à voix basse, du coin de la bouche, sous le couvert de leurs dos courbé. Maggio secoua nerveusement la tête et murmura en se penchant :

— Trop de moutons. Je te raconterai ça plus tard. Y a qu'à Jack Malloy que j'en ai parlé, et y dit que ça peut pas rater, mais y a trop de moutons dans le secteur. Je veux pas courir de risques...

Il avait l'air, tout à coup, d'un avare qui possède un trésor inestimable et qui sait qu'on le lui volera s'il n'y prend pas garde. Abruptement, il changea de conversation.

— Quand je suis ressorti du trou, y m'ont donc flanqué à la deux, avec tous les durs, continua-t-il, reprenant où il l'avait laissé le fil de son histoire. J'avais un peu les foies, au début. Mais y a pas meilleurs zigues. On se paie de vraies tranches de rigolade. Jack Malloy est à la deux. Faudra que tu t'y fasses coller avec nous, le plus tôt possible.

— Moi, je veux bien, mais quel moyen ? dit Prew.

— Le mieux, c'est de râler après la boustifaille. Y te diront peut-être rien la première fois, parce que t'es nouveau. Mais, la deuxième, t'y couperas pas de tes trois jours dans le trou, et quand t'en ressortiras y te balanceront à la deux. Jack Malloy te plaira, fiston. C'est tout à fait ton genre de type.

— Depuis que je suis arrivé ici, grogna Prew, j'entends parler que de ce Malloy. Jack Malloy par-ci, Jack Malloy par-là ! Hanson en avait plein la bouche...

— Sûr, dit Angelo, parce que c'est un vrai dur et qu'il est trop malin pour eux en même temps. Y savent qu'y peuvent rien contre lui.

— Et quoi encore ? gouailla Prew.

— Ben, c'est le type le plus chic, le plus franc et le plus régulier que j'aie jamais rencontré dans ma garce de vie, dit Angelo, rayonnant.

— Sans blague ? ricana Prewitt, jaloux et honteux de l'être.

« Tu ne veux pas qu'Angelo ait une autre idole, pas vrai, Prew ? » se dit-il.

— Y commence à me casser les pieds, ton Malloy, commenta-t-il à haute voix.

Angelo parut légèrement choqué.

— Il était mécanicien de profession, expliqua-t-il, et y travaille au garage du camp. Du moins... quand il est pas dans le trou. Mais y lui redonnent toujours son boulot, parce qu'y z'ont personne d'autre pour s'occuper de leurs camions.

Et, comme Prew manifestait peu d'enthousiasme, il poursuivit :

— Attends de faire sa connaissance. De toute façon, tu pourrais pas rester avec tous ces tordus et tous ces lèche-culs de la une ou de la trois. Ce sera pas marrant, je te préviens. Y jouent dur, surtout si Gras-Double est dans le coup. Mais tu le regretteras pas après.

— O.K. ! Angelo, j'en suis.

Le regard de Maggio s'illumina de plaisir, et un large sourire craquela le masque siliceux qui recouvrait son visage.

— Je savais que t'hésiterais pas, dit-il fièrement, entre deux coups de marteau. Sacré vieille tête de lard, va. T'as trouvé le moyen de te payer Bloom et Galovitch, hein ? Et tout ça pour trois malheureux petits mois. T'es verni !

— Ce vieil Angelo, ricana Prew. Angelo-la-Terreur. Tâche de bosser avec un peu plus d'ardeur, espèce de parasite.

— Est-ce que Lorene sait que t'es là ? questionna Maggio.

— Sais pas, dit Prew. Je l'espère.

Il se mit à cogner de toutes ses forces, de toute sa haine, sur le quartier de roche. « Alma, pensa-t-il désespérément, Alma. Ils m'ont séparé de toi, les salauds ! » Il avala sa salive et serra les dents et pressa sa langue contre son palais et se mit à cogner de plus belle.

— On fera ça demain midi, reprit Angelo, et quand tu remonteras du trou tes frusques seront déjà à la deux.

— Pourquoi pas aujourd'hui ? s'enquit sauvagement Prew.

— Je veux en causer avec Jack Malloy, auparavant, répondit Angelo. Je veux pas prendre de risques inutiles, pas quand y s'agit de toi.

— Nom de Dieu ! explosa Prew. J'ai pas besoin de l'autorisation de M. Malloy pour râler sur la boustifaille !

— Mollo, mollo, chuchota Maggio. Jack Malloy connaît les ficelles mieux que n'importe qui. Les petits trucs qui peuvent rendre une histoire comme ça moins pénible. C'est pas à négliger. Et puis, c'est pas à un jour près. Après tout, t'a encore trois mois devant toi !

Trois mois ! Quatre-vingt-dix jours ! Quatorze semaines ! « Alma, cria Prew dans son cœur, Alma ! » Et il passa sa rage sur le quartier de roche, et il eût volontiers martelé de la même façon le crâne d'Angelo, jusqu'à le réduire en pulpe, pour lui avoir rappelé Alma et réveillé son mal.

— Eh ! pas la peine de faire tant de zèle, le nouveau, beugla un des gardes. Je vous vois bien jacter depuis un moment, toi et Maggio ! Fermez vos gueules et tâchez de marner un peu, ou gare !

— Qu'il aille se faire foutre ! râla Angelo entre ses dents. Oh ! Qu'ils aillent tous se faire foutre ! Tous !

CHAPITRE XXXV

Le visage d'Angelo Maggio avait beaucoup changé, au cours des deux derniers mois. Il ne portait plus trace de l'ancien cynisme naïf qui avait été l'un de ses plus grands charmes, et maintenant que le long nez italien avait cédé la place à un nez écrasé du genre « boxeur », c'était un visage sans nationalité. Et puis il y avait les cicatrices, toutes fraîches encore : celle qui partait de son menton et montait presque jusqu'à sa lèvre inférieure, et celle, en forme de V, qui barrait son front. Trois incisives manquaient à l'appel, d'un côté de sa mâchoire supérieure, et ses lèvres semblaient plus épaisses, comme celles d'un vieux pugiliste. Son oreille gauche, à présent en feuille de chou, accentuait la ressemblance avec un boxeur. Sa personnalité était demeurée la même. On voyait, simplement, qu'il s'était endurci.

Mais lorsqu'ils se séparèrent, ce soir-là, pour aller s'entasser avec les autres dans les trois camions qui allaient les reconduire aux trois baraquements du camp disciplinaire, il y avait, dans l'œillade qu'Angelo décocha à Prewitt, la même fervente amitié qu'autrefois. Elle lui rappelait en outre, cette œillade, le plan qu'ils avaient commencé à dresser pour le lendemain et dont ils n'avaient guère cessé de parler depuis que Maggio l'avait suggéré.

Le lendemain, Angelo ne vint pas travailler à la carrière, et Prew dut se contenter de se creuser la cervelle en silence. A part Maggio, personne ne le connaissait encore au camp, et il était inutile de tenter de nouer la conversation avec l'un ou l'autre des prisonniers.

Sous l'ardent soleil du matin, que chaque minute faisait plus torride, la carrière prenait peu à peu l'aspect fantomatique d'un cauchemar de dément. La demi-lune de roches blanchâtres semblait capter toute l'intolérable lumière, et les prisonniers maniaient leurs lourdes masses dans un univers aveuglant. Prew se demanda brusquement s'il n'avait pas rêvé sa conversation avec Angelo. La chaleur menaçait de lui faire fondre la cervelle. Il n'était pas possible qu'on eût vraiment l'intention d'imposer à un homme tel que lui de cogner neuf heures par jour et sept jours par semaine et quatre semaines par mois pendant trois mois sur ces maudits cailloux qui ressemblaient à autant de soleils en miniature. C'était inhumain, effroyable ! Un gardien allait venir lui frapper sur l'épaule, tout à l'heure, et dirait qu'il s'agissait d'une erreur monstrueuse, qu'il n'avait et n'aurait plus rien de commun avec ces animaux aux visages grimaçants de gargouille qui cassaient des cailloux alentour... Si seulement Angelo avait été là, près de lui ! C'est moins dur de souffrir, quand on a un ami près de soi. Mais Angelo lui-même l'avait abandonné ! Angelo avait choisi Malloy.

Prew se remit à cogner sur les quartiers de roche, en proie à une sorte de frénésie rythmique, sentant avec délice éclater ses ampoules contre le manche de son marteau, déjà rendu glissant par la sueur, jusqu'à ce qu'un long et maigre vieillard de vingt ans, qui dit s'appeler Berry, vînt lui annoncer avec toutes les précautions d'usage qu'il était de la deux et qu'Angelo Maggio avait été recollé dans le trou.

Prew se mit à rire de soulagement.

— Je le savais bien, chuchota-t-il. Je savais bien que c'était quelque chose comme ça. Qu'est-ce qu'il a fait ?

— Le garde l'a signalé, hier au soir, pour avoir passé son après-midi à bavarder.

Maggio en avait pour quarante-huit heures, cette fois-ci. Il envoyait toutes ses amitiés à Prew, lui faisait dire qu'il regrettait ce contretemps, mais qu'il était sûr du succès de leur petite affaire.

Il apparaissait que Maggio avait passé le message à Jack Malloy juste avant d'être emballé par Brownie, Hanson-le-Beau-Mec, et Tête-de-Navet, et Malloy avait dit à Berry de le passer à Prewitt, le nouveau.

— C'est la cinquième fois que le petit Rital descend dans le trou, continua Berry fièrement. Tu le savais ?

— Non, y me l'avait pas dit. Mais j'ai vu qu'il avait quelque chose comme cicatrices. Bon sang ! Qu'est-ce qu'il a pris !

— Et moi, donc ! Tiens, regarde celle-là !

Berry lui montra une longue boursouflure qui déformait sa mâchoire.

— Et regarde mon tarin. Un de ces quatre, je te montrerai mon dos et ma poitrine, là ousque Gras-Double m'a assaisonné.

— Tu veux dire qu'y s'est servi d'un fouet ?

— Foutre, non ! explosa Berry, indigné. Tu sais pas que les fouets sont interdits par la loi, dans ce pays. Y s'est juste servi d'une matraque, mais comment qu'y sait la manier, la vache ! J'aurai sa peau un jour ou l'autre, pour m'avoir fait ça !

Prew sentit un frisson glacial le parcourir.

— Il le sait ? demanda-t-il.

— Bien sûr, ricana Berry. Je le lui ai dit.

Prew revit soudain les yeux de Gras-Double.

— Et qu'est-ce qu'il a répondu ?

— Rien. Y s'est mis à cogner plus fort.

— Je me demande pourquoi qu'y m'ont pas embarqué, moi aussi, hier soir, dit Prew.

— Y z'en veulent au petit Rital, expliqua Berry. Parce qu'y z'ont beau lui cogner dessus jusqu'à plus pouvoir lever les bras, y a rien à faire pour qu'y lui fassent bouffer leur merde. On le croirait pas, à le voir comme ça, mais tout maigrichon qu'il est, c'est le plus dur de tous les gars de la deux. Après Malloy, naturellement.

Il humecta de sa langue ses lèvres craquelées et prit congé :

— Faut que je me barre avant qu'un de ces salauds-là nous repère. Y pètent le feu, aujourd'hui.

Puis il s'éloigna au sein des myriades de cailloux microscopiques en suspension dans l'air embrasé. Prew attendit quelques secondes avant de risquer un regard dans sa direction. Allons ! Le petit Angelo n'avait pas perdu son temps, puisqu'il était parvenu, en deux mois, à gagner l'admiration sans réserve des durs à cuire du camp, et Prew l'envia d'avoir déjà conquis sa place dans cette confrérie secrète des « irréductibles », des gars du malheur, dont la protection lui était maintenant acquise, à lui, l'ami d'Angelo.

Avec une rapidité étonnante, Prew se réadaptait aux mœurs de cet univers terriblement clos qu'il est si facile d'oublier, ou d'ignorer, et qui n'existe jamais pour les autres, ceux du dehors, que sur l'écran des cinémas. Pour un vieux pilier de prison comme lui, qui avait si longtemps vécu sur le trimard, c'était presque un retour au bercail.

Il avait assisté, le matin, à sa première inspection quotidienne. Au « dur », le réveil était à 4 h 30, le petit déjeuner à 5 h 30, l'inspection à 6 heures. Elle durait, en principe, jusqu'à sept heures. Le major Thompson entrait le premier, suivi respectueusement, à deux pas de distance, du sergent Judson, chacun d'eux muni d'une matraque. Le major Thompson avait en outre son fil à plomb et un gant de toile d'une blancheur impeccable à l'aide duquel il décelait infailliblement toute trace de poussière oubliée. Ni le major, ni le sergent n'étaient armés, mais trois géants montaient la garde à l'entrée de la baraque, deux à l'intérieur, un seul, porteur des clefs, de l'autre côté de la grille, tous prêts à faire usage de leur mousqueton et du pistolet qui pendait à leur ceinture.

Tout de suite, Prew put constater que selon les paroles de Berry le sergent Judson, dit « Gras-Double », savait manier élégamment la matraque. Le major Thompson était également expert en la matière, mais il semblait qu'il laissât à son subordonné le soin de régler ces menus détails. Bon gré, mal gré, il fallait admirer leur adresse.

Le pied droit d'un des prisonniers dépassant d'un centimètre ou deux l'alignement, le major Thompson le désigna d'un léger signe et passa. Durant une interminable seconde, l'homme tenta désespérément de ramener son pied en arrière, mais, déjà, le sergent Judson entrait dans la danse et levait sa matraque, l'abattait comme un pilon sur le cou-de-pied fautif et, sans se retourner ni ralentir sa marche, suivait le major. Prew vit le visage de l'homme se convulser et pâlir effroyablement, mais pas une plainte ne sortit de ses lèvres.

La seconde victime fut l'infortuné possesseur d'un ventre proéminent, un gars qui avait été cuistot au 8ᵉ de ligne.

— Rentrez-moi ça, prisonnier, dit le major Thompson en enfonçant, au passage, l'extrémité de son bateau dans la panse du cuistot.

Et le sergent Judson renchérit en frappant à son tour le malheureux ; il n'avait pas rentré son ventre, bien au contraire. Incapable de résister à la douleur, il le tenait maintenant à deux mains et ne le lâcha qu'après que la matraque du sergent l'eut frappé en travers des tibias. Deux grosses larmes coulèrent sur les joues du cuistot, et Prew détourna les yeux, dégoûté de l'humanité entière.

Le troisième fut un jeune fermier de l'Indiana, qui avait osé regarder le major du coin de l'œil pendant l'inspection de son équipement.

— On regarde droit devant soi, prisonnier, lorsqu'on est au garde-à-vous, dit doucement Judson, et sa matraque vint adroitement frapper le gars sur le côté du crâne.

Le type partit en zigzag à travers l'allée centrale, comme s'il avait décidé, tout à coup, de ne pas fréquenter ces gens-là une seule minute de plus, mais, presque aussitôt, ses genoux plièrent sous lui, et il s'écroula sur le sol.

— Ramassez-le, dit Gras-Double sans se retourner.

Les deux voisins de l'assommé se précipitèrent pour le relever, mais, comme ses jambes refusaient toujours de le supporter, ils ne purent que l'encadrer et le soutenir, avec des visages coupables, comme s'ils avaient craint de voir le blâme retomber sur eux-mêmes.

— Giflez-le, ordonna le sergent Judson en emboîtant le pas du major jusqu'à la couchette suivante.

Ils obéirent, et le fermier recouvra suffisamment le contrôle de ses jambes pour pouvoir se tenir debout. Il saignait, et un peu de son sang souillait le plancher, à l'endroit où il était tombé.

— Essuie ça avant que ce soit sec, ordonna Gras-Double.

Le gars de l'Indiana se tourna vers son étagère et s'arrêta court. Puis il eut une inspiration. Sortant son mouchoir de sa poche, il essuya le plancher d'un air profondément rêveur, puis s'essuya aussi la tête et remit son mouchoir dans sa poche. Il ne paraissait pas souffrir. On eût dit, simplement, qu'il prêtait l'oreille à quelque mélodie lointaine, d'une beauté infinie. Puis l'inspection s'acheva, la sentinelle referma la grille et une sorte d'immense soupir de soulagement sembla monter du baraquement.

Prudemment tout d'abord, puis avec une confiance croissante, comme les victimes d'une catastrophe qui ne savent pas encore si elles sont blessées, les hommes se mirent à bouger, à se racler la gorge et à rouler la cigarette de gros cul dont ils avaient impérieusement besoin.

Prew mourait d'envie d'en fumer une, lui aussi, mais il s'interdit d'en fumer une tout de suite et se contenta d'observer les gars d'un œil glacé, bouleversé par le dégoût, le plus violent dégoût qu'il eût jamais éprouvé. Il ne savait pas même si la part de ce dégoût allait aux hommes qui l'entouraient, ou au major Thompson, ou au sergent Judson, ou à lui-même, simplement parce que lui aussi appartenait à la race humaine. Mais ce qu'il commençait à comprendre, en évoquant les paroles d'Angelo et de Berry, et tout ce qu'ils lui avaient dit de Jack Malloy, c'était qu'ils préférassent être internés à la deux et aussi qu'ils en fussent très fiers, comme il serait fier de se joindre à eux un jour.

Les hommes durent deviner son écœurement, car ils ne tentèrent pas de lui adresser la parole, pas plus qu'ils n'essayèrent de venir en aide aux trois victimes, qu'aucune consolation n'eût d'ailleurs pu atteindre. Le cuistot sanglotait maintenant en travers de son lit. Le gars au pied meurtri s'était assis sur le plancher pour ôter sa chaussure, et, momentanément soulagé, comme la grosse dame qui vient d'ôter son corset après une journée harassante, massait tendrement l'endroit douloureux en blasphémant tout bas. Quant au fermier de l'Indiana, il n'avait pas bougé. Il contemplait seulement son étagère d'un air rêveur, comme s'il se fût demandé pourquoi diable il n'y avait pas trouvé de chiffon, ou comme si ses oreilles eussent toujours perçu quelque mélodie lointaine et bizarre. Prew sortit, proche de la nausée.

Quelques jours plus tard, Prew s'aperçut que son dégoût initial était en voie de guérison, et c'était peut-être cela qui l'effrayait le plus. Qu'arriverait-il s'il en venait à n'être même plus révolté par ces ignominies ?

Il s'en ouvrit à Angelo, lorsque le petit Italien remonta du « trou », le troisième jour.

— Je sais, acquiesça Angelo. Il m'est arrivé la même chose. J'ai même eu peur un moment de caner comme un capon et de finir dans la peau d'un homme de confiance.

— Moi aussi, murmura Prew.

— Mais ça te fait pas le même effet quand c'est sur toi qu'y tapent, le prévint Angelo. Alors, là, j'aime mieux te dire que ça te révolte ! C'est une des raisons pour lesquelles je suis content d'être à la deux. Tu t'occupes plus de ça, quand t'es à la deux. Tu penses qu'à pas te laisser avoir toi-même, un point, c'est tout.

Il sourit de tout son visage décharné et flambant d'énergie. Il avait ramené une nouvelle cicatrice en souvenir de ce cinquième séjour au trou. Ce n'était, pour l'instant, qu'une estafilade en voie de guérison, mais ce serait, plus tard, une cicatrice qui traverserait à jamais, en diagonale, son sourcil gauche.

— Ecoute, Prew, j'ai recausé du plan prévu par Jack Malloy, et Jack est pour, les doigts dans le nez. C'est la seule méthode rapide pour se faire balancer à la deux.

— T'as pas besoin de me faire l'article, lui dit Prew. J'étais déjà convaincu avant. J'ai attendu seulement parce que tu m'avais fait dire de patienter jusqu'à ton retour.

— Et t'as rudement bien fait, p'tite tête, dit Maggio avec ferveur. Malloy m'a refilé deux ou trois tuyaux que j'aurais pas pensé à te donner et qui pourront te faciliter les choses. D'abord, faut pas leur laisser voir que tu veux aller à la deux, naturellement. Faut qu'y croient qu'à côté du transfert à la deux, le passage à tabac et les trois jours dans le trou sont des cadeaux de la Providence.

— O.K., dit Prew.

— Mais ce qu'y faut pas, surtout, c'est que t'essaies de te rebiffer quand y te passent à tabac. Faut que t'encaisses et que tu la fermes. C'est même ça qu'est le plus important, d'après Jack.

— Mais pourquoi que j'essaierais pas de leur en flanquer une bonne, moi aussi ? protesta vivement Prew.

— Parce que ça fait qu'empirer les choses et que ça donne absolument rien.

— Mais je veux pas qu'y me prennent pour un dégonflé !

— Sûr que, si tu te mets ça dans la tête, t'essaieras de leur rentrer dans le chou... Seulement, y te laisseront sur le carreau !

— Toi et Berry, vous vous êtes bien rebiffés, non ?

Angelo sourit amèrement.

— D'accord, dit-il, et on est pas les seuls. Mais c'est pas un exemple à suivre. Malloy nous engueule tout le temps à cause de ça. Berry, encore, il y pige que dalle. Mais moi, je sais qu'il a raison. Seulement, c'est plus fort que moi, quand j'y suis, faut que je riposte. Je perds la boule et je me fous complètement de ce qu'y peut m'arriver.

Prew ricana :

— Peut-être que je pourrai pas me retenir, moi non plus ?

— Y a pas de quoi rire, reprocha Angelo. Faut qu'un type soit cinglé pour se faire esquinter plus que nécessaire. Et on peut leur porter sur le système de cette façon-là beaucoup mieux qu'en essayant de riposter. Malloy appelle ça le principe de la résistance passive. Et il est efficace, parce que j'ai vu Malloy le mettre à l'épreuve. Si je le fais pas, c'est parce que je suis pas foutu de le faire.

— Et qu'est-ce qui te fait croire que je pourrai le faire, moi ? s'emporta Prewitt.

— Oh ! toi, c'est pas pareil, je t'ai vu à l'œuvre. T'es comme Jack Malloy, t'es un bon soldat, et faut être un drôle de crack, avec une volonté du tonnerre, pour tenir en échec un autre bon soldat comme Gras-Double, quand il a tous les atouts en main.

— Foutaise ! grogna Prew, gêné de s'apercevoir que Maggio avait trouvé son point faible et qu'il ressentait, tout à coup, une fierté absurde, une fierté qu'il estimait n'avoir point le droit d'éprouver devant ce nouvel Angelo Maggio au visage couvert de cicatrices.

— Tu me poses des questions, je te réponds, se défendit Maggio.

— O.K. ! O.K. ! grogna Prew. C'est tout ?

— Juste une chose encore, dit Maggio. Le trou. Faut que tu saches comment te conduire, dans le trou.

— Mais je croyais qu'on y était seul ? objecta Prew.

— Justement, dit Maggio, ponctuant chaque phrase d'un coup de marteau, pour que le garde ne remarque rien et ne vienne pas les interrompre. Au début, t'es plutôt soulagé, parce qu'y viennent de te passer à tabac, et pendant un bon moment tu penses à rien, qu'à te détendre. Et puis ton cerveau se remet à fonctionner. T'y vois pas, t'entends rien, tu peux guère bouger, tu peux rien faire d'autre que de penser. Moi, au bout d'une heure ou deux, je m'imagine que les murs sont en train de se resserrer sur moi et je commence à suffoquer...

Il s'interrompit pour reprendre haleine.

— Continue, dit Prew.

— T'as pas de place pour marcher, bien sûr, reprit Angelo. Faut que tu restes assis ou allongé. Mais surtout faut pas te mettre à gueuler. Tu m'entends ?

— Ouais, dit Prew. Et après ?

— Plus tu peux dormir, mieux ça vaut, bien sûr, mais y en a qu'y arrivent pas, parce que c'est pas une couchette qu'y a là-dedans, c'est une douzaine de tuyaux de fonte assemblés, sans matelas ni couverture, bien entendu. Malloy dit qu'y faut contrôler son esprit pour arriver à ne plus penser, mais moi j'ai jamais pu. J'ai mes petits trucs à moi, comme de compter ma respiration. J'inspire en comptant jusqu'à huit, je la retiens en comptant jusqu'à quatre, j'expire l'air en comptant jusqu'à huit, je me retiens jusqu'à quatre, etc. Malloy dit qu'y faut pas manger, non plus. Et y te donnent une tranche de pain et une tasse d'eau trois fois par jour... Paraît qu'y faut juste boire l'eau et qu'après le premier jour on n'a plus faim, mais j'ai jamais pu le faire, non plus. Je mange le pain, et j'ai encore plus faim, et je vois des poulets, des beefsteaks, des frites, des tables pleines de boustifaille, avec de l'argenterie et des cristaux, comme dans les magazines. C'est idiot, hein ?

— Oui et non, dit Prew, pensif. J'aime bien becqueter, moi aussi.

— Autre chose encore, reprit Angelo avec délicatesse. Faut pas trop penser aux dames, non plus. Y te balancent à poil dans le trou, alors, si tu te mets à penser aux femmes, tu finis toujours par te b... et, au lieu de te soulager, ça te fait perdre encore plus la boule et tu recommences et t'es à moitié braque quand y te sortent de là. C'est arrivé à Berry, et ça m'est arrivé aussi, une fois, conclut Maggio en s'empourprant pudiquement sous sa carapace de poussière siliceuse.

— Alors, à quoi qu'y faut penser, sacré bon Dieu ?

— Justement. Justement. C'est là qu'est le hic, fit le petit Maggio. Malloy dit qu'y peut rester plusieurs jours sans penser à quoi que ce soit. Y dit qu'il a lu ça dans un bouquin sur les Yogis, mais qu'il avait jamais pu le faire avant d'être descendu dans le trou. Faut concentrer toute ton attention sur un point imaginaire et, chaque fois qu'une idée te passe par la tête, tu la repousses et tu te reconcentres sur ton point noir. Y paraît qu'au bout d'un moment y te vient plus d'idées du tout et que tu finis par plus rien voir, qu'une espèce de grande lumière.

— Tu parles d'un truc ! s'exclama Prew. Je pourrai jamais faire ça. Tu y arrives, toi ?

— Non, avoua Angelo. J'ai jamais pu.

— Alors, qu'est-ce tu fais, en réalité, Maggio ?

— Moi ? J'ai deux trucs. D'abord, j'en fais un jeu. Je me dis : vous voulez me mater, salauds, mais vous me materez pas. Vous pouvez me regarder à n'importe quel moment, mais vous me verrez jamais perdre les pédales. Faut jamais oublier qu'y peuvent te regarder à n'importe quel moment, sans que tu t'en doutes.

— Je crois que je pourrai faire ça, murmura Prew.

— Mon deuxième truc, c'est de me rappeler des souvenirs agréables. Mais faut pas qu'y se rapportent à des gens !

— Là, alors, je te suis pas très bien.

— Mais si ! Quand tu penses à des gens, tu penses aux choses que t'as faites avec eux et t'es foutu, parce qu'immédiatement t'as envie de les refaire, et comme tu peux pas...

— Oui, je comprends, dit Prew, tandis que les images fugitives d'Alma Schmidt et de Violette Ogure passaient devant ses yeux. Mais comment...

— Tu penses à des bois où que tu t'es promené, à des lacs et à des montagnes que t'as vus ou visités. Comment que c'est en automne, avec toutes les couleurs, comment que c'est en hiver, avec de la neige partout. Ecoute, une fois, j'ai vu une tempête de neige...

Maggio s'arrêta et sourit mystérieusement.

— Dis donc, c'est combien, le plus longtemps que t'es resté dans le trou ? demanda Prew d'une voix troublée.

— Six jours, répliqua fièrement Maggio. Mais j'y resterais aussi bien vingt jours. Je sais que t'y arriverais. Tu verras... Si jamais je...

Il s'arrêta brusquement, comme s'il se fût tout à coup rendu compte qu'il était sur le point de trahir quelque dangereux secret. Son visage reprit cette expression avide qu'il avait eue le premier jour, en faisant allusion à son fameux « plan ».

— On reparlera de ça plus tard, enchaîna-t-il. Pour l'instant, faut que tu viennes avec nous. Après, on verra.

— Quand ?

— Le plus tôt sera le mieux, dit Maggio sans hésiter. Faut jamais réfléchir trop longtemps sur ces choses-là. T'auras qu'à te mettre à râler tout à l'heure, à la soupe.

— O.K. ! dit Prew.

Si ce petit Maggio à la poitrine pathétiquement étroite, aux membres pathétiquement grêles, avait passé six jours dans le trou, il pourrait bien lui-même y passer trois jours sans perdre les pédales pour si peu.

— C'est Malloy qui m'a fait te dire tout ça, continua soudain Maggio, le regard brillant de fièvre. J'avais pas l'intention de t'en parler. J'avais peur que tu changes d'avis, si je t'expliquais tout ça d'avance.

Prew serra les poings.

— Qu'est-ce qui te faisait croire que je pourrais changer d'avis ?

— C'est parce que je sais foutre bien que j'aurais changé d'avis, moi, si on m'avait tout expliqué d'avance, dit Angelo avec simplicité.

— Mais je ne changerai pas d'avis, se jura Prew. Je supporterai tout.

Il savait qu'il le ferait parce qu'il tenait à gagner l'admiration d'Angelo Maggio, et de Jack Malloy, et du grand Berry. Il le ferait parce qu'il voulait être semblable à eux et parmi eux. Et parce que c'était pour lui le seul moyen de pouvoir continuer à se considérer comme un homme, au sens que possédait pour lui le mot « homme ».

Mais quand la sirène hurla et que Maggio l'eut quitté, Prew se sentit effroyablement seul. Plus seul qu'il ne l'avait été de sa vie.

CHAPITRE XXXVI

Au même moment, le caporal Isaac Nathan Bloom se sentait effroyablement seul, lui aussi, en sortant du réfectoire pour aller s'étendre sur son plumard.

La chambre était déserte. Depuis quinze jours, Bloom était toujours le premier à quitter le réfectoire, et la chambrée était toujours déserte lorsqu'il montait s'étendre sur son plumard, mais il espérait toujours, malgré tout, que quelqu'un d'autre l'y aurait précédé. Aujourd'hui, surtout, avec cette chaleur, il s'était imaginé qu'il ne serait pas le seul à bouder sur la boustifaille. Il ne voyait pas comment on pouvait continuer à se bourrer la panse de nourriture chaude avec une chaleur pareille. Il s'était obligé lui-même à ingurgiter une faible portion de frichti brûlant ; ceci, pour deux excellentes raisons : d'abord, parce qu'en sa qualité de pugiliste il devait songer à préserver sa santé ; ensuite, parce qu'il ne tenait pas à se faire remarquer en quittant tout de suite le réfectoire. Et le peu qu'il avait absorbé lui pesait sur l'estomac comme un repas de cérémonie. Bloom avait de sérieuses inquiétudes au sujet de son appétit.

Après avoir ôté sa chemise, ses godillots et ses chaussettes, il s'allongea sur son lit, dans la pénombre de la chambrée, qui procurait, au début, l'illusion de la fraîcheur ; illusion qui, malheureusement, ne durait guère. Bon Dieu ! Dire que, cette nuit, il ferait assez froid pour qu'ils fussent tous obligés de reprendre leur couverture de rab ! Pourquoi diable ne servaient-ils pas le repas le plus important à la soupe du soir, au lieu de le servir à la soupe du midi, en pleine chaleur ? Est-ce que les officiers prenaient leur repas principal au milieu de la journée, eux ?

Les « petits mangeurs » commençaient à remonter du réfectoire, et Bloom craignit un instant qu'ils vinssent s'asseoir auprès de lui pour lui lécher les bottes, maintenant qu'il était caporal. Mais ils s'en abstinrent, et Bloom respira plus librement.

Trois gars se mirent à jouer aux dés pour des toutes faites. Un moment, Bloom eut envie d'aller les rejoindre, mais y renonça finalement. D'ailleurs, il n'avait pas de toutes faites.

Le caporal Miller passa devant lui sans s'arrêter ni lui adresser la parole. Bloom se sentit offensé jusqu'à ce qu'il se souvînt que c'était une très mauvaise politique pour des officiers subalternes de bavarder entre eux et de se montrer humains devant les simples soldats. C'était l'A.B.C. du métier, mais il fallait le temps de s'y habituer. C'était moins marrant qu'il l'avait cru d'être un officier subalterne.

Il se tâta pensivement du bout des doigts, à travers la doublure de sa poche de pantalon. Si seulement il avait assez de pognon pour faire un saut chez la grosse Suzy, ce soir ! Mais il se rappela qu'elle l'avait traité de youpin, devant toutes ses pensionnaires, la dernière fois qu'il était allé chez elle et qu'il s'était bien promis de ne plus fréquenter cette sale turne. Mais ça, c'était avant qu'il fût nommé caporal ! Elle changerait d'avis quand elle verrait ses sardines et son prêt. Sans parler des galons de sergent que Dynamite lui avait pratiquement promis, après son dernier knock-out. « Eh, eh ! fiston, se dit-il en riant sous cape, t'es pas en si mauvaise posture, après tout. Attends un peu d'avoir cette troisième sardine, et la grosse Suzy pourra toujours essayer de te raccrocher ! Très peu pour le sergent Bloom, ce sera le *Nouveau Congrès* pour le sergent Bloom, et rien que le meilleur pour le sergent Bloom, avec toutes faites à bout doré, comme celles que fumait cette saloperie de tantouse de Flora ! »

Enthousiasmé, Bloom se retourna sur son plumard au moment précis où Vendredi Clark pénétrait à son tour dans la chambrée en suçant une glace au chocolat. Instantanément, ce spectacle doucha l'enthousiasme de Bloom. Il était tout de même scandaleux qu'une espèce d'idiot de village comme le simple soldat Vendredi Clark eût assez de fric pour se payer une glace au chocolat, alors que les caporaux étaient complètement fauchés. S'il avait eu lui-même assez de sous pour se payer une glace au chocolat, peut-être aurait-il pu retrouver son appétit ? Un boxeur doit avoir de l'appétit. Un boxeur doit manger pour conserver ses forces. Il en voulait à son estomac de le trahir au moment le plus critique.

Désœuvré, Vendredi sortit sa guitare et se lança dans une série de blues mélancoliques. Quand ce vieux Prew reviendrait, faudrait qu'y se réunissent avec Andy pour terminer la *Complainte du Rempilé.* Et plus tard, quand y serait redevenu civil et qu'y pincerait, devant son vieux et devant les voisins qui l'avaient connu tout petit, les cordes de la belle guitare neuve qu'il aurait achetée d'ici là et que son vieux lui demanderait : « Où est-ce que t'as appris à jouer de la guitare comme ça, fiston ? » il lui répondrait : « Dans l'archipel hawaiien, p'pa, de l'autre côté de l'océan Pacifique, ousque j'ai collaboré à l'écriture de la chanson que je suis en train de jouer. » Il savait déjà ce qu'il répondrait et sur quel ton il le dirait, sans avoir l'air d'y attacher d'importance. Et son vieux expliquerait aux voisins : « Dites donc, les amis, vous entendez ce qu'est en train de jouer mon gars ? Ben, cette chanson-là, c'est lui qui l'a faite lui-même. » Et toutes les filles du quartier lui cavaleraient derrière, et peut-être qu'il finirait par monter sur les planches, comme Eddy Lang, ou comme ce Django dont parlait toujours Andy.

Etendu sur sa couchette, le caporal Bloom rageait en silence. Est-ce que cet idiot-là ne se rendait pas compte qu'il empêchait les hommes de faire leur sieste ? Bloom n'était pas indigné pour lui-même, puisqu'il avait tout l'après-midi devant lui, mais presque tous ces hommes ne disposaient que d'une heure à peine avant les corvées.

— Arrête, bon Dieu ! beugla-t-il sans se relever. Y a des gars qu'essaient de dormir, ici.

Vendredi ne l'entendit même pas. Seule comptait actuellement pour lui cette étrange faculté qu'il possédait de produire des sons aussi mélodieux.

Incrédule, Bloom se dressa sur son séant. Est-ce que l'imbécile n'avait pas compris que c'était un ordre ? Le caporal Bloom ne pouvait laisser passer une chose pareille. Il bondit, traversa la chambrée comme un bolide et arracha la guitare des mains de Vendredi.

— Je t'ai dit d'arrêter, Rital, beugla-t-il. C'était un ordre. Donné par un sous-officier. Et c'est pas parce que t'es rital qu'y faut te croire autorisé à pas obéir.

— Hein ? sursauta Vendredi, brusquement expulsé de sa tour d'ivoire par une force extérieure dont il n'avait pas encore très bien saisi la nature. Hein ? Qu'est-ce qui se passe ?

— Je vais te montrer ce qui se passe, hurla Bloom, agitant la guitare derrière son dos, à l'intention du reste de la chambrée. Tous ces hommes-là sont en train d'essayer de dormir. Dans une heure, faudra qu'y z'aillent se taper les corvées pendant que toi et moi on restera ici à se tourner les pouces. Y veulent faire la sieste, et y feront la sieste, c'est moi qui te le dis, même s'y faut que je t'encadre avec ta guitare pour leur permettre de roupiller.

— Oh ! pour l'amour de Dieu, ferme ta gueule, Bloom, coupa une voix lasse. Tu fais plus de boucan que le gosse avec sa guitare.

Bloom se retourna et sentit sa vertueuse indignation s'évanouir et disparaître comme les premières gouttes d'eau de la saison des pluies.

— Laisse-le tranquille et retourne te coucher, continua le caporal Choate du même ton profondément ennuyé qu'acquièrent les vieux sous-off's à force de distribuer à la ronde des ordres que personne ne discute.

— O.K. ! chef, dit Bloom.

Il fit choir Vendredi sur son plumard, d'une petite poussée, jeta la guitare à côté de son propriétaire et conclut :

— Je passe pour cette fois, Clark. Mais que ça se renouvelle pas. T'as de la veine que je sois bien disposé, aujourd'hui.

Il retourna s'allonger sur son lit, tandis que le caporal Choate reprenait sa sieste interrompue. Il croisa ses bras sur ses yeux et feignit de dormir, mais ce fut avec gratitude qu'il entendit finalement le clairon appeler les hommes de corvée. Une demi-heure plus tard, les joueurs de base-ball, les boxeurs et autres exemptés permanents descendirent à leur tour, et Bloom se retrouva seul dans la chambrée, en face de ses innombrables problèmes.

Qu'importait qu'il fût devenu caporal. Qu'importait qu'il fût à la veille de passer sergent. Il s'appelait toujours Isaac Nathan Bloom, et Isaac Nathan Bloom était juif. Lorsqu'il avait vu combien les boxeurs étaient respectés à la G, il était devenu boxeur. Lorsqu'il avait vu combien les sous-off's étaient estimés, il avait travaillé dur pour devenir sous-off'. Lorsqu'il s'était rendu compte que les champions divisionnaires étaient encore plus admirés que les autres, il était devenu challenger de sa catégorie et décrocherait le titre lors de la prochaine saison. Lorsqu'il avait constaté que plus un sous-off' avait de galons, plus il était vénéré, il avait décidé de ne pas s'arrêter aux sardines de caporal. Et que lui avaient apporté toutes ces choses déplaisantes auxquelles il s'était astreint ? L'admiration, le respect, l'estime, la sympathie de ceux qui l'entouraient ? Des clous, oui ! Plus il glanait les honneurs et plus ils avaient l'air de le mépriser et de le détester. Tout ça parce qu'il était juif. Il avait espéré que ce serait différent, dans l'armée, mais il s'apercevait que c'était comme ailleurs. Toujours la même injustice, la même mauvaise foi. Il n'était rien qui ne lui eût cassé entre les mains. Il s'était fait sacquer du peloton des E.S.O., et Prewitt avait tenu le coup devant lui.

Qu'importait que l'aumônier eût arrêté le combat. Qu'importait que Bloom fût ensuite monté sur le ring et qu'il eût mis knock-out son adversaire. Prewitt l'avait battu. C'était tout ce dont ils se souviendraient. Prewitt lui avait flanqué une correction. Prewitt le gringalet ! Bloom en faisait deux comme lui !

S'il avait corrigé Prewitt...

S'il ne s'était pas fait sacquer du peloton des E.S.O...

Mais à quoi bon tout ça ? Ils n'étaient pas près de l'oublier. Ils ne l'oublieraient probablement jamais. Pas plus qu'ils n'oublieraient jamais qu'Isaac Nathan Bloom était juif.

Sautant de son plumard, il alla se planter devant le râtelier aux fusils, au centre de la chambrée déserte. Le sien devait être le troisième en partant de la droite. Il vérifia les matricules. C'était le quatrième en partant de la droite. Exactement comme pour tout le reste, songea Bloom, toujours à côté de ce qu'il fallait. Ça, c'était de l'Isaac Nathan Bloom tout craché.

« Ce qui serait marrant, songea-t-il, ce serait qu'il se débrouille pour avoir une bonne pincée de pruneaux et qu'il en descende quelques-uns avant de se faire buter à son tour. » Comme ça, y se souviendraient d'Isaac Nathan Bloom le youpin et y mettraient les flingues sous clef après l'exercice, comme y devaient le faire, au lieu d'attendre l'extinction des feux...

Il sortit son fusil du râtelier et l'emporta avec lui jusqu'à son lit. Qui donc avait dit que le fusil de guerre Springfield était peut-être la plus belle chose qui eût jamais été fabriquée en Amérique ? Prewitt ! C'était encore ce salaud de Prewitt, qui n'était pas juif et qui était si bon soldat, malgré tout ce qu'on lui faisait subir. Meilleur soldat qu'Isaac Nathan Bloom le youpin ne le serait jamais.

Comme dans un rêve, il introduisit la cartouche dans le magasin du cartouches de 7,5 mm qu'il avait chipées pendant la dernière saison de tir pour pouvoir les manipuler tout à son aise, tant il les trouvait fascinantes et belles dans leur trompeuse inertie.

Comme dans un rêve, il introduisit la cartouche dans le magasin du Springfield, reverrouilla la culasse, repoussa soigneusement le cran de sûreté et s'assit sur son lit, fusil en travers des genoux.

Puis il leva la main à son nez, le palpa délicatement. Il était peut-être un peu moins juif qu'avant, son nez, depuis que Prew l'Aryen le lui avait cassé, mais c'était toujours, visiblement, un nez de youpin. « Et tu voudrais être respecté, Isaac ? Tu voudrais être admiré, Nathan ? Tu voudrais être aimé, Bloom ? Tu voudrais être accepté comme tous les autres, avec tes défauts et tes qualités ? Allons donc, pas avec un nez comme le tien, Isaac Nathan Bloom. »

Aussi loin qu'il puisât dans ses souvenirs, Bloom ne se rappelait pas qu'une seule personne l'eût jamais aimé pour lui-même, pour sa propre personnalité.

Ayant vérifié le cran de sûreté, il introduisit le canon du Springfield dans sa bouche. Il dut en pousser l'extrémité jusqu'à son palais pour que le point de mire passât derrière ses dents. Un goût d'huile emplit sa bouche. Dans cette position, son pouce ne pouvait atteindre la détente. Il essaya de la toucher avec son index, parvint tout juste à l'effleurer.

« C'est bien ce que je pensais », se dit Bloom.

Il remit le fusil sur ses genoux et le contempla longuement. Etait-il possible que cet objet inanimé, d'apparence tellement innocente lorsqu'il était posé ainsi, en travers de ses cuisses, pût faire une chose pareille ?

Délibérément, Bloom ôta son soulier droit, se redressa, remit le canon du Springfield dans sa bouche et glissa son gros orteil à l'intérieur du pontet. Il ne risquait rien. L'arme était au cran de sûreté.

Une fois encore il remit le fusil sur ses genoux. La chambrée déserte lui parut soudain silencieuse comme la tombe. Il aurait bien voulu que quelqu'un entrât.

Mais, si quelqu'un était entré, quelle rigolade ! Toute la caserne en aurait fait des gorges chaudes. Ils le feraient passer une fois de plus pour un esbroufeur qui en disait beaucoup, mais ne faisait jamais rien.

Il aurait tout de même bien voulu que quelqu'un entrât, qu'un bruit quelconque rompît ce silence. Il imagina quelles têtes ils feraient tous, s'ils devaient arriver trop tard. Ils seraient navrés pour le pauvre youpin, mais il serait trop tard. Ils ne diraient plus qu'il n'avait rien dans le ventre. Ils ne le prendraient plus pour un pédé. Mais il serait trop tard.

Bientôt ce serait la guerre. Elle existait déjà, là-bas, en Europe. Le fruit de la haine, pensa tragiquement Bloom. La haine telle qu'on l'inculquait aux chrétiens envers les juifs ; telle qu'on l'inculquait aux juifs envers les chrétiens. La haine, se répéta Bloom, au paroxysme de la tristesse. Nulle part dans le monde il n'y avait un seul être humain qui aimât ou qui eût aimé Isaac Nathan Bloom pour lui-même, pour sa propre personnalité, pour ses qualités individuelles.

— Je serais aussi bien mort, dit-il à haute voix.

Personne ne le contredit dans l'immense chambrée déserte.

Alors il remit le canon du fusil dans sa bouche, posa la lourde crosse sur le plancher. Le cran de sûreté était hors de sa portée, et il dut sortir le canon de sa bouche, une fois de plus. Il lui répugnait de défaire le cran de sûreté.

« Tu es un pédé, Bloom, songea-t-il amèrement. Tu t'es laissé faire une fois, par ce salaud de Tommy, et ça t'a pas déplu. Tout le monde sait que t'es un pédé, en plus d'un juif et d'un dégonflé. Tu mérites pas de vivre. »

Sa main poussa le cran de sûreté. Il remit le canon du Springfield dans sa bouche et glissa son gros orteil à l'intérieur du pontet, contre la détente. Le pied nu d'un homme lui parut une chose disgracieuse, écœurante, répugnante. Son orteil pressa la détente.

La détonation fracassa le silence, et, durant une éternelle seconde, Bloom eut l'impression qu'on lui arrachait la tête.

« Je voulais pas faire ça, pensa-t-il, au cours de cette éternelle seconde, je retire ce que j'ai fait, je plaisantais, je faisais de l'esbroufe ! »

Trop tard ! Toute sa vie, il avait rêvé de commettre un acte fort, irrévocable, fruit de sa seule volonté, et non du hasard ou des circonstances extérieures, il avait enfin commis un tel acte, pour s'apercevoir, une fraction de seconde trop tard, que ce n'était pas le bon. Il y avait tant de choses qu'il aurait pu dire, pour sa propre défense. Il y avait dans le monde tant de beefsteaks à manger, tant de putains à baiser, tant de bière à boire. « Oubliez jamais les beefsteaks, et la bière, et les putains, les gars, aurait-il voulu leur crier, oubliez jamais ça, les gars. »

« Quelle connerie, songea-t-il. Quelle connerie d'avoir fait ça. Tu seras même pas là pour voir leurs visages. »

Vendredi Clark, qui bayait aux corneilles en bas de l'escalier, accourut le premier. Niccolo Leva, qui travaillait dans le magasin d'habillement, arriva sur ses talons. Warden, qui se trouvait seul dans la salle de service, arriva le troisième. Derrière lui, il y eut les cuistots, les hommes de corvée, tous ceux qui avaient entendu la détonation.

Bloom gisait en travers de son lit, un pied chaussé, l'autre nu. Il y avait une tache de sang et de matière cérébrale au plafond, à l'endroit où la balle l'avait traversé. C'était toujours le visage de Bloom, bien sûr, mais on avait l'impression qu'il ne restait plus rien derrière...

— Grand Dieu ! cria Niccolo Leva, dans une sorte de hoquet étranglé.

Et, sans s'arrêter, il courut jusqu'aux latrines.

Vendredi Clark était un peu surpris. Leva était allé vomir. Mais lui, Vendredi, ne se sentait pas mal au cœur. Il était assez fier d'avoir plus d'estomac que Niccolo Leva.

— O.K. ! grogna finalement Warden. Dehors, tout le monde. Y a rien que vous puissiez faire ici. Retournez au boulot.

Personne ne bougea, et il se mit à vociférer avec une sorte de gratitude :

— Vous avez entendu ce que j'ai dit ! Dehors ! Vous avez tous vu ce qu'y avait à voir. Maintenant, foutez-moi le camp d'ici. Et que personne touche au corps ni au fusil avant que le lieutenant de garde soit venu.

Il y eut un remous dans la foule des spectateurs, dont les visages exprimaient clairement l'indignation que leur inspirait ce spectacle.

— L'avait pas le droit de faire un truc pareil, hasarda un homme avec sévérité.

— Surtout dans la chambre, souligna un autre.

— Mais il faut tout de même du cran, murmura Vendredi d'un ton vague. Y faut du cran pour faire un truc pareil. Moi, je...

— O.K. ! trancha Warden, dont la voix trahissait un certain malaise. Puisque vous voulez rester là, tâchez au moins de vous rendre utiles. Une échelle double à la cuisine. Qu'un autre monte sur le toit pour voir si la balle l'a traversé et, si oui, qu'il aille demander du papier goudronné à Leva pour boucher le trou.

Il y eut un concert de protestations véhémentes, puis les hommes se dispersèrent enfin et reprirent le chemin de l'escalier.

— Sûr que je vais pas me taper la corvée de nettoyer après un salaud qui s'est fait sauter le caisson, gémit une voix.

— Filez ! beugla Warden. Les vacances sont finies !

Niccolo Leva revenait des latrines, le visage pâle et tiré.

— Bon Dieu ! quel gâchis ! dit-il. Je dors ici, moi, ce soir.

Il regarda le plafond :

— Y a pas deux heures qu'il est venu me voir en bas, pour toucher une paire de brodequins neufs, ajouta-t-il avec une sorte d'incrédulité.

— Pourquoi que vous croyez qu'il a fait ça ? demanda Vendredi.

Il se sentait vaguement honteux, comme quand ses petits frères s'oubliaient dans leur pantalon, à la maison.

— Comment que tu veux que je sache, pourquoi qu'il a fait ça ? répliqua Warden. Y a des moments où je serais tout disposé à en faire autant, dans ce bordel de compagnie... Niccolo, quand le lieutenant de garde sera venu, tu prendras quelques bonshommes et tu leur feras nettoyer ce gâchis.

— Je le ferai, moi, offrit Vendredi. Ça m'est égal de le faire.

— Tu pourras pas le faire tout seul, dit Warden. Va chercher le lieutenant, avec Leva.

— Entendu, chef, acquiesça Vendredi, plein d'admiration.

» Je me demande pourquoi qu'il a fait ça, répéta-t-il d'un ton perplexe. Il était champion des moyens, caporal, bientôt sergent... Il avait tout pour lui...

— Au nom du ciel, vas-tu fermer ta gueule ! s'écria Leva, exaspéré.

— Fallait tout de même qu'il ait du cran, insista Vendredi.

Il lui semblait qu'il y avait quelque chose à dire, au sujet de Bloom. Si seulement il avait su quoi.

— Moi, j'aurais jamais assez de cran, conclut-il piteusement.

« Attends un peu que ce vieux Prew apprenne ça », songeait-il.

CHAPITRE XXXVII

Prew apprit la mort de Bloom en remontant du « trou », trois jours plus tard. Il est pratiquement impossible de communiquer avec un prisonnier lorsqu'il est dans le « trou », ce « trou » que la phraséologie officielle désigne par l'expression moins argotique — mais beaucoup moins imagée — de « réclusion individuelle ».

Prew en sortit à 18 h 40, après la soupe du soir, tremblant d'inanition et complètement aveuglé par la lueur crue des ampoules de 40 watts. Exactement trois jours, sept heures et trente minutes après avoir commencé à marteler son assiette avec sa fourchette. Cela s'était passé en somme beaucoup mieux qu'il l'avait escompté. Tel est l'avantage du pessimisme : ça n'est, en dernière analyse, jamais aussi terrible qu'on ne l'imaginait.

Les prisonniers ne disposaient, en fin de compte, que de cinq minutes environ pour prendre leur repas. C'était peu, mais tout le monde savait que le « dur » n'était pas un lieu de villégiature. Et l'emploi du temps était très chargé, au camp disciplinaire de la base de Shofield !

Selon les instructions de Jack Malloy, transmises à Prew par le truchement d'Angelo, Prew avait le choix entre deux solutions : manger en quatrième vitesse et réclamer une assiettée de rab, auquel cas Gras-Double lui administrerait une dose massive d'huile de ricin, après l'avoir obligé à ingurgiter deux autres portions de rata ; ou ingurgiter une seule bouchée et déclarer bien haut que la pitance était immonde, auquel cas Gras-Double lui administrerait une dose d'huile de ricin après l'avoir obligé à ingurgiter deux assiettées de rata. Prew avait choisi la seconde solution, parce qu'il n'aurait ainsi dans l'estomac que deux assiettées de frichti au lieu de trois à soumettre aux effets de l'huile purgative.

Il travaillait dur sur la deuxième assiette lorsque les hommes de la baraque deux pénétrèrent à leur tour dans le réfectoire. La baraque deux, celle des fortes têtes, était toujours servie la dernière. Prew évita soigneusement de regarder Angelo Maggio, ou le grand Berry, ou ce costaud à la mine rêveuse qu'il n'avait jamais vu auparavant, mais qu'il devinait être Jack Malloy ; les regarder était une de ces choses qu'Angelo lui avait dit d'éviter de faire.

Lorsqu'il eut terminé ses deux assiettées de rata, le sergent Judson lui administra personnellement la dose habituelle d'huile de ricin. Le sergent

Judson avait sa méthode personnelle pour la purge : il empoignait par les cheveux le prisonnier solidement maintenu sur sa chaise par deux gardiens, lui renversait la tête en arrière et lui entonnait le goulot de la bouteille dans la bouche, tandis qu'un troisième gardien bouchait les narines de l'homme. Ils n'eurent pas besoin, d'ailleurs, de boucher les narines de Prew, car il suivit à la lettre les instructions de Malloy et il avala sans protester le demi-litre d'huile de ricin. Alentour, les hommes de la baraque deux, tête baissée sur leurs gamelles, mâchonnaient le rata avec une solide indifférence.

Après quoi, Prew ayant été conduit au « gymnase », cette petite salle nue où l'on passait les prisonniers à tabac, Gras-Double lui demanda gentiment comment il se sentait. Prew avoua en toute franchise qu'il avait un peu mal au cœur et, lorsque Gras-Double le frappa au creux de l'estomac, il vomit avec une gratitude infinie le mélange de rata et d'huile de ricin. Ses tortionnaires le plaquèrent alors contre le mur, et Gras-Double, Tunipseed et le soldat de première classe Hanson se relayèrent pour le tabasser. Ils ne se servirent qu'une seule fois de la matraque, lorsque Gras-Double le frappa en travers des tibias, rouvrant une de ses anciennes blessures. Prew avait l'œil droit complètement fermé lorsqu'ils le sortirent du gymnase pour le conduire au trou, mais dans l'ensemble ils s'étaient abstenus de le frapper au visage, et ce fut en se remémorant la figure d'Angelo que Prew comprit à quel point les instructions de Malloy étaient judicieuses. Il lui avait fallu beaucoup de volonté pour se contenir et ne pas se laisser aller à dire ou faire des choses regrettables, mais il y était parvenu en se disant que c'était lui qui avait cherché la bagarre, après tout, pour se faire transférer à la deux et que ce passage à tabac ne les amusait pas plus que lui-même.

— Ça nous fait plus de mal à nous qu'à toi, lui avait dit Gras-Double à deux ou trois reprises.

Et Prew était sûr que le gars était sincère.

Entièrement nu, il descendit une dizaine de marches pour accéder au « trou », aéré par une petite ouverture grillagée. Rien dans la cellule, hormis les tuyaux de fonte qui tenaient lieu de couchette et la grosse boîte de conserve en guise de seau hygiénique. Le pain et l'eau étaient poussés, trois fois par jour, à travers une « chatière » que fermait un volet d'acier. La tasse était de métal et impossible à briser. Tel quel, Prew trouva l'ensemble extrêmement « professionnel ».

Lorsqu'il entendit les pas décroître dans l'escalier, lorsque la trappe se referma sur lui, il connut pourtant un moment de terrible panique. Le silence était absolu. Les seuls bruits qu'il percevait étaient les battements de son cœur et sa respiration haletante. Il s'en effraya, car il lui semblait tout à coup que c'était là un moyen bien précaire d'entretenir une chose aussi importante que la vie.

Le soir, dans son égarement, lorsque le gardien lui apporta son premier repas, Prew crut que Gras-Double venait le chercher et que ses trois jours de « trou » étaient déjà écoulés. Quand il s'aperçut de son erreur, il se dit qu'il deviendrait fou s'il n'essayait le système préconisé par Malloy. Il se souvint qu'il ne fallait pas manger le pain, se contenta de boire l'eau de la tasse. Puis ce fut une sorte de néant, dans lequel il se plongea de toute sa force.

Une éternité, où, quelques minutes plus tard, une main le secoua, et, revenant à lui, il vit que c'était le sergent Judson.

— Salut, Gras-Double, dit-il, en constatant avec une parfaite lucidité qu'il avait à peine assez de souffle pour pouvoir faire entendre sa voix.

Derrière Gras-Double, il y eut un hoquet de stupéfaction.

Impassible, Judson le gifla, mais Prew ne sentit même pas le coup.

— Encore un dur, constata tristement Gras-Double. Qu'est-ce que tu dirais de trois jours de plus dans le trou, hein, tête de pioche ?

Prew s'esclaffa faiblement.

— Pas la peine d'essayer de m'avoir, sergent. Je sais bien que j'en ai encore tiré qu'un seul jour. Oui, je crois que ça me plairait d'y rester trois jours de plus. J'étais en train de faire un rêve épatant. Disons, six jours de plus, même, et on pourra additionner les neufs jours pour faire mes soixante-douze heures. Hein ! qu'est-ce que tu dis de ça ?

— Un vrai dur, répéta Gras-Double plus tristement.

Et sa grosse patte s'abattit de nouveau :

— Allez, rapplique, salopard.

Ils le mirent sur pied, l'entraînèrent, et il comprit avec stupeur que les trois jours étaient réellement terminés. En sortant, il heurta les neuf tranches de pain empilées près de la porte. Pour une bonne blague, c'était une bonne blague.

— Ouais, s'emporta soudain Gras-Double, je les ai vues, salopard. Mais si tu crois que tu peux te faire sortir du trou plus vite en faisant la grève de la faim, tu te fourres le doigt dans l'œil. On connaît le truc. T'as fait tes trois jours, continua-t-il fièrement. Plus quelques heures, parce que j'étais trop occupé sur le moment pour t'en sortir, et ce sera pareil à chaque fois. La grève de la faim, ça impressionne personne, ici, salopard !

Pour un type comme Gras-Double, c'était un véritable sermon, et Prew, avec une sombre fierté, se dit qu'il l'avait eu, le Gras-Double.

— Pas la peine de faire le malin, conclut le sergent. Tu peux te tenir debout !

Prew s'appuya contre le mur et, sans cesser de sourire, se rhabilla sans hâte. C'était le soldat de première classe Hanson qui accompagnait Gras-Double ; c'était le soldat de première classe Hanson qui avait hoqueté de stupéfaction.

« Je l'ai eu, aussi, le soldat de première classe Hanson », pensa Prew, content.

Hanson lui souriait comme souriait Angelo Maggio quelques instants plus tard, lorsqu'ils poussèrent Prew à l'intérieur de la deux.

Les gars de la deux avaient tout rangé pour son arrivée. Même sa couchette était faite, prête à le recevoir. Ils avaient leur orgueil, ces gars-là. Ils avaient conscience d'être des durs, la crème des durs. Ils portaient comme un trophée le numéro de leur baraque, et la réception d'un nouveau était pour eux une sorte de cérémonie.

Angelo vint s'asseoir sur le bord de sa couchette et, fièrement, fit les présentations. Tous approchèrent, un par un, deux par deux, pour écouter Prew raconter son histoire. Berry vint le premier, mais le grand costaud aux yeux pénétrants et rêveurs attendit que Prew fût seul pour approcher à son tour.

Et Angelo raconta alors comment Bloom était mort, sans omettre un détail, pas même la portion de cervelle tartinée au plafond.

— Bon Dieu ! Tu dis qu'il s'est fourré le canon du flingue dans la bouche et qu'il a pressé la détente avec son gros orteil ? répéta Prew, les yeux exorbités.

— Exactement ! grogna Angelo, indigné.

— Et que le pruneau lui a étalé la moitié de la cervelle au plafond ?

— Sûr. Paraît qu'il avait un trou de sept ou huit centimètres derrière le crâne.

— Et y l'ont enterré dans le vieux cimetière militaire ?

— Dame ! Y peuvent pas mettre la main sur sa famille.

— C'est pas un endroit où je voudrais être enterré !

— Moi non plus ! fit Angelo avec une grimace.

— J'aurais voulu sonner aux morts à son enterrement, maugréa Prewitt, je lui aurais joué une vraie sonnerie aux morts. N'importe quel soldat mérite ça..., tenta-t-il gauchement d'expliquer.

— Eh ! merde, répliqua Maggio, embarrassé, avec beaucoup de compréhension ; il est mort, alors, pour ce que ça change...

— Tu peux pas comprendre, dit furieusement Prew.

Le plus douloureux de l'histoire, c'était que lui-même n'arrivait pas à se représenter clairement la chose. La dernière image qu'il avait de Bloom était celle d'un énorme bloc de vitalité indomptable traversant la cour de la caserne pour se préparer à monter sur le ring, après une bagarre qui avait duré une heure et demie !

— Je me demande pourquoi il a fait ça, cria-t-il avec une intensité presque douloureuse.

— D'après moi, dit Angelo d'un ton sagace, il avait peur d'être devenu pédé.

— T'es louf ! Si y en avait un qu'était pas pédé, c'était bien Bloom ! protesta Prew.

— J'ai pas dit qu'il l'était. J'ai dit qu'il avait peur de l'être. C'est pas la même chose.

— Je voulais retourner le voir après la bagarre, confessa Prewitt. Je voulais lui dire que je m'étais pas battu avec lui parce qu'il était juif, ni pour aucun autre truc personnel, mais y m'ont embarqué le soir même...

— Bon sang ! Y s'est pas tué parce que tu l'avais corrigé, si c'est ça que tu veux dire ! s'exclama Angelo.

— Je l'ai pas corrigé !

— Parce que vous vous êtes bagarrés, si tu préfères. Hal avait prédit que Bloom se suiciderait un jour, tu te rappelles ?

Il y eut un long silence, durant lequel ils s'entre-regardèrent, incapables d'analyser quels sentiments suscitait en eux le suicide de Bloom.

— C'est drôle, essaya d'expliquer Maggio. Un type meurt, et il est parti, et y a plus rien à faire. Tout ce qu'il a été, tout ce qu'il a fait dans sa vie... tout est fini, parti, comme ça.

— Ouais, grogna Prew. Mais je voudrais bien savoir pourquoi il a fait cette connerie-là...

Ce fut alors que le costaud à l'étrange regard rêveur vint s'asseoir auprès d'eux sur la couchette de Prew, attirant leur attention comme un aimant attire le fer, et tous deux se tournèrent vers lui avec une sorte de gratitude.

— C'est Jack Malloy, dit Angelo avec le même orgueil que s'il eût présenté à Prew son ami personnel le Nizam de Hyderabad, l'homme le plus riche du monde.

— J'ai pas mal entendu parler de toi, dit Prew, embarrassé.

— Moi aussi, riposta chaleureusement Malloy en lui tendant une poigne grosse comme un jambon. Et je veux te serrer la main, citoyen. Tu es le seul parmi tous les bourrins de cette écurie qui ait bien voulu écouter et suivre mes conseils.

Il avait élevé la voix et, bien qu'il tournât le dos au reste de la baraque, tous les prisonniers assis sur le plancher cessèrent de parler et contemplèrent leur cigarette d'un air absorbé.

— Si j'avais douze types comme toi, citoyen, une douzaine, pas plus, qui fassent ce que tu as fait, continua Malloy d'une voix forte, dans trois mois, papa Thompson et Gras-Double seraient à l'asile d'aliénés. Il y en aurait deux autres pour les remplacer, bien sûr, et tout serait à recommencer, mais l'établissement disciplinaire le plus sévère de toute l'armée des Etats-Unis deviendrait aussi l'affectation la plus dure de toute l'armée des Etats-Unis, et, lorsque nous en aurions envoyé suffisamment à la suite de Gras-Double et de papa Thompson, ils n'auraient plus qu'à fermer boutique et à laisser chacun rentrer chez soi.

Le soldat de carrière toujours en éveil chez Prewitt se demanda si « chacun chez soi » voulait dire « chacun dans son unité » ou « chacun chez soi, dans la vie civile ».

Personne ne protesta. L'impression générale semblait être que Jack Malloy était parfaitement capable de faire ce qu'il disait. L'atmosphère de la deux, songea Prew, dégageait également une autre impression qu'il n'avait jamais ressentie à la trois : l'impression qu'on y pouvait tout dire, absolument tout, à haute voix. C'était une impression bougrement agréable.

— Une cigarette, citoyen ? lui proposa Jack Malloy en lui tendant un paquet de toutes faites.

Il avait repris sa voix normale, et tous les autres se remirent à fumer et à bavarder en sourdine.

— Oh ! des toutes faites, dit Prew, embarrassé. Merci. Si vous sortiez un peu ce que vous avez dans le crâne ? Y a une semaine que je me creuse la cervelle à me demander ce que c'est.

Il s'était tourné instinctivement vers Jack Malloy, qui lui répondit :

— C'est Angelo qui en a eu l'idée, c'est à lui de le raconter.

Et Prew songea soudain qu'il n'avait jamais vu de tendresse comparable à celle qui emplissait le regard de Jack Malloy, furtivement posé sur Angelo Maggio. Ça valait ça, exulta-t-il secrètement, ça valait dix jours dans le trou, de se trouver ici parmi de tels hommes.

Angelo fit un pas vers le fond de la baraque, où se trouvaient les deux sièges sanitaires. Il avait retrouvé l'expression rusée et mystérieuse qui avait frappé Prew, à la carrière, chaque fois qu'Angelo faisait allusion à son plan.

— Alors, venez par ici, dit le petit Italien.

— Prew n'a peut-être pas envie de se lever, suggéra doucement Jack Malloy.

— Alors, faudra qu'il attende, dit Angelo avec emphase. Si j'en parle, j'en parlerai là-bas, où y a personne.

— Bon, ça va, j'arrive, dit Prew.

Et ce fut assis sur le couvercle baissé d'une des lunettes, avec Angelo juché en face de lui sur le second siège et Jack Malloy debout à sa droite contre l'évier de fonte, que Prew écouta le récit du plan secret, du rêve mirifique d'Angelo Maggio.

— J'en ai jamais parlé qu'à Berry et à Malloy, expliqua Maggio. Y a personne d'autre qu'est au courant, pas vrai, Jack ?

Prew regarda le visage de Malloy, et le visage de Malloy était parfaitement expressif.

— C'est vrai, citoyen, dit-il avec douceur.

— S'ils étaient au courant, y en a peut-être un qui l'essaierait avant moi, gronda sauvagement Maggio, et c'est celui qui l'essaiera le premier qu'aura toutes les chances de réussir. Après, macache. Papa Thompson, c'est pas un idiot, et Gras-Double non plus. Puisque c'est moi qu'y ai pensé, j'ai le droit de l'essayer le premier, pas vrai, Jack ? conclut-il anxieusement.

— Sûr, riposta Jack Malloy, le visage toujours expressif. Et, pour dire vrai, personne d'autre n'aurait le cran de le faire.

Maggio se tourna vers Prew.

— Voilà, dit-il. Le type qui reste vingt et un jours dans le trou est envoyé automatiquement à l'hosteau, section des maladies mentales. J'ai jamais entendu parler d'un cas semblable, mais c'est la règle. Alors, voilà ! Je vais faire explosion à la carrière et sauter sur le garde en brandissant mon marteau.

— Mais tu vas te faire descendre ! s'exclama Prew.

— Sûr, mais y a pas moyen de faire autrement. Et si je me dirige vers le gardien, au lieu de m'en éloigner, y a de grandes chances pour qu'y tire pas. Y me flanquera simplement un coup de crosse sur la gueule.

— Y te passeront drôlement à tabac, après un coup pareil, dit Prew.

— Bien sûr, mais qu'est-ce que ça peut me foutre ? Y pourront pas me faire pire que ce qu'y m'ont déjà fait ! Tout ce qu'y peuvent faire, c'est de rallonger la sauce, et, quand ça se prolonge trop, on finit par plus rien sentir, pas vrai ?

Il fit claquer ses doigts, et Prew sentit une sorte de crampe naître au creux de son estomac. Vingt et un jours de pain et d'eau ; vingt et un jours de silence, de cécité. L'enfer. Un avant-goût de la mort.

— Et ensuite, y t'expulseront de l'armée, dit-il, la gorge serrée.

— Sûr ! Et qu'est-ce que j'y perdrai ?

— Tu pourras pas trouver de boulot sans montrer tes papiers, dit Prew.

— Du boulot ? Très peu pour Maggio. J'irai au Mexique et je me ferai cow-boy ou quelque chose comme ça. Dis-moi que t'es pour, Prew ?

— Je suis pour, dit Prewitt gravement.

— Ohé ! La vie est belle, jubila l'Italien.

Il s'éloigna. Squelettique, jambes arquées, bras filiformes et épaules étroites, digne représentant de cette nouvelle race de troglodytes pour qui les muscles sont superflus, les métros, bus, ascenseurs, et toute la lyre remplaçant avantageusement les jambes, les bras et les dos musculeux de jadis. Un produit de la civilisation du XXe siècle. Il irait au Mexique et se ferait cow-boy ! Seigneur ! ricana désespérément Prew.

Il se glissa sous sa couverture, et ce fut alors, et alors seulement, que Berry et les autres gars recommencèrent à circuler à travers la baraque. Oui, c'étaient des durs, les gars de la deux, c'étaient des durs entre les durs, c'était la crème de la crème.

CHAPITRE XXXVIII

Milton Anthony Warden, qui, depuis le jugement de Prewitt, était sorti chaque après-midi avec Karen Holmes, ne se demandait nullement pourquoi Bloom s'était suicidé. Il suffisait amplement qu'il se fût suicidé et que le travail consécutif à ce suicide mît un terme à la vie privée de Milt Warden aussi efficacement que si le Troisième Reich eût envahi New York ou que les Japonais eussent attaqué Pearl Harbor en plein midi.

Lorsqu'ils s'étaient retrouvés, affamés l'un de l'autre et heureux comme des collégiens, quand la compagnie était rentrée de l'aérodrome d'Hickam, Karen, délicatement, avait fait comprendre à Milt qu'elle n'exigerait jamais de lui qu'il suivît le programme d'instruction accélérée pour passer officier, et Milt avait aussitôt répondu qu'il était fermement décidé à le suivre. Il le ferait pour elle, rien que pour elle, et tout ce qu'elle pourrait dire ne changerait rien à ses intentions. Sur quoi Karen s'était mise à pleurer de tendresse et d'admiration, et les choses s'étaient arrêtées là.

Ils s'étaient revus le lendemain, et le surlendemain et les jours suivants. Ils parcouraient l'île en tous sens, dans la vieille Buick du capitaine Holmes, Milt en short, les pieds nus, dans des sandales, Karen en bikini et soutien-gorge assorti. Ils s'arrêtaient pour nager lorsque l'envie les en prenait et pour faire l'amour à chaque fois que Milt en avait envie. Karen ne détestait pas ça, bien sûr, mais estimait qu'il y avait tout de même d'autres moyens de prouver son amour ; toutefois elle ne se refusait pas aux joutes amoureuses, et ces longs après-midi passaient comme des rêves.

Au bout de quelques jours, lorsqu'elle lui demanda s'il avait fait sa demande, il répondit qu'elle était en route et nota dans un coin de son esprit de la rédiger, de la faire signer par le capitaine Holmes et de l'expédier avec le courrier du lendemain. Mais, une fois de plus, il ne put s'y résoudre. Il n'avait foutre pas l'intention de renoncer à ces après-midi merveilleux pour suivre des cours stupides. L'avenir était un placement trop vague pour qu'il pût y risquer tout son capital. Au diable l'avenir, tant qu'il lui resterait ses après-midi de farniente et d'amour.

Bien sûr, il y avait l'échange des anciens Springfield contre les nouveaux M-1 Garand, que Leva ne pourrait pas faire tout seul, et le programme de réforme des cadres, attendu depuis si longtemps, qui nécessiterait un monceau de paperasserie administrative. Mais il y avait eu, avant ça, l'échange des vieilles baïonnettes noires contre les baïonnettes chromées, et l'histoire de Prew, et Warden avait réglé tout ça sans manquer un seul de ses après-midi. Le gouvernement s'apprêtait peut-être à entrer dans la bagarre, mais il n'était pas encore dans la danse. Et cette perspective n'était après tout qu'une raison de plus de profiter de la vie pendant que c'était encore possible. Quant aux dangers de sa double existence, Milt Warden n'en avait cure. S'il y avait au monde quelqu'un qui n'avait jamais laissé tomber Milt Warden, c'était bien Milt Warden lui-même.

Ce qu'il n'avait pu prévoir évidemment, c'était qu'un imbécile se ferait sauter le caisson dans sa propre compagnie ! L'armée a horreur des suicides encore plus que des meurtres, surtout en cette époque incertaine de préhostilités. Il y eut un nombre presque infini de rapports à établir, pour démontrer que la responsabilité de l'armée ne pouvait, en aucun cas, être mise en jeu. L'enfant de salaud aurait pu tout au moins avoir la décence de donner à son suicide l'allure d'un accident, en se balançant du haut d'une falaise ! rageait Warden.

Après que la mort de Bloom eut été officiellement constatée, Milt put faire un saut en taxi jusqu'à Wahiawa et téléphoner à Karen, de l'arrière-boutique d'un cafetier chinois, qu'il connaissait depuis longtemps. Elle se préparait à partir pour venir le rejoindre et elle entra en rage. Les téléphonistes militaires affectés au standard de la garnison connaissaient par cœur tous les numéros du quartier des officiers et se montraient volontiers aussi bavards que n'importe quelle standardiste féminine, surtout lorsqu'il s'agissait d'un officier. Milt avait toujours évité le plus possible d'utiliser le téléphone et, lorsqu'il devait s'y résoudre, utilisait une sorte de langage secret. La colère de Karen se calma lorsque Milt lui eut appris qu'il lui parlait de Wahiawa et que la communication devait en conséquence passer par le réseau civil avant d'être transmise au standard de la garnison, mais elle lui demanda tout de même de raccrocher et d'attendre qu'elle le rappelât d'une des cabines publiques de la cantine. Ce n'était là qu'une des nombreuses petites choses que l'on ne prévoit pas lorsqu'on tombe amoureux d'une femme mariée.

Il eut un mal de chien à lui faire comprendre ce qui était arrivé. Leur code secret n'avait pas prévu de traduction pour le suicide d'Isaac Nathan Bloom.

— Mon Dieu, mais qu'allons-nous faire ? demanda-t-elle lorsqu'elle eut enfin saisi. Avez-vous pensé à ce que nous allions faire ?

— Oui. Ce nouveau travail va me prendre sans doute près d'un mois. J'ai donc bien peur qu'il faille remettre à plus tard la réunion prévue. Votre frère va-t-il prochainement retourner aux Etats-Unis pour ses affaires ? (Ce qui signifiait en langage clair : « Dana Holmes va-t-il bientôt retourner à l'une de ses partouses ? »)

— Vous savez ce que c'est, répondit calmement la voix de Karen. Rien n'est prévu d'avance. Il y a un certain temps qu'il n'y est pas allé, et je pense que ses supérieurs ne tarderont guère à le convoquer, mais il est impossible de dire exactement dans combien de temps.

Ainsi, Dana irait sans doute bientôt refaire une petite orgie au club des officiers, mais Karen jugeait imprudent de profiter de l'occasion lorsqu'elle se présenterait.

— Mais je ne voudrais pas remettre la réunion à plus tard, dit-il sauvagement.

— Moi non plus, riposta la voix avec le même calme incroyable. Toutefois, les affaires quotidiennes de mon frère ne permettent guère, non plus, de faire des projets...

Cela signifiait sans doute que les sorties habituelles de Dana, au club, ou dans les bars, ou bien en ville, avec une souris quelconque, ne pouvaient être considérées comme des occasions propices.

— Je crois que le mieux que nous puissions faire est d'attendre que votre frère retourne aux Etats-Unis, dit laborieusement Warden.

Il craignit un instant qu'elle n'eût point compris, mais ce fut de la même voix paisible qu'elle lui répondit :

— Le hic, c'est que j'ignore absolument quand il y retournera. Et malheureusement je n'ai aucun moyen de vous toucher en temps utile.

Cela signifiait qu'elle refusait de lui téléphoner.

— Je pourrais peut-être le lui demander et me mettre en rapport avec vous ? insista-t-il désespérément.

— Mais par quel moyen pourrez-vous me joindre ? questionna la voix paisible.

Cela signifiait, bien entendu, qu'elle ne voulait pas qu'il lui retéléphonât. Même s'ils ne devaient pas se revoir avant un mois !

— Mais sacré bon sang ! s'exclama Warden, incapable de refréner plus longtemps sa propre colère. Cette réunion est très importante pour moi. Je la dois à tout un tas de gens...

— Vous croyez peut-être que je ne suis pas déçue moi-même ? trancha la voix, un ton plus haut.

« S'il y a un opérateur en train d'écouter sur la ligne, y a pas de danger qu'il y pige quoi que ce soit, songea Warden avec amertume ; il doit plutôt nous prendre pour une paire de cinglés ! »

Il la voyait si bien assise dans la cabine, avec la porte refermée sur elle pour plus de sécurité. Elle devait porter une de ses robes imprimées, au large décolleté carré, si audacieusement féminines sans jamais tomber dans l'affectation ni dans l'indécence. Est-ce qu'elle se rendait compte à quel point elle l'excitait ? Elle disait toujours qu'elle ne s'en rendait pas compte, mais il ne la croyait qu'à demi.

Warden eut envie d'arracher le téléphone et rêva d'étrangler Alexandre Graham Bell qui avait inventé cet instrument de torture.

— *All right !* dit-il. Je vais tâcher de terminer mon travail en une semaine. Est-ce que ça ira comme ça ?

— Ce serait merveilleux, si vous le pouviez, répondit la voix paisible.

Il aurait voulu raccrocher sur une note glaciale, mais il ne put s'empêcher d'ajouter, avec une anxiété beaucoup trop évidente :

— Alors, aujourd'hui en huit. Au même endroit. D'accord ?

— D'accord, mon cher ami, dit la voix lointaine.

Il raccrocha, sachant parfaitement qu'elle n'en dirait pas plus long au téléphone, et réintégra le bar d'Al Chomu.

Dire qu'on appelait ça le sexe faible ! Des clous, oui ! C'étaient les femmes qui gouvernaient le monde, et nul ne le savait aussi bien qu'un homme amoureux !

Un mois de boulot ? Et alors ? Pourquoi diable serait-ce impossible ? S'il y avait dans toute l'armée un seul homme capable de régler une affaire de suicide en une semaine, c'était bien le sergent-chef Milton Anthony Warden !

Il bondit dans son taxi, sachant tout à coup qu'il lui faudrait épouser cette femme, pour l'amour de laquelle il se sentait dans des dispositions aussi combatives, regagna la caserne et plongea en rugissant dans le vif de la question.

Ce fut également au cours de cette folle semaine, durant laquelle il se coucha tous les soirs aux environs de minuit, qu'il se mit à faire joujou avec l'idée de prendre la permission de rengagement de trente jours qu'il avait toujours différée depuis qu'il était entré à la G, il y avait plus d'un an de cela. Il restait longuement éveillé, dans son lit, s'imaginait seul avec elle, canne à pêche au poing, luttant avec quelque belle prise, au large de la côte de Kona, ou bien encore à Wailuku, dans quelque auberge rustique renommée pour sa bonne chère. Il possédait six cents dollars, six cents dollars qu'ils pourraient gaspiller tous les deux à leur guise, pendant ces trente jours enchantés ! Il était rudement content d'avoir songé à mettre de côté la moitié de ses gains chaque fois qu'il avait fait un coup fumant au poker !

Milt Warden était bel et bien cuit.

Il savait, évidemment, que tous ces projets n'étaient que rêves, mais qu'importait après tout puisque, au fond de lui-même, il ne croyait pas vraiment en la possibilité de les voir se réaliser un jour. Il se contentait de les rêver, parce qu'ils l'aidaient à s'endormir et qu'il avait besoin de sommeil s'il voulait venir à bout de ce suicide...

Karen était ravissante, lorsqu'elle le rejoignit, huit jours plus tard, à l'endroit habituel, au jour convenu, mais il ne la désira pas plus, sur le moment, qu'un mari ne désire son épouse légitime par un jour de grosse chaleur, et il ne put s'empêcher d'en éprouver quelque inquiétude. Il grimpa auprès d'elle, parmi les cris aigus de la foule asiatique, se renversa contre le dossier du siège et alluma une cigarette sans même lui dire bonjour.

CHAPITRE XXXIX

Le soir même du jour où Milt lui avait téléphoné pour la mettre au courant du suicide catastrophique d'Isaac Nathan Bloom, Karen apprit, par le truchement de son propre mari, ce qu'elle soupçonnait depuis longtemps déjà, mais qu'elle n'avait jamais eu l'intention de demander à Milt lui-même : à savoir que le sergent-chef Milton Anthony Warden n'avait encore rien fait pour suivre le programme d'instruction accélérée qui lui permettrait de passer officier. Holmes s'était montré particulièrement amer sur ce point, car si Warden se décidait à faire sa demande — et devenait, par la suite, l'excellent officier qui, selon Holmes lui-même, dormait en lui — le mérite de l'avoir « formé » reviendrait au capitaine de la Compagnie G et compenserait largement la mauvaise impression produite par le suicide de Bloom. Les temps avaient certainement bien changé ! Il fallait à présent qu'un officier suppliât un homme de troupe pour qu'il condescendît à devenir officier, et encore, rien ne prouvait que ledit homme de troupe se laisserait finalement convaincre ! De tout ce discours imprégné d'amertume, Karen n'avait retenu qu'une seule chose : Milt lui avait menti ; pendant ces quinze jours du plus grand bonheur qu'elle eût jamais connu, et durant lesquels elle s'était délibérément abstenue de le questionner pour lui prouver sa confiance en lui, il l'avait tout aussi délibérément menée en bateau !

Elle avait projeté de l'en punir avec usure, préparant soigneusement les paroles acérées qu'elle lui dirait, puisant d'avance dans son amour des trésors de cruauté et farouchement déterminée à lui faire boire la coupe jusqu'à la lie avant de se laisser fléchir ; mais lorsqu'elle le vit se hisser près d'elle, avec son visage défait, elle comprit que quelque chose de grave s'était passé, et ses projets de vengeance s'évanouirent instantanément, chassés par une vague submergeante de tendresse maternelle et de colère meurtrière à l'égard de quiconque avait osé lui faire du mal.

Ils atteignaient le bout de la rue de l'Université lorsqu'il jeta sa cigarette par-dessus bord et se décida enfin à parler.

— Et voilà, conclut-il au moment précis où elle stoppait la voiture à l'ombre d'un bosquet, non loin du vaste parc de stationnement de la baie d'Hanauma. Ce salopard de Leva s'est fait muter, et je suis dans le pétrin jusqu'au cou.

— Il n'y a rien d'autre que tu aurais pu faire ?

— Si. J'aurais pu le persuader d'y renoncer une fois de plus.

— Non, trancha Karen d'un ton catégorique. Pas si tu es vraiment Milt Warden.

— Ça n'aurait pourtant pas été la première fois, grogna Warden, écœuré.

— Alors pourquoi ne l'as-tu pas fait, cette fois-ci ? triompha-t-elle.

— Pourquoi ? explosa-t-il. Parce que je voulais voir si cette espèce d'enfant de salaud y renoncerait de son propre gré. Et, naturellement, il n'en a rien fait !

— Tu croyais qu'il le ferait ?

— Foutre non, mentit Warden.

Elle ne répondit pas tout de suite.

— Alors il va falloir que nous renoncions à nous voir tous les après-midi pendant un temps indéterminé ? chuchota-t-elle enfin.

— Quelque chose dans ce goût-là, oui, grogna Warden.

— Oh ! Milt. N'y a-t-il vraiment rien que nous puissions faire ?

— Je me demande quoi. A moins que tu puisses sortir le soir.

— Tu sais bien que c'est impossible.

— Tu le feras quand je serai officier, pas vrai.

— Oui, mais ce ne sera pas la même chose. Ce sera pour de bon...

— O.K. ! Tu as une autre idée ?

— En travaillant dur, tu ne pourrais pas faire toute la paperasserie le matin ?

Warden se remémora la somme de travail incroyable qu'il avait abattue au cours de la semaine écoulée et faillit lui rire au nez nerveusement.

— Je le pourrais, oui, dit-il, mais cette fois-ci ce n'est pas tellement une question de travail, c'est plutôt une question de présence pendant les heures de service. Il faudra des mois avant que la situation commence à s'éclaircir.

— Alors tu ne pourras pas t'absenter ? Cela risquerait de compromettre tes chances de devenir officier, et ce n'est pas ce que nous voulons.

— Non, dit Warden sans conviction, ce n'est pas ce que nous voulons ! Rien d'autre ?

— Ecoute, chéri, dit-elle avec conviction, s'il faut que nous cessions de nous voir pendant quelque temps pour préserver notre avenir, eh bien ! il faut que nous le fassions.

— Tu as tout prévu, pas vrai ? O.K. ! Disons que nous devons cesser de nous voir pendant quatre mois. Pour préserver notre avenir, comme tu dis. Et encore, je suis optimiste. Mais as-tu songé que, dans un an d'ici, nous pouvons très bien être en guerre ?

— Je ne le crois pas. Mais, de toute façon, je n'y peux absolument rien.

— Tu peux noter ça sur ton calendrier. Le 23 juillet 1941, Milt Warden a déclaré que dans un an les Etats seraient en guerre. Et je ne serais pas étonné que ce soit dans beaucoup moins d'un an, marmonna-t-il, noircissant les choses avec une sombre joie.

— Très bien, dit paisiblement Karen. Supposons qu'avant une année nous soyons en guerre. Cela signifie-t-il que tout ce qu'il y a eu entre nous doive être automatiquement effacé ? Cela signifie-t-il que les plans dressés pour notre avenir doivent être abandonnés ? Et que ferons-nous, dans ce cas, après la guerre ?

— Je n'ai pas dit ça, protesta Warden, que tant d'incompréhension commençait à rendre enragé. J'ai dit qu'il était stupide de vivre toute sa vie dans l'attente de l'avenir, alors qu'il n'y aura peut-être pas d'avenir. Faisons des plans pour l'avenir, d'accord, mais que ça ne nous empêche pas de vivre également dans le présent.

— Et moi, riposta Karen, je dis que, si quelque chose doit souffrir, ce doit être plutôt le présent, pour la sauvegarde de l'avenir !

— Et moi, contre-attaqua furieusement Warden, je dis que, si nous ne pouvons plus avoir nos après-midi, nous pouvons prendre une nuit de temps en temps, même si c'est un peu plus dangereux. Nous n'aurons sans doute même pas ça, dans un an d'ici.

— Tu connais mon opinion là-dessus, dit Karen d'une voix nette. As-tu quelquefois pensé à ce qui arriverait si nous étions surpris ensemble ? Un homme de troupe avec la femme d'un officier ? Et pas n'importe quel officier, s'il vous plaît ! La femme du commandant de sa propre compagnie !

— Mais je m'en fous, des risques ! s'emporta Warden. Quand on est à la veille d'une guerre, le mieux qu'on puisse faire est de vivre au jour le jour. Si tu avais été en Chine, tu comprendrais ce que je veux dire.

— Peut-être, dit ironiquement Karen, mais dis-moi si c'est en vertu de cette philosophie que tu t'es abstenu de toute initiative au sujet du programme d'instruction... Tu prétendais cependant avoir fait ta demande ?

Warden avait été sur le point d'étayer sa théorie par des arguments irréfutables, mais cette question l'arrêta net.

Il y eut un très long silence.

— Oui, dit-il enfin d'une voix étranglée. C'est pour ça.

— Alors, répliqua Karen d'une voix de glace, je ne vois pas pourquoi je courrais de tels risques dans le seul but de te procurer quelques nuits agréables. Et c'est probablement tout ce que tu cherches, puisque tu refuses de faire la seule chose qui pourra nous permettre de nous marier plus tard !

— Je l'ai fait, je veux dire : je l'ai pas fait, parce que je voulais pas que leurs fichus cours nous privent de nos après-midi, s'enferra Warden. C'est pour ça que je l'ai fait.

— Et pourquoi ne me l'as-tu pas dit, au lieu de me mentir ?

— Parce que je savais foutre bien que tu réagirais comme tu viens de le faire.

— Tu n'as jamais pensé que je n'aurais peut-être pas réagi comme ça, si tu avais été sincère ?

» Tu étais sincère, Milt, au début. C'est même cela qui m'a attirée vers toi. Tu disais ce que tu pensais, sans détours, sans fioritures, et au diable les conséquences ! Je cherchais cela, quand nous nous sommes rencontrés, un homme fort, inflexible, et j'ai cru que tu étais tout ça. Je me suis trompée.

— J'en ai autant à ton service, coupa Warden, mauvais. Tu étais dure comme un roc, au début, et te voilà devenue si pleurnicharde que je ne peux même plus te dire la vérité, parce que tu ne la supporterais pas. La première fois, chez toi...

— Tu crois peut-être que c'est facile de te faire confiance, coupa-t-elle. Combien de fois je t'ai vu déshabiller des yeux les filles qu'on croise dans les rues — même quand on les croise en auto à quatre-vingts à l'heure — et les conduire mentalement au dodo sans même te rappeler que je suis assise auprès de toi !

— Oh ! dit Warden, suffoqué. Et combien de fois je t'ai regardée partir en me disant que tu allais dormir dans la même chambre que l'autre enfant de salaud et peut-être dans le même lit, pour ce que j'en sais !

Ils restèrent longuement silencieux, meurtris, mais conscients d'avoir dit ce qu'ils avaient à dire, égarés dans l'éternel antagonisme des deux sexes.

— Je ne me suis jamais senti aussi misérable que depuis que je te connais, dit enfin Warden.

— Moi non plus, dit Karen.

— Mais je n'en regrette pas une seule minute.

— Moi non plus, dit Karen, souriante.

Et elle le regarda, les yeux brillants, les lèvres entrouvertes, avec cette expression avide, ardente, qu'il connaissait si bien et qui lui donnait chaque fois un furieux désir d'elle.

— Oh ! toi ! gronda sourdement Warden. Dire que je suis parvenu à me faire ma place au soleil sans jamais transiger, sans jamais lécher les bottes de personne, et voilà, maintenant, qu'il faut que je devienne officier, le symbole même de tout ce que j'ai toujours détesté ! Toute ma vie, je me suis bagarré pour rester sincère. As-tu jamais vu un officier sincère avec lui-même ? Moi, jamais.

Elle le regarda pensivement et dit enfin d'une voix lente :

— Alors, tu ne peux pas faire ça, Milt.

— Si. Non seulement je peux, mais je vais le faire, brailla Warden, soudain gonflé d'une force de géant. Je les aurai jusqu'au trognon, tu verras.

— Mais, Milt, je ne veux pas être l'appât, Milt. Je t'aime. Je veux t'aider, non te faire du mal.

— Ecoute, coupa Warden avec un brusque enthousiasme, j'ai une perme de trente jours à prendre et six cents dollars à la banque. On ira où tu voudras, nous deux, et on va se payer du bon temps que personne pourra jamais nous reprendre, guerre ou pas guerre, quoi qu'il puisse arriver.

— Oh ! Milt, fit-elle doucement, et il y avait tant d'amour dans sa voix que Warden se sentit soudain épanouir d'un plaisir inconnu de lui jusqu'alors. Oh ! Milt, ce serait merveilleux. Tous les deux, rien que toi et moi, sans avoir besoin de se cacher ni de jouer la comédie. Oh ! Milt, ce serait merveilleux.

— Ce sera merveilleux, rectifia Warden.

— Non, Milt, car je ne pourrai pas m'absenter aussi longtemps. C'est un rêve merveilleux, mais ce n'est qu'un rêve. Je ne consentirai pas à laisser Junior seul pendant tout un mois.

— Pourquoi pas ? s'obstina Warden. Tu le quitteras pour de bon, un jour ou l'autre, pas vrai ?

— Bien sûr, dit Karen, mais ce n'est pas la même chose. Jusqu'à ce que tout soit décidé, j'ai une responsabilité envers lui. Le pauvre petit aura suffisamment la vie dure avec l'avenir que son père lui a choisi. Je lui dois au moins ça. Et comment justifier mon absence pendant tout un mois ? Dana soupçonne déjà quelque chose, et si...

— Laisse-le soupçonner autant qu'il voudra, l'enfant de salaud ! Il a été régulier avec toi, peut-être ? aboya Milt.

— Mais il faut que nous gardions le secret jusqu'à ce que tu sois officier et sorti de sa compagnie, Milt, tout le succès de nos projets en dépend.

— Je sais, murmura Warden, mais il y a des moments où ça me met hors de moi.

— Je pourrais m'absenter pendant dix jours, Milt, mais pas pendant un mois, dit rêveusement Karen. Tu pourrais peut-être prendre ta permission, et je te rejoindrais, une semaine plus tard, et je resterais avec toi pendant dix jours. Comme ça, peut-être...

Warden essayait de diviser son rêve par trois, et c'était un drôle de boulot. Malheur ! Ils n'arriveraient même pas à dépenser 600 dollars en dix jours !

— Oh ! Milt, j'en serais tellement heureuse. Mais pas pendant un mois, Milt. C'est impossible...

— O.K. ! murmura Warden, doucement. O.K. ! bébé. Dix jours, ce sera déjà très beau.

Sa large main caressait délicatement la nuque fragile qui lui donnait toujours un sens aigu de sa propre force et de sa dangereuse maladresse.

— Dix jours, mais c'est le bout du monde, bébé. Ne t'inquiète pas, tu verras que tout ira bien.

— Je ne pourrai plus supporter ça très longtemps, Milt, sanglota Karen, le visage appuyé contre la chemise kaki et humant l'odeur mâle. Non, je ne le supporterai plus très longtemps.

Warden sentit tout son sang monter jusqu'à ses yeux, et il lui sembla tout à coup, bizarrement, que le paysage se colorait de rouge.

— Allons, allons, dit-il. Tu verras, bébé, que tout ira bien. Descendons jusqu'à la plage, maintenant, tu veux ? Nous allons faire trempette, puis nous prendrons une chambre quelque part et...

Il comprit sur-le-champ qu'il avait commis une erreur de tactique.

Karen, redressée, le regarda bien en face, les yeux perçants comme ceux d'un chat, le visage encore sillonné de larmes.

— Ce n'est pas seulement une question de désir animal, Milt, n'est-ce pas ? Tu veux bien davantage, Milt, dis ? Il y a autre chose que ça dans l'amour, Milt, dis-moi qu'il y a autre chose que ça dans ton amour.

Warden examina soigneusement, longuement, son amour, à travers la lentille grossissante du désir animal.

— Pas vrai, Milt ?

— Mais oui, chérie. Il y a bien autre chose...

Inutile d'essayer de lui expliquer que l'un n'allait pas sans l'autre. Il venait de la désirer furieusement et la désirait encore, mais il savait à présent que l'amour animal ne serait pas pour aujourd'hui, et ce fut sans enthousiasme qu'il ajouta :

— Viens, maintenant, allons nous baigner.

— Mais est-ce qu'il ne faut pas que tu rentres à la caserne ? demanda-t-elle d'une voix pleine d'appréhension.

— Au diable la caserne !

— Non, fit Karen, catégorique. Je ne te laisserai pas faire ça. J'en ai autant envie que toi, mais ce serait une folie. Je vais te ramener en ville, et tu prendras un taxi jusqu'à la caserne.

— O.K. ! bébé, dit Warden. Je voulais pas nager, de toute façon.

Il était épuisé. Il n'avait plus envie de rien, ni de se baigner ni de faire l'amour, c'était trop de business pour y arriver, il fallait dépenser trop de salive en arguments de toutes sortes. Docile, il se laissa reconduire en ville.

Karen tenait fièrement son volant, avec l'air de consentir un gros sacrifice, comme un boy-scout en train d'accomplir sa bonne action quotidienne.

— Tu m'écriras quand tu connaîtras la date de ta permission ? Tu mettras ta lettre dans une enveloppe ordinaire et tu me l'enverras de la ville. Au lieu de me téléphoner. Ce n'est pas trop demander, n'est-ce pas ?

— Non, soupira Warden. Ce n'est sûrement pas trop demander.

Après ça, elle voulut absolument rester au coin de la rue jusqu'à ce qu'elle l'eût vu monter dans un taxi de Shofield. Il n'osa même pas se risquer à aller boire un verre au *Chat noir* avant de regagner la caserne et la vit passer à quelques mètres de lui, au volant de la vieille Buick d'Holmes, tandis que le taxi achevait de se remplir.

« Cette dégoûtation de Buick de Dana », se répéta-t-il furieusement. (Il appelait presque toujours Holmes Dana, en esprit ; coucher avec la femme d'un type engendrant apparemment une sorte d'intimité secrète. Probablement pour ça que l'armée punit si sévèrement les hommes de troupe qui s'offrent les femmes des officiers.) La Buick de Dana ! Karen aimait Milt, bien sûr, mais elle était toujours la femme de Dana, c'était de lui qu'elle tenait la sécurité, la liberté et l'argent qui lui étaient nécessaires pour pouvoir entretenir avec Milt Warden des rapports illégitimes. Un argent qui tombait régulièrement tous les mois et non de temps à autre, comme celui qu'il gagnait au poker. Cette sécurité, Milt Warden ne pourrait la lui offrir avant de nombreuses années. Cette liberté, Milt Warden ne pourrait jamais la lui offrir, s'avoua-t-il avec franchise.

La Société, la Respectabilité, la Tradition, la Moralité, le Temps, la Sécurité (particulièrement la sécurité), tout penchait en faveur de Dana, sans parler de l'expérience multiséculaire d'innombrables générations de maris cocus, qui prouve que la femme adultère finit généralement par se lasser de l'amour et revient un beau jour vers la sécurité. Ce n'était qu'une question de patience.

Oui, cet enfant de salaud, avec sa grosse assurance de bourgeois, détenait en fin de compte tous les atouts. Et le plus terrible, c'était que, pour lutter contre ça, Milt Warden ne disposait même plus de cette énergie farouche et illimitée qui avait toujours fait sa force et son orgueil. Car, depuis qu'il aimait Karen, Milt Warden n'était plus absolument libre d'agir à sa guise. Elle pouvait tout exiger de lui, même qu'il devînt officier. Il était en son pouvoir comme Dana ne l'avait jamais été, parce qu'il l'aimait, lui, et qu'il le lui avait avoué, et qu'il se l'était avoué à lui-même.

L'ennuyeux, c'était qu'il ne pensait jamais à toutes ces choses-là lorsqu'il était avec elle. Lorsqu'il était avec elle, il ne pensait qu'à goûter le bonheur d'être éperdument amoureux.

Il rédigea sa fameuse demande le soir même, la signa, la déposa sur le bureau d'Holmes, termina rapidement les dernières pièces du dossier Bloom et s'installa confortablement sur sa chaise pour attendre la soupe et les événements.

Le capitaine Holmes ayant trouvé la demande signée sur son bureau, cette heureuse surprise le disposa si agréablement envers son sergent-chef qu'il lui offrit sur-le-champ une permission de trois jours. Warden se fit un devoir de la refuser, étant donné l'état lamentable dans lequel se trouvait l'administration de la compagnie. Mais, lorsque la pagaille se serait atténuée, est-ce qu'il pourrait prendre sa permission de rengagement de trente jours ? Devant cette requête inattendue, la bonne humeur du capitaine Holmes s'assombrit visiblement.

— Grand Dieu, sergent ! Trente jours ! Mais c'est impossible ! Vous le savez aussi bien que moi. Je vous signerais volontiers une permission de trois jours ; deux permissions consécutives de trois jours, si vous le désirez. Et vous pourriez prendre par la suite votre permission intacte. Mais trente jours dans les circonstances actuelles ! Vous n'y pensez pas, sergent !

— Il y a plus d'un an que cette permission m'est due, insista Warden, implacable.

La bonne volonté du capitaine Holmes fondait comme neige au soleil.

— D'après le règlement, vous n'y avez même plus droit, sergent. Toute permission de rengagement reportée à plus de trois mois est annulée. Vous auriez dû la prendre à bonne date.

— C'est pour remettre la G sur pied que je n'ai pas pris ma permission de rengagement, mon capitaine, riposta Warden.

— Mais trente jours ! Dans les circonstances actuelles ! C'est tout simplement impossible !

— C'est pour le bien de la compagnie que je l'ai toujours remise, mon capitaine, insista Warden.

Il ne menaçait pas ouvertement. Il savait que dans ce cas Dynamite refuserait tout net, par orgueil. Mais la menace était implicite. Et la mutation de Leva était trop récente pour que Dynamite eût oublié qu'il n'était plus le chouchou du vieux Jake Delbert.

— Je vais vous dire quelque chose, sergent, reprit confidentiellement Holmes. Vous serez bientôt officier vous-même et ça pourra vous servir de connaître les ficelles. Et, tout d'abord, asseyez-vous, sergent, asseyez-vous. Que diable, dans deux ou trois mois d'ici, nous nous rencontrerons au club, et vous me battrez au poker, alors, inutile de conserver ce formalisme...

Warden s'assit à contrecœur.

— Ecoutez, sergent, poursuivit Holmes, j'attends ma nomination de major, au G.Q.G. de la brigade, en tant qu'aide personnel du général Slater.

— Nom de Dieu ! s'écria Warden avec la dose de stupéfaction voulue.

Holmes sourit modestement et poursuivit :

— Ceci ne se produira pas avant un mois ou deux, mais est aussi sûr que deux et deux font quatre. Si vous n'étiez pas en voie de devenir officier vous-même et si je n'avais pas cru que cela puisse vous aider, je ne vous en aurais rien dit. Mais lorsque je quitterai cette unité je vous proposerai pour une permission de deux semaines. Qu'en pensez-vous ?

— Je la préférerais maintenant, gémit Warden, et je voudrais les trente jours, puisqu'ils me reviennent de droit...

Dynamite secoua la tête.

— Je vous fais une proposition équitable, sergent. C'est beaucoup plus une proposition de frère d'armes qu'une proposition d'officier, mais, comme vous allez le devenir vous-même, je vous traite d'ores et déjà en égal... Alors, sergent, qu'en pensez-vous ? Deux semaines, dans deux mois d'ici. C'est le mieux qu'il soit possible de faire, étant donné les circonstances.

— Entendu, marmotta Warden.

Inutile d'insister davantage. Lorsqu'on presse une orange au-delà d'un certain point, non seulement il n'en sort plus une goutte de jus, mais on déchire la peau de l'orange.

— Allons, à tout à l'heure, sergent, dit gaiement le capitaine. Il faut que j'aille jusqu'au Q.G.

De la fenêtre de la salle de service, Warden le regarda traverser la cour.

« Deux mois, songea-t-il. Deux longs mois. Il y avait de fortes chances pour que cette vieille toupie de Gert Kipfer réempochât un peu de sa galette, entre-temps. »

Faute de trente jours, il fallait bien en accepter dix. Faute de Karen aujourd'hui, il fallait bien se contenter de l'avoir dans deux mois. Faute d'une permission de trente jours maintenant, il fallait bien accepter une permission de deux semaines dans deux mois. Le Prophète lui-même était allé à la montagne, lorsque la montagne avait refusé de venir à lui. C'était la façon normale de procéder, et personne ne pourrait jamais rien contre ça.

CHAPITRE XL

Pour les hommes de la deux, Jacques Malloy était une énigme. Prew en vint à le connaître mieux que quiconque pendant les « trente » jours que passa Maggio dans le trou. Ce fut pour Prewitt une période aussi pénible que dangereuse. Il avait souvent imaginé les dernières conversations d'adieu, la dernière poignée de main, le soir où Maggio lui annoncerait son intention d'agir le jour suivant. Mais, en réalité, les choses se passèrent d'une façon fort différente...

Il y avait un mois que Prew était à la deux et, malgré son courage fantastique, Angelo n'avait pu se décider encore à passer aux actes. C'était une entreprise presque surhumaine devant laquelle Maggio lui-même ne pouvait s'empêcher de reculer, et, lorsque les événements se déclenchèrent enfin, ce fut pour une raison totalement étrangère à sa volonté, qui surprit tout le monde, y compris Angelo, et rendit les adieux impossibles.

Pour quelque raison obscure connue de lui seul, le gardien Tête-de-Navet Turnipseed avait pris Maggio en grippe ; il rappelait le petit Italien à l'ordre à chaque fois qu'il arrêtait son marteau pour reprendre haleine et le couvrait d'injures particulièrement choisies dès qu'il prononçait le moindre mot ; ce jour-là, pour une peccadille, Turnipseed s'approcha d'Angelo, son mousqueton en travers du bras, et le gifla de toutes ses forces. Prew était assez près du petit Italien pour pouvoir intercepter son regard et, pour la première fois, il ne vit pas trace, au fond de ses yeux noirs, de fureur concentrée. Les yeux de Maggio étaient seulement froids et calculateurs, et Prew retint son souffle. C'était la situation même qu'Angelo avait projeté de créer artificiellement, et il ne trouverait sans doute jamais le courage de la provoquer à nouveau s'il laissait passer l'occasion. L'expression d'Angelo était celle d'un homme qui se voit obligé d'accomplir un geste qu'il eût préféré éviter, sous peine de passer pour un lâche à ses propres yeux.

Lorsque Turnipseed recula pour observer l'effet de sa semonce, Maggio laissa tomber son marteau et sauta à la gorge du gardien avec un long cri de rage. C'était plus que Turnipseed en avait espéré. Pris au dépourvu, il tomba à la renverse, les deux mains d'Angelo solidement crispées autour de son cou. A deux exceptions près, tous ceux qui travaillaient alentour appartenaient à la deux, et personne ne bougea. Turnipseed parvint à se dégager en frappant Maggio à coups de crosse et se releva. Hurlant toujours, Angelo revint à la charge, serrant le garde de trop près pour qu'il pût faire usage de son arme, et Turnipseed n'eut d'autre ressource que de l'assommer avec le canon du mousqueton, exauçant à la lettre les espoirs d'Angelo.

— Salopard ! haleta Turnipseed, le souffle court, en frottant d'une main son cou douloureux. Alors... Qu'est-ce que vous attendez, vous autres ? Allez-y. Essayez de faire quelque chose !

Personne ne bougea, personne ne répondit.

— J'aimerais bien que vous essayiez de faire quelque chose, continua Turnipseed, jetant à la ronde un regard soupçonneux. Ça me ferait plaisir d'en truffer un ou deux. Bande de sagouins. Y en a pas un qu'aurait fait un geste pour empêcher ce maboul de m'étrangler !

Personne ne répondit.

— Prenez-le à deux et portez-le sur la route, aboya Tête-de-Navet. Tous les autres, au boulot, et pas dans quinze jours !

Deux types de la trois s'avancèrent à contrecœur.

— Allez-y, ramassez-le ! glapit Turnipseed. Vous pouvez y aller, il est pas mort. Hé ! continua-t-il à l'adresse des deux autres gardes qui s'étaient approchés et observaient la scène, tenez-moi ces gars-là à l'œil. J'aimerais foutre bien les voir se mutiner. On rigolerait cinq minutes !

Lorsque les deux brancardiers d'occasion ramassèrent Angelo, Prew distingua vaguement l'énorme bosse sur le front de l'Italien et le mince filet de sang qui coulait entre ses yeux. Qu'Angelo mourût dans le trou ou qu'il parvînt à se faire démobiliser en fin de compte, Prew savait, d'ores et déjà, qu'il ne le reverrait jamais. C'était toujours ainsi, dans l'armée, où les amitiés sont le fruit du hasard et des nécessités communes. Mais ce départ laissa un grand vide dans sa vie. Bien qu'il admirât tout autant Milt Warden et Jack Malloy, Prew sentait obscurément que le petit Italien rageur et courageux avait été plus proche de lui que ne le seraient jamais les êtres d'une classe supérieure tels que Malloy ou Milt Warden.

CHAPITRE XLI

Ce fut au cours du mois qui suivit le départ de Maggio que Francis, le petit gars de l'Indiana que Prew avait vu frapper à la tempe par Gras-Double, fut à son tour balancé à la deux, avec les durs.

Ses crises de fureur homicide s'étaient multipliées depuis ce temps-là. Une fois au réfectoire, il avait retourné son assiette de fayots sur la tête de son voisin de table, puis il avait essayé de l'égorger avec son couteau ; ce qui avait sauvé l'homme, c'est que la coutellerie des réfectoires militaires ne réussirait même pas à couper une motte de beurre en plein été. Le gars de l'Indiana avait passé trois jours dans le trou, aussi doux et aimable que de coutume, mais le jour même où il avait revu la lumière il s'était rué sur le prisonnier le plus proche à la carrière, en brandissant un éclat de silex de dimensions inquiétantes. Parfois, au milieu de la nuit, un des hommes de la trois s'éveillait en sursaut pour se trouver nez à nez avec une sorte de démon aux yeux exorbités qui essayait de l'étrangler. La bagarre arrachait deux ou trois autres prisonniers à leur sommeil, et tout le monde s'asseyait sur le fou jusqu'à ce qu'il eût recouvré son sang-froid. Les gars de la trois avaient toujours loyalement gardé le secret sur ces agressions nocturnes, mais ils avaient fini par établir un système de garde. Sur quoi, un beau jour, Francis s'en prit à Gras-Double lui-même, au réfectoire, reçut un nouveau coup de matraque sur le crâne et fut derechef envoyé dans le trou, d'où il ne remonta que pour venir s'installer à la deux.

Le seul ennui, c'était qu'il n'était pas plus à sa place, parmi les hommes de la deux, qu'un mouton blanc dans une horde de loups. Mais Francis accepta ce déménagement avec son habituelle égalité d'humeur, reconnut Prewitt, dont il rechercha aussitôt l'amitié, et devint le plus fervent admirateur de Jack Malloy.

Là, personne ne se soucia d'établir un système de garde. Les durs de la deux avaient tous pratiqué la bagarre depuis leur première culotte, et personne ne jugeait dangereux le petit fermier de l'Indiana. Si d'aventure l'un d'eux se réveillait avec Francis sur l'estomac, les mains du fou nouées autour de la gorge, il l'envoyait prestement dinguer les quatre fers en l'air, l'endormait d'un bon coup de poing et le recouchait sans histoire. Le lendemain matin, Francis, ayant tout oublié, se réveillait gentil comme tout.

Un après-midi, Prew, qui travaillait à la carrière entre le grand Berry et

Stonewall Jackson, remarqua que Francis flottait manifestement dans l'état de béate hébétude qui précédait ses crises. Dès que le fermier laissa choir son marteau et promena autour de lui un regard égaré, les trois gars lui sautèrent dessus et le maintinrent solidement jusqu'à ce qu'il se calmât. Puis ils reprirent leur travail comme si de rien n'était. Un peu plus tard, le gars de l'Indiana vint vers eux et supplia qu'on lui cassât un bras.

— T'es complètement maboul ! s'exclama Prew.

— Je veux aller à l'hôpital, expliqua le gars avec obstination. J'en ai marre de ce sale trou.

— Et comment que tu veux qu'on te le casse, ton bras ? Sur un genou, comme un morceau de bois ? Ça se casse pas si facilement que ça, un bras.

— J'y ai pensé, triompha le gars. Je peux caler mon bras entre deux cailloux, et vous me taperez dessus avec une masse.

— Possible, mais ne compte pas sur moi pour ça, murmura Prew, vaguement écœuré.

— Et toi non plus, tu veux pas me casser le bras, Stonewall ? marmotta Francis.

— D'abord, pourquoi que tu veux aller à l'hosteau ? grogna Jackson. C'est pas mieux qu'ici. J'y ai été, moi à l'hosteau, et je peux t'en causer.

— En tout cas, y a pas de Gras-Double, et t'es pas obligé de casser des cailloux toute la journée.

— Non, seulement tu t'emmerdes tellement à regarder à travers leurs saloperies de fenêtres grillagées que t'as hâte de revenir casser des cailloux.

— La boustifaille est meilleure !

— Ça oui, mais tu t'en lasses quand même.

— Alors, tu veux pas me casser le bras ? T'es pas un pote, reprocha doucement Francis.

— Oh ! Je veux bien te rendre service, protesta Jackson, mais j'aimerais mieux autre chose.

Le grand Berry s'avança d'un pas.

— Je le ferai, moi, si tu y tiens vraiment, Francis. Où c'est qu'y a des cailloux potables ?

Le visage de Francis rayonna :

— Là-bas, où je travaille, j'en ai préparé deux.

— O.K. ! Allons-y. Ça vous fait rien, non, demanda-t-il aux deux autres. S'il en a vraiment marre à ce point-là, le p'tit, y a pas de raison de lui refuser ça.

— C'est pas mes oignons, fit Prew. Je comprends son point de vue, mais je me sens pas de le faire, voilà tout.

— Moi *idem*, approuva Jackson.

— Fais gaffe à ces deux salopards de gardiens, murmura seulement Prew.

— Si j'attends qu'y z'aillent faire un tour, on risque d'être là jusqu'à la fin des siècles, riposta Berry.

— Y vont probablement se déplacer dans un petit moment, insista Prew.

— Aaaah ! merde pour eux, gronda Berry. Y sont trop gourdes pour comprendre ce qu'y se passe, de toute façon.

Francis s'agenouilla dans la poussière et posa son avant-bras gauche, comme un pont jeté en travers d'un gouffre, sur deux cailloux plats écartés l'un de l'autre d'une vingtaine de centimètres.

— Comme ça, ça risque pas de me briser une articulation, expliqua-t-il gentiment. Je préfère que ça soit le bras gauche, parce que ce sera plus facile de manger avec le droit, et je pourrai quand même écrire à mon dab... O.K. ! Vas-y !

— Gi ! Voilà, servi, répondit le grand Berry, qui mesura soigneusement l'endroit à frapper et abattit son marteau avec la puissance et la précision d'un vieux bûcheron entamant le tronc d'un arbre.

Le cri que poussa Francis contenait autant de surprise que si le choc eût été inattendu. Puis il se releva, le visage verdâtre, et contempla son avant-bras qui enflait à vue d'œil.

— Les gars, je crois que j'ai une double fracture, dit-il béatement. Au moins pour trois semaines à l'hosteau. Peut-être plus...

Il s'interrompit, tomba brusquement à genoux, soutenant son bras gauche avec sa main valide et vomit.

— Foutre, ça fait mal, murmura-t-il lorsqu'il fut parvenu à se relever. J'aurais jamais cru que ça faisait aussi mal ! Merci quand même, Berry, merci beaucoup.

— De rien, riposta Berry. Content de t'avoir rendu service, mon gars.

— Ben, y me reste plus qu'à aller montrer ça aux gardes, murmura Francis. A un de ces jours, les potes.

Il s'éloigna en soutenant amoureusement son bras fracturé.

— Cré bon Dieu ! souffla Prewitt, le dos ruisselant de sueur froide.

— Sûr que j'en ferais pas autant, dit Jackson, même si ça devait me faire sortir d'ici du jour au lendemain.

— Dites, vous avez jamais entendu parler des gangsters qui s'opèrent eux-mêmes, quand y z'ont une balle dans la peau ? ricana Berry. C'est encore pire que ça.

— J'en ai jamais entendu parler ailleurs qu'au cinéma, objecta Prew.

Là-bas, le garde décrochait le téléphone de campagne, et le camion de deux tonnes cinq arriva à toute allure, repartit avec le jeune fermier de l'Indiana.

— Servi, enlevé, pesé, rigola Berry. Je sais pas ce qui me retient d'en faire autant.

Lorsqu'ils rentrèrent au camp, ils apprirent que Francis avait été transporté à l'hôpital pour fracture simple, et ils respirèrent. Tout sembla normal.

Puis, après la soupe, juste avant l'extinction des feux, Gras-Double et le major Thompson en personne surgirent dans la baraque deux, une matraque sous le bras. Trois gardes armés de mousquetons restaient près de la grille fermée. En regardant le major, Prew eut un petit frisson et pensa qu'il n'aurait pas fait une autre tête s'il eût surpris sa femme en flagrant délit d'adultère.

— Le prisonnier Murdock s'est cassé le bras cet après-midi et a été envoyé à l'hôpital, commença le major en promenant sur les hommes son regard rageur. Il a été envoyé à l'hôpital parce que, nous autres, nous aimons laver notre linge sale en famille, mais nous ne sommes pas dupes : Murdock ne s'est pas cassé le bras tout seul. C'est là un genre de plaisanterie que nous n'apprécions guère ici. Et Murdock, quand il reviendra, saura qu'il ne fait pas bon tirer au cul quand on est au dur. Et maintenant, qui a cassé le bras de Murdock ?

Pas un cil ne bougea. Pas une voix ne répondit.

— C'est bien. Je vois qu'il est temps que vous appreniez, à la baraque deux, qui est le chef. Je vous donne une dernière chance : que le coupable sorte des rangs.

Et, comme les prisonniers restaient impassibles, il appela simplement :

— Sergent !

D'un bout à l'autre de la ligne des prisonniers, Gras-Double, équitablement, demanda par cinq fois :

— Qui a cassé le bras de Murdock ! distribuant non moins équitablement ses coups de matraque dans les ventres et dans les tibias.

Et, d'un bout à l'autre de la ligne de prisonniers, Gras-Double ne reçut qu'une seule réponse :

— Je ne sais pas, sergent.

Il ne put lire sur les visages, quels qu'ils fussent, que mépris et dégoût. C'étaient les gars de la deux, et les gars de la deux formaient un bloc solide comme le roc.

Mais ni le mépris ni le dégoût ne pouvaient troubler Gras-Double. Gras-Double faisait son travail méthodiquement, parce qu'il aimait la belle ouvrage bien faite. Lorsqu'il eut terminé, il revint près du major, et tous deux se dirigèrent vers le grand Berry. Et, lorsque le major demanda lui-même, cette fois : « Qui a cassé le bras de Murdock ? » tous les gars de la deux comprirent que le major savait.

Les yeux droit devant lui, Berry resta impassible. Gras-Double le frappa, et le grand Berry sourit.

— Voyez-vous, dit le major doucement, il se trouve justement que nous savons qui a cassé le bras de Murdock...

Gras-Double frappa encore, et le grand Berry sourit.

— Sortez du rang, dit le major.

Berry avança de deux pas, reçut la matraque de Gras-Double sur le nez, s'agenouilla, le sang coulant à flot de ses narines. Quand il se releva, il sourit au major de ses lèvres ruisselantes de pourpre.

— Vous vous prenez pour un dur, Berry, dit le major en lui martelant la poitrine de petits coups de matraque. Je vais vous apprendre comment on traite ici les prisonniers qui se prennent pour des durs. Une dernière fois, est-ce vous qui avez cassé le bras de Francis Murdock ?

— Va te faire foutre ! riposta Berry d'une voix rauque ; et la matraque du sergent s'abattit sur les lèvres qui avaient prononcé ce blasphème.

Berry chancela, mais ne tomba pas. Ses yeux se voilèrent, et il cracha dédaigneusement deux dents aux pieds de Gras-Double.

— Si jamais je sors d'ici vivant, Gras-Double, dit-il en souriant, j'aurai ta peau. Je te jure que j'aurai ta peau. Je te trouverai dans un coin et je te mettrai les tripes à l'air, si tu ne m'as pas tué avant.

Les menaces, comme le mépris ou le dégoût, laissaient Gras-Double insensible. Tout ce qu'il savait faire, c'était obéir et cogner. Il leva sa matraque, mais le major l'arrêta d'un signe :

— Inutile de salir cette baraque plus que nécessaire. Conduisez cet homme au gymnase. Vous autres, nettoyez ce gâchis.

— Bas les pattes, gronda Berry en se dégageant d'une secousse comme le sergent essayait de l'entraîner. Je peux encore marcher.

La grille se referma sur eux.

Les gars de la deux nettoyèrent le plancher sans un mot. Et Berry se mit à hurler. C'était la première fois qu'un gars passé à tabac au gymnase hurlait. Et comme il s'agissait du grand Berry, c'est que la chose était sérieuse, que le major et Gras-Double s'entêtaient, que la rage avait rompu la dernière barrière imposée par papa Thompson. Le fait que les lumières ne soient pas encore éteintes à neuf heures passées démontrait la gravité de la situation. Il était quelque chose comme onze heures lorsque le major revint. Les gardes qui l'accompagnaient avaient mousqueton au poing et revolver au côté. Les gars de la deux marchèrent jusqu'au gymnase et se disposèrent sur trois côtés de la salle, les gardiens derrière eux, prêts à tirer. Debout, appuyé au mur, le grand Berry souriait toujours, de sa bouche tuméfiée. Le sang coulait de son nez fracassé, et ses yeux étaient clos. De ses oreilles à demi décollées, sourdait un mince filet noirâtre.

— Bon Dieu ! Il est mort, souffla une voix horrifiée derrière Prew.

Gras-Double, Turnipseed et Brownie, manifestement épuisés, flanquaient le grand Berry.

— Voilà le sort que nous réservons à ceux qui se croient capables de faire marcher l'armée, cria Thompson. Sergent !

— Demi-tour, ordonna Judson au prisonnier. Face au mur.

— Tue-moi, Gras-Double, chuchota Berry, et le sang coula plus fort de sa bouche. Tue-moi tout à fait, sinon, c'est moi qui aurai ta peau.

Il hurla quand Judson lui envoya un coup de genou dans les testicules.

— Demi-tour, aboya le sergent Judson. Face au mur.

Cette fois, Berry obéit :

— Bougre de salaud ! réussit-il à dire encore. Tue-moi, ou je t'aurai...

Il semblait que ce fût la seule idée cohérente qui lui restât et qu'il s'acharnait à la fixer à tout jamais dans son esprit. Il continua à psalmodier sa litanie entre ses dents quand Gras-Double demanda une fois de plus :

— C'est toi qu'as cassé le bras de Murdock ?

Seule la menace de Berry lui répondit.

— Brow ! ordonna-t-il, cogne.

La matraque de Brow s'abattit en travers des reins du grand Berry. Berry hurla, toussa, cracha du sang.

— Va te faire enc..., murmura-t-il. Je t'aurai, Gras-Double.

Même quand les hommes furent revenus à la deux et que les lumières furent éteintes, les hurlements ne s'arrêtèrent point au gymnase, et les gars ne dormirent pas de la nuit, tendus vers la salle où le grand Berry saignait sous les coups sans plier.

Le grand Berry mourut le lendemain vers midi. « Hémorragie cérébrale et lésions internes provoquées vraisemblablement par une chute du haut d'un camion », dit le rapport.

— Je tuerai Gras-Double, dit Prewitt à Jack Malloy. Je jure de le descendre. Une fois libéré, je le retrouverai en ville et je lui trouerai la peau, je l'aurai comme il a eu Berry.

— Il le mérite, dit simplement Malloy. Mais pas plus que Thompson. C'est Thompson qui donne les ordres.

— Possible. Mais le major est un officier. On s'attend à ça de la part d'un officier, d'un type sorti de West-Point. On sait bien qu'ils sont de l'autre côté de la barricade, eux. Mais Gras-Double est un gars qui s'est engagé, un gars comme toi et moi, un homme de troupe. Et il se retourne contre nous.

Jack Malloy le regarda avec curiosité et dit lentement :

— Tu l'aimes l'armée, pas vrai ?

— Je sais pas, avoua Prew en baissant la tête. Peut-être que oui. J'ai toujours eu l'intention d'y tirer mes trente ans.

— Alors, c'est que tu aimes l'armée. Et Gras-Double fait partie de l'armée comme ton sergent-chef Warden, dont tu parles tout le temps. Sans les Gras-Double, tu n'aurais pas les Warden. Et, quand il n'y aura plus de Gras-Double, y aura plus de Warden et y aura plus d'armée.

— Je comprends ce que tu veux dire, Jack, mais je ferai quand même son affaire à Gras-Double. J'ai pas le choix. C'est le seul moyen que j'ai de me montrer que je suis encore un homme.

— O.K. !

Jack Malloy haussa les épaules, et son regard parcourut le baraquement dans toute sa longueur. Les lumières étaient éteintes, les hommes dormaient.

— O.K. ! répéta Jack. Je vais te dire quelque chose à mon tour. Quelque chose que je voudrais garder pour moi. Je vais foutre le camp d'ici.

Prew sentit un silence qui n'était pas seulement celui de la nuit se refermer lentement sur lui.

— Comment feras-tu ? murmura-t-il.

— C'est facile. Je volerai des outils au garage et je percerai un trou dans ces murs.

— Mais les projecteurs ?

Malloy sourit dans la lueur rouge de sa cigarette.

— N'aie crainte. Je ne me laisserai pas repérer.

— Le grillage électrifié ? Le système d'alarme ?

— Une pince à poignées isolantes et un grand bout de fil métallique pour chaque brin coupé, afin de fermer le circuit. Je m'évaderai du garage. Pas un type là-bas n'essaiera de m'arrêter.

— L'argent ?

— Pas besoin. J'ai des amis en ville. Ils me donneront des fringues et me cacheront jusqu'à ce que je regagne les Etats.

— On dit que les Etats vont entrer en guerre, Jack...

— Oui. Et je rempilerai aux Etats sous un faux nom.

— Emmène-moi, Jack, supplia Prew.

Jack Malloy releva la tête, et, à la lueur confuse de la cigarette, Prew vit le sourire le plus triste, le plus tendre, le plus amer qu'il eût jamais vu sur un visage humain.

— Tu ne sais pas ce qui t'attendrait si tu venais avec moi. J'ai déjà été traqué...

— Moi aussi, Jack.

— Pas comme moi, de ville en ville, de sheriff en sheriff. Cette fois, il y a cinquante chances sur cent pour que je ne revoie jamais les Etats. Ta place, à toi, c'est dans l'armée. Tu as beau dire et beau faire, tu l'aimes. Moi, je n'ai jamais rien aimé suffisamment pour y trouver ma place. Ce que je cherche à aimer, je ne le trouverai jamais. Je ne te dirai pas au revoir, p'tit gars, parce que je ne sais pas quand viendra le moment de partir. Alors, ne pense plus à ce que je t'ai dit. Oublie-le, jusqu'à ce que tu ne me revoies plus. Tu sauras que Jack Malloy a gagné la belle...

— Bon Dieu ! jura Prew en serrant les poings, on dirait que la vie s'acharne à vous coller avec des gens qu'on n'aime pas et à vous séparer des amis...

— Ça, c'est de la merde, articula Malloy avec une vulgarité qui n'était pas habituelle chez lui. De la merde sentimentale. Que je t'entende jamais dire un truc pareil. Maintenant, rideau. Et roupillons.

Il s'évada une semaine plus tard. C'était la première fois depuis dix ans qu'un homme s'évadait du camp, et toute la police de l'île fut alertée. Mais Jack Malloy semblait s'être volatilisé, et les hommes de la deux se sentirent aussi fiers de lui que les membres d'un parti dont le leader aurait triomphé aux élections. Puis son évasion sombra insensiblement dans le néant des vieilles histoires.

Prew continua à casser des cailloux, à charger le silex concassé dans les camions. Travail sans but, travail sans fin, mains saignantes, calleuses, cornées. Pas de danger qu'on manquât un jour de montagne, au camp disciplinaire de Shofield. Les muscles vous faisaient mal et durcissaient à vue d'œil. Et le ventre vous faisait mal, chaque fois qu'on pensait à une femme. On ferait un drôle de soldat, dur, implacable, et infiniment dangereux, le jour où on sortirait du camp disciplinaire de Shofield...

CHAPITRE XLII

En comptant le rabiot que lui avaient valu son séjour au fond du trou et son transfert à la deux, Prew resta quatre mois et dix-huit jours au dur. Lorsqu'il réintégra son unité, la G avait changé de fond en comble.

Warden était absent, en permission de deux semaines. Leva était parti, muté à la M, avec le grade de sergent. Maylon Stark était passé sergent-chef et le lieutenant Culpepper commandait temporairement la compagnie. Dynamite Holmes avait été réaffecté au quartier général de la brigade avec le grade de major et il avait emmené Jim O'Hayer avec lui. On attendait un nouveau commandant de compagnie, un capitaine, qui devait arriver des Etats. La G n'était plus la G. C'était un monde tout différent de celui dont Prew avait gardé le souvenir.

Il alla toucher sa literie, son équipement et son ancien coffre avec tous ses effets personnels au magasin d'habillement. C'étaient les mêmes couvertures, la même cartouchière, le même paquetage, mais ce n'était plus Leva qui siégeait derrière le comptoir. C'était Malleaux, le nouveau sergent-fourrier, derrière lequel souriait amicalement Pete Karelsen, encore de service temporaire au magasin. Ils lui posèrent des tas de questions, au sujet de Maggio. Prew parla peu. Il s'était promis d'attendre neuf jours avant d'agir.

Il y avait beaucoup de nouveaux, et pas mal d'anciens avaient fini leur temps et quitté la compagnie pendant l'absence de Prew. A la soupe du soir, tous les nouveaux regardèrent Prew avec une sorte d'effroi respectueux.

Ce même soir, Prew, assis sur son plumard, étudia en silence le nouveau Garand M-1 qui avait remplacé son ancien Springfield. Choate et tous les autres chefs de groupes et chefs de sections vinrent lui serrer la main et lui flanquer de grandes claques dans le dos, sauf le sergent Ike Galovitch qui resta obstinément seul, boudeur, dans son coin. Le « traitement » était fini, selon toutes les apparences. Tout le monde voulait savoir ce qu'était devenu Maggio. Prew ne dit rien. Il s'était promis d'attendre neuf jours avant d'agir.

Depuis le départ d'Holmes, boxeurs et sportifs n'avaient plus dans la compagnie qu'une importance fort restreinte. Toutes les forces et contre-forces qui avaient amené la catastrophe étaient révolues, évanouies, passées de mode. On attendait le nouveau commandant de compagnie d'un jour à l'autre. Prew ressentait la même impression qu'un alpiniste cramponné au flanc d'une montagne, à qui l'on a lancé trop tard la corde salvatrice, et qui la voit pendre, désormais inutile, à quelques mètres de sa tête, tandis qu'il commence à tomber dans le vide.

Mais aucun d'entre eux, mais rien ici ne semblait plus avoir d'importance, à présent. Ces hommes n'étaient pas réels. Seul le dur conservait sa réalité. Ces hommes ne pouvaient plus arriver jusqu'à lui à travers la réalité unique du camp disciplinaire et des neuf jours d'attente qu'il s'était imposés.

Prew attendait. Prew se forçait à attendre neuf jours. Pas une fois il ne sortit de la caserne. Pas une seule fois il ne succomba à la tentation d'aller voir Alma dans la petite maison familière.

Le nouveau commandant de compagnie, un premier lieutenant et non le capitaine attendu, arriva le cinquième jour, prit la G en charge et fit un beau discours. Il s'appelait Ross, il était juif et c'était un officier de réserve qui venait tout juste d'être réintégré. Le lieutenant Culpepper, dont le père et le grand-père avant de commander le bataillon, puis le régiment, n'était pas particulièrement content. Il avait attendu un capitaine, on envoyait un lieutenant pour le remplacer, lui, lieutenant lui-même, et Culpepper par-dessus le marché. Le lieutenant Culpepper avait une triste opinion du lieutenant Ross en tant que soldat, mais, pour le simple soldat Robert E. Lee Prewitt, ce changement ne changeait absolument rien. Il attendait le moment de venger le grand Berry et tous les gars du dur.

Il n'avait pas l'intention de se sacrifier pour eux s'il pouvait faire autrement. Il voulait non seulement survivre, mais vivre sa vie dans l'armée. Il s'était assuré, avant de quitter le dur, que d'autres prisonniers seraient libérés après lui, au cours de ces neuf jours. Cela répartirait les soupçons, même si l'on ne tenait pas compte des centaines de prisonniers qui étaient passés avant lui par le dur. Neuf jours était un chiffre suffisamment insolite pour ne pas éveiller l'idée d'une période préméditée, comme dix jours ou bien une semaine. Et Gras-Double Judson se rendait à la *Cabane Bambou* presque tous les soirs. Rien ne pressait, par conséquent.

Prew acheta le couteau chez un vieux Chinois de la rue des Hôtels, le soir où il descendit en ville. Il le choisit soigneusement parmi une douzaine de couteaux exactement semblables, noyés dans un fouillis de sifflets, d'insignes, de boucles de ceinture et autre bric-à-brac du même genre. C'était peut-être le dixième couteau similaire qu'il possédait depuis son enfance. Le Chinetoque en vendait probablement une demi-douzaine chaque jour. Il le paya en petite monnaie, quitta la boutique, tâta le fil du couteau, en éprouva soigneusement le ressort, puis le rangea dans sa poche et s'en alla boire un verre.

La *Cabane Bambou* était une de ces boîtes faussement pittoresques, fréquentées par des soldats, où les touristes peuvent se rendre sans danger lorsqu'ils veulent voir l'armée dans son habitat naturel. C'était un établissement très moderne, brillamment éclairé par des tubes fluorescents, et d'une classe légèrement inférieure au bar-restaurant chinois de Wu Far. Tout aussi lucide que s'il eût été parfaitement à jeun après une douzaine de verres, Prew guetta Gras-Double au coin de l'allée obscure qui conduisait à la *Cabane Bambou,* lorsque la boîte ferma ses portes à une heure du matin.

Gras-double sortit enfin, en compagnie de deux marins. Des camarades de boisson, à n'en pas douter. Rien à craindre de ce côté-là. Un des marins en racontait une bien bonne, et Gras-Double se tordit de rire. C'était la première fois que Prew entendait le rire du sergent Judson.

Comme ils s'éloignaient en direction de la rue Beretania, Prew sortit de sa cachette, envahi par un sentiment d'attention concentrée qu'il n'avait que bien rarement connu dans sa vie, sauf lorsqu'il jouait du clairon.

— Salut, Gras-Double, dit-il.

Le vieux sobriquet usité au dur le cinglant aussi sûrement qu'un lasso, le sergent Judson s'arrêta et se retourna. Les matelots s'arrêtèrent pile.

— Ça, alors, ricana Gras-Double, en plissant les paupières pour mieux distinguer les traits de Prew dans la semi-obscurité. Allez, les gars, enchaîna-t-il à l'adresse de ses compagnons. On se reverra la semaine prochaine. C'est un vieux copain à moi que j'ai pas vu depuis un bon bout de temps. On a à causer.

— O.K. ! Jud, répliqua l'un des matelots d'une voix incertaine. A la semaine prochaine.

Ils s'en furent vers la rue Beretania, et Gras-Double s'approcha de Prew.

— Merci, murmura Prew.

— De quoi ? s'informa Gras-Double en souriant. J'ai pas besoin d'une escorte. T'as quèque chose à me dire, Prewitt ?

— Oui. Viens là-bas au coin, qu'on puisse bavarder tranquillement.

— A ton service, ricana Gras-Double.

Il contourna la *Cabane Bambou*, bras ballants et légèrement penché en avant, comme un vieux pugiliste s'attendant à une attaque.

— Quelle impression ça fait d'être dehors ? s'enquit-il narquoisement.

— C'est à peu près comme je m'y attendais, riposta Prew.

— Alors ? Qu'est-ce que t'avais à me dire ? J'ai pas toute la nuit devant moi.

— Ça, répliqua Prew.

Il sortit son couteau de sa poche, l'ouvrit, et le déclic résonna comme un coup de tonnerre dans le silence de la nuit.

— J'ai entendu dire que t'avais toujours une lame sur toi. Montre-la.

— Peut-être que j'en ai pas, ricana Gras-Double.

— J'ai entendu dire que tu sortais jamais sans.

— Supposons que je veux pas m'en servir ?

— Tant pis pour toi.

— Supposons que j'essaie de me cavaler ? ricana Gras-Double.

— Je te rattraperai.

— On pourrait te voir. Et si j'appelle au secours ?

— Je me ferais peut-être coffrer. Mais ça te sauverait pas.

— T'as tout prévu, pas vrai ?

— A peu près.

— Dans ce cas-là...

Gras-Double haussa les épaules, sortit sa lame et fit un pas en avant, incroyablement rapide pour un aussi gros homme. Derrière eux, la porte de la *Cabane Bambou* s'ouvrit tout à coup, livrant passage à un groupe de buveurs attardés, dont les voix décrurent dans la direction de la rue Beretania.

— Mais j'aime pas prendre leurs joujoux aux enfants, ricana Gras-Double.

Son couteau oscillait lentement d'avant en arrière comme la tête d'un serpent, tandis qu'il s'en venait à la rencontre de son adversaire, la lame dans la main droite, le pouce appuyé à la virole, le bras gauche levé en guise de garde, les épaules voûtées, dans la position classique du surineur expérimenté.

La *Cabane Bambou* vomit ses derniers clients dans la nuit, leurs voix s'évanouirent lentement, tandis que Prew et Judson tournaient en rond, à moins d'un mètre l'un de l'autre.

Gras-Double porta sa main gauche vers le visage de Prew, feinta avec sa lame au-dessus de la garde de son adversaire et, Prewitt ayant levé la main pour parer le coup, Gras-Double modifia la trajectoire de son couteau. La lame acérée brûla les côtes de Prew comme de la neige carbonique et s'enfonça dans le large muscle du dos, sous son aisselle. Il avait abaissé sa main droite une seconde trop tard, et la lame glissa le long de son flanc comme la queue d'une comète.

S'il n'avait pas contre-attaqué au moment précis où Gras-Double l'avait frappé, s'il avait hésité une fraction de seconde, si ses muscles l'avaient trahi à l'instant crucial, le combat se fût terminé sur-le-champ et il n'eût dépendu que de Gras-Double de l'achever ou non. Mais ses années de boxe avaient inculqué à Prew un instinct qui ne requérait plus ni pensée ni courage. Son couteau pénétra avec une violence terrible dans le corps de Gras-Double au niveau du diaphragme, juste au-dessous des côtes. Contre-punch automatique du droit au plexus solaire.

Ils oscillèrent quelques secondes, cuisse contre cuisse. Puis le bras de Gras-Double retomba, le couteau rebondit sur les cailloux avec un bruit de ferraille.

Lorsqu'il sentit l'homme s'effondrer, Prewitt pressa fortement son bras gauche contre la brûlure de son flanc, acheva d'enfoncer la lame dans la plaie jusqu'à ce que la virole disparût dans l'ouverture, puis en retourna le tranchant vers le haut et maintint le couteau de toutes ses forces, laissant le corps se déchirer sur la lame, coupant dans la chair vive vers le côté gauche. Il était venu pour tuer Gras-Double, et il ne tenait pas à être obligé de l'achever.

Le sergent Judson atterrit sur son épaule droite et roula sur le dos, la tête appuyée contre le mur, les yeux déjà vitreux. Puis il grogna en levant la main gauche jusqu'à son ventre :

— Tu m'as tué. Pourquoi que t'as voulu me tuer ?

Puis l'expression de surprise et de reproche et d'incompréhension totale avec laquelle il venait de poser sa dernière question se figea avec lenteur sur son visage.

Prew le regarda un instant, vaguement choqué par cette réprobation. Là-bas, dans l'allée, les barmen de la *Cabane Bambou* fermaient la porte de la boîte et s'éloignaient paisiblement.

Prew referma son couteau et le mit dans sa poche. Puis, de son mouchoir, il fit une boule qu'il glissa sous sa chemise, comprimant la blessure avant que le sang ne ruisselât jusqu'à son pantalon. Et, sans hâte, il gagna une autre allée, s'assit par terre et s'adossa au mur. Il se sentait apaisé, en règle avec lui-même.

La rue des Vignes ne devait pas être très loin d'ici. Il avait dépassé la rue Beretania, au-delà de laquelle commençait un des faubourgs indigènes. Il ne connaissait pas le coin. Tout ce qu'il savait, c'était que la rue des Vignes montait vers l'est pendant un bon bout de chemin. Et c'était vers l'est qu'il lui fallait se diriger.

Inutile de se leurrer : s'il rentrait au corps dans cet état, il serait arrêté le lendemain matin, dès que le cadavre de Gras-Double aurait été découvert, en supposant même qu'il parvînt, ce soir, à franchir le portail. Il ne lui restait qu'une seule solution : traverser la ville et monter chez Alma. S'il pouvait aller jusque-là, il serait sauvé.

Le sang avait saturé son mouchoir et recommençait à couler le long de son flanc. Il déplaça le linge, appuya plus fort son bras gauche sur la blessure. Il était fou de songer à monter dans un autobus ou un tramway avec cette chemise déchirée et sanglante, surtout si le sang recommençait à pisser.

Mais, à vol d'oiseau, il devait y avoir sept ou huit kilomètres d'ici à la petite maison d'Alma Schmidt. Il fallait compter un kilomètre ou deux de plus, à cause des détours, pour éviter les rues trop éclairées. Dix kilomètres à pied pour trouver la sécurité. Il ne courrait le risque de héler un taxi — à condition qu'il pût en trouver un dans l'une des rues de traverse — qu'à la dernière extrémité.

Il se paya le luxe de fumer une cigarette avant de repartir et pensa que c'était la meilleure cigarette qu'il eût jamais savourée. Curieux comme les petites choses de ce genre peuvent paraître merveilleuses, lorsqu'on est en si sale posture qu'on se demande si on s'en tirera jamais.

Il s'arracha péniblement à la fausse sécurité de l'impasse ténébreuse. Toute l'aventure commençait à revêtir à ses yeux l'aspect irréel d'un cauchemar, et cela, c'était dangereux. On ne prend jamais les périls tout à fait au sérieux, dans un cauchemar, parce qu'on sait bien, malgré tout, qu'on va s'éveiller d'un moment à l'autre. Mais ce n'était pas un cauchemar. « Ce n'est pas un cauchemar, Prew », se rappela-t-il à lui-même.

« Faudra que tu ailles jusqu'au bout, coûte que coûte. Tire la barre, Prew. Finie, pour toi, l'armée. Quand y te verront pas demain et qu'y trouveront ce vieux Gras-Double dans le coin, y comprendront tout de suite qui c'est qu'a fait le coup. Cette fois-ci, t'es bel et bien déserteur. »

Rue des Vignes... Rue Miller... Rue du Capitaine-Cook... Rue Lunalilo. Non, pas la rue Lunalilo. Elle se terminait en cul-de-sac !

Au-delà de l'avenue Kalakahua, il y avait des rues de traverse, en direction de la plage, mais de ce côté-ci de l'avenue Kalakahua il n'y avait que des impasses sans issue. Tout ça était bougrement compliqué. Pourquoi tout était-il aussi compliqué, même les choses les plus simples, lorsqu'on se trouvait au pied du mur ?

Il s'égara, revint sur ses pas. Ses nerfs commençaient à lâcher prise. A partir de la rue Alexandre, il ne cessa plus de rire tout seul, sans savoir exactement pourquoi. Il marchait mécaniquement, parcourant rue après rue d'un pas de somnambule. Une seule chose était claire dans son esprit : Alma. S'il pouvait aller jusque chez Alma, il serait sauvé.

En traversant le canal, il laissa glisser le couteau dans l'eau noire et fut pris d'une silencieuse hilarité lorsque les bulles vinrent crever à la surface.

« Ça va te faire une belle cicatrice de plus, Prew. Les cicatrices d'un homme racontent l'histoire de sa vie. Gras-Double devait avoir quelque chose comme cicatrices, lui aussi... »

Ses pieds reconnurent enfin la pente abrupte de la rue qui conduisait à la maison d'Alma Schmidt.

« Tu t'essouffles, Prewitt, mon gars, tu commences à vieillir. Faudrait que tu fasses du sport ! »

Il y avait de la lumière dans la petite maison. Chouette ! Il ne serait pas obligé de chercher sa clef dans toutes ses poches. Il ne se rappelait même pas s'il l'avait emportée. Parole ! Il n'avait jamais eu l'intention de déserter, ni de venir ici ce soir. Il avait l'intention de rentrer à la caserne, tout simplement. Mais c'est le destin qui mène les hommes, pas vrai ?

Il laissa tomber le marteau de bronze. Alma vint ouvrir la porte, Georgette sur les talons. Les deux femmes ouvrirent des yeux terrifiés.

— Mon Dieu ! dit Alma.

— Doux Jésus ! dit Georgette.

— Salut, bébé, dit Prew. Salut, Georgette, la compagnie. Longtemps qu'on s'est pas vu.

Et il s'effondra, la tête en avant, à l'intérieur de la maison.

QUATRIÈME PARTIE

LA COMPLAINTE DU REMPILÉ

CHAPITRE XLIII

Il ne commença vraiment à souffrir de sa blessure que le lendemain matin.

Mais il savait ce que c'était de souffrir. La souffrance était pour lui comme une vieille amie. Il savait comment l'accueillir et la traiter. La souffrance est comme une eau froide dans laquelle il vaut mieux plonger d'un seul coup, sans chercher à se raidir, plutôt qu'essayer de s'y enfoncer progressivement. Plus on résiste, plus l'on souffre.

Il avait repris connaissance vers les cinq heures, avec l'impression horrible qu'il avait été ramené au dur, pendant son sommeil, et que le major Thompson était en train de lui brûler sous le bras gauche un P majuscule au fer rouge. Et plus il tentait de se débattre pour échapper à la brûlure, plus la brûlure s'accentuait... Il était allongé sur le divan. Georgette, assise au bord du grand fauteuil, l'observait anxieusement. Un peu plus loin, Alma dormait dans la chaise longue de rotin, les yeux clos, soulignés de cernes bleuâtres. Elles l'avaient déshabillé, nettoyé, pansé, durant son sommeil. Il y avait une grosse compresse de gaze sur la blessure elle-même et un large bandage autour de sa poitrine.

— Quelle heure est-il ? murmura Prew.

— Environ cinq heures, dit Georgette en se levant, et Alma, réveillée en sursaut, accourut auprès du divan.

— Comment te sens-tu, mon petit Prew ?

— Plutôt mal. Ce bandage est bougrement serré.

— C'est exprès, dit Alma. Tu as perdu pas mal de sang. On te l'enlèvera demain et on t'en mettra un autre moins serré.

— Qu'est-ce que ça dit ? s'informa-t-il.

Georgette fit la moue :

— C'est pas joli, joli, mais ç'aurait pu être pire. Y a pas de muscles sectionnés. Tu peux remercier le bon Dieu de t'avoir donné des côtes, mon garçon.

— Vous auriez dû être infirmières, toutes les deux.

— Toutes les putains devraient avoir leur brevet d'infirmière, s'esclaffa Georgette. Y a des moments où c'est bien utile.

— Et l'autre ? demanda Alma avec curiosité.

— Mort, dit Prew, laconique.

Le sourire des deux femmes s'estompa graduellement.

— Qui c'était ?

— Le gardien-chef du camp disciplinaire.

— Oui ?... Eh bien ! je vais aller te faire chauffer un bol de bouillon de viande, fit Georgette. T'as besoin de reprendre des forces.

Alma la suivit des yeux jusqu'à ce qu'elle eût disparu dans la cuisine.

— Tu voulais le tuer ?

— Oui.

— C'est bien ce que je pensais. C'est pour ça que tu es venu ici, pas vrai ?

— Non, je te jure. Je voulais rentrer à la caserne. Je serais venu te voir dans un jour ou deux.

— Il y a combien de temps que tu es sorti ?

— Neuf jours, répliqua-t-il automatiquement.

— Plus d'une semaine, murmura-t-elle, et tu ne m'as même pas téléphoné !

— Je voulais pas risquer de te causer des ennuis. J'avais pas pensé que je pourrais me faire assaisonner moi-même au point de ne pas pouvoir rentrer au corps... T'as pas vu Warden pendant que j'étais là-haut ? Je lui avais dit de venir.

— Si, répondit Alma. Il est venu au *Nouveau Congrès.* Autrement, j'aurais même pas su que tu étais en prison. Tu aurais tout de même bien pu m'écrire.

— Tu sais, j'ai jamais été fichu de tourner proprement une lettre, avoua Prew.

— Oh ! alors..., ironisa-t-elle.

— Est-ce que Warden...

Il s'interrompit, releva la tête.

Elle le regarda, méprisante, attendant la suite.

— Est-ce que Warden... quoi ? S'il est monté avec moi ? Il s'est conduit comme un parfait gentleman, si c'est ça que tu veux dire ?

Prew hocha vaguement la tête et tenta de se représenter Warden sous les traits d'un parfait gentleman, y réussit mal.

— C'est un chic type, concéda-t-il. Mais tu peux pas savoir ce que c'était, là-haut. Quatre mois et dix-huit jours, avec des heures d'insomnie, tous les soirs, après l'extinction des feux... Sans parler de tout le reste.

Toute trace de mépris déserta le visage d'Alma. Un sourire maternel, tendre et fier éclaira son visage.

— Tu en as vu des dures, murmura-t-elle, pleine de remords et de sollicitude. Et je suis là à te dire des mots, pendant que tu souffres et que tu as besoin de repos. J'ai bien peur d'être amoureuse de toi, Prew.

Prew la regarda d'un air de triomphe, bien que sa blessure fût en train de le torturer, songeant que c'est bougrement plus difficile de gagner l'amour d'une putain — qui connaît trop bien la musique — que celui d'une femme respectable. « Peu d'hommes parviennent à se faire aimer de vraies putains », songea-t-il avec orgueil.

— Tu en as vu de dures, répéta Alma, pleine d'admiration.

— Je pourrai pas rentrer, même quand je serai guéri, murmura Prew avec une sorte de calme désespoir. Quand y me verront pas aujourd'hui, y comprendront que c'est moi qui ai fait le coup.

— Ici, tu es en sûreté. Personne ne sait qui nous sommes. Tu peux rester si tu le désires, conclut Alma en regardant Georgette d'un air interrogateur.

— Aussi longtemps que tu le voudras, fiston, souligna Georgette.

— Ce n'est pas de ça qu'on parlait, dit Alma. Mais c'est bien ce que j'allais te demander.

— J'ai toujours eu un faible pour les cinglés, déclara Georgette. Et je dois rien à la loi, à part ma visite médicale gratuite, tous les vendredis.

— Je suis un meurtrier, aux yeux de la loi, leur rappela Prew avec honnêteté.

— En parlant poliment, dit Georgette, merde pour la loi. Tu peux t'asseoir, pour boire ton bouillon ?

— Et comment !

Il se redressa d'un effort brusque, et tout un feu d'artifice explosa devant ses yeux, tandis qu'une brume chaude s'étendait alentour.

— Bougre de triple idiot ! dit Alma, furieuse. Tu veux recommencer à saigner ? Recouche-toi tout de suite et laisse-moi t'aider.

— Je suis assis, maintenant, riposta Prew d'une voix faible. Mais tu m'aideras à me recoucher quand j'aurai bu le bouillon.

— T'as pas fini d'en boire, lui prédit Georgette en approchant le bol des lèvres de Prew. Tu vas même en boire tellement que t'en auras sans doute marre avant peu.

— Pour l'instant, c'est fameux, dit-il entre deux gorgées.

— Attends jusqu'à demain.

— Demain, dit Alma en souriant, on te fera manger un bon gros beefsteak, pas trop cuit et bien saignant.

— Avec du foie et des oignons, ajouta Georgette.

— Arrêtez, arrêtez, gémit-il. Vous êtes en train de m'achever.

Il y avait maintenant sur le visage des deux filles la même expression de tendresse béate.

Alma lui glissa une cigarette entre les lèvres et la lui alluma, après l'avoir aidé à se recoucher. Il souffrait énormément, mais il savait par expérience qu'il souffrirait encore davantage le lendemain. « O.K. ! O.K. ! » pensa-t-il en se laissant glisser à nouveau dans cette irresponsabilité bienheureuse qui semble être la compensation accordée aux grands malades.

— O.K. ! dit-il, ça va, maintenant. Vous pouvez vous recoucher.

Il resta longuement éveillé, dents serrées contre la souffrance et bouillant de fièvre, mais content tout de même, car il entendait, non loin de lui, les respirations conjuguées des deux femmes, tangibles, consolantes, rassurantes. C'était presque comme un retour au bercail.

Il était moins bien le lendemain matin, lorsqu'il se réveilla. Alma et Georgette avaient exploré le journal de fond en comble. Mais il n'y avait rien encore sur la découverte du cadavre.

Alma avait téléphoné à la mère Kipfer qui, avec des tas de lamentations, lui avait octroyé trois jours de repos. La mère Kipfer n'avait pas cru un instant qu'elle avait ses règles, mais c'était l'excuse classique des filles (l'équivalent de la grand-mère morte dans le métier militaire). Personne n'était censé y ajouter foi.

Si Prew s'était attendu à voir la nouvelle du meurtre s'étaler en première page avec son nom en caractères gras, il fut déçu. Le récit de l'affaire parut le lendemain en page quatre, sous forme d'un bref entrefilet disant que le cadavre du sergent James R. Judson, originaire du comté de Breathitt, dans le Kentucky, avait été trouvé au fond d'une impasse, à proximité du bar-grill-room *La Cabane Bambou.* On supposait qu'il s'agissait là d'une vengeance d'ancien prisonnier, et la police voyait un coupable possible en la personne d'un convict récemment évadé du nom de John J. Malloy. Aucun témoin ne s'était encore présenté.

Prew souffrait beaucoup trop pour pouvoir se concentrer sérieusement sur la signification de cet article, mais il parvint tout de même à en déduire une ou deux petites choses. D'abord, les deux marins qui étaient sortis de la *Cabane Bambou* en même temps que Gras-Double ne s'étaient pas présentés et ne se présenteraient probablement jamais. Ensuite, un gars avait apparemment découvert le corps avant la police et s'était approprié le couteau de Gras-Double. Et, enfin, le nommé John J. Malloy, récemment évadé, dont il était question dans l'article, ne pouvait être que Jack Malloy en personne !

Le plus clair de l'histoire, à son avis, c'était qu'on lui tendait un piège à lui, Prewitt-le-meurtrier, pour l'inciter à rejoindre sa compagnie dans l'espoir de s'en tirer avec une simple punition pour désertion temporaire. Là, on le cueillerait comme une fleur... Ils pouvaient courir. Pas folle, la guêpe !

Quant à John J. Malloy, ils pouvaient toujours cavaler derrière lui. Celui qui le reprendrait n'était pas encore né, se dit Prew avec une sombre jubilation.

Le lendemain matin, après une bonne nuit de sommeil due aux sédatifs d'Alma, il tenta de se lever et y parvint. Il dut faire appel à toute sa volonté, pour pouvoir se mettre sur pied, et sa blessure protesta vigoureusement, mais il y parvint en fin de compte et comprit que le plus dur était passé. Non parce qu'il avait réussi à se lever, mais parce qu'il avait continué de le vouloir, malgré sa souffrance.

Les deux femmes remplacèrent son bandage par un pansement moins serré. Le sang, en se coagulant, avait fait adhérer la compresse à la blessure, et elles ne l'enlevèrent que deux jours plus tard, non sans cris d'effroi de leur part et sans jurons de Prew. Le lent travail de cicatrisation était déjà ébauché. Pour une belle cicatrice, ce serait une belle cicatrice. Une de plus, se dit Prew.

Elles le gardèrent au lit pendant toute une semaine, le couvant de leur tendresse et de leur sollicitude et visiblement ravies de s'occuper de lui. Prew en était sincèrement sidéré. Des filles ultra-réalistes comme celles-là, qui se vantaient volontiers de leurs fins strictement utilitaires ! Elles n'essayaient même pas de cacher leurs sentiments. Pour la première fois de leur vie, elles avaient trouvé un excellent motif pour épancher leur instinct maternel.

Prew se levait, bien entendu, en leur absence, enfilait son pantalon et s'entraînait à marcher, de long en large, dans le salon. Ce n'était pas parce que l'instinct maternel des deux filles avait besoin d'un exutoire qu'il allait se travestir en incurable !

Au début de la deuxième semaine, elles l'aidèrent à revêtir la robe de chambre qu'elles lui avaient achetée après maintes discussions sur le style et la couleur et elles lui permirent de descendre dans le salon, émerveillées par la facilité avec laquelle il se mouvait.

Après leur départ, il se débarrassait prestement de sa robe de chambre, enfilait ses vêtements, se préparait un drink (elles ne lui permettaient jamais de boire de l'alcool lorsqu'elles étaient là), s'installait sur la petite terrasse (elles le lui interdisaient, à cause des risques de refroidissement, lorsqu'elles étaient là), lisait un peu, ou contemplait longuement le paysage. Il était toujours profondément endormi lorsqu'elles revenaient de travailler, et elles ne découvrirent le pot aux roses qu'un soir où Alma se pencha vers lui, en rentrant, et, sans l'avoir voulu, renifla son haleine qui fleurait le whisky. Outrée, elle le réveilla sur-le-champ, et Prew lui dévoila son secret.

La mort dans l'âme, elles se résignèrent à la nouvelle de sa totale guérison. Leur air douloureux était celui de la maman qui trouve dans la poche de son fiston la carte d'un bordel notoire. Et toutes les interdictions furent levées.

Chaque jour, Prew songeait à nouveau qu'il avait devant lui toute l'éternité et exultait : pas de réveil le lendemain, pas de perm' de week-end expirant le lundi matin, pas d'endroit déterminé ni d'heure limite, pas de restrictions dans le temps ni dans l'espace. Il écoutait religieusement tous les disques, parcourait tous les livres de Georgette (abonnée depuis trois ans au Club du Livre, bien que n'ayant jamais lu aucun de ceux qu'elle recevait), promenait avec délice ses mains sur les meubles, ses pieds nus sur les dalles du salon et sur les nattes japonaises de la terrasse, et, le soir, se préparait lui-même son dîner, dans la cuisine blanche dont chaque objet lui était désormais familier. Et puis il y avait le bar, le joli bar abondamment garni devant lequel il se plantait pour savourer un scotch ou un whisky-soda... La vie de château, quoi ! Pour un gars qui voulait tirer ses trente piges dans le militaire, il avait l'air de bougrement bien s'adapter à la vie civile !

Et puis il se souvenait, tout à coup, qu'il n'était pas vraiment civil, parce que les civils doivent gagner leur vie, et qu'il n'était plus, qu'il ne serait jamais plus militaire, parce que l'armée lui était désormais interdite... Et il n'y avait plus de joie en lui.

CHAPITRE XLIV

Il y avait deux jours que Prewitt était absent lorsque le sergent-chef de la Compagnie G revint de permission.

Un vieux dicton usité dans l'armée régulière prétend qu'on ne rentre de permission que pour se reposer : sinon on ne rentrerait jamais. Milt Warden ne faisait pas exception à la règle. Réintégrant sa salle de service après deux jours de biture, il y fut accueilli par le sergent-faisant-fonction-de-sergent-chef Dhom-le-Chauve, qui l'informa que sa permission était terminée depuis quatre heures et qu'il avait été porté déserteur au rapport du matin.

Warden ne se donna même pas la peine de sourire. Si, depuis quarante-huit heures, il n'avait guère cessé d'être ivre, c'était parce que son idylle de dix jours avec la femme de sa vie s'était soldée par un fiasco lamentable. Pour digérer une chose pareille, ce n'était pas quarante-huit heures de cuite qu'il fallait à un homme normalement constitué, mais au moins une semaine... Et le fait que, pendant ses quatorze jours d'absence, l'administration de sa compagnie eût été confiée à un âne bâté tel que Dhom-le-Chauve ne contribuait pas à lui rendre son optimisme.

Ce fut dans un silence amer qu'il écouta le portrait parlé du nouveau commandant de compagnie. Selon sa promesse, Dynamite avait proposé son ancien sergent-chef pour une permission de quatorze jours juste avant de partir pour le G.Q.G. de la brigade, et Warden n'avait donc pas encore fait la connaissance du premier lieutenant de réserve William L. Ross. Mais ni le grade, ni le fait que le nouveau commandant de compagnie fût homme de loi dans le civil, et juif par surcroît, ne parvinrent à tirer Milton Anthony Warden de son apathie.

Puis Dhom-le-Chauve l'informa que le soldat de deuxième classe Prewitt n'était pas rentré à son corps depuis quarante-huit heures, et, cette fois, Warden bondit sur son siège.

— Hein ?

— Quarante-huit heures, répéta Dhom, le visage coupable.

— Mais il était encore au dur quand je suis parti !

— Je sais bien. Il est sorti trois jours après ton départ. Il s'est montré doux comme un mouton pendant neuf jours et, le dixième, il était plus là.

— Sacré nom de Dieu de bon Dieu !

Instantanément, Warden oublia les ennuis sans nombre que lui avait causés, en se suicidant, un des juifs de la compagnie et ceux qu'allait probablement lui causer, dans un avenir très proche, le juif qui portait désormais sur ses épaules le sort de la G.

— Dis donc, on dirait que t'as fait un foutu gâchis dans ma salle de service, toi, gronda Warden. C'est tout de même malheureux que je puisse pas prendre quinze jours de permission sans que vous fassiez tous des conneries !

— C'est pas de ma faute..., commença Dhom.

— Non, coupa Warden.

Pourquoi diable n'avait-il pas été informé que Prewitt était sur le point de sortir du dur ? Il fallait qu'y fasse tout lui-même dans cette saloperie de compagnie !

— Alors, tu l'as porté absent...

— Eh ! non, murmura Dhom-le-Chauve, mal à l'aise, pas encore. Je...

— Quoi ?

— Attends... Ross connaît presque personne par son nom, dans la compagnie... en dehors de quelques sous-off's.

— Et alors ! Je vois pas ce que ça vient foutre là-dedans...

— Eh bien !... le caporal Choate l'a porté présent au réveil, le premier matin et... tu devais rentrer le surlendemain, alors je me suis dit que vingt-quatre heures de plus ou de moins...

— Ça alors, c'est la première fois que...

— C'est ta salle de service, lui rappela Dhom, impassible. Moi, j'ai fait qu'assurer l'intérim. Et j'espérais qu'y rentrerait avant que tu reviennes.

— Oh ! t'espérais ça, hein ?

— Ouais.

— Depuis quand est-ce que Prewitt est un de tes copains ?

— C'est pas un de mes copains.

— Alors, peux-tu me dire pourquoi diable t'as essayé de lui sauver la mise ?

— J'ai pas essayé. Je me suis dit qu'y rentrerait sans doute.

— Seulement, il est pas rentré ?

— Non, admit Dhom. Pas encore.

— Et qui c'est qui va payer les pots cassés, maintenant ?

Dhom haussa ses épaules massives et regarda Warden avec l'air ostensiblement innocent des coupables qui, malgré leur faute, se savent parfaitement en sécurité.

— Ah ! écoute, chef, je croyais que tu serais content que j'aie attendu que tu sois là pour t'en occuper toi-même.

— De la merde ! beugla Warden. V'là maintenant qu'y va falloir que je le porte absent rétroactivement depuis le 16 — on est dans quel mois ? — depuis le 16 octobre. De quoi que ça va avoir l'air dans le rapport ?

— Moi, j'ai fait ça pour te faire plaisir, dit le sergent Dhom.

— Tu parles ! ricana Warden.

Il se gratta la tête avec ses ongles.

— O.K. ! Mais y a une chose que je voudrais bien savoir, et c'est comment que tu t'es débrouillé pour que le reste de la compagnie s'étonne pas de l'absence de Prewitt. Tu vas pas me dire que personne a remarqué qu'il était plus là ?

— J'avais pas pensé à ça, riposta Dhom. Je suppose qu'y z'ont tous remarqué son absence, mais Ross connaît personne et y lui doivent rien... Et tu connais Culpepper. C'est pas lui qu'aurait remarqué quoi que ce soit. Je veux dire...

— Je sais ce que tu veux dire, trancha Warden. Autre chose encore. Comment Choate s'est-il débrouillé pour que Galovitch remarque rien ? Tu vas pas me dire que ce cher Ike est dans le coup, lui aussi ?

— Tu m'as pas laissé le temps de t'expliquer ça, répondit le sergent Dhom. Galovitch est plus chef de la deuxième section. Y s'est fait casser.

— Casser ! s'exclama Warden.

— Ouais. Casser. Sacquer. Dégrader. Balancer, énuméra Dhom avec satisfaction, d'une haleine.

— Par qui ?

— Ross.

— Pour quel motif ?

— Incapacité.

— Qu'est-ce qu'il avait fait ?

— Rien.

— Tu veux dire que Ross l'a sacqué sans motif ? Pour incapacité ? Comme ça ? Sans donner de raison ? Mais faut tout de même qu'il ait fait quelque chose, non ?

Dhom haussa les épaules.

— Ross l'a vu faire de l'ordre serré, l'autre jour.

— La vie est belle ! s'écria béatement Warden. Et qui c'est qu'on a nommé chef de section à sa place ?

— Le caporal Choate.

— Et comment, que la vie est belle ! s'écria plus béatement encore Warden.

Dhom saisit la balle au bond.

— Tu vois bien que je pouvais pas être au courant. Qui diable aurait pu croire que le caporal Choate porterait Prewitt présent le premier jour ? T'aurais cru ça, toi, chef ?

— Oh ! non, ironisa Warden. Oh ! non, sûr que non !

— Et tu sais comment est Champ Wilson. Y fait jamais attention à ce qui se passe dans sa section. Surtout pendant la saison d'entraînement. Alors tu vois bien que je pouvais pas le savoir.

— Oh ! oui, je vois ça très bien, acquiesça Warden. Rien d'autre ?

— Non, c'est tout, répondit Dhom en se levant. Ça t'embêterait que je prenne le reste de la matinée, chef ?

— Et pour quelle raison ? hurla Warden. Qu'est-ce que t'as fait de bien pour que je t'accorde le reste de ta matinée ?

— Ben, le temps que j'aille changer d'uniforme et que je monte au terrain d'exercice, y seront pratiquement sur le point de rentrer, expliqua Dhom, impassible. Oh !... à propos, t'as lu les journaux, ce matin ?

— Tu sais bien que je lis jamais les journaux, Dhom.

— Ben... Gras-Double Judson, tu sais... le gardien-chef du camp disciplinaire... y s'est fait refroidir y a deux nuits derrière la *Cabane Bambou.* Un coup de couteau dans la panse.

— Et alors ?

— Je croyais que tu le connaissais, prétendit le sergent Dhom.

— Je le distinguerais pas de Buster Keaton si je le rencontrais dans la rue.

— Alors, c'est tout, conclut Dhom, debout dans l'encadrement de la porte. Ça te fait rien que je prenne le reste de la matinée ? Faut que je remette un joint à un robinet qui fuit, à la maison.

— O.K. ! dit Warden, vas-y, casse-toi. Autant que tu prennes le reste de ta matinée, puisque si tu restes ici tu travailleras pas, de toute façon.

— Merci, chef, dit Dhom.

— Va te faire foutre ! riposta Warden.

Il regarda partir l'énorme sergent, dont les épaules gigantesques effleuraient des deux côtés l'encadrement de la porte et dont la grosse tête atteignait presque le sommet de l'huisserie. Dhom-le-Chauve, mari d'une grosse truie philippine, père d'innombrables petits métis au nez morveux, moniteur d'une des pires sections de boxe dans les annales du régiment, sergent-faisant-fonction-de-sergent-intérimaire d'une des compagnies les plus catastrophiques, soldat depuis dix-huit ans et condamné par sa famille de moricauds à demeurer exilé jusqu'à la fin de ses jours : un homme qui avait loyalement et cruellement donné l'exemple, lorsqu'il s'était agi d'appliquer le « traitement » prescrit par Dynamite pour « guérir » Prewitt de son obstination ; et qui, tout aussi loyalement, avait donné l'exemple lorsqu'il s'était agi de protéger ce même Prewitt des conséquences de sa désertion, probablement consécutive au meurtre de Gras-Double ! Sans doute se justifiait-il à ses propres yeux par quelque balançoire sentimentale sur la solidarité proverbiale de « nous autres, les anciens » ? Et, tandis qu'il le regardait s'éloigner, Warden discernait également, tout autour de lui, la trame invisible de cette conspiration tacite : rien d'ouvert, rien de convenu, rien d'avoué, juste une volonté générale de ne rien voir, une brusque ignorance universelle que ni rien ni personne ne pourrait ébranler.

Warden se renversa sur sa chaise, se demandant tout à coup ce qu'avait pensé Prewitt lorsqu'il avait appris que Milt Warden allait devenir officier. Puis ses yeux tombèrent sur le cahier de rapport, et il sentit renaître sa fureur. « Qu'est-ce que tu vas faire, Warden, se demanda-t-il en mettant le cahier sous clef dans son tiroir particulier. Parce qu'y a pas à tortiller, va falloir que tu fasses quelque chose ! »

Il pourrait toujours donner une semaine ou deux de sursis à ce propre à rien de Prewitt. A moins d'imprévu, comme les manœuvres annuelles, dont c'était bientôt la date. Même s'il n'arrivait à lui faire gagner que quatre ou cinq jours, ce serait toujours ça de pris, quand il reviendrait. Car Warden ne doutait pas un seul instant que Prewitt revienne un jour ou l'autre. Un engagé pour trente ans fait souvent des fugues. Pour sûr. Mais un engagé pour trente ans ne fait jamais un déserteur. Un rengagé ne déserte pas.

Ayant atteint cette conclusion satisfaisante, Warden se leva, ouvrit le dernier tiroir de son classeur, en sortit sa bouteille de whisky, dont il avait prudemment marqué le niveau sur l'étiquette, avant de partir, s'en octroya une large gorgée, pour dissiper sa gueule de bois, et grimaça :

— Pas fameux, ce whisky.

« Est-ce que ce salopard de Dhom en aurait pas remplacé la moitié par de la flotte pendant mon absence ? »

Il en but une autre gorgée. Aucun danger de se saouler avec ça ! Et il retourna s'asseoir à sa place, dans son costume à cent vingt dollars qu'il avait tant soigné naguère, avant son idylle d'une décade avec Karen Holmes. Il était écœuré. Voilà ce qui attendait un homme, quand il avait la prétention de se payer un peu de bon temps ! Non seulement on lui foutait la pagaille dans son boulot, mais on lui foutait aussi de la flotte dans son whisky. Y avait plus moyen d'avoir confiance en qui que ce soit !

Surtout pas en soi-même.

L'hôtel... pardon, l'auberge, était perchée au sommet de la chaîne de Koolau, dans la vallée de Kaneohe. Il l'avait choisie pour des raisons d'esthétique, et aussi parce que c'était le seul endroit dans l'île où ils pussent aller sans risquer d'être repérés par un quelconque sagouin. Karen avait prétexté une visite à sa sœur qui habitait Kauai. Holmes l'avait conduite au bateau et s'était attardé si longtemps dans le secteur que Warden avait à peine eu le temps de l'en faire redescendre avant qu'ils relèvent la passerelle. L'hôtel, pardon, l'auberge, n'était rien de plus qu'un piège à touristes, mais d'une telle classe que seuls les touristes les plus raffinés en connaissaient l'existence. Il y avait passé un week-end, dans le temps, et, cette fois, s'était donné la peine de retenir par téléphone un appartement de deux pièces, en coin, au troisième (et dernier) étage, avec vue sur la vallée s'étendant jusqu'à la mer, d'un côté, vue sur les montagnes, de l'autre. C'était vraiment une magnifique auberge, très retirée et très exclusive, avec de grands beaux arbres alentour, un joli parc et des écuries. Cette fois, ce serait parfait, de gré ou de force ! Cette fois, il avait bien l'intention de calfeutrer toutes les fissures à travers lesquelles pourrait s'infiltrer le monde extérieur.

L'une des premières choses qu'elle voulut savoir fut comment il se faisait qu'il connût l'existence d'un endroit aussi adorable, aussi cher et aussi retiré. Il lui avait répondu quelque chose, il avait oublié quoi, mais ça n'avait aucune importance. La toile de fond de leurs dix jours d'escapade était déjà partiellement tissée.

Ils allèrent se promener à cheval plusieurs fois, sur les pistes de montagne. Karen adorait monter à cheval.

Ils allèrent se promener en auto presque tous les soirs.

Ils allèrent se baigner deux fois, sur la plage de Kalama.

Ils étaient parfaitement hors d'atteinte du monde extérieur. C'était comme ça que tout le personnel de l'auberge gagnait sa vie : en maintenant à distance le monde extérieur.

Il n'avait oublié qu'une chose, et c'est qu'il est parfaitement inutile de fermer la porte au nez du monde extérieur puisqu'il faut bien la rouvrir pour pénétrer soi-même dans la tour d'ivoire et que, quoi que l'on puisse faire, on introduit partout le monde extérieur avec soi.

Peut-être que s'ils avaient eu plus d'argent...

Mais non. Ce n'était pas une question d'argent. Il lui restait encore plus de la moitié de ses six cents dollars. Et ç'avait été un drôle de boulot d'en dépenser la moitié avec Karen toujours sur le dos pour lui reprocher son extravagance, comme l'aurait fait une chère épouse.

Mais non. Ce n'était pas non plus une question de temps. Ils avaient eu trop de temps devant eux plutôt que pas assez. Et ç'avait été un drôle de boulot, pour Warden, de résister à la tentation de payer la note, et de rentrer à la caserne, et de la laisser rentrer chez elle, de couper court, en un mot, à ce qui ressemblait fort au banal fiasco des congés annuels, tout comme un vulgaire mari.

Ils avaient passé le plus clair de ces dix jours à s'entre-déchirer à belles dents. Vache pour vache. Au début, c'était : je te mets sur un piédestal et tu me mets sur un piédestal, mais, une fois le chef-d'œuvre créé, c'était : je te fous par terre et je te piétine et tu me fous par terre et tu me piétines.

Elle lui en voulait de l'avoir rendue si amoureuse de lui qu'elle avait laissé son fils entre les mains d'une servante indigène, et elle le lui faisait payer cher.

Il lui en voulait de l'avoir rendu si amoureux d'elle qu'il avait laissé sa compagnie entre les mains du sergent Dhom, et le lui faisait payer cher.

Elle lui en voulait d'avoir fait d'elle une putain, et le lui faisait payer cher.

Il lui en voulait d'avoir essayé de faire de lui un officier, et le lui faisait payer cher.

L'amour, but suprême de l'existence. Qu'ils disent !... Bon, admettons-le pour les besoins de la discussion. Mais, une fois ce but atteint, où aller ensuite ? Ça, l'histoire ne le disait pas ! Si seulement on pouvait s'arrêter là, jouir en paix du chef-d'œuvre créé. Mais a-t-on jamais vu un être humain se montrer capable de s'arrêter ainsi et de cesser de créer ? Et l'on ne recrée pas un chef-d'œuvre. On ne peut que le démolir !

Rageusement, Warden alla reprendre sa bouteille dans le tiroir du classeur et but une nouvelle gorgée de whisky baptisé. L'ennui, c'est que lorsqu'on veut rester scrupuleusement sincère on n'arrive pas à conserver une seule de ses illusions.

Mû par une idée machiavélique, il posa la bouteille bien en vue, sur le coin de son bureau, au lieu de la remettre dans sa cachette. Puis il se renversa sur son siège, dans son costume civil à cent vingt dollars, sale et fripé, posa ses pieds sur son sous-main et sourit à la bouteille innocente. Qu'est-ce qu'il attendait pour s'amener, cette espèce de salopard de lieutenant Ross, avocat à Chicago ? C'était peut-être lui, après tout, l'enfant de salaud, qui avait mouillé son whisky ?

« Le moins qu'y puisse faire, c'est de me muter, songea-t-il, plein d'espoir. Ou peut-être même qu'y va me dégrader ? Il a bien dégradé Galovitch, pas vrai ? »

CHAPITRE XLV

« Si encore ç'avait été tout le temps comme le soir du *luau* », pensait Warden, les pieds sur son bureau et les mains sous la nuque. C'était comme ça qu'il aurait fallu que ce soit tout le temps. Le *luau* avait eu lieu le huitième soir. Il avait fallu qu'elle fût à bout de ressources pour accepter. Car c'était à Waïkiki, où ils risquaient fort de rencontrer quelqu'un qu'ils connaissaient, et ce n'était même pas un vrai *luau*. C'était un *luau* pour touristes, et les touristes avaient tous lu Somerset Maugham, en guise de préparation à leur voyage sous les tropiques, et portaient tous des costumes ou des robes de toile blanche, mais au bout de quelques verres on oubliait les touristes, et c'était exactement comme un vrai *luau*, parce que tout le reste, du moins, était là.

Le long fossé avec le feu rougeoyant sur les pierres chaudes, et le cuisinier noir étalant en couches successives les feuilles de bananier sur lesquelles reposeraient les aliments pendant leur cuisson ; et puis la musique et les premières danses tandis que les odeurs commencent à émerger des feuilles de bananier, faisant monter l'eau à la bouche des spectateurs : la *pusa* en train de rôtir, avec un gros fruit dans la gueule, et les couennes grattées et le ragoût hawaiien dans les calebasses, et les poissons innombrables, et les fruits exotiques, papaya, ananas, malada, écorce de canne à sucre.

Les seuls *luaus* auxquels Karen eût jamais assisté, à Shofield, n'étaient que de pâles imitations organisées à l'usage des officiers. Elle n'avait jamais vu les danseurs de hula dont la grâce anguleuse et agile, les puissants et sauvages corps de bronze aux muscles luisants à la lueur des feux éclipsaient les tailles souples et les hanches mouvantes des wahinés. Elle n'avait jamais vu battre les petits tam-tams avec les genoux et les coudes, assis en tailleur sur le sol. Elle n'avait jamais mangé de peau de cochon ni de *poi*. Et comme elle n'avait jamais mangé, non plus, de ces vieux plats authentiques, dont les odeurs de fientes semblent disparaître comme par enchantement dès qu'on a le courage d'en mettre un morceau dans sa bouche, elle n'avait pu faire la comparaison. Pas plus qu'elle n'avait pu comparer ces chansons et ces danses à celles qu'on jouait et dansait autrefois chez Tony Paea, dont le père, Ioane Paea, avait été jadis seul propriétaire de l'île de Paea, avant l'arrivée des missionnaires. Ce vieux Tony était aux Etats, maintenant.

Plats et spectacle, Karen avait tout absorbé, tout dévoré. Presque tout le monde était ivre — même parmi les touristes — lorsque Milt avait envoyé promener sa chemise et ses sandales, roulé son pantalon jusqu'au-dessus du genou, sauté dans la lueur des flammes et dans *Meliani Oe*, après avoir calé derrière son oreille un gardénia cueilli dans la chevelure de la plus jeune wahiné, tandis que les danseurs hawaiiens hilares — qui finissaient toujours par oublier leur qualité d'amuseurs rétribués — marquaient le rythme tout autour de lui, ceux qui étaient assis en frappant le sol avec leurs mains, ceux qui étaient debout en le martelant avec leurs pieds.

Cela fit une certaine sensation. Peu de Blancs sont capables de danser la hula, et moins encore de la bien danser. Mais Warden n'avait pas oublié les leçons du vieux Tony, et son physique s'y prêtait à merveille.

Lorsqu'il était revenu, le sourire aux lèvres, il avait planté le gardénia dans les cheveux de Karen, tandis que les touristes s'entre-glissaient dans le tuyau de l'oreille qu'il devait appartenir à quelque vieille famille insulaire, car en dépit de sa couleur il avait l'air plus sauvagement hawaiien que les natifs de l'endroit.

— Des natifs, s'était esclaffé Warden, qui reprendraient demain matin leurs emplois de filles de salle chez Walgreen et de mécaniciens dans quelque garage, et que les touristes ne reconnaîtraient même pas s'ils entraient chez Walgreen ou faisaient réviser leur carburateur au garage du coin !

— Tu es toujours plein d'imprévu, lui avait dit Karen en souriant. Tu aimes choquer les gens, n'est-ce pas ? Où as-tu appris à danser comme ça ?

Et cette nuit-là, lorsqu'ils étaient revenus à l'hôtel — pardon, à l'auberge — ç'avait été à nouveau comme ça n'était plus depuis longtemps et comme il aimait que ce fût. La déesse adorée par la vilaine grande brute de sauvage.

— Mon sauvage, avait-elle murmuré avec une ironie infiniment tendre. Mon grand cinglé de vilain sauvage.

La nuit suivante — l'avant-dernière — il avait commis l'erreur de vouloir retrouver tout ça, et non seulement elle l'avait repoussé, mais elle avait bondi hors du lit, et, après une longue série d'invectives au sein desquelles transparaissaient à nouveau ses inquiétudes au sujet de son fils (« Et s'il était malade ? Comment le saurais-je ? S'il mourait, pendant que je suis là, dans un hôtel, avec un autre homme comme une vulgaire putain ? »), elle avait fini par dormir dans le second lit...

« Au fond, dit à Warden la partie toujours strictement objective de son esprit, ce que tu aimes le plus en Karen, c'est toi-même. Aussi longtemps qu'elle te place sur un piédestal et te fait aimer Milt Warden davantage, parce que c'est un homme tellement différent des autres, tu l'aimes aussi, naturellement. Parce qu'elle fait de toi un homme remarquable. Mais dès qu'elle se met à tout reflanquer par terre et à te piétiner et qu'elle te fait détester Milt Warden, parce que c'est un tel propre à rien, alors, là, bien sûr, tu l'aimes déjà beaucoup moins. Parce que tu n'es plus, alors, qu'un enfant de salaud comme tous les autres. Et, si ça continue trop longtemps comme ça, tu finis par ne plus l'aimer du tout. Ce qu'il fallait démontrer. »

Il regarda mélancoliquement sa bouteille de whisky, mais le whisky n'avait aucune valeur thérapeutique contre ce genre de maladie. Il venait de l'essayer pendant quarante-huit heures, et ça n'avait absolument rien donné.

Lorsque le lieutenant Ross fit enfin son entrée dans la salle de service, il feignit superbement de ne pas remarquer la bouteille posée bien en vue sur le coin du bureau de son sergent-chef. Il lui serra la main, échangea quelques paroles avec lui, histoire de faire connaissance, toujours sans paraître remarquer le whisky, le costume civil fripé, ou la barbe de trois jours qui noircissait les joues de son sergent-chef.

« Le salopard, pensa Warden. Y sait foutre bien qu'y pourra jamais la faire marcher sans moi, sa putain de compagnie ! Si je lui offrais de boire un coup, est-ce qu'y ferait toujours mine de pas remarquer ma bouteille ? »

— J'ai quelque chose pour vous, sergent, annonça le lieutenant Ross en tirant un papier de sa poche. Suite à la demande que vous avez faite, j'ai le plaisir de vous apprendre que vous allez pouvoir passer l'examen sans avoir à suivre les cours ! Ceci en raison de vos années de service, de votre grade, de votre expérience... et d'une lettre écrite par le colonel Delbert, demandant que l'on vous en dispensât.

Il s'arrêta, sourit d'un air engageant.

Warden ne répondit pas. Qu'était-il censé devoir faire exactement ? Se taper le derrière par terre en poussant des cris de joie ?

— Voilà une copie du questionnaire auquel vous serez soumis lundi prochain, reprit le lieutenant en posant le papier sur le bureau de Warden. Le colonel Delbert vous l'envoie avec ses compliments, pour que vous y jetiez un coup d'œil avant l'examen.

— Merci, dit nonchalamment Warden sans regarder le questionnaire. Mais j'en aurai pas besoin. Vous ne voulez pas boire un coup, mon lieutenant ?

— Pourquoi pas ? répondit le lieutenant Ross. Le colonel Delbert m'avait prévenu que vous répondriez sans doute de cette manière, en le refusant tout net ou en disant que vous n'en auriez plus besoin, mais il tenait tout de même à ce que je vous l'apporte, pour que vous sachiez que nous sommes tous avec vous.

Furieux, indigné, révolté, Warden le regarda déboucher calmement la bouteille de whisky.

— Un peu faiblard, pas vrai ? opina le lieutenant.

— Un salaud quelconque m'a foutu de la flotte dedans pendant que j'étais en permission, expliqua Warden, les yeux dans les yeux de William L. Ross.

— C'est vache, confirma le lieutenant avec une moue.

— C'est marrant, dit Warden avec nonchalance, j'aurais plutôt cru que ce vieux Jake Delbert ferait tout ce qu'il pourrait pour me couler, au lieu de me donner un coup de main. Surtout depuis son histoire avec Holmes...

— D'après ce que j'ai cru comprendre, expliqua Ross, le colonel Delbert a une excellente opinion de vous, en tant que soldat. Beaucoup trop excellente pour qu'un désagrément personnel l'empêche de vous épauler, s'il estime que vous le méritez.

Warden attendit qu'il fût parti pour reprendre la copie du questionnaire. Pas étonnant qu'ils aient de tels corniauds en fait d'officiers, avec des examens aussi enfantins ! Il connaissait les réponses aux questions avant même d'avoir fini de les lire. « Si vous avez des questions à me poser, ne vous gênez pas, ricana-t-il. Merde ! » Il fourra le papier dans sa poche et regarda le lieutenant s'éloigner par la fenêtre de la salle de service. William L. Ross pliait les genoux d'une drôle de façon en marchant, et son uniforme lui allait comme un tablier à une vache. Un fier soldat ! Un homme du monde ! Poli, aimable, et tout et tout. Warden alla ranger sa bouteille dans le tiroir du classeur. Eux et leur foutu questionnaire ! Quelle blague !

Mais ce soir-là, pendant que Pete était parti rendre visite à l'un de ses vieux copains du 27, il parcourut à nouveau le texte de l'examen. Et le lundi suivant, lorsqu'il alla passer l'épreuve au Q.G. régimentaire, il rédigea dédaigneusement toutes les réponses, jeta sa feuille sur le bureau du sous-lieutenant chargé de minuter l'examen et quitta dédaigneusement le Q.G., sentant sur sa nuque le regard incrédule du sous-lieutenant. Il avait répondu à toutes les questions en moins de la moitié des deux heures allouées aux candidats par le règlement de l'examen.

Ce fut lorsqu'il regagna la salle de service, ce matin-là, que Rosenberry, le nouveau secrétaire, lui tendit l'ordre spécial du ministère de la Guerre décrétant que les manœuvres d'automne commenceraient, cette année, le 20 octobre, c'est-à-dire deux jours plus tard.

Milt Warden porta Prewitt présent au rapport du matin jusqu'au jour où la compagnie partit pour les manœuvres. Il avait pu lui donner une semaine de sursis. Ce serait probablement suffisant pour lui sauver la mise, en cas d'enquête sur la mort de Gras-Double Judson. Et c'était le mieux qu'il pût faire.

La veille de leur départ, il se rendit au café de *L'Ancre Bleue,* dans la rue du Roi, à deux pas du *Nouveau Congrès.* C'était le lieu de pèlerinage favori de la Compagnie G, d'abord parce que le verre de whisky n'y coûtait pas cher, ensuite parce que c'était à deux pas de chez la mère Kipfer. Les gars de la compagnie l'appelaient *Le Chancre Bleu.* Il n'y rencontra personne. Les gars étaient tous en train de se préparer au départ du lendemain. Milt passa quatre heures à boire du whisky et de la bière en bavardant avec Rose, la serveuse chinoise, mais Prewitt ne se montra pas. Rose déclara qu'elle ne l'avait pas vu depuis des mois et des mois. Mais, dans le cas contraire, Rose l'eût-elle renseigné ? Rose et Charlie Chan, le barman-propriétaire de la boîte, en savaient aussi long sur les affaires de la Compagnie G que l'administration de la compagnie elle-même. Rose avait été mariée à la petite semaine avec presque tous les sous-off's de la G.

Pour une raison ou pour une autre, le sergent Warden avait espéré rencontrer Prew ce soir. Prew ne rentrerait peut-être jamais à la caserne, mais il ne resterait pas indéfiniment sans nouvelles de la compagnie, et *Le Chancre Bleu* serait le premier endroit où il se rendrait pour en avoir. Ce n'était qu'une intuition, mais basée sur une saine logique.

Le lendemain, la compagnie partit en manœuvres, et il dut se résigner à porter Prewitt absent au rapport du matin.

Le lieutenant Ross, que ses premières manœuvres rendaient extrêmement nerveux et qui, avant d'apprendre l'absence de Prewitt, avait ignoré jusqu'à son nom, entra tout d'abord dans une colère folle et voulut le faire passer au conseil de guerre. Warden dut lui expliquer que Prewitt était probablement ivre mort dans quelque cabane, en compagnie d'une wahiné, et qu'il se présenterait sans doute au P.C. de la baie d'Hanauma, dans un jour ou deux, avant que le lieutenant veuille bien accepter l'idée de Warden, qui était de porter simplement Prewitt sur le cahier de punitions. Le lieutenant Ross s'efforçait d'apprendre les us et coutumes de l'armée régulière. Il éclata de rire et revint à de meilleurs sentiments.

Ce que Warden espérait en réalité, c'était que les manœuvres finiraient par ramener Prewitt au bercail. Il installa son P.C. dans la baie d'Hanauma et attendit patiemment le retour de Prew, se demandant pourquoi il se cassait tellement la tête pour ce salopard. Il fallait qu'il ait une sérieuse case de vide pour s'esquinter le tempérament à essayer de tirer des flûtes un type qu'il avait qualifié lui-même de forte tête le jour de son arrivée à la G ! Mais il lui semblait que, s'il pouvait sauver Prewitt, il sauverait également quelque chose de plus. Quelque chose qui justifierait autre chose. Prew était devenu, pour lui, le symbole de quelque chose, et lorsque les jours commencèrent de passer sans amener le retour de Prewitt il s'aperçut qu'il prenait cette histoire à cœur autant que s'il se fût agi d'une affaire personnelle. D'autant plus que la bonne humeur du lieutenant Ross commençait visiblement à s'user sur les bords !

Warden finit par conclure que Prew s'imaginait sûrement qu'on le recherchait pour le meurtre de Gras-Double. Comment lui faire savoir qu'il n'en était rien, puisque tout le monde ignorait où il se cachait ? Et pas moyen d'essayer de lui mettre la main dessus, avec ces foutues manœuvres.

Cette année, le canevas des manœuvres prévoyait un débarquement de forces ennemies dans la baie de Kawela, à l'extrémité nord de l'île. Le 27e et le 35e d'infanterie, auxquels était adjoint le 4e d'artillerie, constituaient les forces rouges assaillantes ; le 19e et le 21e, avec le reste de l'artillerie de campagne et la totalité de l'artillerie côtière, constituaient les forces blanches défensives. Les rouges débarquaient le troisième jour. La Compagnie G fit une marche forcée de cinquante kilomètres, creusa des tranchées qu'occupa une autre unité, fut transportée à huit kilomètres au-dessous de Kahuku, creusa de nouvelles tranchées, fut mise en réserve et passa le reste des quinze jours de manœuvres à jouer aux cartes, jusqu'à ce qu'on vînt les informer que la bataille était finie, que tous les ennemis avaient été repoussés et capturés et qu'il était temps de relever le camp. Ils démontèrent le bivouac, s'empilèrent dans des camions et reprirent le chemin de Shofield. Jusque-là, tout était normal. Les manœuvres avaient été d'honnêtes manœuvres, en tous points semblables à celles des années précédentes.

Puis le tableau changea. Au lieu de les ramener à Shofield, les camions les reconduisirent aux positions qu'ils avaient occupées le premier jour, sur les plages, en même temps que d'autres camions venus de Shofield déversaient sur le sable des piles de bêches, de pics et de pioches, des tas de sacs de ciment et de planches de coffrage. De l'un des camions sortirent même trente perceuses « Barco » à essence.

Personne ne savait dans quel but.

Comme en réponse, leur parvinrent des ordres de construire des casemates bétonnées sur toutes leurs positions, et, simultanément, arrivèrent des camions pleins de tentes « pyramide » et de couchettes volantes, qui transformèrent les bivouacs temporaires en campements permanents.

Warden réinstalla son P.C. dans la baie d'Hanauma. C'était la première fois qu'on voyait une chose pareille dans l'île. Ceux qui s'y trouvaient depuis deux ou trois décades (comme Turp Thornhill ou Pete Karelsen) étaient tous là pour le dire.

Jusqu'à présent, ils s'étaient toujours contentés de dresser les mitrailleuses à l'air libre et de roupiller sur le sable, roulés dans leurs couvertures. Ils avaient toujours su, bien entendu, que si l'île était attaquée un jour les forces navales ennemies n'auraient pas grand-chose à faire, dans ces conditions, pour nettoyer les plages de tous leurs défenseurs avant même de débarquer un seul homme. Mais du moment que Waïkiki n'était pas loin, avec ses bars et ses bordels, et qu'il y avait alentour des douzaines et des douzaines de gentilles filles indigènes à qui montrer les redoutables machines de guerre, tout le monde s'en foutait éperdument. Et d'ailleurs, qui diable s'aviserait jamais d'attaquer l'île ? Les Japonais ?

Montrer les mitrailleuses aux petites Hawaiiennes était vraiment ce qu'on faisait de mieux dans l'art de la séduction éclair. Pratiquement irrésistible. En plus de l'effroi engendré par la mort en puissance qu'elles contenaient, les mitrailleuses avaient cet attrait de la machine inconnue, qu'aucun Américain des deux sexes, blanc, noir ou café au lait, ne peut résister à l'envie de tripoter pour voir ce qu'elle a dans le ventre. Devant une vertu particulièrement récalcitrante, il était recommandé de faire asseoir la poupée derrière la mitrailleuse, de lui permettre de faire virer l'engin sur son pivot et de presser la détente à vide. Même une wahiné authentiquement vierge ne pouvait résister à ça, et elle se moquait, ensuite, d'être dépucelée sur le sable, à l'intérieur d'une tente-abri. On disait que toutes les autres unités d'infanterie agissaient de même et construisaient les abris bétonnés autour de leurs nids de mitrailleuses, mais la Compagnie G n'en avait cure. Elle avait plus de paires de fesses à sa disposition qu'elle n'en avait jamais eu ; sans compter les bouteilles de whisky qu'achetaient les wahinés avec l'argent qu'ils leur donnaient, ou qu'elles achetaient elles-mêmes, si leurs séducteurs étaient fauchés. La grande qualité des wahinés, fiston, quand on les compare avec les femmes blanches, c'est qu'elles aiment leur radada avec une bonne dose de whisky, tout comme nous autres soldats de cette belle armée.

Seul peut-être au sein de l'allégresse générale, Milt Warden se demandait parfois si ce n'étaient pas là les signes avant-coureurs de la grande bagarre, si Washington n'avait pas eu connaissance de certaines informations ultra-secrètes qui portaient à croire que... Mais, puisque personne ne semblait s'en soucier, ce n'était pas à lui de jouer les trouble-fêtes.

CHAPITRE XLVI

Ce fut pendant ces six semaines de grâce, du 16 octobre au 28 novembre, tandis que les hommes de la G suaient sang et eau sur le rocher de Makapuu et se fussent volontiers laissé amputer du bras gauche pour changer de place avec lui, que Robert E. Lee Prewitt commença à comprendre que cinquante pour cent de l'agrément procuré par une permission semble provenir du fait, désagréable en soi, qu'elle n'est pas éternelle et que, bon gré mal gré, il faudra bien rentrer à temps pour le réveil.

Il était parfaitement au courant des manœuvres : Alma et Georgette lui en avaient apporté la nouvelle deux jours avant qu'elles fussent commencées. Et puis il y avait les articles de journaux qui se servaient des manœuvres annuelles pour examiner la situation en Europe. Mais ce que disaient les journaux n'intéressait pas Prew. Il les lisait cependant d'un bout à l'autre, parce que cette lecture repoussait de deux heures le moment où il se retrouverait seul avec le bar-radio, le tourne-disque et la vue sur la vallée, dont les charmes avaient fortement pâli à ses yeux, depuis qu'il était impossible de les quitter. Il n'éprouvait même plus aucun plaisir à avoir sa propre clef dans sa poche, puisque, ne pouvant plus sortir de la maison, il n'avait plus jamais l'occasion de s'en servir.

Ce fut ainsi qu'il se lança sur les livres de Georgette avec une voracité qu'il n'avait ressentie qu'une seule fois auparavant, pendant son séjour à l'hosteau de Myer, après que sa maîtresse du moment, la jeune fille d'excellente famille, lui eut traîtreusement refilé la chaude-pisse. Il lut nuit et jour pendant plus de deux semaines. Lorsque les femmes se levaient à midi, ou rentraient de leur travail vers deux heures du matin, elles le trouvaient invariablement plongé dans un livre, avec le dictionnaire et un verre de whisky à portée de la main, car il s'était aperçu que trois ou quatre verres de whisky rendaient beaucoup plus plausibles les histoires les moins vraisemblables. Alma, excédée, le coinça dans la cuisine en tête à tête, un matin, et ordonna :

— Flanque-moi ce bouquin de côté, veux-tu, et écoute-moi ! Je commence à en avoir plein le dos de parler perpétuellement à la couverture d'un livre. C'est tout juste si j'aperçois ta figure une fois par jour, et quand tu daignes me regarder c'est avec des yeux de somnambule... comme en ce moment ! Je m'appelle Alma, tu te souviens ? Et je veux savoir ce que tu as l'intention de faire. Retourner dans l'armée ? Rester ici et trouver du boulot ? Rentrer aux Etats ? Quoi ?

Prew déchira un morceau de journal pour marquer sa page et jeta son livre à l'autre bout de la table, hors de sa portée.

— A franchement parler, je me le suis pas encore demandé. Pourquoi ?

— Pourquoi ? ironisa-t-elle. Eh bien ! mais parce que dans moins d'un an je rentre chez moi, tu sais. Il faudra bien que tu trouves quelque chose d'ici là !

— O.K. ! riposta-t-il, je vais y réfléchir.

— Tu sais très bien que je ne peux pas te ramener avec moi en Oregon, si c'est à ça que tu es en train de penser, lui dit-elle avec une froideur visiblement calculée.

Il y avait pensé, effectivement, mais il en avait abandonné l'idée.

— Est-ce que je t'ai jamais demandé de me ramener avec toi ?

— Non, admit-elle.

— Alors pourquoi que t'attends pas qu'on te le demande avant de te mettre à distribuer des refus à la ronde ?

— Parce que je veux pas me réveiller sur le bateau avec toi dans ma couchette.

— T'inquiète pas, y a pas de danger que ça t'arrive. Alors, maintenant que t'es rassurée, attends que le moment soit venu de te tracasser à mon sujet, veux-tu ?

— Pour ce que c'est agréable de t'avoir là ! se rebiffa-t-elle. Depuis trois semaines, t'as rien fait de plus que de bouquiner sans arrêt en buvant comme une éponge ; les seules fois où t'en es sorti, ç'a été pour faire du gringue à Georgette !

— Et c'est pour ça que tu me tombes dessus de cette façon ?

— Peut-être que t'aimerais tout simplement rester à la colle avec elle, après mon départ ?

Il y avait également songé. Il avait déjà songé, en fait, à des tas de choses. Mais il se fâcha de le lui entendre dire.

— C'est peut-être pas une si mauvaise idée, après tout, ricana-t-il.

— A première vue, non, dit froidement Alma, mais il se peut que Georgette ne puisse ni conserver cette maison, que nous payons toutes les deux, ni continuer à t'entretenir comme je le fais actuellement.

— O.K. ! trancha-t-il en se levant. Tu veux que je mette les voiles maintenant ?

Les yeux d'Alma s'écarquillèrent, et Prew l'observa en silence, assez fier de sa contre-attaque.

— Où est-ce que tu irais ? riposta-t-elle.

— La question n'est pas là.

— Oh ! ne fais pas l'idiot, s'emporta-t-elle brusquement.

Prew sourit, sachant parfaitement que d'une manière ou d'une autre il avait repris l'avantage. Leur vie ressemblait un peu plus chaque jour à une partie de tennis âprement disputée. Avantage dedans ; avantage dehors ; avantage dedans ; avantage dehors.

— Y a des tas d'endroits où je pourrais aller, reprit-il, désireux de gagner le jeu. Je trouverais bien du boulot. Ou une autre putain pour qui maquereauter. Je pourrais peut-être même rentrer à la compagnie. Y savent sans doute pas que c'est moi qu'ai piqué Gras-Double, de toute façon, conclut-il, mentant sans vergogne.

L'allusion au maquereautage éventuel d'une autre putain n'atteignit nullement Alma.

— Ce serait te fourrer dans la gueule du loup, et tu le sais très bien, dit-elle avec irritation.

— Je pourrais même m'embarquer en douce sur un rafiot, continua-t-il. J'irais au Mexique et je me ferais cow-boy !

— Je n'ai jamais eu l'intention de te demander de partir avant que tu saches où aller, s'écria-t-elle. Pour qui me prends-tu ? J'aurais cru que tu me connaissais mieux. Tu n'as pas à partir si tu n'en as pas envie. Moi, je ne demande qu'à ce que tu restes.

— On le dirait pas, à t'entendre !

— Tu crois peut-être que c'est drôle de te voir passer ton temps à reluquer Georgette en calculant tes chances ?

— Et tu crois peut-être que c'est drôle de vivre à tes crochets et de me l'entendre reprocher à chaque fois que t'es en pétard après moi ? Qu'est-ce que je suis censé faire quand tu rentreras chez toi pour épouser un richard ? T'accompagner jusqu'à la passerelle et me foutre à l'eau ensuite avec une pierre au cou ? Y me semble que t'en exiges beaucoup d'un seul homme !

— Je pense pas que ce soit trop exiger de te demander de me préférer aux autres femmes, riposta-t-elle, sérieuse. Du moins, tant que je suis là. Je sais comment sont les hommes ; je suis payée pour le savoir. Mais je pense pas que ce soit trop exiger de te demander ça.

— C'est difficile de préférer une femme quand elle a visiblement pas envie de coucher avec vous !

— C'est difficile d'avoir envie de coucher avec un homme qui ne vous préfère même pas aux autres femmes, rétorqua Alma. Surtout quand il a même pas l'air de vous reconnaître quand il vous regarde !

— Alors tu veux que je m'en aille, oui ou non ? coupa-t-il.

Alma se leva, éteignit le réchaud à gaz et se mit à préparer du café frais.

— Oh ! Prew, Prew... Pourquoi as-tu fait ça ? Pourquoi as-tu tué ce type ? Ça marchait si bien, nous deux, jusqu'à ce qu'ils t'envoient au dur. Pourquoi a-t-il fallu que tu fasses une chose pareille ?

— Je l'ai toujours fait, dit-il simplement, contemplant ses poings. J'ai toujours abîmé tout ce que je touchais. Peut-être que tous les hommes font pareil, ajouta-t-il, se remémorant les paroles de Jack Malloy. Je sais pas pourquoi, mais je sais que je l'ai toujours fait.

— Y a des moments où j'ai l'impression de même pas te connaître, dit Alma. Quand ton sergent-chef Warden est venu me voir, il m'a dit que t'aurais pu t'en tirer sans même aller au dur, si t'avais voulu.

Prew releva vivement les yeux.

— Il est revenu te voir là-bas ? Quand ça ? Réponds-moi, sacré nom de Dieu !

— Non, dit Alma. Je parle de la première fois, quand il est venu me dire que t'étais en prison. Il a fait allusion à quelque chose qui aurait pu te sauver la mise, mais que tu n'avais pas voulu dire. Pourquoi t'énerves-tu comme ça ?

— Je sais pas, dit Prew. Je me demandais s'il était revenu te voir.

— Tu crois tout de même pas que c'est lui qui te trahirait, non ?

— Je sais pas, dit-il, contemplant à nouveau ses poings. J'ai jamais été fichu de savoir s'il le ferait ou pas.

— Je te plains, dit sincèrement Alma.

— Tu peux pas comprendre, répondit-il. Y a des moments où je voudrais être revenu au dur...

Angelo Maggio. Jack Malloy. Le grand Berry. Francis Murdock. Stonewall Jackson. Les longues soirées de parlotes à la lueur des cigarettes.

— Et quand tu es sorti tu es resté neuf jours sans venir me voir ni même me téléphoner, lui reprocha-t-elle.

— Je voulais pas risquer de t'impliquer dans une sale histoire, sacré bon Dieu ! vociféra-t-il.

Elle s'abstint de rire. C'était la première fois, depuis que la blessure de Prew était guérie, qu'elle ressentait à nouveau, envers lui, ce curieux sentiment, si bizarrement proche de l'amour maternel.

— Prew, mon petit Prew, murmura-t-elle en lui prenant doucement la tête entre ses mains. Viens, Prew. Viens avec moi.

Prew se releva et la suivit dans la chambre à coucher. Puis ils regagnèrent la cuisine, où Georgette ne tarda pas à les rejoindre, amicalement impudique dans son mince peignoir de tissu imprimé qui moulait étroitement ses formes généreuses, Georgette, si semblable aux héroïnes décrites dans les ouvrages que lui envoyait le Club du Livre.

Alma regarda Prew, se détourna ostensiblement, et Prew s'efforça de ne pas regarder Georgette. Même lorsqu'il s'adressait à elle, c'était Alma qu'il regardait, ou le mur d'en face, ou ses poings fermés. Au bout d'une demi-heure de ce manège, Georgette se leva, manifestement offensée, et perplexe, passa dans sa chambre, s'habilla et sortit. Alma suivit son exemple, après avoir annoncé, tout comme Georgette, et sèchement, qu'elle ne rentrerait pas déjeuner.

Prew se retrouva seul dans la petite maison.

Il tenta de reprendre sa lecture, mais l'escarmouche de la matinée avait achevé de détruire le mythe qui, de toute manière, commençait à donner des signes de fatigue. Il ne pouvait plus s'intégrer à l'univers imprimé. Il ne pouvait plus lire. Même après cinq ou six verres de whisky. Il ne pouvait s'empêcher de penser à chaque instant que l'armée lui était désormais interdite.

« Alors ? Qu'est-ce que tu as l'intention de faire, Prew ? »

Alma avait dans un de ses tiroirs un 9,5 Smith et Wesson qu'un flic de l'endroit lui avait offert.

Quoi qu'il puisse arriver, Prew n'avait pas l'intention de retourner au dur. Avec Angelo, Malloy, Berry et tous ceux d'avant, oui, à la rigueur. Mais pas maintenant que tout avait dû changer, à l'exception, peut-être, de papa Thompson.

Il y avait des cartouches de rechange dans une petite boîte. Prew ôta celles qui garnissaient le chargeur depuis sans doute bien des années, les remplaça par des projectiles neufs, en empocha une poignée supplémentaire et glissa l'arme sous sa ceinture. Puis il prit quelques dollars dans un autre tiroir, quitta la maison, descendit à pied jusqu'à la rue Kaimuki et sauta dans un tramway qui le déposa à proximité du *Chancre Bleu*.

C'était épatant de se retrouver au grand air après tout ce temps. Son flanc était encore tout raide, mais la marche ne le faisait pas souffrir. Il n'y avait personne de la compagnie, au *Chancre Bleu*, et Charlie Chan lui apprit que tous les hommes de la G étaient à la pointe de Makapuu, en train de bâtir des casemates. Bon sang! Ils n'avaient jamais parlé de ça, dans les journaux.

Rose les rejoignit au bout d'un moment et demanda à Prew comment il trouvait la vie civile. Cette question le fit sursauter; puis il se souvint qu'il était normal, après tout, que le patron et la serveuse du *Chancre Bleu* fussent au courant de son histoire, et tous trois analysèrent pendant un bon moment les avantages comparés de la vie civile et de la vie militaire. Personne ne fit la moindre allusion à Gras-Double Judson.

Rose apprit également à Prew que Galovitch avait été renvoyé dans le rang, que Warden était en passe de devenir officier — peut-être l'avait-il déjà entendu dire, pendant ses neuf jours d'attente, mais, pour sensationnelle qu'elle fût, la nouvelle n'était pas allée jusqu'à son cerveau — et qu'enfin le nouveau commandant de compagnie, un certain lieutenant Ross, n'avait pas l'air d'un mauvais bougre, d'après ce qu'en disaient ceux de la G.

Plus ils bavardaient, plus Prewitt sentait croître sa nostalgie. Il dut se tenir à quatre pour ne pas se saouler, ce qui, bien entendu, était la dernière chose à faire. Ils devaient en voir de dures, à Makapuu, pour creuser les assises de leurs casemates dans un tel bloc de pierre. Mais, chose curieuse, au lieu d'augmenter sa joie de n'y point participer, cette image redoublait son désir de se retrouver là-haut avec toute la bande.

Il resta chez Charlie jusqu'à près de dix heures, écouta complaisamment au comptoir les lamentations du patron, mangea des saucisses chaudes avec plus d'appétit qu'il n'avait jamais dégusté les petits plats fins d'Alma, tandis que Rose partageait son temps entre les clients occasionnels et le sergent d'artillerie auquel elle réservait actuellement ses faveurs. Charlie ne parlait guère d'autre chose que de « ces saloperies de manœuvres, qu'étaient comme ça poul la plemièle fois, et qu'il avait hâte de voil se telminer, palce que depuis que tous les biffins étaient sul les plages, les affaires malchaient pas folt ».

Prew allait partir lorsque Rose revint vers lui. Elle venait de se rappeler que le « selgent Walden avait demandé aplès lui, juste la veille des manœuvles, et voulait savoil ce qu'il faudlait lui dile, s'il levenait ».

Charlie éclata de rire. Lui aussi trouvait la blague excellente.

— Dites-lui que je suis venu, répliqua sérieusement Prew. Dites-lui que ça me ferait plaisir de revoir sa sale gueule et que, s'il a envie de me voir, c'est ici qu'il a le plus de chance de me rencontrer.

Rose et Charlie acquiescèrent, sans marquer le moindre étonnement. Ils avaient l'habitude. « Gars de l'almée, plesque tous un peu beaucoup cinglés. »

Prew rentra vers minuit, toujours en tramway (probablement à cause de cette impression de liberté que lui procurait la présence, autour de lui, de tous ces gens qui pouvaient aller et venir sans avoir la sensation d'être suivis des yeux par tous les flics croisés en chemin; impression qu'il n'eût point éprouvée dans la solitude d'un taxi).

Il remit soigneusement le pistolet à sa place habituelle et les cartouches de rechange dans la petite boîte de carton. Il dormait profondément lorsque Georgette et Alma rentrèrent de leur travail, vers deux heures et demie du matin.

CHAPITRE XLVII

Ce fut parce que Rose lui avait rapporté les paroles de Warden que Prew retourna au *Chancre Bleu.* Il savait qu'il risquait gros. Une fois, pour avoir des nouvelles, passe encore. Récidiver était non seulement dangereux, mais inutilement téméraire : c'était un défi à la Providence. Et pourtant il dut retourner quatre fois au *Chancre Bleu* avant d'y rencontrer Warden. Chaque fois, il se munissait du revolver d'Alma et le remettait en place à son retour. Alma et Georgette avaient remarqué qu'il était de meilleure humeur depuis quelque temps, mais elles étaient loin d'en soupçonner la raison.

Les trois premières visites de Prew, qu'il avait eu soin de répartir sur un certain laps de temps, furent infructueuses, car la compagnie était toujours à Makapuu, en train de bâtir des casemates, mais la quatrième fois — c'était le 28 novembre — il tomba sur toute une brochette de gars de la G : le grand chef Choate (sergent à présent), Vendredi Clark et Anderson, le sergent Lindsay, le caporal Miller, Pete Karelsen, le sergent-fourrier Malleaux, Rhodes-le-Poussiéreux, Nair-le-Taureau et quelques-unes des nouvelles recrues. Ils n'étaient rentrés que depuis quelques heures et paraissaient en pleine forme, hâlés, rasés de frais, avec des mines de durs à cuire et des mains aussi calleuses que s'ils venaient de passer six semaines au dur. Tous les gars furent heureux de le voir et le manifestèrent en lui flanquant de grandes claques dans le dos. Stark n'était pas là, et Prew fut déçu. Il eut un mal de chien à ne pas se laisser saouler et à ne pas prononcer le nom de Warden.

Le lendemain soir, malgré le risque, Prew revint au *Chancre Bleu.* Quelqu'un avait pu le signaler, mais au fond de lui il était persuadé du contraire, et, bien que tous les autres eussent imité son mutisme, la veille, au sujet de Warden, il avait l'intuition que le sergent-chef viendrait ce soir. Il les revit presque tous, et aucun d'entre eux ne lui parla de Warden, mais il continua d'attendre en buvant de la bière, sans jamais cesser de surveiller la porte, les paumes moites à la pensée que certains de ces hommes étaient allés ou iraient ce soir au *Ritz* ; au *Ritz,* où travaillait Georgette.

Warden apparut enfin ; mais il n'entra pas dans l'établissement ; il ne jeta même pas un coup d'œil à l'intérieur de la salle. Il passa, lentement, devant la porte ouverte et redisparut. Personne n'eut l'air de l'avoir vu. Prew attendit deux ou trois minutes, acheva de vider son verre de bière et sortit.

Warden fumait une cigarette, adossé au mur d'un immeuble voisin.

— Ça, pour une surprise, c'est une surprise, dit-il sobrement.

— Tu parles ! ricana Prew.

— Je te croyais déjà aux Etats, continua Warden.

— T'as vu Rose ?

— Oui. Cet après-midi. Je savais bien que tu pourrais pas rester éloigné jusqu'à perpète.

— Alors ? dit Prew. Où est-ce que j'en suis ?

— Traversons, riposta Warden. Je tiens pas à ce que mes bleus me voient discuter avec un déserteur. Y savent pas encore ce que c'est que l'armée.

Ils traversèrent la rue et pénétrèrent dans un bar semblable à celui de Charlie, mais fréquenté par les gars d'une des compagnies du 8e d'artillerie. Warden commanda une tournée de whisky, la paya.

— Pourquoi que t'es pas revenu quand les manœuvres ont commencé, reprocha-t-il à Prew. J'avais bien préparé le terrain...

— J'ai pas pu. J'étais en train de me remettre d'un coup de surin dans les côtes. Alors, est-ce qu'y savent que c'est moi qu'ai piqué Gras-Double, ou est-ce qu'y le savent pas ?

— Gras-Double ? questionna Warden.

— Gras-Double Judson, précisa Prew. Tu sais de qui je veux parler. Cesse de me faire marcher.

— Jamais entendu parler de lui, répliqua Warden.

— Des clous ! trancha Prewitt. Fais pas l'idiot et dis-moi comment ça s'est passé.

Ils parlaient à mi-voix, au sein du vacarme. Warden regarda autour de lui avant de répondre.

— T'es prêt à tout, pas vrai ? s'enquit-il.

— Je retournerai pas au dur, si c'est ça que tu veux dire, riposta Prew. C'est pour ça que je veux savoir où j'en suis.

Warden fit signe à la serveuse de renouveler leurs consommations.

— Personne ne sait rien, au sujet de Gras-Double Judson. Ou, du moins, personne ne fait de rapprochement entre lui et toi.

— Comment que tu le sais ?

— J'en ai pas la certitude, admit Warden. Mais personne est jamais venu se rancarder à ton sujet de la part du prévôt de gendarmerie. S'ils avaient pensé à toi, y z'auraient déjà envoyé quelqu'un. J'en mettrais bien ma main au feu.

— Alors, je peux rentrer, dit joyeusement Prew. Tu peux avoir confiance en moi, papa. Je ferai plus jamais l'école buissonnière.

— Attends, l'interrompit Warden. Si t'étais rentré au début des manœuvres, j'aurais pu te tirer de là avec deux semaines de corvées supplémentaires. Mais y a six semaines que t'es parti, depuis le début des manœuvres. Et même un gadouilleux comme Ross pourra pas laisser ça là.

— Je retournerai pas au dur, intervint vivement Prew. Même si je dois me terrer quelque part tout le restant de ma vie.

— Je vais t'expliquer ça en deux mots, reprit Warden. Je pourrais te dire que tu t'en tireras avec quinze jours de salle de police, mais c'est encore un coup de falot, et comme t'as déjà été au dur, ça peut aller chercher deux mois et confiscation de deux tiers de ton prêt.

— A moins qu'y m'en collent pour six mois, dit Prew.

— Non, riposta Warden. Je peux te promettre que ça ira pas chercher plus de deux mois. Et je crois pouvoir t'en tirer avec un mois seulement.

— Alors, je rentre pas.

— Bon Dieu ! qu'est-ce que tu espérais ? Y a six semaines que t'es parti !

— Je sais pas ce que j'espérais. Mais je sais que je retournerai pas au dur. Même pour un mois. Et c'est tout ce que je sais.

Warden se redressa sur sa chaise.

— Comme tu voudras. Mais c'est le mieux que je puisse faire pour toi. Ross est en pétard parce qu'y croit que tu t'es barré pour couper aux manœuvres.

Prew fronça les sourcils d'un air perplexe.

— Mais j'étais parti depuis une semaine quand les manœuvres ont commencé !

— Ça, il en sait rien.

— Mais...

— Sacré nom de Dieu ! s'impatienta Warden. Choate t'a porté présent, et Dhom-le-Chauve en a fait autant. J'étais en permission, et c'était Dhom qui faisait fonction de sergent-chef. Il aurait fallu que je te porte absent rétroactivement, alors, j'ai laissé courir...

— Mais ta permission expirait trois jours après que je sois parti !

— Te fais pas d'illusions, gronda Warden. Je sais même pas pourquoi je suis en train de me casser le cul à discutailler avec toi.

— C'est parce que t'as honte de devenir officier, repartit Prewitt en souriant.

— J'ai jamais eu honte de quoi que ce soit que j'aie fait dans ma garce de vie, grogna Warden. Un type qui sait ce qu'il veut ne sait pas ce que c'est que la honte.

— Dans quel bouquin que t'as lu ça ?

— Si j'avais seulement pour deux liards de cervelle, j'aurais commencé par pas venir ici, grogna Warden.

— T'as pas été au dur. Je les ai vus tuer un type à force de lui cogner dessus, s'excusa Prewitt.

— Il l'avait sans doute cherché.

— Le gars l'avait effectivement cherché, continua Prew, mais ça leur donnait pas le droit de lui faire ça. C'était un copain à moi, et c'est Gras-Double Judson qu'était responsable de sa mort.

— Me raconte pas tes soucis, murmura Warden. J'ai assez des miens. Je t'ai dit ce que je pouvais faire pour toi, et c'est le mieux que je puisse faire.

— Tu comprends pourquoi je peux pas rentrer, maintenant ? demanda Prew.

— Je comprends rien du tout, ricana Warden. Tu comprends pourquoi je vais devenir officier ?

— Sûr, dit Prew, je comprends ça très bien. Y a des moments où ça me plairait, d'en être un. Tu vas faire un officier de première bourre.

— Ah ! tu comprends ça très bien ! répéta Warden. Ben ! t'as de la veine. Je voudrais bien pouvoir en dire autant. Foutons le camp de ce sale boui-boui.

Ils quittèrent l'établissement, s'arrêtèrent pour allumer une cigarette et durent se ranger contre le mur pour ne pas être entraînés par le flot constant d'hommes de Shofield qui coulait sur les trottoirs.

— C'est joli, dit Prew en désignant les enseignes. J'ai toujours aimé les tubes au néon. Ça me plaît de les voir briller, d'un bout à l'autre d'une grande rue. Y a cinquante villes dans ce pays qu'ont des rues plus belles que Broadway. Memphis, Albuquerque, Miami, Colorado Spring, Cincinnati...

Warden ne répondit pas.

— J'aimerais rentrer, reprit Prewitt au bout d'un moment. Je voudrais rentrer. Mais je veux pas retourner au dur, même pour pouvoir rentrer.

— Y aurait qu'une façon que tu puisses rentrer sans retourner au dur, dit sauvagement Warden. Ce serait que les Japs ou quelqu'un d'autre attaquent l'île et qu'y libèrent tous les prisonniers pour les envoyer au casse-pipe.

— Ça me fait une belle jambe, dit Prew.

— J'y peux rien, répliqua Warden.

— Ouais, dit Prew.

— Tâche de pas trop te balader en ville, lui conseilla Warden. Depuis les manœuvres, y vérifient souvent les permissions et les laissez-passer.

— Merci du tuyau.

— Y a pas de quoi.

— Alors... à un de ces jours, dit Prew.

— A un de ces jours, répondit Warden.

Il traversa la rue pour retourner au *Chancre Bleu,* et Prewitt repartit vers le centre de la ville. Ni l'un ni l'autre ne regardèrent en arrière.

Tout en se frayant un chemin à travers la foule, Prew songeait aux dernières paroles de Warden. Si les Japs attaquaient l'île et qu'y libèrent les prisonniers... ! Sa seule chance de rentrer sans retourner au dur. Ouais...

En traversant la rue Maunakea, il rencontra Nair-le-Taureau et Rhodes-le-Poussiéreux qui zigzaguaient, bras dessus, bras dessous, d'un bord à l'autre de la chaussée. Ils voulurent à tout prix lui payer un verre.

— On sort du *Ritz,* lui confia Nair. Ce n'est pas aussi rupin que chez la mère Kipfer, mais c'est justement pour ça que ça me plaît mieux...

— C'est comme si que je venais de reperdre mon pucelage, renchérit Rhodes, l'œil rêveur.

— Depuis le temps qu'on était sevrés, souligna Nair.

La tournée expédiée, ils ressortirent dans la rue.

— Quand est-ce que tu reviens, Prew ? s'informa Nair-le-Taureau.

— Sais pas, je suis pas encore fatigué de la vie civile, mentit Prew.

— Alors, à un de ces jours, vieille branche.

— A un de ces jours.

Prew les regarda s'éloigner, bras dessus, bras dessous, rempli d'une immense amertume. Puis, au lieu de gagner la station de tramway, il se dirigea tout droit vers le *Ritz.*

L'établissement était bondé, et il dut attendre un bon moment avant d'apercevoir Georgette. Il avait les mains de plus en plus moites, la gorge serrée, le visage empourpré, les tripes rongées par un feu d'enfer. Que tout s'écroule ! Que tout aille au diable. Que plus rien ne subsiste, rien, rien...

Il la vit enfin traverser le hall et la prit par le bras. Lorsqu'elle vit que c'était lui, elle l'emmena dans une chambre vide et lui demanda ce qui n'allait pas. Au début, elle eut l'air un peu emprunté, puis elle se mit à l'aise, mais, lorsqu'il lui tendit l'argent, elle éclata de rire et refusa. Voyant qu'il s'obstinait, elle reprit son air offensé et accepta l'argent sans mot dire.

Il avait eu l'intention d'attendre Alma et d'en finir tout de suite avec cette histoire, mais lorsqu'il eut regagné la maison il s'entonna whisky après whisky et s'endormit sur le tapis du salon.

Lorsqu'il se releva le lendemain matin et passa dans la cuisine pour se plonger la tête dans l'eau froide, Alma était déjà assise devant la table, en train de boire une tasse de café. Au regard qu'elle lui jeta, il comprit tout de suite que Georgette lui avait tout dit, hier soir, peut-être, ou de bonne heure ce matin. La garce ! Il avait toujours su qu'elle le lui dirait. C'était pour ça qu'il l'avait fait. Mais il avait eu l'intention de tout lui raconter lui-même, hier soir. Seulement, voilà, il s'était saoulé la gueule pour pouvoir le faire.

Alma ne se mit pas en colère, elle ne fit aucune allusion à cette histoire. Elle se montra, par la suite, extrêmement amicale et pleine de prévenance à son égard. Elle était si chaleureuse, et si indulgente, et si tendre que Prew ne put jamais trouver le courage de lui en parler.

Furieux, frustré, il prit le parti de coucher sur le divan du salon, pas tellement fier de lui, et Alma ne fit aucune allusion à ce déménagement. Elle n'avait jamais été aussi gentille avec lui depuis qu'il la connaissait. Au cours de la semaine suivante, elle vint même le rejoindre une fois ou deux sur le divan.

Georgette ne se montra ni moins, ni plus aimable avec lui. Elle ne resta à la maison ni moins, ni plus souvent. Ils étaient tous les trois comme une grande famille unie. Ce fut pendant cette curieuse semaine qu'il reconstitua de mémoire et termina les paroles de la *Complainte du Rempilé*.

Mais en fouillant dans un tiroir, le troisième ou quatrième jour, il constata qu'elle avait retiré tout l'argent qu'elle y rangeait habituellement. Cette découverte ne lui fit aucun effet. Tout ce qu'il demandait, c'était qu'elle ne fermât point le bar-radio.

Deux ou trois jours après, ils se chamaillèrent. Cela démarrait sous un prétexte futile, puis tout y repassait, les reproches, les rancœurs et les petites vacheries réciproques. Avantage dedans, avantage dehors, avantage dedans, avantage dehors. Prew se tirait toujours glorieusement de l'affaire. C'était le silence qui lui faisait le plus d'effet. Il arrivait toujours à reconquérir l'égalité, sinon l'avantage, avec le coup droit infaillible que constituait sa vieille menace de filer sur-le-champ. Quoi qu'Alma pût lui dire, elle était toujours ébranlée par cette menace. Prew se demandait parfois si elle n'avait pas toujours eu l'intention de l'épouser, jusqu'à cette histoire de Georgette. Il était dans l'état d'esprit d'un homme à qui l'on vient de retourner sa bague de fiançailles.

CHAPITRE XLVIII

Milt Warden ne se leva pas exactement de bonne heure, le matin du jour J. En fait, il ne s'était pas couché.

Il était retourné au *Chancre Bleu,* espérant vaguement y rencontrer Prewitt une seconde fois, après avoir quitté Karen, vers neuf heures et demie. Il avait raconté à Karen toute l'histoire de Prewitt, y compris le meurtre de Gras-Double et l'amour de Prew pour cette Lorene, vedette du *Nouveau Congrès.* Cette histoire avait ému Karen jusqu'aux larmes, et c'était un peu pour ça que Warden était retourné au *Chancre Bleu.* Il n'y avait pas rencontré Prewitt, mais il était tombé sur le vieux Pete et le sergent Choate, et tous trois avaient passé le reste de la nuit à jouer au poker en buvant du whisky dans l'arrière-boutique de Charlie, après la fermeture de l'établissement. Charlie jouait comme un pied, mais il leur cédait son whisky au prix de gros et, de temps à autre, ils lui laissaient gagner une partie, histoire de ne pas lui enlever ses illusions sur ses capacités de joueur de poker.

Ils étaient rentrés en taxi vers six heures et demie. Comme c'était dimanche, tout le monde était plus ou moins ivre, et, comme il y avait eu bal, la veille, au club des officiers et qu'aucun d'entre eux ne s'était levé pour venir partager l'ordinaire des hommes de troupe, ce matin-là, ils étaient pour ainsi dire en famille. Personne ne se souciait de châtier son langage ni de sacrifier à la politesse militaire.

La conversation roulait principalement sur le nouveau contingent de filles reçu par Mme Kipfer, pour faire face à l'augmentation incessante des effectifs stationnés dans l'île. L'une d'entre elles était une adorable petite chose aux cheveux noirs, qui débutait apparemment dans la carrière et promettait de connaître une vogue comparable à celle de Lorene, lorsque Lorene rentrerait aux Etats. Elle s'appelait Jeanette, et son nom était déjà chaudement recommandé à la ronde.

Stark était le seul, en dehors de Warden et de Dhom-le-Chauve, qui n'eût point fait la veille une incursion ou deux chez Mme Kipfer. Mais il était ivre, lui aussi. On disait qu'il s'était déniché une chasse gardée de premier carat, pendant les manœuvres, et certains prétendaient qu'ils avaient vu la fille et que c'était une wahiné faite au moule, avec de ça et de ça et un drôle de petit air vicelard, mais Stark n'en parlait jamais et s'abstenait de répondre aux questions qu'on lui posait. Il n'avait pas adressé la parole à Warden, sinon sur le terrain strictement professionnel, depuis leur bagarre nocturne d'Hickam.

C'était le type même du premier dimanche matin après le jour de prêt. Un bon tiers de la compagnie était encore en ville. Le second tiers était dans la chambrée, en train de roupiller. Mais le troisième tiers faisait autant de boucan que si toute la compagnie avait été présente au petit déjeuner.

Son assiette à la main, Warden allait au rab, avec cet appétit vorace qui, chez lui, suivait invariablement les nuits de bombe, lorsque la première explosion ébranla le plancher du réfectoire, secoua la vaisselle sur les tables et se propagea à travers la cour de la caserne comme une lame de fond sous la coque d'un transatlantique.

Il s'arrêta sur le seuil de la cuisine et se retourna vers le réfectoire. Dût-il vivre cent ans, jamais il n'oublierait ce tableau. Le silence était absolu. Tous les gars s'étaient arrêtés de mastiquer ou de brailler et s'entr'interrogeaient du regard.

— C'est le génie qui fait joujou avec sa dynamite, sur le champ d'atterrissage de Wheeler, suggéra timidement un homme.

— J'ai entendu dire qu'y z'étaient en train de niveler un autre bout de terrain, pour faire une nouvelle piste, renchérit un autre.

Et tous de se remettre à manger et à rire. Warden fit un pas à l'intérieur de la cuisine.

Alors vint la seconde explosion. Juste avant, il la sentit ramper sous ses pieds, tandis que la vaisselle dansait dans les éviers et sur les égouttoirs. Les deux hommes de corvée, bouche béante, se tournèrent vers lui.

Assez fier de son calme, Warden allongea le bras, posa son assiette et réintégra le réfectoire.

L'assiette tomba sur le sol et s'y fracassa, mais personne ne l'entendit, la troisième explosion ondulait sous le plancher, les tasses et les couverts grelottaient à nouveau sur toutes les tables.

— Merde ! Cette fois, nous y v'là, dit une voix inexpressive lorsque Warden atteignit la table des sous-off's.

Warden s'aperçut soudain qu'il regardait Stark et que Stark le regardait. Il n'y avait rien sur le visage de Stark, en dehors de la paisible apathie des lendemains de biture, et Warden savait qu'il n'y avait rien, non plus, sur son propre visage. Il sourit en montrant les dents, et Stark lui rendit un rictus identique. Leurs regards s'affrontaient toujours.

Warden rafla d'une main sa tasse de café, de l'autre sa bouteille de lait et gagna la sortie par les voies les plus directes, Pete Karelsen, Choate et Stark sur les talons. Le grand Choate avait emporté son assiette et mastiquait en courant.

Une large colonne de fumée noire s'épanouissait lentement dans le ciel. Les gars se bousculaient pour sortir. Ils avaient tous emporté leur bouteille de lait, pour qu'elle ne disparût point dans la pagaille générale.

— Passe-moi un peu de ton café, dit, derrière lui, la voix blanche de Stark. Ma tasse est vide.

Warden se retourna. Un grand rouquin dégingandé accourait à leur rencontre, sa tignasse en bataille, ses genoux pointus montant à chaque pas jusqu'au niveau de son menton. Il semblait perpétuellement sur le point de tomber à la renverse.

— Eh ! Poil-de-Brique, tu sais ce qu'y se passe ? hurla Warden.

Le rouquin continua de courir avec application sans cesser de regarder droit devant lui, les yeux à demi sortis des orbites.

— Les Japs sont en train de pilonner l'aérodrome de Wheeler, haleta-t-il par-dessus son épaule. J'ai vu les cercles rouges sous leurs ailes.

Il continua de courir. Derrière lui, un grondement sourd naquit, qui s'amplifia graduellement jusqu'à ce qu'un avion franchît soudain la cime des arbres.

Il les survola, disparut, tandis que les éclats de silex arrachés au sol leur rebondissaient dans les jambes. Avec une mesure de retard, les hommes refluèrent vers la porte, aussitôt repoussés par ceux qui n'avaient rien vu. Warden cligna des yeux et, cette fois, il vit scintiller des avions tout autour de la colonne de fumée. Brusquement ils se mirent à grandir, devinrent énormes.

— Rentrez, bande de tordus ! hurla Warden. Vous voulez recevoir une balle dans le cul ?

Le rouquin dégingandé gisait sur le sol, les yeux démesurément ouverts. La ligne pointillée qui courait sur l'asphalte disparaissait en touchant son corps et reprenait de l'autre côté.

— Vous avez vu, maintenant ? hurla Warden. C'est pas du bidon, c'est du vrai ! Rentrez tous immédiatement !

A contrecœur, les hommes reculèrent. Un d'entre eux courut jusqu'au mur d'en face, sonda un trou avec son canif, en sortit une balle. C'était un pruneau de 12,5 mm.

— Ça va me faire un chouette souvenir, annonça-t-il. Une balle tirée par un avion, le premier jour de la guerre.

Le reflux général vers la salle de récréation s'arrêta net.

— Rends-moi mon café, hurla Warden à l'adresse de Stark. Et aide-moi à faire rentrer tous ces tordus-là.

— Mais qu'est-ce que tu veux que je fasse, Milt ? questionna Choate, la bouche pleine, son assiette toujours à la main.

Un autre avion aux ailes ornées de disques rouges surgit au-dessus des arbres, et les amateurs de souvenirs sprintèrent, coudes au corps. L'avion passa en rase-mottes ; l'espace d'un éclair, ils distinguèrent nettement la tête casquée du pilote, le visage jaune protégé par des lunettes carrées, la longue écharpe flottant au vent et le sourire sardonique sur les lèvres du Jap.

Warden, Stark, Pete et Choate bloquèrent rudement les hommes au moment où ils repartaient vers la sortie, jusqu'à ce qu'ils fussent tous réunis dans la salle de récréation, et se campèrent en travers du seuil. Warden ingurgita le reste de son café, posa sa tasse sur le bord d'une étagère, fendit la presse et grimpa sur la table de ping-pong,.dans un vacarme indescriptible.

— Vos gueules, là-dedans, hurla-t-il à pleins poumons. C'est seulement la guerre ! Vous savez ce que ça veut dire ?

Le mot « guerre » eut l'effet escompté. Ils se mirent tous à s'entre-gueuler de la « boucler et d'écouter Warden ».

— Tout le monde là-haut. Chaque homme sous les ordres de son chef de section, cria Warden. Chefs de section, faites déboucler les râteliers et que chacun prenne son fusil et reste auprès de son plumard. Personne dehors !

C'est pas des manœuvres. Si vous sortez, vous réussirez qu'à vous faire descendre sans profit pour personne. Ceux qui veulent mourir en héros pourront le faire d'ici peu. Vous aurez sans doute chacun une demi-douzaine de Japs sur les bras quand on ira occuper les positions côtières. Restez à l'intérieur des bâtiments ! Je rends chaque chef de section personnellement responsable de ses hommes.

Il y eut un brouhaha de protestations indignées. Les menues secousses sismiques dont l'épicentre était l'aérodrome de Wheeler n'impressionnaient déjà plus personne. Un avion passa, mitraillant à cœur joie.

— Vous avez pigé ! beugla Warden. Ceux qui veulent des souvenirs en achèteront plus tard, aux veuves de ceux qui seront allés les chercher. Le premier que j'attrape dehors, je lui casse la gueule moi-même et je le fais passer au falot. Et je veillerai à ce qu'il ait le maximum ! Compris ?

Il y eut une seconde vague de protestations indignées.

— Et si ces salauds-là nous bombardent ? brailla quelqu'un.

— Si y z'avaient dû nous bombarder, ils l'auraient sans doute déjà fait, riposta Warden. Je crois plutôt qu'y vont mettre toute la gomme sur l'aérodrome de Wheeler et Pearl Harbor.

— Ouais, rugit un autre. Mais si y nous bombardent ?

— Alors, tout le monde dehors, je dis bien : dehors, pas dans la cour, et dispersez-vous !

— Ça nous fera une belle jambe si on a déjà un pruneau sur la gueule, râla un homme.

— Ça va, beugla Warden. Rengaine ton compliment. Chefs de section ! Conduisez vos hommes là-haut et exécutez les ordres. Mitrailleurs, chefs de groupes et sous-off's, à mes ordres !

Cette fois, les hommes quittèrent la salle. Un avion passa. Puis un autre, et encore un autre. Puis un groupe en même temps. Warden sauta à terre.

— Qu'est-ce que je fais, chef ? questionna Stark.

Son visage avait toujours la même expression de refus catégorique (à la manière, un peu, d'un estomac délicat refusant énergiquement une certaine nourriture).

— Qu'est-ce que je dis à mes cuistots ? Je suis blindé, mais je peux encore me servir d'un fusil mitrailleur.

— Tu vas commencer à m'emballer ta cuisine, répliqua Warden. On va partir pour la côte à la première accalmie et faut que tout soit prêt d'ici là. Roulantes et tout le bordel. Et par la même occasion prépare une chaudière de jus sur ton grand fourneau.

— O.K. ! dit Stark en se dirigeant vers la sortie.

— Attends ! aboya Warden. A la réflexion, fais-en préparer deux chaudières. On va en avoir besoin.

— O.K. ! riposta Maylon Stark. (Son visage était toujours figé dans son inexpression, mais sa voix ne l'était pas. Elle était bien éveillée, cette voix, pleine de compétence et d'efficacité.)

— Eh ! vous autres ! vociféra Warden.

Il frotta son visage avec ses deux mains, mais c'était inutile. Dès qu'il cessait de le frotter, il le sentait reprendre sa propre impassibilité figée, comme des cheveux trop longtemps peignés dans le même sens retrouvent infailliblement leur position initiale.

— Tous les mitrailleurs au magasin. Sortez les mitrailleuses et tous les chargeurs disponibles et grimpez-les sur le toit. Feu à volonté et rappelez-vous de tirer largement en avant des avions. C'est tout. Exécution !... Chefs de groupes, gardez tous vos hommes à l'intérieur des bâtiments, à l'exception des mitrailleurs. Contre un avion, les fusils sont à peu près aussi efficaces que des lance-pierres. Alors, personne dehors ! Compris ?

Ils acquiescèrent avec ensemble. Presque toutes les têtes étaient tournées dans la même direction, écoutant les avions qui passaient toujours en grondant au-dessus de la caserne. C'était plutôt marrant de les voir tous hocher la tête du même côté, comme ça. Warden faillit éclater de rire, se retint.

— Qu'est-ce que je fais avec mes mitrailleuses, Milt ? s'enquit Pete Karelsen.

Son ton paisible stoppa Warden. Ivre ou pas, Karelsen semblait être le seul qui ne parût pas excité, et Warden se rappela soudain qu'il avait passé deux années en France, au cours de la dernière guerre.

— Ce que tu jugeras bon de faire, Pete.

— Je vais en monter une sur le toit. Y pourraient jamais en alimenter plus d'une dans ces conditions. Je prendrai Mikeovitch et Grenelli avec moi.

— Tu vas pouvoir faire du tir antiaérien avec ces trépieds de sol ?

— On va l'installer à cheval sur une cheminée, expliqua Pete, et on maintiendra les pieds à deux bonshommes.

— O.K. ! Pete, dit Warden.

C'était tout de même épatant d'avoir un type dans la compagnie qui soit capable de prendre ses propres décisions lui-même.

— Mikeovitch, Grenelli, suivez-moi, cria Pete. On va prendre celle de Grenelli, puisqu'on s'en est servi déjà.

— Pour la dernière fois, vous autres, rappela Warden aux chefs de groupes, tout le monde à l'intérieur des bâtiments. Même si vous devez les assommer à coups de crosse pour les empêcher de sortir. Moi, je serai sur le toit avec un fusil mitrailleur. Si vous voulez monter aussi, assurez-vous auparavant que tous vos hommes sont à l'abri. Et pas dans les galeries ! Dans la chambrée ! Compris !

— Tu parles, gouailla Liddell Henderson. C'est pas moi qu'on attrapera sur le toit. Je reste en bas avec mes hommes.

— O.K. ! dit Warden en braquant vers lui un index péremptoire. Alors je te charge de réunir dix ou douze hommes et de leur faire préparer des chargeurs de fusils mitrailleurs et des bandes de mitrailleuses. Y a personne d'autre qui veut grimper ?

— Je reste en bas avec Liddell, grogna Champ Wilson.

— Alors je te nomme chef en second du piquet de chargement, ricana Warden. Et tâchez de vous manier le train. On va avoir besoin de toutes les munitions disponibles. O.K. ! Allons-y ! Si vous avez des bouteilles, montez-les. Je vais monter la mienne.

Sous la galerie, quelques hommes discutaient violemment avec le sergent-fourrier Malleaux, devant la porte du magasin.

— M'en fous, disait Malleaux. J'ai mes instructions. Je peux pas délivrer de munitions sans un ordre signé par un officier.

— Mais on en verra peut-être pas un seul avant midi, eh ! duschnock, cria quelqu'un, rageusement.

— J'y peux rien, les gars. J'ai mes ordres. Pas de papelard signé, pas de munitions. C'est clair.

— Qu'est-ce que c'est que ce travail ? hurla Warden.

— Y veut pas nous donner de munitions, chef, expliqua l'un des hommes.

— Il a bouclé la lourde et il a les clefs dans sa poche, se lamenta un autre.

— Donne-leur les clefs, ordonna Warden.

Tristement, Malleaux secoua la tête.

— J'ai mes ordres, sergent. Je peux pas délivrer de munitions sans un ordre signé par un officier.

Pete Karelsen sortit de la cuisine en s'essuyant la bouche.

— Qu'est-ce qui se passe ? demanda-t-il béatement à ses deux mitrailleurs.

— Y veut pas nous donner de munitions, Pete, cria Grenelli.

— Eh ben ! merde, alors, s'exclama Pete, sidéré.

— J'ai mes ordres, sergent, s'obstina Malleaux.

Un nouvel avion survola la caserne, et ses balles traçantes poussèrent leurs orbes meurtrières jusque sous la galerie, tandis que le petit groupe d'hommes se ruait à corps perdu vers l'abri de l'escalier.

— Au cul, tes ordres ! hurla Warden. Donne-leur les clefs !

— Impossible, sergent. Je tiens mes ordres du lieutenant Ross lui-même.

— O.K. ! dit Warden. Chef, enfonce la porte !

Choate, Mikeovitch et Grenelli reculèrent. Malleaux se posta devant la porte du magasin, les bras ouverts :

— Vous pouvez pas faire ça, sergent !

— Et comment ! Vas-y, ricana Warden à l'adresse de Choate. Y s'enlèvera de la trajectoire, c'est moi qui te le dis.

Choate et les deux mitrailleurs s'élancèrent, l'épaule en avant. Malleaux s'écarta, la porte craqua, ne céda point.

— Vous prenez ça sous votre responsabilité, sergent, dit Malleaux à Warden. J'ai fait ce que j'ai pu pour vous en empêcher.

— Ça va, je te ferai décorer, dit Warden.

A la troisième tentative, les vis de la serrure se disjoignirent, et la porte s'ouvrit. Warden entra le premier, les deux mitrailleurs sur les talons. Mikeovitch se mit à puiser dans les caisses de munitions, cherchant des bandes chargées, tandis que Grenelli décrochait amoureusement sa mitrailleuse du râtelier. Il y avait déjà quelques hommes sur les toits du 1er et du 3e bataillon. Muni d'un fusil mitrailleur et d'un sac de chargeurs, Warden reprit le chemin de la sortie, après avoir noté dans un coin de son esprit de passer un drôle de savon à ce couillon de Malleaux, dès qu'il en aurait le loisir. Aucun des fusils mitrailleurs de la compagnie n'avait été déchargé ni graissé depuis les derniers exercices de tir, qui remontaient au mois d'août.

Pete, Grenelli et Mikeovitch étaient déjà dans l'escalier, avec la mitrailleuse, le trépied et huit boîtes de bandes. Warden stoppa auprès du sergent Henderson.

— Distribue les armes et les munitions, lui ordonna-t-il, et fais préparer les chargeurs de fusils mitrailleurs et les bandes de mitrailleuses. Wilson, monte chercher une douzaine de types. Dès que vous en aurez un paquet de chargé, envoyez-les-nous là-haut par deux ou trois types et continuez.

Mettez trois hommes sur les bandes de mitrailleuses, le reste sur les chargeurs de fusils mitrailleurs ! O.K. ?

— O.K. ! chef, dit nerveusement Henderson.

Warden s'élança dans l'escalier, mais fit un crochet par sa chambre pour y prendre sa bouteille de réserve, celle qu'il conservait pour les cas de force majeure. Un concert de récriminations et de questions diverses l'accueillit lorsqu'il traversa la chambrée. Tous les regards convergeaient vers lui, et Warden comprit qu'il lui fallait absolument répondre quelque chose.

— Enfilez vos tenues de campagne et préparez vos paquetages, ordonna-t-il. On part dans un quart d'heure. Equipement de campagne !

— Alors, qu'est-ce que tu fous avec un fusil mitrailleur ! lança une voix.

— Tenue de campagne, répéta implacablement Warden. Equipement de campagne. Chefs de section, mettez vos hommes au boulot !

D'un même geste plein de dégoût, chaque soldat jeta son arme vide sur son plumard, tandis qu'avec un semblable dégoût chaque chef de section commençait à houspiller ses hommes.

Couché sous son lit, sur lequel il avait empilé trois matelas supplémentaires, le sergent Turp Thornhill, originaire du Mississippi, gisait à même le sol cimenté, son fusil dans les bras, son casque sur la tête, uniquement vêtu de son linge de corps.

— Tu vas t'enrhumer, Turp, ricana Warden en passant près de lui.

— Va pas là-haut, chef, supplia Turp. Tu vas te faire buter. Y nous tirent dessus, ces vaches-là. Tu vas te faire descendre. Va pas là-haut, que je te dis !

— Tu ferais mieux d'enfiler ton falzar, répliqua Warden.

Il s'arrêta sur le seuil de sa propre chambre, dont le plancher disparaissait littéralement sous les éclats de verre. Armoires et coffres étaient criblés de balles. Il y avait une large flaque, sous l'armoire de Pete, et l'air empestait le whisky. Warden jura en ouvrant son propre coffre. Une balle avait fracassé sa boîte à rasoir en matière plastique et plié en deux le rasoir lui-même. Dans le fond du coffre, il trouva deux autres pruneaux douillettement logés dans ses chaussettes et son linge de rechange, l'un à droite, l'autre à gauche de sa bouteille de whisky.

La bouteille était intacte.

Warden empocha les deux balles, s'empara de la bouteille, ouvrit la porte de son armoire murale, s'assura d'un rapide coup d'œil que ses disques et son tourne-disque étaient indemnes et se jeta à plat ventre dans les éclats de verre, la bouteille sous lui, en entendant arriver un nouvel avion.

Lorsqu'il retraversa la chambrée, où les hommes préparaient, en rouspétant à qui mieux mieux, leur équipement de campagne, il constata que Thornhill était toujours sous ses quatre matelas et que le simple soldat Ike Galovitch reposait, immobile, sur son plumard, son polochon sur la tête et son fusil contre le flanc.

Quand Warden jaillit à son tour à travers la trappe qui donnait accès au toit, il trouva deux sous-off's de la G en grande discussion avec une brochette d'hommes de la F. Etant arrivés les premiers, ceux de la G avaient pris possession des cheminées de la F pour y disposer leurs armes et les gars de la F protestaient à présent contre cette annexion arbitraire. Il y avait maintenant des hommes sur tous les toits, postés autour des cheminées ou agenouillés derrière les petits murs qui bordaient les terrasses. Les seuls simples soldats visibles à la ronde étaient Readall Treadwell et les deux autres mitrailleurs de la G.

— Jetez vos chargeurs vides dans la cour de la compagnie, hurla Warden. Faites passer le mot de jeter les chargeurs vides dans la cour de la compagnie pour qu'y nous les rechargent en bas. Jetez vos ch...

Trois avions naviguant en V revenaient du sud-est, leurs mitrailleuses en action. Les tireurs à l'affût poussèrent une clameur d'allégresse, et toutes les bouches à feu se mirent à cracher dans un vacarme assourdissant. Du coup, sur le toit de la F, la discussion cessa, tandis que les gars plongeaient avec ensemble derrière une cheminée. Warden s'arrêta court, se retourna et tira, la bouteille de whisky fortement coincée entre ses genoux, la mitrailleuse lourde lui martelant durement l'épaule. A sa droite, Pete Karelsen actionnait avec fièvre sa mitrailleuse braquée vers le ciel, et, cramponnés à deux branches du trépied, Mikeovitch et Grenelli rebondissaient grotesquement comme deux balles de son au bout de leur ficelle.

Les trois avions continuèrent leur route sans le moindre dommage, amorcèrent un virage sur l'aile.

— J'ai jamais autant rigolé de ma vie ! hurla Choate de sa formidable voix de basse.

— Merde, dit Pete derrière le dos de Warden. J'ai mal calculé mon angle. Je l'ai tiré beaucoup trop long.

Warden abaissa son fusil mitrailleur, reprit sa bouteille entre ses genoux et but une gorgée d'alcool qui, plus qu'une gorgée d'alcool, était l'extériorisation d'un sentiment trop fort pour qu'il pût le garder sous clef à l'intérieur de lui-même. « C'est ma compagnie, songeait-il avec quelque chose qui ressemblait à de l'amour. C'est mes gars ! »

— Eh ! Milt, tu peux venir, brailla Pete. On a assez de place pour toi et ta bouteille.

— J'arrive, les gars, rugit Warden, qui tendait l'oreille.

Un clairon sonnait quelque part.

Warden s'approcha du petit mur de la terrasse et se pencha vers la cour. Planté devant l'immense porte-voix de métal, parmi les silhouettes frénétiques des hommes du piquet de chargement, le clairon de garde sonnait la charge !

— Qu'est-ce que tu fous ? hurla Warden.

Le clairon de garde leva la tête et haussa les épaules.

— Ordres du colonel, cria-t-il.

— Les revoilà, Pete, en revoilà un ! glapit Grenelli d'une voix de fausset.

Les mitrailleuses crachèrent. En bas, la cour s'était vidée comme par enchantement. Warden reboucha sa bouteille, courut jusqu'à la cheminée de Pete et se retourna pour tirer. Les lignes de fumée de ses balles traçantes se perdirent derrière la queue de l'appareil. Pas tiré assez loin en avant, songea-t-il, hargneux.

En bas, le clairon s'était remis à sonner la charge.

— Ecoutez-moi l'autre schnock, ricana Warden. Ordres du colonel Delbert.

— J'aurais jamais cru que le colon serait levé si tôt, soupira Pete avec admiration.

— Ce vieux Jake a dû servir autrefois dans la cavalerie, dit Warden avec un ricanement.

— Eh ! Pete, implora Grenelli, quand est-ce que tu vas me laisser tirer un peu ?

— Moi d'abord, coupa Mikeovitch.

— De la merde ! beugla Grenelli. C'est ma bécane, oui, c'est pas la tienne !

— Vos gueules, tous les deux, dit calmement Pete. Vous aurez bientôt l'occasion de montrer votre savoir-faire, c'est moi qui vous le dis.

Deux avions passèrent, disparurent, après avoir arrosé la cour à nouveau désertée. Warden n'avait pu leur tirer dessus, car il venait de repérer, sur le toit du Q.G., le colossal « Petit-Jean » Deterling, moniteur de football, qui tenait couchée sur son bras gauche une mitrailleuse de 7,5 mm sans trépied, dont le recul, chaque fois qu'il tirait, menaçait de l'envoyer dinguer les quatre fers en l'air et l'obligeait à faire machine arrière, titubant et tressautant, d'un bout à l'autre du toit. Il n'y avait qu'un autre homme avec lui, sur le toit du Q.G., et pour autant qu'on en pouvait voir les rafales désordonnées de Petit-Jean Deterling avaient l'air de l'inquiéter beaucoup plus que celles des avions japonais. Warden en était malade de rire.

— Y a un moment que je l'observe, cria Choate en souriant. Il est encore bourré à double zéro. Il était chez la mère Kipfer en même temps que Pete et moi, hier soir, plein comme une bourrique.

— J'espère que sa femme le saura pas, commenta Warden, les yeux humides.

— Si on lui colle pas une médaille après ça ? rigola Choate.

— Il en aura une, prédit Warden.

Ils ne le surent que beaucoup plus tard, mais John L. Deterling décrocha effectivement une médaille : l'Etoile d'argent pour « conduite particulièrement héroïque durant la première attaque ennemie ».

Un nouveau triangle d'avions fonçait sur la caserne ; Warden, les yeux exorbités, regarda ses balles traçantes se perdre dans l'essaim de balles traçantes qui assaillit soudain l'avion de tête, saupoudrant le nez de la carlingue, le cockpit et, finalement, l'empennage. L'avion parut frémir comme un homme qui essaie désespérément d'échapper à une douche glacée. Le pilote sursauta, leva les bras, comme pour tenter de repousser cette mort qui se déversait impitoyablement sur lui, et une longue ovation s'éleva de toutes parts quand le petit appareil alla s'écraser au sol, à cent mètres de là.

— Tu l'as eu, Pete, répétait Grenelli, cramponné au trépied de la mitrailleuse, tu l'as eu, celui-là !

— Des clous, riposta Pete sans cesser de tirer, on saura jamais qui a eu ce gars-là !

— Hé, Milt !

C'était l'organe puissant du caporal Choate, vociférant dans l'accalmie.

— Hé ! Milt. On t'appelle d'en bas.

— J'arrive, beugla Warden.

Il gagna en trois bonds le bord de la terrasse, se pencha vers la cour et vit le lieutenant Ross, les cheveux hirsutes, les yeux soulignés d'énormes poches, les souliers non lacés, la ceinture pendante. Lorsqu'il vit apparaître la tête de Warden, il se mit à boutonner son pantalon sans regarder ce qu'il faisait.

— Qu'est-ce que vous foutez là-haut, sergent ? hurla-t-il. Pourquoi n'êtes-vous pas en bas à vous occuper de la compagnie ? On va partir pour la côte dans moins d'une heure. Toutes les plages doivent déjà fourmiller de Japonais.

— Tout est paré, mon lieutenant. Les hommes sont en train de préparer leur paquetage de campagne, dans la chambrée.

— Mais la cuisine..., commença le lieutenant Ross.

— Stark s'en occupe. Je lui ai donné des ordres. Tout sera prêt dans un quart d'heure !

— Et le magasin ?

— Y sont en train de nous approvisionner en chargeurs et en bandes, répliqua Warden. Tout ce qu'y zont à faire, c'est de coller les mitrailleuses dans les camions, avec la vieille caisse à outils de Leva, et y sont prêts à partir. Les cuistots nous préparent aussi du café et des sandwiches. Tout est paré. Pourquoi que vous montez pas nous rejoindre avec un fusil mitrailleur ?

— Il n'y en a plus un seul dans le magasin ! s'emporta le lieutenant Ross.

— Alors, mettez-vous à couvert, hurla Warden. Les revoilà, les vaches !

Le lieutenant Ross s'engloutit sous la galerie, et l'entonnoir de feu remonta de tous les toits avoisinants pour cracher sur l'avion isolé qui surgissait. Il semblait impossible qu'il pût passer à travers ce barrage sans y laisser quelques plumes. Mais il passa.

Puis un autre avion apparut, volant vers le nord, et l'entonnoir de feu pivota dans sa direction sans qu'une seule détente eût été lâchée.

Le réservoir d'essence de l'appareil explosa presque aussitôt, et tout le cockpit disparut instantanément derrière un écran de flammes, tandis que l'avion continuait sa route, lancé à pleine vitesse. Il rasa les toits de la caserne, les hommes, effondrés, purent voir, sous son aile gauche, le cercle bleu marqué d'une étoile blanche. Puis il alla s'écraser sur une maison, qui flamba à son tour.

— Bon Dieu ! C'était un des nôtres, dit Readall Treadwell d'une toute petite voix.

— Manque de pot, répondit Warden en se retournant pour tirer sur deux nouveaux Japs. Ce salaud-là n'avait rien à foutre par ici.

Lorsque les deux Japs se furent éloignés, parfaitement indemnes, Warden se mit à cavaler tout autour de la terrasse, avec cet air d'avoir reçu une paire de gifles qu'il avait parfois et qui faisait que personne n'osait le regarder.

— Attention, les gars, beugla-t-il. Le dernier était un des nôtres. Tâchez de bien les reconnaître avant de tirer. Tous ces crétins de l'aérodrome de Wheeler sont foutus de venir se balader par ici, alors tâchez de voir leurs cocardes avant de tirer...

Il y avait dans sa voix la même tension que sur son visage.

— Sergent Warden ! hurlait le lieutenant Ross. Sergent Warden !

Il regagna le bord de la terrasse.

— Quoi encore ?

— Je veux que vous descendiez, sacré nom de Dieu !

Le lieutenant avait bouclé sa ceinture et lacé ses souliers et se passait la main dans les cheveux pour tenter de mettre un peu d'ordre dans sa coiffure.

— Je veux que vous m'aidiez à emballer la salle de service. Vous n'avez rien à faire là-haut ! Descendez !

— Je suis occupé, bon Dieu ! riposta Warden. Prenez Rosenberry. On a une guerre sur les bras, mon lieutenant.

— J'ai vu le colonel Delbert, glapit le lieutenant. Il faut que nous soyons prêts à partir dès que ce raid sera terminé.

— La Compagnie G est prête à partir, rétorqua Warden. Et je suis occupé. Dites à ce salaud d'Henderson de nous envoyer des chargeurs et des bandes.

Le lieutenant Ross disparut sous la galerie et réapparut aussitôt. En courant.

— Je le lui ai dit ! hurla-t-il.

— Et dites à Stark de nous faire monter du café.

— Sacré nom de Dieu ! s'étrangla le lieutenant Ross. Vous êtes pas en pique-nique, là-haut, non ? Descendez, sergent. J'ai besoin de vous. C'est un *oooordre !* Tous les commandants de compagnie ont reçu l'ordre d'être prêts à partir avant une heure.

— Hein ? hurla Warden. Je vous entends pas.

— J'ai dit qu'on partirait avant une heure...

— Quoi ! hurla Warden. Comment ? Attention, les revoilà qui reviennent !

Le lieutenant Ross replongea sous la galerie, et les deux porteurs de munitions, dont les têtes venaient d'apparaître à travers la trappe, se renfoncèrent à l'intérieur du bâtiment.

Warden rejoignit Pete derrière sa cheminée, posa son mitrailleur sur le coin de l'assise de maçonnerie et lâcha une courte salve dans la direction des trois Japs.

— Apportez les munitions, bon Dieu, hurla-t-il, tourné vers la trappe.

— Milt ! cria Choate, Milt, y t'appelle, en bas.

— Tu peux pas me trouver, vociféra Warden. Je suis parti ailleurs.

Choate acquiesça et se pencha par-dessus bord.

— Je peux pas le trouver, mon lieutenant. Il est parti ailleurs.

Il écouta consciencieusement, penché vers la cour, et se retourna vers Milt Warden.

— Ross dit qu'on part avant une heure, cria-t-il.

— Tu peux pas me trouver, répliqua Warden.

— Les revoilà, aboya Grenelli, cramponné à son trépied.

Warden réussit à rester sur le toit jusqu'à la fin du raid, tandis que le lieutenant Ross mettait la main à la pâte, dans le magasin, pour faire accélérer le chargement des bandes de mitrailleuses et des chargeurs. L'entonnoir de feu du régiment avait abattu quatre appareils ennemis, dont deux avaient peut-être été déjà touchés par celui du 27e avant de passer au-dessus de leur caserne. A deux reprises, Maylon Stark leur avait monté personnellement du café et des sandwiches, en reconnaissance de quoi Pete Karelsen lui avait laissé faire joujou un moment avec sa mitrailleuse.

Les hommes fumèrent une dernière cigarette sur le toit, dans le silence énorme qui suivit l'attaque, puis, à contrecœur, redescendirent dans la chambrée.

Warden se rendit tout droit à la salle de service et, dans les trois heures et demie qui précédèrent le départ, réalisa le tour de force de la faire emballer complètement et arrimer en bon ordre dans le camion. Le lieutenant Ross, dont seule la compagnie put partir dans les délais prescrits, oublia sa colère et l'aida de son mieux. La seule chose que Warden oublia fut de préparer son propre paquetage et d'endosser une tenue de campagne, ce qui l'obligea à dormir pendant cinq jours sans couverture ni tente-abri et il eût accueilli avec joie le moindre tricot de laine. Il ne comprit jamais comment il avait pu oublier une chose pareille !

Maylon Stark mit à profit la première incursion du lieutenant Ross au magasin d'habillement pour pousser une pointe jusqu'à la salle de service.

— Le camion de la cuistance est chargé et fin prêt à partir, annonça-t-il.

— O.K. ! riposta Warden sans lever les yeux.

— Je voulais te dire que t'avais fait un drôle de chouette boulot, murmura Stark d'une voix étranglée. Y a pas une autre cuistance dans tout le régiment qui sera prête avant deux ou trois heures ; et y en a sans doute plusieurs qui vont rester sur place et qui nous rejoindront qu'un peu plus tard.

— Toi aussi, t'as fait du bon boulot, répliqua Warden, toujours sans relever les yeux.

— C'est pas moi, dit Stark, c'est toi. Et je voulais juste que tu saches ce que j'en pensais.

— O.K. ! grogna Warden. Merci, Maylon.

Et il continua de travailler sans relever les yeux.

Quand le régiment fut enfin parti, Warden voyagea en tête du convoi de la compagnie, dans la jeep du lieutenant Ross. Le spectacle était presque hallucinant. A perte de vue, ce n'était qu'un flot de taxis et de camions, pare-chocs avant contre pare-chocs arrière, les camions emmenant les hommes vers leurs nouvelles positions, sur les côtes, les taxis les reconduisant à Shofield.

Tous les camions étaient débâchés, et sur chaque cabine se dressait un fusil mitrailleur ou une mitrailleuse, avec son servant prêt à tirer, debout sur la ridelle antérieure du camion hérissé de têtes casquées.

Ils avaient tout laissé derrière eux ; vêtements civils et pompes fantaisie, collections d'insignes et albums de photographies, objets et papiers personnels. Cette fois, c'était la guerre. Ils n'auraient plus besoin de tout ça. A l'exception de Pete Karelsen, qui avait passé deux années en France à la dernière guerre, ils n'avaient emporté que le rudimentaire équipement de campagne.

Lentement, mètre après mètre, les camions progressaient vers l'inconnu qui les attendait sur les plages. Jusqu'à présent, ça n'avait été qu'un jour de perm', une immense rigolade. Ils avaient abattu deux ou trois avions, les cuistots leur avaient monté des sandwiches et du café chaud, et le seul homme qui eût été blessé dans tout le régiment n'avait rien récolté de plus grave qu'une balle de 12,5 mm dans le gras du mollet !

Pourtant, Pearl Harbor était en miettes. Lorsqu'ils étaient passés devant l'aérodrome de Wheeler, ils avaient déjà éprouvé un certain malaise. Mais l'aérodrome de Wheeler était retiré à l'intérieur des terres, alors que certains quartiers de Pearl Harbor longeaient la voie de grande communication sur laquelle ils roulaient.

Ce fut lorsqu'ils traversèrent les nouveaux quartiers des sous-officiers mariés, récemment bâtis en lisière de Pearl Harbor, que les femmes, les enfants et les vieillards commencèrent à les acclamer. Surpris, tout d'abord, les hommes se contentèrent de les regarder en silence. Puis, à mesure que l'ovation se répétait, tout le long du parcours, ils sortirent de leur torpeur et saluèrent à leur tour. Les jeunes filles leur envoyaient des baisers, et les mères, des larmes plein les yeux, encourageaient leurs filles !

Et devant toute cette jeune chair fraîche courant en liberté, mais à laquelle il leur était impossible de toucher, les soldats se remémoraient avec rancune le temps si proche où ces oiselles les fuyaient comme la peste. Et ils répondaient aux baisers en fermant le poing et en poignardant l'air de leur index raidi, ce qui signifie, pour tous les soldats du monde : « Je te baise ! » et, pour la première fois depuis qu'ils avaient quitté Shofield, échangeaient entre eux des rigolades de complicité.

Lorsque le convoi eut dépassé Waïkiki, la compagnie commença à se désagréger pour déposer chaque piquet de trois ou quatre hommes et un sous-off' à l'endroit prévu par le plan défensif. Il régnait dans tous les camions une atmosphère indicible de ferveur patriotique qui se traduisit par une faible ovation et quelques saluts en V, lorsqu'ils passèrent devant Warden et le lieutenant Ross, debout sur le bas-côté de la route qui conduisait au P.C. de la baie d'Hanauma.

Le lieutenant Ross secoua tristement la tête, le visage bouleversé, les épaules visiblement voûtées par le poids de ses effrayantes responsabilités, et Warden, qui l'observait du coin de l'œil, éprouva une envie furieuse de lui botter solidement les fesses.

La ferveur patriotique dura exactement trois jours. Pourquoi s'éteignit-elle ? Peut-être à cause des barbelés qu'il fallut tendre autour des positions construites joyeusement si peu de temps auparavant ? Peut-être parce qu'au bout de vingt-quatre heures tout le monde commença à sentir le fauve et à soupirer après les douches de la caserne ? Peut-être aussi parce qu'il fallut coucher sur le sol, enroulé dans ses couvertures, même sous la pluie ? La guerre, qui avait commencé pour eux dimanche matin de manière si séduisante et leur avait donné de si grands espoirs pour l'avenir, sombrait en fin de compte dans l'ornière habituelle des grandes manœuvres. Avec cette différence que l'aboutissement de ces grandes manœuvres-là n'était nulle part en vue.

Cinq jours s'écoulèrent avant que Warden pût retourner à Shofield pour en ramener tout ce que les hommes avaient jugé inutile d'emporter. Mais il ne tarda pas à découvrir que les listes d'objets-personnels-à-rapporter remises par les gars de la compagnie ne lui seraient d'aucun secours. Un nouveau régiment occupait la caserne, coffres et armoires avaient été proprement vidés de leur contenu, et, bien entendu, aucun des hommes qu'il interrogea n'eut l'air de comprendre ce qu'il réclamait.

Ses disques et son tourne-disque s'étaient envolés, avec son beau costard à cent vingt dollars et le smoking qu'il avait acheté un jour de folie et qu'il n'avait jamais porté ; envolés, ses uniformes. Et la guitare électrique, encore à moitié impayée, qu'Anderson et Vendredi avaient achetée pendant que Prewitt était au dur. La seule chose qui ne semblât pas avoir tenté les voleurs, c'était le tas de tentes « pyramides », pliées et empilées dans le magasin d'habillement.

A la fin du septième jour, lorsque les tentes eurent été dressées, tous ceux de la G avaient rejoint leur corps. Y compris les deux gars qui étaient au dur au moment de l'attaque et qui venaient d'être libérés avec le reste des prisonniers.

Un seul manquait encore : Prewitt.

CHAPITRE XLIX

Prewitt dormit comme un bienheureux pendant toute la durée de l'attaque. Il s'était saoulé, la veille, encore plus fort que d'habitude, parce que le samedi soir est toujours un soir de perm'. Il n'apprit la nouvelle de l'agression japonaise que lorsque le bourdonnement insistant de la radio finit par transpercer la brume épaisse de sa gueule de bois. S'ébrouant comme un chien mouillé, il s'assit sur le bord du divan — il dormait toujours en short, depuis qu'il avait cessé de coucher avec Alma — et il vit les deux femmes penchées vers le poste de radio, le visage tendu, les yeux anxieux.

— J'allais t'appeler, lui cria Alma.

— M'appeler ? Pourquoi ? grogna-t-il.

La première pensée qui lui vint fut d'aller se plonger la tête dans l'eau froide, et il mit le cap vers la porte de la cuisine.

... Mais les dommages infligés à Pearl Harbor sont de fort loin les plus sérieux, bourdonnait la radio. *Il ne semble pas qu'un seul immeuble ait été respecté par les bombes. L'un des navires de guerre ancrés à l'intérieur du port a été envoyé par le fond et la plupart des autres bâtiments ont subi de sérieux dommages. Après Pearl Harbor, c'est le champ d'aviation d'Hickam qui semble avoir le plus souffert. Une torpille est tombée sur le réfectoire principal de la nouvelle caserne d'Hickam, où quatre cents de nos aviateurs prenaient leur petit déjeuner sans rien soupçonner de ce qui se préparait...*

Alors, seulement, Prew comprit de quoi il s'agissait et revint comme un fou dans le salon. Il n'y avait pas trente-six moyens de se débarrasser d'une gueule de bois de cette importance. La seule chose à faire était de s'envoyer un verre ou deux, bien tassés, pour s'éclaircir les idées.

— Où est mon falzar ? brailla-t-il en ouvrant la porte du bar, au-dessus des têtes penchées d'Alma et de Georgette.

— Là-bas, sur la chaise, répondit Alma. Qu'est-ce qu'y t'arrive ? T'es devenu aveugle ?

— Non, pas celui-là, mon pantalon d'uniforme. Y a un pantalon d'uniforme à moi, dans cette maison, oui ?

Il but d'un trait l'alcool qu'il venait de verser dans un verre à cocktail et frissonna de la tête aux pieds. Mais il savait que ça lui ferait du bien.

— Qu'est-ce que tu vas faire ? cria Alma. Qu'est-ce que tu vas faire ?
— Je vais boire assez de gnôle pour me remettre de ma gueule de bois et rejoindre ma compagnie en quatrième vitesse, répliqua-t-il. Qu'est-ce que tu croyais ?
Il se servit une autre rasade d'alcool et l'avala d'un seul trait.

... Il serait vain de nier que notre flotte a subi une grave défaite, marmottait la radio. *La plus grande, peut-être, de son histoire...*

— Mais c'est impossible, cria désespérément Alma. Tu ne peux pas rejoindre ta compagnie. C'est impossible, je te dis !
— Et pourquoi ça ? T'es cinglée, non ?
— Mais parce que tu es toujours recherché pour meurtre, lui rappela t-elle, à deux doigts de la crise de nerfs. Tu ne crois pas qu'y vont laisse tomber ça comme ça ! Guerre ou pas guerre !
— C'est vrai... j'avais oublié, dit-il.
Il but une troisième dose de whisky.

... Au-delà de cette défaite brille une grande lumière qui servira d'exempl à tous les Américains, et c'est le courage héroïque de nos combattants qui, malgré la soudaineté meurtrière de cette attaque imprévisible, ont relevé le déf et répondu aux coups de l'ennemi, autant que le leur permettaient le: circonstances, avec cette bravoure et cette grandeur d'esprit qui ont toujours été l'apanage de la Flotte et de l'Armée des Etats-Unis...

La bouteille dans la main et le verre dans l'autre, Prew s'assit sur un tabouret, entre les deux femmes, devant le poste de radio. Il avait l'air hébété d'un gars à qui un expert en judo vient de faire le coup du lapin.
— J'y pensais plus, dit-il piteusement. J'avais complètement oublié.
— Tu feras bien de t'en souvenir, dit Alma, un peu plus calmement. Si tu rentres maintenant, y vont te rebalancer au dur et te juger pour meurtre. Guerre ou pas guerre. Et c'est pas ça qui contribuera à sauver le pays !

... Par leur tranquille héroïsme sous le feu de l'ennemi, par leur attachement à leur devoir, par la bravoure silencieuse avec laquelle ils souffrent et meurent — à l'instant même où je vous parle — dans les infirmeries et les hôpitaux, ils posent un exemple de foi et de dévouement et d'héroïsme stoïque que nous autres, les civils d'Hawaii, qui avons assisté, qui assistons présentement à ces choses, n'oublierons jamais plus. Ces hommes, ces jeunes gens — et la plupart d'entre eux ne sont rien de plus que de très jeunes gens — viennent de créer une légende, d'écrire une page de l'histoire de la Démocratie qui restera longtemps inégalée et sèmera la terreur dans les cœurs des ennemis de la liberté...

— Bon Dieu ! s'exclama Georgette d'une voix excitée, ces petits salauds jaunes vont pas tarder à comprendre qu'y peuvent pas nous faire ça à nous et l'emporter en paradis !
— Je dormais, dit Prew d'un ton morne. Je me suis même pas réveillé.
— Nous non plus ! expliqua Georgette. On en savait rien. C'est juste parce que j'ai allumé la radio...

— Et je dormais, répéta Prew. Je ronflais comme un sonneur.

Il remplit son verre, le vida. Sa tête était complètement lucide maintenant. Ses idées étaient claires comme de l'eau de roche.

— Oh ! ces enfants de putains d'Allemands ! dit-il.

— Quels Allemands ? questionna Georgette.

— Eux ! s'étrangla-t-il en désignant la radio d'un geste vague.

... *Je les ai vus arriver dans les salles du nouvel hôpital militaire,* continuait le speaker, *les uns en uniforme, les autres dans leur linge de corps, quelques-uns complètement nus, tous horriblement blessés, horriblement brûlés...*

— Et Shofield ? demanda Prew. Qu'est-ce qu'il a dit, au sujet de Shofield ?

— Rien, répondit Georgette. Il en a même pas parlé. L'aérodrome de Wheeler a été bombardé, et celui de Bellows, et la base aéronavale de Kaneohe, et la base navale d'Ewa. Et Hickam et Pearl Harbor. Mais pas Shofield.

— Il en a pas parlé du tout ? insista Prew, le regard soupçonneux.

— Puisqu'elle te le dit, intervint Alma.

— Alors, y z'ont pas dû bombarder Shofield, soupira-t-il, immensément soulagé. Y z'ont dû simplement les mitrailler un peu. C'était aux terrains d'aviation qu'y z'en avaient, bien sûr. Y z'ont sûrement pas bombardé Shofield.

... *L'hôpital général Tripler est un grand hôpital, pourvu de toutes les ressources de la science médicale moderne, mais insuffisamment, malgré tout, pour faire face à une catastrophe d'une telle envergure. On n'y peut loger qu'une faible portion des victimes de l'attaque, et nombreux sont ceux qui meurent et mourront sur leurs civières improvisées, dans les halls et les corridors, simplement parce qu'il n'y a pas assez de place pour les recevoir, ni de personnel spécialisé pour s'occuper d'eux. Et cependant, nulle part dans le vaste hôpital, je n'ai entendu un seul gémissement, une seule protestation. En revanche, combien de fois ai-je entendu des gamins de dix-neuf, vingt ans, grièvement blessés, les cheveux et les sourcils carbonisés, dire au médecin qui s'approchait d'eux pour les soigner : « Occupez-vous de mon copain d'abord, docteur ; il en a beaucoup plus besoin que moi. » Mais tout le reste était silence. Un silence accusateur. Un silence plein d'une colère contenue...*

— Oh ! les salauds, dit Prew d'un ton morne. Oh ! ces saloperies de salauds d'Allemands.

Il but un nouveau verre de whisky.

— C'est les Japs, cria Georgette, exaspérée. Les Japs, pas les Allemands ! Y nous sont tombés dessus sans prévenir, pendant que leurs hommes de paille étaient encore à Washington en train de prêcher la paix !

... *Le spectacle de la virilité avec laquelle ces enfants de chez nous endurent leur souffrance a renforcé ma confiance en une forme de gouvernement qui peut produire des héros tels que ceux-là, non par dizaines ou par vingtaines, mais par centaines et par milliers, et j'aurais aimé que chaque concitoyen américain puisse m'accompagner à travers les salles de l'hôpital Tripler, pour y voir ce que j'y ai vu...*

— C'est Webley Edwards ? s'informa Prew, le visage baigné de larmes.

— Certainement, dit Georgette. C'est sa voix.

— C'est quelqu'un, ce gars-là, murmura Prew.

Il reprit la bouteille de whisky.

— Tu ferais mieux de t'arrêter de boire, dit Alma, inquiète. Il est encore très tôt.

— Tôt ? répéta-t-il. Tôt ? Oh ! ces salauds d'Allemands ! Et qu'est-ce que ça change que je me saoule ou pas ? Puisque je peux pas rentrer, de toute façon. On va tous se saouler la gueule... Oh ! ces vaches d'Allemands...

... *Parce qu'il s'agit d'un cas de force majeure et pour faciliter la coordination des divers facteurs de défense, le général Short a déclaré que le territoire d'Hawaii serait désormais régi par la loi martiale,* annonça la radio.

— Je vais te dire quelque chose, sanglota Prew après avoir vidé son verre. Je suis pas recherché pour meurtre !

— Tu n'es pas recherché pour meurtre ? dit Alma étonnée.

— Y recherchent plus personne, pour le meurtre de Gras-Double. C'est Warden qui me l'a dit, et y m'aurait pas menti.

— Mais si tu rejoins ta compagnie, est-ce qu'ils ne vont pas te renvoyer au dur, pour désertion ? objecta Alma.

— Justement ! gémit-il. Je peux pas rentrer quand même, parce qu'y me renverraient au dur, et que je retournerai jamais au dur. Jamais ! Tu m'entends ! Misère de misère !

Alma posa sur le bras de Prew une main apaisante.

— Arrête de boire, Prew, je t'en prie. Donne-moi cette bouteille.

Mais il se dégagea d'une brusque secousse, remplit de whisky son verre à cocktail et la regarda d'un air belliqueux.

— Va-t'en avant que je perde mon sang-froid. Et laisse-moi tranquille.

Il avait des yeux de meurtre.

— Jamais je rentrerai tant que ce sera pour qu'y me recollent dans leur saloperie de camp ! Jamais !

Les deux filles ne répliquèrent point et se dirigèrent vers la cuisine. Prew, vissé près du poste de radio, acheva de vider sa bouteille de whisky, en déboucha une autre et repoussa les sandwiches qu'elles avaient préparés pour lui.

... *Nos jeunes hommes,* disait la radio, *ont chèrement payé la leçon que le pays a dû apprendre en ce jour maudit. Mais ils l'ont payée sans peur et sans amertume. Entretenues par le pays pour être toujours prêtes à combattre et mourir pour le pays, notre armée et notre flotte ont pleinement justifié la confiance et la foi que nous avons toujours eues en elles et mérité l'estime que nous avons toujours eue pour elles...*

— Je dormais, sanglota Prew. Je me suis même pas réveillé.

Elles avaient espéré qu'il boirait suffisamment pour perdre la notion des choses, mais il était apparemment dans cet état d'esprit où un homme peut boire presque indéfiniment sans tomber ivre mort. Il restait là, simplement, figé sur son tabouret devant le poste de radio, de plus en plus sombre, de plus en plus irritable, buvant, pleurant et buvant encore.

Au début de l'après-midi, la radio répéta un appel du docteur Pinkerton priant les donneurs de sang volontaires de se présenter aussitôt que possible à l'hôpital de la Reine. Georgette et Alma décidèrent de s'y rendre immédiatement.

— Moi aussi ! hurla Prew en se levant d'un bond.

— Tu ne peux pas, Prew, lui rappela prudemment Alma. Tu tiens à peine debout. Et il faut certainement présenter une carte d'identité. Alors...

— Je peux même pas donner du sang, dit-il d'un ton lamentable, en se laissant retomber sur le tabouret.

— Nous ne serons pas bien longtemps parties, poursuivit Alma. Tu nous raconteras ce qu'ils auront dit à la radio, quand nous rentrerons.

Il ne répondit pas. Il ne releva même pas la tête lorsqu'elles quittèrent le salon pour aller s'habiller.

— Il faut que je sorte d'ici, dit Alma à Georgette. Je n'ose même plus respirer.

— Tu crois que ça va lui passer ? chuchota Georgette. J'avais pas compris à quel point...

— Bien sûr, que ça va lui passer, trancha fermement Alma. Il est bouleversé et il a trop bu, voilà tout. C'est l'affaire d'un jour ou deux.

— Il ferait peut-être mieux de retourner ? suggéra Georgette.

— S'il rentre, ils vont le renvoyer au dur, pas vrai ? Alors, ne dis pas de sottises !

Il n'avait pas bougé lorsqu'elles quittèrent la maison. Il ne semblait pas avoir bougé lorsqu'elles revinrent, deux heures plus tard ; son attitude était restée la même, mais la bouteille qu'il avait débouchée avant leur départ était presque vide et la tension s'était encore accrue à l'intérieur de la petite maison.

— Qu'est-ce qu'on va faire de lui ? chuchota Georgette. Il me rend à moitié folle.

— Dans deux ou trois jours, il n'y paraîtra plus, répondit Alma. Le mieux est de ne pas faire attention à lui.

Elle ralluma la radio dans la cuisine, où Georgette la suivit, profondément agitée.

Lorsqu'elles réintégrèrent le salon, après avoir dîné, il était toujours assis sur le divan, mais il avait débouché une nouvelle bouteille prélevée dans la réserve de Georgette. La première avait été plus qu'à moitié pleine, il avait bu la seconde tout entière et entamé la troisième, et l'alcool ne l'avait pas encore terrassé.

Lorsqu'elles se levèrent le lundi matin, il s'était endormi, tout habillé, sur le divan, verre et bouteille à portée de la main, sur le carrelage. Les deux sandwiches qu'Alma avait préparés la veille, et enveloppés à son intention, n'étaient plus sur la table de la cuisine. Ni Alma, ni Georgette n'allèrent travailler ce jour-là, Mme Kipfer ne téléphona que le troisième jour, pour dire à sa favorite de venir travailler le lendemain vers dix heures du matin. La patronne du Ritz appela Georgette quelques heures plus tard, pour lui donner des instructions similaires. En raison du couvre-feu institué par la loi martiale, il n'était plus possible, désormais, de travailler la nuit, mais

Mme Kipfer avait appris, de source autorisée, que l'armée aussi bien que la flotte allaient prochainement délivrer des permissions à leurs hommes, par roulement. En attendant, la seule clientèle du *Nouveau Congrès* se composait de rares petits groupes d'officiers supérieurs, qui venaient dans le courant de l'après-midi, au lieu de retenir l'établissement pour la nuit comme ils le faisaient naguère, et les filles passaient le plus clair de leurs heures ouvrables à bavarder ou à jouer aux cartes. Le temps leur semblait long, et plusieurs d'entre elles avaient déjà retenu leur place sur les navires affectés au rapatriement des femmes et des enfants.

Quant à Prew, il ne se rasait plus, ne se lavait plus, dormait tout habillé. Il errait, bouteille et verre en main, de la cuisine au salon et des chambres à la terrasse, et l'ardeur intense, presque tragique de son regard — cette ardeur qui avait tellement attiré Lorene, lorsqu'elle n'était, pour lui, que Lorene, du *Nouveau Congrès* — avait totalement disparu.

Devant son air sauvage, Alma ne pouvait s'empêcher de penser à ce qu'il avait fait au gardien du camp disciplinaire. Pourtant, elle ne pouvait se résoudre à le laisser partir, à l'abandonner à lui-même.

— Tu comprends, expliqua-t-elle à Georgette le cinquième jour, s'il regagne sa compagnie, ils vont le renvoyer au dur et il s'y fera probablement tuer. Comme toute l'île est pleine de flics qui vérifient les permissions et les laissez-passer, c'est ici le seul endroit où il soit en sécurité. Et nous ne pouvons même pas lui retenir une place sur un navire à destination de la métropole, comme on aurait pu le faire avant l'attaque. L'armée contrôle tous les embarquements, étant donné que le moindre navire doit être convoyé à présent. D'un autre côté, ajouta-t-elle pensivement, j'arrive pas à perdre tout espoir...

— Tu veux dire que tu ne veux pas qu'il s'en aille ?

— Bien sûr, que je ne veux pas qu'il s'en aille ! s'exclama la fille.

— Et qu'est-ce qu'il va devenir, quand nous allons partir nous-mêmes pour les États-Unis ?

— Je ne suis pas encore partie ! riposta fiévreusement Alma.

— Mais ta place est retenue, comme la mienne, objecta Georgette.

— J'ai toujours la ressource de laisser le bateau partir sans moi, pas vrai ? dit Alma d'un air de défi.

— Eh bien ! tu es rudement chipée, constata Georgette.

Huit jours s'écoulèrent, jusqu'à ce que, dans l'après-midi du huitième, Prew découvrît en dernière page du journal l'article qui devait décider de son sort. Il s'était remis à lire régulièrement les journaux (si l'on peut appeler « lire » le fait de promener vaguement son regard sur des signes noirs incompréhensibles, inscrits sur du papier blanc). Mais, lorsque ses yeux tombèrent sur cet article, les signes se remirent brusquement à former des mots, les mots à former des phrases et le sens des phrases à parvenir progressivement jusqu'à son cerveau anesthésié. « Le 7 décembre, disait l'entrefilet, tous les prisonniers internés au camp disciplinaire de la base de Shofield ont été libérés et rendus à leurs unités respectives. »

« La seule façon que tu puisses rentrer sans retourner au dur, avait dit Warden, ce serait que les Japs ou quelqu'un d'autre attaquent l'île et qu'on relâchent tous les prisonniers pour les envoyer au casse-pipe. » Il s'était creusé la cervelle pour ne pas quitter Prew sans lui laisser, malgré tout, un léger espoir, et c'était précisément ce qui venait de se produire !

Tout, d'un seul coup, redevenait possible. Il suffirait à Prew de regagner la compagnie, sans se faire ramasser par les M.P., et de faire confiance à Warden. Le cœur bondissant d'allégresse, Prewitt se leva...

Lorsque les deux femmes rentrèrent, le soir du huitième jour, Prew les attendait impatiemment dans le salon, le journal à la main ; bien que légèrement incertain, son regard était lucide ; il s'était rasé, lavé, peigné ; il avait changé de vêtements.

Tel fut l'étonnement des deux femmes qu'elles ne remarquèrent pas tout de suite qu'il avait revêtu son uniforme, calot compris. Son visage était extraordinairement juvénile et propre, malgré l'enflure bleuâtre qui soulignait ses yeux.

— Si j'avais eu trois liards de bon sens, je serais rentré dimanche matin comme j'en avais l'idée, dit-il béatement en leur fourrant l'article sous le nez. Si j'étais allé directement au P.C. de la baie d'Hanauma, je suis sûr que j'y serais arrivé avant les prisonniers libérés.

Alma lut l'article et tendit le journal à Georgette.

— Si j'étais rentré dimanche matin, continua Prew, ça se serait passé comme une lettre à la poste. Y avait tant de gars qu'essayaient de rejoindre leur unité que personne aurait fait attention à moi. Maintenant, ça va être plus dur, mais, une fois que j'aurai regagné la compagnie de mon plein gré, tout ira bien.

— Je vois que tu as pris mon revolver, dit Alma en désignant l'arme glissée sous la ceinture de Prew.

— J'en aurai sûrement pas besoin, expliqua Prew. C'est juste par mesure de précaution. Je te le rapporterai dès ma première perm'. Vaudra mieux que vous éteigniez les lumières quand je sortirai.

Il se dirigea vers la porte.

— Mais tu ne vas pas partir maintenant, s'écria Alma. Il fait presque nuit.

— Et comment que je pars maintenant ! rétorqua-t-il. Je vous ai simplement attendues pour que vous vous demandiez pas ce qui m'était arrivé.

— Ça, c'est vraiment gentil de ta part, riposta Alma.

— Je vous devais bien ça ! s'exclama-t-il avec conviction.

— Pour ça, oui, tu nous devais bien ça, répéta sarcastiquement Alma.

Il avait déjà la main sur la poignée de la porte, mais il se retourna brusquement et revint sur ses pas.

— Eh ! qu'est-ce qu'il y a ? s'inquiéta-t-il. A t'entendre, on croirait que je m'en vais pour toujours ! Je vais peut-être être consigné pendant quinze jours, mais, dès que j'aurai une perm' pour descendre en ville, je reviendrai.

— Non, dit Alma. Parce que je serai plus là. Et Georgette non plus.

— Comment ça ?

— Parce qu'on rentre toutes les deux aux Etats ! cria-t-elle.

— Quand ?

— On a nos places de retenues sur le bateau qui partira le 6 janvier !

— Pour quelle raison ? demanda-t-il.

— Parce qu'on nous évacue ! répondit nerveusement la fille.

— Ah !... Alors, j'essaierai de revenir avant ça, dit Prew d'une voix blanche.

— J'essaierai de revenir avant ça, ricana-t-elle. C'est tout l'effet que ça te fait ? Tu sais très bien que tu pourras jamais revenir avant ça !

— Peut-être que si, insista-t-il. Qu'est-ce que tu veux que je fasse ? Que je reste ici jusqu'à ce que tu partes ? J'ai déjà trop tardé. Si j'attends encore, je pourrai plus rentrer du tout.

— Tu pourrais au moins rester jusqu'à demain matin, dit-elle. Ils mènent des patrouilles toute la nuit. Et l'heure du couvre-feu est passée.

— Y mènent aussi des patrouilles toute la journée. Et si je veux rentrer, c'est la nuit qu'y faut que je le fasse.

— Peut-être que tu changerais d'avis si tu restais jusqu'à demain matin, sanglota-t-elle tout à coup, sans que rien ne l'eût fait prévoir.

Georgette disparut dans la cuisine.

— C'est quand même pas trop te demander, sanglota lamentablement Alma.

— Changer d'avis à quel sujet ? objecta Prew, mal à l'aise. Si je dois rentrer ou non ? Et qu'est-ce que je ferai quand tu retourneras aux Etats-Unis ?

— Peut-être que j'y retournerai pas, lui offrit-elle en pleurant.

— Sacré nom de Dieu de bon Dieu ! s'écria-t-il.

Sa voix trahissait clairement son dégoût et son impatience.

— Je croyais qu'y fallait que tu rentres !

— Je peux très bien ne pas rentrer, cria-t-elle, mi-furieuse, mi-suppliante. Mais, si tu franchis le seuil de cette porte, je m'en irai plutôt deux fois qu'une ! Quelle raison que t'as de rejoindre ta compagnie ? Qu'est-ce que l'armée a jamais fait pour toi, sinon te faire souffrir et te traiter comme une canaille et te jeter en prison comme un criminel ? C'est tout ça que tu veux aller retrouver ?

— Mais... je suis un soldat, moi, dit Prew d'un ton perplexe.

— Un soldat ! s'étrangla-t-elle. Un soldat !

Elle cessa de pleurer pour se mettre à rire comme une folle.

— Un soldat de carrière ! Un soldat de l'armée régulière. Un engagé-pour-trente-ans ! Laisse-moi me tordre, tiens !

Il sourit timidement, comme un homme qui n'est pas très sûr d'avoir bien compris le sens d'une plaisanterie.

— Naturellement, dit-il. Un engagé-pour-trente-ans.

Puis il sourit pour de bon.

— A qui il reste plus que vingt-quatre ans à peine, précisa-t-il.

— Mon Dieu ! gémit Alma. Mon Dieu, mon Dieu, mon Dieu !

— Tu vas éteindre la lumière pendant que je sortirai ? questionna-t-il.

— N'aie crainte. Je m'en charge, dit fermement Georgette, du haut des marches de la cuisine.

Elle s'approcha du commutateur, leva la main, éteignit la lumière. Prew se glissa au-dehors, et la nuit se referma sur lui.

CHAPITRE L

Aucun rai de lumière ne transparaissait à travers les rideaux soigneusement tirés. Il se retourna vers la petite maison et la contempla un instant, savourant avec béatitude la sensation enivrante d'avoir brusquement recouvré la liberté.

Alma n'y penserait plus dans deux ou trois jours et, quand il reviendrait la voir, à sa première perm', elle serait plus heureuse que jamais de le retrouver. Il était certain que le bateau partirait sans elle, le 6 janvier. Un des avantages de l'armée, c'est qu'elle empêche les hommes de voir souvent leurs « femmes », évitant ainsi la traditionnelle lassitude. Et inversement.

Il s'arrêta au bout d'un moment, transféra le pistolet dans la poche de son pantalon, un lourd pistolet qui pesait sur sa cuisse à chaque pas. Mais s'ils s'avisaient de l'arrêter en route... Il grimaça.

Alors, tant pis pour eux ! Il était bien décidé à ne pas se laisser interdire le chemin de sa compagnie. Quand bien même tous les M.P. de Fort Shafter s'y attelleraient.

Jusqu'au golf de Waialae, il courait un certain risque, mais ensuite il connaissait le terrain comme sa poche. Il lui faudrait sans doute trotter comme un lièvre pendant près d'un kilomètre, sur la route qui conduit à Koko Head, à travers les marais salants, mais, ensuite, bonsoir ! C'était le secteur assigné à la Compagnie G, et il pourrait se présenter à n'importe quelle position. Seulement, c'était au P.C. lui-même, dans la baie d'Hanauma, qu'il avait l'intention de faire sa rentrée. De son propre gré.

La traversée du terrain de golf lui rappela le cauchemar infernal de sa longue marche délirante, le soir où Gras-Double l'avait si bien tailladé. Rien ne bougeait alentour, dans l'obscurité d'encre. Il était seul dans un monde silencieux et opaque. Pas une lumière en vue. Pas une fenêtre éclairée. Pas un lampadaire. Pas une enseigne. Pas même un phare d'auto. Hawaii était en guerre, et Prew était heureux que Hawaii fût en guerre, puisqu'il rejoignait sa compagnie.

Une seule fois, sur la grand-route, il vit les lumières bleues d'une jeep s'éloigner lentement vers l'ouest, et ce spectacle l'excita étrangement. Ces lumières bleues étaient peut-être invisibles, du haut des airs, mais sur terre on les voyait foutre bien à plus d'un kilomètre !

Il avait franchi le premier carrefour sans incident ; il franchit le second avec la même prudence. La route descendait doucement, en terrain découvert. Après une brève halte, il reprit hardiment son chemin.

Il ne vit la jeep que lorsqu'elle ralluma brusquement ses phares et braqua vers lui le doigt de son projecteur, d'un bleu presque blanc, à peine voilé. « Je crois que tu es fait, Prew, mon gars », se dit-il.

— Halte-là ! ordonna une voix agressive.

Mais il était déjà immobile. Oh ! les salauds, les enfants de putain ! Se poster comme ça au milieu de la route, avec leurs phares éteints, alors que tout marchait si bien...

La jeep démarra doucement, s'arrêta à dix mètres de lui, avec ses quatre M.P. casqués, bleus de lumière et de frousse. Prew vit un canon de mitraillette appuyé sur le pare-brise. « Enfants de salauds ! » répéta-t-il pour lui-même.

— Qui va là ?

— Ami, dit Prew, dont le cœur sautait.

Deux M.P. assis à l'arrière de la jeep sautèrent sur la route, pistolet au poing.

— Avance, ami, et fais-toi reconnaître, ordonna le plus grand d'une voix rauque.

Puis il se racla la gorge.

Prew obéit, songeant avec désespoir que cette minute absurde où ces quatre hommes tenaient son sort entre leurs mains était l'aboutissement fatal, illogique et cruel du processus compliqué qui avait commencé avec le chef de musique Houston, et passé par les étapes incohérentes de Dynamite Holmes, de la boxe et du « traitement », de Galovitch et du camp disciplinaire, et de Jack Malloy et du défunt Gras-Double, pour finir ici, sur cette route, où quatre hommes qui le voyaient pour la première fois tenaient, sans le savoir, son sort entre leurs mains. Quelque chose de marrant, à bien y penser.

— Ça va, Harry, c'est un G.I., dit un des hommes en affermissant sa voix.

Tout le monde soupira, comme de soulagement, et l'homme à la mitraillette Thompson se rassit.

— Qu'est-ce que tu fous là, toi ? aboya un des M.P. qui portait des galons de sergent. Ça t'amuse, de nous foutre le trouillomètre à zéro ? On a reçu un coup de fil de la position n° 16 signalant quelqu'un sur le terrain de golf, et on se voyait avec un commando de parachutistes sur les reins !

Prew jura mentalement. L'idiot, c'était lui. Ainsi, on avait repéré sa silhouette, lorsqu'elle s'était interposée entre la position 16 et les faisceaux bleus des phares de la jeep qu'il avait regardée s'éloigner ! Quelqu'un de la Compagnie G ! Pour un gars qui se piquait d'être un parfait fantassin, c'était vraiment pas bien malin !

— Je regagne ma position, expliqua-t-il.

— Ouais ? Laquelle ?

— Numéro 18. Tout droit, un peu plus loin.

— Dix-huit, hein ? Quelle unité ?

— Compagnie G ; ...ième d'infanterie.

Le sergent poussa un nouveau soupir.

— Est-ce que par hasard on connaîtrait pas l'heure du couvre-feu, à la Compagnie G du ...ième d'infanterie ?

— Si.
— Alors, qu'est-ce que t'es en train de foutre ici ?
— J'ai été voir ma wahiné, elle habite de l'autre côté du terrain de golf.
— T'as un laissez-passer ?
— Non.
— O.K. ! Embarquons-le et finissons-en, intervint le caporal qui avait déjà rengainé son pistolet.
— Eh ! là. T'emballe pas, caporal Oliver, dit le sergent.
— Oh ! moi..., commença le cabot.
— Qui commande la position 18, mon pote ? questionna le sergent, soupçonneux.
— Le sergent Choate.
Les deux M.P. s'entre-regardèrent.
— Tu sais qui commande la 18, Harry ? cria le sergent.
Les deux M.P. restés dans la jeep se concertèrent.
— Non, répondit Harry. Mais c'est pas difficile de s'en assurer.
— O.K. conclut le sergent. On va le conduire.
— Moi, reprit le caporal, je trouve qu'y vaudrait mieux l'emmener au poste. Regarde son uniforme, Fred. C'est une tenue fantaisie et repassée au quart de poil. Qu'est-ce qu'y fout par ici en tenue fantaisie ? Et que je sois pendu si c't uniforme-là sort d'un paquetage. C't uniforme-là a pas vu l'intérieur d'un paquetage depuis qu'il est sorti du teinturier !
— On peut toujours aller avec lui jusqu'à la 18, répéta le sergent.
— Moi, je dis ça comme ça, insista le caporal. Mais ça peut nous retomber sur les doigts, si jamais y nous fausse compagnie.
— Comment qu'y nous fausserait compagnie ? On est quatre.
— Et si jamais il avait volé c't uniforme tout propre ? suggéra le caporal. C'est peut-être un saboteur ; et il a peut-être des copains qui nous attendent un peu plus loin pour nous faire notre affaire. Moi, je dis ça comme ça, mais qu'est-ce qui te dit que c'est pas un espion ou quèque chose dans ce goût-là ?
Le sergent se gratta méditativement l'oreille.
— Alors ? Qu'est-ce que tu dis de ça, mon pote ? demanda-t-il. Paraît que t'as des copains qui nous attendent un peu plus loin pour nous tomber dessus ?
— Je suis pas un espion, sacré bon Dieu ! Est-ce que j'ai une gueule d'espion ?
Ça, c'était un truc auquel il n'avait pas pensé. Qu'ils pourraient le prendre pour un espion et le ramener au poste ! Elle était courte, mais elle était salée, celle-là !
— Moi, je dis ça comme ça, reprit le caporal. Mais qu'est-ce qui nous prouve que c'est pas un espion ?
— Rien, ironisa le sergent. Ça peut être aussi bien Tojo en personne.
— Peut-être qu'y mijote de faire sauter le palais du Gouverneur, suggéra le caporal. Moi, je dis ça comme ça, mais si on le ramène au poste on sera plus responsables de lui.
— Ah ! c'est pas un espion, dit le sergent, complètement dégoûté.
Il avait toujours son revolver à la main et le laissait pendre au bout de son bras ballant.
— T'as un papelard sur toi, mon pote ? Quèque chose qui nous prouverait ton identité ?

— Non.
— Rien du tout ?
— Non.
— Alors va falloir qu'on t'emmène au poste, mon pote, s'excusa le sergent. Tu devrais au moins avoir un papelard sur toi. Ça m'embête de te faire ça, mais on peut pas laisser n'importe qui se balader dans la nature sans même un papelard dans sa poche !

Prew sentit la sueur mouiller son front et ses lèvres. Cette fois, ça y était. Il était fait comme un rat. Le sergent était un brave type. Sans ce petit salaud de caporal, il l'aurait laissé se tirer !

— Eh ! minute, les gars, tenta Prew. Vous savez bien que je suis pas un espion. Y a six ans que je suis dans l'armée, et j'ai l'intention d'en tirer encore vingt-quatre piges. Si vous me ramenez au poste, je suis bon pour le dur, aussi certain que deux et deux font quatre. Y a six ans que j'attendais c'te guerre et c'est pas au dur que je pourrai faire quèque chose d'utile pour la défense du pays. Alors, faites pas les vaches, laissez-moi une chance de m'en tirer comme ça.

— T'aurais dû y penser avant, jappa le caporal.

— Si y avait une seule chance sur cent que je sois un espion, passe encore. Mais vous savez très bien que je suis pas un espion.

— Tu savais qu'y fallait rentrer avant le couvre-feu, pas vrai ? dit le caporal. T'as été voir ta souris, c'est ton affaire, mais tu savais ce qui te pendait au bout du nez si tu te faisais coincer ? Moi, je dis ça comme ça, mais tout le monde sait que c'est le secteur de la G, par ici.

— Ta gueule, Olivier, trancha le sergent. C'est toi ou moi qui suis chargé de commander cette patrouille ? T'as raison, dans ce que t'as dit au sujet du dur, mon pote. C'est pas là que tu pourras faire quèque chose d'utile pour le pays, et c'est pas malin d'immobiliser un type pour un truc comme ça, quand on a une guerre sur les bras. C'est con comme la lune !

— Sûr ! acquiesça Prew, fervent.

— Mais, d'un autre côté, faut que je soye certain. T'as pas un malheureux papelard sur toi ?

— Alors, ça se grouille ? cria Harry, du siège avant de la jeep. On perd du temps.

— Ta gueule, répliqua le sergent avec dignité. C'est moi qui suis responsable, oui ou merde ? Va falloir que je t'emmène, mon pote, continua-t-il à regret, en désignant la jeep du canon de son pistolet.

— Et sors tes mains de tes poches, sacré bon Dieu ! souligna le caporal. Moi, je dis ça comme ça, mais y a combien de temps que t'es dans l'armée, mon pote, pour garder tes mains comme ça dans tes poches ?

— Allons-y, dit le sergent à contrecœur.

— Et sors tes mains de tes poches, sacré bon Dieu ! souligna le caporal.

Et Prew obéit. Il sortit ses mains de ses poches, le 9,5 d'Alma solidement calé dans la paume droite. Sa main gauche arracha le pistolet du sergent, l'envoya voltiger de l'autre côté de la route, tandis que son autre main plaquait le canon du 9,5 en travers de la mâchoire du caporal casqué.

Puis il fonça dans la nuit, droit devant lui, à corps perdu, sans menottes, sans entraves, avec une sensation de liberté si intense que l'espace d'un éclair il faillit se croire vraiment libre, libre de respirer, libre de courir, dans la nuit sans obstacles du terrain de golf de l'avenue Waialae. Il se souvenait qu'il y avait un grand trou de creusé dans le sable, quelque part par là... C'était par là qu'il fallait cavaler !

Sans cesser de courir de toutes ses forces, il jeta un rapide coup d'œil par-dessus son épaule. Les types étaient restés là, figés, immobiles, dans la lueur bleue des phares. Le caporal et le sergent. Ils n'auraient jamais dû faire ça, commenta mécaniquement son esprit. La première chose à faire, c'était de sortir de la lumière. Il aurait pu les abattre tous les deux, comme des lapins, même avec ce pétard qu'il ne connaissait pas.

Son menton dans sa main gauche, le caporal achevait de se redresser, les genoux tremblants. Son 11,25 aboya une fois.

Prewitt se mit à courir en zigzag. A part leur première erreur de tactique, ces gars-là étaient à la hauteur. Où diable était passé ce trou ?

— Au téléphone de campagne, au carrefour ! Tous les hommes disponibles, hurlait le sergent. Et qu'ils alertent les positions côtières. Ce type-là était pas un soldat.

Le moteur de la jeep se mit à rugir.

— Non, pas maintenant, bougre de corniaud ! Le projecteur, d'abord. Allume le projecteur.

Prew aperçut le trou, à sa gauche, non loin de lui. Le projecteur s'alluma. Prew se retourna, fit front, et, presque simultanément, la Thompson d'Harry se mit à cligner de l'œil.

Prew resta debout au bord du trou, face à la jeep.

Peut-être fut-ce parce que le sergent avait parlé d'alerter les positions côtières et que Prew avait au plus haut degré la hantise, commune à tous les biffins, de se faire tirer dessus par les hommes de sa propre unité ? Ou peut-être parce qu'il ressentait envers ces hommes une sorte de chaude affection, née de la compétence avec laquelle ils faisaient face à une situation imprévue, et de l'orgueil que lui inspirait le spectacle de cette compétence ? Ou peut-être, tout simplement, parce que le sergent avait dit : « Ce type-là était pas un soldat ! »

A moins que ce ne fût un réflexe mécanique provoqué par la lueur brutale du projecteur, le geste instinctif du Kentuckien, qui, contrairement au biffin, a l'habitude de se faire tirer dessus par ses amis, mais ne voudrait pour rien au monde recevoir une balle dans le dos ?

En tout cas, Prew savait parfaitement que la Thompson d'Harry était en train de lui faire de l'œil lorsqu'il se retourna vers eux.

Il aurait pu les descendre comme il l'aurait voulu avec le 9, d'Alma, pendant ces deux ou trois secondes, ces hommes qui, debout dans la lueur bleue des phares de la jeep, constituaient une double cible idéale. Mais il ne tira pas. Il n'éprouvait aucun désir de tirer. Cés gars-là faisaient partie de l'armée, eux aussi. Et pourquoi diable aurait-il tué deux soldats, simplement parce qu'ils faisaient ce qu'ils avaient à faire, comme ils devaient le faire ? Il avait déjà tué un homme. C'était juste, bien sûr, mais qu'est-ce que ça lui avait donné ? Peut-être même que ça ne donnait jamais rien, de tuer un homme ? Pas plus que d'en tuer des milliers ? Ces gars-là, c'était l'armée, au même titre que lui-même. Et on ne tue pas ce qu'on aime. Qu'avait dit Jack Malloy un jour ? « Ce sont les choses qu'on aime qui finissent par vous tuer. Et peut-être que ça vaut mieux comme ça. »

Trois balles s'échelonnèrent à travers sa poitrine. Il tomba à la renverse, et la Thompson d'Harry cessa brusquement de cracher.

Il gisait maintenant au fond du trou, le visage enfoui dans le sable, et toute sa poitrine n'était qu'une vaste douleur sourde. Puis il les entendit approcher lentement, sur la route, et il ne voulut pas qu'ils le vissent ainsi, tête collée dans le sable. Ses jambes ne lui obéissaient plus, mais, en se servant de ses coudes, il parvint à se retourner. Puis il ne bougea plus, mais il était content. Il pourrait du moins les regarder en face, quand ils se pencheraient vers lui.

— Y s'est arrêté, se lamentait un des hommes en s'approchant du trou. Pourquoi qu'y s'est arrêté ? Je cherchais pas à lui tirer dessus, moi ! Je tirais, comme ça, simplement. Et y s'est arrêté.

Prew était heureux, si heureux d'avoir pu se retourner sur le dos !

Des pensées étranges affluaient dans sa tête : « Tu te rappelles, fiston, que tu le demandais toujours comment ça t'arriverait ? Tu t'étais toujours imaginé que ce serait quelque chose de spécial. Ce que tu n'avais jamais envisagé, c'était ce caractère banal, quotidien, de la chose. Un truc qui se fait couramment ; tous les jours. Comme de digérer. Ou baiser une fille. Ou rouler une cigarette. Rien de grandiose. Une chose à laquelle on pensait toute sa vie, en se demandant quelle tête on ferait, le moment venu, et puis, quand ça vous arrivait, on se demandait pourquoi on en avait fait un tel raffut. Comme c'est facile, en somme, de mourir ! »

— Bon Dieu ! souffla le caporal en l'apercevant, ces Thompson font un drôle de boulot.

— Vous le savez bien que je voulais pas le buter, gémissait le type à la mitraillette. Y s'est arrêté. Je pouvais pas prévoir qu'y s'arrêterait.

Prew se sentait glisser doucement le long d'une pente invisible. Il lui semblait qu'il commençait à sortir de lui-même et que l'étrange lien qui l'unissait à son corps, et dont il avait constaté l'existence, au dur, pendant son séjour dans le « trou », se tendait et s'amenuisait de plus en plus à mesure qu'il glissait le long de la pente. Et, brusquement, il cessa de tomber, comme si quelque chose qui n'était pas encore tout à fait décidé à mourir le retenait légèrement en arrière.

Trop longtemps. Ça durait trop longtemps. Malgré sa poitrine déchiquetée. C'était une honte. Et même pas moyen de leur dire : « Attendez un peu, les gars, ça sera plus très long, maintenant. Une minute ou deux. Une minute encore, une toute petite minute, et ce sera fini. Attendez, les gars. Me laissez pas seul. »

Fini. Il s'obligea à regarder le fait bien en face. Fini.

— J'ai peur.

Dieu ! que le monde était désert tout à coup. Est-ce que tous ceux qui mouraient se sentaient aussi seuls ?

— Sûr que ces Thompson font du drôle de gâchis ! murmura le caporal. Est-ce qu'il est mort, maintenant ?

— Je peux pas comprendre pourquoi qu'y s'est arrêté, gémissait le gars à la mitraillette. Ou pourquoi qu'il a pas tiré. J'aurais moins l'impression d'être un beau dégueulasse. Mais je voulais pas le buter. Je tirais, comme ça. Je le visais pas. Sincèrement, je voulais pas le buter. Eh ! sergent, écoute. Sergent, sergent, écoute-moi, je te dis.

— Ta gueule ! gronda le sergent.

— Sincèrement, sergent. Ecoute-moi...

— Je t'ai dit de la fermer, gronda le sergent en le secouant. Vas-y mollo, maintenant.

— Autant que je le fouille, à présent, marmotta le caporal. Dis donc, regarde un peu, sergent, ce qu'y a d'écrit sur la première page de ce calepin ! Appartenant au soldat Robert E. Lee Prewitt, de la Compagnie G, ...ième d'infanterie... Si c'est bien lui, devait y avoir un bout de temps qu'il était pas rentré à son corps. Je savais bien que son uniforme était pas régule.

— Pauvre gars ! Y devait essayer de rejoindre sa compagnie, marmotta le sergent. Faut qu'on se mette en rapport avec eux, pour qu'y viennent l'identifier. Reste ici, toi. On va aller téléphoner.

Warden était seul dans la tente de service lorsque la communication lui fut transmise. Warden laissa la salle de service entre les mains de Rosenberry, ordonna à Russell de conduire la jeep.

Il y avait déjà, autour du mort, deux capitaines, un major et un lieutenant-colonel.

— Pourquoi diable votre commandant de compagnie n'est-il pas venu lui-même, sergent ? s'écria le lieutenant-colonel lorsque Warden se fut présenté à lui.

— Il est en mission, mon colonel, répondit Warden.

— Et les autres officiers de votre compagnie ?

— Ils sont tous en mission, mon colonel.

— C'est impossible ! s'exclama le lieutenant-colonel. Ils ne peuvent pas être tous en mission !

— Nous avons vingt ou vingt-cinq kilomètres de positions côtières, qui doivent être continuellement inspectées, mon colonel.

— Hum ! Connaissez-vous personnellement cet homme, sergent ?

— Oui, mon colonel.

Une torche électrique camouflée d'un volet bleu éclaira le mort. Warden leva les yeux.

— C'est bien Prewitt, mon colonel. Il était absent irrégulièrement depuis le 20 octobre.

— Alors, vous l'identifiez ? questionna le lieutenant-colonel. Je veux dire : officiellement ?

— Oui, mon colonel.

Warden remonta pesamment sur la route.

— Cet homme était un déserteur, expliqua le lieutenant-colonel. Lorsque mes hommes ont voulu l'emmener au poste de garde, il a tenté de prendre la fuite. Mais, lorsqu'ils ont ouvert le feu, il leur a fait face et n'a pas cherché à s'écarter de leur ligne de tir. Vous direz à votre commandant de compagnie de venir me voir demain, au bureau du prévôt. Qu'il demande le lieutenant-colonel Hobbs. J'ignore, bien entendu, quel verdict rendra la commission d'enquête, mais vous en serez informé.

— Par égard pour les parents de la victime, mon colonel, ne vaudrait-il pas mieux le porter décédé en service commandé ? hasarda Warden d'une voix neutre. Les noms de vos hommes ne seraient même pas prononcés, et l'incident serait tout de suite clos.

Le lieutenant-colonel lui jeta un regard empreint d'une certaine curiosité.

— C'est une excellente idée, approuva-t-il. J'allais précisément vous le proposer.

— J'en suis heureux, mon colonel.

— Nous allons prendre le corps en charge, naturellement. Il sera probablement enterré au nouveau cimetière de Red Hill.

— Mon colonel, dit Warden avec brusquerie, puis-je vous demander, d'ores et déjà, de prendre les mesures nécessaires pour qu'il soit enterré au cimetière militaire permanent de la base de Shofield ?

— Le cimetière de Shofield est un cimetière permanent, objecta le lieutenant-colonel, avec un nouveau coup d'œil perplexe sur Warden. Je croyais vous avoir entendu dire que cet homme avait des parents vivants ? Depuis Pearl Harbor, tous les enterrements provisoires ont été faits au nouveau cimetière de Red Hill.

— Oui, mon colonel. Mais il faudra sans doute attendre la fin de la guerre pour que les corps puissent être rapatriés. Et cet homme était un soldat de l'armée régulière. Il avait au moins huit ans de service, affirma-t-il, mentant sans la moindre vergogne.

— Oui... Eh bien ! je vais m'en occuper, sergent, concéda finalement le lieutenant-colonel. Je suis un vieux soldat moi-même, sergent.

— Oui, mon colonel.

— Nous sommes tous navrés de cette histoire, bafouilla le sergent de la patrouille après avoir demandé au lieutenant-colonel la permission de prendre la parole. C'est pas comme si c'était un Jap ou quelque chose comme ça. Vous croyez peut-être qu'on raconte des blagues, sergent, mais c'est exactement ce qu'il a fait. Y s'est arrêté et y s'est juste collé dans la ligne de tir. C'était un de vos copains ?

— Non. Pas exactement, dit Warden, les yeux au loin.

— Je vais demander à ce qu'on me change de secteur, grogna le sergent. J'en ai marre de cette vacherie de sable. Cette putain de vacherie de sable ! On se croirait dans le désert !

— Y a pas moyen de couper au sable, aux Hawaii, dit Warden doucement.

— On voulait juste que vous sachiez qu'on était tous navrés, insista le sergent nerveusement.

— Je sais, dit Warden. (Il lui frappa sur l'épaule.) Merci, sergent.

Lorsque la jeep roula de nouveau sur la grand-route, il se retourna pour regarder décroître les lumières bleues des jeeps de la Military Police. La seule pensée qui lui venait à l'esprit, une pensée stupide et obsédante, était qu'il n'y avait plus de saison de boxe, de toute façon, à présent.

— J'en ai la chair de poule, marmotta Weary, les mains crispées sur son volant. Il aurait quand même bien pu sauter dans ce trou, bon sang.

» Tu te rappelles la nuit où que j'ai failli vous passer dessus, à tous les deux, parce que vous aviez tourné de l'œil au milieu de la route ? continua Weary Russell.

Warden ne répondit pas. Il y avait encore une chose à faire pour Prewitt : aller voir Lorene. A moins de lui renvoyer sa clef dans une lettre ?

— Qu'est-ce que vous teniez comme biture, tous les deux ! s'extasia Russell.

— Ouais, dit Warden en pensant qu'il préférerait prendre une volée de coups de matraque plutôt que d'aller voir Lorene.

Mais il savait qu'il irait en fin de compte.

— Pourquoi que tu crois qu'il a fait ça ? demanda Weary Russell anxieusement.

Warden ne répondit pas. Il était en train de se demander pourquoi les sales histoires avaient toujours la spécialité de vous tomber dessus en vrac, par fournées. Et la mort de Prewitt était bien une des plus sales histoires qui lui soient arrivées.

CHAPITRE LI

Il se trouvait que le sergent Milt Warden avait, le matin même, reçu la confirmation de sa nomination de sous-lieutenant d'infanterie dans les cadres de réserve.

C'était une lettre du ministère de la Guerre, couverte de mentions approbatrices et de signatures, adressée pour approbation définitive au commandant de la Compagnie G. La première réaction de Warden, lorsque le lieutenant Ross, avec une indifférence calculée, jeta le document sur le bureau de son sergent-chef, fut celle d'un coupable surpris en flagrant délit. Il faillit déchirer la lettre et l'enfouir tout au fond de la corbeille à papiers avant que quiconque pût en soupçonner l'existence. Puis il pensa à Karen Holmes et se contint.

Et, de toute façon, Ross en avait déjà pris connaissance.

Ross et Rosenberry, et le lieutenant Culpepper, qui étaient présents, et le sous-lieutenant Cribbage, un nouveau dans la compagnie, qui commandait la position 28, à la pointe de Makapuu, et venait d'entrer par hasard, avaient tenu à le féliciter et à lui serrer la main.

Ils souriaient tous, avec le même air entendu des crétins qui se croient obligés de féliciter un type parce que sa femme vient d'avoir un bébé.

— Il faudra que vous signiez quelques papiers et que vous prêtiez serment, dit le lieutenant Ross, mais d'ores et déjà vous voilà officier de l'armée des Etats-Unis.

— Quel effet ça vous fait, sergent ? s'informa Culpepper, hilare.

— Quel effet est-ce supposé me faire ? riposta Warden, très froid.

— Mon Dieu ! c'est un peu comme la prise du voile pour une novice.

— Est-ce qu'il va me pousser des petites ailes d'or, pour aller avec les sardines ? grogna Warden.

— A quand la distribution de cigares ? intervint Cribbage.

— Jamais le sergent Warden ne distribuera des cigares pour une chose aussi insignifiante qu'une malheureuse petite promotion, ricana Culpepper. On voit que vous ne connaissez pas l'individu, Cribbage.

— C'est ce que nous verrons, répliqua Cribbage.

— Bien entendu, vous n'en demeurez pas moins sergent-chef de ma compagnie jusqu'à ce que vous soyez réaffecté, sergent, commença le lieutenant Ross sur un ton de plaisanterie.

Puis il s'arrêta et murmura :

— Bon Dieu ! en parcourant des yeux une seconde lettre qu'il venait d'ouvrir.

— Qu'y a-t-il, Ross ? demanda Culpepper.

— Tenez, voyez vous-même, dit Ross.

Quand Warden lut l'ordre de mise à la retraite de Pete Karelsen, chef du peloton de tir de la Compagnie G, il ne put s'empêcher de ressentir un petit choc au cœur. L'enveloppe renfermait une simple circulaire du ministère de la Guerre stipulant que tous les militaires au-dessous du grade de sergent-chef ayant dépassé la limite d'âge prescrite et remplissant des fonctions autres qu'administratives devaient en être immédiatement relevés et leurs noms soumis au services de rapatriement, en même temps qu'une demande de complément d'effectif.

Deux noms étaient soulignés à l'encre rouge sur la circulaire régimentaire épinglée à celle du ministère de la Guerre :

Sergent Pete J. Karelsen, Compagnie G ;

Soldat de première classe Ike (N.M.I.) Galovitch, Compagnie G.

— Bon Dieu ! gémit Cribbage. Plus de sergent Karelsen, plus de peloton de tir.

Personne ne parla d'Ike (N.M.I.) Galovitch.

— Je crois que je vais aller faire un tour jusqu'à la position 16, annonça brusquement Culpepper. Ça m'évitera d'y aller ce soir.

— Autant que je rentre à Makapuu, dit précipitamment le sous-lieutenant Cribbage, puisqu'y a pas de courrier pour moi.

— Ils ont eu vite fait de se tirer des pattes, grommela le lieutenant Ross, plein de rancune, lorsqu'ils furent partis. Croyez-vous que si j'écrivais une lettre ?... C'est pour moi, la corvée.

La circulaire était maintenant entre les mains de Rosenberry.

— Ça donnerait absolument rien, coupa Warden.

— Non. Sans doute que non, acquiesça le lieutenant d'un ton misérable. Bon Dieu ! sergent, je ne peux pas me permettre de perdre le sergent Karelsen ! Ils ne vont quand même pas me faire ça, à moi !

Il ne parla pas, lui non plus, d'Ike (N.M.I.) Galovitch. Depuis qu'il l'avait renvoyé dans les rangs, il avait essayé de le faire muter par tous les moyens possibles, sans résultat, bien entendu, car aucune autre unité n'en voulait, ni pour or, ni pour argent.

— Ces bandes de salopards de Washington ! fulminait le lieutenant Ross. Tout ce qu'ils connaissent, c'est les statistiques. Mais qu'est-ce qu'ils savent de la situation réelle ? Rien. Qu'est-ce que ça peut leur foutre que ça creuse un trou dans ma compagnie ? Ce n'est pas eux qui ont le souci de la faire marcher. Eh bien, sergent ? Qu'en pensez-vous ? Tâchez de trouver quelque chose.

Une vague de crainte et de rébellion parcourut Warden des pieds à la tête, à l'idée du désarroi de Pete.

— Il y a six ans qu'il est dans la compagnie, dit-il. Vous pourriez peut-être appuyer là-dessus.

— Naturellement, acquiesça le lieutenant Ross avec feu. Un vieux soldat comme lui ! C'est fichu de lui briser le cœur.

Rosenberry vint reposer la circulaire sur le bureau du lieutenant sans émettre le moindre commentaire.

— Rosenberry, vociféra le lieutenant Ross. Vous avez besoin d'air. Allez faire un tour. Vous avez une mine de déterré.

— Oui, mon lieutenant, dit tranquillement Rosenberry.

— C'est fou ce que ce garçon me porte sur les nerfs, soupira le lieutenant lorsque Rosenberry se fut escamoté. Il est trop tranquille... Eh bien! sergent, qu'est-ce que nous allons faire ?

Les soldats retraités qui avaient un peu d'argent achetaient un petit chalet dans l'avenue Kahala, au pied de la pointe du Diamant, et divisaient leur temps entre la pêche et la chasse, comme le vieux Snuffy Cartwright, l'ancien sergent-chef de la G. Mais Pete n'avait pas un sou. Il n'avait jamais eu de femme pour lui en mettre à gauche, comme Snuffy Cartwright. Il n'avait même pas assez d'argent pour faire la conquête d'une femme de son âge, à plus forte raison d'une plus jeune que lui. Pas d'économies gagnées au jeu. Pas de femme. Pas d'enfants. Rien qu'un vieux soldat retraité, à mettre au rebut. La vague de révolte et de crainte submergea de nouveau Milt Warden. Il fallait absolument tirer Pete de là.

— Je crois qu'il va falloir que vous l'emmeniez à Shofield avec vous, dit-il au lieutenant Ross, et que vous montiez voir personnellement le colonel Delbert.

Ils le mettraient peut-être dans un centre d'instruction, où il végéterait pendant un an ou deux, peut-être jusqu'à la fin de la guerre. Les bleus ne demanderaient pas mieux que de payer à boire à un vieux de la vieille comme lui. Il pourrait se saouler tous les soirs, s'il en avait envie, sans cesser de participer à la guerre, en quelque sorte.

— Pourquoi n'y allez-vous pas vous-même, sergent ? suggéra le lieutenant Ross, plein d'espoir. Vous êtes beaucoup plus ancien que moi dans le régiment, après tout.

— C'est vous qui êtes le commandant de compagnie, mon lieutenant, à vous d'agir.

— Mais si ça ne réussit pas, c'est moi qui serai sur la liste noire du régiment, ce ne sera pas vous ! gémit Ross.

— Vous essayez de faire marcher votre compagnie, ou de passer capitaine ? riposta Warden.

— Pour vous, ce serait la moindre des choses ! Vous allez foutre le camp d'ici dans un mois ou deux... Ooooh ! merde. Allez au diable, sergent !

Le lieutenant gagna la sortie en deux bonds, hurla :

— Rosenberry ! Qu'est-ce que vous foutez dehors ! Allez me chercher le sergent Karelsen et tâchez de vous manier le train !

— Il est à Makapuu, mon lieutenant, répondit posément Rosenberry, qui était tranquillement demeuré dans les parages.

— Alors prenez une jeep et allez me le chercher, beugla le lieutenant Ross. Est-ce que vous croyez que je ne sais pas où est le sergent Karelsen ? Qu'est-ce que vous avez dans le cul, aujourd'hui, Rosenberry ?

— J'y vais, mon lieutenant, répondit tranquillement la voix déjà lointaine de Rosenberry.

— Ce garçon me porte sur les nerfs, gémit le lieutenant pour la seconde fois de la soirée, en regagnant sa place.

Il se gratta la tête et reprit :

— Je conduirai la jeep moi-même. Je préfère être seul avec lui. Je lui dirai ça en douceur, sur la route de Shofield. Je crois que c'est le mieux que je puisse faire.

— Oui, mon lieutenant.

Le lieutenant Ross sortit son calepin de sa poche et se mit à préparer les arguments qu'il assènerait au colonel. Puis il s'interrompit, jura et biffa tout ce qu'il avait écrit.

Il était toujours en train de prendre des notes et de les griffonner à mesure, lorsque Rosenberry revint de Makapuu en compagnie de Pete Karelsen.

— Venez, sergent, dit le lieutenant d'un air sombre, en fourrant son calepin dans sa poche. Il faut que nous allions à Shofield tous les deux.

— Bien, mon lieutenant, riposta Pete après avoir salué.

Il était trop vieux dans la corporation pour ne pas se douter qu'il s'agissait d'un emmerdement quelconque. C'était la première fois depuis Pearl Harbor qu'il avait mis son râtelier en dehors des repas.

Lorsque Ross fut parti, Warden sortit de ses poches le portefeuille, le canif, la clef et le carnet noir découvert par les M.P. dans celles de Prewitt.

Il ouvrit le calepin noir, n'y trouva rien de plus qu'une longue liste de titres et de noms d'auteurs, et il fut surpris de constater que Prewitt eût pu désirer les lire. Il allait rejeter le carnet lorsqu'il aperçut une feuille de papier pliée en quatre, entre la dernière page et la couverture. Il la lissa soigneusement sur son bureau, lut le titre : *La Complainte du Rempilé,* puis les couplets, et lorsqu'il eut fini il releva lentement la tête, resta longuement immobile, les yeux dans le vague.

Il était près de onze heures lorsqu'il entendit la jeep s'arrêter dehors. Il replia soigneusement la feuille de papier, la remit entre la dernière page et la couverture du carnet noir et rangea le tout dans un petit coffret de métal, dont il referma le couvercle à double tour.

Il comprit tout de suite que la visite au colonel Delbert était un parfait échec.

— Voilà ! aboya le lieutenant Ross en jetant son casque sur la couchette vierge de literie qui occupait l'un des coins du P.C. ; il s'assit et passa une main graisseuse sur son front poussiéreux. Il y a une circulation terrifiante, reprit-il au bout d'un moment. Même à l'heure qu'il est. Je parie qu'il nous a fallu plus de quatre heures pour faire le trajet.

Pete Karelsen fit un pas en avant, se mit au garde-à-vous, la colonne vertébrale en parenthèse, les fesses légèrement saillantes, selon son inconsciente habitude, exécuta son large salut de vétéran chevronné et déclara :

— Mon lieutenant, le sergent Karelsen désire remercier le commandant de compagnie de ce qu'il a fait pour lui.

— Je n'ai rien fait du tout, grommela le lieutenant Ross. Tout ce que j'ai fait, c'est de me faire porter sur la liste noire du vieux Delbert.

— Le commandant de compagnie a fait ce qu'il a pu, reprit Pete Karelsen. Et c'est ça qui compte avant tout.

— Non, ce n'est pas ça qui compte, vociféra le lieutenant Ross. Ce sont les résultats qui comptent. J'ai misérablement échoué. Un point, c'est tout.

Il parvint à ramener sa voix dans son registre habituel.

— Et cessez de me parler à la troisième personne comme si j'étais quelqu'un d'autre, sergent Karelsen. Repos, repos.

Pete déplaça son pied de trente centimètres vers la gauche et joignit ses mains derrière son dos.

— Je tiens à faire savoir au commandant de compagnie combien j'ai apprécié ce qu'il a fait, dit-il, le visage toujours immobile, comme celui d'un soldat au garde-à-vous. Je n'oublierai jamais, mon lieutenant.

Ross l'observa un instant et passa de nouveau sa main sur son visage.

— Autant que vous dormiez ici pendant les quelques jours à venir, sergent Karelsen, soupira-t-il. Jusqu'à ce qu'ils vous convoquent. Vous direz au sergent Malleaux de vous faire installer une couchette dans la tente du Q.G... Autant que le peloton de tir apprenne à se passer de vous dès maintenant.

— Oui, mon lieutenant. Merci, mon lieutenant.

Il se remit au garde-à-vous, lentement, selon toutes les règles de l'art, et donna un second échantillon de son savoir-faire en matière de salut.

— Si le commandant de compagnie veut bien excuser le sergent, le sergent demande la permission de se retirer, dit-il.

— Accordé, murmura le lieutenant avec lassitude.

Pete exécuta un parfait demi-tour et se dirigea vers la sortie.

— Attends une minute, Pete, appela Warden. Ça t'intéresse également.

Et il raconta la mort de Prewitt.

— Eh bien ! mais c'est parfait, s'exclama le lieutenant Ross, les yeux exorbités. C'est merveilleux. C'est épatant. Après ça, il n'y a plus qu'à tirer l'échelle.

— Bon Dieu ! Quand est-ce arrivé, Milt ? s'informa Pete Karelsen, d'une voix redevenue brusquement humaine.

Il y avait dans ses intonations une sorte d'écœurement qui fit naître en Warden une colère homicide.

— Vers huit heures, répondit Warden, le visage fermé.

— Eh bien ! se lamenta le lieutenant, ce garçon a fait en somme tout ce qu'il a pu pour flanquer par terre la réputation de mon unité, et je me souviens même pas de l'avoir jamais vu !

— Si le commandant de compagnie veut bien m'excuser à présent..., recommença Pete Karelsen.

— Allez-y, allez-y, sergent, coupa Ross. Allez dormir. Nous en avons besoin tous les deux.

— Oui, mon lieutenant, merci, mon lieutenant, dit Pete.

Il se remit au garde-à-vous, exécuta un nouveau salut de grand style, puis un demi-tour irréprochable et reprit le chemin de la sortie.

— J'ai eu deux bouteilles à Shofield, Milt, chuchota-t-il en passant devant Warden. Du nanan. Rendez-vous tout à l'heure à la cuisine.

— Vous aviez une haute opinion de ce Prewitt, n'est-ce pas, sergent ? demanda brusquement le lieutenant qui tambourinait la table de ses doigts.

— En tant que soldat, oui.

— Il ne l'a guère justifiée, dit le lieutenant Ross avec rancune.

— Je crois qu'il avait une case de vide. Il aimait l'armée. Quiconque aime l'armée a une case de vide. Il l'aimait comme la plupart des hommes aiment leur maîtresse. Quiconque aime l'armée à ce point-là doit avoir une case de vide.

— Je suis bien de votre avis, approuva le lieutenant.

— Un pays en guerre a besoin de tous ses bons soldats. Un pays en guerre n'a jamais assez de bons soldats.

— Un soldat de plus ou de moins..., soupira le lieutenant Ross avec lassitude. Ne savez-vous pas que c'est la production seule qui gagne les guerres ?

— C'est une des raisons pour lesquelles le type qui aime sincèrement l'armée a forcément une case de vide.

— Oui, acquiesça le lieutenant. Allons, je vais pousser une pointe jusqu'à Makapuu avant d'aller me coucher. Cribbage ne va pas rigoler tous les jours, maintenant que le sergent Karelsen est parti.

Dehors, il faisait frais, et la lune commençait tout juste à monter par-delà les montagnes, du côté de Koko Head. Warden sortit à son tour et s'engagea au petit bonheur, dans un des sentiers nouvellement frayés au milieu des buissons par les allées et venues des hommes de la compagnie. La brise marine était fichtrement agréable à respirer. Milt marcha longtemps, tentant en vain d'analyser ce qui se passait en lui. Puis il remonta vers les tentes éparses du campement. Il n'y avait pas de lumière dans celle du Q.G., où Rosenberry et Vendredi Clark ronflaient comme des sonneurs. Mais, dans la tente-magasin, Pete et Maylon Stark étaient assis l'un en face de l'autre, les bouteilles de Pete posées entre eux, sur une table improvisée faite de deux tréteaux et de planches de coffrage. Une lanterne camouflée oscillait au-dessus de leurs têtes.

— Je te dis que c'est plus la même compagnie qu'avant, bredouillait Stark d'une voix pâteuse.

Warden constata que la bouteille débouchée était encore plus qu'à moitié pleine. Stark avait dû commencer à boire seul, avant l'arrivée de Pete. Warden se délesta de son fusil, s'assit près de Pete et but une première rasade de whisky.

— Où est Russell ? questionna-t-il. Je croyais le trouver ici, en train de raconter son histoire.

— Il est venu, déclara Stark d'un ton sinistre.

— Il est en face, à la cuisine, en train de la raconter aux cuistots, ajouta Pete.

— Qu'est-ce qu'y va faire, quand y trouvera plus personne à qui la raconter ? grogna Stark.

— Explosion sans doute, riposta Pete avec humour.

— J'ai jamais vu une compagnie changer autant en si peu de mois, reprit Stark du même ton sinistre.

— Eh ! je croyais venir ici pour rigoler, lança Warden. Mais on dirait plutôt une veillée funèbre.

— Ça pourrait en être une, trancha Stark, soudain agressif.

— Sans blague ?

— Prewitt, c'était peut-être pas un bon copain à toi, mais c'était sûrement un bon copain à moi, enchaîna Stark. Rien ne va plus à la G. Ecoutez un peu, les gars : Leva muté à la M. Bloom suicidé. Maggio enlevé du programme. Holmes et Jim O'Hayer partis au G.Q.G. Toutes ces nouvelles gueules. Et maintenant Prewitt. Et ce vieux Pete qui va nous quitter dans deux ou trois jours.

— Sans oublier ce cher Ike, ajouta Warden en rigolant et se servant à boire.

— Rappelez-vous bien de ce que je vous dis, prophétisa Pete Karelsen. Finie la belle vie dans tout le secteur. Quand y vont commencer à redonner des perm' de sortie, y aura des queues interminables devant les bars et les bordels et y aura plus moyen de rigoler nulle part, mais ce vieux Pete sera plus là pour voir ça. Pas fou, le vieux Pete. Y sera aux Etats-Unis, en train de se payer du bon temps et se saoulera la gueule en pensant à vous tous les soirs.

— Tu peux dire que t'es un foutu veinard de te barrer au moment où la compagnie commence à plus valoir tripette, admira lugubrement Stark.

— Des femmes par douzaines ! brailla Pete. Des hôtels au poil pour les y emmener. Et des bars ! Et des bons restaurants ! Tout ça sous la main pendant que vous serez ici à dormir sur la pierraille, à manger froid dans des gamelles et à marner comme des nègres.

Il se leva d'un bond.

— Pendant que vous vivrez sur les plages, leur jeta-t-il à la face. Pendant que vous ferez la queue pour boire un verre ou baiser une fille ! Sans compter que vous serez aux premières loges pour recevoir des pruneaux sur la gueule et les premiers à partir, quand y faudra reconquérir toutes ces vacheries d'îles occupées par les Japs !

Penché en avant, le torse raide, ses grosses fesses plus proéminentes que jamais, le visage rouge et sillonné de larmes, il leur parlait comme il les eût injuriés, la bouche mauvaise.

— Assis sur un baril de poudre, avec la mèche allumée ! acheva-t-il dans un sanglot.

Warden bondit, le saisit à bras-le-corps au moment précis où il allait perdre l'équilibre.

— Allons, allons, Pete, assieds-toi, bois un coup, ça va passer.

— Au fait, devine qui j'ai rencontré aujourd'hui à Shofield, Milt, reprit Pete Karelsen, en faisant un effort méritoire pour aiguiller la conversation sur une autre voie.

— Sais pas, dit Warden. Qui ça ?

Il tendit sa propre tasse dans la direction de la bouteille.

— La femme du capitaine Holmes, répondit Pete en versant du whisky dans la tasse de Warden. Tu te rends compte ? Y avait des mois que je l'avais pas vue. Elle était au service de rapatriement du régiment, quand je suis allé chercher mon ticket. Elle rentre aux Etats sur le même bateau que moi.

— Qui ça ? insista Warden, les yeux écarquillés.

— La femme du capitaine — pardon, du major — Holmes. T'as pas oublié Dynamite Holmes, non ?

— Non, sûrement pas, dit Warden lentement.

— Ben, y z'habitent apparemment toujours au même endroit, dans le quartier des officiers mariés du régiment, puisque c'est au Q.G. régimentaire et pas au G.Q.G. de la brigade qu'elle s'est présentée pour avoir son ordre d'évacuation. Y en avait tout un tas dans le bureau : la femme du major Thompson ; celle du colonel Delbert ; je les connais pas toutes. Et la femme d'Holmes part sur le même bateau que moi, le 6 janvier.

» Oui, et elle me demandait même des nouvelles de la compagnie, poursuivit Pete. Du magasin d'habillement, avec le nouveau sergent-fourrier et tout. Elle a même demandé si tu t'entendais bien avec le nouveau commandant de compagnie.

— Moi ? dit Warden, l'air innocent.

— Oui, toi, riposta Pete. Eh ! dis donc, Stark, qu'est-ce qui t'arrive ? Qu'est-ce que t'as à te marrer comme un tordu ?

— Moi ? Rien, s'esclaffa Maylon Stark.

— Au fond, elle m'a paru bougrement sympa, conclut Pete.

— Pas possible ! ricana Stark. Ben, tu devrais te présenter à elle, à bord du bateau. Pas vrai, Milt ?

— Elle sera en première classe et moi dans les soutes, probable, dit Pete. Je la verrai même pas.

— Aucune importance, affirma Stark. Monte la voir et demande-lui de t'inviter dans sa cabine. Elle le fera. Pas vrai, Milt ? Et, pendant que tu y seras, demande-lui poliment la permission de la baiser. Elle te la donnera. Pas vrai, Milt ? Elle adore cette compagnie, je te dis !

Pete n'avait pas l'esprit très vif, mais une expression bizarrement choquée assombrit lentement son visage, à mesure qu'il réalisait le sens des paroles de Stark.

— Tu vas pas fermer ta gueule, bougre d'enfant de salaud ! gronda Warden.

— Tu crois peut-être que je blague, Pete ? renchérit Maylon Stark. Ben, t'as tort. Demande à Milt. Elle l'a eu jusqu'au trognon, lui ! J'ai couché avec elle, moi aussi. Seulement, moi, je me suis pas laissé avoir... Y a qu'une chose que je te recommande, si tu te l'envoies : c'est de te taper un bon prophylo, après la bataille, ou tu risques de te réveiller enrhumé du cerveau !

Il y eut un silence. Warden observa pensivement le visage de Stark, dont l'hilarité cachait mal quelque chose qui ressemblait à du désespoir.

— O.K. ! Bougre d'enfant de salaud ! articula-t-il enfin. Maintenant, c'est moi qui vais te dire quelque chose. Tu sais qui lui a refilé sa dose de chaude-pisse, à Bliss ? Tu veux savoir qui l'a arrangée comme ça ? Eh bien ! je vais te le dire. C'est son cher mari, le capitaine Dana E. Holmes en personne, Dynamite pour les dames.

— Je te crois pas, articula Stark, mortellement pâle.

— C'est pourtant vrai, soupira Warden. La pure vérité.

— Je te crois pas, je te dis. Le bruit courait que c'était un lieutenant qui tenait le club des officiers... six mois avant que je fasse sa connaissance. J'ai causé avec des gars qui...

— Ils te racontaient des histoires, trancha paisiblement Warden.

— Je te crois pas. Je sais que c'était vrai.

Pete les regardait, les yeux soudain attentifs, à demi dégrisé.

— Je le tuerai ! explosa Maylon Stark, le visage convulsé. Je le tuerai, c't' enfant de putain ! Je lui ferai son affaire !

— Tu ne tueras personne, dit, presque tendrement, Milt Warden. Pas plus que j'ai tué qui que ce soit, moi.

— Je l'aurais épousée ! bégaya Stark. Elle avait huit ans de plus que moi, mais je l'aurais épousée. J'allais quitter l'armée, pour pouvoir l'épouser. Je te jure que je l'aurais fait !

— Et tu l'aurais fait vivre avec quoi ? s'informa doucement Warden. Elle, une fille de richard !

Le visage blême de Stark se contracta :

— Elle m'aimait ! cria-t-il. Je sais qu'elle était amoureuse de moi ! On est sortis ensemble six mois, à Bliss. Je l'aurais prise sans rien, moi !

— Seulement, tu ne l'as pas fait, dit gentiment Warden. Tu l'as laissée tomber sans même lui donner une chance de présenter sa version de l'histoire.

Les yeux de Pete couraient de Maylon Stark à Milt Warden et de Milt Warden à Maylon Stark. S'il pensait encore à ses propres ennuis, après ça ! C'est pas tous les jours qu'on tombe sur une histoire aussi juteuse que celle-là ! « Oh ! papillon ! » se dit-il, jubilant.

— Elle m'en a jamais rien dit !

— Tu le lui as demandé ? répliqua Warden, impitoyable.

— Oh ! ta gueule, fit Stark. Ta gueule, ta gueule, ta gueule !

— Vous autres, Méridionaux, ricana Warden, tous les mêmes. Vous buvez comme des trous et vous courez les putains, mais vous êtes les pires moralistes...

Il esquiva avec adresse la tasse pleine de whisky que Maylon Stark venait de lui jeter à la tête. Un peu plus vieux, un peu plus saoul et nullement sur le qui-vive, c'est Pete qui reçut en pleine poitrine la tasse et son contenu.

— Tu crois ça, que je vais pas le tuer ? hurlait Stark. Et comment, que je je vais le tuer. Je vais lui fendre la gueule ! Je vais tout casser dans sa baraque...

Il sortit de la tente.

Warden se renversa sur la couchette vacante aussi vide, aussi détendu qu'après un orgasme. Il avait toujours soupçonné que Stark et Karen étaient sortis ensemble plus souvent qu'elle ne le lui avait dit, mais jusqu'au dernier moment il avait espéré le contraire.

— Bon sang, gémit Pete, je dois puer le whisky à trois kilomètres.

Il tamponna délicatement sa chemise trempée.

— Tu devrais lui courir après, Milt. Il est rond comme une boule. Y pourrait lui arriver quelque chose.

— O.K. ! dit Warden, qui reprit son fusil et quitta la tente.

La lune était accrochée plus haut dans le ciel maintenant et brillait de tout son éclat. Warden se dirigea vers la cuisine.

Ainsi ils étaient sortis ensemble pendant six mois, à Fort Bliss ? Ça ne faisait pas tellement plus de six mois qu'il sortait lui-même avec elle. Comment était-elle, lorsqu'elle était plus jeune ? Qu'avaient-ils fait ? Où étaient-ils allés ? De quoi avaient-ils ri ensemble ? Il n'était pas jaloux. Il aurait voulu, simplement, partager tout cela, comme il avait toujours envie de partager tout ce qui, de près ou de loin, se rapportait à elle. Pauvre vieux Stark !

A l'intérieur de la cuisine, des cuistots terrorisés, serrés les uns contre les autres, se terraient comme des moutons, dans le coin de la tente le plus éloigné du bloc à hacher.

— Où est-il ?

— Sais pas, rétorqua l'un d'eux. Je lui ai pas demandé ! Tout ce qu'on sait, c'est qu'il est entré ici comme un fou, en jurant et en parlant tout seul, qu'il a pris son hachoir et qu'il est reparti aussitôt.

Warden reprit le chemin de la tente-magasin. Stark n'était tout de même pas assez noir pour entreprendre à pied la route de Shofield ! Il avait dû descendre vers la plage, où il cuverait probablement son whisky sur le sable jusqu'au lendemain matin. Le mieux était de le laisser ronfler en toute quiétude.

Une ombre jaillit des ombres et, emportée par son élan, lui rentra dedans la tête la première.

— Chef ! C'est vous, chef ? s'informa la voix tremblante du clairon de la compagnie, Andy-Anderson.

— Qu'est-ce que tu fous ici, toi ? Pourquoi que tu n'es pas au P.C. à garder le standard ?

— C'est Stark, chef ! Il a son hachoir et il est en train de tout casser.

Warden prit son fusil à la main et se mit à courir.

— Il s'est amené en jurant et en gueulant qu'il allait le tuer, haleta Anderson en trottant derrière lui. Y répétait qu'il allait le tuer, qu'il allait tuer c't' enfant de salaud ! D'abord, j'ai cru qu'y voulait parler de vous. Et puis, y s'est mis à débloquer sur le capitaine Holmes. Mais comme y a belle lurette que le capitaine Holmes est plus là et qu'il est major, maintenant, faut qu'y soit complètement cinglé, Stark !

— Garde ton souffle ! ordonna Warden par-dessus son épaule et en courant vers la salle de service.

Stark avait mis en pièces détachées les deux tables de fortune qui servaient de bureau à Ross et à Warden, et aucune des quatre chaises n'était intacte. Le classeur de campagne gisait à terre, renversé, et le coffret métallique de Warden avait eu droit, lui aussi, à son coup de hachoir. Il y avait du papier déchiré dans tous les coins. Par bonheur, le standard téléphonique portatif ne semblait pas avoir été touché.

Seul document intact au milieu du désordre inouï, tel un bébé indifférent, assis sans la moindre égratignure parmi les décombres d'une maison éboulée, la lettre du ministère de la Guerre confirmant la promotion de Milton Anthony Warden au grade de sous-lieutenant d'infanterie reposait sur une litière de papier haché.

Apparemment impassible, Warden contempla un instant cette scène de désolation, puis il empoigna subitement son fusil par le canon et frappa le sol de la crosse du Star Gauge 1903, qui se brisa au niveau de la poignée.

Anderson, élevé dans les principes de l'armée régulière, où le simple fait de laisser tomber son fusil en cours d'exercice constitue une offense grave, passible de quinze jours de corvée, poussa un cri d'horreur et lui jeta un regard effaré.

— Vérifie le standard, ordonna Warden avec un pâle sourire. Passe un appel de contrôle à toutes les positions, ainsi qu'au G.Q.G. du bataillon et au central. Vérifie toutes les fiches.

— O.K. ! soupira Andy.

D'un air penaud, Warden ramassa les deux morceaux de son fusil. Il y avait quatre ans qu'il l'avait, ce flingue. Un flingue qui l'avait suivi partout, à la A, à la G ; c'était avec lui qu'il avait arraché au sergent-major O'Bannon le titre de champion régimentaire. Morose, il vérifia le bon fonctionnement de la culasse et du percuteur. Tout allait bien de ce côté-là, et il respira plus librement. La crosse pourrait être remplacée, mais si le percuteur avait été endommagé… Il posa avec précaution les deux morceaux de fusil près de la sortie du P.C., ramassa la lettre du ministère, la déchira en deux, en quatre, en huit, voluptueusement, avant de l'envoyer rejoindre le reste des débris informes qui jonchaient le sol.

— Tout va bien, chef, annonça Anderson.

— O.K. ! Reste ici jusqu'à la fin de ton quart et fais ce que je t'ai dit. Moi, je vais me coucher.

— Vous... vous laissez ça comme ça..., bredouilla Anderson.

— Ross s'en occupera, gouailla Warden.

Il ramassa les morceaux de son fusil et quitta le P.C.

Dehors, tout était silencieux. On avait beau dire et beau faire, mais il venait toujours un moment où la seule décision logique à prendre, c'était d'aller se coucher.

Warden posa son fusil mutilé au pied de sa couchette et se glissa avec délices dans ses toiles.

Le lendemain matin retrouva Stark profondément endormi sur la plage, son fidèle hachoir sous la nuque, sublimement ignorant de la bagarre oratoire qui se déroulait au P.C. entre Milt Warden et le lieutenant Ross, que le spectacle de sa salle de service mise à sac avait plongé dans une rage indescriptible.

— Vous pouvez pas le casser, mon lieutenant. C'est le seul qui puisse faire marcher la cuisine comme elle marche en ce moment, avec la compagnie éparpillée sur plus de vingt kilomètres.

— Des noix ! que je ne peux pas le casser ! hurla le lieutenant. Je le casserai, plutôt deux fois qu'une, même si la compagnie doit crever de faim jusqu'au dernier homme !

— Mais qui diable s'occupera de l'ordinaire, mon lieutenant ?

— Je me fous de qui s'occupera de l'ordinaire ! hurla Ross. Regardez-moi ce tableau, sergent ! Je ne peux pas laisser passer une chose comme ça, sacré nom de Dieu ! Il faut tout de même qu'il y ait de la discipline !

— Faut aussi qu'y ait de quoi manger, mon lieutenant.

— Il s'occupera de l'ordinaire en tant que simple soldat ! hurla furieusement le lieutenant.

— Il refusera de le faire.

— S'il refuse, je le ferai passer au falot !

— Vous êtes homme de loi, mon lieutenant. Vous savez très bien que vous ne pourrez jamais le faire passer au falot pour avoir refusé de remplir la fonction sans avoir le grade !

— Je ne peux pas laisser passer une chose comme ça, répéta furieusement le lieutenant.

— Je parle dans l'intérêt de la compagnie, mon lieutenant.

— Je sais, je sais, ricana Ross. Dans le seul intérêt de la compagnie !

— Vous êtes responsable de la compagnie prise comme un tout, lui rappela Warden.

— O.K. ! dit le lieutenant Ross. O.K. ! O.K. ! Je connais mes responsabilités, sergent.

— Oui, mon lieutenant, dit Warden.

Ceci posé, il l'informa qu'il avait décidé de refuser sa promotion au grade de sous-lieutenant.

— Quoi ! explosa le lieutenant Ross. Mais vous êtes cinglé, ma parole !

— Ma décision est prise, mon lieutenant, dit fermement Warden.

— Oh ! Jésus ! Oh ! Seigneur ! Comme s'ils n'auraient pas pu me verser dans l'artillerie côtière, gémit le lieutenant Ross. Je ne comprendrai jamais rien à cette foutue saloperie d'armée !

CHAPITRE LII

Milt réussit à revoir Karen avant qu'elle partît, bien qu'il fût très difficile de tout concilier. Il n'était plus possible de circuler maintenant sans un ordre de mission. Aucun soldat n'était autorisé à se mettre en civil, et le simple fait de posséder même des vêtements civils était un motif de comparution devant la cour martiale. Et tout soldat en uniforme circulant en ville sans ordre de mission serait immédiatement arrêté.

Bars et salles de spectacle avaient provisoirement fermé leurs portes. La direction des grands hôtels était devenue extrêmement pointilleuse. Tous les touristes avaient regagné la métropole, ou attendaient, claquemurés dans leurs chambres, que l'armée voulût bien les faire rapatrier. Même une automobile stationnée sur le bas-côté d'une route risquait d'attirer l'attention et ses occupants avaient neuf chances sur dix d'être soumis à une inquisition en règle.

D'ailleurs, en raison du couvre-feu, Karen ne pourrait venir de Shofield qu'en plein jour et rentrer de même. Mais Warden ne pouvait quitter le P.C. en plein jour sans être immédiatement découvert. Ne fût-ce que pour une heure. Et, de toute manière, une heure n'eût point suffi.

La nuit, oui, il pouvait se tirer, du moment qu'il y avait quelqu'un pour garder le standard. Stark allait voir sa wahiné toutes les nuits, à la station radiophonique navale de Wailupe, qui était à deux pas. Mais Karen ne pourrait faire la route en pleine nuit sans être arrêtée.

La seule solution possible était de trouver un endroit où elle pût se rendre en plein jour et l'attendre sans risquer de se faire remarquer. Il faudrait également qu'elle pût y passer la nuit et repartir le lendemain pour Shofield. Les hôtels de Waïkiki étaient hors de cause. En outre, Waïkiki était beaucoup trop loin. Et tous les gens que Warden connaissait habitaient également à Waïkiki, ou à Honolulu, qui était encore plus loin.

Il étudia le problème pendant huit jours et, finalement, s'en vint trouver Maylon Stark.

La wahiné de Stark était une ravissante Sino-Hawaiienne qui logeait, avec son mari, un Japono-Philippin, dans une des petites maisons de la vallée de Kuliouou, à moins de trois kilomètres de la baie d'Hanauma.

Non sans un immense embarras, Warden demanda à Stark s'il ne voyait pas une possibilité d'arranger quelque chose pour que Karen et lui pussent se revoir une dernière fois avant que la jeune femme repartît pour les Etats-Unis.

— Bien sûr, répondit Stark sans la moindre hésitation. Ils seront très heureux de rendre service.

— Est-ce qu'il ne vaudrait pas mieux que tu leur demandes avant ?

— Pas besoin. La petite et son mari feraient n'importe quoi pour moi. Je l'aide à rembourser l'emprunt qu'ils ont fait pour payer leur maison. Tu piges ?

— Et comment ! dit Warden.

— Tu n'auras qu'à me dire quel jour elle viendra, et je leur passerai le mot. Je te montrerai le chemin moi-même, pour que tu risques pas de t'égarer.

Warden téléphona à Karen, et Karen répondit sans la moindre hésitation qu'elle viendrait dès qu'il le voudrait.

Ce fut une étrange aventure.

Stark accompagna Warden jusqu'à une courte distance de la maison, dans l'obscurité absolue.

— C'est ici, annonça-t-il.

Warden écarquilla les yeux et reconnut, dans la minuscule courette, la vieille Buick si intensément familière.

— Tu retrouveras ton chemin pour rentrer ? s'enquit Stark.

— Oui, bien sûr.

— Alors, je te laisse.

— Tu n'entres même pas ?

Stark baissa la tête et marmotta :

— Non. Je suis venu hier soir et je viendrai sans doute demain soir.

— Mais elle va vouloir te remercier.

— Elle n'a pas besoin de me remercier. Tu comprends, ça pourrait la gêner de me voir, expliqua Stark. Et, de toute façon, je préfère pas.

— O.K. ! vieux, dit Warden.

— Tu pourrais peut-être lui..., commença Stark.

— Quoi ? l'encouragea Warden.

— Rien, dit Stark. Rien, à demain.

Il disparut dans la nuit. Warden attendit que le bruit de ses pas eût cessé pour frapper à la porte de la petite maison.

Oui, ce fut une bien curieuse aventure, à tous les points de vue.

La Sino-Hawaiienne, d'une beauté presque supra-terrestre, vint lui ouvrir la porte, les yeux brillants comme des escarboucles. Puis son regard se voila.

— Maylon n'est pas venu ? demanda-t-elle doucement.

— Trop occupé. Il m'a chargé de vous dire qu'il viendrait demain.

— Ah ! soupira-t-elle en baissant la tête. Entrez, sergent.

Elle referma la porte derrière lui et ralluma la lumière. En chemise d'une blancheur éclatante et pantalon bleu de la flotte, son mari lisait le journal dans le petit salon.

— Votre amie est ici, dit la wahiné en désignant du regard une porte fermée. Elle est très belle, votre amie.

— Merci, dit Warden. Et merci d'avoir fait tout ça pour nous.

— Ce n'est rien, sergent. Mais vous n'êtes pas venu pour bavarder avec nous. Vous êtes venu pour voir votre amie. Je vais vous conduire.

Tout cela était assez étrange, et cette même impression d'étrangeté colorait toutes choses.

Karen était assise dans un grand fauteuil et lisait à la lueur d'une petite lampe lorsque la jeune métisse referma doucement la porte sur Warden et le monde extérieur. La valise qu'il connaissait si bien était posée à même le plancher, devant la commode, et Karen semblait heureuse, en paix avec elle-même et la terre entière.

— Bonsoir, chéri, dit-elle.

— Bonsoir, répondit Warden. Bonsoir.

Elle se leva pour venir à sa rencontre, avec cet air curieusement réservé dont il ne l'avait jamais vue se départir.

Quand il la prit dans ses bras et chercha ses lèvres, elle lui rendit son baiser, mais elle se dégagea avec douceur, retourna s'asseoir dans le grand fauteuil, prit ses genoux dans ses bras et les remonta gaminement jusqu'à son menton.

— Non ! Tu vas t'exciter tout de suite, lui dit-elle en souriant. Bavardons un peu tous les deux, veux-tu ? Assieds-toi.

Docile, Warden s'assit sur le bord du lit.

— Tu n'as pas changé, constata-t-elle gaiement.

— J'ai l'impression d'avoir changé.

— C'est gentil de leur part de nous avoir permis de venir ici.

Elle le dit sincèrement, quoique sans la moindre surprise, comme s'il n'y avait là rien que de très naturel.

— C'est Stark qui a arrangé ça, dit Warden.

— Je sais. Son amie me l'a dit. Elle est très jolie.

— Oui.

— Et elle est très amoureuse de Stark.

— Oui.

— Est-ce qu'il est amoureux d'elle ?

— Je n'en sais rien. Je le crois. Mais pas autant qu'elle. Et pas de la même façon.

— Je sais, dit-elle vivement. Je lui ai fait beaucoup de mal.

— Non. Il s'en est fait à lui-même.

Il ne parla pas des six mois à Bliss. Il les regarda s'estomper graduellement, tout au fond de son esprit, jusqu'à ce qu'il n'eût plus du tout envie d'en parler.

— J'espère qu'il finira par l'aimer autant qu'elle l'aime, murmura Karen. Il le mérite. J'aimerais pouvoir le remercier, avant qu'il reparte.

— Il n'est pas venu. Il était occupé.

— Ce n'est pas vrai, dit Karen.

— Non, ce n'est pas vrai, avoua Milt. Il a eu peur que ça te gêne.

Des larmes apparurent dans les yeux de Karen et séchèrent sans rouler sur ses joues. Warden détourna la tête.

— Tu as pu t'échapper sans difficultés ? questionna-t-il.

— Oui.

— Holmes ne t'a rien dit ?

— Holmes ? Il m'a défendu de venir, répondit-elle simplement.

— Et tu es venue quand même ?

— Bien sûr, chéri, dit-elle en souriant. Je t'aime.

Il ne put supporter de la duper plus longtemps.

— Il faut que je te dise quelque chose, commença-t-il.
— Quoi donc ?
— Au sujet de ma promotion au grade de sous-l...
— Je sais, dit-elle en souriant. Il n'y a pas eu d'autre sujet de conversation à Shofield, durant toute la semaine dernière.
— Tu le savais déjà quand je t'ai téléphoné ?
— Je le savais depuis beaucoup plus longtemps que ça. Je crois bien que j'ai toujours su que tu finirais par refuser. Seulement, je ne voulais pas l'admettre. Et pourtant c'est peut-être pour ça que je t'aime, parce que j'ai toujours su que tu refuserais en fin de compte. On n'aime peut-être jamais que les choses qu'on ne peut avoir. Je t'ai détesté, bien souvent. Dans tout amour, il y a une part de haine. On déteste ceux qu'on aime parce qu'ils nous obligent à sacrifier une part de notre liberté, et on tente de s'en venger en aliénant la leur autant qu'il nous est possible de le faire.
— J'ai essayé, dit Warden d'une voix sourde. Personne ne peut savoir à quel point j'ai essayé.
— Moi, je sais.
— Non, tu ne peux pas savoir. Mais quand je les ai regardés, Culpepper, et Cribbage, et Ross, et tous les autres, et quand j'ai vu ce qu'ils étaient... ç'a été plus fort que moi, j'ai pas pu.
Elle rit doucement.
— Bien sûr, chéri. Si tu avais pu t'y résoudre, tu ne serais pas vraiment Milt Warden, et je ne t'aimerais pas comme je t'aime.
— Mais nos projets ? Tout le reste ? Tout ! J'ai tout flanqué par terre.
— Cela n'a pas d'importance.
— Mais je ne t'ai jamais rien donné, s'accusa Warden. Tu m'as toujours donné, mais, moi, je n'ai jamais fait que prendre.
— Non, c'est faux, protesta Karen. Tu m'as rendu ma liberté. Tu m'as mise hors d'atteinte de Dana. Il ne peut plus me faire de mal à présent. Tu m'as fait comprendre que j'étais jolie. Tu as fait de moi une femme aimée.
— Stark aussi t'avait donné tout ça, à Bliss.
— Non. Du moins, s'il me l'a donné, il a tout repris à la fin, tout détruit, tout annihilé.
— Comme moi, maintenant, dit Warden avec amertume.
— Non. Milt. Car notre amour ne s'éteindra jamais et restera en nous comme un rêve. Alors que si nous nous étions mariés...
— Je ne veux pas te perdre, chuchota Milt en s'agenouillant près d'elle. J'ai besoin de toi.
Il posa ses deux mains sous la jupe de Karen, sur les cuisses nues de Karen.
— Non, protesta-t-elle doucement. Ne fais pas ça, je t'en prie. Tu vas tout gâcher.
— Ce n'est pas pour ça, mentit Warden. Je ne veux que te toucher. Rien de plus.
— Tu sais comment ça va finir, et je ne veux pas... Pas maintenant.
— Je ne veux que te toucher, répéta-t-il. Rien de plus.
Il posa son visage sur les cuisses nues de Karen.
— C'était si merveilleux, Milt. Tu vas tout gâcher.
— Non, promit-il. Je t'aime. Je ne veux pas tout te gâcher.
Oui, ce fut une bien curieuse aventure.

Lentement, Karen se soumit à ses caresses, avec réserve, tout d'abord, puis sans la moindre réticence, et se mit elle-même à lui caresser les cheveux, le visage, les mains, jusqu'à ce qu'il s'assît sur l'accoudoir du fauteuil pour l'embrasser tout à son aise, dans une extase amoureuse d'une extraordinaire intensité.

— J'aime te toucher, chuchotait Karen. J'aime te câliner et que tu me câlines, mais tu sais comment ça finit toujours. Tu ne sauras jamais combien de fois j'ai eu envie de te toucher, de te caresser, et combien de fois je ne l'ai pas fait, parce que ça conduit toujours à la même chose...

— Pas aujourd'hui, chuchota Milt Warden. Pas cette fois-ci, je te le promets...

Et, enfin, ce fut elle qui chuchota :

— Laisse-moi découvrir le lit. Cela m'est égal, à présent. Je sais que tu le désires, et cela m'est égal, à présent...

Jusque-là, tout était parfaitement normal. La même chose s'était produite bien des fois.

Mais, cette fois-ci, ce fut Warden qui refusa, pour une raison qu'il eût été incapable de définir lui-même.

— Puisque cela m'est égal, à présent, répéta Karen avec une tendresse infinie. Rien ne peut plus gâcher ce qu'il y a entre nous, maintenant. Et je sais que tu le désires tant !

Il refusa. Il y avait apparemment en lui des profondeurs qu'il ne soupçonnait pas lui-même, car la pensée de faire l'amour avec elle, dans de telles conditions, le choquait d'une façon étrange.

C'est ainsi qu'ils restèrent longtemps serrés l'un contre l'autre, assis dans le grand fauteuil, le visage de Milt sur la poitrine de Karen, et leurs mains se cherchant et se fuyant doucement, et leurs lèvres disant des mots qu'ils entendaient à peine. C'était l'aventure amoureuse la plus étrange et cependant la plus intense que Milt eût jamais vécue. Averti par une sorte d'instinct secret, il la quitta au moment où la tension devint presque insupportable, s'assit sur le lit et alluma une cigarette. Chose curieuse, il ne se sentait ni satisfait, ni frustré. Il sourit à Karen et s'allongea sur le lit, plutôt fier de lui-même, malgré sa faim inapaisée, comme s'il avait triomphé de quelque chose de très difficile.

C'était la sensation la plus extraordinaire qu'il eût jamais éprouvée, bien qu'il pensât vaguement qu'elle était tout de même un peu trop intense pour l'usage courant.

— Maintenant, tu sais ce que peut être l'amour, dit Karen avec fièvre. Je t'aime, Milt.

Ils demeurèrent allongés l'un près de l'autre tout le reste de la nuit sans dormir, sans faire l'amour, et ils parlèrent beaucoup. Milt raconta le dernier chapitre de l'histoire de Prewitt, et Karen pleura. Ils se sentaient très heureux. Ils bavardèrent jusqu'à ce que le réveil portatif de Karen fît entendre sa sonnerie impérative, à quatre heures et demie du matin. Warden se leva et se rhabilla.

— Ce n'est pas un adieu, chéri, n'est-ce pas ? dit Karen.

— Bien sûr que non ! s'écria Warden.

— Deux êtres qui ont tant signifié l'un pour l'autre ne peuvent pas ne pas se revoir, dit encore Karen.

— Bien sûr que non, répéta Warden. C'est impossible.

— Ceux qui ont été aussi proches l'un de l'autre que nous l'avons été se retrouvent toujours, continua Karen. Tu as mon adresse dans le Maryland ?

— Oui. Et tu peux toujours m'écrire à la compagnie. Où que nous puissions aller, le secteur postal reste le même. Tu n'auras pas d'ennuis avec Holmes ?

Karen répondit d'un haussement d'épaules.

— Embrasse-moi encore une fois, Milt, pria-t-elle. Je t'aime.

Il l'embrassa, se dirigea vers la porte, se retourna et leva la main. Et Karen lui sourit, de son lit. Puis elle se laissa retomber en arrière, sur l'oreiller, la gorge atrocement serrée. Elle guetta le léger claquement de la porte qui donnait sur la rue, ce léger claquement qui signifiait : « C'est fini, Milt a quitté la maison. » Et, quand elle l'eut entendu, elle se retourna, épuisée, pour enfouir son visage dans l'oreiller.

« Il y en avait eu quatre », songeait Warden en s'avançant à tâtons dans les ténèbres denses. La Russe blanche, pendant son séjour en Chine. Et, avant elle, la très jeune épouse du vieux négociant de Manille. Et avant celle-ci l'étudiante de l'université de Chicago, pendant qu'il était à Fort Sheridan. Et avant celle-là, chez lui, dans le Connecticut, la jeune protestante qui avait été la cause de son engagement.

Quatre, en tout.

Cinq, en comptant Karen.

Cinq vraies. Cinq qui avaient compté. Et ça, réparti sur combien d'années ? Réparti sur seize années.

Peut-être que, avec un peu de chance, il aimerait encore deux ou trois fois, avant d'être trop vieux. Les hommes vieillissent tellement vite dans l'armée. Pete Karelsen n'avait pas cinquante ans.

Deux ou trois fois encore, avant d'être trop vieux. Peut-être.

Mais ça n'avait jamais été, dans le passé, ce ne serait jamais plus, dans l'avenir, comme avec Karen. Il le soupçonnait ; il le craignait ; et, tout au fond de lui, tout au fond, il l'espérait.

Il pressa le pas. L'important était que Karen n'eût pas d'histoires avec Dynamite, quand elle rentrerait.

CHAPITRE LIII

Or le major Holmes attendait sa femme.

Elle ne rentra que vers onze heures. La petite Sino-Hawaiienne l'avait laissée dormir jusqu'à près de neuf heures. Elles avaient pris leur petit déjeuner dans le salon : deux épouses adultères discutant dans une atmosphère de chaude intimité les traits de caractères de leurs amants respectifs. Le ciel, l'air, l'univers entier avaient un parfum de vacances. Karen n'avait jamais éprouvé une impression semblable et n'eût point voulu en être privée pour tout l'or du monde, quand bien même il lui eût fallu faire attendre Holmes jusqu'à cinq heures de l'après-midi. Ce parfum de vacances l'accompagna jusqu'à sa propre maison.

Holmes était assis dans la cuisine, une tasse de café à la main.

— Pourrais-je savoir d'où tu viens ? demanda-t-il, très agressif.

— Tiens ! bonjour, riposta-t-elle gaiement. Comment se fait-il que tu ne sois pas au bureau ?

— J'ai téléphoné et j'ai obtenu ma matinée.

— Où est Bella ?

— Je lui ai accordé sa journée.

Karen se versa une tasse du café de son mari et s'assit en face de lui, de l'autre côté de la table.

— Tu as dû lui faire un grand plaisir, dit-elle joyeusement. Et maintenant, tout est prêt pour la représentation ?

— Je veux savoir d'où tu viens, répéta Holmes, sans élever la voix. Et avec qui tu étais.

— Mais je t'ai expliqué tout ça hier, chéri. Je suis allée dire au revoir à quelqu'un qui m'est cher.

— Ne m'appelle pas chéri.

— Comme tu veux, dit gaiement Karen. Au fond, ce n'était qu'une formule de politesse.

— Tu ne m'as rien dit du tout ! s'écria Holmes, dont les yeux brillaient d'un éclat frénétique au milieu du masque craquelé qui était son visage. Tu ne m'as pas dit où tu avais rendez-vous avec lui, ni de qui il s'agissait.

— Je n'ai pas dit que c'était un « lui », plaisanta Karen.

— Non, mais je le sais. Et ce n'est pas d'aujourd'hui. J'ai essayé de fermer les yeux, mais tu as dépassé la mesure. Je veux savoir où tu l'as rencontré et de qui il s'agit.

— C'est une affaire qui ne te regarde en aucune raison, mon cher.

— Je te demande pardon, je suis toujours ton mari. Jusqu'à nouvel ordre.

— N'empêche que c'est mon affaire, dit Karen. Et pas la tienne. Ni celle de qui que ce soit.

— Je suppose que tu vas demander le divorce, maintenant ?

— Comme il te plaira. A parler franc, je n'y avais pas pensé.

— Oui ? Eh bien ! je ne te l'accorderai pas.

Karen goûta le café. Il n'était pas fameux. C'était le major Holmes qui l'avait fait lui-même. Elle ne s'était jamais sentie aussi heureuse, aussi pleine d'une vitalité purement animale, depuis sa jeunesse, avant qu'elle eût épousé Holmes.

— Tu m'as entendu ? cria-t-il. Je ne t'accorderai pas le divorce.

— Très bien. Pas de divorce, alors, dit-elle d'un ton conciliant.

Il lui jeta un regard désespéré, mais il était visible qu'elle ne jouait nullement la comédie.

— C'est peut-être moi qui vais le demander, le divorce, attaqua-t-il de front.

— Très bien, approuva Karen.

— Ah ! ça te plairait que je demande le divorce, hein ? triompha Holmes. Mais je ne demanderai pas le divorce. Et, si tu essaies de le demander, je ne te l'accorderai jamais. Jamais, tu m'entends.

— Très bien, dit gaiement Karen. Alors, pas de divorce.

— Quelle impression ça te fait de savoir qu'il te faudra vivre avec une horreur comme moi jusqu'à la fin de tes jours ? questionna Holmes, le visage décomposé.

— Assez désagréable, admit joyeusement Karen, mais j'ai la compensation de savoir que la réciproque est également vraie.

— Bon Dieu ! s'écria Holmes. Comment peux-tu plaisanter de cette manière après ce que tu as fait ? Est-ce que tes responsabilités ne signifient rien pour toi ? Est-ce que tes années de mariage ne signifient rien pour toi ? Et ton fils, notre fils, est-ce qu'il ne signifie rien pour toi, lui non plus ? Est-ce que tu n'as pas honte de toi-même ?

— Ma foi non, avoua Karen d'un ton rêveur. Pas le moins du monde. C'est curieux, mais c'est ainsi.

— Tu devrais avoir honte !

— Je sais, mais je n'y arrive pas. C'est terrible, n'est-ce pas ?

— Terrible ? s'exclama frénétiquement Holmes. Une femme de ta classe ! De ton milieu ! De ton éducation ! Une femme mariée, avec un fils de huit ans. Et tu qualifies ça de terrible.

— Je n'y comprends rien moi-même, dit joyeusement Karen.

Une par une, toutes les vieilles flèches se brisaient sur l'armure inviolable de sa gaieté et de son bonheur.

— Tu ne sais donc pas ce que tu m'as fait ?

Et, comme elle ouvrait des yeux stupéfaits, il explosa :

— Tu as gâché ma vie ! Tu étais ma femme. J'avais confiance en toi. Tu as sapé les fondements de notre union.

— Mon Dieu, soupira Karen, je suis désolée, bien entendu, de t'avoir fait tout cela. Mais je suppose que c'était inévitable ?

— Pourquoi crois-tu que j'aie fait tout ce que j'ai fait ? dit dramatiquement Holmes avec un geste large.

Karen haussa les sourcils.

— Bon Dieu ! Si j'ai travaillé comme un forçat pour cette maudite section de boxe que j'ai toujours détestée, léché les bottes du colonel Delbert et du général Slater, accepté de m'abaisser continuellement... pour qui crois-tu que c'était ?

— Je me le demande, fit Karen d'un air innocent.

— Tu me le demandes ?

Le major Holmes leva les bras au ciel.

— C'était pour toi. Parce que tu es ma femme. Pour toi, et pour notre fils, et notre foyer.

— Curieux ! Je me suis toujours imaginé que c'était simplement par ambition, constata Karen, de plus en plus naïve. Je suppose que je te dois de la reconnaissance ?

— De la reconnaissance ! souligna Holmes avec désespoir. Pour l'amour de Dieu, Karen !

— Je suis peut-être totalement amorale ? suggéra joyeusement Karen.

D'un seul coup, sans avoir compris comment, Holmes se retrouva sur la défensive, en train de plaider une cause perdue d'avance.

— Où irait ce pays si toutes les épouses faisaient comme toi ? dit-il avec sévérité.

— Je n'en ai pas la moindre idée, avoua-t-elle. En fait, je n'avais jamais envisagé la question sous cet angle.

— Les hommes ne réagissent pas comme les femmes dans une telle situation, continua Holmes. Les femmes savent que pour un homme une aventure de ce genre n'a guère d'importance. Mais, dans le cas inverse, c'est différent. Ça blesse un homme dans son orgueil, dans sa virilité.

— Je me demande pourquoi les hommes réagissent différemment des femmes, dit Karen avec une sorte d'intérêt scientifique.

— Je l'ignore, riposta Holmes d'un ton misérable. Tout ce que je sais, c'est que ce n'est pas la même chose.

— Tu ne sais pas ce que je vais faire ? reprit gaiement Karen. Il fait un temps magnifique. Je vais aller me balader un moment et déjeuner au club. J'ai une faim de loup. Et tu pourras prendre une décision avant que je revienne.

— Je préférerais que tu ne partes pas tout de suite, dit Holmes. Je voudrais régler la question une fois pour toutes.

— Je croyais qu'elle était déjà réglée !

— Je suis disposé à te pardonner. Dis-moi où tu étais et avec qui. Et je te pardonne tout.

— Je regrette, bâilla Karen. Je n'ai rien à dire.

— Il faudra bien que tu me le dises, tôt ou tard.

— Pourquoi ?

— Parce que je suis ton mari. Tu ne pourras pas me le cacher indéfiniment.

— Mon Dieu, soupira Karen, je n'ai pas l'intention de te cacher quoi que ce soit. Je ne te le dirai pas, tout simplement. Ça n'est pas du tout la même chose… Mais je dois tout de même te faire un aveu : je t'ai déjà trompé. Une fois. Tu ne l'as jamais su. Et il est possible que je te trompe encore, un jour ou l'autre. Alors je préfère que tu sois au courant de cela, avant de te laisser décider quoi que ce soit, car il faudra que nous changions les termes de notre accord. Tu me comprends, n'est-ce pas ? Et maintenant parlons d'autre chose. Junior ne va pas tarder à rentrer, et j'imagine que tu ne voudrais pas que nous poursuivions cette discussion devant lui.

— J'ai faim, murmura Holmes, misérable.

— Il y a de la viande froide et des tas de choses dans le frigidaire. Et je serai rentrée avant l'heure du dîner.

— Mais… et le déjeuner de Junior ?

— Bella le prépare toujours après le petit déjeuner et le laisse dans le frigidaire, tu te souviens ? Junior a l'habitude.

— Cela t'ennuierait que je t'accompagne au club ? s'enquit Holmes avec humilité.

Karen fit la moue.

— Je préfère y aller seule. Il fait très beau, et je veux profiter de cette journée sans avoir à discuter de problèmes domestiques. Ah ! autre chose. Si tu ne laisses pas ton café bouillir, il sera beaucoup moins amer. J'ai pensé que le renseignement te ferait plaisir. Au revoir. A tout à l'heure.

Elle sortit et s'éloigna, l'âme sereine, dans le grand soleil qui baignait l'avenue Waialae. C'était vraiment une journée magnifique, et la caserne de Shofield était vraiment une jolie caserne. Les canons antiaériens étaient bien jolis, eux aussi, derrière leurs sacs de sable. On creusait des tranchées-abris un peu partout, mais il n'était pas jusqu'aux tas de glaise fraîchement retournée qui ne fussent absolument ravissants. Tout était joli, sous ce grand soleil, et Karen savourait le monde en gourmet.

Elle sentait obscurément qu'elle n'aimerait jamais un autre homme que Warden. Mais si le temps d'aimer était révolu, le temps de vivre, lui, ne l'était pas.

Alors, brusquement, elle se mit à pleurer, toute seule, dans le grand soleil qui baignait de sa radieuse lumière les charmants canons antiaériens et les jolis tas de glaise fraîchement retournée.

Dès que la porte eut claqué derrière son épouse, le major Holmes se leva, sortit la viande froide du frigidaire, prépara deux sandwiches, les mangea, but un verre de lait, lava son assiette et la rangea.

Puis il alluma une cigarette.

La cigarette lui parut aussi abominable que les sandwiches et le lait froid. Le major Holmes avait horreur du lait froid. Et son éducation culinaire avait été singulièrement négligée. Pourquoi diable avait-il accordé sa journée à la bonne ? Dès que Karen serait partie, il pourrait manger au mess des officiers célibataires. C'était l'affaire d'une quinzaine de jours. Elle partait le 6 janvier.

Il écrasa sa cigarette sur un cendrier, se leva et s'enfuit comme un malfaiteur. Il était déjà en sécurité, dans son bureau du G.Q.G. de la brigade, lorsque son fils vint déjeuner à la maison.

CHAPITRE LIV

Le 6 janvier fut un jour mémorable.

C'était le premier jour, depuis Pearl Harbor, où des permissions de sorties étaient accordées aux troupes du secteur hawaiien, et, quand sonnèrent dix heures du matin, de tous les points de la côte déferlèrent vers Honolulu des hordes assoiffées et hurlantes qui, jusqu'à l'heure du couvre-feu, firent la queue devant les bars et les bordels, dans un vacarme assourdissant.

Oui, les 6, 7 et 8 janvier 1942 furent des jours mémorables, qui ne sont pas près de sortir de la mémoire des barmen, ni des tenancières de maisons closes qui eurent le bonheur de les vivre.

Les ordres précisaient qu'à aucun moment, sous aucun prétexte, aucune position ne devait être démunie de plus du tiers de ses effectifs. Pour la Compagnie G, qui tenait quatorze positions côtières, se posait le problème de la distribution. Le commandant de chaque position fut chargé par le lieutenant Ross de fournir les noms d'un premier tiers de ses effectifs. Ce fut à Warden qu'il incomba de répartir les jours de perm' entre les divers employés du P.C., à Maylon Stark de remplir le même office auprès du personnel de cuisine.

Une loi tacite, consacrée par l'usage, veut qu'aucun commandant n'aille en permission avant que tous ses hommes eussent été servis et, puisqu'ils ne pouvaient appartenir à la première fournée, les sous-off's-commandants de position — qui, contrairement aux officiers, n'avaient point conscience de s'abaisser en traitant avec les simples soldats — glanèrent le 5 janvier des pots-de-vin de toutes natures, espèces, souvenirs, voire même sacro-saintes bouteilles de whisky.

L'honneur interdisait à Stark et à Warden de porter leur propre nom sur cette première liste, mais Warden s'arrangea tout de même pour qu'ils pussent descendre en ville. Il remplit tout bonnement deux permissions supplémentaires, en plus du contingent officiel, et les proposa à la signature du lieutenant Ross. Personne ne releva cette infraction aux ordres reçus, et le lieutenant Ross moins que quiconque. Le lieutenant Ross n'avait pas la tête dure, et, depuis le jour où Warden avait refusé sa promotion, le sergent-chef Warden avait eu toute la compagnie dans sa poche, avec une demi-douzaine de mouchoirs par-dessus.

Leur première visite fut pour le *Chancre Bleu,* qui n'était pas, de loin, aussi couru que les bars de grande classe. C'était à peine s'il y avait quatre ou cinq rangées de types tout le long du comptoir. Les deux compères n'avaient bu que six verres sur le pouce, au sein de la bousculade, lorsqu'ils purent enfin se jucher à leur tour sur les hauts tabourets.

— Aaaah ! soupira Stark, ça fait du bien de s'asseoir un peu.

— *Hello,* Stalk ! *Hello,* Walden ! leur cria Charlie. Longtemps qu'on s'était pas vus. Bonne joulnée pas vlai ?

— Et comment ! riposta Warden.

— Tellement bonne, dit Stark avec sérénité, que j'ai une envie folle de me saouler comme un cochon et de casser la gueule à un salopard quelconque.

— Stark, t'es un homme du Texas, lui dit Warden, et les hommes du Texas aiment leurs copains, le Texas et leur mère. Mais y peuvent pas voir les nègres, les juifs, les étrangers et les femmes de mauvaise vie... à moins qu'ils soient précisément en train de les baiser.

— On dirait qu'on est en avance, constata Maylon Stark. Y a pas un gars de la G dans la boîte.

Ils avaient effectivement quitté le P.C. à neuf heures cinq, au lieu d'attendre dix heures, comme tous les autres. Le seul visage familier, dans toute la boutique, était celui du sergent d'artillerie qui couchait avec Rose. Il était assis dans sa loge habituelle, avec trois de ses copains, et tous avaient l'air en excellente forme.

— Tout le monde saoul, aujould'hui, tout le monde louler pal telle, déclara Charlie, au comble du ravissement. Celle-là, c'est la toulnée du patlon, les enfants !

— Brave cœur ! s'extasia Stark.

— Oui, c'est un type épatant, opina Warden.

— Tu crois qu'y peut se permettre de payer une tournée ?

— Mmmm ! Pas sûr.

— Il aurait besoin d'aide, derrière son comptoir.

— Il en aurait besoin aussi dans la salle, ricana Warden en désignant Rose, qui essayait simultanément de servir ses clients sans trop priver son sergent d'artillerie de sa présence.

— Hé ! Rose, beugla Warden.

Elle quitta la loge des artilleurs avec un geste d'irritation.

— Comment qu'y s'appelle, ton petit copain, Rose ?

— Pourquoi que tu me demandes ça ? C'est pas tes oignons.

Warden reluquait avec convoitise les seins plantureux de la fille.

— Il est dans quelle unité ? s'informa-t-il d'un ton naturel.

— Eh ! qu'est-ce que ça peut te faire ? Je croyais que tu voulais quèque chose. T'es saoul, oui ? Je sers dans la salle. Au comptoir, c'est Charlie.

Elle tourna les talons dignement et regagna la loge des artilleurs.

Comme un seul homme, Stark et Warden pivotèrent sur leurs tabourets pour la regarder s'éloigner. Ses reins cambrés formaient une courbe concave qui s'épanouissait en deux courbes convexes dont l'ensemble réalisait le postérieur le plus aguicheur qu'ils eussent jamais vu.

— Seigneur, soupira Maylon Stark, les yeux au ciel. Quel croupe !

— *Amen,* dit tranquillement Milt Warden.

Il passa sa langue sur ses lèvres, sentant remonter en lui comme une marée belliqueuse, la vieille agressivité nébuleuse de l'ivresse.

— Ça boume ? lui dit Stark.

— Au poil.

— Ça, c'est la belle vie, renchérit Stark.

— Ouais, dit Warden.

Il marqua une pause et continua :

— L'ennui, avec toi, Maylon, c'est que t'es du Texas et que t'as pas le moindre sens de l'humour.

— Sûr, que j'ai le sens de l'humour.

— Non. Moi, j'ai le sens de l'humour. Et c'est pour ça qu'un type comme moi peut faire faire à un type comme toi à peu près tout ce qu'y veut.

— Tu ne me feras pas faire ce que je veux pas faire, déclara Stark avec gravité.

— Non ? Tu veux parier ? ricana Warden.

— Sûr, que je veux parier.

Warden vida son verre, puis se redressa :

— Hé ! Rose.

Rose revint vers lui, les sourcils froncés.

— Qu'est-ce que tu veux encore ?

— Un autre whisky, bébé, voilà ce que je veux.

— Demande à Charlie.

— Au diable Charlie ! Je veux que ce soit toi qui me serves, Rose.

— O.K. ! Mais tu as juré de me faire tourner en bourrique ? dit Rose en soupirant.

— Comment qu'y s'appelle, ton petit copain, Rose ?

— Zut !

— Il est dans quelle unité ?

— Re-zut !

— Tu sais pourquoi je veux que ce soit toi qui me serves, Rose ? C'est parce que ça me plaît de te regarder t'en aller après. T'as une croupe du tonnerre, Rose.

— Je suis mariée, riposta-t-elle avec dignité.

Ce qui signifiait que, pour l'instant du moins, la chasse était gardée, mais elle était visiblement flattée.

— Comment qu'y s'appelle, ton petit copain, Rose ?

— Oh ! merde ! explosa-t-elle. Fiche-moi la paix et va te faire voir !

Le sergent d'artillerie quitta sa loge.

— Je m'appelle Berny, dit-il. Sergent Ira Berny, du 8e d'artillerie de campagne. C'est tout ce que tu veux savoir ?

— T'as quel âge ? s'informa Warden, pensif.

— Vingt-quatre ans. Rien d'autre ?

— T'as une bien jolie chasse gardée, pour un si jeune homme.

— Et j'ai l'intention de continuer à la garder. Rien d'autre ?

— Si. Tu bois un verre avec nous ?

— Pourquoi pas ?

— Rose, mon chou à la crème, dit Warden, sers un verre à Monsieur.

— Whisky, dit le sergent.

Rose servit le whisky. Warden paya. Berny le but.

— O.K. ! A un de ces jours, conclut Warden en se retournant vers Stark. Amusez-vous bien, ajouta-t-il avec un geste bénisseur.

Puis il se remit à bavarder avec Maylon Stark.

Rose et son sergent demeurèrent une seconde immobiles, stupéfaits, puis ils regagnèrent leur loge et entamèrent une violente discussion devant les trois autres artilleurs.

— Qu'est-ce que t'es en train de foutre ? s'informa Stark, les yeux ronds. Tu cherches la bagarre ?

— Je cherche jamais la bagarre.

— On la lui casse maintenant, ou plus tard ?

— Quoi ? A qui ?

— La gueule. A ton copain le sergent.

— Qu'est-ce que tu nous chantes ? s'étonna Warden, le regard innocent. Ah ! oui... ? C'est vrai que t'es du Texas ! Dis donc, homme du Texas, j'ai entendu dire que t'étais un tireur d'élite. C'est vrai ça ?

— Je sais quel œil il faut fermer, répliqua Stark.

— Qu'est-ce que tu dirais d'un petit concours de tir, homme du Texas ? Cent dollars contre cent. D'accord ?

— Quand tu voudras.

Stark sortit de sa poche un paquet de billets, en ôta un de dix dollars, trois d'un dollar et jeta le reste sur le comptoir.

— Cent dollars. Voilà. Quand tu voudras.

Composée de billets d'un et de cinq dollars, la liasse paraissait plus grosse qu'elle l'était réellement. Stark la caressa du doigt et la remit dans sa poche.

Pendant qu'il rangeait sa fortune, Rose passa derrière eux, sa jolie croupe plus dansante que jamais. Plus tentante que jamais.

Warden, tourné brusquement sur son tabouret, pinça légèrement l'une des tendres fesses épanouies. Tout de suite, Rose lui fit face, la paume déjà en mouvement, mais Warden arrêta posément la gifle et, tout aussi posément, lui croisa les deux mains dans une seule de ses grosses pattes, la maintenant à distance, souriant avec une béatitude infinie.

— Doucement, bébé, doucement, lui dit-il. Je te veux pas de mal. T'es une gosse comme je les aime, mais tâche de pas trop m'exciter. Je serais capable de te baiser devant tout le monde, là, sur le plancher.

Rose rugit et lui cracha en pleine figure. Mais Warden s'étant penché vers la gauche, comme un boxeur esquivant un direct, ce fut Maylon Stark qui reçut le jet.

— Espèce de saligaud..., siffla Rose entre ses dents.

Ira et ses copains étaient déjà sur pied, dans leur loge.

— Eh ! là ! C'est pas une façon de traiter une dame, reprocha le sergent.

— Sûr ! Lâche-la tout de suite, souligna un de ses copains.

Warden les regarda, le regard plus innocent que jamais.

— Quoi ? Pour qu'elle me griffe ? Vous êtes piqués, les gars... Doucement, bébé, doucement. Tu vas avoir une attaque, je te dis.

Les quatre artilleurs avancèrent avec un ensemble touchant, comme une rangée de voitures repartant au signal de l'agent, et Warden secoua la tête d'un air profondément désapprobateur.

— Tss ! Tss ! Eh bien ! eh bien ! les réprimanda-t-il.

— Vas-tu me lâcher, espèce de bougre de salaud..., siffla Rose.

Cette fois, il la poussa hors de son chemin, comme un objet qui a rempli son office, et fonça à la rencontre des quatre artilleurs avec une sauvagerie si soudaine qu'elle les prit tous à l'improviste. Son poing atterrit à toute volée sur le nez d'Ira Berny, le sergent, qui tomba à la renverse, les narines ensanglantées, et il reçut l'attaque concentrée de ses trois copains avec un rugissement de jubilation, tandis que Rose, rebondissant contre le mur comme un pugiliste dans les cordes du ring, lui sautait dessus par-derrière, cherchant à lui mordre l'oreille. Puis elle se rabattit sur son épaule, qu'elle entailla à belles dents, à travers chemise et tricot de corps. Ils étaient à terre, tous les cinq, et formaient, sur le plancher du *Chancre Bleu,* un magma informe et grouillant, hors duquel jaillissaient des pieds, des poings et des têtes échevelées. Warden s'ébroua violemment, catapulta Rose contre le mur. Elle revint aussitôt à la charge, criant à gorge déployée, mais le poing d'un de ses propres protecteurs la toucha en plein front, et elle s'écroula, définitivement hors de combat.

Charlie Chan s'arrêta de se lamenter en chinois et de se tordre les mains juste assez pour la prendre sous les aisselles et la remorquer derrière le comptoir. Toute la belle affluence, dont il avait été si fier, s'était volatilisée et, regroupée, devant la porte, à travers les vitrines ouvertes, contemplait le spectacle gratuit qui lui était offert.

Pour une belle bagarre, ce fut une belle bagarre.

La masse grouillante se rompit tout à coup. Warden se releva d'un bond, le sourire sanglant. Ses lèvres remuèrent et, d'un air dramatique, il cracha deux dents. Sa chemise et son pantalon étaient en lambeaux. A ses pieds gisaient l'un des copains du sergent Ira Berny, aussi paisible, aussi abandonné, en cet instant critique, que Rose elle-même. Debout au-dessus de lui, tel saint Georges après qu'il eut terrassé le dragon, Warden souriait béatement et cognait avec enthousiasme dans tous les ventres et sur toutes les figures qui passaient à sa portée.

Ses coups envoyèrent dinguer l'un des supporters d'Ira Berny à l'intérieur de la loge, où il s'assit posément, plongé dans une visible euphorie, l'autre contre le comptoir au pied duquel il s'effondra. Stark saisit le troisième — qui se trouvait être le sergent Berny — par le col de sa chemise, le tira en arrière et, lorsqu'il se retourna, le frappa à la pomme d'Adam avec une précision quasi chirurgicale. Ira recula en trébuchant, essayant vainement de reprendre son souffle, et s'assit à son tour dans sa loge habituelle, non loin de son camarade prostré.

Celui qui s'était effondré au pied du comptoir venait de se relever. Saisissant une bouteille de bière, il la fracassa sur le rebord du zinc et revint à la charge, brandissant le goulot brisé aux arêtes meurtrières et jurant entre ses dents. Un murmure de réprobation courut dans la foule amassée devant le *Chancre Bleu,* mais personne ne fit un geste pour stopper l'énergumène, et Warden leva les deux bras, dans la position classique du catcheur, le sourire aux lèvres et l'œil aux aguets.

Maylon Stark agit alors avec une promptitude à laquelle son air profondément écœuré donna des allures de nonchalance. Délicatement, sans paraître y attacher d'importance, il interposa son propre pied devant ceux de l'agresseur qui, brandissant toujours son tesson de bouteille, exécuta une sorte de vol plané.

Warden fit un pas de côté pour lui laisser la place et le temps d'atterrir, puis se rapprocha calmement et assomma le dernier artilleur d'un coup de pied savamment dosé au-dessus de la tempe.

Le tout avait duré environ six minutes.

Déjà, les sifflets des M.P. retentissaient à l'extérieur, quelque part, au bout de la rue.

Charlie Chan se mit à pleurer sans cesser de se tordre les mains.

— V'là les M.P., à plésent. Finies les affailes poul la joulnée. Une si belle joulnée. Sûl qu'y vont felmer la boutique.

— Vingt-deux ! Les v'là qui rappliquent, homme du Texas, s'esclaffa Warden. Suis-moi. Je connais une planque.

Il se débarrassa des débris de son pantalon et fendit férocement la foule, Maylon Stark dans son sillage, tous deux fonçant à corps perdu vers la rue du Fleuve, riant à en pleurer et courant de toutes leurs forces, tandis que derrière eux redoublaient les coups de sifflet.

— Cette Rose ! haleta Maylon Stark, les yeux pleins de larmes de rigolade. Elle en pince drôlement pour toi, mon pote. La prochaine fois que tu retourneras au *Chancre*, mets ta ceinture de chasteté, sinon elle est foutue de te violer avant que vous soyez arrivés chez elle.

— C'est pour ça que j'y retournerai pas, ricana Warden. Par ici, vite !

Il s'engagea dans l'allée qui coupait en deux le pâté de maisons. C'était près de l'entrée de cette même allée qu'il avait échangé quelques mots avec Prewitt, avant d'aller boire un verre en sa compagnie au troquet d'en face, la dernière fois qu'il l'avait vu vivant. Cette pensée traversa fugitivement son esprit, tandis qu'il courait de plus belle.

— C'est le premier endroit où y vont nous poirer ! se lamenta Maylon.

— T'occupe pas. Je sais ce que je fais. Par ici !

Il tourna à gauche pour la seconde fois, reprit sa course folle, à l'intérieur du pâté de maisons. Ils dépassèrent la porte de derrière du *Chancre Bleu*. La face postérieure de l'immeuble suivant comportait une échelle d'incendie, que Warden se mit à escalader avec une agilité invraisemblable. Stark le suivit. En bas, quelque part, les M.P. sifflaient toujours. Ils traversèrent trois ou quatre toits avant que Warden finît par s'arrêter.

— Ça doit être ici, murmura-t-il, les sourcils froncés.

Penché au-dessus du vide, il frappa à l'une des fenêtres de l'immeuble voisin. Personne ne répondit. Il fit un geste d'impatience et frappa encore.

Du haut de leur perchoir, ils découvraient un vaste panorama de terrasses et de toits qui descendaient par paliers successifs jusqu'au pied de l'avenue Nuuanu. L'eau bleue scintillait et renvoyait en apothéose la lumière du soleil tropical ; derrière l'index braqué vers le ciel de la tour d'Aloha, dans le canal de Sand Island, un navire quittait doucement le port. Un des paquebots de la Matson ; le *Lurline*, sauf erreur. C'était le 6 janvier.

Involontairement, les deux hommes se redressèrent pour observer la lente glissade impitoyable du navire, aussi écrasante, aussi inéluctable que la marche du temps. La proue était déjà hors de vue, cachée par un des grands buildings. Les deux hommes attendirent que le bateau tout entier eût achevé de disparaître.

— Alors, on y va, dans cette foutue baraque, ou on reste là ? demanda Stark d'une voix rauque.

Warden se retourna brutalement et le regarda, les yeux écarquillés, comme s'il venait seulement de s'apercevoir qu'il n'était pas seul à regarder partir le *Lurline*. Comme si Stark fût venu se glisser derrière lui sans qu'il l'eût entendu approcher, pour le surprendre en flagrant délit. Il demeura un instant immobile, silencieux, comme hébété, puis il se pencha vers la fenêtre et, pour la troisième fois, frappa au carreau frénétiquement.

— Qui est là ? questionna enfin une voix de femme.

— Ouvrez, Gert, cria Warden. On a les M.P. aux fesses !

La fenêtre s'ouvrit.

— Qui est là ? répéta la femme.

— C'est moi, Milt. Pourquoi que vous faites pas laver vos carreaux ? Vite, poussez-vous.

Il sauta du toit sur le rebord de la fenêtre d'en face et pénétra dans la maison, suivi de Stark.

La femme était en robe du soir et portait un bouquet de gardénias en travers de son décolleté.

— Mme Kipfer ! s'exclama Stark, incrédule. Eh ben, mon 'ieux !

— Oh ! c'est vous, Maylon Stark ! dit sévèrement Mme Kipfer.

Warden éclata de rire.

— Le sergent Stark est le héros du jour, Gert. Sans lui, et ses réflexes prompts, votre serviteur ici présent aurait peut-être été défiguré, ou laissé pour mort dans l'une de ces sombres impasses d'Honolulu grâce auxquelles nous avons pu échapper au bras vengeur de la Loi pour venir vous demander asile en ce saint monastère.

— Mais vous êtes blessé, Milt !

Elle s'approcha de lui, lui fit signe d'ouvrir la bouche et examina ses gencives avec l'air compétent et réprobateur d'une infirmière professionnelle.

— Oh ! Milt. Vous y avez laissé deux de vos dents ! Quelle honte ! Et comment, je vous le demande ! En provoquant quelque sotte altercation, dans le seul but de vous distraire ! Quand atteindrez-vous l'âge de raison ?

— Je dois vous dire que j'ai subi ces dommages en défendant le plus beau de tous les sexes : le sexe féminin, déclama Warden. Et l'armée m'en paiera deux autres.

— Comment voulez-vous raisonner avec un individu pareil ? s'exclama désespérément Mme Kipfer.

— Oui, c'est un drôle de coco, s'pas, dit Stark, plein d'admiration.

— Vous êtes blessé, vous aussi, Maylon ?

— Rien de plus qu'un coquard, répondit Stark en montrant fièrement sa pommette sur laquelle apparaissait lentement un coucher de soleil miniature.

Mme Kipfer examina la meurtrissure et hocha tristement la tête.

— Où est votre pharmacie portative, Gert ? demanda Warden, les yeux pétillants de malice.

— J'aimerais que vous cessiez de m'appeler Gert, s'impatienta Mme Kipfer. Je trouve ça extrêmement vulgaire.

Warden éclata de rire.

— Venez, ordonna-t-elle. Il faut que vous fassiez un brin de toilette, et j'ai quelques tenues dépareillées dans lesquelles vous allez pouvoir puiser.

Warden suivit Mme Kipfer, sans cesser de bavarder avec enjouement. Stark leur emboîta le pas, regardant curieusement autour de lui. C'était la première fois qu'il pénétrait dans le secteur « privé » du *Nouveau Congrès*.

Les étagères de la salle de bains étaient garnies de poudres et d'onguents et de sels pour le bain. Le savon était parfumé au gardénia.

— Hé ! s'écria-t-il soudain, la main dans la poche de son pantalon. Mon pognon !

Warden se remit à rire.

— Tu vas pas me dire que t'as perdu ta galette ?

— Je la trouve plus, dit Stark, piteusement, en retournant toutes ses poches.

— Gert..., hoqueta Warden entre deux accès d'hilarité. Gert va peut-être avoir une loupiote à nous prêter, pour qu'on puisse explorer l'allée... Ah ! non, c'est vrai, j'y pensais plus... On est en plein jour, pas vrai ?

Il s'adossa au mur pour rire tout à son aise, les bras ballants contre ses hanches étroites.

— Que se passe-t-il ? s'informa Mme Kipfer.

Elle revenait vers eux, de l'autre bout du couloir, les bras chargés d'effets militaires.

— Oh ! Papillon ! s'étranglait Warden. Cette triple buse a perdu son pognon dans la bagarre. C'est la plus grosse poire que j'aie vue de ma vie. Comme si t'avais besoin de sortir ta galette dans un endroit pareil ! C'est sans doute rien que pour ça qu'y z'ont déclenché la bagarre.

— Des clous ! C'est toi qui l'as déclenchée, la bagarre, maugréa Stark.

— Combien aviez-vous d'argent, Maylon ? s'enquit Mme Kipfer.

— Cent treize dollars.

— Ooooh ! comme c'est contrariant, gémit-elle. Y a-t-il quelque chose que je puisse faire ?

— Oui ! Lui prêter cent treize dollars, pouffa Warden.

— Non, gémit Stark. On les retrouvera jamais, mes fafiots. Surtout maintenant.

— Je parie que c'est Rose qui te les a piqués, explosa Milt Warden. Je parierais que c'est Rose ! Tu n'as plus qu'à rempiler, homme du Texas.

— J'ai plus qu'à rentrer, oui. Je suis ratiboisé. J'ai plus un radis.

— Attends une minute, coupa Warden. Y sont déjà en train de faire la queue devant la porte. C'est pire qu'un jour de prêt, quand la flotte est dans le port.

Il sortit son portefeuille de sa poche.

— Ecoutez, Gert, j'ai ici deux cent six dollars. Je vous en donne cent cinquante si vous allez nous chercher deux de vos poupées, pour moi et mon copain, et si vous nous permettez de nous installer ici pour le restant de la journée.

— Tu te prends pour le Père Noël ! murmura Stark.

Mais la mère Kipfer fit la moue :

— Elles pourront gagner plus d'argent que ça, dans leur journée, un jour comme aujourd'hui, objecta-t-elle.

— J'en doute, Gert, j'en doute sincèrement, dit Warden. Mais je vais vous dire ce que vous allez faire. Je consens à monter jusqu'à deux cents dollars si vous vous chargez aussi de nous fournir une brochette de beefsteaks et une demi-douzaine de bonnes bouteilles.

— Des beefsteaks ! Où veux-tu que j'aille pêcher des beefsteaks ?

— Allons, allons, Gert, la réprimanda gentiment Warden. Je sais que vous avez toujours de quoi dans le frigidaire, pour quand les grosses légumes descendent de Fort Shafter. Alors? Marché conclu? Deux cents dollars, et vous nous fournissez les beefsteaks et le whisky?

— Eh bien!... c'est bien pour toi, dit Mme Kipfer d'un ton dubitatif.

— On les fera cuire nous-mêmes, trancha Warden. J'adore faire cuire les beefsteaks. Apportez le vôtre, Gert, on vous le fera cuire en même temps!

— Grand Dieu! non, minauda-t-elle. Si je mangeais un beefsteak aujourd'hui, avec la tension nerveuse que j'ai à subir, j'en mourrais probablement... Eh bien!...

— Vite, Gert. Il est déjà près de midi, et faudra qu'on parte vers cinq heures et demie pour rentrer avant le couvre-feu. C'est à prendre ou à laisser. Marché conclu?

— Eh bien!...

— Marché conclu! triompha Warden. Marché conclu, Gert, si vous m'aimez autant que vous l'avez toujours prétendu.

Il prit Mme Kipfer par la taille et l'entraîna dans une danse frénétique, tout le long du corridor.

— Pour l'amour de Dieu! haleta Mme Kipfer. Lâchez-moi, Milt!

Elle recula, rougissante, et remit de l'ordre dans sa coiffure.

— Je vais aller vous les chercher. Vous savez où est le frigidaire. Et le réchaud à gaz.

— Je veux la nouvelle, dit Warden, les sourcils en bataille. Cette... Jeanette.

— Très bien. Et vous, Maylon?

— Je me le demande, s'interrogea Maylon Stark, légèrement abasourdi de sa bonne fortune. Lorene, peut-être?

— Lorene est partie aujourd'hui, sur le *Lurline,* répondit tristement Mme Kipfer. Mais Sandra est toujours là. Elle ne part que le mois prochain.

— Viens, beugla Warden, après le départ de l'honorable directrice du *Nouveau Congrès.* On va se faire cuire un beefsteak. On va faire cuire quatre beefsteaks. Un par tête de pipe. Pour commencer. J'ai une faim de tous les diables.

— Faut qu'on change de pelures, avant de commencer, dit Stark.

— Vas-y, riposta Warden. Je vais mettre les beefsteaks en route. J'arrive tout de suite.

— Dis donc, y m'arrive un truc marrant, constata soudain Stark, très excité. Je suis plus saoul du tout, avec tout ce qu'on a déjà bu.

— Moi non plus, dit Warden. C'est l'exercice et les émotions. Tu le veux saignant, pas trop cuit, ou bien cuit?

— Saignant, répondit Maylon Stark, de l'eau plein la bouche.

Quand Jeanette et la grande Sandra refermèrent à clef derrière elles la lourde porte d'acier qui isolait le secteur privé du bordel proprement dit, elles s'arrêtèrent pile, freinées par le vacarme et l'odeur des beefsteaks en train de rissoler.

— Oh! s'écria la petite Jeanette, la nouvelle. Oh! ce qu'on va bien s'amuser! J'adore les surprises-parties.

— Pas, bébé? Tiens, c'est à celui-là que tu dois ça, dit Stark, désignant Milt Warden.

Debout devant le réchaud à gaz, Warden posa sa fourchette près de la poêle, se retourna et s'inclina cérémonieusement.

— Viens ici, poupée, dit-il.

Il la prit par la taille, la souleva de terre et l'assit sur un de ses genoux, comme une vraie poupée.

— Alors, paraît que t'es française ?

— Papa et maman sont français, répondit sagement Jeanette. Oh ! ce qu'on va bien s'amuser !

— Où qu'est le whisky ? s'enquit Stark, très affairé.

— Je vais le chercher, riposta Sandra. Qu'est-ce que vous lui avez fait, à la vieille toupie, pour qu'elle soit aussi généreuse ?

— Alors, on a beaucoup de choses en commun, toi et moi, dit Warden à Jeanette. J'ai des ancêtres français, moi aussi.

— Le pognon, ça fait des miracles, dit Stark sentencieusement.

— Est-ce que tu m'aimes, poupée ? demanda Warden.

— Et comment, que je t'aime ! dit Jeanette avec conviction. Je t'adore ! Je ferais n'importe quoi pour l'homme qui m'a tirée de là-bas un jour comme aujourd'hui !

— Moi aussi, je t'aime, déclara Warden.

— Tu parles, si je t'aime, s'esclaffa la grande Sandra en revenant avec deux bouteilles. Y a une heure et demie que j'ai la dent. Alors, tu parles, si je t'aime !

— Moi aussi, je t'aime, dit Stark.

— Bébé et moi, on va prendre un acompte, cria Warden du corridor. Surveillez les beefsteaks, vous deux.

Assis sur une chaise capitonnée, Stark, Sandra sur les genoux, tourna la tête paresseusement.

— Hé ! Grouillez-vous !

— Minute ! Laisse pas brûler les beefsteaks ! beugla Warden.

CHAPITRE LV

Debout sur le pont-promenade du *Lurline,* les yeux fixés sur le rivage, Karen Holmes songeait mélancoliquement que c'était péché que de quitter un endroit aussi beau.

Elle était restée immobile tandis que la clique de la marine jouait *Aloha Oe* et que les passagers excités jetaient vers la terre les serpentins et les confetti rituels. Le navire glissait maintenant vers le canal de Sand Island et les passagers s'étaient dispersés, mais Karen Holmes était demeurée là, pensive.

Une vieille légende hawaiienne assurait que si l'on jetait ses leis à la mer en passant au large de la pointe du Diamant on pouvait savoir si l'on reviendrait un jour. Karen était persuadée qu'elle ne reverrait jamais Hawaii, mais elle décida de mettre la légende à l'épreuve, malgré tout, en passant devant Diamond Head, et de voir ce que ça donnerait.

Elle portait, au total, sept leis. Le premier était un lei de papier noir et rouge, dont le régiment faisait présent à tous ceux qui le quittaient. Puis il y avait, par ordre de valeur croissante, le lei d'œillets que lui avait offert le club des officiers, celui de la femme du major Thompson, celui de la femme du vieux commandant de bataillon de Dynamite Holmes, celui de la femme du colonel Delbert, celui du général Slater et finalement le lei de gardénias blancs qu'Holmes en personne lui avait offert en la conduisant à l'embarcadère.

Les sept leis formaient un collier de fleurs qui lui montait jusqu'aux oreilles.

Enfin délivré de l'ennuyeuse nécessité d'agiter son mouchoir pour dire au revoir à son père, Dana Junior faisait des glissades sur le plancher luxueux du pont des premières classes avec deux autres garçons de son âge. Il ne risquait rien, et les stewards étaient bien assez grands pour défendre leur plancher eux-mêmes. C'était là un des avantages de se trouver sur un bateau, et Karen avait la ferme intention d'en profiter avec usure.

La ville. Ses faubourgs multicolores montant à l'assaut des collines ; et couronnant le tout les montagnes verdoyantes des tropiques, dont l'exubérance semble défier orgueilleusement la reptation laborieuse des routes et des maisons créées par l'homme. Il est impossible de mieux comprendre et voir Honolulu que du pont d'un navire...

En face sur le rivage, elle reconnut le bassin de Kewalo, port d'attache de la flottille de pêche. Ensuite viendraient le parc de Moana, le bassin des yachts. Puis Fort Derussey, et finalement Waïkiki.

— C'est magnifique, n'est-ce pas ? dit une voix d'homme, près d'elle.

Elle se retourna, sourit à un jeune lieutenant-colonel de l'armée de l'air.

— Oui, approuva-t-elle. C'est magnifique.

— Je crois que c'est l'endroit le plus merveilleux que j'aie jamais vu de ma vie, enchaîna-t-il avec ardeur.

— C'est bien ce que je crois aussi, répondit Karen.

Elle était un peu étonnée de le voir, si jeune, avec le grade de lieutenant-colonel, mais ils étaient tous comme celui-là dans l'armée de l'air.

— Et maintenant ils me renvoient à Washington, dit-il amèrement.

— Mais comment se fait-il qu'un pilote comme vous ne voyage pas en avion ? demanda Karen.

Il désigna sa poitrine, où ne figuraient point les ailes habituelles.

— Je ne suis pas pilote, avoua-t-il, confus. Je suis dans les services administratifs.

Karen réprima une envie de rire et dit :

— Ce n'est pas une raison pour qu'ils vous fassent voyager en bateau.

— Priorité, chère madame. Personne ne sait ce que c'est, personne n'y comprend rien, mais c'est la priorité. De toute façon, j'aime autant ça. Je ne suis pas sujet au mal de mer, mais j'ai toujours le mal de l'air. Vous ne trouvez pas ça d'un comique irrésistible ?

Ils éclatèrent de rire.

— C'est la guerre, reprit le jeune lieutenant-colonel. Aussi vais-je à Washington où je ne connais absolument personne. Pour y contribuer à l'effort de guerre. Maintenant que je suis ici depuis deux ans et que j'y connais presque tout le monde...

— J'ai beaucoup de relations à Washington, proposa Karen. Je pourrai vous donner leurs adresses, si cela peut vous faire plaisir !

— Mais avec joie. Vous êtes trop aimable.

— Je vous en prie. Ce ne sont pas des sénateurs ni des présidents de quelque chose, mais ils sont tous très gentils. Quant à moi, c'est à Baltimore que je vais. Mes parents habitent Baltimore.

— Vraiment ? dit le jeune lieutenant-colonel.

— Oui. J'y vais avec mon fils, pour la durée de la guerre.

— Votre fils !

— Mais oui... Là, le plus grand des trois.

Le jeune lieutenant-colonel se mit à la dévisager, et Karen se sentit subtilement complimentée.

— Est-ce possible ? Il a l'air d'un vrai petit homme.

— Oui. Et déjà promis à West-Point, des pieds à la tête et de la tête aux pieds.

Elle se demanda, après coup, s'il avait senti son amertume.

— Eh bien ! je vous reverrai plus tard, dit-il. N'oubliez pas de me donner ces adresses avant la fin de la traversée. Et ne regardez pas trop s'éloigner le rivage.

Puis il remit ses deux mains sur le bastingage et soupira :

— Voilà le *Royal Hawaiiean*... Ils ont là-dedans le bar le plus somptueux que j'aie jamais vu. J'aimerais bien avoir dix pour cent sur tout ce que j'y ai dépensé. Je ne serais pas riche, bien sûr, mais j'aurais de l'argent de poche pour un bon moment.

Karen reconnut, noyée dans la verdure, à l'intérieur des terres, la tache rose désormais si familière. C'était la première chose que tout le monde lui avait fait remarquer, lorsqu'elle était arrivée, il y avait un peu moins de deux ans. Et non loin du *Royal*, sur la droite, elle reconnut la tache blanche du *Moana*. Personne ne lui avait désigné le *Moana*, lorsqu'elle était arrivée, deux ans auparavant.

Lorsqu'elle se retourna, le jeune lieutenant-colonel de l'armée de l'air était parti. Elle n'avait pour compagnie, sur le pont-promenade, qu'une frêle jeune fille tout de noir vêtue.

Karen Holmes, pour qui le temps d'aimer était révolu, se sentit vaguement soulagée et, tournée vers l'avant du navire, regarda approcher la pointe du Diamant.

Si les leis flottaient vers le rivage, on était supposé revenir un jour. S'ils partaient vers le large, on ne revenait jamais. Elle les jetterait tous, tous les sept ; cela vaudrait mieux que de les voir se flétrir et se dessécher. Ou plutôt, non. Elle garderait le lei en papier noir et rouge offert par le régiment. Ce serait parfait, comme souvenir. Tous les soldats qui étaient passés par ce régiment avant d'être réaffectés aux Etats-Unis avaient probablement le même, dans leur coffre. Mais Karen avait une grande compréhension pour les us et coutumes des simples soldats depuis quelques mois.

— C'est très joli, n'est-ce pas ? dit la jeune fille en noir.

— Oui, approuva Karen en souriant. Très.

La jeune fille se rapprocha d'elle, le long du bastingage. Elle ne portait aucun lei. Karen se demanda qui elle pouvait bien être. Elle l'avait déjà remarquée auparavant. Une star de cinéma, peut-être, surprise pendant ses vacances par l'agression japonaise et incapable de rentrer plus tôt. Son tailleur noir était très simple, presque sévère, mais il avait dû coûter un joli prix. Elle ressemblait beaucoup à Heddy Lamarr.

— Qui pourrait croire que nous sommes en guerre ! murmura la jeune fille.

— Vu d'ici, tout paraît normal et paisible, acquiesça Karen, l'examinant du coin de l'œil.

La perle qu'elle portait à la main droite et le collier qu'elle avait autour du cou soulignaient encore cette impression d'exquise simplicité. Et ce n'étaient sûrement pas des perles de culture. Une si coûteuse simplicité n'est pas chose aisée. Karen le savait par expérience.

— Je vois presque l'endroit où je travaillais, dit soudain la jeune fille.

— Où donc ? s'informa Karen.

— Je pourrais vous le montrer, mais vous ne le verriez pas, à moins que vous connaissiez déjà l'immeuble.

— Où travailliez-vous ? l'encouragea Karen.

— Chez les Courtiers américains, dit la jeune fille. J'étais secrétaire particulière.

Elle se détourna, sourit à Karen. Son visage était enfantin, à peine hâlé, ses longs cheveux, noirs comme les ailes d'un corbeau.

« Elle a un visage de Madone, songea Karen avec ravissement. Rien qu'à la contempler, on a l'impression de visiter une galerie d'art. »

— C'était pourtant un bon job, dit Karen.
— Oui.
Le visage de Madone s'assombrit.
— Mais je n'ai pu rester.
— Excusez-moi, dit Karen. Je ne voulais pas être indiscrète.
— Oh ! ce n'est rien, murmura l'exquise jeune fille. Mais c'est que... voyez-vous, mon fiancé a été tué le 7 décembre.
— Oh ! je suis navrée, dit sincèrement Karen.
La jeune fille lui sourit tristement.
— C'est pourquoi je n'ai pu rester. Nous devions nous marier le mois prochain. J'adore les Iles, mais vous comprenez pourquoi je n'ai pu rester.
— Oui, c'est bien naturel, répondit Karen, embarrassée.
— Il avait été affecté dans les Iles voici plus d'un an, expliqua la jeune fille, et j'étais venue travailler auprès de lui. Nous économisions tous les deux, pour acheter une petite maison. Nous voulions l'acheter avant de nous marier.
— Oh ! mon Dieu, dit Karen, incapable de trouver autre chose.
— Excusez-moi, se reprit la jeune fille. Je ne veux pas vous attrister avec mes histoires.
— Si cela vous soulage de parler... parlez, je vous en prie, dit gauchement Karen en pensant que c'était le courage obscur, l'héroïsme anonyme de ces jeunes gens, de ces jeunes couples, qui faisait de ce pays ce qu'il était et rendait l'éventualité d'une défaite si manifestement impossible. Karen se sentait bien petite devant tant de bravoure.
Ils avaient dépassé Diamond Head, et déjà Koko Head se profilait au loin, en avant du navire.
— Il était pilote de bombardier, continua la jeune fille. Stationné à l'aérodrome d'Hickam. Ils lui ont décerné l'Etoile d'argent, à titre posthume, pour avoir tenté de mettre son appareil à l'abri pendant l'attaque. Ils l'ont envoyé à sa mère, mais elle m'a écrit que c'était à moi qu'elle revenait de droit.
— C'est très beau de sa part, approuva Karen.
— Ce sont des gens très bien, expliqua la jeune fille. Il descendait d'une vieille famille virginienne. Son arrière-grand-père avait été général sous les ordres de Lee pendant la guerre civile. C'était pour ça qu'ils l'avaient appelé Robert E. Lee. Robert E. Lee Prewitt.
— Comment ? bégaya Karen, ahurie.
— Robert E. Lee Prewitt ! répéta la jeune fille, au bord des larmes. C'est un nom étrange, n'est-ce pas ?
— C'est un très joli nom, balbutia Karen, de plus en plus effarée.
— Oh ! Bob, Bob, Bob, gémit la jeune fille, tournée vers le rivage.
— Allons, dit Karen, sentant tout son chagrin s'évaporer dans une violente envie de rire. Allons, je vais vous reconduire à votre cabine, si vous le désirez, offrit-elle en mettant son bras autour des épaules de sa compagne.
— Non, merci, murmura la Madone éplorée. Merci. Je vous dois des excuses. Et bien des remerciements. Excusez-moi, je vous en prie.
Elle s'éloigna, vivante image de la perfection féminine. Attitude. Démarche. Goût. Simplicité. Rien ne clochait.

Ainsi, c'était Lorene, du *Nouveau Congrès*. C'était la première fois de sa vie que Karen était en contact direct avec une prostituée professionnelle.

— Vous avez une amie bien jolie, dit le jeune lieutenant-colonel de l'armée de l'air en revenant s'accouder auprès de Karen. C'est vraiment une beauté.

— Elle est adorable, n'est-ce pas ? riposta Karen. J'ignore son nom, mais je pourrai peut-être vous la présenter, si vous le désirez.

— Non, merci, se récusa le jeune lieutenant-colonel. Elle est si belle qu'elle me met mal à l'aise. Qui est-ce ? Une star de cinéma ?

— Non, mais je crois qu'elle a quelque chose à voir avec un art quelconque, tout de même. Et je ne pense pas que cela vous avancerait de faire sa connaissance. Son fiancé a été tué le 7 décembre. Il était pilote de bombardier, à Hickam.

— Oh ! dit le jeune lieutenant-colonel, impressionné.

— Elle paraît très frappée, dit Karen.

— J'étais à Hickam, le 7, reprit le lieutenant-colonel, du même ton de circonstance. Comment s'appelait-il ? Je le connaissais peut-être.

— Prewitt, dit Karen. Robert E. Lee Prewitt. Elle m'a dit qu'il descendait d'une vieille famille virginienne.

— Non, je ne devais pas le connaître. Mais il y avait des tas de pilotes de bombardiers à Hickam, et il y en a eu beaucoup qui se sont fait démolir, ce jour-là.

— Ils lui ont décerné l'Etoile d'argent, ne put s'empêcher d'ajouter Karen avec une sorte d'amertume.

— Alors, je devrais le connaître, reprit le jeune lieutenant-colonel, toujours aussi lugubre. Mais, soit dit entre vous et moi, ils ont décerné tant d'Etoiles d'argent, à titre posthume ou autre, que ça ne facilite guère les recherches. Ils m'en ont bien collé une à moi-même.

Karen baissa les yeux et vit ce qu'il voulait dire, juste à côté du ruban du « Purple Heart ».

— Oh ! Je n'ai absolument rien fait, se hâta-t-il d'ajouter, sinon me faire souffler par une bombe que je n'aurais pas pu éviter, de toute façon. Je suppose que je ne devrais pas l'avoir.

— Pourquoi ? questionna Karen.

— Eh bien ! il y a tant de pauvres types qui auraient dû l'avoir et qui ne l'ont pas eue.

— Ça n'aurait rien changé pour eux, même si vous aviez refusé la vôtre.

— C'est vrai, dit-il, soulagé. C'est bien ce que je me suis dit.

Il changea de ton et de position.

— Ainsi, vous êtes de Baltimore, et je vais à Washington ? Le monde est vraiment petit.

— Oui, de plus en plus petit, acquiesça Karen.

« Là, songea-t-elle. Il va me demander maintenant si je l'autorise à venir me voir, quand il se sentira trop seul à Washington. »

Mais il s'en abstint.

— A quelle table êtes-vous ? s'enquit-il.

— Onze, dit Karen. Et vous ?

— Onze également, s'exclama-t-il. Quelle heureuse coïncidence ! Eh bien !... à tout à l'heure. Je vous verrai au dîner. J'ai quelques petites choses à faire.

— A tout à l'heure, répondit Karen en souriant. Il va falloir que j'aille ouvrir mes valises, moi aussi.

Il s'éloigna de quelques pas, tourna court et revint.

— Je ne suis pas à la table onze, dit-il, je suis à la neuf. Je vous ai menti. Mais j'y serai à l'heure du dîner. C'est l'une des choses que j'ai à faire. Vous n'êtes pas fâchée ?

— Pourquoi donc ? repartit joyeusement Karen. Mais je suis heureuse que vous m'ayez tout avoué.

— J'ai trouvé que c'était plus correct, dit-il.

Il la regarda un instant, attentivement, mais respectueusement, et sourit.

— Alors... à tout à l'heure, au dîner.

— Nous y serons, dit Karen en cherchant son fils des yeux.

Il était toujours là, avec les autres garçons. Ils jouaient toujours aux glissades, mais ils étaient cinq, à présent. Pauvre plancher !

Diamond Head était déjà loin derrière eux. Ils allaient passer devant Koko Head. A l'est de l'énorme rocher qui lui rappelait toujours la tête d'une baleine, elle imagina, plutôt qu'elle ne reconnut, la dépression où se trouvait l'immense parc de stationnement de la baie d'Hanauma... Derrière elle, la petite troupe de jeunes garçons s'était accrue de deux nouvelles unités. Ils avaient renoncé à jouer aux glissades et s'entre-pourchassaient d'un bout à l'autre du pont, index braqué, pouce replié, avec des cris guerriers.

Karen ôta les six leis fleuris qui entouraient son cou et les jeta par-dessus bord. La pointe du Diamant, la pointe de Koko, la pointe du Makapuu. Une pointe en valait une autre. Les six leis tombèrent ensemble, le vent les rabattit contre le flanc du navire, et elle ne put voir quelle direction ils avaient prise.

— Eh ! maman, cria soudain Junior, derrière elle, je commence à avoir faim. Quand est-ce qu'on mange, ici ?

— Ça ne va pas tarder, maintenant, dit-elle.

— Dis donc, tu crois que la guerre va durer assez longtemps pour que je sois ressorti de West-Point et que je puisse en être ? Jerry Wilcox dit que non.

— Non, répéta Karen. Je ne le pense pas.

— Zut ! alors, protesta Junior en faisant la moue. Je voudrais bien en être, moi.

Karen lui caressa le front et dit amèrement :

— Allons, ne te désole pas trop. Tu vas peut-être manquer celle-là mais tu auras juste l'âge pour la prochaine.

LA COMPLAINTE DU REMPILÉ

Telle qu'elle fut trouvée dans le carnet de R. L. Prewitt.

LUNDI, c'est l' jour que j' vois la quille,
Et qu' j' renfil des fringu's de civ'lot.
A moi les bars, à moi les filles :
Mes poch's sont bourrées d' gros fafiots.
J'aim' mieux vous dir' qu' ça va boumer.
C'est la Complaint' du Rempilé.

*

MARDI, je m' trouve un' piaule en ville,
Dans un hôtel pas trop rupin.
D'main, j' cherch'rai un boulot tranquille,
Mais, ce soir, j' vais voir les copains.
Bon sang, c' qu'on a pu rigoler !
C'est la Complaint' du Rempilé.

*

MERCREDI, jour de ribouldingue,
J' rencontre un' môme' d' premier carat.
Dès que j' la vois, j'en suis louftingue,
Et j' l'embarqu' sans plus d'embarras.
Tous les deux, c' qu'on s'est régalés !
C'est la Complaint' du Rempilé.

*

JEUDI, j' fais un' drôl' de binette,
En m' réveillant seul dans l' paddock.
La garc' m'avait r'fait d' ma galette
Et s'était tirée en loucedock.
J' vous jur' qu' j'en aurais bien chialé.
C'est la Complaint' du Rempilé.

*

VENDREDI, j'avais soif de bière :
J' vais r'voir l' barman du mercredi
Et j' lui d'mand' de m' payer un verre.
« Fous l' camp, 'spèce de paumé ! » qu'y m' dit.
C' que j'ai fait, ben, vous l' devinez...
C'est la Complaint' du Rempilé.

*

SAM'DI, j' vous jur' qu' c'était pas drôle
D'entendr' tous les aut's se marrer,
A travers les f'nêt's de la taule.
Moi, grimpé sur un tabouret,
J' pouvais qu' regarder l' défilé !
C'est la Complaint' du Rempilé.

*

DIMANCH', à l'heure de la grand-messe,
Je m' suis réveillé sur un banc.
J'avais plus un radis en caisse,
Et rien à m' coller sous la dent.
C' jour-là, c' que j'ai pu la sauter !
C'est la Complaint' du Rempilé.

*

LUNDI, j'ai r'gagné la caserne,
Et j'en ai r'piqué pour trois ans.
J'aim' mieux vous dir' qu' j' l'avais en berne,
Quand j' suis r'passé à l'habillement.
... Après tout c' que j'avais rêvé...
C'est la Complaint' du Rempilé.

*

VOUS TOUS qui s'rez bientôt d' la quille,
Souvenez-vous de c' que j' vous dis là.
Méfiez-vous des bars et des filles,
Ou c'est vous qui s'rez chocolats,
Et tout comm' moi, vous la chant'rez,
C'te vieill' Complaint' du Rempilé.

Achevé d'imprimer le 28 juillet 1977
sur presse CAMERON,
dans les ateliers de la S.E.P.C.
à Saint-Amand-Montrond (Cher)
pour le compte des Editions France Loisirs
123, bd de Grenelle - Paris

Dépôt légal : 3e trimestre 1977.
N° d'édition : 3216. N° d'impression : 952-314.

Imprimé en France

2,00